国家社科基金后期资助项目

文学翻译的境界：译意·译味·译境

陈大亮　著

商务印书馆
创于1897 The Commercial Press
2017年·北京

图书在版编目(CIP)数据

文学翻译的境界:译意·译味·译境/陈大亮著.—
北京:商务印书馆,2017
ISBN 978-7-100-12857-5

Ⅰ.①文… Ⅱ.①陈… Ⅲ.①文学翻译—研究
Ⅳ.①I046

中国版本图书馆CIP数据核字(2016)第314580号

文学翻译的境界:译意·译味·译境
陈大亮 著

商 务 印 书 馆 出 版
(北京王府井大街36号 邮政编码100710)
商 务 印 书 馆 发 行
北 京 冠 中 印 刷 厂 印 刷
ISBN 978-7-100-12857-5

2017年2月第1版　　开本787×1092 1/16
2017年2月北京第1次印刷　　印张23

定价:69.00元

国家社科基金后期资助项目
出版说明

后期资助项目是国家社科基金设立的一类重要项目，旨在鼓励广大社科研究者潜心治学，支持基础研究多出优秀成果。它是经过严格评审，从接近完成的科研成果中遴选立项的。为扩大后期资助项目的影响，更好地推动学术发展，促进成果转化，全国哲学社会科学规划办公室按照“统一设计、统一标识、统一版式、形成系列”的总体要求，组织出版国家社科基金后期资助项目成果。

全国哲学社会科学规划办公室

目　录

序　一

暑假前，大亮给我来信，说他的国家社科基金后期资助项目已经结项，研究成果拟在商务印书馆出版。作为他博士后研究的合作导师，听到这个消息，知道他潜心研究多年的学术成果很快就要与广大读者见面，确实为他高兴。

我与大亮的相识缘于学术。记得在2003年底，《中国翻译》编辑部给我来信，说收到一篇文章，对我提出的有关翻译主体与翻译主体性的观点有不同的意见，请我看看。对于学术上的不同观点，我向来十分看重。从寄来的文章的观点与论证看，我觉得作者很有思想，文章观点鲜明，论证也很扎实，争鸣有助于推动学术发展，我强烈建议编辑部采用该文。2004年《中国翻译》第2期上发表了这篇名为《谁是翻译主体》的文章，我才知道作者的名字，也了解到当时他还在南京师范大学读硕士。这篇文章针对国内翻译主体与翻译主体性的研究现状勇于提出自己的看法，说明大亮注意追踪学术前沿，敢于探索求真，具有年轻学者应该具有的开拓意识和创新精神。自此以后，我开始关注大亮的学术研究，他也经常向我提出一些学术问题，在交往与交流过程中逐渐加深了对他的了解。我发现大亮善于钻研，勤于思考，长于思辨，对学术有执着的追求，有明确的研究方向与研究领域。

总的来看，大亮这些年的学术研究可以分成三个阶段，涉及三个研究领域。硕士阶段起，他关注并研究翻译主体性与主体间性的问题，读研期间及毕业之后陆续在《中国翻译》等期刊上发表了系列论文。博士阶段，他从哲学的角度，对金岳霖的翻译思想进行研究，博士学位论文几经修改，最后形成了一部专著，并获得国家社科基金后期资助项目。博士后阶段，他特别关注中国传统译论的伦理与审美问题，重新考量中国译论的核心价值。在我看来，这三个领域虽各有侧重，但有着内在的联系。

大亮这次献给翻译学术界的书，是他承担的国家社科基金后期资助项目的最终研究成果，是一部系统研究金岳霖翻译思想的学术专著。我觉得大亮这个选题很有意义，金岳霖提到的译意（意义）、译味（意味）、意境与境界问题具有重大的研究价值。金岳霖就语言与翻译问题提出了许多富有启发性的见解和主张，如语言文字的情感寄托、意念上的意义与情感上的寄托之间的关系、译意与译味的区别、文学翻译的困难等。这些主张和提出的问题对于翻译研究具有重要的启迪意义。但是，金岳霖也留下一些翻译问题没有解决，如译意与译味的联系、如何兼顾译意与译味、如何解决文学的不可译难题等。这些问题需要后人进一步探索。

读了大亮寄来的书稿，我发现他对以上一些问题已经有了自己的思考，并尝试对金岳霖留下的问题提出解决的办法。大亮研读了金岳霖的《知识论》，解析了知识论的研究对象、立场与态度对金岳霖的语言观与翻译观的影响，发现了金岳霖翻译思想的矛盾，探究了问题形成的原因，并提出了解决问题的思路与办法。大亮认为解决文学的不可译难题不可能在知识论的领域内找到答案，只有跳出知识论的逻辑思维领域，借助中国哲学美学的境界论来超越概念和命题的局限性，从知识论转向境界论，利用境界翻译的超越思想才能打破二者之间的对立与冲突，从而完成从知识论的二元对立到境界论的层级超越，最终实现译意与译味的和谐共存。

大亮并不满足于金岳霖提出的译意和译味，他在译意和译味的基础上增加了译境，形成了文学翻译的三种境界。其中，译意是基础，译味是关键，译境是理想。三种境界之间不是彼此独立的三种翻译类型，而是相互联系的三个翻译层次。尽管大亮从理论上把文学翻译划分为三种境界，但他认为在实践上三者是“三位一体”的整体，三境归一。这样的思考，目的非常明确，那就是不仅试图从理论以及实践上解决文学翻译的一些重要问题，而且试图实现理论与实践的和谐统一。

大亮提出的文学翻译的境界论对于文学翻译有何理论与实践指导价值呢？首先，境界翻译传播的是正能量，提倡的是一种创造意识、超越精神和积极的翻译态度，这对于我们思考文学的不可译性具有拓展性的意义。正如王国维在《人间词话》中所说的那样：“词以境界为最上。有境界则自成高格，自有名句。”文学当然是很难译的，但中外文学翻译家并没有因为文学很难译而放弃文学翻译。相反，优秀的文学翻译家面对翻译的障碍，总是在文字、文学与文化的不同方面，在认知与审美活动的互动中，创造性地超越不可译因素，把文学翻译提升到至高的审美境界。其次，文学翻译三种境界的提出可以用来评价文学翻译的可译性大小、文学性强弱以及翻译水平高低，从而为文学翻译批评提供了一定的参照系。从可译性大小来看，意义的可译性最大，意境的可译性最小，意味居中，三者之间形成一个连续体。从文学性强弱来看，译意的文学性最低，译境的文学性最强，译味处于中间，成为连接译意和译境的桥梁与纽带，文学性从低到高排列。从翻译质量的高低来看，只能译意的作品，翻译质量居下品，能在译意基础上译味的作品，翻译质量居中品，意义、意味及意境三善具备的作品，翻译质量最高。

金岳霖的翻译思想涉及哲学、美学、文学等不同的学科，需要研究者具备跨学科的知识视野与研究方法。大亮运用跨学科的研究方法，尽可能融汇中国哲学的境界理论、西方哲学的意义理论和中国美学的意味与意境理论，选取具有代表性的中西文学翻译的实例进行分析，以境界为主线贯穿全书，把译意（意义）、译味（意味）、译境（意境）联系起来，把握其内在关系，建构其理论关联。首先，大亮运用回归中国译论原点的研究思路，探究了意义、意味、意境、境界的哲学基础、美学渊源及文学传统，历时地追溯了四个范畴之间的概念变迁与继承发展关系，以便能够语境化和历史化地把握理论的原貌。其次，大亮借鉴了形式主义、新批评、结构主义以及现象学文论有关作品层次论的研究思路与方法，把文学作品划分为意义、意味与意境三个层面，然后在作品的结构中界定了这三个概念的内涵与外延，并运用辩证法的“中介环节”理论，解决范畴之间的意义交叉关系。再次，大亮合理运用了西方的逻辑分析法，把意义、意味与意境分解成不同的类别与层级，使其衍生出二级范畴和三级范畴，并通过逻辑推理与辩证逻辑建立范畴之间的内在联系。这些思考与探索，无论是在理论层面，还是在翻译实践层面，我觉得都是很有价值的。

我相信，翻译学术界的同行会和我一样，对大亮的探索与进取精神点赞，但同时，我也期待，翻译学术界的同行对大亮在研究中提出的一些重大问题加以思考，提出自己的观点，乃至提出批评与争鸣。

许 钧

2015 年 8 月 28 日于南京大学

序　二

哲学的边界处是诗，诗是哲学的核心

——序陈大亮《文学翻译的境界：译意·译味·译境》

带了这么多年博士，只上了两门课。一门是中国传统译论经典诠释，以西学治国学，仔细阅读中国传统译论的经典文本，做逻辑的学理分析，产生反思性批评，旨在培养学生的哲学思辨能力，尤其是养成批判思维的习惯。一门是文学翻译批评概论，以诗歌为素材，感悟艺术和语言，旨在滋养诗性智慧，对艺术和生活产生敏感，自觉地养成鉴赏的灵敏和批评的习性，写出像样的文章来。然而，考较起来，多年来的弟子中，能同时得此两者，几乎没有，仅能得其一者，稍显某一方面之所长，则另一者必稍愚钝。究其原因，不仅仅因为人之性灵有异，思辨与想象，天性之难以兼顾，而阅历之偏向与教育的问题，也难逃其咎。何况翻译一事，一需有语言和实践，二需有灵性和顿悟，其次才是理论的修养和见识的高下；而博士阶段，则万事罢黜，独尊理论，所以培养理论和思维能力优先，而批评和感悟能力次之，至于翻译本身，则被忽略或贬低为雕虫小技，或因终日苦读，无暇顾及实践，予以边缘化，或小化，甚至以为能提笔翻译的，其理论必不能形而上，而能高谈阔论者，则不必一定会翻译实践也。其中的谬误，距之真理，又何止千万里之遥！

于是，我的博士弟子，也按其学业的倾向分为两类：一类是偏于思辨的和理论的，一类是偏于实证的和评论的，虽然二者鲜能兼顾，但也有愿意尝试者。于是，久而久之，便形成了一个系列和层级系统。例如，王洪涛，对于西方的翻译研究学派的理论进行建构式和历史性的批评，逻辑思维和理论思维俱佳；王克友，借助于康德和皮亚杰的图式理论，努力构建文学翻译中的文本和过程理论，惜未达现象学的境界；还有苏艳，较为系统地整理和分析了神话-原型批评理论，并就《荒原》和《西游记》中的神话-原型的翻译问题进行研究，已属于能兼通者。吕敏宏的论文，则是研究美国翻译家葛浩文的当代中国三部小说的翻译叙事和风格研究，偏于语言分析，缺乏哲学兴趣。还有李玉良、张智中、荣立宇，分别研究《诗经》、毛泽东诗词以及仓央嘉措的不同英译版本和翻译效果，愈益偏重文本、策略和技巧了。其长处是对于诗歌及其语言表现有一定的见解和领悟能力，惜未入诗歌理论之堂奥。唯独玉良曾对翻译本体论有兴趣，所以在《诗经》各派研究中，略见出思辨与分类的洞见。新近毕业的张思永，虽然从事当代大陆翻译理论家的个案研究，却有哲学思辨和追求形上思维的功底，故而于材料剥析之中，颇有新意，而王晓农，在研究《易经》英译的过程中，也见出文史哲兼通的倾向。其他弟子，各有所长，也有所短，未及一一道也。

由此看来，也可以将研究分为三类：一是理性思辨与理论建构或批评型，难在理论思维的彻底；一是文本分析或经验与感悟型，难在经验感觉的通透；二者之间的结合则要同时有所发现或发明，即在材料和观点上都要有所突破，则是其难处。大亮在选择博士论文题目的时候，兼顾了以上两个难以契合的方面，但总体倾向是偏于理论探究。因为他原本专注于西方哲学，经过中国传统译论和诗歌鉴赏与翻译批评的熏陶，对文学翻译的审美境界发生兴趣，一定要深入而系统地探讨一番，方才罢休。不过在总体上，我还是主张《文学翻译的审美境界》这个题目要理论化一些，思辨性强一些，例证和分析只是退而求其次的，是为理论建构服务的。也就是说，在理论上，要解决何以中国的文学翻译要走审美境界的路子？而“译意、译味、译境”，也说明了这样一个研究题目可以包含三个层次的次范畴，从而落实到形而下了，但也说明了理论思维所要求的沟通的难度。

大亮的博士选题，原本是想做钱锺书的翻译思想研究的，后来经过调整和重新整合，才确定为《文学翻译的审美境界》，在答辩以后，又经过了大幅度的修改，成为现在的样子，题目也改成了《文学翻译的境界：译意·译味·译境》，对此我是比较满意的，虽然在理论上将境界和趣味，都归结为不同的意义，有待商榷，而有些具体的诗歌例证的选取和评价，也可再仔细考虑。但总觉得大亮素来认真，不肯苟且，而且长于思考，喜欢建立系统，是其长处和着力处，所以总体上还是觉得适合于他并且做得比较满意的。这篇论文，就是他的学术思路的一种展示，以及研究能力的一种监视。在计划出书的过程中，经过修改，发生了两个重要的变化：一个是就全文的框架和思想路线而言，更加系统而清晰了；一个是作为引入的第一章和第二章，将从考察中国传统译论开始，改为从金岳霖哲学问题入手，既切题又直接，主线突出而行文流畅了。这样，由博士论文修改加工充实提高而成的学术专著,在此期间又在南京大学许钧教授门下读了博士后,并获得国家社科基金后期资助项目的推动,历时数年,几经修改,终于成就了一本学术专著的完成样态。其理论思维的基本线索,则由多头思路共进到一个结论,呈现出一个自然的推论结果,其要旨正在结语“三境归一”的陈述中:

> 为了解决文学不可译的难题,本书提出文学翻译从知识论转向境界论,从工具性语言观转向人文性语言观,依据“立象以尽意”的思想摆脱概念或命题的局限性,以建立译意与译味的和谐共处关系。本书依据新批评、结构主义、现象学等理论,把文学作品划分为意义、意味与意境三个层次,界定了各自的内涵,并描写了三个层次的构成要素。在继承了金岳霖的“译意”与“译味”的基础上,本书增加了“译境”,形成了文学翻译的三种境界,分别对应文学作品的三个层次,并依据可译性大小和文学性强弱对三种境界进行合理定位:译意是基础,译味是关键,译境是理想。

关于这本专著本身的贡献与长短,就不需我再赘言了。读者诸君自然可以从中得到教益和教训。当然,大亮读书、选题和答辩、修改的过程,也迫使我自己读了一些书,并思考了一些问题;尤其是在大亮拿来修改稿准备出版的时候,特别是要我为之写序言的准备过程中,我也围绕中国文学翻译的审美境界的哲学基础和一个相对比较简略一点的翻译理论形态,做了一些考虑,现在将我的一些想法贡献出来,和大亮及广大读者共享,也望学界译界方家不吝赐教。

中国哲学,和西方哲学的长于思辨和分析相比,可以说长于体悟和感兴,在本质上属于境界说。因为西方哲学,按照其所求的问题和方法以及对于人的关系,可以分为本体论(世界是什么?)、认识论(人如何认识世界?)、价值论(世界或知识对于人的关系和意义如何?),而中国哲学则无此种严格的区分。在中国人看来,无论这世界作为实体和认识对象是如何的物质化,但终归是以人的社会伦理的存在为其要点,而个人所处的位置和认识的关系与角度不同,甚至一时之心境不同,也会产生不同的看法,故而产生不同的意义和感悟。人的这种感悟,以及感悟的分层次的体现,便是境界。关于境界,冯友兰如是说:

> 人对于宇宙人生底觉解的程度,可有不同。因此,宇宙人生,对于人底意义,亦有不同。人对于宇宙人生在某种程度上所有底觉解,因

此，宇宙人生对于人所有底某种不同底意义，即构成人所有底某种境界。（冯友兰：《新原人》，载《冯友兰集》，黄克剑、吴小龙编，群言出版社，1993 年，第 304-305 页）

显然，境界有其大小高下雅俗久暂的不同。冯友兰将其分为四种。现根据其要点，简要列举陈述如下：

1. 自然境界：顺其生物学上的习性和个人习性而行事。其认识方面，“不可以说是不知不识，只可以说是不著不察”。所谓“自然境界”者，“莫知其然而然”也。

2. 功利境界：其行为原则是为利和利己，虽然最终也可能会建功立业，有利于社会和他人，但就其可以说是有意识的动机而言，则属于“功利境界”。

3. 道德境界：超越功利层面，而进到义的层面，也就是认识到社会和人生的意义层面，以及对于人性的认识有所突破，从占有进入贡献，即为“道德境界”。

4. 天地境界：超越道德和社会的认识，而始能知天、事天，认识到社会人生之外还有宇宙大全，其能乐天知性，尽性事天，乃超越前次所有境界，进入“天地境界”。

作为“新理学”的代表人物，冯友兰的哲学，也可以说是典型的境界哲学。在中国哲学史上，他接着宋人的“理学”（即宋明理学）朝下说，进而将其概括和升华为中国哲学的一种主流，那就是境界哲学。

中国哲学有一个主要底传统，有一个思想的主流。这个传统就是求一种最高底境界。这种境界是最高底，但又是不离乎人伦日用底。这种境界，就是即世间而出世间底。这种境界以及这种哲学，我们说它是“极高明而道中庸”。（冯友兰：《新原道》，载《冯友兰集》，黄克剑、吴小龙编，群言出版社，1993 年，第 341 页）

虽然是以儒家的价值观作为底色和标的，境界论毕竟是对中国传统哲学的一种重要的总结。在我看来，其中包括对于儒家思想、道家思想和佛家思想的继承，以及三教圆一归于心性之学的近现代哲学的深刻认识。然而，在艺术上，人们更喜欢用“意境”来表达类似的意思，在文学上亦然。这或许从另一个方面能够说明，“境界”是一个兼顾宇宙论、人生论和艺术论的术语（以人生论为核心），而“意境”只是从中分化出来的一个更加专门的术语（艺术论的术语）。尽管在王国维的《人间词话》里，“境界”也是一个兼顾作者心理和作品效果的艺术性话语的概念，其中可以看出中国的艺术论与人生论不相区分的情况(甚至中国人在评论作品的艺术境界的时候,往往而且最重要的还是要参照作者的人格地位来加以判断的)。当然,也有以审美范畴来说“境界”的。

> 美的最高存在形态是境界。境界是中国哲学的主要范畴,宋明理学将境界作为人生的最高追求。然比较意境与境界,境界比意境更合适作为美的最高形态。意境只用于艺术创作中,而境界不只用于艺术创作中,还能用于人生修养中。这样较符合审美,因为审美不只体现在艺术活动中,它渗透在人的全部生活中,而且成为人的自我实现的最高层次,它是人之所以为人的最高规定。(陈望衡:《当代美学原理》,人民出版社,2003年,第9页)

如果说中国哲学更喜欢“境界”作为上位范畴(以人生为核心),“生活世界”则是一个西方的生活化的术语,其中个体生活在特定的环境里和故事里。而在艺术领域,在缺乏“意境”这种更加高明和通透的术语的时候,西方文学和艺术就倾向于用“意象”(image/imagery)这个更加靠近对象、实体而瞬间可感的术语,来建构自己的诗学体系。在英语中,imagination(想象,想象力)、imaginary(想象的,虚构的)、imaginable(可想象的,想得到的)、imaginative(善于想象的)等,可以组成一组术语,用来说明文学和艺术创作与接受欣赏过程中的核心机制。

为了便于说明问题,这里试举美国诗人弗罗斯特的《雪夜林边伫立》,来分析其中的意象组织,并据以探求全诗的意境:

Stopping by Woods on a Snowy Evening

Whose woods these are I think I know.
His house is in the village, though;
He will not see me stopping here
To watch his woods fill up with snow.

My little horse must think it queer
To stop without a farmhouse near
Between the woods and frozen lake
The darkest evening of the year.

He gives his harness bells a shake
To ask if there is some mistake.

The only other sound's the sweep
Of easy wind and downy flake.

The woods are lovely, dark and deep,
But I have promises to keep,
And miles to go before I sleep,
And miles to go before I sleep.

诗中的意象可以分为几组：

1. 主人公（诗人）和友人（林地的主人），构成人的世界；
2. 动物：小马（属于主人，疑问在人与植物之间，构成生物界）；
3. 环境性景物：树林（注视点：复杂而神秘），冰湖（远离村舍，纯自然，非财产）；
4. 空间性景物：风声，雪花（起提醒和渲染的作用，营造空间与氛围）；
5. 时间性线索：一年内最黑的夜晚，暗示人生晚景；
6. 心理活动：思念友人，关注生命，信守诺言，感悟人生。

这首诗的写作和翻译自然有其可注意之点：

1. 幽暗的森林具有原始生命发源的隐喻；
2. 人类归宿在途中的感觉是一种承诺；
3. sleep 有"睡眠"与"死亡"相间的双关意味。

由此构成这首诗的意义的深度暗示，也可以理解为是一种意境，或人生境界，即人在观照友情的瞬间，对于生命发生顿悟，但仍然有人间的义务需要履行，此乃"向死而生"的哲学意蕴。依照这样的认识，笔者提供的可以参考的译文如下：

雪夜林边伫立

〔美〕弗罗斯特

这林地的主人我想是相识，
虽然他的农舍还在村里；
他不会看见我驻足在此，
在观赏他挂满雪花的林地。
我的小马惊异之情想必难免：
为何歇脚在远离村舍的林边，
歇息在林木与冰湖之间，

歇息在一年中最黑的夜晚？

它把身上铃儿抖了一抖，
询问着是否出了错儿。
铃声响处一片静寂，
惟有凉风吹拂，绒雪飘落。

这林木诱人，幽暗而又深沉，
然而我还有承诺需要守信，
还需行数里路才可安歇，
还需行数里路才可安歇。

那么，如何参照西方的审美机制来界定中国式的"意境"呢？

1. 相对于意象的实体和对象性特征，意境是空灵的、时空交融的、主客体合一的审美状态，是一个更大的范畴。

2. 意境可以包含意象概念，即在特定的审美创造和接受中，意境可以由若干个意象及其感知状态构成，在彼此的关系中体现出来；如果把审美对象看作一个意象，它必须体现主客体关系。

3. 然而，相对于意象的实在性，意境是更加虚幻的审美范畴（空间性是其基本特征），是几乎不可以分析（缺乏分析范畴）但是仍然可以感知并加以评价的审美范畴（等级概念体系）。

4. 在意境的评价系统里，审美主体的当下状态和人格因素具有十分重要的作用，因此，可以说意境是兼具道德评价的审美范畴。

在一些较为单纯的中国古典诗歌作品里，只有一个意象或核心意象，其意境和意象几乎是重叠的，或者说全诗的意境从其意象中发散而出：

千山鸟飞绝，万径人踪灭。
孤舟蓑笠翁，独钓寒江雪。

这是柳宗元的《江雪》。其中"独钓寒江雪"的"孤舟蓑笠翁"，是一个意象，他居于作品和时空的核心部分，也是审美的注意焦点，而"千山鸟飞绝，万径人踪灭"只是环境，其中的"飞鸟"和"人踪"其实并没有出现，只有"千山"和"万径"在那里，作为空洞的环境线索提示而存在，以凸显作品的"千万孤独"（藏头诗）的主题。在环境意象和核心意象的关系中，巨大的前者（空间）压迫或孤立后者（人物），显示其渺小和孤独，是作品的妙处。

在较为复杂的作品里，可以有一组或几组意象，构成意境和意境的对照关系：

> 昔我往矣，杨柳依依。
> 今我来思，雨雪霏霏。

这里的“昔我往矣，杨柳依依”，不仅是人与物的关系，或主体和环境的关系，而且是拟人的互动的关系。“今我来思，雨雪霏霏”亦然，而且和前者构成今昔对比，不仅是环境的和时空的对比，而且是心境的和意境的对比。这种对比本身又构成一个连贯的统一的意境。那就是今非昔比、往事不再的哀婉心态，故而可知，这首诗的意境是时间性的，即具有时间绵延性质的，但仍然以空间延展性为基础。

在典型的中国古诗里，意境的构成可以更加空灵而苍茫，几乎找不到什么意象，即在极少的线索之外，几乎什么都没有出现，像绘画里的大面积留白。例如陈子昂的《登幽州台歌》：

> 前不见古人，后不见来者。
> 念天地之悠悠，独怆然而涕下。

与其说此诗里看到一位诗人迷失在历史的时空里（物理的时空在这里虚化了），悲愤，忧伤，不如说这里是他内心的描写，因为内心活动之不可见，才借助外在的景物感发内心的悲伤。当然，过于实在而具体的景物，会干扰或阻拟博大意境的展开和想象，所以诗中没有任何景物和人，只有天地（天地也不是景物，只是空间的依托）。同样具有空间延展的性质，但与《江雪》压缩主体形象的意境构成相比，此诗是扩张性的，扩张了主体的内心世界，因而是虚幻的。一个“念”字，意境全出，而“独怆然而涕下”只是诗人形象的外部描写，但却是通过内心感受发现或感觉出来的。“念天地之悠悠”是宇宙时空之无限，而“前不见古人，后不见来者”，正是这样一种无有线索提醒和欲追随而无迹的失落感。在意境的表现上，这首诗的“内视觉”和《江雪》的“外视觉”，形成鲜明对照，构成空灵与空旷的风格差别。

关于诗的哲学思考，或心理学的思考，离不开感觉和思议的区分。在这一方面，冯友兰先生曾给予彻底的说明，至今仍然给我们以启发：

> 有只可感觉，不可思议者。有不可感觉，只可思议者。有不可感觉，亦不可思议者。只可感觉不可思议者，是具体底事物。不可感觉，

只可思议者，是抽象底理。不可感觉亦不可思议者，是道或大全。一诗，若只能以可感觉者表示可感觉者，则其诗是止于技底诗。一诗，若能以可感觉者表显不可感觉只可思议者，以及不可感觉亦不可思议者，则其诗是进于道底诗。（冯友兰：《新知言》第十章《论诗》，载《冯友兰集》，黄克剑、吴小龙编，群言出版社，1993 年，第 461 页）

以此观之，则柳宗元的《江雪》，属于写可感觉者，画面虚无，而尚有思议，也不过是一时心境，所以有一定的境界。《诗经》里的《采薇》，则在感觉的对比中追求感觉本身，虽有深刻的体验，且属于常人的感觉，令人读之亲切，催人泪下。最后，《登幽州台歌》，则因其所感觉和所思议者皆不可得，故而悲伤不已，追寻而不愿放弃，思虑又不得其解，因之显得意境苍茫虚幻，乃成千古名句。

历史上许多名诗，若按照此理去推论，则以感觉胜者，未必能进入思议层面，故而其意境便要打折扣。例如，李白在《庐山谣寄卢侍御虚舟》中有这样的诗句：

登高壮观天地间，大江茫茫去不还。
黄云万里动风色，白波九道流雪山。

开头两句是何等的大气，登高远望，大江东去，人们以为要写很高的意境了，但诗人李白终于没有写“大道之行”一类形而上的不可思议的话，而是继续描写了黄云、白波、风色、雪山等自然景观，虽然苍茫而流动，也是十分壮观，但毕竟缺乏高远的不可思议的提升。意境，始终在眼前壮观的自然景色中，整个诗句都是具体可感的。

相比之下，毛泽东的《为李进同志题所摄庐山仙人洞照》，则由于最后一句的哲理“无限风光在险峰”，再加上“仙人洞”的超凡的暗示，使全诗的表现达到了一定的意境：

暮色苍茫看劲松，乱云飞渡仍从容。
天生一个仙人洞，无限风光在险峰。

这里我们将逐渐进入诗的可感和不可感的理论区分，以及思议与不可思议的审美概念区分。人之感觉与思议的器官与途径，无非是“眼耳鼻舌身意”，而“意”大体多在思议中。在所有的感觉中，以视觉和听觉最为重要，其中又以视觉位居起首，听觉次之。因此，涉及形体、色彩、动感一类事物和现象，则非视觉莫属。“神韵”之说，多为视觉引起。而在鼻舌之间，则为嗅觉、味觉，粗略而言，或许“味”可以概括。至于身，即是手指和皮肤接触外物的感觉，又以前者最为敏感，大体不外乎事物的物理属性之类，光滑或粗糙，流畅或曲折，通过通感和联想，尤其是人体的触觉，也可以进入高级的审美感受，甚至引起一定的思议吧。

那么，这似乎完全不同但又彼此联系的东西，究竟如何表达呢？我们的原则，大体是要选取一些常用的术语，而又能纳入上述感觉和思议的范畴进行考察的，而且还要典型，例如上面几个和“六官”有联系的审美范畴。在涉及“味”(taste)的时候(金岳霖在“译味”中讲得最典型)，“意境”的“大小”“高下”一类形容词往往用不上，倒是“久暂”和“浓淡”可以暂时使用一下。而一涉及“神韵”(中国古典文论里一个无法回避的术语)，则靠近视觉和心灵，有一定的精神品质。在思议的类型里，语言起着重要的作用，而语言本身，也成为感觉和思议的对象，例如“风格”一类说法(中外古典美学中一个反复讨论的题目)，大体可以归入语言的感受中。在这样做的时候，我们发现，中国哲学和文学理论术语的可界定性，是十分有限的。但我们不能不做讨论。所以，只好对这一组术语，加上外文的参照，杂以相互的比较，强为解说，勉强为之：

1. 味，或韵味(taste)：因为来源于味觉，首先不属于具体的语义，即不可根据词语的意思直接确定，但可以根据主观的感受来区分类别(如酸辣咸淡之物理味觉、酸甜苦辣等人生况味)，并借助特征描写予以体会、品味。

2. 神韵(halo)：大体归于视觉感受，常常寓于视觉意象之中，例如人物描写和景物描写中的神韵，如兰花之婀娜、贵妇之静穆、书法之俊秀等，一般具有飘逸感、超脱感、神秘感，属于正面价值，有不可尽述之性质。

3. 风格(style)：随文体而生，有时代气息，但与创作者个人的习惯性致思和独特的语言运用有关，可较多的归于语言和修辞，而且可以分析和分类，也可以对比和描写，但未必可以评价其高低。

以上三个术语都属于境界或意境的下位词，而且在翻译中都有可能丧失或改变，或者淡化或偏离。我们仅提出随语言和文化发生变异的可能性，以及按照虚实相生概念加以处理的基本策略和技法。在下面的举例分析中，因为是以作品为单位，不再分别进行理论描述，只是在具体的分析中侧重于这一方面或那一方面，顺便提及，点到为止，以之构成一个总体的印象而已。

下面以《红楼梦》中的《红豆词》的理解和笔者的翻译为例，来说明其中的意境问题：

红豆词

滴不尽相思血泪抛红豆,
开不完春柳春花满画楼,
睡不稳纱窗风雨黄昏后,
忘不了新愁与旧愁,
咽不下玉粒金莼噎满喉,
照不见菱花镜里形容瘦。
展不开的眉头,
捱不明的更漏。呀!
恰便似遮不住的青山隐隐,
流不断的绿水悠悠。

译者的翻译策略和分析要点如下:

1. 因为是用在小说环境中的诗词,因此要克服汉语诗歌的无人称状态,将整个诗的抒情角度,定为小说女主人公林黛玉的独白,为第一人称哭诉,较原诗语气要强一些。

2. 在情绪上,按照情节戏剧化处理的要求,诗的基调定为悲伤与孤独,源于爱情的相思,因此是对贾宝玉的倾诉,并通过泪眼在幻觉中见到意中人(最后一句),再现原诗的人物关系。

3. 诗中景物的基调,参照焦点透视原理,定为寒色调,去除原诗中多余的暖色(如春花、画楼),强化寒色调(如柳树,英文为"哭柳"),并简化相应的意象,以免纷杂扰乱,失去单纯的审美情趣。

4. 采用内视觉,将包括室内和室外的所有的景物,一律心理化、虚拟化,让其在主人公的主观感受中呈现出来,成为有意义的符号(如垂柳)和推动情节发展的诱因(如风雨,删掉风,以减少动感,增强沉闷的静感)。

5. 利用英语 blue 一词所含有的忧伤的民歌基调(布鲁斯),强化青山绿水和抒情主人公的忧伤心理,使情景交融,达到意境的高度统一,同时显示出英文诗歌的特殊味道。

6. 在时间上,采用逐渐推移的手法,让景物和时间在抒情主人公的等待(思念)的心境中,由白天到黄昏,再到夜半更深(让打更人的更声从窗外经过,可以听到),再挨到天明,望见并看清楚窗外园林景色。

7. 伴随着抒情主人公的心情和感受,其动作也心理化(包括减弱某些生物性的描写,如展不开的眉头),并通过括号里的附加信息和恋人对话,以戏剧角色化手法增强意境的深度感和空间感觉。

8. 在句法上，利用英文的 and(表示叠加和累积效果)和 endless(表示无穷尽无休止的拖延和重复效果)，模仿汉语的“滴不尽，看不完，睡不稳，忘不了，咽不下，照不见，展不开，挨不明”等引起的句法效果。

9. 在章法上，采用首尾呼应的技巧。开头用第一人称感叹眼泪，实际上是感叹命运，先声夺人；结尾用添加思念增长的手法，两行平行并押韵，强化山水含泪与忧伤的拟人效果，韵味悠长。

10. 在总体上，这首诗的翻译采用现代诗和歌曲相融合的表现手法，包括采用基本无韵但有节奏的长句表现力，在舒展的诗句中反复积累能量，从爱情的失意以至于倾诉人生的伤感，扩充和加深了诗歌的意境，以便于现代读者阅读和理解。

These Little Red Beans of Love

How come, Oh, these endless tears of love and longing,
Like drops of blood shed—these little red beans!
And endless weeping willows waken in the morn outside the window,
And in endless hours of weeping I pass through rains to the evening,
And I miss you and think of you and of the sorrows new and old;
And I am choked with tears and I can't eat and drink anything,
And I can't bear to look into the mirror and see my waning looks,
And I think of you (also so waned and pale?) far into the night
And through midnight, hearing the watchman passing with time.
—So blue am I, I feel, and my whole life is just so blue that
I see the blue distant hills through mist at dawn and the river flow,
I see you through my endless tears, and my love and longing grow!

顺便提及一点，以上例证的翻译及分析，在总体上偏重于意境的传达与再创作；而味的传达，主要是转换为英语诗歌的味道，兼有现代诗歌的趣味；至于风格，则顺理成章地属于现代英语诗歌的风格了。这一总体的倾向，是服从于译者的审美观念与翻译目的了。虽然在理论上，这种译法也只是其中的一种，不过在这里用来作为诗歌意境翻译的例证而已。

最后，让我们以吴宓先生所译法国诗人解尼埃《创造》一诗的妙句，来结束这篇关于文学翻译境界的讨论的序言吧。

采撷远古之花兮，以酿造吾人之蜜；

为描画吾侪之感想兮，借古人之色泽；
就古人之诗火兮，吾侪之烈炬可以引燃；
用新来之俊思兮，成古体之佳篇。

毫无疑问，这样一种骚体的翻译，不徒是一种创造，也是一种激励。

那意境之高妙，是在翻译与创作之间营造一浩渺的空间，让诗神在其中翱翔。

末了，请回到本文的标题：哲学的边界处是诗，诗是哲学的核心。

之所以说"哲学的边界处是诗"，是因为许多职业哲学家在其哲学体系的边缘，或者在其哲学思考的人生的边缘，讨论诗——无论是海德格尔、金岳霖，还是冯友兰，均是如此。之所以又说"诗是哲学的核心"，乃是因为许多诗人哲学家，或者诗歌美学家，始终把诗放在哲学的核心论题的位置上，一辈子讨论不完——例如，刘勰、波德莱尔、朱光潜，莫不如是。我们还要补充一句，在谈论诗歌或翻译境界的哲人中，唐人司空图、晚清王国维、今之钱锺书，又何曾离开哲学而谈诗，或者离开诗而谈论哲学，或者离开诗和哲学而谈翻译？

须知，诗与哲学，哲学与诗，这种在空间上相互嵌入的概念，正是现代思维用于界定事物的理论特征之一。无论在理论上，还是在实践上，意境之于翻译，永远都是第一位的。而意境可以是哲学问题，但更是诗学问题。这便是我们对文学翻译的审美境界的双重阐释。基于此，我们把文学翻译的审美境界的双重阐释，引入诗歌翻译中，旨在以诗歌翻译来深化哲学与诗的讨论，虽然与此同时，我们也是以哲学与诗的讨论，来推动我们对诗歌翻译事业的认识。

让我们通过哲学，攀援诗的境界，
通过诗，进入哲学的王国。
在诗歌翻译中，
君临天下，
其乐无穷！

王宏印（朱墨）
初稿于 2010 年 7 月 12 日
南开大学龙兴里寓所
修改于 2015 年 7 月 22 日
美国新泽西州芳草地

绪 论

这个绪论不是形式上的点缀，而是内容上的需要。正文中不适合写的东西可以通过前言、绪论或后记等副文本的形式表现出来。因此，副文本也是一部作品不可或缺的组成部分。本书作者在这里向读者介绍了课题名称、选题理由、研究价值、研究内容、研究方法五个方面的内容，以便读者加深对本书的了解。

一、课题名称

《文学翻译的境界：译意・译味・译境》这个书名听起来不悦耳，读起来不顺口，也许理解起来还有些困难。既然这样，为什么还要用这个名字呢？本书作者考虑过这个问题，也征求过一些专家与出版社的意见，最后还是用了目前这个书名。

首先，这是一部学术专著，作者追求的是学术性和专业性。题目中的“境界”“译意”“译味”“译境”皆有出处与来历，是中国哲学、文艺美学及翻译学的专业术语，承载着丰富的学术内涵。“境界”是哲学、美学、文学领域的核心范畴，在中国思想文化中占有相当重要的地位。但是，这个术语并没有引起翻译界的重视，大多数人只把它当作普通词汇看待，并没有提升到专业术语的高度。本书把“境界”视为翻译的核心范畴，主张以境界论文学翻译。“译意”与“译味”来自于金岳霖，体现了本课题的学术渊源。“译境”源于“意境”，是对金岳霖翻译思想的发展。做学问讲究继承传统，写文章强调标注出处。本书名既重视继承传统，也强调发展创新。

其次，本书名语音双关，语义互文，简明扼要地概括了课题的研究对象与主题内容。书名含有五个关键词，内涵丰富，彼此有内在的联系。第一个关键词“文学翻译”框定了课题的文本类别，理论与实例分析都必须以此为依据。第二个关键词“境界”是上位范畴，具有涵盖力，成为贯穿全书的一条主线，把译意、译味、译境联系起来。第三个关键词“译意”隐含着另一个同音异名词“意义”，前者代表文学翻译的第一种境界，后者代表文学作品的第一个层次。第四个关键词“译味”隐含着另一个同音异名词“意味”，前者代表文学翻译的第二种境界，后者代表文学作品的第二层次。第五个关键词“译境”隐含着另一个同音异名词“意境”，前者代表文学翻译的第三种境界，后者代表文学作品的第三层次。

二、选题理由

不了解中国传统哲学、美学与文学，就不可能真正了解中国传统译论。本着这样的信念，笔者运用回归中国传统译论原点的研究思路，认真研读了中国哲学与文艺美学。结果发现意、味、韵、境四个单体范畴出现频率高、历史传承久、美学内涵深，可以作为文学作品文学性的构成要素，是文学翻译的核心范畴，具有重大的研究价值。

在研究金岳霖的时候，笔者注意到在他提到的译学范畴中，既有译意（意义）与译味（意味），也有意境与境界。他的意味、意境与境界是国学的，继承的是中国哲学与文艺美学的学术传统，他的译意则是西方的，借鉴的是西方语言哲学与分析哲学的研究成果。总之，他的翻译思想既有重大的研究价值，又有许多值得深入探讨的问题。

从研究现状分析，翻译界在研究这些范畴时，是分开来谈的，没有建立范畴之间的内在联系，没有把四者看作一个有机的系统，也没有形成理论体系。在概念的内涵与外延上，四个范畴之间既各自独立，又相互交叉，意义往往跨越彼此的边界，一直是中国传统译论研究的一个难点。

就金岳霖的“译意”与“译味”来说，翻译研究者都认为它很重要，但研究者很少，研究成果则更少。与严复、鲁迅、林语堂、傅雷、钱锺书等人相比，金岳霖门前显得冷清寂寞。迄今为止，国内还没有一部专门以金岳霖的翻译思想为研究对象的专著出现，这与金岳霖的学术地位是极不相称的。

金岳霖毕竟是哲学家和逻辑学家而不是翻译家或翻译理论家。他在《知识论》中谈论了很多语言与翻译问题，但他只是提出了问题，并没有解决问题，留给后人很多疑问，因而需要超越与发展。

三、研究价值

在翻译理论方面，本书运用回归原点法、结构界定法以及逻辑分析法把中国传统译论中零散、孤立的范畴语境化、结构化、系统化，划分了文学作品的三个层次，提出了文学翻译的三种境界，建构了译意、译味、译境的理论体系，为发展中国传统译论提供了一个可供借鉴的研究思路。

在翻译批评方面，本书提出的可译性、文学性、主体性、层级性、超越性等思想可以为文学翻译批评提供参照标准与批评方法，可以通过可译性大小、文学性强弱、境界高低来评价翻译质量，区分不同译文的水平与等级。

在翻译实践方面，本书以文学翻译为语料，选取了大量的翻译实例，从意义、意味与意境三个层面进行文本分析，从语言功能、思维方式、意义类型三个维度探讨超越机制，从译意、译味与译境三种境界解析翻译效果，主张超越文学的不可译因素，化不可译为可译，把文学翻译提升到审美境界的高度。这些实例分析对提高文学翻译的水平与质量具有实际的指导意义。

四、研究内容

如果从章节上划分的话，本书除了绪论和结语之外，共十章内容。如果从板块上划分的话，本书在内容上可以分成金岳霖的翻译思想、文学作品的三个层次与构成要素、文学翻译的三种境界与合理定位、三种境界的不同特点与表现、文学翻译的超越机制、翻译境界的理论体系六个部分。

第一部分研究了金岳霖的翻译思想（第一、二章）。本部分从金岳霖的研究现状谈起，从共时与历时两个维度分别梳理了金岳霖的研究现状，对现有文献做出评价，提出了金岳霖问题，分析了问题形成的原因，提出了解决问题的思路与办法，界定了译意与译味的概念，探究了译意与译味的区别与联系。金岳霖的翻译思想可以通过分析《知识论》的研究对象、目的、立场、态度、方法而获得全面理解。

第二部分研究了文学作品的三个层次与构成要素（第三章）。本部分借鉴了新批评的文学性理论、结构主义的结构理论、现象学的作品层次理论，把文学作品划分为意义、意味与意境三个层次，重新界定了其审美内涵，描述了文学性的构成要素。意义、意味与意境在文学作品的结构或系统中找到了各自意义的规定性。

第三部分研究了文学翻译的三种境界与合理定位（第四、五章）。文学作品的意义、意味与意境三个层次依次对应文学翻译的译意、译味与译境三种境界。作者克服了二分法的局限性，提出了三分法的必要性，论证了译意、译味、译境的区别与联系以及超越办法，并依据可译性大小对三种境界进行合理定位。

第四部分研究了三种境界的不同特点与表现（第六、七、八章）。本部分用三章内容分别描述译意、译味和译境在语言功能、思维模式与意义类型上的不同特点与表现，分析了译意语言的三化、译味语言的三美、译境语言的三性等特点，归纳了概念思维、意象思维及原象思维的不同特点和转换问题，讨论了不同的意义类型在跨语言转换过程的再生情况。

第五部分研究了文学翻译的超越机制(第九章)。本部分选择了三个案例具体分析了译意、译味、译境在语言层面、思维模式及意义类型上的超越机制,评价了同一原文在不同译文中的实际表现与翻译效果。该章通过翻译实例论证了文学翻译在实践层面的超越问题。

第六部分研究了翻译境界的理论体系(第十章)。本部分从范畴体系、文学性体系、符号体系及层级超越机制四个方面探讨了境界、译意、译味、译境之间的理论体系。三种境界之间形成一个层级关系的有机系统,并受更高一级范畴"境界"的统领,形成文学翻译的不同审美境界。

五、研究方法

在研究方法上,本书主要运用了回归原点法、结构界定法、逻辑分析法及理论联系实践法。在写作思路上,本书主要运用了内容分解法、层层推进法以及逻辑关联法。这些研究方法和写作思路是为各章节之间的逻辑性、层次性和系统性服务的。

回归原点法。这里的"原点"是指中国译论的起点、出处及源头。本书运用回归中国译论原点的研究思路,认真研究了金岳霖的《知识论》及相关资料,探究了境界与意境的哲学基础与文艺美学渊源,梳理了"意""味""境""韵"等美学范畴的历史演变与美学内涵。通过回归原点的研究思路,本书发现了金岳霖问题,提出了境界论的翻译观,理清了意味、意境与境界之间的关系。

结构界定法。中国译论的范畴最难界定,定义规定法太死,笼统描写法又太活,直觉感悟法让读者抓不住要领。本书在界定意义、意味与意境的审美内涵时采取结构法,把这些范畴放在文学作品的结构中,描写其语境中的功能,从而达到界定范畴的目的。本书优化整合了中国传统文艺美学与翻译界学者的研究成果,并合理借鉴形式主义、新批评、结构主义以及现象学文论有关作品层次论的研究思路与方法,把文学作品划分为意义、意味与意境三个层面,然后在作品的结构中找到了各自意义的规定性,并运用辩证法的"中介环节"理论,解决范畴之间的意义交叉关系。

逻辑分析法。中国译学的概念体现了天人合一的整体性思想,排斥概念,拒绝分析。这种整体直觉思维的模式有利于审美鉴赏与创作,但其缺点是难以说清楚,不利于翻译批评,也很难形成理论体系。因此,本书运用西方的逻辑分析法,把上位范畴分解成不同的类别与层级,使其衍生出二级范畴和三级范畴,并通过逻辑推理与辩证逻辑建立范畴之间的内在联系。这是发展建构中国译论体系的可行之路。否则,重感性、重体验的中国传统译论很难与当代译论接轨。

理论联系实践法。本书在讲每一个理论问题时,一般都会有一个实例分析,目的或是用实例印证理论的解释力,或是用实例把抽象的理论具体化,或是用实例佐证理论的实用价值。没有理论,难以发现金岳霖问题,难以解决金岳霖难题,难以界定范畴之间的关系,更难以形成三种翻译境界的理论体系。没有实践,金岳霖提出的文学不可译问题就难以得到印证,译味是否可译的问题就难以得到体现,译境是理想的观点就难以提出,境界超越思想就可能悬空。

内容分解法。意义(译意)、意味(译味)、意境(译境)、境界是本书的核心范畴,出现频率高,内容容易重复。本书作者意识到了写作中的困难,不得不在写法上精心设计。具体说来,本书把译意、译味、译境分解成文学作品的不同层次、文学性的不同程度、可译性大小、境界高低、超越性、主体性、语言功能、思维方式、意义类型等不同内容,力求不同的章节讲不同的内容。

层层推进法。在内容分解法的基础上,本书按照章法的起承转合,把这些内容组织起来,采取层层推进的写法,尽量做到下章内容是上章内容的进一步发展,下节内容是上节内容的进一步深化。

逻辑关联法。在层层推进的基础上,本书按照内容逻辑性和关联性的要求,运用逻辑关联法,把全书内容组织成一个有机整体,章与章之间有内在的逻辑性,节与节之间有内在的关联性。

第一章 从金岳霖谈起

翻译问题的复杂性与综合性吸引了包括哲学家、语言学家、美学家、文学家、心理学家在内的一大批学术精英的注意力，他们撰文著书，为翻译研究贡献了许多精辟而深刻的见解，金岳霖就是其中的一个。作为哲学家，他对语言、思想与意象的关系发表了高屋建瓴、入木三分的看法；作为逻辑学家，他的条分缕析的逻辑分析方法为中国传统译论增添了一种前所未有的研究思路。金岳霖提出“译意译味”，可谓是独树一帜，自成一家，在翻译界产生了深远的影响。因此，本书的研究起点就是金岳霖，在研究现有文献的基础上提出了“金岳霖问题”，然后再探索解决问题的思路，希望该研究能够向前推进和发展金岳霖的翻译思想。

第一节 金岳霖的研究现状

金岳霖的翻译思想是在一部深奥难懂的哲学著作《知识论》中论语言时提出的，所以这部书发表很长时间以来几乎没有引起语言学界与翻译界的重视。文献检索结果发现，国内外研究金岳霖翻译思想的文献屈指可数。笔者首先按照时间的先后顺序历时地梳理相关的研究文献，以便读者把握研究现状的历史发展脉络，然后再共时地概括评价现有的研究成果，把它们大致分成五类：转载收录类、介绍引用类、比较归纳类、转化应用类、诠释评价类，并在此基础上提出尚未解决的问题。

一、研究文献回顾

严格说来，金岳霖的翻译思想形成于20世纪40年代，发表于80年代。金岳霖对翻译问题的论述主要集中在《知识论》的第十五章“语言”中。该章内容由“字”“字底蕴藏”“语言文字文法”“翻译”以及“思想与语言”五部分构成。第四节“翻译”部分是金岳霖翻译思想的集中体现，就是在这一部分金先生提出了著名的“译意与译味”两种类型。下面笔者按照时间顺序对研究文献进行梳理。

20 世纪 80 年代，除了罗新璋、许国璋以及柯飞外，语言学家与翻译界几乎没有人关注金岳霖的翻译理论，因而没有什么研究成果，研究文献主要是转载收录类。1984 年，罗新璋以“论翻译”为题目把金岳霖论翻译的内容收进《翻译论集》中。1986 年第 3 期《外语教学与研究》杂志转载了许国璋整理注释的《金岳霖论语言》。该部分刊登的是金先生《知识论》的第四章中专门讨论语言符号的符号性与抽象性的两节内容。许国璋加了按语，对文章中有些术语做了注释，疑难处写了点评，个别地方对文本做了补正。1986 年第 4 期《外语教学与研究》以“金岳霖论翻译”为题目刊登了《知识论》中论翻译的精彩篇章。1987 年第 1 期的《外语教学与研究》刊登了柯飞的《“金岳霖论翻译”读后》一文，作者谈了两点体会：一是读哲人文章有益，二是金文中的一些精彩论述。

20 世纪 90 年代，翻译界发表了五篇研究金岳霖论翻译的文章。1990 年，许渊冲（1990：6）在《文学翻译：1＋1＝3》一文中指出：“文学翻译不单是译词，还要译意；不但是译意，还要译味。这也可以用数学公式表达如下：译词：1＋1＝1（形似）；译意：1＋1＝2（意似）；译味：1＋1＝3（神似）。”严格说来，这篇文章并非专门研究金岳霖论翻译的文章，但是，许渊冲提出的译词、译意与译味三个层面是对金岳霖理论的具体运用，只不过没有在理论层面上论述罢了。1991 年，许国璋把金岳霖论翻译的部分收录在《许国璋论语言》中，并加了评注。许国璋（1991：331）指出：“这篇论翻译的哲学文章有两点与众不同：第一，他没有提到严复，而只讨论译意和译味的问题。第二，他承认翻译是困难的，也承认有的不可译。读这位哲学家的文章，到处可以感到他的通脱明达。”柯飞在 1996 年发表了《关于翻译的哲学思考》一文，从翻译的哲学基础、翻译的基本问题、翻译的难处以及翻译的价值四个方面介绍了艾思奇、贺麟、陈康、朱光潜、金岳霖五位哲学家的翻译思想。刘邦凡分别在 1998 年与 1999 年发表两篇有关金岳霖翻译思想的文章。前者题目为《论〈知识论〉的英文用语及其翻译哲学思想》，该文对《知识论》中大量使用的英文进行分析后指出，书中使用英文的目的“一方面体现了金岳霖先生对中西文化和思想异同的哲学理解，另一方面也体现了他对语言翻译的哲学思考”（刘邦凡、杨炳钧，1998：14）。他的另一篇文章是《外物与翻译——论金岳霖的语言翻译观》，该文对金岳霖的语言翻译观进行了阐释，认为“语言翻译是把语言文字作为外物的实证与分析，翻译活动必然应从非唯主的方式出发，力求意与味之兼得”，“不可兼得时以译意为主”（刘邦凡，1999：51-54）。

进入21世纪以来,有关金岳霖论翻译的研究成果仍不多见。2000年,陈福康的《中国译学理论史稿》(修订版)出版,书中第三章有“金岳霖论译意与译味”一节内容。作者从翻译的两种方法、译味的困难、意义与情感的矛盾、文学翻译与哲学翻译的异同几个方面介绍了金氏的翻译思想。2001年,郑延国发表《哲学家眼中的翻译——金岳霖、贺麟译观探微》一文,作者从翻译理论基础、翻译方法、翻译与重新创作、诗歌翻译、哲学著作诸方面谈了金岳霖与贺麟两位贤哲在翻译观上的许多共识。2002年,许建平(2002:119)在《译字、译意与译味》中认为,金岳霖的“译意译味说”跳出了传统的直译、意译的圈子,构建了一种新的翻译思维模式。“与传统的直译、意译相比,它更能切中要害——不但拓宽了研究的范围,而且更能揭示出问题的本质,减少不必要的‘直译’、‘意译’的纷争。”更重要的是他以哲学家的睿智向译界提供了一种全新的翻译模式和思维方法。在2003年的另一篇题为《试论金岳霖在译学领域的建树》中,许建平运用翻译实践的译例对金岳霖的“译意译味”的现实意义进行了验证,进而肯定了金岳霖对我国译学建设所做的开拓性贡献。2003年,王宏印出版了学术专著《中国传统译论的经典诠释——从道安到傅雷》,专用一章篇幅集中研究了金岳霖的“译意译味说”。作者从金岳霖的语言观入手,从思想、情感与语言的关系视角分析了翻译的认识论基础,肯定了译意译味划分的重大价值,并进行现代意义的阐释、转换与理论升华。2004年,王秉钦在《20世纪中国翻译思想史》中提到了金岳霖的“译意与译味”,并引用了《知识论》第十五章论翻译的那一大段话,认为此观点很独到,颇值得深入研究。魏汝尧和高金岭的《译味与译意——文学翻译与科技翻译的主要区别》一文是对金岳霖翻译观的具体运用,作者认为文学翻译与科技翻译的不同在于译味与译意的差异。造成这种差异的原因主要是翻译对象上存在情与理的差异,语言上存在暗示与直述的差异的缘故。2007年,蔡新乐在《相关的相关:德里达“‘相关的’翻译”思想及其他》中从“味道”这一点上把德里达与金岳霖联系起来。作者引用了金岳霖论翻译的两段话,然后进行阐释,引发出人对生命的关注这一思想。蔡新乐(2007:94)认为,“从金岳霖到德里达,我们看到的是另一种翻译观,一种与众不同的解说:对生命本身、人性本身的关注,就是翻译”。2007年,赵长江在《霍译红楼梦回目人名翻译研究》中谈到文学翻译困难时,引用了金岳霖论译味的一段话,说明译味之难。然后,作者运用译味标准考察了霍译《红楼梦》回目人名翻译,认为有些回目还是译出了味。2008年,高金岭在其著作《朱光潜西方美学翻译思想研究》中有一节内容谈到译意与译味的区别与联系。作者认为,思想与语言在文学与哲学科学领域统一方式的不同，对文学翻译与哲学科学翻译本质内涵的规定，主要表现在译意与译味的区别上。2008年，庞秀成在《翻译的文化视角与辩证思维》的第十章“形似与神似”中谈到了金岳霖的译意与译味。作者首先回顾了中国文论中的滋味说，以加深对金岳霖的译味说的理解。庞秀成(2008:271)指出：“金岳霖的‘译味’说将翻译的实践标准和批评标准一分为三，这个三元标准同其他的三元标准一样，是中国翻译标准的另一种表达，仅仅说是重要补充是不合适的。”2009年，蒋林在《梁启超“豪杰译”研究》中讲到梁启超的“译意不译词”的翻译方法时，引用了金岳霖的“注重译意而不注重译味”的观点以及奈达(Nida)的“翻译就是译意”的说法来佐证解释梁启超的“译意”的内涵。2011年，彭发胜在其专著《翻译与中国现代学术话语的形成》一书中研究了金岳霖的哲学观和翻译观，侧重探讨了翻译在中国现代学术话语体系形成过程中发挥的重要作用。

以上是金岳霖论翻译的主要研究文献，不包括在文章或专著中只言片语地引用金岳霖原话的文献资料，也不包括陈西莹、曾虚白、黄龙等学者的“神韵”，刘士聪的“韵味”，以及其他学者提出的“诗味”。因为“神韵”“韵味”“诗味”这些范畴虽与金岳霖的“译味”有内在的联系，但它们在内涵上存在着很大区别，因而不列入文献综述内。

二、研究成果评价

历时的文献综述只能提供给读者一个课题研究的大致发展线索，但缺乏研究现状的深度与广度的横断面透视分析，因而本节运用共时的视角把以上研究文献概括提炼，横向比较，引出笔者所要探讨的主要问题。

转载收录类。中国传统译论通常是以“序”“跋”“例言”等散论与偏论的形式湮没于浩瀚的典籍资料中，因此说研究中国传统译论的第一步就是从浩如烟海的典籍中甄别挑选出有价值的翻译论述来，然后按照一定的编排体例收录成集。在这个背景下，有关金岳霖论翻译的研究是从转载收录开始的，这并不奇怪。甄别挑选与编录成册也可以说是一种研究，因为这需要编者具备广阔的学术视野与敏锐的鉴赏眼光。刘靖之的《翻译论集》(1981年，香港)以及《翻译通讯》编辑部编的两本《翻译研究论文集》(1984年，北京)均没有收录金岳霖论翻译的文章，因为这两本论文集问世的时候金岳霖的《知识论》还没有出版。翻译界对金岳霖翻译思想的关注应该说始于罗新璋的《翻译论集》、《外语教学与研究》的转载以及许国璋的《许国璋论语言》。语言学界的许国璋发现了金岳霖论语言的精辟之言，翻译界的罗新璋发现了金岳霖论翻译的独到之处。期刊转载与论文集收录充分说明了金岳霖语言与翻译观的重要性及其研究价值，但这只代表研究的开始。

介绍引用类。金岳霖论翻译的文章被论文集收录或期刊转载后，翻译界对其研究进入第二阶段，即介绍引用阶段。柯飞、许国璋、陈福康、王秉钦、赵长江、蒋林的研究都属于这一类。柯飞的读后感概述了金岳霖翻译思想的三点精彩之处，主要包括“译意”与“译味”的划分、译文的信与达、词的情感上的寄托和意念上的意义。许国璋把金岳霖论语言与翻译的文章收录进他本人的论文集带有欣赏与介绍性质，这从他的注解中可见一斑。整体来说，陈福康与王秉钦对中国译学的理论史的写法既有“史”又有“论”的性质，但对于金岳霖的翻译思想，作者只有“史”而无“论”，因而归入介绍引用类。

比较归纳类。郑延国、柯飞的研究属于这一类。这类研究的主要特点是把金岳霖的翻译思想与贺麟、艾思奇、陈康、朱光潜等哲学家论翻译的观点进行比较，从翻译的基础、翻译方法、翻译的困难、翻译的文本类型几方面归纳概括金岳霖翻译思想的可贵之处。无论是比较还是归纳，研究者都能抓住金岳霖翻译思想的要点与精彩之处，并在横向的比较中相互阐发，以达到深化理解的目的。

转化应用类。许渊冲、许建平、赵长江、魏汝尧和高金岭的研究属于这一类。许渊冲把文学翻译分为译词、译意、译味三个层面，但他是位注重实践的翻译家，因而他对译意与译味的贡献主要集中在应用上。许建平的两篇文章，借鉴了金岳霖的“译意译味说”，结合具体实例，提出了翻译方法的三个层次，即译字（字面直译）、译意（译出原意）与译味（译出风格、神韵）。赵长江运用金岳霖的译味说来评价霍克思的英译《红楼梦》中回目人名的翻译。魏汝尧和高金岭以金岳霖的理论为基础，结合文学翻译与科学翻译的实例分析了译意与译味的具体差异。高金岭在其专著中再次把这一思想应用到朱光潜的翻译思想研究中。

诠释评价类。王宏印、蔡新乐、刘邦凡、庞秀成的研究属于这一类。对于传统的译论进行诠释并不是简单地梳理与介绍，而是在原有基础上提炼与升华。王宏印对金岳霖诠释的高明之处就在于从金岳霖的语言观入手，探讨语言、思想与情感之间的关系，由此揭开金岳霖翻译观的理论基础。与此相似，刘邦凡的两篇文章也是从金岳霖的语言入手，选择《知识论》中大量引用的英文为研究对象，并分析金岳霖的语言翻译观与外物翻译观。蔡新乐通过金岳霖的译味，引发出了对生命本身的关注就是翻译的哲学思想，显然也具有阐释的性质。庞秀成把语言的“味”诠释为“通感”，并把金岳霖的语言分析转换为“形”“意”“味”三元标准，这样的诠释方式能够给读者提供更多的思想启发。

综上所述，目前的研究成果从不同的视角挖掘了金岳霖翻译思想的理论与实践价值，充分肯定了他对翻译研究的巨大贡献，同时也对金岳霖的翻译思想有所推进与发展。但是，我们也应该看到，翻译界对金岳霖的翻译思想的研究还是远远不够的，成果较少，鲜有人问津，即使有感兴趣者，也多以引用为主，深入系统的研究不多。究其原因，可能是由于金岳霖是哲学家与逻辑学家，他写的东西很少有人能读懂，研究起来难度就更大了。尽管如此，语言学界与翻译界的很多学者，如许国璋、王克非、王宏印等，都认识到金岳霖"论语言"与"论翻译"的重要性。金岳霖既继承了中国古典美学的"味"范畴学说，又借鉴了西方语言哲学的"意义"理论，鲜明地体现了中西融合的研究方法，第一次明确提出了译意和译味的划分，并赋予两者以较明确的所指。在中国传统译论中，像金岳霖这样有清晰的思想、严谨的思维、高深的理论的人是不多见的。严复和傅雷的翻译观也很精道，但毕竟是经验之谈，没有上升到理论的高度。因此，金岳霖的翻译思想有重大的研究价值，是一座尚待挖掘的宝库，值得进一步深入研究。

三、尚未解决的问题

与研究傅雷和钱锺书的文献相比，金岳霖的门前显得有些冷清寂寞。即使有一些光顾者，那也是走马观花，而没有登堂入室。在有限的研究文献中，引用者多，创新者少；介绍者多，发展者少；诠释者多，应用者少；赞成者多，批评者少。这"四多四少"基本概括了金岳霖的翻译思想的研究现状。因此，笔者不揣冒昧，针对目前的研究现状提出几点尚待探索的问题，以请教于各位方家。

为什么金岳霖在一部哲学著作《知识论》中谈论语言与翻译？他分析语言与翻译的真正目的是为了解决翻译的问题吗？金岳霖持怎样的一种语言观？金岳霖的语言观对他的翻译观有何影响？为什么他一方面强调语言具有情感寄托，而另一方面反复说他不注重表情的语言？或者换句话说，为什么他一再强调语言的意念、概念与命题而把语言文字上的情感寄托排斥在知识论研究领域之外？为什么金岳霖说"站在知识论的立场上，我们注重译意而不注重译味"？金岳霖明明知道译意对于文学翻译不重要，为何还要注重译意？知识论的立场对于译意和译味的取舍有什么影响？

根据金岳霖的说法，文学翻译重在译味，而味又不可译，译意容易，文学翻译却不在意，如此的悖论如何解决？舍味而取意，文学翻译还会剩下些什么呢？译味还有什么存在的价值？文学翻译是很难的，味是不容易传达的，诗差不多是不能翻译的。如此消极悲观的翻译观几乎等于说文学不可译,如何解决文学不可译的难题?能否说因为文学很难译就放弃翻译?

金岳霖在谈到“意味”时,提到了王静安的“意境”与“境界”,这些翻译美学范畴的审美内涵究竟有什么不同?如何划定彼此的边界?又如何解决彼此的交叉关系?他们之间有无内在的理论体系?

汉语中的“意义”与英语中的 meaning 同样复杂多变,难以辨认其具体所指。不同的人对所谓“译意”的理解与所指是不一样的。有些人在提到“译意”这个术语时,往往与奈达等人的“译意”不加区分,混为一谈。金岳霖的“译意”与奈达的“译意”一样吗?两者有何区别与联系?金岳霖是根据什么标准把译意与译味区分开来的?

意义、意味、意境与境界四个哲学与美学范畴出现频率高,历史传承久,美学内涵深,构成了文学翻译的核心范畴,体现了文学翻译的文学性所在,具有重大的研究价值。但从研究现状分析,翻译界在研究这些范畴时,是分开来谈的,没有建立范畴之间的内在联系,没有把四者看作一个有机的系统,也没有形成理论体系。在概念的内涵与外延上,四个范畴之间既各自独立,又相互交叉,意义往往跨越彼此的边界,难辨牛马,一直是中国传统译论研究的一个难点。如何界定四个范畴之间的内涵与外延?如何建立范畴之间的内在联系?又如何建立文学翻译的理论体系?依据什么标准?

在文学翻译的各种观点中,有人提出译意,有人主张译味,有人强调韵味,有人推崇神韵,有人标举境界,有人钟情意境,等等,不一而足。这些说法之中意义也有明显的重叠交叉现象,如何把它们区分开来?具体到翻译过程中,译者究竟以哪一个为重?文学翻译究竟译哪一个才可以称作好的翻译作品?此外,片面地强调其中任何一个都会有局限性:译意强调了语言的信息性,忽视了语言的审美性;译味强调了文学的情感性,但是有味的作品未必有意境;译境强调了作品的神韵,但并非所有的作品都有意境,因此,译境也不是文学翻译要追求的唯一目标。如何解决这些难题?

金岳霖提出的译意与译味的两元划分往往成为学者们区分文学翻译与非文学翻译的标准,结果人为地造成译意与译味的对立,这是否意味着在文学翻译中译意变得无关紧要?译味能否脱离译意而单独存在?意味能否构成文学翻译文学性的全部?

文学翻译重在译出文学性,作品的文学性表现在哪些方面?以什么标准判断文学翻译的文学性?如何评估同一原文的不同译本?哪些译作的文学性最强?哪些译作的翻译境界最高?

金岳霖基本上是主张诗歌不可译的,但是到目前为止中外翻译家已经把大量的中国古典诗词翻译成了多种语言文字，这些译作是译意的成分多还是译味的成分多？诗歌中的情感寄托是否真的像金岳霖所说的那样不可译？读者对于意境的传达有什么影响？译者是如何创造新的表达方法来弥补意味的缺失的？

以上问题构成了本书研究的动机与起点。这些问题对于文学翻译非常重要，但是研究成果却非常少，而且研究也不够深入，文学翻译仍有许多问题需要解决。

第二节　金岳霖问题

虽然金岳霖的英文水平很高，但他毕竟是哲学家和逻辑学家而不是翻译家或翻译理论家。他以哲学家的深刻与睿智对语言与翻译提出了许多富有启发性的问题，但是他没有解决这些问题，因而留给后人成为“金岳霖问题”。一、金岳霖将意义与意味在理论上剥离，实质上造成了译意与译味的二元对立，如何解决“鱼和熊掌不可兼得”的二元对立？舍味而取意，文学翻译还会剩下些什么呢？译味还有什么存在的价值？文学翻译重在译味，而味又不可译，译意容易，文学翻译却不在意，如此的悖论如何解决？二、文学翻译是很难的，味是不容易传达的，诗差不多是不能翻译的。如此消极悲观的翻译观几乎等于说文学不可译。如何解决文学不可译的难题？三、金岳霖也承认，诗所重者不完全在味，还有意境，但他用境界来解释意境，结果反而使问题更加复杂化：味在哪些方面不同于意境？意境与境界有何区别与联系？三者孰轻孰重？又如何界定彼此之间的关系？以上问题就是本书所说的“金岳霖问题”。

一、译意与译味的二元对立

金岳霖留下的第一个难题就是译意与译味之间的二元对立关系。正是这种非此即彼的二元对立关系才导致金岳霖在取舍上的悖论观。下面我们先来分析译意与译味之间的二元对立，然后再看金岳霖翻译思想的悖论。

金岳霖是根据什么把译意与译味划分开来的呢？仔细研读《知识论》的上下文可以发现，金岳霖站在知识论的客观立场上把“思”与“想”区分开来：所思的内容是意念或概念，所思的对象是抽象的普遍的东西；所想的内容是意象，所想的对象是具体的特殊的东西。金岳霖就是根据所思与所想的内容与对象的不同把译意与译味区分开来。译意的根据是同一的意念或概念意思或命题,译味的依据是想象、情感与意象。由此看来,译意与译味的根本区别在于思议与想象、意念与意象、抽象与具体、普遍与特殊之间的区别。

金岳霖的译意中的“意”指的是意念上的意义,而译味中的“味”指的是意象的意义。在意念与意象的关系上,金岳霖将二者进行了严格的区分:意念是普遍的、抽象的,意象是特殊的、具体的。在他看来,意念与意象的根本区别,在于意念的抽象性:“意念总是抽象的,抽象的意念根本不是像。”(金岳霖,1983:228)对于知识论来说,重要的是意念上的意义而不是意象的意义。为此,金岳霖运用抽象的工具,保留意念的意义,去除意象的意义,从而割裂了译意与译味的内在联系。

在意念上的意义与情感上的寄托关系上,金岳霖认为情感上的寄托,无论从字说还是从句子说,都不是意念上的意义。他回避两者之间的联系,而突出它们之间的冲突:

> 字与句子既有情感上的寄托和意念上的意义,这二者当然有关系。我们在本条所注重的关系是它们底冲突。大致说来,意念上的意义愈清楚,情感上的寄托愈少;意念上的意义愈不清楚,情感上的寄托愈容易丰富。(金岳霖,1983:809)

细心的读者已经注意到,金岳霖在谈到意念上的意义与情感上的寄托的关系时,把两者从理论上剥离开来,撇开它们之间的联系,而只注重它们之间的冲突。意念上的意义与情感上的寄托对立的结果直接造成了译意与译味之间的两分离,彼此失去了联系,一方可以离开另一方而单独存在。关于金岳霖的这种问题,有学者做出这样的评价:“随着意味在知识论领域与意义的剥离,意味在思想中的地位被贬低,这又反过来减损了意味在元学领域的正当性。由此看,金岳霖以划界方式对待‘意味’不仅没有解决问题,而且使矛盾更加尖锐。”(贡华南,2008:260)

金岳霖将意味与意义、意象与概念之间对立起来,人为地把译意与译味割裂开来,结果导致意味的实质性滑落,反映了他翻译思想上的矛盾与冲突。

金岳霖把本不可分的思想人为地切分为“思”与“想”,而且撇开了意念上的意义与情感上的寄托之间的联系,这样译意与译味就必然出现非此即彼的二元对立。在“鱼和熊掌不可兼得”的情况下,就难免陷入译意失味、译味失意的两难困境。面对这种两难困境,是重意还是重味?金岳霖站在知识论的立场得出重译意而不注重译味的结论。

分析到这里，我们可以看出金岳霖的翻译思想存在着一种悖论：文学翻译重在译味，但是味差不多不能译；译意容易，但文学翻译所重者又不在意；译意虽可以清楚地表达概念与命题，但没有感情寄托；译味虽有感情寄托与趣味，但在翻译中传达不出来。当两者不可兼顾的时候，金岳霖认为应该舍味而取意。注重译意，文学翻译的文学性将会大大降低，如同葡萄酒兑水，淡而无味也。舍味而取意，"译味说"还有什么存在的价值呢？

深受西方主客二分思维观念影响的金岳霖在译意与译味的关系上最终走向了非此即彼的二元对立，在鱼与熊掌的两难选择中倒向译意一边，结果导致译味说的实质性滑落，大大降低了文学翻译重在译味的实际价值。

二、文学的不可译性

文学翻译确实很难，其难度可以说是居各种翻译文本类型之最，这一点大家都有共识，本不应该成为金岳霖问题。但是，金岳霖对文学翻译困难的认识有他自己独到的见解与理由，他从译者译不出情感寄托和读者得不到其中的味两个方面把文学推向了不可译，因而文学不可译构成他翻译观的一个重要组成部分。此外，金岳霖提出的文学翻译的种种困难无论是在理论上还是在实践上我们仍没有很好地解决，因此我们才把文学不可译性看作是金岳霖问题之一。

金岳霖虽然承认意味的存在，但仅局限于在同一种语言内。当意味跨越两种不同的语言的界限时，金岳霖认为意味就进入了不可说的领域。为了说明金岳霖的不可译翻译观，我们不妨从《知识论》第十五章论"语言"中摘录原文如下：

> 文学是很难翻译的。这还是从小说、戏剧、论文方面着想。味是不容易传达的，有时简直就不能传达。懂两国语言文字的人用不着翻译。用得着翻译的人应该是不懂原文的人。不懂原文的人，对于用原文的人底生活习惯环境等，或者是没有认识，或者是没有经验，所以得不到引用原文的人对于该原文所有的意味。他们只能在译文中去求此意味，然而在译文中与原文意义相同的句子，不必有原文中所有的味道。重意的作品问题小，重味的作品问题大。有的时候，问题大到毫无翻译底用处。（金岳霖，1983：815）

王宏印（2003：167）对这段话是这样评价的："从译味的不易始，到翻译的无用终，这一段话几乎是要取消文学的翻译了，或者几近鼓吹文学翻译不可能论了。”擅长逻辑思维的金岳霖在论证文学不可译的过程中可以说是措辞谨慎而又有分寸，他用“文学是很难翻译的，味是不容易传达的，有时简直就不能传达，诗是差不多不能翻译的”这样的语言既没有把话说死又在字里行间传达了文学不可译的观点。当然，他所说的不可译是指译味中的情感寄托，而不是意念上的意义。但整体说来，金岳霖的文学翻译观是非常消极的，因而，文学不可译只是我们根据他的翻译观给他的一个定性概括。

那么，金岳霖是根据什么得出文学翻译不可能的呢？仔细分析上边这段话，我们可以从译者的翻译与读者的接受两个方面概括：一是味主要是指字句上的情感寄托，情感寄托译不出来，味就不能翻译，这是从译者方面讲的；二是从读者方面说，懂两国语言文字的人用不着翻译，用得着翻译的人应该是不懂原文的人。译文读者由于没有原文中的历史文化与风俗习惯，因此得不到原文的味。译者译不出来，读者感受不到，两个方面合起来足以说明味不可译了。

但是，金岳霖并没有到此为止，而是步步为营，逐层深入，他又提出了译味也有信与达的问题：

> 就一方面说，译味当然仍是译，也有达也有信的问题，可是，所欲达的和所求信的，不但是意义而且是意味。……从另一方面说，译味不只是翻译而已，因为要在味方面求达求信起见，译者也许要重行创作。所谓重行创作就是原来的意味，不拘于原来的表示方式，而创作新的表示方式。（金岳霖，1983：813）

在这段话中金岳霖对译味提出了更高的要求：译味既要信又要达。在译意层面上做到信和达已经不容易了，在译味上信和达就更难上加难了。金岳霖认为，译味不只是翻译，而是要创作新的表达方式。

在翻译中要做到译文的信与达确实是很困难的，金岳霖对译味中的情感寄托的分析可谓是鞭辟入里、入木三分，非常精道。他所谓“译味的信和达”具体指的是什么呢？

> 译味麻烦得多。味包括种种不同的趣味与情感，而这些又非习于一语言文字底结构而又同时习于引用此语言文字底历史环境风俗习惯的人根本得不到。……如果我们要译味，我们不但要得到一种语言文字底味而且要得到第二种语言文字底味才行。（金岳霖，1983：812-813）

由此可见，要做到译味的信，译者必须要精通两种语言文字的历史、环境、风俗与习惯，然后在目标语中找到与源语相同的趣味与情感，并用目标语表达出来。译味的“达”指的是读者方面，意思是译文读者能在译文中得到与原文相同的意味。翻译如何才能做到译味的信与达呢？金岳霖只是说“要创作新的表达方式”，至于如何创作，那是翻译者的事情，他就管不了这么多了。如果再接着往下问：如何才能让译文读者在译文中得到与原文相同的意味呢？这个问题就更难回答了。

文学翻译的困难并没有到此结束，下边还有更困难的，那就是意境。谈到意境的翻译，金岳霖认为比意味还要难：

> 诗差不多不能翻译。……我们可以引用王静安先生底名词说，诗所要传达的是意境。……这意境更是不能独立于历史风俗习惯环境山河城市等。没有这一方面的经验、意识、体会，意境是得不到的。还有更重要的一点，诗中的意境大都是“特殊的”。……诗既有此特殊的意境，它的意味大都是不容易以言传的。用本国文去传达本国诗的意境已经是不容易的事，何况用别种文字去表示它。（金岳霖，1983：816）

在这段话中，金岳霖把诗歌意境翻译的困难分析得很到位，提出了“诗差不多不能翻译的”观点，核心意思指向诗歌的不可译性。对于金岳霖来说，译味已经是不可能了，意境更显得空灵含蓄，如羚羊挂角，无迹可求，如空中之音、相中之色、水中之月、镜中之像，言有尽而意无穷。这么说是否意味着取消文学的翻译呢？金岳霖由于自身理论的局限性，他没办法解决文学不可译难题，这就需要后人超越发展。

通过以上论述，我们可以看出金岳霖对文学不可译的论证从文学是很难翻译的开始，到味是不容易传达的，一直到诗歌差不多不能翻译结束，其逻辑推理步步为营，层层深入，最后得出文学不可译的结论。尽管金岳霖的翻译思想与逻辑分析方法存在不尽如人意之处，但他对文学翻译的不可译性的观点相当精辟，洞察入微，说出了文学翻译的难点所在。

三、相关范畴的关系

金岳霖论翻译涉及的主要范畴有译意、译味、意念、概念、意象、意境、境界。这些范畴的问题表现在以下三个方面：一、除了译意与译味外，金岳霖对于其他几个范畴没有界定各自的意义所指，结果让读者感到很迷惑。二、译意与译味的意义所指虽然很清晰，但两者之间存在着二元对立，彼此相矛盾。三、从描述归纳的情况看，意义、意味、意境、境界对于文学翻译似乎都很重要,具体到实际翻译的时候,译者应该以何者为重?如何区别他们之间的关系?这些问题金岳霖没有回答,需要超越与发展。

首先,金岳霖在提到意味、意境与境界三个范畴时没有界定各自的意义所指,结果让读者感到很迷惑。金岳霖认为,诗之所重,既不完全在味,也一大部分在味。诗既然不完全在味,那么诗之所重者又是什么呢?金岳霖引用王国维的话说,诗所要传达的是意境。由此可见,"意境"应该是一个不同于"意味"的概念。意境又是什么呢?"所谓意境,似乎不是意念上的意味,而是境界上的意味。"(金岳霖,1983:816)意境与境界又是什么关系?说到这里,意味、意境与境界之间的关系就变得模糊不清了。

金岳霖不是翻译工作者,在范畴界定方面我们不必责怪他,但是他提出的这三个术语对于文学翻译是很重要的,它们构成文学翻译的核心范畴,是研究翻译美学不能回避的问题。

其次,金岳霖对译意与译味的意义界定得比较清楚,但两者之间存在着不可调和的二元对立,需要进一步解决。根据金岳霖的定义,译意中的"意"指的是"字句的意念上的意义",译味中的"味"指的是"情感上的意味"。前者以概念与命题的形式得以表达,后者以想象与意象的形式得以再现。以概念与命题表达的意义是抽象普遍的理,与人无关,而以想象与意象表达的意味是具体特殊的情感寄托,与人相关。金岳霖在谈到意念上的意义与情感上的寄托的关系时指出二者成反比关系,即意义越清楚,情感的寄托越贫乏。按照金岳霖的说法,译意与译味之间就是二元对立的非此即彼的关系,两者可以彼此分离而单独存在。由此产生的问题是:译意与译味没有联系吗?译味能离开译意而单独存在吗?

以上我们从三个方面分析了金岳霖遗留下的三个问题:译意与译味的二元对立问题,文学翻译不可译问题以及相关的范畴界定问题。提出这三个问题并非是为了批判金岳霖的局限性,而是为了继承与发展前人的理论,并解决实际的翻译问题。其实,金岳霖问题反映的多数不是金岳霖本人的局限性,而是翻译本身的二律背反。如何解决这些难题,就成为翻译研究者责无旁贷的历史使命。

第三节　文学翻译关键范畴的现状

从范畴的发展历史来看,意、味、韵味、神韵、意境、境界等概念构成了文学翻译的核心范畴。翻译界对这些重要范畴的探讨仍没有摆脱传统感悟式的、印象式的模糊言说方式，缺乏科学、明晰的界定，并且只是作为批评术语用于实际操作，而不是作为理论范畴来探讨，很少有人来做“正名”的工作以规范它们。

一、意的复杂性

意义是一个相当复杂的问题，因为它具有不确定性、游移性、模糊性、多变性、多层面性等特征。语言学家、哲学家、符号学家、心理学家、文学家、翻译学家都非常关注意义问题，但是要想讲清楚意义的意义却是相当困难的，正如法国符号学家格雷马斯（2004：3）所说的那样，“要谈论意义并谈出点有意义的东西来简直比登天还难”。新批评的代表人物理查兹（I. A. Richards）在《翻译理论探索》（Towards a Theory of Translating）一文中，通过原文和译文的比较，深深地感到意义的复杂性，他认识到理解意义所涉及的面太多，实难面面俱到，他说：“翻译也许是开天辟地以来最为复杂的事件。”（转引自郭建中，2000：42）法国语言学家海然热说：“呵，语义！无论承认与否，这是让所有的语言理论始终感到头痛的问题，也是对以研究语言为职业者发出的永远的挑战。”（许钧，2003：144）不同的学科，不同的学派，不同的个人都有不同的意义研究视角，究竟有多少种意义理论，目前很难统计清楚。可以说，意义问题是让所有的语言与翻译研究者始终感到头痛的问题。

语言哲学对意义的研究大致可以分成指称论、观念论和行为论、功用论、语境论和真值论等几种类型。到了解构主义那里，德里达把意义看成是一个不断变化发展的过程，不再像传统的翻译理论那样把文本的意义作为一个“终点”来追求。意义总是处于时间上的“延”与空间上的“异”之中，无从确定。意义是流动的、无穷的，对最终意义的把握是不可能的。

在符号学研究领域，莫里斯进一步继承皮尔士（Peirce）的符号学理论，明确地提出了符号学的三大分支：语义学、句法学和语用学。语义学研究符号与其指称对象的关系，句法学研究同一符号体系内部符号与符号之间的关系，语用学研究符号使用者与符号之间的关系。将这三种关系对应到语言符号上，就是语言符号的指称意义、言内意义和语用意义。

在语言学研究领域，对意义研究较多的要数功能学派了。英国的功能学派以弗斯（Firth）为代表，发展了马林诺夫斯基（Malinowski）关于意义的语境理论，强调从语言的社会功能和使用情景来研究语言，分析意义。后来韩礼德（Halliday）进一步发展了这一意义理论，提出了语言的纯理功能，即概念功能、人际功能和语篇功能，分别对应概念意义、人际意义和语篇意义。至此，意义的研究进入了一个全新的领域。利奇（Leech）在他的《语义学》

(*Semantics*)一书中将最广义的“意义”划分为七种不同的类型：即概念意义(conceptual meaning)、内涵意义(connotative meaning)、社会意义(social meaning)、情感意义(affective meaning)、反映意义(reflected meaning)、搭配意义(collacative meaning)和主题意义(thematic meaning)。进而他又将内涵意义、社会意义、情感意义、反映意义和搭配意义统称为联想意义(associative meaning)。以这样的分类方式，意义还会有无数种存在方式，可以无穷尽地分下去。

在文艺学研究领域，文学意义不仅与语言有关，而且与历史、解释和哲学息息相关。文学除了具有语言意义之外，更具有丰富的人文意义。文学界主要是根据艾布拉姆斯的“四要素”理论来探讨意义问题的。艾氏的《镜与灯》中提出了文学批评的四大要素：作品(works)、宇宙(universe)、作家(artist)、读者(audience)。文学的意义往往与这四大要素密切相关，涉及文学意义的各个方面。在漫长的历史发展中，文本意义经历从“作者意图”向“作品意义”一直到“读者意图”等一系列中心的转移，意义就像作者带去语词、读者带去意义的“野餐会”。

在中国传统文论中，意义问题也相当复杂，在不同语境下往往有不同的内涵和理解。宇文所安(2002:665)在《中国文论：英译与评论》(*Readings in Chinese Literary Thought*)一书中说：“‘意’是诗学中最难翻译的一个技术概念，它的语义范围非常之广，因为它不可思议地囊括了若干截然不同的英文概念。”我们研读了宇文所安在书后统计的“意”的种种不同译法。根据不同语境，“意”可以翻译为不同的英文对应词。“书不尽言，言不尽意”中的“意”译为 concept in the minds。陆机的《文赋》中的“恒患意不称物，文不逮意”中的“意”被译为 conceptions，这里的“意”指内心的一种个体化行为，即某人对世界形成一种看法。欧阳修的《六一诗话》中的“状难写之景如在眼前，含不尽之意见于言外”中的“意”译为 thought 。杨载的“诗有内外意，内意欲尽其理，外意欲尽其象，内外意含蓄，方妙”中的“意”被译为 meaning。这些意义来自它们在各种具体语境中的用法以及它们与其他术语的一整套关系，所以，在西方诗学的术语中，不可能找到与之完全对等的术语。张佩瑶(Martha Cheung)主编的《中国翻译话语英译选集》(*An Anthology of Chinese Discourse on Translation*)中，“意”根据不同的上下文被译为“ideas”“meaning”“significance”“concept”“conception”“thought”“what is in a person's mind”等。具体说来，“书不尽言，言不尽意”被译为“Writing cannot fully express what is conveyed by speech; speech cannot fully express ideas.”庄子的“得意忘言”被译为“Once you have got the idea, the words are forgotten."(Cheung，2006:32)谢耀文(Tse Yiu-man，2006:133)也认为，中国诗学中的意义相当复杂大致相当于英文中的"impulse""mood""idea""conception""meaning""consciousness""unsciousness""significance""signification"，甚或"principle"和"rationale"。

二、味的模糊性

"味"是具有中国特色的美学范畴，在西方基本不受重视。由于趣味判断是一种主观性很强的、包含了强烈的主体情感因素的判断，所以它的准确性和可靠性一直受到推崇理性的西方哲学家的怀疑。苏格拉底、柏拉图、狄德罗、黑格尔等人都认为味觉和嗅觉与审美无关。黑格尔(1981:48-49)曾说："艺术的感性事物只涉及视听两个认识性的感觉，至于嗅觉、味觉和触觉则完全与艺术欣赏无关。"正因为"味"范畴的主观性、体验性、模糊性、难以言说性等特点，所以西方文论中才有"趣味无争辩"这样的说法。

在中国，以"味"论音乐、论诗与论文具有悠久的历史传统。"味"作为一个单体范畴具有很强的衍生性和能产性。以"味"为核心范畴，衍生了一系列次生的子范畴，生发出了"滋味""韵味""意味""趣味""无味""至味""玩味""情味""风味""气味""神味""味外味"等一系列的范畴集群。陈应鸾(1996:3)在追溯诗味论的产生、发展、衰落的历程时，发现诗味论滥觞于先秦、汉、魏，胎甲于晋、刘宋，形成于齐、梁至唐代，盛行于宋、元、明、清(前期和中期)，衰落于近代(清后期)。在其形成期和盛行期中曾先后出现了十二个理论高峰，它们是诗味论发展史上十二个光辉的里程碑。郁龙余(2006:240-241)对诗味论发展的五个阶段和十二个里程碑总结得更为明确，他们是钟嵘的"滋味说"，司空图的"韵味说"，梅尧臣、欧阳修、苏轼的"平淡有味说"，张戒、杨万里、姜夔、包恢的"含蓄有味说"，刘将孙的"趣味说"，谢榛的"全味说"，陆时雍、朱承爵的"意境致味说"，王夫之的"风味说"，王士禛的"神韵说"，张谦宜的"中和说"，袁枚、赵翼的"性灵说"，潘德兴的"意上者有味说"。尽管传统文论中有各种各样的"味"论，但自宋朝以后味的概念大大泛化了，我们明显可以看到很多有关诗味的论述实际上讲的是意境。

从中国传统文论运用"味"的情况分析，不同的历史时期，不同的学者分别提出不同的"味"论说，其意义随之发生历史性的流变。不仅对同一范畴不同的论者有不同的理解，同一论者在不同的场合其用意也不尽相同。因此，"味"范畴具有多义性、模糊性、变易性、直觉性、主观性、整体性与随意性等特点，往往只可意会，不可言传。此外，各种味之间互相包容，相互渗透的现象相当普遍。因此，范畴之间千丝万缕地纠缠在一起，给研究者带来很大的困难。

在翻译研究领域，以味论翻译也有悠久的历史。根据现有的材料来看，中国翻译史上最早以味论翻译的人首推鸠摩罗什，他在佛经翻译上反对支谦的“因循本旨，不加文饰”与道安的“遂案本而传，不令有损言游字；时改倒句，余尽实录”的质派译法，主张译味。金岳霖是“译味说”的集大成者，他的“味”是指字句上的情感寄托。但是这样一种界定就大大缩小了中国文艺美学中的美学内涵。此外，在谈到意境的时候，他指出意境似乎不是意念上的意味，而是境界上的意味。这两种意味又如何区别？金岳霖没有回答。朱光潜在《论翻译》中虽然强调“韵味”的重要性，但他没有说清楚什么是韵味。刘士聪(2002:2-4)提出文学翻译要译出原作的韵味，主要包括语言的声响与节奏、作品的意境和氛围以及作者个性化的话语方式三个方面。刘士聪把译味说推进到了一个新的高度，使味有了具体可感的内容。笔者基本同意这种分法，但觉得意境是比韵味高一级的美学范畴，具有比韵味更丰富的审美内涵，把它归到韵味之下似乎不妥。翻译领域还有其他学者提到译味的问题，但意义所指基本比较模糊，难以把握。

三、境的玄妙性

“境”作为单体范畴，有很强的搭配力，产生许多复合范畴。皎然提出“取境”，王昌龄提出“物境”“情境”和“意境”，王国维提出“境界”与“意境”，钱锺书提出“化境”。此外，还有“心境”“诗境”“圣境”“神境”“妙境”等以“境”为核心的话语系列。因此，“境”的内涵和所指就显得非常玄妙，尤其是意境、境界、化境三个意会性概念更是如此。

文学界和美学界大多把意境说得很玄妙，主要有皎然的“但见情性，不睹文字”，严羽的“羚羊挂角，无迹可求”，司空图的“象外之象、韵外之致、味外之旨”，梅尧臣的“壮难写之景如在目前，含不尽之意见于言外”，叶燮的“含蓄无垠，思致微渺”，王国维的“言外之味，弦外之响”，等等。王国维在《人间词话》里把“意境”与“境界”作为同义词混用，有时他用“意境”，有时又用“境界”，而且他本人对这两个范畴又不做明确界定，导致后人在理解二者的内涵上摇摆不定，在两个概念上一直纠缠不清，众说纷纭，打了不少笔墨官司。李泽厚、朱光潜、敏泽等不少学者都认为这两个概念没有区别，可以互用。其实，这是一种误解，“意境”与“境界”含义不同，应该做出区别。

在翻译界，意境的重要性在林纾、金岳霖、茅盾、张今、孙迎春、姜秋霞、龚光明、顾正阳等学者那里一再得到强调与重视，但大多数人对意境的审美内涵理解得过于简单，认为意境就是情景交融的有机统一。学术界在谈及

“意象”“意境”“境界”范畴时，不少学者往往将三者混为一谈，不加区分，导致思想混乱。结果致使研究者长期在概念上纠缠不清，严重制约了学术的发展。再加上有些研究者对于这些术语的翻译五花八门，莫衷一是，进一步影响制约了中国传统文学译论在国外的传播与接受。范畴的认识不清表现在文学批评上，往往是“一人一把号，各吹各的调”，你说你的“神韵”，我说我的“意境”，他说他的“境界”。至于究竟什么样的译作才可以称为有神韵、有意境、有境界，则语焉不详，顾左右而言他。说来说去，还是只可意会不可言传的印象式批评，如当头棒喝，重在妙悟，如人饮水，冷暖自知。一言以蔽之，就是妙不可言。

钱锺书把“化境”推崇为文学翻译的最高境界，他认为文学翻译的最高理想是“化”。“把作品从一国文字转变成另一国文字，既能不因语文习惯的差异而露出生硬牵强的痕迹，又能完全保存原有的风味，那就算得入于‘化境’”。（钱锺书，2002：77）自 20 世纪 60 年代提出以来，“化境说”虽然在译界产生了很大的影响，但对其理论研究并没有取得实质性突破。学者们在“化境”的审美内涵、标准与理想、解构与忠实等方面还存在着争议。

“境界”在哲学、美学、文学的研究领域里占据相当重要的位置，并且取得了十分丰硕的研究成果。相比之下，翻译界对于“境界”的研究成果比较少见，可以说，“境界”范畴还没有真正进入学者们的研究视域。虽然翻译界有些人提到“境界”，但人多只是在日常语言的意义上使用“境界”一词，几乎没有人把“境界”当作翻译的范畴或术语来研究。在现有的翻译词典中，“境界”也没有作为翻译术语被收录在内，张思洁的《中国传统译论范畴及其体系》一书中也没有把意境与境界列入译学范畴之内。这些都说明“境界”对于翻译研究的重要意义尚没有受到应有的重视。

四、韵的归属性

笔者之所以把“韵”范畴单列名目，是因为目前尚不知道该把它归入“味”系列还是“境”范畴。关于它的归属问题，最起码在目前的研究成果中还没有定论，因而单独探讨，然后再做分类。

“韵”也是一个比较复杂的单体范畴，以“韵”为核心范畴，也能衍生出一系列次生的子范畴，如“韵味”“风韵”“气韵”“神韵”等。其中，与翻译最密切相关的是“韵味”与“神韵”两个范畴。韵味已经谈过，下面我们重点分析神韵。

在传统译论中，“神韵”是大多数翻译家和翻译理论家推崇的一个重要概念。五四以后，我国的文学翻译迎来了第三次翻译高潮，文学翻译理论有了新的发展和突破,其标志是"神韵"概念的提出。茅盾于1921年在《新文学研究者的责任与努力》一文中指出,文学作品最重要的艺术特色就是该作品的神韵。茅盾认为,"神韵"由"单字"和"句调"组成。茅盾对"神韵"的解释虽然清楚,但已经偏离了神韵的美学意义。朱志瑜(2001:5)对茅盾的这种观点有比较中肯的评价:"'单字'和'句调'也就是'形貌',是我们说的语言形式,而不是文学形式。……他的'神韵'与王渔洋的'羚羊挂角,无迹可寻','蓝田日暖,良玉生烟'的'神韵'毫无共同之处。"

陈西滢认为"神韵是诗人内心里渗透出来的香味",曾虚白主张"神韵只不过是作品给予读者的一种感应"。无论是"香味"还是"感应",两人都是以模糊解释模糊,说来说去,仍是一种毫无标准的神秘物,虚无缥缈,让人不知所云。朱志瑜(2001:6)曾十分幽默地这样评价:"陈西滢对'神韵'和'神似'这两个词的解释,我们大概也只有把作者吞下肚去,把他消化了,才能真正理解吧。"朱光潜与朱生豪等学者也强调神韵在文学翻译中的重要地位,但对这个概念都没有具体界定,致使"神韵"范畴仍处于虚无缥缈的模糊状态。王以铸在《论神韵》(1951)一文中指出,语言的神韵相当于王国维的"境界",用"境界"来解释"神韵",反而把问题复杂化了,因为王国维的"境界"与"意境"至今仍纠缠不清,其内涵究竟指什么现在仍存有争议。

黄龙(1988:49)用西方翻译家的观点来解释"神韵",认为神韵是情操、灵感、风雅、韵律相互渗透与交融的高度集中表现。黄雨石(1988:121)认为,"林语堂的'字神句气与言外之意'差不多便是我们所要谈的神韵的全部内容了。我们如能在翻译中正确体现出原文的'字神句气'和'言外之意',那便可算是'传神'之笔,便算译出了原文'神韵',否则便是失败。"我们根据林语堂在《论译诗》一文中的说法,"字神句气"与"言外之意"应该是意境而不是神韵。

综上所述,意、味、韵、境属于单体范畴,在一个字中包含了十分丰富的内容,活力性强,搭配灵活,其所指与内涵具有多义性、模糊性、交叉性、层级性等特点,单独讲很难说清楚。这些范畴都是整体思维、直觉感悟的产物,在概念的内涵与外延上模糊不清,意义往往跨越彼此的边界,难辨牛马,一直是中国传统译论研究的一个难点。

第四节　金岳霖问题的原因

根据前边的分析,我们可以看出金岳霖问题主要包括两个方面:一是译意与译味的二元对立问题,二是文学不可译问题。金岳霖问题既有主观的原因,也有客观的原因。主观方面指的是金岳霖翻译思想的矛盾和困境,反映了其逻辑分析方法在文学翻译领域的局限性;客观方面指的是翻译本身的种种困难,反映了文学翻译可译性的限度。下面我们从三个方面分析金岳霖问题背后的原因,以便为下一步解决问题做好必要的铺垫。

一、知识论的立场

为什么金岳霖在一部《知识论》中谈论语言与翻译?为什么金岳霖说“站在知识论的立场上,我们注重译意而不注重译味”?凡事只有弄清原因,才可能找到问题的答案。弄清这两个问题有助于我们解决译意与译味的二元对立问题。

为了回答这些问题,我们先从金岳霖的语言观入手,因为语言观直接影响到翻译观。金岳霖在《知识论》的第四章和第十五章两次提到语言问题,但他讨论的不是语言学家讨论的问题,而是知识论所要讨论的问题。第四章内容主要讲的是收容与应付所与的工具,包括习惯、记忆、想象、意志、注意、相信、归纳、语言、抽象。其中,习惯是最基本的工具,而抽象是最重要的工具。第七节谈及语言,无非是想说明语言文字是保存和传播知识的工具,具有客观性。关于这一点,我们也可以从第七节的一段话中看出:“官觉所与有客观性,语言才能有客观性,它有客观性,才能成为交通工具。它有交通性,然后在收容与应付所与底工具中,它才是一有特别责任的工具。”(金岳霖,1983:224)

金岳霖运用逻辑推理的方法从官觉所与的客观性推出语言的客观性,接着从语言的客观性得出语言保存和传播知识的工具的结论。假如无客观的所与,语言也不能成为交通的工具。

在第十五章中,金岳霖再次讨论语言问题,这一次是从字开始谈的,并且讨论了字的三条件。金岳霖认为,研究语言文字者一般不谈这三个条件,因这不是语言文字本身的重要问题。既然字的三条件对于语言文字本身不重要,金岳霖为何还要讨论这个问题呢?

> 这种情形也许是研究语言文字者之所不谈的。我们也知道这不是语言文字本身底重要问题。可是,从知识论着想,这些条件非常之重要。头一点表示字非成为官觉上的材料不行,第二点表示字也有共殊问题,第三点表示字这样的官觉上的材料和别的材料不一样。(金岳霖,1983:791)

金岳霖所说的头一点指字是官觉中的呈现，是客观的所与；第二点指字是样型，也是凭借；第三点指字有意念上的意义。金岳霖之所以关注这三点，是字的三条件对于知识的形成非常重要。字如果不是客观的所与，知识的形成就没有了材料，也就等于没有了前提条件。字的样型与凭借联系着共相与殊相，这与知识的形成也关系重大。字是意念上的意义，说明在思想中是表达意念的工具。金岳霖对字的三条件的关注明确地表明了他的知识论立场。讲到这里，金岳霖（1983：793）再次强调了他的语言工具观："我们这里当然是注重语言文字之为工具，我们底看法和讨论，完全是把它作工具底看法和讨论。"

在整本《知识论》中，金岳霖论语言时注重的是语言的工具性，强调的是意念、概念、命题。他对语言的兴趣不在语言本身，也不注重表情的语言，而在于语言是思想的工具及其根据问题。

> 本章底兴趣完全在语言文字为表示命题底工具。既然如此，本章虽论语言文字，然而兴趣不在语言文字本身。此所以语言文字学家所研究的对象不只是我们所提出的这点点子的问题。也许我们这里所提出的问题对于他们毫无兴趣。我们底兴趣差不多完全把语言文字视为表示意思或命题底工具。（金岳霖，1983：808）

虽然金岳霖也讨论了字的蕴藏和情感上的寄托，也分析了字句的各种意味，但他关心的不是语言的表情性，而是语言的工具性。而且，金岳霖论语言的兴趣与语言学家不同，他之所以论及语言，无非是对于命题有兴趣而已。就表示命题来说，字或句子的情感与命题不相干。既然与命题不相干，金岳霖就把情感上的寄托撇开不论。

金岳霖从字讲到了句子，讲到了表示命题的句子不是它的情感上的寄托，在撇开了字与句子上的情感寄托之后，联系到了翻译。

译意的根据就是同一的意念、概念意思或命题。这些都是思议的内容，具有普遍的可传达性，无分于不同的语言文字。由于意念和概念都是抽象的、普遍的，在一种语言里能表达的意思在另一种语言里也能找到对应的说法，这说明人类的所思都是普遍的。借助语言这个工具，译意可以传达客观的所与，思议的内容具有普遍的可传达性，这说明知识是客观的。

在《知识论》中，我们可以发现，金岳霖在谈语言时总是排除字句的多义性，撇开语言的情感寄托，强调不注重情感，也不注重表示情感的句子。下边一段引文就是佐证："在本书我们不注重情感，我们也不注重表示情感的

句子；我们所注重的是命题，其所以论及语言，无非是我们对于命题有兴趣而已。”（金岳霖，1983：808）

为什么金岳霖注重命题，而不注重情感呢？又为什么金岳霖说“对于翻译，我们注重译意而不注重译味”呢？答案要从知识论的研究对象、研究目的与知识论的立场上寻找。知识论的研究对象是知识，是知识的理，也就是什么是知识。金岳霖之所以论及语言与翻译，无非是想证明意念上的意义无分于不同的语言文字，客观的知识可以借助语言工具获得普遍的可传达性。知识论的研究目的决定了知识论的立场：

> 在知识论底立场上，我们所注重的是命题。以后我们专章讨论命题。照我们底看法，所谓知识，就内容说，就是我们所能思议的一片有结构的或有系统的真命题。在知识论底立场上，我们既然注重命题，在语言文字方面我们当然注重陈述句子。既然如此，我们所注重的是意念上的意义，因此对于翻译，我们注重译意而不注重译味。（金岳霖，1983：815）

这段话典型地代表了金岳霖的知识论立场以及他对译意与译味的取舍态度。《知识论》一书的中心思想就是要回答“什么是知识”这一问题。他的答案就在上边这段话中：所谓知识，就是有真命题。命题与语言是什么关系呢？命题既是思议的内容也是思议的结构或图案，它是独立于某种语言文字的，换句话说，翻译命题在理论上不成问题。翻译命题就意味着翻译组成命题的意念、概念与意念上的意义。所以，金岳霖得出重译意而不注重译味的结论。

译味依据的是想象、情感与意象，具有情感上的寄托，很难用命题断定和语言陈述。译味超出了逻辑分析之外，因而是说不清楚的。不能用概念命题表达清楚的形而上领域是与知识的客观性背道而驰、矛盾冲突的。语言文字上的情感寄托对于知识来说不但不需要，而且还成为知识的障碍。因而，金岳霖要极力证明意味是很难传达的，诗差不多是不能译的，只有这样他才能从语言与翻译的角度为知识的客观性辩护。关于这一点，我们也可以从哲学界的一些学者的研究成果中得到佐证：“从知识论的角度，研究表达知识的语言形式与知识的关系，特别是把语言与客观的所与联系起来，为知识的客观性辩护，这是金岳霖知识理论的一大特色。”（袁彩云，2007：212）

由此可见，金岳霖在一部哲学著作《知识论》里谈论语言与翻译的目的并不是站在翻译的立场上解决翻译问题，而是站在知识论的立场上论证什么是知识以及知识的客观性问题。他注重语言的工具性而排斥语言的情感寄托、注重译意而排斥译味都是为了他自己的研究目的服务的,翻译研究者对此要保持清醒的头脑,防止不加批判地盲目接受。

分析到这里,我们就不难理解为什么金岳霖站在知识论的立场得出舍味而取意的结论了。知识的形成依赖的是客观的所与、意念、概念、命题,而意象、意味、情感寄托与命题不相干,因而被排斥到知识论之外。为了证明知识的客观性,金岳霖自然就得出重译意而不注重译味的结论。

站在知识论的立场上看翻译,译文应该概念明晰,意念清楚,命题准确,判断真实。翻译的目的是为了给译文读者提供准确的信息,增加积极的知识,获得理智上的理解。知识论对翻译的态度是:凡是能翻译的,就清楚地表达,凡是不能翻译的,就保持沉默。知识论的翻译观认为:译意是容易的,译味是不可能的,即使译了,说的也是胡话,毫无意义,两者有冲突时舍味取意。

二、知识论的方法

金岳霖深受罗素(Russell)、摩尔(Moore)、维特根斯坦(Wittgenstein)等西方分析哲学家的影响,在研究方法上擅长条分缕析与逻辑分析,《知识论》一书就是娴熟地运用逻辑分析的方法处理和解决知识论问题的典范。站在知识论的对象、目的与立场上看,逻辑分析法无疑是正确的,这样能达到概念清晰、命题准确、论证严密、体系完整。然而,如果站在翻译研究者的对象、目的、立场上分析的话,我们发现金岳霖的《知识论》里没有译味的位置,译味被边缘化了,甚至可以说译味没有存在的价值。

金岳霖擅长采用"二分法",他把"知识"与"元学"、"思"与"想"、"意念上的意义"与"情感寄托"、"语言的工具性"与"语言的人文性"、"可译"与"不可译"、"译意"与"译味"的联系切分开来,注重二者的区别,割裂二者之间的联系。

所谓"二分法",金岳霖(1990:475)是这样界定的:"把说话的对象分成彼此不相容而是同时彼此无遗漏的两个部分。"二分法的关键是被分开的两部分既彼此不相容又彼此无遗漏。"彼此不相容"的意思是两种情况不可兼得,肯定一个,否定另一个,非此即彼;"彼此无遗漏"的意思是穷尽一切可能,不能有交叉。金岳霖指出,不能由一肯定命题推论到另一否定命题,也就不能推论到矛盾律或排中律。

在《知识论》第七章的第六节中,金岳霖谈到了"思议三原则",即同一律、排中律、矛盾律。思议三原则是意义可能的最基本条件,与别的逻辑命题不同。金岳霖(1983:415-416)说:“排中律是一种思议上的剪刀,它一剪两断,它是思议上最根本的推论。……矛盾原则是排除原则,它排除思议中的矛盾。矛盾不排除,思议根本就不可能。”同一律是为了保证同一语境范围内一名称术语及其所指的意念概念能保持一致。排中律要求在同一语境下一个陈述或判断只能是一个,不能既肯定之又否定之,以此来保证思想不能模棱两可。矛盾律指同一个判断或思想不能同时既是真的又是假的,以此来保证思想不能自相矛盾。这三个原则是思议必须遵守的三个形式规则,是思议的基本规律。总之,逻辑不仅是语言符号的表达规则,而且是取得知识的不可或缺的工具。知识所要得到的是一种客观的秩序,因而思议三原则对于知识而言非常重要。

逻辑分析法用在知识论中是恰得其所,但用在文学翻译中却有很大的局限性。首先,彼此不相容的二分法结果导致语言的工具性与人文性相分离,意念意义与情感寄托不相干,译意与译味相对立。其次,思议三原则也不适合文学翻译,文学语言经常偏离语法与逻辑,违反常规的“陌生化”手法和“前景化”表达正是文学的文学性所在。按照思议三原则去规范文学语言,等于取消了文学,运用逻辑规则来指导文学翻译,等于舍本取末。再次,层层剥离的逻辑分析法从形式逻辑上看显得思维非常严谨,但抽丝剥茧的悬置法带有虚拟的性质,不符合翻译的实际,因而无实用价值。

文学是人学,离不开人,离不开情感寄托,文学关注的是人生意义与生命价值。文学翻译看重的是语言的人文性、意象的情感寄托、意味以及意境,排除这些而只关注意念、概念、事实及命题,对于文学翻译来说无异于缘木求鱼。翻译不可能只关注语言的工具性而排斥其人文性,意念上的意义也不可能完全与情感上的寄托不相干,译味也不可能脱离译意而单独存在。知识论的研究方法遮蔽了文学的文学性与审美价值,不适合文学翻译,尤其不适合翻译美学的研究。

按照金岳霖的两种不同的态度,译意属于“知识论的态度”,要求得到理智的了解,应该摆脱情感寄托给知识客观性带来的干扰,把情感排除在知识论范围之外。译味属于“元学态度”,要求得到情感上的满足。金岳霖在知识论与元学之间的划界表现在翻译中就是,译意与译味之间存在着“可爱”与“可信”之间的对立关系。译意虽可以清楚地表达概念与命题,但没有感情寄托,因而不可爱;译味虽有感情寄托与趣味,但在翻译中传达不出来,因而不可信。金岳霖认识到译意虽然容易,但对文学翻译不重要,译味对文学很重要,但翻译不出来。这种矛盾结果导致了金岳霖的愿望与结果之间不可避免的背离。

即使是在哲学领域内,也有不少学者质疑金岳霖的二元切分方法。在《论道》中,金岳霖在知识论与元学之间做了清晰的划界切分,区分了两种截然不同的态度:

> 研究知识论我可以站在知识论底对象范围之外,我可以暂时忘记我是人,凡问题之直接牵扯到人者我可以用冷静的态度去研究它,片面地忘记我是人适所以冷静我底态度。研究元学则不然,我虽可以忘记我是人,而我不能忘记"天地与我并生,万物与我为一",我不仅在研究底对象上求理智的了解,而且在研究底结果上求感情的满足。(金岳霖,2007:15)

在上边这段话中,金岳霖明确区分了"元学"与"知识论"两种不同的态度,在形而下的知识的"理"与形而上的智慧的"道"之间划出了一个界限。区分两个不同的研究领域,采用不同的研究方法是有道理的,也是必须的。但是,"分析不等于分割,区分也只是相对的而非绝对的。金岳霖虽然正确地看到了二者的区别,但又割裂了二者的辩证统一。"(陈晓龙,1997:176)金岳霖在知识论与元学之间划界的本来目的是想汇通中西哲学,但是"这样的区分和划界由于割裂了主观与客观、本体与现象、元学与知识论的辩证统一,因此是无法达到预期目的的"(陈晓龙,1997:174)。

冯契是金岳霖的学生,他认真研究了《知识论》和《论道》两部书,发现金岳霖区分这两种态度是有问题的,二分法把知识与智慧截然割裂开来了,难以找到由知识到智慧的桥梁。

> 我越来越感到,他内心有一个矛盾,有点类似于王国维所谓"可爱与可信"的矛盾。……但是,在我看来,他的这种办法,是把知识与智慧截然割裂开来了,从而难以找到由知识到智慧的桥梁,也无法解决科学与人生的脱节问题。所以我认为金先生也没有解决科学主义和人文主义的矛盾。(冯契,1996:10-11)

冯契发现知识与智慧的关系问题是一个真正的哲学问题,如何"转识成智",如何实现由知识到智慧的超越是他一直关注研究的问题。他认为知识论不仅要求得到理智的了解,而且要求得到情感的满足。关于金岳霖的问题在哲学界有更详细的讨论,有兴趣的读者可以阅读相关书目做更深入的了解。

三、"可说的"与"不可说的"划界

金岳霖运用逻辑切分的二分法在译意和译味之间划出了一条界线，彰显了概念与意象、可说的与不可说的、言尽意与言不尽意、可译与不可译之间的对立与冲突，使文学翻译变得扑朔迷离，走向神秘。对于"不可说的"意味与意境，金岳霖就像维特根斯坦那样选择了沉默。

有资料表明，金岳霖深受维特根斯坦的影响。所以，我们首先分析维特根斯坦的"不可说的"理论，然后再讨论金岳霖的"名言世界与说不得"的思想。在《逻辑哲学论》(*Tractatus Logico-Philosophicus*)的前言中，维特根斯坦说了一句相当著名的话："凡是能够说的事情，都能够说清楚，而对于不能谈论的事情，就必须保持沉默。"(What can be said at all can be said clearly; and whereof one cannot speak thereof one must be silent.)(维特根斯坦，2007：38-39)这句话是他对全书内容的概括，目的是要为思想的表达划一个界限。维特根斯坦的这句名言包涵了深刻的哲学思想，被人反复引用。

可说的与不可说的之间如何划界？由于思想是通过语言来表达的，所以可说与不可说的界限只能在语言中来划分，正如维特根斯坦(2007：157)说的那样："我的语言的界限意谓我的世界的界限。"只有正确理解了语言、思想、世界之间的关系，才能够正确地理解语言。语言界限同时也是思想、逻辑与世界的界限。语言界限之内的东西就是可说的，也就是语言能够表达的东西；而语言界限之外的东西就是不可说的，也就是语言不能够表达的东西，因而是无意义的东西。凡是可说的东西，都能够说清楚，而对于不可说的东西，就必须保持沉默。

哪些东西是"可说的"？哪些是"不可说的"？维特根斯坦在《逻辑哲学论》这本书中回答了这些问题。维特根斯坦运用语言分析的方法来划分可说的与不可说的界限，认为命题是思想的表达式，思想是有意义的命题。通过对命题的分析，可以确立什么是有意义的，什么是无意义的，什么是可说的，什么是不可说的。他认为自然科学命题是可说的，哲学问题、伦理学、美学、宗教、形而上学等神秘的东西是不可说的。对于那些不可说的东西，维特根斯坦认为那是神秘领域，无法言说，只好保持沉默。

金岳霖同样意识到确实有不可说的东西，在《知识论》中他没有专门讨论这个问题，我们在他的学术论文《势至原则》中看到一段有关"名言世界与说不得"的论述：

> 治哲学总会到一说不得的阶段。说不得的东西就是所谓名言不能

> 达的东西。有些哲学家说，说不得的东西根本不称其为东西，我们不过是说些废话而已。这种主张也对。说不得的东西当然说不得。若勉强而说之，所说的话也与普通话一样。所说的东西既不是经验中的特殊也不是思议中的普遍。（金岳霖，1990：339）

金岳霖不否认，确实有说不得的东西，说不得的东西当然说不得。根据金岳霖的解释，所谓"说不得"，最简单和最好的解释就是"不在名言范围之内"，命题不能表达的思想。命题总是分开来说的思想，分开来说的思想所说的对象总是名言世界。

根据维特根斯坦与金岳霖的理论，我们来考察译意与译味的划分就显得很有意义。译意依据的是概念、意念与命题，属于知识论探讨的领域，通向形而下的"理"，是知识经验所能达的名言世界，因而可以用命题分别断定和语言分别陈述，译意是可能的，意念上的意义是可以传达的。译味依据的是想象、情感与意象，具有情感上的寄托，通向形而上的"道"，是知识经验所不能达的非名言世界，因而很难用命题分别断定和语言分别陈述。意味与意境属于审美的直觉体验领域，用维特根斯坦和金岳霖的话说都是概念和命题所不能表达的领域，因而是很难翻译的。译味上的情感寄托超出了逻辑分析之外，是特殊的、个别的体验，因而是不可说的。

译意反映了"言能尽意"的一面，而译味则体现了"言不尽意"的另一面。从表面上看，"言尽意"与"言不尽意"是针锋相对的命题，水火不相容，但从具体的论辩来看，二者并未完全站在同一学理层次上。"言不尽意"倾向于从本体论层次的"体无"来立论，而"言尽意"却主要是从认识论层次来讨论问题。换言之，前者近似于玄学的命题，而后者近似名理学的命题。（周裕锴，2003：134）这也就是说，语言在经验的形而下层面上是可以尽意的，意义也是可以表达的；在形而上的非名言世界里，言是不能尽意的，意义是很难表达清楚的。人们的语言所要表达的都是特殊的、个别的东西，用一般的、概括的东西来表达特殊的、个别的东西，自然会出现一定的差别，产生一些矛盾。有时候，特殊的、个别的东西的复杂性难以用言词意义穷尽地表达出来，所以便出现了言不尽意的现象。

总的说来，译意注重的是概念、意念或命题，在语言表达上反映了可说的特点，因而体现了翻译可译性的一面；译味注重的是意象、情感或想象，在语言表达上反映了不可说的特点，体现了翻译不可译性的一面。

维特根斯坦在"可说的"和"不可说的"之间做划界处理，确实是见解独到、思想深刻，让我们认识到了文学不可译背后的深层原因。但是，只知道原因并不够，最关键的是如何解决不可译，不可说的如何说呢？这个难题下一章再谈论。

四、孤立的译字译句论

金岳霖对译意和译味只局限于字句层面，没有包括篇章在内，也没有讨论语言语境之外的情境语境以及文化语境，致使他的翻译观点具有很大的片面性。把一个孤立的字词单独译给外国人看，当然目的语读者得不到其中的味。没有语境，任何字词都没有意义，更不要说负载有社会历史风俗之味的意象了。

关于译意，金岳霖说，就是把字句的意念上的意义，用不同种的语言文字表示出来。其根据是同一的意念或概念意思或命题。其中，意念或概念是用字表示的，意思或命题是用命题表示的。在谈到翻译问题时，金岳霖（1983：809）说：

> 我们以字与句子为单位来讨论，没有提到段与篇。从段与篇着想，我们很可以因句句清楚而增加对于篇与段的情感。另一方面我们在这里所谈的也不是一字多义问题。果然有一符号，而此符号有不同的意义，它底情感上的寄托多的机会也比较地多。

在谈到“翻译与意义及情感”一节内容时，金岳霖（1983：813）说：“本段以句子为限，讨论底范围不及字也不及段或篇。”根据引文我们知道，金岳霖的译意与译味都是在译字和译句两个层面上展开的，而把段与语篇排除在外。译字表现为意念和概念意义，译句表现为意思和命题两个方面。金岳霖也承认有了段落与语篇，也就增加了情感寄托。同样的道理，金岳霖也把一字多义现象排除在翻译之外，他也不否认，一字有不同的意义，它的情感寄托就比较多。但是，他把这些与情感寄托有联系的方面都排斥在外，这对于文学翻译来说无异于舍本逐末。

正如金岳霖所说的那样，字词的情感寄托是离不开特定的历史文化、风俗习惯、社会环境的，也就是说，要想让读者理解字词的情感寄托，译者就必须把这些字词的语境因素提供给他们。我们可以把孤立的字词比作一个从树上摘下的果子，把语境比作是培育果子的果树、土壤、气候、水源、肥料等现实因素。我们不妨借用黑格尔在《精神现象学》里的语言来说明：

> 这里没有它们具体存在的真实生命，没有长有这些果实的树，没有

> 土壤和构成它们实体的要素，也没有制约它们特性的气候，更没有支配它们成长过程的四季变换——同样，命运把那些古代的艺术作品给予我们，但却没有把那些作品的周围世界给予我们，没有把那些作品得以开花和结果的伦理生活的春天和夏天一并给予我们，而给予我们的只是对这种现实性的朦胧的回忆。（转引自伽达默尔，1999：219）

黑格尔这段充满诗意的话非常形象地把历史作品比作从树上摘下的果实，而作品赖以生存的外部环境却在历史的传承中消失，留给我们的只是对现实的朦胧回忆。黑格尔谈论的是对历史作品的理解问题，他想说明的是，历史精神的本质并不在于对过去事物的修复，而是在于与现时生命的思维性沟通。不过，他的这个比喻实在很形象，用在论述孤立的字词与语境之间的关系很妥帖。金岳霖把孤立的字词给予了我们，但却没有把字词的周围世界给我们，没有把这些字句得以生长的土壤、气候、水土、环境给我们。

为了证明文字上的情感寄托不可译，金岳霖列举了很多字或句的翻译例子。这些例子几乎全是孤立的单词和句子。下面我们列举一些以示说明：

> 英国人看见 rose 和中国人看见玫瑰大不相同。在字典中翻译 rose 这一字底问题小，在诗歌中翻译 rose 这一字的问题大。……有些虽有意义上相当的字，然而在意义上相当的字不能引起相当的意味；“大江”虽然可以译成“big river”或“great river”，然而在“大江东去”里的“大江”两字底意味，似乎不是相当意义的英文字所能表示的。（金岳霖，1983：282-283）

金岳霖所列举的这些例子都很有道理，确实能够说明中英两种语言文字在情感寄托上的差异。这里最关键的问题是：带有情感寄托的字词如何翻译？怎样才能让译文读者理解？从翻译的角度分析，汉语中的“玫瑰”译为英语的“rose”或“Chinese rose”应该不错；汉语中的“大江”译成“big river”或“great river”也没有问题。当然，在具体指“长江”或“黄河”时，也可以译为“the Yangtze River”或“the Yellow River”。至于“玫瑰”与“大江”上的情感寄托，那是译文读者看到“Chinese rose”和“great river”时的联想与附加意义。读者是否能感受到其中的情感寄托取决于该词语的语境以及读者的“前理解”知识。因此，情感寄托的获得需要语境、读者与译者三方面的配合，不是译者单方面就能完成的。与此相关的一个问题是：作为读者，我们是如何知道这些差异的呢？

首先我们先来看单语读者，即不懂外语的读者是如何获得母语中的文字的情感寄托的。当我们把“大江”两个字呈现给中国人时，我相信会有不少人说不出其中的情感寄托。但是当我们把苏东坡的《念奴娇·赤壁怀古》与谢朓的《至京邑赠西府同僚》的全文呈现在读者面前时，情况就完全不一样了：

念奴娇·赤壁怀古

苏东坡

大江东去，浪淘尽，千古风流人物。
故垒西边，人道是，三国周郎赤壁。
乱石穿空，惊涛拍岸，卷起千堆雪。
江山如画，一时多少豪杰。

遥想公瑾当年，小乔初嫁了，雄姿英发。
羽扇纶巾，谈笑间，樯橹灰飞烟灭。
故国神游，多情应笑我，早生华发。
人生如梦，一尊还酹江月。

至京邑赠西府同僚

谢　朓

大江流日夜，客心悲未央。
徒念关山近，终知返路长。
秋河曙耿耿，寒渚夜苍苍。
引领见京室，宫雉正相望。
金波丽鳷鹊，玉绳低建章。
驱车鼎门外，思见昭丘阳。
驰晖不可接，何况隔两乡？
风云有鸟路，江汉限无梁。
常恐鹰隼击，时菊委严霜。
寄言罻罗者，寥廓已高翔。

无论是苏东坡还是谢朓，他们都对“大江”寄予了深厚的感情，即用流水比喻时间的流逝、离情别绪、生命的无常，从而让读者体会到“思古幽情”的人生感慨。但是这种思古幽情的感情寄托并非是从诗词的第一句就能得到的，味的产生离不开上下文的语境，而语境又往往由句群、段落或语篇构成。因此，个别意象的意味只能通过整体的篇章才能得到理解与体现。理解了整体的篇章，读者才能体会到诗歌的意境。

再举一个例子说明不懂外语的中国读者是怎样体会到英语中的“rose”的情感寄托的。随着中西文化交流的深入，越来越多的西方作品被翻译成中文，“玫瑰”一词在汉语中出现的频率越来越高，中国读者渐渐熟悉了它在英语文化中的忠贞、爱情、甜美、幸福等象征意义。西方文化借助译文在异域世界里得以传播。读者耳熟能详的《我的爱人是一朵红红的玫瑰》，可以说家喻户晓，脍炙人口；斯宾塞的长诗《仙后》中就有“赶快摘玫瑰，正当她盛开”的诗句；莎士比亚戏剧《第十二夜》中有“女人正像娇艳的玫瑰”的意象；王尔德的童话故事《夜莺与玫瑰》把玫瑰看作可以付出全部生命和热情来获取爱情的象征；等等。受西方文化的影响，现代汉语中，我们多用“玫瑰”代表爱情。这些例子都说明字词上的情感寄托只有在具体的语境或篇章中才能理解。

对于懂两种语言文化的译者来说,他们是比较理想的双语读者。但是,有些译者为了迎合目的语读者而用归化的办法在译语中找替代词,结果改变了原文的味。在金岳霖所列举的例子中也就有因译者翻译的不当造成源语与译语在情感寄托上的差异与变形。比如,把汉语的"道"译成"logos"就改变了原来的意味,或把英语的"west wind"译成"东风"就误导读者。由于汉语中的"道"是中国哲学的最高范畴,意义十分丰富,在英语中根本找不到一个完全对应的词,因此最好的翻译方法就是借用玄奘的"五不翻"的原则,音译为"Dao"。同样的道理,英文的"logos"在意味上与中文的"道"根本不同,因此也音译为"逻各斯",以避免误导目标语读者或改变原文的味。至于说译文读者怎样才能获得其中的情感寄托,最好的办法就是给他们提供足够的语境或上下文。

试想一个不具备中国哲学与文学语境的中国人能体会到"道""仁""大江"的情感寄托吗?同样的道理,一个不懂西方哲学的英美人能体会到"logos"和"being"的情感寄托吗?这说明字词上的情感寄托即使在同一种语言内,不懂该国文化的人也得不到其中的味。这从另一个侧面说明译语文化中的情感寄托是在慢慢传播、逐渐习得的过程中获得的。

总之,金岳霖把字句的情感意义片面地孤立起来是不可行的,他没有认识到,个别字句的意味能通过共享语境在目的语读者中建立最大关联,从而传达情感意义。可以说,没有语境,就没有意义。从翻译的角度考虑这个问题,一种语言的文化意象的可传达性是建立在目的语读者的共享语境基础上的,也就是说,译者必须提供足够的语境关联,读者才能理解体悟原文的情感寄托。

需要说明的一点是,字词上的情感寄托只有在具体的语境或篇章中才能理解,只是获得情感意义的前提条件,这并不能保证目的语读者就能得到其中的意味与意境,但如果没有语境,翻译就成了无源之水、无本之木。同样的道理,如果坚持说"文学的意味根本不能译",那等于说取消了翻译。在这一点上,金岳霖说"味是很难翻译的"还是很有分寸的,难译并不等于不能译。所以,只有在承认文学翻译具有可译性的基础上,我们才能超越不可译。不过,真正解决文学翻译的不可译性还涉及很多因素,我们下边会逐渐地分章节按层次地逐渐展开。

综上所述,金岳霖站在知识论的立场上谈论文学翻译,为了知识的客观性,他不得不排斥语言文字的情感寄托,强调概念意思与命题,得出舍味而取意的结论，从而消解了译味的存在价值。其次，金岳霖运用主客两分的逻辑分析方法把译意与译味截然割裂开来，剥离二者的联系，突出两者的冲突，结果造成它们之间非此即彼的二元对立。再次，金岳霖忽视了翻译语境与读者对意味的建构作用，他从译者译不出情感寄托，读者得不到其中的味两个方面把文学推向了不可译论。

第二章　金岳霖问题的出路

我们在第一章梳理了金岳霖论翻译的研究现状，评价了现有的研究成果，提出了尚未解决的问题，分析了金岳霖问题，指出了文学翻译关键范畴存在的问题，探究了金岳霖问题背后的原因，既肯定了金岳霖的贡献，也指出了他的局限性。本章内容针对金岳霖问题从三个方面探索问题的出路：从知识论转向境界论提出境界论的立场、目的与方法，确立境界翻译的思想；分析概念与意象之间的联系，利用超越思想解决译意与译味的二元对立，实现从译意到译味的层级超越；建构翻译语境，通过语境关联来传达情感寄托；借助“共通感”“立象尽意”“境生于象外”等有关理论探讨意味与意境传达的可能性问题。关于文学作品的三个层次与构成要素问题，将在下一章专门研究。

第一节　从知识论转向境界论

意味与意境属于名言世界不可表达的形而上领域，因而被排斥在知识论之外。知识论对翻译虽有帮助，但却是文学翻译的克星，在知识论内谈可译性问题等于把文学翻译推进死胡同。因此，解决文学的不可译难题不可能在知识论的领域内找到答案，只有跳出知识论的逻辑思维领域，借助中国哲学与美学的境界论来超越概念和命题的局限性，从知识论转向境界论，利用境界翻译的超越思想才能打破二者之间的对立与冲突，从而完成从知识论的二元对立到境界论的层级超越，最终实现译意与译味的和谐共存。

一、境界论界说

境界是哲学、美学、文学领域的核心范畴，在中国思想文化中占有相当重要的地位，具有极其重要的研究价值。蒙培元（1998：85）认为，中国哲学有儒、道、佛三大流派，三派哲学有一个共同点，就是主张境界说而反对实体论。正是这一点使它们同西方哲学区分开来而成为“中国哲学”。王国维、宗白华、冯友兰、熊十力、冯契、方东美、唐君毅、牟宗三、张世英、蒙培元等学者都是境界论的集大成者,他们分别从不同的角度把境界理论提升到前所未有的高度,对研究文学翻译具有重大的借鉴意义。

首先,我们先来梳理一下境界概念内涵的流变与发展,以便更好地掌握这个范畴的来龙去脉。“境界”一词由“境”与“界”合成,二者本属同义。“境”的本义指疆界、领域,开始时意义较实在,后来逐渐扩展与虚化,亦用于人生乃至精神的界域。“境”之涵义的这种精神化、价值化演进方向对境界成为美学和哲学范畴至关重要。佛教传入中国后,境界的内涵随之发生了变化,由客观实在的时间空间的疆域转向主观空灵的精神心理的觉悟层次和修养程度。王建疆(2006:4)有段话对境界意义的转化和生成概括得很好:“从汉人的境界到汉译佛经的境界,经历了一个汉语言语义的生成转换过程,即从客观到主观、从界限到程度,从世俗到宗教,再从宗教到人生、到艺术的生成过程。”由东汉以降,一直到魏晋南北朝,境界还只是宗教或哲学范畴,罕见于文学批评。到唐朝时,至盛唐、中唐之际,一些深受禅宗影响的诗人和诗歌理论家如王昌龄、皎然、刘禹锡等多用境界论诗,使境界的内涵从佛学转向了诗学。到宋代,境界的使用逐渐多起来,境界作为审美范畴遂进入审美活动领域,充当诗学的专用名词,指诗人情意所寄寓的艺术世界。境界说不仅限于诗界,也包括书法界和绘画界,至明清时代,进一步扩大到戏剧、小说等新的文学艺术领域。王国维是境界理论的集大成者,他在《人间词话》中把境界推崇为审美的最高范畴。

通过对境界范畴的涵义进行梳理可以看出,境界的基本内涵经历了日常语言、佛教用语、美学范畴、哲学概念的逐渐演变,在当代被确立为哲学、美学以及文学研究的核心范畴,完成了它从传统到现代的范畴转换,成为当今富有很强生命力的研究课题。

其次,我们来界定境界的基本内涵,以便为下文以境界论翻译做好铺垫。冯友兰在《新原人》中阐发了一个体系完整的境界理论,他是这样界定其内涵的:“人对于宇宙人生在某种程度上所有底觉解,因此,宇宙人生对于人所有底不同底意义,即构成人所有底某种境界。”(冯友兰,1996:30)冯友兰的这种界定比较拗口,不好理解。不过,我们根据上下文可以这样理解:不同的人对于宇宙人生的觉解程度是不同的,宇宙人生对于不同的人来说就具有不同的意义,这不同的觉解程度与不同的意义就构成了人不同的境界。蒙培元(1998:79)站在心灵哲学的立场上指出:“境界是心灵的境界,心灵不是实体,是存在及其功能、活动或过程,以其功能、活动显现其存在。”蒙培元的定义突出了境界与主体的内在联系,让我们认识到境界是心灵的境界的道理。宁新昌则根据宋明新儒学的基本思想特征,对境界范畴做了如下界定:"境界是标志人的精神修养及思想觉悟程度的范畴,是人对宇宙本体的自觉和理解水平的范畴。"(宁新昌,1999:12)

综上所述,境界是标志人的精神修养及思想觉悟程度的范畴,体现的是人的精神修养水平及生命觉解程度。境界论是关于人的生命存在及其意义和价值的学说,是一种心性之学,不同的人生意义和价值就构成了不同的精神境界。

在吸收借鉴哲学美学境界理论的基础上,我们可以来论述翻译的境界内涵了:境界是一个衡量翻译主体的艺术修养水平和评价译作质量品位的审美范畴。就主体而言,境界指的是译者对翻译的觉解程度和态度,以及人生修养所能达到的精神层次;就客体而言,境界则指的是译作中所蕴含的诸如意味、神韵、意境等美学特征。境界是一个动态范畴,不同的译者有不同的修养和觉解,因而翻译出来的作品就呈现出不同的境界。同样的道理,同一个译者在不同的时期对翻译的修养和觉解层次也可能不一样,从而,译作的境界也就随之而改变。这说明境界也有持久与短暂之分。

二、境界论的立场

境界论与知识论在研究对象、目的、立场等方面均有很大的不同。在对象上,境界论探讨人的生命存在及其意义和价值。在目的上,境界论的目的在于提高心灵的境界,使人获得智慧,达到情感上的满足。

中国传统哲学不是知识论,而是境界论,注重精神修养与生命超越,生命超越是中国哲学的核心。这一点,很多哲学家都认同。冯友兰(2001:8)在谈中国哲学的精神时指出:

> 按照中国哲学的传统,它的功用不在于增加积极的知识(积极的知识,我是指关于实际的信息),而在于提高精神的境界——达到超乎现世的境界,获得高于道德价值的价值。……中国传统哲学里有为学、为道的区别。为学的目的就是我所说的增加积极的知识,为道的目的就是我所说的提高精神的境界。哲学属于为道的范畴。

冯友兰的观点显然是正确的:中国哲学的功能不在于增加积极的知识,而在于提高精神的境界,追求高于道德境界的天地境界,即所谓圣人的境界。从这个意义上说,中国传统哲学是关于心灵境界以及精神修养的学问,用传统哲学的术语，就是“心性之学”。在为学与为道之间，中国哲学注重的是后者。因为“道”是形而上的最高本体，知识论对此鞭长莫及，无法言说。为学与为道的区别对于知识论与境界论的不同立场具有重要的参考价值。

中国哲学的功能不在于增加积极的知识，文学作品的功能也是如此。在谈到科学著作与文学艺术作品的区别时，波兰现象学家英伽登(Ingarden)指出：“文学的艺术作品不是为了增进科学知识，而是在它的具体化中体现某种非常特殊的价值，我们通常称之为审美价值。”(英伽登，1988：154-155)冯友兰和英伽登都指出了哲学与文学的功能不在于增加科学知识，这是他们的共同之处。其区别在于，冯友兰认为哲学的功能在于提高精神的境界，英伽登认为文学的功能在于体现审美价值。

中国境界哲学的精神深深影响了中国翻译理论的性质，中国哲学的精神与功能在某种程度上代表了中国翻译的精神。对于文学翻译而言，文学作品并不是物质实体，而是作者情感化的意向性客体，文学描写的是由人构成的精神世界，关注的是人的生存价值与生命意义，与境界密不可分。从这个意义上说，文学翻译与中国哲学与文学艺术作品在功用上具有相似性，即文学翻译的目的不在于增加客观的知识，而在于提高人的心灵境界，体现审美价值。

站在境界论的立场上看翻译，译文应该意象鲜明，情感浓郁，意义丰富，意味淳厚，意境深远；翻译的目的是为了提升心灵的境界，陶冶高尚的情操，获得情感的满足。境界论对翻译的态度是：凡是能翻译的，就艺术地表达，凡是不能翻译的，就创造性地表达；境界论的翻译观认为：译意是基础，译味才是关键，两者有冲突时保意补味。境界论注重在译意基础上译味，利用境界的超越性思想突破不可译的限度，追求翻译的审美境界。心灵的境界越高，译出的作品就越好，有境界的翻译才有品味，才有名句。

虽然知识论与境界论存在明显的区别，但二者并没有不可逾越的鸿沟，有学者指出：“知什么，或所知显示出境界的状况，知的活动则不断地对原有境界进行建构或解构。不同知识所开显的境界不同，或者说，不同的知识总有不同的生活境界与之相对应。因此，境界中包含了知识所具有的全部生活意义。”(贡华南，2004：237)虽然这段话不是针对翻译提出的，但阐明了知识与境界之间的联系。翻译境界的提高需要以知识的积累为基础，译者不同的知识状况，反映了不同的翻译境界。

三、境界论的方法

维特根斯坦在《逻辑哲学论》中把能说清楚的自然科学命题都说清楚

了,对于不能说清楚的美学、伦理学、形而上学等神秘领域保持了沉默。金岳霖在《知识论》把能说清楚的译意都说清楚了,对于不能说清楚的意味与意境选择了回避。逻辑分析语言只能显示具有逻辑同构性的经验世界中的对象和事实,因为形上主体的生活和体验中彰显的人生的价值和意义并不具备与逻辑分析语言的同构性,从而逻辑分析语言无法正确的表达。他们二人沉默与回避的原因是因为逻辑分析方法对于形而上领域的美学问题无可奈何,说了也是白说。

逻辑分析法无法言说形上学的东西,这说明此方法只在一定范围内有效。冯友兰与维特根斯坦一样对不能说的东西感兴趣,只不过维特根斯坦对不可说的东西保持了沉默,而冯友兰选择了负的方法来讲不可说的形而上学,从而让哲学达到顶点。

> 一个完全的形上学系统,应当始于正的方法,而终于负的方法。如果它不终于负的方法,它就不能达到哲学的最后顶点。但是,如果它不始于正的方法,它就缺少作为哲学的实质的清晰思想。(冯友兰,2001:288)

这里"正的方法"是指逻辑分析法,就是以理智对经验做分析、总结及解释;"负的方法"是指禅宗的直觉感悟法,就是讲形上学不能讲,也可以说是"烘云托月"的方法。正负两种方法相结合才构成一个完全的形而上学系统。因此,对于意味与意境问题,我们采取扬长避短的态度,借鉴冯友兰讲形而上学的正负相结合的方法来讲文学的境界论。

我们从冯友兰的方法中获得启发,意义属于形而下的名言世界,意味与意境属于形而上的非名言世界,文学翻译可以运用正负相结合的方法来讲,即逻辑分析法与直觉感悟法相结合的方法。逻辑分析法运用于指导理论体系的建构以及翻译批评,直觉感悟法运用于指导文学翻译实践与译作鉴赏。

首先,我们讨论逻辑分析法。逻辑分析法有助于界定概念、分析命题,形成判断,对于建构理论体系是很有用的。可以说,没有逻辑分析,就没有清晰的思想,也很难形成理论体系。但是,境界论的研究对象、目的与态度又决定了这种逻辑分析不能是彼此不相容的二分法,而应是中间有中介环节的辩证法。具体到文学翻译研究领域,我们不能在译意与译味之间一刀下去截然分成两个彼此不相容的两种翻译类型,也不能把情感上的寄托与意念上的意义割裂开来。否则的话,译意与译味之间就失去了内在的联系,斩断了一方向另一方转化与超越的可能性。在可译与不可译的关系上,任何翻译都是在可译与不可译两个极端的中间地带发挥主观能动性,可译性只是一个程度的问题，不存在完全的可译，也不存在完全的不可译，超越不可译才是境界法的精髓所在。

其次，我们再讨论直觉感悟法。从翻译实践与译作鉴赏角度看，直觉感悟法最为有用，因为这是提高翻译境界的根本途径。逻辑分析法只能让我们从理性上知道意味与意境是怎么回事，但无法让我们从感性上体验到言外之意、象外之象、味外之旨、韵外之致的审美境界。“知道”与“体验”是两码事，前者给予我们的是理智上的了解，后者给予我们的是情感上的愉悦。通过学习，我们可以增加很多知识，让我们知道很多东西。然而，文学翻译光靠积累知识是远远不够的，更需要的是直觉感悟能力及审美鉴赏能力，即所谓的“悟性”与“直觉”。

> 夫诗有别材，非关书也；诗有别趣，非关理也。然非多读书、多穷理，则不能极其至。所谓不涉理路、不落言筌者，上也。诗者，吟咏情性也。盛唐诗人惟在兴趣，羚羊挂角，无迹可求。故其妙处透彻玲珑，不可凑泊，如空中之音，相中之色，水中之月，镜中之象，言有尽而意无穷。（严羽《沧浪诗话》）

严羽在《沧浪诗话》的《诗辨》篇中针对宋诗中存在的“以文字为诗，以议论为诗，以才学为诗”的不良倾向，提出著名的兴趣说和妙悟说，这段话集中反映了他的诗学思想。严羽以禅喻诗，说“大抵禅道惟在妙悟，诗道亦在妙悟”。严羽对什么是妙悟没有做进一步的解释，我们借用童庆炳（1997：87）的话来阐释其意义：

> 妙悟用我们今天的话来说就是直觉。直觉是无需知识的直接帮助的，无需经过逻辑推理而对事物的本质作直接的领悟。直觉是通过最朴素的方式达到最玄妙的境界。一旦有知性的介入，就有了“知性”的障碍，那就不是直觉了。

由此可见，通过“为学”学习到的东西并不直接等同于通过“为道”体验到的知识。而且，知性的介入反而会阻碍感性的直觉，结果遮蔽了读者对诗歌意境的真正领悟与体认。这对于如何提高文学翻译的境界具有重要的指导意义。

老子《道德经》中说：“为学日益，为道日损。”对于这句话，不同的人有不同的理解，冯友兰在《新知言》绪论中的解释是：“为学是求一种知识，为道是求一种境界。”（冯友兰，2005：251）我们认可这种观点，并把它运用到文学翻译中来。文学翻译既需要不断地为学,也需要不停地为道,二者都很重要,只不过方法不同。没有知识,翻译根本不可能;没有境界,翻译只能在低水平上重复。追求知识,需要运用加法,日积月累地学习,这样才能让翻译不违背知识的客观性;提高境界,需要运用减法,一步步减少外界干扰,清空非审美因素,让心灵回归到"虚静"的审美状态,这样才能感悟到作品的意境。为学与为道是两种不同的修养功夫,前者是外功,后者是内功,内外功兼修,翻译才能达到至高境界。

四、境界的三重属性

我们可以总结提炼出境界的三个属性:第一,境界总是与人的存在紧密相连的,境界必定是人的心灵境界,因而表现出主体性;第二,境界因人的觉解程度的高低而表现出层次性,有什么样的觉解就有什么样的境界;第三,境界是动态的,表现为由低级境界向高级境界的升华,因而具有超越性。

主体性

境界与人的主体性密切相关,反映了主体在人格修养和审美水平上的层次和对人生意义的觉解程度。在境界翻译中讲主体性,我们主要关注的是翻译主体的修养功夫与创造能力。译者主体的翻译功夫以及作品的审美价值最终要通过境界主体性体现出来。

首先,文学翻译讲的是译者的艺术修养功夫和翻译功夫。修养功夫是翻译功夫的前提,翻译功夫是修养功夫的表现。无论是修养功夫,还是翻译功夫,两者都需要内外功兼练,才能达到翻译的至高境界。著名翻译家傅雷在致罗新璋先生的书信中强调艺术修养的重要性时说:

> 总之译事虽近舌人,要以艺术修养为根本:无敏感之心灵,无热烈之同情,无适当之鉴赏能力,无相当之社会经验,无充分之常识(即所谓杂学),势难彻底理解原作,即或理解,亦未必能深切领悟。(见罗新璋、陈应年,2009:773)

这段话既是他的经验之谈,也是他成功的写照。傅雷的翻译之所以能出神入化,主要是因为他具备很高的艺术修养。敏感之心灵,热烈之同情,适当之鉴赏能力,此三者均属于内功的修炼;相当之社会经验,充分之常识,此二者均属于外功修炼。外功要通过内功而起作用,所以内功的修炼更为根本。傅雷的内外功修养均达到了炉火纯青的地步,所以他翻译出来的译作才能达到"神似"的至高境界。

《红楼梦》后四十回的译者闵福德(John Minford)曾写过《功夫翻译、翻译功夫》的文章，主张把翻译当作一门功夫进行修炼："翻译是一门功夫。有招数要诀得学，天天得练，这是外功。还有内功，是能够支持翻译事业的精神世界和能量。与其说是理论，不如说是一种态度、一种哲学、一种生活方式。"(见刘靖之，2003：292)

翻译不是一种简单的语码转换，高明的译者都经历过"夏练三伏，冬练三九"的艰苦磨练。说翻译是一门功夫，此话一点不假。霍克斯花费十五年的时间翻译了五卷本的《石头记》，并撰写了四百多页的《红楼梦英译笔记》，可谓是功夫了得！他的翻译有很多创造性与艺术性，这是艺术修养与翻译功夫的具体表现。

其次，文学翻译的主体性典型地表现为译者的创造性。有境界的翻译必然是一种创造性的翻译，创造性的翻译又是一种"得意忘言"的二度写作。"得意忘言"的源头可以追溯到庄子。庄子在《外物》篇中提出了重要的"言者所以在意，得意而忘言"的文艺主张。这种思想在魏晋时期的王弼那里得到深化和发展，他进一步发挥了"立象尽意"和"得意忘言"的理论，全面探讨了言、意、象的辩证关系，确立了"得象而忘言，得意而忘象"的哲学思想。王弼的言、意、象的辩证关系的思想之所以对翻译很重要，原因在于翻译与写作理论有着重要的联系。翻译首先从理解原作开始，译者面对的是一个由语言符号构成的文本世界，译者循着语言去把握领悟文学意象，借助于"象"这个中介抵达原作的意义，这样一个由"言"经过中间的"象"最后到文本的"意"的过程就是翻译理解原作的过程。而译者把理解的意义用另外一种语言表达的过程就是写作的过程，具体说来，翻译的写作是从译者所理解到的意义开始的，由于不同语言之间不存在完全对等现象，译者必须捕捉到原作之精神而忘掉原作的语言表层形式，然后在目的语中找到合适的意象，最后再落实到语言。从这个意义上讲，翻译根本不是语言之间的转换，而是一种得意忘言的重新写作活动，这中间凝聚着译者的创造性劳动。这种得意忘言的写作能力就如同伯乐相马，得其精而忘其粗，像庖丁解牛，官知止而神欲行，像灵魂的"投胎转世"，躯体换了一个，而精神没有改变，最终达到"神似"和"化境"的至高境界。

翻译的境界归根结底是主体的境界，译者的境界不高，译作的境界肯定不会高。要想译出高水平的作品，译者需要加强自身的艺术修养，提升自身的翻译能力，充分发挥译者的主体性。

层次性

由于翻译主体的修养功夫有深浅，理解与表达能力有层次，觉解程度有高低，鉴赏能力有深浅，所以境界翻译就表现出层次性，如高低、好坏、优劣等，不同的层次反映出不同的境界，不同的境界反映出不同的翻译水平。

在分析翻译境界的层次性之前，我们先来看看哲学与美学界的境界理论。冯友兰在《新原人》一书中依据觉解程度的高低将人生修养程度划分为自然、功利、道德和天地四种境界。宗白华在《艺境》中根据人在自己的生命活动中心与世界发生的不同层次关系区分了六种境界：功利境界、伦理境界、政治境界、学术境界、宗教境界、艺术境界。张世英在《境界与文化》中根据人生意义、价值高低和人生在世结构的发展过程把人的精神境界分为四个等级：欲求的境界、求实的境界、道德境界、审美的境界。在以上三家具有代表性的境界理论中，冯友兰的境界说理论体系完整，说理透彻，内容翔实，影响远在其他各家之上。所以，我们选择冯友兰提出的四种境界说来论述境界的层次性。这四种境界是什么关系呢？

> 自然境界，需要最少底觉解，所以自然境界是最低底境界。功利境界高于自然境界，而低于道德境界。道德境界高于功利境界，而低于天地境界。天地境界需要最多底觉解，所以天地境界是最高底境界。至此种境界，人的觉解已发展至最高底程度。（冯友兰，1996：38）

冯友兰的四种境界说显然不在同一平面上，而是层次分明，高低有别，按照从低到高的顺序排列，体现不同的层级性。自然境界的人觉解程度最低，生活在混沌状态，照例行事，率性而为，“日出而作，日落而息”是他们的生活写照。功利境界的人对自己的利益有清楚的觉解，其行为只考虑个人的利益，目的是为了占有。道德境界的人对于人之性已有觉解，其行为考虑到了社会的利益，目的是为了贡献。天地境界的人不但知性，而且知天，不但对社会有贡献，而且对宇宙也有贡献，可以与“天地比寿，与日月齐光”。一个人因所处的境界不同，其人格、觉悟、态度、气质、心胸、贡献等也就有不同程度的差异，反映出不同的人生价值与生命意义。

冯友兰的四种境界说对于翻译具有重要的借鉴意义。当今世界已进入全球经济一体化时代，中西文化交流也进入了新时代。翻译作为不同文化交流的中介越来越显示出其重要性，翻译市场的需求越来越大，逐渐成为一种产业。在翻译产业化的同时，各种翻译质量问题、伦理问题、审美问题也逐渐凸现出来，日益受到大家的普遍关注。针对翻译目前实际存在的各种现象，文学翻译越来越带有很强的功利性和商业性，金钱和财富成为主要的甚至唯一的行为目标和价值选择，从而把翻译变成庸俗的商业交易行为，翻译失去了审美价值。因此，文学翻译显然也存在着功利境界、伦理境界、审美境界等不同的层级。这三种境界反映了译者对翻译的不同认识，体现了人的不同精神境界。以境界论翻译可以区分不同的翻译层次，揭示背后存在的翻译目的、伦理与审美问题，有助于翻译主体认识自己的精神境界，从而加强艺术道德修养，进而提高整个国家与社会的文化水平。从这种意义上说，境界翻译具有十分重要的现实意义。

在功利、伦理、审美三种境界中，审美境界的层级最高，代表了文学翻译的最高境界，是译者追求的最高理想。正如许钧先生在《论翻译的层次》一文中所说的那样："文学的功能是以'美感为中心的动力系统'，……审美层次构成了文学翻译的最高且关键的一个层次。"（许钧，1987：15）李泽厚与刘纲纪主编《中国美学史》认为，中国人把审美境界视为人生的最高境界。关于审美境界的具体内涵，宗白华（1997：159）的观点比较具有艺术性：

> 以宇宙人生的具体为对象，赏玩它的色相、秩序、节奏、和谐，借以窥见自我的最深心灵的反映，化实景而为虚境，创形象而为象征，使人类最高的心灵具体化、肉身化，这就是"艺术境界"。艺术境界主于美。

宗白华所说的"艺术境界"实质上指的就是审美境界。与其他几种境界不同的是，艺术境界主于美。宗白华的这段话把审美境界的形成说得很到位。境界首先是心灵的境界，境界的形成是心物感应、情景交融的结果。主体的主观感受对于境界的形成非常重要，叶嘉莹（1982：192）说得好："境界之产生全赖吾人感受之作用，境界之存在全在吾人感受之所及。因此，外在世界在未经吾人感受之功能而予以再现时，并不得称之为'境界'。"译者要想创造情景交融的艺术境界，必须化实景而为虚境，创形象而为象征，使人类最高的心灵具体化、肉身化。审美境界是情景交融过程中生成的整体性心灵状态和外显气象，它体现的是主体的创造性建构。

除了功利境界、道德境界、审美境界等不同的境界外，境界的层次性有很多种其他表现形式。具体到文学翻译来看，译意与译味明显属于两个不同层次的境界，形似、意似、神似分别代表三个不同层次的境界，文学翻译的语言、思维、意义表现出不同的境界，翻译的"信"与"达"也表现出不同的层次性，同一原著的各种不同的复译本也呈现出不同的境界，等等，不一而足。

超越性

超越性是一种发展理念、一种进取精神、一种创造意识、一种思维方式。超越性是境界的本质属性，也是境界论最有价值的地方。超越是境界的超越,境界是超越的境界。超越是在原来基础上的提高、发展、升华与飞跃。境界超越性的这种性质对于文学翻译的意义是重大的。

文学翻译的超越性同样也有多种表现形式:译作超过原作是一种超越,从译意发展到译味是一种超越,从形似提高到神似是一种超越,从功利境界飞跃到审美境界是一种超越,从不可译转化为可译也是一种超越。后文还会讲到,从译味发展到译境也是一种超越,文学翻译的语言、思维与意义也需要超越才能达到至高的翻译境界,后来的复译本也应该超越前人的译本。总之,超越的形式是多样的,超越是提高文学翻译质量的途径与方法。因此,文学翻译就是一种超越的艺术,只有超越,文学翻译才能由较低境界向更高境界发展。

文学翻译如何才能实现超越呢?我们不妨借用禅宗觉解禅理的三种境界为例加以阐述:看山是山,看水是水;看山不是山,看水不是水;看山还是山,看水还是水。第一种境界是参禅之前的觉解水平,即看山是山,看水是水;第二种境界是参禅有悟时的觉解水平,即看山不是山,看水不是水;第三种境界是顿悟后的觉解水平,即看山还是山,看水还是水。三种境界从低到高排列,说明了人的觉解的三个发展阶段,后一阶段是对前一阶段的超越与升华。同样,学习文学翻译的人也会经历三种境界。初学文学翻译的人往往"看山是山,看水是水",字从句比,机械模仿,不会变通,翻译水平停留在语言表层形式上的对应,这是最低的一种境界。对文学翻译有些觉解的人就能超越机械的形似翻译,从而达到了"看山不是山,看水不是水"的第二境界。处于第二境界的译者能够摆脱语言表层形式的限制与束缚,打破语言的表层外壳,翻译语言形式背后的意义,"得意忘言"说的就是这种境界。与第一种境界相比,达到意似的第二境界已经有了很大提高。然而,第二境界的翻译仅仅能达意,还不传神,因为意似的翻译是以牺牲有意味的形式为代价的,需要超越才能达到更高一级的境界。只有那些艺术修养高与感悟能力强的译者才能达到文学翻译的第三种境界。第三种境界表面上看与第一种境界一样,实质上两种"形"有本质的区别。第一种境界上的"形"只是字面上的"形",其"似"也只是表面上的"似",翻译并没有传达出原文的意义。第三种境界上的"形"是一种有意味的"形",承载着丰富的感情寄托与文体意义,舍弃了形式,也就等于舍弃了意义。要想达到第三种境界,需要以形传神,形神兼备。但译文中的"形"多数情况下不是原文的"形",而是重新创造的语言形式。

超越的关键因素在于译者,而译者的关键又在于他们的修养功夫与翻译功夫。因此,提升译者主体的境界,充分发挥他们的主观能动性和创造性，才是实现超越的关键。如何提高译者的修养功夫呢？王国维在《人间词话》中谈到了成就大事业、大学问的人必须经历的三种境界，可供借鉴。

“昨夜西风凋碧树，独上高楼，望尽天涯路”，此第一境也。
“衣带渐宽终不悔，为伊消得人憔悴”，此第二境也。
“众里寻他千百度，蓦然回首，那人却在灯火阑珊处”，此第三境也。

王国维借用了晏殊、柳永、辛弃疾的诗词，创造性地表达了做学问必须经历的三个阶段。做学问者首先要经历数年的寒窗之苦，耐得住孤独寂寞，博览群书，持之以恒，无怨无悔，然后才能豁然开朗，灵感迸发，没有前一阶段的辛苦与付出，就没有后一阶段的成功与喜悦。做学问如此，翻译何尝不是如此？

第二节 意味与意境的生成和语境的建构

文学的意味与意境是怎样存在的呢？是存在于作者的头脑中，还是存在于作品中，抑或存在于读者的接受中？对于这个问题不同的学派可能会有不同的回答。作品意图论认为存在于作者的头脑中，新批评与结构主义认为存在于作品中，接受美学与读者反应论认为存在于读者的接受中。三种观点各有其合理的一面，但都有其片面性。文学作品从构思、创作、完成一直到接受形成了一个连续体，形成作者创造、文本表现、读者接受三个不可分割的阶段。针对文学翻译来说，意味与意境也同样离不开译者、文本与读者三个方面，其中起关键作用的是译者与读者。味的厚薄与境的深浅一方面取决于译者的翻译水平，另一方面依赖于译文读者的积极参与，前者创味造境，后者辨味填境，离开了任何一方，文学翻译都不可能功德圆满。在承认文学翻译是再创造的艺术的基础上，我们从翻译语境、译者造境、读者填境三个方面探讨意味的生成问题。

一、翻译语境

前文说过，孤立的字词就像从树上摘下的果子，脱离了与它在一起生长的果树、水土、气候等语境因素。在这种情况下，译文读者是很难感受到字词上的情感寄托的。从语境方面分析，翻译就好比让原作到国外去旅行，语言、文化、时间、空间、环境、读者等都发生了变化。翻译文本在旅行的过程中很容易出现意味的缺失、扭曲与变形，尤其是负载有历史文化、风俗习惯上的情感寄托的语词更是如此。解决的办法之一就是建构翻译语境,让意味赖以生存的风俗习惯与历史环境在译文中得以再现。

建构翻译语境涉及很多复杂问题,国内外翻译研究者已经在这一领域做出卓有成效的探索,他们的研究成果对于意味与意境的翻译具有启发意义。① 笔者在合理吸收各家的研究成果的基础上认为,翻译语境由源语语境、译语语境、译者的虚拟语境以及读者的认知语境四个部分组成,每一种语境又包括语言语境、情境语境与文化语境三个构成要素。

源语语境是作者与读者共享的语言、文化、历史、风俗等环境因素,它由语言语境、情境语境与文化语境三个部分构成,其具体表现形式就是原作者创作的作品。译者作为双语和双文化人,首先面对的就是源语语境,其后的理解与表达都要以此为依据。原作是源语语境的集中体现,而源语语境是原作赖以生存的空气和水。但原作在外延上并非源语语境的全面反映,而是经过作者提炼加工后形成的一个精神世界。文学作品所表现的精神世界源于生活,而又高于生活,既有普遍性,又有特殊性。普遍性的东西很容易跨越语言的边界而意义不受大的损失,作者特殊的人生体验与独特的经历需要读者具备相关的背景知识才能得到理解。而且作者表达这种特殊体验的语言也是具体的、个别的、意象的,甚至带有很强的互文性,这无疑给翻译增加了难度。还有一种情况就是,作者在写作时往往会借助于交际双方共享的背景知识而有意省略一些不言自明的东西,以使作品具有含蓄性与暗示性。源语语境所涉及的这些方面都是译者应该考虑到的,如何合理地解决这些难题则是对译者能力的考验。

译语语境是指目标语读者方所在的语言、情境与文化语境,它不是译作语境,与源语语境也有很大的差异。译语语境与源语语境分别代表的是两个不同的生活世界,两个不同的生活圈子,两个不同的历史,两个不同的文化传承,两种不同的思维方式与认知模式,等等,不一而足。这种差异归根结底是源语与译语之间语言文化的差异造成的。语言表层的字面意义的机械对应是翻译的大敌,译者应该保持高度的警惕,练就一双火眼金睛,甄别真朋友,剔除假朋友。在源语语境中不言自明的东西搬到译语语境中后很可能变得不可理解,在源语语境中具有美好的联想意义的意象搬到译语语境中后很可能变得完全相反,在源语语境中很幽默的一个笑话搬到译语语境中后很可能一点都不好笑,在源语语境中很精妙的一个搭配搬到译语语

① 关于翻译语境的有关论述参见李运兴、刘宓庆、程永生、彭利元、栗长江等学者的研究成果,这里不再做文献综述。

境中后很可能变得不合逻辑。这样的例子我们还可以列举很多，但无论如何也不能穷尽两种语言文化的差异。

面对译语语境与源语语境的差异，译者该何去何从？是尊重源语语境还是尊重译语语境？是靠近作者还是靠近读者？是保留源语文化还是迁就译语文化？译者总有个分析、判断、选择的过程，以便拿出个两全其美的翻译策略来。说到这里，就自然引出"译者的虚拟语境"这一概念了。这个术语的提出也不是空穴来风，而是有根据和基础的。程永生提出了"译者自己的语境"概念，李运兴提出构建"译者语境视野"的语境模式，彭利元(2008：225)认为"翻译语境的构成要素有三：原作语境、译者、译语语境"。三位学者尽管对译者语境有不同的理解，但都认可译者是构建翻译语境的核心要素。需要说明的一点是，笔者提出的译者的虚拟语境并非指译语语境，而是源语语境、译语语境、目标读者的认知语境三种视阈的交叉与融合。融合的关键在于译者在头脑中建构的虚拟语境能否在三种视阈中找到共同点。由此来看，译者的虚拟语境是翻译语境的核心要素，它综合了源语语境、译语语境、目标读者的认知语境，取其共享部分作为翻译的基础。我们之所以称其"虚拟语境"，是因为这种语境存在于译者的脑海里和心灵中，反映的是译者的翻译思维过程，不是一种现实的存在。当译者的虚拟语境落实到语言表达，用书写的文本固定下来之后就成为了译作语境。译作起到了移植与传播源语语境的作用。不过，译作语境绝不是原作语境的翻版。语言的文化意象的可传达性是建立在目标语读者的共享语境基础上的，也就是说，读者必须有足够的语境关联，激活他们的前理解认知结构才能理解体悟源语的文化情感寄托。当两种语言文化的交流达到一定的广度与深度的时候，两国读者之间的共享语境就会越来越大，彼此拥有更多的共通感，从而达到相互理解与认同的目的。

最后一个语境构成要素是读者的认知语境。相对于前边三种语境类型而言，读者的认知语境并不占据核心位置，但却是翻译语境的一个组成部分。读者的认知语境和译语语境有交叉重叠部分，前者的外延小于后者，也就是说，读者的认知语境是译语语境的一部分，而非全部，这与读者的前理解有关系。读者是千差万别的，教育程度参差不齐，背景知识多少不一，语言能力高低有别，文化水平良莠不齐。这些读者因素会影响到译者构建语境的程度，具有优秀文学鉴赏力的专业读者对翻译语境的依赖程度小，译者不需要过多地增补解释原文隐含的东西，否则就等于嚼饭与人，淡而无味也。但对于那些语言文化水平较低的读者而言，他们对翻译语境的依赖程度大，译者就需要使用增加补偿以及浅化淡化等多种手段，以降低译文的难度。

这里主要是针对中国古典诗词的外译而言的。中国古典诗歌在外译的时候要跨越历史时间与异域空间的双重障碍，再加上中国诗歌含蓄空灵的内敛性特点，翻译起来的确有很大的难度。为了能让外国读者真正理解中国诗歌意境的精髓，译者应该有明确的读者意识与语境意识，只翻译诗歌的正文是不够的，最好在每首诗词的前边增加用外文写的作品背景介绍，以便读者按照提供的线索理解诗歌文本的情感寄托。目前国内出版的中国诗词翻译大多缺乏读者意识与语境意识，至少没有充分考虑到不懂中文的外国读者是否能理解体悟到译作的意味与意境。也许国内翻译的中国诗歌根本就不是给外国人看的，而是给中国人译的。马红军把这种现象叫作“读者错位”，意指中国诗词译者虽声言其目的读者是西方人，但客观上却指向通外语的中国读者。他从六个方面分析了读者错位的原因，并指出其中一个不容忽视的后果：“市场越需求，读者越认可，中国译者的译作距离文化交流的目标可能反而越远，而译者就越倾向于忽视目的语文化，进而从文化交流蜕变为自娱自乐。”（马红军，2006：154）中国诗歌译给中国人自己看，这样译者倒省了不少心，不用费神考虑语境的变化给诗歌意味与意境造成的影响。在翻译一些历史文化意象与典故的诗词时，有些译者既不做变通处理，也没有文外加注或文内阐释，直接把原文形式搬过去，结果导致译文的不可理解。

二、译者造境

从译者方面说，译者应根据读者的认知语境尽可能在译作中重建理解原作意味所需要的翻译语境。具体到翻译操作层面上，译者要设法通过增加背景、文外加注、文内阐释、互文链接等翻译语境手段建立补偿目标语读者缺少的原作语境，让他们在语境关联的推理中理解意味与意境的情感寄托，然后在考虑到读者的可接受性与审美期待的基础上用另一种语言在译文中再现出来。没有心目中的读者，译者就失去了翻译方向，不知为谁而译，这样就会大大影响译文的接受与质量；有了心目中的读者，译者才有可能按照读者的可接受性与审美期待进行翻译，从而提高译文的质量。

> 为使交际成功，译者需要考虑的是原文作者与译文读者的认知环境在多大程度上共享。语用学的翻译观要求译者要对原作的交际意图进行推理，然后结合译文读者的认知语境，平衡两者的关系，对译语的选择不断做出关联顺应与优化选择，使译文获得最佳语境效果，完成翻译的任务。（曾文雄，2007：29）

在同一种语言文化环境中，作者与读者由于享有共同的社会风俗、文化意象、历史典故，所以在言语交际中可以省略那些背景的东西，作家就可以创造一种含蓄的意在言外的艺术效果。但是，当这些在原文中不言而喻的东西翻译成另外一种语言时就成为译语读者阅读理解的障碍与负担。请看《红楼梦》第十七回"大观园试才题对额"中的一段文字：

> 贾政道："诸公请题。"众人道："方才世兄有云，'编新不如述旧'，此处古人已道尽矣，莫若直书'杏花村'妙极。"贾政听了，笑向贾珍道："正亏提醒了我。此处都妙极，只是还少一个酒幌。"①
>
> "What shall we call it, then?" asked Jia Zheng.
>
> "Just now our young friend was saying that to 'recall an old thing is better than to invent a new one,' said one of the literary gentlemen. In this case the ancients have already provided the perfect name: 'Apricot Village'."
>
> Jia Zheng knew that he was referring to the words of the fainting traveler in Du Mu's poem:
>
> *'Where's the tavern?' I cry, and a lad points the way*
> *To a village far off in the apricot trees.*
>
> He turned to Cousin Zhen with a smile:
>
> "Yes, that reminds me. There's just one thing missing here: an inn-sign."②
>
> (Tr. David Hawkes)

对比原文和译文后，我们会发现，霍克斯在译文中有意增加了原文没有的东西，从"Jia Zheng knew that"一直到"apricot trees"都是译者补充上去的。增加的内容主要是杜牧的两句诗："借问酒家何处有？牧童遥指杏花村。"霍克思为什么要增加原文没有的东西呢？这样做是否是译者的自由发挥呢？其实，这正是译者的高明之处，非懂翻译者不能为。在中国文化中，杜牧的《清明》诗家喻户晓，因此曹雪芹只用"此处古人已道尽矣，莫若直书'杏花村'妙极"两句就够了。贾政自然心领神会，答语也很巧妙："只是还少

---

① 曹雪芹：《红楼梦》，岳麓书社，1994年，第118页。

② Cao Xueqin. *The Story of the Stone* (Volume 1), trans. David Hawkes, London: Penguin Books Ltd. 1973, p. 334.

一个酒幌。”这样的对话既具有诗情画意,又意在言外,富有意味。

一个称职的译者要为译语读者的认知语境考虑:怎样才能让译语读者领会到其中的趣味?霍克斯采取了文内阐释的办法来重建翻译语境。在翻译完“In this case the ancients have already provided the perfect name: ‘Apricot Village’”这句后,霍克斯意识到此处的“the ancients”与“Apricot Village”两个单词应该有所指,而且应该在酒幌与杏花村之间为读者建立语境关联。由于杜牧的两句诗,杏花村与酒家结下了良缘,只要提到杏花村,大家马上会联想到酒店。霍克斯的译文可以说成功地为异域读者提供了这一认知语境,目的是让译文读者体会其中之味。

霍克斯是位富有创造力的翻译家,他在传达具有特定中国文化色彩的文化意象方面有很多成功的例子。例如在《红楼梦》第六十五回有这样一句话:

> 人家是醋罐子,她是醋缸,醋瓮!
>
> They call jealous people “vinegar bottles”, don’t they? Well, she’s not just a bottle—full of vinegar; she’s a storage-jar—a whole cistern—full of it!①
>
> (Tr. David Hawkes)

霍克斯知道“吃醋”表示“嫉妒心”是中国特定的文化习俗,英语中并无直接的对应词。通过文内阐释的方式在译文中增加“They call jealous people vinegar bottles”让译文读者建立共享语境,然后保留了“醋罐”“醋缸”“醋瓮”的文化意味,译文既形象,又生动,而且意味层层加深,有效地把这种风俗的文化意义传递出来。

整体来说,霍克思在保留《红楼梦》的文化内涵、语言的原汁原味方面的确用心良苦,他的译文在翻译界获得很高的评价。他创造性地综合运用了背景介绍、文内阐释、尾注、附录等建构语境的形式向目的语读者传播了中国文学作品的意味,基本实现了他说的“My one abiding principle has been to translate everything—even puns”,这对于一个外国翻译家来说实在太不容易了!

三、读者填境

从接受美学的角度来看,意味与意境的获得需要读者的积极参与,因为

---

① Cao Xueqin. *The Story of the Stone* (Volume 3), trans. David Hawkes. London: Penguin Books Ltd. 1989, p. 290.

文学意象的味本来就是读者联想到的言外之意。读者对原语文化的前理解知识的多少会影响到译者语境建构的程度。作为读者，他们也不可能抛开自己的“前理解”或“前结构”凭空进入阅读过程，而要运用自己的审美鉴赏力与审美经验来品味和感悟翻译作品的味，并在自己的审美体验中具体化。

现象学认为，文学作品是意向性客体，包涵许多未定点与图式化结构，只有在读者的阅读具体化后，文学作品才成为审美对象。接受美学进一步强化了读者对文本意义的建构作用。文学作品本身不是审美对象，需要读者对其中的未定点与空白进行想象补充，作品才能完成。现象学与接受美学提出的未定点、空白、图式化结构等概念与中国美学的意味与意境形成了对接，彼此有相通之处。有意境的作品中的象外之象与味外之旨正是作者留给读者想象的未定点与空白。正因为这样，司空图才说“辨于味而后可以言诗也”。

笔者以为，字句本身所有的情感上的寄托在翻译中无法孤立地用语言符号再现出来，因为它们的意味只能产生于读者的联想或想象中。意味与意境不是纯客体的属性，也不是纯主体的感受，而是存在于审美主客体的关系之中。正如林兴宅(1993:295)所说：

> 艺术中的味并不是一种价值实体，而是一种价值体验；它不是存在于形式本体之中，而是存在于审美主客体的关系之中，是形式的表现性诱发主体的象征表现活动的生成物。

从客体角度看，味是作品的形象表现性特征，一个作品能够激发读者的想象和情感就是有味的标志。从主体角度看，味是读者对作品进行审美体验的过程中产生的感觉效应或情感效应。因此，没有读者的创造性参与，译文的味是没办法获得的。这表明，意味与意境不是现成的实体而是在动态中生成的东西。

既然意味与意境不可能脱离读者而单独存在，那么不懂外语的读者能否体会到译文中的味呢？比较典型的例子是林纾与庞德(Ezra Pound)。林纾不懂英文而能从他的合作者的口述中领悟到原作的意味与意境。钱锺书在《林纾的翻译》一文中肯定了林纾前期翻译的作品，认为林纾“甚至感情冲动得暂停那支落纸如飞的笔，腾出工夫来擦眼泪。”(钱锺书，2002:92)“他译《黑奴吁天录》时，就是‘且译且泣，且泣且译’，从而使其译作达到动人心魄的翻译艺术效果。”(陈福康，2000:126-127)庞德不懂汉语而深得中国诗歌之妙境。他不但能通过阅读翻译作品领悟中国诗歌的意味，而且还翻译出版了中国古诗翻译集《华夏集》。这两个例子典型地说明了不懂外语的读者也能体会作品之味。

也许有人会提出这样的疑问:林纾与庞德属于不懂外语的专家学者,不具有普遍性。不懂外语的普通读者能得到翻译作品的味吗?马红军对许渊冲中诗英译在西方英语读者中所做的问卷调查的结果很具有代表性,能回答这个问题。(参见马红军,2006:163-225)

马红军在设计问卷的读者对象时提出被调查者必须符合三个条件:英语为母语、爱好文学(特别是英语诗歌)、受过高等教育(学士学位以上)。设定这样三个条件是非常必要的,因为读者类型千差万别,对于没有文学鉴赏力的读者来说,再好的翻译也毫无意义。在所调查的 108 人中间,只有 2 人经常读中国古诗英译作品,11 人有时读,多达 90 人几乎没有读过中国古诗英译作品。马红军的问卷读者正适合我们这里谈论的问题。

根据调查结果显示,目的语读者对许渊冲翻译的《为女民兵题照》评价最高,认为优秀的占 31.78%,认为很好的占 52.33%,两项合计占总数的 84.11% 。如果从六首诗歌的平均分值来看,优秀占 15.78% ,很好占 41.57%,两项合计占总数的 57.35%。由此可见,即使是不懂外语的普通读者,也能体会到翻译诗歌的意味。

读者头脑中的互文知识也是激活情感寄托的一种行之有效的手段。互文性跨越时空的界限在文本内或文本外相互指涉,使意义文本在内外交织的互文链接中被激活、彰显或深化。试以《红楼梦》二十三回中林黛玉听《牡丹亭》那段著名的文字为例来说明。

> 林黛玉听了,倒也十分感慨缠绵,便止住步侧耳细听,又听唱道是:“良辰美景奈何天,赏心乐事谁家院。”听了这两句,不觉点头自叹,心里自思道:“原来戏上也有好文章。可惜世人只知看戏,未必能领略这其中的趣味。”想毕,又后悔不该胡想,耽误了听曲子。又侧耳时,只听唱道:“则为你如花美眷,似水流年……”林黛玉听了这两句,不觉心动神摇。又听道:“你在幽闺自怜”等句,亦发如醉如痴,站立不住,便一蹲身坐在一块山子石上,细嚼“如花美眷,似水流年”八个字的滋味。忽又想起前日见古人诗中有“水流花谢两无情”之句,再又有词中有“流水落花春去也,天上人间”之句,又兼方才所见《西厢记》中“花落水流红,闲愁万种”之句,都一时想起来,凑聚在一处。仔细忖度,不觉心痛神痴,眼中落泪。①

① 曹雪芹:《红楼梦》,岳麓书社,1994 年,第 168 页。

They moved her strangely, and she stopped to listen. The voice went on:

And the bright air, the brilliant morn
Feed my despair.
Joy and gladness have withdrawn
To other gardens, other halls—

At this point the listener unconsciously nodded her head and sighed.

'It's true,' she thought, 'there is good poetry even in plays. What a pity most people think of them only as entertainment. A lot of the real beauty in them must go unappreciated.'

She suddenly became aware that her mind was wandering and regretted that her inattention had caused her to miss some of the singing. She listened again. This time it was another voice:

'Because for you, my flowerlike fair,
The swift years like the waters flow—'

The words moved her to the depth of her being.

'I have sought you everywhere,
And at last I find you here,
In a dark room full of woe—'

It was like intoxication, a sort of delirium. Her legs would no longer support her. She collapsed on to a near-by rockery and crouched there, the words turning over and over in her mind:

Because for you, my flowerlike fair,
The swift years like the waters flow...

Suddenly she thought of a line from an old poem she had read quietly recently:

Relentlessly the waters flow, the flowers fade.

From that her mind turned to those famous lines written in his captivity by the tragic poet-emperor of Later Tang:

The blossoms fall, the water flows,
The glory of the spring is gone
In nature's world as in the human one—

And to some lines from *The Western Chamber* which she had just been reading:

As flowers fall and the flowing stream runs red,
A thousand sickly fancies crowd the mind.

All these different lines and verses combined into a single overpowering impression, riving her soul with a pang of such keen anguish that the tears started from her eyes. ①

(Tr. David Hawkes)

节选部分的诗句是四个文本的互文交叉：汤显祖的《牡丹亭》、王实甫的《西厢记》、崔涂的《春夕》以及李煜的《浪淘沙》。林黛玉首先听到的是《牡丹亭》中的戏文，遂感慨缠绵，当听到“如花美眷，似水流年”的时候便心动神摇，又联想到崔涂的《春夕》中的“水流花谢两无情”之句，又想到李煜《浪淘沙》中的“流水落花春去也，天上人间”，又兼所看《西厢记》中的“花落水流红，闲愁万种”之句，四个文本交织在一起，情感寄托集中在“落花”与“流水”两个意象上，不觉心痛神驰，泪流满面。由此可见，互文现象可以激发读者的想象与情感的迸发。

一般情况下，目标语读者很难获得单独的“落花”与“流水”意象的情感意义，但这些意象在一段文本中反复出现并上下交织在一起时，读者就不会对他们视而不见、听而不闻了。译文中“Because for you, my flowerlike fair, /The swift years like the waters flow”两句与下文中“The blossoms fall, the water flows”相呼应，给读者提供了互文语境，从而激发读者的联想与想象，逐渐领略其中的趣味。

目前中国古诗的外译已经有了很多版本，同一首诗，读者能找到十几种译文的情况并不少见。这样，同一原文多种译文的存在客观上为译语读者提供了可供比较参照的互文现象，这在无形中形成了另一种互文语境。

综上所述，解决这些意味的传达与获得需要三个要素的配合才能完成：译者、读者与语境。从翻译方面说，译者要对原语语境与译语语境了如指掌，以避免误解。然后译者在大脑中构建一种新的图式语境（也可以叫作虚拟语境）。这种虚拟语境实际上是源语语境、译语语境、目标读者的认知语境三种视阈的交叉与融合，目的是争取译文意味的信与达。从目标读者来看，意味的获得需要读者的审美体验，需要读者积极参与翻译文本的具体化。读者对原语文化的“前理解”知识的多少会影响到译者语境建构的程度。

---

① Cao Xueqin. *The Story of the Stone* (Volume 1), trans. David Hawkes. London: Penguin Books Ltd. 1973, pp. 466-467.

第三节　意味与意境的言传问题

“味是不容易传达的，有时简直就不能传达……诗既有此特殊的意境，它底意味大都是不容易以言传的。用本国文去传达本国诗底意境已经是不容易的事，何况用别种文字去表示它。”(金岳霖，1983:815-816)金岳霖说的这些都没有错，用本国语言文字传达本国的意味与意境都很难，用另外一种语言文字翻译就难上加难了。意味与意境用语言不容易传达的原因，前边已经分析过了，那是因为它们都是“不可说的东西”。本节内容从康德的审美鉴赏判断入手，认为个人的情感判断也具有普遍的可传达性，回答了特殊的意境也能用语言传达这一问题；然后从“立象以尽意”和“道可道，非常道”两个方面回答了如何传达概念与命题不能言说的意味与意境问题。

一、审美共通感

当金岳霖说意味与意境大都不容易言传的时候，他实际上提出了个人的特殊情感体验是否具有普遍的可传达性问题。要回答这个问题，最好从康德美学入手寻找解决问题的途径。

判断一部文学翻译作品是否有意味与意境，这实际上属于康德提出的“审美鉴赏判断”问题，因为意味与意境这两个美学范畴具有无概念、无利害、无目的的审美特点，符合康德审美鉴赏判断的四个契机的审美规定性。

在鉴赏判断的第二契机，即非概念的普遍性分析中，康德指出，如果一个人认为某事物是美的，他总期望从别人那里得到普遍赞同。审美鉴赏不是私人判断，而是具有普适性的公共判断。他说：

> 一个客观的普遍有效的判断也总是主观上普遍有效的，就是说，如果这个判断对于在一个给予的概念之下所包含的一切东西都有效，那么它对于每个借这概念表象一个对象的人也都有效。(康德，2002:50)

既然审美判断对每个人都具有普遍的有效性，这种普遍的有效性是靠什么得以保证的呢？康德提出了“共通感”概念。他把这种共通感作为知识与审美的普遍可传达性的前提条件。

> 知识与判断，连同伴随着它们的那种确信，都必须能够普遍传达，否则就会没有与客体的协和一致应归于它们了。……既然这种相称本

> 身必须能够普遍传达,因而对这种(在一个给予的表象上的)相称的情感也必须能够普遍传达;而这种情感的普遍可传达性却是以一个共通感为前提的。(康德,2002:75)

引文中的"这种相称"指的是知识与判断两种内心能力。康德不但认为知识能普遍传达,而且也认为个人的情感判断也具有普遍的可传达性。他指出,审美鉴赏判断不是建立在概念上的,而只是建立在情感上的。这种情感不是私人情感,而是作为共同的情感处于基础的位置之上。伽达默尔(Gadamer,1999:56)认为康德的"共通感"概念包含两个要素:其一,共通感包含趣味所具有的普遍性;其二,共通感包含趣味所具有的共有性。

没有了共通感,彼此之间便没有认同和理解;没有了共通感,也就没有了审美趣味与理解同情。正是这种共通感才使个人的主观审美判断具有社会的普遍性,人与人之间才有可能通过将心比心的心理活动发现"人同此心,心同此理"的道理。

意味与意境属于审美鉴赏判断,这样说应该没有人反对。既然是审美鉴赏判断,他们就具有审美鉴赏判断的四个契机的审美规定性。意味与意境虽然具有主观性,但却具有普遍的可传达性,社会的教化与人类的共通感为这种普遍的可传达性提供了前提条件。康德的审美"共通感"在理论上证明了意味与意境具有普遍的可传达性,这为跨语际翻译提供了可能性,但不具有充分性。

因此,意味与意境同时具有感发和再现两方面的性质,能够借助语言得以表达,外在世界与内在的心理体验必须依靠语言的表现才能呈现出审美境界。意味与意境作为审美鉴赏对象,既涉及审美主体,又联系着审美客体,体现出一种主客统一的关系性存在。审美鉴赏判断既是主观的,也是客观的,这种二律背反在文学作品的审美具体化中得到了辩证的统一。

二、立象以尽意

意味与意境是美学与文学中概念或命题不能表达的形而上学领域,就是金岳霖与维特根斯坦所说的"不可说的东西"。换句话说,用概念与命题来说意味与意境属于言不尽意,说了等于白说,毫无意义。这种观点有深刻的道理,与中国古代的"道不可言""言不尽意""文不逮意"有异曲同工之妙。

然而,概念和命题不能说的东西,难道就没有其他言说的方式吗?清朝时的大学者叶燮在《原诗》里说:"可言之理,人人能言之,又安在诗人之言之!可征之事,人人能述之,又安在诗人之述之!"叶燮的这段话说明了诗歌的精妙之处就在于说不可说的东西，诗人往往能说出普通人所不能说的话。“道可道，非常道；名可名，非常名”说的也是这个道理。

言不尽意是事实，这种情形在文学中表现得最为典型。但怎样才能尽意呢？《周易·系辞上》回答了这个问题：“子曰：书不尽言，言不尽意。然则，圣人之意，其不可见乎？子曰：圣人立象以尽意。”王弼对“立象以尽意”的思想又做出了进一步的发展，提出了“尽意莫若象，尽象莫若言”的辩证思想，大大丰富了“言意之辨”的理论。在这里，我们不必再花费无谓的篇幅去追溯“意象”范畴的历史渊源与来龙去脉，也不必花精力论证“意象”范畴如何从最初的“卦象”一步步演变到文学的“意象”。我们直接切入正题，主要论述文学意象的审美特征及“立象以尽意”何以可能的问题。

在回答“立象以尽意”何以可能的问题之前，我们必须先搞清楚什么是意象。意象是一个内涵丰富外延宽广的具有跨学科性质的概念，成为心理学、符号学、文学、物理学、美学、哲学、语言学、翻译学共同的研究对象。因此，汉语中的“意象”与英语中的“image”都是意义相当模糊多变的词，而且两个词在翻译的对等上也是貌合神离、名同实异。鉴于意象的跨学科性和意义的多变性，这里把讨论的范围限定在文学与美学领域，也就是说，讲的是文学意象或审美意象。

在西方，康德在《判断力批判》中指出，意象是想象力重新建造出来的感性形象。庞德在《回顾》(A Retrospect)一文中认为，“意象是在一瞬间呈现出的理智和感情的复合体”(An image is that which presents an intellectual and emotional complex in an instant of time.)。艾略特在《哈姆雷特与他的问题》(Hamlet and His Question)一文中认为，艺术形式里表达情感的唯一方法是找到一种客观关联物(The Only way of expressing emotion in the form of art is by finding an “objective correlative”)。“实际上，他所谓能够使思想知觉化的‘客观关联物’就包括意象。”(朱徽，2010：11)在刘易斯(Day Lewis)看来，诗歌的意象基本是“用语言表达出的感性图画，这种语言在某种程度上是隐喻性的，带有语境下的情感色彩与暗示意义。诗歌的意象不仅充满丰富的情感，而且还能向读者释放一种特殊的诗情画意”(Lewis，1984：22)。国内学者一般认为袁行霈的界定具有代表性：“意象是融入了主观情意的客观物象，或者是借助客观物象表现出来的主观情意。”(袁行霈，2009：54)这个定义说明，意象是由主观之“意”和客观之“象”水乳交融合成，是情景交融与心物感应的产物，是情与景、意与象的内在统一。

根据中西方代表人物对意象的界定，我们认为意象具有鲜明的形象、浓郁的情感、含蓄的意义、丰富的想象等审美特征。鲜明的形象是具体的、生动的,可以直接诉诸人的五官,让读者直觉到一种画面。浓郁的情感是意象背后的情感寄托,寄托了人的主观情思,通过客观物象或事件体现出来。含蓄的意义与丰富的想象是意象最为重要的审美特征,能够产生言已尽而意无穷的深远意境。下面,我们选择一节诗来看看诗的意象的这些审美特征能否用语言传达以及翻译是否可能。

Then a mile of warm sea-scented beach;
Three fields to cross till a farm appears;
A tap at the pane, the quick sharp scratch
And blue spurt of a lighted match,
And a voice less loud, thro' its joys and fears,
Than the two hearts beating each to each!

走上三里多风暖海香的沙滩,
穿过了三丘田地有农舍在望;
轻叩窗玻璃,接着清脆一声响——
嚓!忽地迸出火柴的蓝色火光。
充满了喜乐惊怕的轻叫低唤,
轻似那怦怦对跳的两颗心房。①

(黄杲炘译)

这是英国诗人罗伯特·布朗宁(Robert Browning)《夜里幽会》(Meeting at Night)的第二节。情人幽会是一个幸福、甜蜜、兴奋、激动的时刻,如何运用语言传达这样微妙的情感?读读布朗宁的这首诗,我们就能体会到诗人高超的"立象尽意"的语言艺术。诗中每一行都包含具体鲜活的意象,如灰蒙蒙的大海、黑幽幽的海岸、梦中惊醒的细浪、风暖海香的沙滩、蓝色的火光、怦怦跳动的心房。这些都是直觉诉诸人的五官的意象:"sea-scented beach"是嗅觉意象,"a tap at the pane"是触觉意象,"the quick sharp scratch"和"a voice less loud"是听觉意象,"blue spurt"是视觉意象。借助于这些具体可感的形象,诗人向读者传达了恋人急于相见的迫切心情以及见面后的激动。诗人创作这首诗时把重点放在了相会之前的过程描写,先渲染一种情景,制造一种气氛,写到两颗怦怦对跳的心房时戛然而止,给读者留下无限丰富的想象,因而余味无穷。

情人相会时的情景是人类普遍具有的情感经历,具体可感的意象可以跨越语言的界限在翻译中较好地传达,最关键的是如何通过再创造鲜明的感官意象把类似的感觉经验传达给目标语读者的想象。关于这首诗的翻译,我们选择了黄杲炘的译文。译诗基本采用"以顿代步"译法,每行四顿,照原样押韵,读起来有节奏感。原诗诉诸五官的几种意象照样保留,传达了类似的感觉经验。整体来看,原诗的意义、意象、情感、节奏等诗歌要素都较

① 见王佐良:《英国诗选》,上海译文出版社,1988年,第459页。

好地在译文中得到再现。

上边例子中的意象大多属于官觉意象，包括视觉意象、听觉意象、味觉意象、嗅觉意象、触觉意象等。一般说来，可以诉诸人的五官的可感性意象的可译性较大，各种语言内基本都有对等的表达方式。其他的非文化类的比喻意象也有很大程度的可译性。

余光中曾经谈过诗的可译与不可译问题，他认为意象与比喻等具体可感的东西可译，诉诸听觉的音响效果基本不可译，诉诸视觉的意象比较国际化，超语言的呈现颇有机会。他以自己翻译艾略特的《普鲁弗洛克之恋歌》(The Love Song of J. Alfred Prufrock)为例加以说明：

Let us go then, You and I,
When the evening is spread out against the sky
Like a patient etherized upon table;

让我们这就去吧，你跟我，
当黄昏已靠在西天摊卧，
像病人麻醉在手术台上。[①]

这是其中的几句诗行。这个世界既非黑夜，又非白昼，这是一个"病人麻醉在手术台上"的黄昏。余光中(2003:113)指出："意象、比喻之类具体可感的东西，比较译得过去，也就是说，不会'译掉'(get lost in translation)。……意象具体可感的诗句，不但可译，而且译得不会太走样。……这么惊人的一个比喻，译成任何语言，相信都不会怎么逊色。……诉诸视觉的意象比较国际化，超语言的呈现颇有机会。"

美国批评家布鲁克斯和华伦这样评价黄昏意象："由于这个形象，这昏黄世界也成了另一意义的昏黄世界，就是生与死之间的境界。这里也意味着病恹的世界，手术室的氛围。"[②]诗中的比喻形象生动，黄昏意象给读者留下深刻的印象。

除了那些文化历史的意象较难翻译外，一般的比喻意象具有普遍的可传达性，再举一个例子说明。华兹华斯(Wordsworth)的名诗"The Daffodils"中有一句"I wandered lonely as a cloud"。翁显良(1983:27)译为"浪迹天地间，寂寞如孤云"。翁显良的这种译法显然不失味，因为他让中国读者

---

① 余光中：《余光中谈诗歌》，江西高校出版社，2003年，第113页。
② 转引自查良铮译：《穆旦译文集》(第4卷)，人民文学出版社，2005年，第347页。

可以从“寂寞如孤云”联想到陶渊明的“孤云独无依”以及李白的“孤云独去闲”，因而印象更深，艺术感染力更强。

相对而言，比较难翻译的是带有文化历史典故的意象。这类文化意象与特定的历史文化有关，属于特殊的意象，直译到另外一种语言中往往意味丢失或不可理解。但是，这并不等于说文化典故不能翻译，而是说这类意象要运用创造性的译法，充分发挥译语的优势。借用许渊冲的话说就是，“翻译是两种文化的竞赛，在竞赛中，想要青胜于蓝，一定要发挥译文语言的优势”。为了证明他的观点，他引用了莎士比亚《哈姆雷特》第三幕第二场中的一段话。

Full thirty times hath Phoebus' cart gone round
Neptune's salt wash, and Tellus' orbed ground,
And thirty dozen moons with borrowed sheen
About the world have times twelve thirties been,
Since love our hearts and Hymen did our hands
Unite comutual in most sacred bands.

卞之琳的译文：

金乌流转，一转眼三十周年，
临照过几番沧海几度桑田，
三十打“玉兔”借来了一片清辉，
环绕过地球三百又六十来回，
还记得当时真个是两情缱绻，
承“月老”作合，结下了金玉良缘。①

原文用了 Phoebus、Neptune、Tellus、Hymen 四个文化意象，分别表示罗马神话中的太阳神、海神、土地神和希腊神话中的司婚神。卞之琳运用了“等译法”，分别译为“金乌”“沧海”“桑田”“月老”，以实现与原文的功能对等，发挥了译语的优势。

除了官觉意象、比喻意象、象征意象之外，单个意象还可以通过拼合、叠加、并置、派生等方式组合起来，形成复合意象，创造性地表达出比单个意象更加丰富的内容，产生意想不到的艺术效果，大大增强了意象的语言表现力。

① 见许渊冲：《文学与翻译》，北京大学出版社，2003 年，第 69 页。

通过以上例子分析，我们可以看出诗歌语言在传达情感、寄托情思、创造意境、引起想象等方面的巨大感染力与强烈的艺术效果。文学作品的意味表达的是情感体验，意境所要传达的是形而上的含蓄意蕴，这的确是普通的逻辑语言不能表达的，但文学作品之所以是文学，就在于文学语言超越了逻辑语言的局限性，创造性地提出“立象以尽意”来解决“言不尽意”的局限性，达到说不可说的东西的目的。

三、道可道，非常道

确实有不可说的东西，维特根斯坦和金岳霖已经明确了这一点，我们表示赞同。“立象以尽意”虽然超越了概念与命题的局限性，说出比普通语言更多的东西，但意象并不能解决不可说的所有问题。有意象可以尽意，但有意象未必可以生境，因为“境生于象外”。这“象外之象，景外之景”才是有意境的根本标志。晚唐诗论家司空图对此深有感触，他在《与极浦书》中说：“戴容州云：‘诗家之景，如蓝田日暖，良玉生烟，可望而不可置于眉睫之前也。’象外之象，景外之景，岂容易可谈哉！”意境，如水中月、镜中花，相当空灵，确实难以用语言传达。

关于意境的“只可意会，不可言传”的性质，古人早有很多论述，这里我们不再重复。问题的关键在于如何解决意境的不可言传性呢？老子提出“道可道，非常道”的方式来解决不可言的困境，庄子提出“三言”（寓言、重言、卮言）的言说方式，司空图提出“不着一字，尽得风流”的含蓄方式，严羽提出“妙悟”的言说方式，冯友兰提出“烘云托月”的言说方式，维特根斯坦提出“语言显示自身”的言说方式，海德格尔提出“道说”的言说方式，等等。这些言说方式都突破了语言的牢笼，达到以少寓多，以一当十，以有表示无，以有限表示无限，以部分表示整体，以不全表示大全的目的。布莱克有一首诗写得很妙，把这个道理说得很形象：

To see a world in a grain of sand,	一粒沙中看出一个世界，
And a heaven in a wild flower;	一朵花里看出一座天堂，
Hold infinity in the palm of your hand,	把无限放在你的手掌上，
And eternity in an hour.	把永恒在一刹那间收藏。①

诗歌是一种很神奇的东西，它能够以具体鲜明的语言表达出抽象深奥的道理，能够传达出细腻微妙的情感，能够以最少的语言表达出最多的意

---

① 见黄杲炘：《英诗汉译学》，上海外语教育出版社，2007 年，第 30-31 页。

义,能够以有限表达无限,能够以部分表达整体,让人感到回味无穷。

海德格尔正是从诗的这些特点中提出了"诗"与"思"的对话,揭示了语言的本质在于"道说",意思就是让语言自身言说,语言显示自身的存在。这种观点与维特根斯坦提出"语言显示自身"的言说方式是相同的。海德格尔批判了传统的语言技术论与语言工具观,认为语言就是语言,语言通过自身显示的方式让真理呈现出来。海德格尔提出的"道说"代表的是诗性语言观,是对工具语言观的反拨。诗的语言既不是技术语言,也不是日常语言,诗的语言显示了语言的本质,是诗让语言成为纯粹的语言。

海德格尔是哲学家,他本人的语言很深奥,但他的思想很深刻、很重要,对于我们理解意境的语言很有启发意义。理解了诗性语言与技术语言和日常语言的区别,我们也有可能理解诗性语言传达意境的奥妙。表达意境的语言不是工具语言,不是技术语言,也不是普通的日常语言,而是纯粹的诗性语言。这种语言的特点,前边已经分析过了,这里不再重复。

冯友兰提出"烘云托月"的言说方式来克服语言的局限性,从而运用负的方法达到说不可说的目的。道家和禅宗都是用负的方法讲意境,诸如"道不可言,言而非也""不立文字,教外别传""不着一字,尽得风流",等等。其实,这些说法并非说完全不需要语言,而是强调"不落言筌"的直觉感悟法,类似陶渊明的"此中有真意,欲辨已忘言"。诗歌的意境不在于它说了什么,而在于没有说出来的。没有说出来的,才是最重要的。如何把握没有说出来的东西?这就是烘云托月法和直觉感悟法。前者讲的是意境的创造方法,后者讲的是感悟意境的方法。在创造意境方面,画月亮不画月亮本身,而是通过画云彩留空白,用云彩烘托出月亮。在理解意境方面,读者要透过云彩的空白,感悟到没有画出来的月亮存在。

以上论述可以看出,意境虽然不容易言传,但中西方很多大家都提出了不同的言说方式,冲破了工具语言的樊篱,利用语言的意象、寓言、神话、典故、隐喻、象征、暗示、空白、想象等诗性化言说方式,创造性地传达了空灵、含蓄、悠远的意境之美。老子的"道可道,非常道"是意境的言说方式的高度概括,也是"译可译,非常译"的理论来源。

看到半杯水,有人说杯子是半空的,有人说是半满的,这就是积极与消极的区别。对于文学翻译的态度也是如此。尽管文学很难翻译,但是我们应该树立积极的文学翻译观而不是宣扬消极悲观论。数千年的文学翻译史证明,译者并没有因为文学很难译而放弃对美的追求。相反,优秀的文学翻译家总是运用自己的聪明才智,创造性地超越不可译因素,为人类文明的传播留下了宝贵的财富。

第三章　文学作品的三个层次与构成要素

在第一章的第三节，我们把“意”的复杂性、“味”的模糊性、“境”的玄妙性及“韵”的归属性做了详细的文献综述，基本了解了文学翻译的关键范畴的研究现状。界定这些范畴的内涵与外延以及相互关系不是件容易的事情，因为它们具有多义性、模糊性、变异性、贯通性、互渗性、灵活性等特点，纠缠在一起，很难区分。而且，一般人在使用这些术语时，经常选择其中一个单独运用，一用到底，无所不包，很少有人把它们放在一个系统内探讨其之间的内在联系。本章内容首先提出界定这些范畴的理论依据，然后运用系统论与层次论的思想把意义、意味、意境看作是文学作品的三个层次，这样，意义、意味与意境在文学作品中就找到了各自的规定性，并形成了三个层次的范畴体系。

第一节　界定范畴的理论依据

单独来看，意义、意味、意境的涵盖面都是无边的，意义里边有意味，意味里边有意境，彼此交织在一起，很难有清晰的思想。为了解决这个难题，我们在此基础上借鉴英伽登与韦勒克等人的作品层次的有关理论，运用层次论的方法把这些范畴的审美内涵放回到作品中考察他们之间的区别与联系。

一、结构主义的结构理论

在 20 世纪的人文科学中，结构是一个使用频率很高的概念。结构作为方法被广泛运用于人文社会科学的各个领域，对于研究方法的变革产生深远影响。索绪尔是结构主义语言学的创始人，他把语言看作一个系统，认为它的各项要素都有连带关系，而且其中每项要素的价值都缘于其他各项要素的同时存在。语言作为一个独立的符号系统，是一个整体，它服从于自己特有的内在秩序。索绪尔所说的"系统"就是结构的分析方法。

什么叫结构呢？结构是一个比较复杂的概念，大致有四种不同的含义：其一，结构是实体，就文艺作品而言，结构指艺术作品的构造或构造物；其二，结构是一种关系，使事物各个部分有机结合，构成一个和谐整体；其三，结构就是规则、秩序和逻辑，具有共时性和永恒性；其四，结构就是方法与模式，使人从不同现象中获得统一的看法。（童庆炳，2011：192）结构这一概念建立在各个部分的相互作用所组成的内在统一上，这种内在统一不仅是各个部分的肯定性的相关、一致和协调，也包括它们的矛盾和冲突。

皮亚杰（1984：2）在《结构主义》一书中认为，一个结构包括了三个特性：整体性、转换性以及自身调整性。所谓"结构"就是事物内在各要素相互作用的方式，是事物各种要素的相对稳定的按某种特定规则组合起来的有机体的一种质，它相当于现代系统论所说的"系统"概念。

结构主义借用索绪尔的语言学方法论研究文本的构成，巴尔特提出一个叙事作品的结构分析模式，认为所有的叙事作品都可以划分为三个层次：一是功能层，即情节结构；二是行动层，即人物结构；三是叙述层，即话语结构。（王汶成，2002：110）结构主义的层次论更加突显了文本构成的整体性和系统性。

二、现象学的作品层次理论

英伽登是波兰著名的哲学家与美学家，是现象学家胡塞尔的得意门生。英伽登在《文学的艺术作品》中提出了文学作品的基本结构和存在方式。他认为，文学作品既不是实在的客体，也不是观念的客体，而是一种意向性客体（intentional object），这就是文学作品的存在方式。这种意向性客体完全不同于心理主义将作品等同于作者创作的内心体验或读者阅读时的心理感受。作者与作品具有亲缘关系，但二者又存在差异性。

英伽登接着详细描述了文学作品的艺术结构。文学作品是由四个层次构成的整体结构。这四层结构分别是：（1）语音和更高级的语音组合层次；（2）不同等级的意义单元层次；（3）再现的客体层次；（4）图式化观相层次。（见王岳川，1999：53）语音层是文学作品最基本的层次，为其他三个层次提供了物质基础。语音层和意义层有着必然的联系，意义就是字音的意义，没有字音，意义就无所依附而不能存在。文学作品的第二个层次是意义单元层，这个层次在构成文学作品其他层次上具有决定性的作用，它影响着其下几个层次的意义的正确性。文学作品的第三个层次是再现的客体层次，指作者在文学作品中虚构的对象，这些虚构的对象组成一个想象的世界。文学作品的第四个层次是图式化观相层次。某物观相的存在离不开意识主体，观相是客体向主体显示的方式。

三、新批评的文学性理论

“文学性”(literariness)是文学研究中一个极其重要的理论问题，它试图回答“什么是文学”“文学的特质”“文学与非文学的区别”这样的问题。这个术语最初由俄国形式主义文论家雅各布森(Jakobson)提出，后有美国新批评派的兰色姆(Ransom)把“本体论”(ontology)引入文学研究，用以说明文学的特质性，认为只有把作品作为本体才能真正地说明文学，主张把文学研究的焦点集中在作品本身。韦勒克是新批评的集大成者，他和沃伦合著的《文学理论》影响深远，成为文学界的经典。在谈到文学作品的存在方式时，韦勒克在书中非常推崇英伽登文学作品的层次论思想，并在此基础上又有了新的发展。

韦勒克用了很大的篇幅阐述了他们的文学作品构成论，他们认为文学作品是一个为一定审美目的服务的完整的符号体系或者符号结构，亦可称为符号和意义的多层结构。韦勒克的文学作品层次结构明显深受英伽登的影响：

> 对一件艺术作品做较为仔细的分析表明，最好不要把它看成一个包含标准的体系，而要把它看成是由几个层面构成的体系，每一个层面隐含了它自己所属的组合。波兰哲学家英伽登(R. Ingarden)在其对文学作品明智的、专业性很强的分析中采用了胡塞尔(E. Husserl)的“现象学”方法明确地区分了这些层面。我们用不着详述他的方法的每一个细节就可以看出，他对这些层面的总的区分是稳妥的，有用的。(韦勒克、沃伦，2005：168)

可以看出，韦勒克和沃伦对英伽登的四个层次理论基本赞同，只是觉得划出第四、五层次有些多余，认为他们完全可以压缩进第三层里。这样，“世界层”和“形而上质层”都被划归到第三层里。在英伽登的基础上，韦勒克又增加了五个层次，共计八个层次：(1)语音层面，谐音、节奏和格律；(2)意义单元；(3)意象和隐喻；(4)存在于象征和象征系统中的诗的特殊世界；(5)有关形式和技巧的特殊问题；(6)文学类型的性质问题，并讨论有关文学批评中的问题；(7)文学作品的评价问题；(8)文学史的性质。其中与文学作品结构最密切相关的只有四个层次，后四个已经离开了作品的构成。

四、文学作品的三个层次

传统的文本分析是采取内容与形式两分的方法，内容与形式处于分离状态。层次论体现的是作品的有机整体，这样更贴近文本的真实状态。我们合理借鉴了新批评、结构主义以及现象学文论有关作品层次论的研究思路与方法，认为文学作品是一个多层次的构成，把文学作品划分为意义、意味与意境三个层面，让它们在作品的层次结构中找到各自意义的规定性。正如英伽登（2008：48）所说的那样："由于每个层次的素材和功能不同，这就使得一部文学作品的整体不是单一类型的质的造体，就其本质来说，具有复调的性质。这就是说，每个层次在这个整体中都以自己独特的方式显现出来，并把自己某种特殊的东西赋予整体的总性质，而且不破坏这个整个的事实上的统一。"文学作品层次论的思想既让我们看到了文学作品不同的层次，也让我们看到了不同层次的整体统一性，解决了孤立看问题的片面性，让意义、意味与意境在一部文学作品之内达到融合与统一。

我们认为，文学作品是由意义、意味、意境三个层次构成的统一整体，而不是一个个孤立的个体。这样，每个个体的意义只有在系统或结构内才能找到自己的规定性，其意义才能彰显出来。意义、意味与意境就成为文学翻译文学性的三大核心要素，体现了文学的主要审美特质，客观地存在于作品中，是文学之所以成为文学的构成要素。这三大要素又可以分成文学性的构成要素与生成要素两类。前者指静态地存在于作品中的实在要素，后者指读者阅读过程中填充具体化的要素。

第二节　意义层的构成要素

文学作品有意义，这是毋容置疑的，但如果从文学作品的结构与层次的角度看，意义层所指的"意义"显然不能对应于英文中的"meaning"，因为后者是一个比较宽泛的概念，几乎涵盖了各种意义类型。金岳霖提出的"译意"中的"意"，也不是"meaning"，因为金岳霖仅指"意念上的意义"，撇开了各种情感意义。这样看来，英文中的"meaning"太宽泛，金岳霖的"译意"太狭窄。因此，界定意义层的具体所指需要把意义与文学作品的三个层次联系起来，并且与意味和意境放在同一文本的层次结构中时，它的意义才可能相对稳定，也就不会漫无边际了。

一、思议内容

在讲到译意的时候，金岳霖指出，译意的根据是同一的意念、概念、意思或命题。意念、概念、意思或命题，都是思议的内容。为了弄清楚译意的构成要素，我们首先要搞清楚“意念”、“概念”、“意思”、“命题”这四个术语的内涵。

> 思议底内容是意念或概念、意思或命题。对于这四名词，我们分别如下。意念相当于英文的 idea ，而又限于以字表示的，而概念相当于英文的 concept ，也是限于以字表示的。……意思和命题都不是用字表示的，而是用句子表示的。意思是意念与意念底关联。命题是概念与概念底关联。(金岳霖，1983：335-336)

由此看来，金岳霖的“译意”主要是由意念、概念、意思、命题四个要素构成，合起来就是思议的内容，前两者表现在字的层面，后两者表现在句子层面。除了思议的内容之外，金岳霖还关注思议的对象，并指出内容与对象是两个不同的东西：

> 思议底对象是共相或共相底关联(可能及可能底关联暂不提及)。内容是意念或概念，则对象是共相；内容是意思或命题，则对象是共相底关联。想象底对象是特殊的、具体的、个体的，思议底对象是普遍的。(金岳霖，1983：338)

金岳霖把合用的思想一分为二为“思”和“想”。前者他称之为“思议”，后者他称之为“想象”。思和想的不同，也就是思议与想象的分别。照金岳霖的说法，二者的分别表现在对象和内容两方面，想象的对象是特殊的、个体的东西。思议的对象是普遍的，也就是共相。想象的内容是具体的，是意象，而思议的内容则是抽象的，是意念。如果思议的内容是意念或概念，那么其对象就是共相；如果思议的内容是意思或命题，那么其对象就是共相的关联。思议的内容只要达到共相，它就是普遍的，因而能构成客观的知识。

在《知识论》中，金岳霖更多地使用意念，也不时用到概念，有时两者在同一意义上使用。意念或概念是否一样呢？两者之间有何联系与区别？

> 意念(idea)与概念(concept)底分别，从心理状态说，是前者比较模糊，后者比较清楚。从思议底内在结构说，前者可以有矛盾虽然不必有

> 矛盾,后者不能有矛盾。……意念与概念虽有以上的分别,然而它们都是用字表示的。(金岳霖,1983:335)

金岳霖从心理状态和逻辑上对两个术语做了区分。从心理状态上说,意念比较模糊,概念比较清楚;从逻辑上说,意念可以有矛盾,概念没有矛盾。此外,金岳霖(1983:336)还从两个术语的外延上进行区分:“意念虽不必是概念,而概念总是意念,所以意念与意念底关联,虽不必是概念与概念底关联,然而概念与概念底关联,总是意念与意念底关联。”这两句话似乎在绕口令,其主要意思是说,意念的范围更广,包括了概念,任何概念都是意念,但意念不都是概念。所以,金岳霖认为意念更重要,更核心,是整个知识论的核心概念。意念具有抽象性、普遍性、不变性以及无社会性等特征。

在语句层面上谈论译意,我们就涉及思议内容中的命题了。金岳霖是怎样定义命题的呢?“命题底定义就是思议内容之有真或假者,或意思内容中之肯定事实或道理者,或一句陈述句子之所表示而又断定事实或道理,因此而为有真假的思议内容底内容者。”

意念与概念虽为思议内容,但没有真假。命题有真假,而且只有陈述句子才表达命题。也就是说,命题就是对事实或道理所做的断定具有真假的思议内容。在谈到命题的分类时,金岳霖更注重普遍的命题,即超越具体时空的命题。

最后谈谈思议内容与语言的关系,因为这与翻译的关系比较密切。无论是分析概念或命题,都离不开语言表达式。字词是意念与概念的语言形式,语句是命题的语言形式,命题是语句的思想内容。一个语句所表达的命题是语句的意义,两个或两个以上句子具有相同的意思,那么它们就表达相同的命题。

二、语篇信息

根据金岳霖的分析,我们可以判断出概念是与字词相对应的思维形态。字词是概念的语言形式,概念是字词的思想内容,句子是命题的语言形式,命题是语句的思想内容。所以,概念、意念、意思、命题仅限于字词句层面,不涉及篇章的意思。译者在翻译一个文本时不可能只翻译字词句的意思,而置篇章意思于不顾。由此可见,金岳霖的译意只局限于字句层面是不够的,需要我们向前推进与发展。为了表示作品整体的意思,我们用“语篇信息”(textual information)这一概念来命名大于字句层面的语义单位。

从篇章语言学的角度来看,语言最基本的功能是传递信息(information),而传递文本的信息体现了语言工具性的一面。信息性是语篇不可缺少的一个基本特点之一。这里的“信息”对应于英语中的“information”,指与表情(expressive)、审美(aesthetic)相并列的一种语言功能，它排除了寄托在文本中的各种情感意义。关于这个术语中的"textual"的内涵，我们可以借用贝尔(Roger Bell，2001：163)的界定：

> Text: the formal product of selections of options from the THEME systems of the grammar; a unit which carries the *semantic sense* of the *proposition* (the propositional content and locutionary force of the speech act) through *sentences* which are linked by means of *cohesion.*

贝尔在定义 text 时用斜体突出了语义内容(*semantic sense*)、命题(*proposition*)、句子(*sentences*)以及衔接(*cohesion*)等语篇特点，正好与 discourse 的交际价值(*communicative value*)、言语行为(*speech act*)、话语(*utterances*)以及连贯(*coherence*)相对应，体现了两种不同的意义类型。相比之下，语篇(text)侧重于语言系统内部的文内之意，而话语(discourse)则强调语言结构之外的言外之意。

翻译原文信息的说法主要来自西方译论，他们把再现原文的信息当作翻译的最基本要求。雅各布森、奈达、阿尔比等都有这方面的论述。雅各布森在谈到符际翻译(interlingual translation)时认为，两种语言的符码单位(code-units)之间一般情况下没有完全的对等，翻译涉及的是两种不同符号之间信息对等(equivalent messages)。(见申雨平，1999：272)美国翻译理论家奈达认为，翻译要在译语中用最贴切而且最自然的对等语再现原语的信息。奈达把翻译的重点放在"再现原语信息"上，又说"翻译就是翻译意义"。奈达(Nida，1982：11)说："Translating meaning implies translating the total significance of a message in terms of both its lexical or propositional content and its rhetorical significance."奈达的"译意"与金岳霖的"译意"在内涵上明显有很大的区别，前者意味着翻译信息的全部意义，既包括信息的词汇或命题内容，也包括信息的修辞意义，而后者仅仅包括词汇的意念意义或命题的内容。显然，奈达的"译意"中提到的"total significance of a message"已经涵盖了金岳霖的"译味"的大部分内容。

不过，我们已经注意到，雅各布森与奈达所说的"信息"与我们所说的"信息"在英语中不是同一个单词。雅各布森和奈达说的"信息"是指"message"，内涵远比"information"丰富，我们说的"information"，仅仅限于语言信息功能所传达的意念的意义与命题内容，不包括译味层面的美学功能，这一点不可混淆。对于译意的构成要素而言，思议内容表达的是词句层面的概念意思,句子以上的语义内容用“textual information”来表示比较合适。一方面,“text”的意义不包括译味与译境层面的情感寄托与各种言外之意,另一方面,“information”在语言功能上侧重于语言的信息内容。翻译就是翻译原文的意思,再现原文的信息的内容,语言信息或语义在翻译中享有基础地位。

在文学的各种体裁中,诗歌的精髓和灵魂是意味与意境,而散文、小说与戏剧具有大量信息内容的成分在内。科技作品中也有艺术性的内容,文学作品也有大量的客观的信息,这些都是语篇信息所表达的对象。

语篇信息具体包括哪些构成要素呢?或者说语篇信息的功能是靠什么体现的呢?彭宣维在谈到语篇范畴及其次范畴时认为,语篇信息功能由语篇主题、信息组织与衔接三个次范畴体现;语篇人际功能包括情态语气组织、语体和美学风格三个次范畴;语篇概念功能范畴有语篇概念语义结构以及语篇逻辑语义关系网络系统构成。(彭宣维,2000:14-17)黄国文(2006:52)也认为语篇功能主要由三个语义系统构成:主位-述位系统,即主位结构,已知信息-新信息系统,即信息结构(information structure)和衔接系统。贝克(Mona Baker)在讲到翻译的语篇对等时,也是从主题结构(thematic structure)、信息结构(information structure)以及衔接(cohesion)三个方面分两章内容探讨的。由此可见,大家在语篇信息功能的构成上观点基本一致,都来源于韩礼德的系统功能语法。依据这个理论基础,我们把译意层面的语篇信息的构成要素划分为主题结构、信息结构和衔接三个部分,具体的翻译问题在以后相关章节进一步探讨。

三、作品意图

字句层面的思议内容与篇章层面的文本信息合起来基本表达了一个文本的文内之意。这文内之意涉及的是文本说了些什么,不顾及怎么说的,基本上与意味无关。那么,可否将一个文本的意义与意味割裂开来?有一句老话叫作:“皮之不存,毛将焉附?”仔细想想,意义与意味不可能彼此分裂,意味作为情感上的寄托,必定寄托在字句篇的意义上,没有了意义,意味就悬空了。那么,连接意义与意味的是什么呢?根据中西文学理论的有关论述,我们认为作品意图是贯通意义与意味的桥梁。

中国文论中的“意”大体继承了“诗言志”的诗学传统,即所说的“在心为志,发言为诗”。《说文解字》有“意,志也”的解释 。宇文所安(2002:41)把这段话译成英文为:The poem is that to which what is intently on the mind (志*) goes. In the mind (心*) it is “being intent”(志*); coming out in language (言), it is a poem. 根据译文可以判断,宇文所安把“志”理解为表达之前的、真实的内心状态,一旦找到合适的语言,它便成了诗。这里,以语言为媒介，诗被认为是内在意向的外在表达。张隆溪（2006：186）也认为，“这里的‘志’就是作者的意图”。宇文所安把“志”译为“intent(ion)”，便比较明显地说明了“志”就是人的心理活动中的意向活动。

在文学方面，孔子认为诗以“达意”为目的，“意”在文学作品中表示诗人的思想感情、内心活动，只不过它的含意是单一的。在中国，作者意图论典型地从孟子的著作中获得了有力的证明。他认为在对诗句的阐释中，诗人的“志”应该是最高的权威：“故说诗者不以文害辞，不以辞害志。以意逆志，是为得之。”他要求阐释者回到过去，通过重建诗人的意图来获得对诗歌的理解。由于孟子在儒家思想中影响巨大，这种理解与阐释中的意图论主宰了许多批评家的话语。

在西方，作者意图论在不同学者那里也有不同程度的表现。理查兹在《实用批评》(*Practical Criticism*)一书中谈到了四种意义类型：sense(意思)、feeling(情感)、tone(语气)、intention(意图)。他把“intention”解释为“speaker's aim, *conscious* or *unconscious*”。(Richards, 1950：181-182)理查兹认为，这四种意义类型在文学作品具有不同的功能。理查兹的“意图”究竟指什么，我们最好还是引用他的一段话加以说明：

> The false trail or misleading hope may be due not to anything the writer has said or to any feelings he has expressed, but merely to the order and degree of prominence that he has given to various parts of his composition. And when we have admitted this, it is no long step to admitting that the form or construction or development of a work may frequently have a significance that is not reducibe to any combination of our other three functions. This significance is then the author's intention. (Richards, 1950: 356)
>
> （造成扑朔迷离的效果的，也许并不是作者所说的内容或是他所表达的情感，而纯粹是他对于作品各个环节着力的顺序和程度。承认了这一点，我们很快也会承认，作品的形式、结构或发展常常自有一层无法用任何其他三种功能来解释的深意，这层意义就是作者的意图。）①

这里，理查兹提到的“三种功能”是指意思、情感与语气三种意义类型。但是，他也注意到，在很多作品中存在一层无法用这三种功能解释的深意，所以他

① 见兰色姆：《新批评》，王腊保、张哲译，江苏教育出版社，2006年，第42页。

把这层意义叫作“作者的意图”。同样的道理，笔者在划分作品的意义要素时也发现有一层概念意思、文本信息无法解释的东西，这种东西就是作者意图。理查兹的“情感”与“语气”，我们放在意味层面进行分析。

但是，这种作者意图论遭到后来的结构主义、形式主义、新批评派以及后起的解构主义的坚决反对。作者意图一旦用书写固定下来成为文本，语言就取代了作者，由作者言说转化为语言言说。于是，作者意图和作品意图发生了分离，文本的意义不再等同于作者意图。作者意图是心理学的范畴，我们不能直接理解作者的意图，而只能理解作者的语言。作者意图是作者创作前的心理事实，它表现为作家创作的动机或思想，完全外在于文学作品。作者与作品具有亲缘关系，但二者又存在根本性差异。英伽登认为，“意向性客体”(intentional object)是文艺作品的基本存在方式，这种意向性客体完全不同于心理主义将作品等同于作者创作的内心体验或读者阅读时的心理感受，因为艺术作品以物质存在的方式与世界相联系，而物质又藉作品本体论基础呈现自身。(见王岳川，1999:52)

由此可见，作者的意图是一种作者创作前的心理事实，作家的作品一旦用文字固定下来，作者说话的当下性不复存在，也就是说，作者是不在场的。作者创作的一切心理学因素外化于文学作品中，从而使作品成为一种“纯意向性客体”，文字语言的意义是脱离一切传达情感和心理因素的纯粹自为的东西，文本成为独立存在之物。

从理解的历史性、文本意义的多义性以及读者阐释的多元性角度看，反对作者意图的唯一性与霸权地位是有一定道理的。作者意图论的反对者们并不真正反对作者意图的存在，而是反对文本意义的确定性以及作者对意义的垄断地位。作品一旦完成发表，它就向无数的读者开放，读者可以根据自己的理解与经历对文本做出自己的解释。也就是解释学所说的“作者未必然，读者未必不然”。

鉴于以上分析，笔者这里运用“作品意图”代替“作者意图”，目的是把读者从作品中解读到的作者意图与所谓的“作者原意”区别开来。从两者的关系来看，作品意图在概念的外延上大于作者意图，文本所蕴涵的意义常常超越作者的意图，具有多元性和不确定性，等待着读者的具体化。对作品意图的这种界定并不排斥作者意图的存在，也不妨碍读者对文本有不同的理解，只不过借用这个概念说明作品意图就是作者意图的现实存在方式而已。

总之，意义层中的“意”指的是思议内容、语篇信息、作品意图三个方面。前两个构成要素意义较为稳定，作品意图具有变化性，它随着读者的具体化可能会有不同的阐释，也正是这一要素成为连接意味层的纽带。

第三节　意味层的构成要素

单体范畴“味”是一个相当笼统模糊的概念，单独使用时是一个空范畴，并不表示什么意义，只有在与其他词搭配使用时才赋予它意义。正因为如此，本书用“意味”指称作品结构的第二层面，意思是文学作品要有“言志”与“缘情”双重本旨，其意要深，其情要真，其味要长。意味居于中间起到承上启下的作用，上边连接意境，下边连接意义，三者共同构成作品的层级结构。界定意味的审美内涵主要有三个理论来源：一是中国传统文艺美学中的“味”论，二是金岳霖的“译味说”，三是当代学者的译味说，四是文学作品的层次结构理论。

一、声韵节奏

早在先秦时期，“阴阳五行”学说就把“五味”“五声”与“五色”等联系起来，提出“声亦如味”这一理论命题。孔子也有“三月不知肉味”的“乐味”说，反映了当时诗、乐、舞三位一体的美学观念，标志着“味”与音乐的密切关系。先秦时期就把味觉审美与五官联系起来，即视觉、味觉、听觉、嗅觉和触觉五官具有相通性，美学上称为“通感”，构成了文学作品乐味的审美基础。刘勰在《文心雕龙·声律》中有“滋味流于下句，气力穷于和韵”的说法，意思是吟咏的滋味从字里行间流露出来，字句所用的气力归根结底是为了使文章有和谐的韵律。这里，刘勰显然把滋味与声韵联系起来，说明了声律对于传达文章之味的重要性。朱光潜在《诗论》中用了三章的篇幅专门谈论声韵与节奏，并论证了声音与意义、节奏与情趣的关系。在《谈翻译》一文中，朱光潜(2006:152)认为文字传神大半要靠声音节奏，声音节奏是情感风趣最直接的表现。朱光潜的这种观点明确说明了声音节奏是诗味的审美要素之一。刘士聪的“韵味说”也十分推崇语言的声响与节奏，并把它看作是散文韵味的三个构成要素之首。在许渊冲的“三美”理论中，音美主要表现在声韵节奏上，是意味在语音层面上的具体表现。总而言之，声韵节奏是构成译味审美内涵必不可缺少的一个基础要素，没有了声韵节奏，意义与情感则失去了具体的表现形式，意味也就失去了存在的基础。

从声韵与节奏的构成要素来看，前者主要有押韵、双关、拟声等，后者主要有停顿、音步、句式长短、排比等。由于英汉语的差异，声韵与节奏在两种语言中既有相同的一面，也有差异的一面。与音韵密切配合的是节奏，它们共同构成诗歌音乐性的美感。关于节奏，朱光潜(2005a:118)说：

节奏是声音大致相等的时间段落里所生的起伏。这大致相等的时

> 间段落就是声音的单位,如中文诗的句逗,英文诗的行与音步(foot)。起伏可以在长短、高低、轻重三方面见出。

对于语言而言,节奏是由多重因素相结合所产生的一种音乐效果,它体现为一种有规则的律动,一般具有明显的循环往复的性质。它通过词语音节与句型的长短(距离)、轻重(重音)、抑扬(高低)、停顿(间歇)、重复等的有序排列、结合变化、合理分布与不断重复而体现。通过节奏读者可以从抑扬顿挫、轻重缓急的回环流动中获得审美的艺术感受,并从中悟出其中的意蕴与内涵。

二、情感寄托

我们之所以把情感寄托划到意味而不是意境之下,是因为金岳霖的情感寄托仅仅体现在字与句的层面而没有抵达语篇的高度。意境虽然也有情感寄托,但绝不是个别字词所能表现得出的,意境的内涵大于意象,金岳霖的情感寄托主要指意象,因而金岳霖的情感寄托并不能真正包括意境。根据金岳霖的分析,我们认为情感寄托的构成要素有意象与情感两部分。

在金岳霖的"译味说"中,味主要指字句上的情感寄托,而情感寄托又可分为哲意的、诗意的与日常的三种类型。从金岳霖的《知识论》中,我们发现各种情感上的寄托来自意象,正如金岳霖(1983:821)所说的那样:

> 情感与想象中的意象相干。想象的内容是意象。意象是类似特殊的,类似具体的。意象是有情感的;有可喜可怒、可哀可乐……的意象。意象不但是有情感的,而且情感对于意象不是不相干的。

这就是说,带有情感寄托的字词实际上就是意象,意象成为情感寄托的主要载体。意味在某种意义上可以说是一意象之成为该意象的根据,意象的划分乃是以意味为尺度与标准的。意象显然被金岳霖当成了意味最本质的成分。

意象何以有意味呢?从官觉上说,是因为意象是类似具体,类似特殊的,因而可以直接作用于人的官觉。从意象角度看,其有意味乃在于人的情感寄托。情感寄托总是与一定的历史、环境、习惯、风俗相联系,语言文字在传达公共经验的过程中,由于历史、文化、风俗等要素而使情感经验寄托于其中,语言文字就渗入意味。

除了金岳霖外,中国传统美学与文论一直强调意象的传情达意作用。文学界认为,意象这一范畴原本属于哲学,后在向心灵内化的过程中才成为一个美学问题。刘勰是文学领域第一个提出意象概念的人,他提出的"独照之匠，窥意象以运斤”标志着意象理论由象征性意象向情感性意象转变。刘勰所说的“意象”是“陶钧文思”的心中之象，唐人多在这个意义上使用意象概念。王昌龄在《诗格》中说的“久用精思，未契意象”，司空图在《诗品·织密》中说的“意象欲出，造化已奇”，说的都是内心意象，就是指作为审美主体的作家，在对外物的关照之后，于内心生成的意象。

意象就其构成来说，包括主观的情意与客观的物象两部分，情景交融是其基本的审美特征。情与景构成文学的二原质，情景交融是意象最重要的特征，若用王夫之的话说，就是“情景名为二，而实不可离，神于诗者，妙合无垠”。在象的生成过程中，“心”与“物”、“意”与“象”是交融契合的关系，情以象显，象载情意。翻译若能译出鲜明生动的意象来，并给读者产生一种“近而不浮，远而不尽”的感受，也就是有味了。中国古典诗词中的“杨柳”意象就富有深刻的情感意义，成为离别、送行、相思、想念、怀旧等思想感情的载体。自从《诗经》中的“杨柳依依”开始，杨柳就与离别联系起来，杨柳这个物象则成为含有离情别意的意象。王维的“客舍青青柳色新”、李白的“春风知别苦，不遣柳条青”、王昌龄的“忽见陌头杨柳色，悔教夫婿觅封侯”、苏轼的“细看来，不是杨花，点点是离人泪”等，都是有意味的意象表现形式。

中国古典文论在论“味”的意义时，也很重视情感在文学作品中的重要地位。《毛诗·大序》有“情动于中而形于言”的说法，钟嵘提出“气之动物，物之感人，故摇荡性情，形诸舞咏”的滋味说。刘勰在《情采》篇中标举“情文”，专门论述情与美的关系。什么样的“情”才能产生文章之美呢？他说：“夫铅黛所以饰容，而盼倩生于淑姿；文采所以饰言，而辩丽本于情性。故情者，文之经；辞者，理之纬。经正而后纬成，理定而后辞畅，此立文之本源也。”

这里刘勰以化妆打扮为喻，说明外部装饰之文要与情质本色之文谐调，不能以铅黛乱正色。在审美原则上，他主张以情为经，以文为纬，以实为美，以本色为文之源。所以，他提倡作者为情而造文，而非为文而造情。刘勰也谈到了情与味之间的内在联系，说“繁采寡情，味之必厌”。由此，我们可以说，情感是文学的灵魂。文学若无情感，就如同行尸走肉，让人生厌。

理查兹(Richards, 1950:181-182)把意义分为四种类型：意思(sense)、情感(feeling)、语气或口吻(tone)以及意图(intention)。理查兹把 feeling 界定为态度(attitude)、偏见(bias)、个人情趣(personal flavour)、感情色彩(colouring of feeling)等。理查兹对“tone”的解释比较简单，指的是对听话人的态度(an attitude to his listener)。笔者认为，理查兹的“feeling”与“tone”位于意味范畴之下，同属于“情感寄托”。

综合以上三大理论资源的观点，我们认为情感寄托的构成要素主要有意象、语气或口吻、字词的感情色彩、形象性语言、真景物与真感情等。

三、修辞文采

修辞文采能够表达意味吗?或者换句话说,修辞文采是有意味的表达形式吗?为了回答这个问题,我们需要运用中国传统文艺美学中有关“味”的审美内涵的论述来找到问题的答案。

钟嵘是中国古代文学批评史上最早提出以“滋味”论诗的评论家。他在《诗品·序》中说:

> 五言居文词之要,是众作之有滋味者也,故云会于流俗。岂不以指事造形,穷情写物,最为详切者耶?故诗有三义焉:一曰兴,二曰比,三曰赋。文已尽而意有余,兴也;因物喻志,比也;直书其事,寓言写物,赋也。宏斯三义,酌而用之,干之以风力,润之以丹彩,使味之者无极,闻之者动心,是诗之至也。若专用比兴,则患在意深,意深则词踬;若但用赋体,患在意浮,意浮则文散,嬉成流移,文无止泊,有芜漫之累矣。

在这段话中,钟嵘把滋味与修辞的关系描述得相当清楚,即“赋比兴”三种修辞手法的合理运用是“滋味说”的具体表现。钟嵘首先对传统赋比兴表现方法进行阐释与界定,然后与风力、丹彩结合,这样就能产生“味之者无极,闻之者动心”的美学效果和艺术魅力。叶嘉莹(2007:7)认为:“赋、比、兴三义之所指,实当为情与物相感发的一种作用关系。‘兴’是由物及心,‘比’是由心及物,‘赋’则是即物即心。”叶嘉莹的这种说法十分准确,可以说是对中国诗歌中的兴发感动之作用所做出的一种最简单扼要的概括。

在各种修辞手法中,通感是一种具有很强语言表现力的描写方式,在中外文学作品中非常普遍,是一种有意味的语言表达形式。什么是通感呢?钱锺书(2002a:64)对通感的界定比较有权威性:

> 在日常经验里,视觉、听觉、触觉、嗅觉、味觉往往可以彼此打通或交通,眼、耳、舌、鼻、身各个官能的领域可以不分界限。颜色似乎会有温度,声音似乎会有形象,冷暖似乎会有重量,气味似乎会有体质。

钱锺书在《通感》一文中旁征博引,大量列举中西文学中的例句来说明通感现象的普遍存在,他借用西方心理学或语言学的术语“synaesthesia”来命名这一修辞手法。经钱锺书的解释,许多千古名诗在艺术上的独到之处顿时获得了理论的依据。应用通感的理论,文学上许多看似不通的问题就迎刃而解了，它结束了前人只是直观式欣赏的局限，把诗和艺术的美感上升到了理论的真正高度。

语言是文学的第一要素，一切好的文学作品读起来都是诗，这句话实质上是针对文学语言而言的。钟嵘将辞采作为诗味的重要内涵，提出“干之以风力，润之以丹采”，主张内容的情感性与辞采的华美性的结合，才能产生有“滋味”的作品。钟嵘提到的“丹彩”指的就是语言的文采。钟嵘反对“理过其辞，淡乎寡味”，强调“指事造形，穷情写物”。倘若文学“理过其辞”，充斥大量理论性的、空泛性的、道德性的理语，那么，文学作品就缺乏文采，文学性与诗性就无从谈起了，作品也就淡而无味了。所以，语言的形象性与文采性体现了文学的文学性的一面。

然而，修辞可以增添作品的意味，但是它并不能解决艺术构思与意境的创造。意境的意义超越了语言的修饰层面，进入到更深一层的人生体验和形而上的意蕴。

四、风格文体

英语中的“style”是一个意义相当模糊的术语，有时译为“风格”，有时译为“文体”，其区别要看具体使用的场合与语域。因此，汉语中的“文体”或“风格”在英语中都叫 style，本小节的小标题是按英语的意义使用的。在谈到意味的审美构成要素时，风格指人个性化的言语方式，文体指对语言的陌生化与前景化。前者围绕着“风格即人”(style is the man)而展开，侧重于作者与作品中人物的个性与气质的再现；后者围绕着“文体即表达方式”(style as manner of expression)而展开，侧重于作品中语言的存在样态。从表面上看来，风格突出了主体的一面，文体强调了客体的一面，但两者并不是主客二分的对立关系，而是主客相融的统一关系。虽然风格的产生离不开创作主体的天才、情感、精神、气质、心灵、个性等心理因素，但是风格并不完全存在于主体的心理结构中，而是外化在文学作品中，从而形成作品的文体。因此，风格与文体既有自己的独立性，又具有相互的融和统一性。

谈到风格，人们自然就会想起中国的“文如其人”和西方的“风格即人”这两句名言来。“文如其人”是中国古典风格论的核心命题。朱自清把“诗言志”作为中国诗论的开山纲领，这同样切合中国风格学的理论体系。孟子提出“养气”说，将主体的“浩然之气”与“知言”联系起来，这直接影响到曹丕的“文气”说，突出了审美主体与其作品风格的一致性。刘勰将创作主体的个性、气质、才学、习染等因素纳入其风格论中，形成完备的理论体系，“文如其人”遂成定论，衣被后人，产生深远影响。布封的“风格即人”，是建立在修辞学基础上的风格论,它强调风格表现在创作主体通过自己的独特方式显示出作品的特有风度与格调;而"文如其人"不仅强调了主体的独立地位,同时广泛联系了主体与现实种种因素的联系,读者可以从中看到创作主体的整个精神风貌。如上所说,"文如其人"构成了中国古典风格论的主要内容,以它为中心把握了艺术风格学的一系列重大问题,探讨了艺术风格的许多审美规律与特征,显示出中国古典风格论的独特面貌。

风格的问题一直受到中国传统文论的重视,并与诗味说有不可分割的联系。刘勰《文心雕龙》中提到"典雅""远奥""精约""显附""繁缛""壮丽""新奇""轻靡"八种风格。晚唐司空图《二十四诗品》以诗的形式向读者介绍了二十四种风格。从他描述的表现形态与表现手法,我们都可以感受到每一种风格之味,如"含蓄"之味、"雄浑"之味、"高古"之味、"飘逸"之味,等等。他认为这二十四种风格代表了不同等级的诗味,有深层、浅层之分,有一般诗味和至味、极味之分。司空图的"辨于味而后可以言诗也"的重要意义在于,他区分了诗味的不同表现形态,划分了诗味的不同等级,提出诗味的最高境界是"味外味",从而为诗歌批评提供了坚实的理论依据。宋代的严羽在《沧浪诗话》中提出九品二概之说,元代的杨载在《诗法家数》中推出诗之六体说,等等,不一而足。

我们认为,文体与风格都是有意味的表现形式,前者与语言的表达方式相干,后者代表了作者个性化的言语方式。利奇和肖特(Leech & Short, 2001:23-24)在谈到文体的意义时区分了"sense"与"significance"两个概念:

> Let us use sense to refer to the basic logical, conceptual, paraphrasable meaning, and significance to refer to the total of what is communicated to the world by a given sentence or text ... an enlightened dualist will search for some significance, which we may call stylistic value, in a writer's choice to express his sense in *this* rather than *that* way. This view may be formalized in the equation: SENSE + STYLISTIC VALUE = (total) SIGNIFICANCE.
>
> (我们用"意思"指称句子或语篇中基本的逻辑、概念与解释意义,用"意味"表示总体的交际意义……明智的二元论者会探求作者选择这种或那种语言形式来表达他的意思的意味,我们称之为"文体价值"。关于这种观点,我们可以用公式表示为:意思+文体价值=(总体)意味。)

在文体学研究领域,存在着一元论与二元论之争。一元论者认为形式与内容密不可分，对表达形式的选择就是对内容的选择；二元论者认为形式与内容可以分开，同一内容可以用不同的形式表达。为了避免 form 与 content 在概念上的争论，利奇和肖特提出“sense”与“significance”两个概念。前者指逻辑概念意义，后者指一定文本传达的全部交际内涵。利奇的这种划分对于我们谈论译意与译味有重要借鉴意义。译意之“意”在很大程度上指的就是 sense，译味之“味”在某种程度上与 stylistic value 相关。换言之，“文体价值”就是一种有意味的语言表达形式。

郑海凌在《风格翻译浅说》一文中认为：“作家在自己的作品中所表现出来的独特的精神气质和创作个性，就是风格。”（郑海凌，1989：12）郑海凌的这种观点与刘士聪的基本一致，都认为风格与作者的精神气质和艺术修养有密切关系，是作者个性化的话语方式。在谈到作者风格与语言形式的关系时，刘士聪（2000：70）说：

> 文章的灵魂来自作者的主观世界，也即作者的思想、情操、气质和风格的艺术再现。这里有一个前提，那就是作者运用语言准确再现他的思想、情操、气质和风格的能力。客观世界为文章提供了题材，主观世界赋予文章以形式和风格。不同的作者，因为主观世界的不同，以及语言能力的差异，可能会为同一题材赋予不同的形式和风格，这也就是形式与风格之所以各不相同的原因。

刘士聪认为文学翻译的风格是内化在文学作品中的审美主体的生命化的艺术表现形式，这样外在的语言形式就与内在的思想、情操、气质与修养密不可分了，作者个性化的话语方式是文学作品有韵味的一个重要组成部分。

说到外化在文学作品中的审美主体的生命化的艺术表现形式，风格是否可以辨认翻译的问题就自然不可回避。虽然作者的精神气质先天禀赋是内在的、无形的，但是当作者通过语言文字、表达技巧具体化在作品中时，风格就被赋予了一种可识别性的形式标记，这就是人们常说的“风格标记”（stylistic markers）。苏东坡的“大江东去，浪淘尽，千古风流人物”明显不同于柳永的“杨柳岸，晓风残月”。前者充满阳刚之气，属于豪放风格；后者弥漫着一股阴柔之气，属于婉约风格。不同的风格造就了文学作品不同的味道；不同的味道要求不同的翻译风格。

综上所述，我们可以根据以上分析来界定意味的审美构成要素了。从某种程度上说，意味的内涵包括声韵节奏、情感寄托、修辞文采、风格文体四个要素。这四大要素又可以进一步分为音味、形味、象味、情味、韵味、风味等组成元素。

第四节　意境层的构成要素

意境存在于文本的字面意义之外,具有水月镜花、羚羊挂角、思致微渺的特征,因而它的审美特质最难把握,很难界定。由于意境是独具中国特色的一个美学范畴,所以西方理论根本没有一个能与意境对等的术语,因而我们在界定意境的审美内涵时,也不能直接搬用西方现成的说法,只能依据中国文艺美学的研究成果,结合翻译研究的具体情况重新进行界定。在广泛阅读大量文献的基础上,我们发现各家各派各个不同的历史时期对意境的界定均不相同,但在差异的背后也能辨别出共性来,那就是意境的情景交融、虚实相生、余味曲包、含蓄无垠的特点。这是一种比较笼统、概括的说法,与意味交织在一起,没有反映出意境独特的审美特质。因此,本节内容旨在界定意境的审美构成,提炼出意境的构成要素。我们认为,在各种说法中,司空图的"象外之象、韵外之致,味外之旨"的说法最为精道,最符合意境的审美特征。司空图之后的历代诗学家与评论家在谈到意境时大都推崇司空图的意境论,尤其是"味外味"论。后人的论述基本是围绕司空图而展开的,可见其影响之大、传播之广。鉴于"味"与"韵"的不同以及宋元明清时期对"韵"的推崇,我们没有把"味外之旨"与"韵外之致"合二为一,而是看作意境审美内涵的两个不同层面。鉴于"言"与"象"的不同,我们在司空图的"三外"说的基础上增加意境的语言层面,即"言外之意"。这样就把意境的审美特质由司空图的"三外"发展到"四外"说,包括言外之意、象外之象、味外之旨、韵外之致四个层面。

一、言外之意

禅宗美学多推崇"渐悟""顿悟""妙悟"等非语言的直觉体验方式洞察万物,因而否定语言的表达作用。皎然提出"但见情性,不睹文字",司空图主张"不着一字,尽得风流",禅宗推崇"教外别传,不立文字"。所有这些主张都认为意境是"不可说的"(unspeakable)的神秘领域,因而提出直觉感悟、妙悟等内心体验的理解方式。这些主张是否意味着理解和创造意境不需要语言呢?如果不需要语言,岂不等于说意境根本就不能翻译?

皎然、司空图、严羽等诗学大家深受禅宗的影响,这话不假,意境理论的发展也深受禅宗的影响,这也是事实。禅道与诗道的相似性推进了意境理论的发展，但他们之间的差异性也是不容忽视的。诗歌是语言的艺术，再高深的思想最终也要落实到语言文字上，只不过意境的语言有自己特殊的表达方式罢了。正是因为意境语言的特殊性，我们才提出把“言外之意”作为意境审美的第一个要素，以区别于“象外”“味外”与“韵外”。这说明“言外之意”中的“言”不是指宽泛意义上的语言，而是指与“象”相对应的“言”。这一点魏晋时期的王弼在《周易注》中说得很清楚：

> 夫象者，出意者也。言者，明象者也。尽意莫若象，尽象莫若言。言生于象。固可寻言以观象；象生于意，故可寻象以观意。意以象尽，象以言著。……是故存言者，非得象者也；存象者，非得意者也。象生于意而存象焉，则所存者乃非其象也；言生于象而存言焉，则所存者乃非其言也。

与前人相比，王弼在“言意之辨”问题上的主要贡献在于，在“言”与“意”之间增加一个“象”，并论证了三者之间的关系。从上边的引文分析，“言”“象”“意”存在着几种互动的递进关系。从功能关系看，“象”的作用在于象征出“意”的内涵，“言”的功用在于说明“象”的意义。从生成的角度看，先有“意”的存在，才有“象”对“意”的象征；先有“象”的存在，才有“言”对“象”的解说，这说明“言”派生于“象”。在接下来的一个层次中，言、意、象的递进关系在这里转变为了价值等级评判，三者之间又存在着彼此独立的地位。

表达意境的语言显然不是“得鱼忘筌”的工具性语言，而是能够表达形而上意蕴的境象语言，也就是这里我们所讲的能传达言外之意的诗性语言。在文学发展史上，用“言外之意”概括意境特征的主要有刘勰的“文外之重旨”、严羽的“言有尽而意无穷”、梅尧臣的“状难写之景如在眼前，含不尽之意见于言外”、苏轼的“言有尽而意无穷者，天下之至言也”、杨万里的“句中无其辞，句外有其意”、王国维的“言外之味，弦外之响”等说法。在当代学者中，也有不少人研究“言外之意”问题，如余虹与钱锺书等。余虹（1999：193）曾对语言的“不可言传性”与“言外之意”的关系发表过这样的看法：

> “只可意会，不可言传”指的是情意的“超语言性”。正是这种“情意”的“超语言性”和“只可意会性”使中国抒情理论将诗的终极问题限定为心性内省的问题。诗应表达的“情意”绝非可言传的情意，而是所谓的“言外之意”，这“言外之意”存在于“心领神会”的超语言性“意会”之中。

余虹认为“言外之意”的获得不在语言的表面，而存在于读者的“心领神会”中。对于司空图的说法,钱锺书认为,“不着一字”并非是说不用语言,而是强调语言的简练。在各种言外之意的论述中,影响较大的是钱锺书,他区别了两种“言外之意”,见解十分精辟,很有启发意义:

> 夫“言外之意”(extralocution),说诗之常,然有含蓄与寄托之辨。诗中言之而未尽,欲吐复吞,有待引申,俾能圆足,所谓“含不尽之意,见于言外”,此一事也。诗中所未尝言,别取事物,凑泊以合,所谓“言在于此,意在于彼”,又一事也。前者顺诗利导,亦即蕴于言中;后者辅诗齐行,必须求之文外。含蓄比于形之与神,寄托则类形之与影。(钱锺书,2007a:186)

引文中提到的两种言外之意分别是含蓄与寄托,前者意指“含不尽之意见于言外”,后者所谓“言在此,意在彼”。含蓄类言外之意是作者有意不把话说明,给读者想象的余地,让他们思而得之。寄托类言外之意是把意蕴寄托在别的事物上面,曲折表达。

顺着钱锺书所提到的两种言外之意,笔者在中国古典诗歌中选取两首分别加以说明。首先,第一种言外之意可以以李白的《玉阶怨》为代表:

> 玉阶生白露,夜久侵罗袜。
> 却下水晶帘,玲珑望秋月。

这首诗情在词外,含蓄无垠,欲吐复吞,“含不尽之意,见于言外”,属于钱锺书所说的第一种“言外之意”。李白的诗深得中国古典诗歌含蓄美的韵致,四句无一句有“怨”字,但字里行间隐含着幽深怨意,正所谓高不言高,意中含其高;怨不言怨,意中含其怨;美不言美,意中含其美。这首宫怨诗含蓄而间接地表达意义,读来意味深长,吟咏不尽,能够给读者留下丰富的想象余地。

钱锺书所说的第二种“言外之意”,以王维的《杂诗》为典型。这首诗言少意多,含蓄凝练,具有尺幅千里的性质。作者对家乡的浓厚思念,就浓缩在短短的二十个字中:

> 君自故乡来,应知故乡事。来日绮窗前,寒梅著花未?

这是一首抒写怀乡之情的诗,描写一个久居他乡的人想念故土和亲人。

当诗中主人公见到家乡的人来，心中有千言万语要说，但不知从何说起。一句“寒梅著花未?”曲折含蓄地道出心中无限的思乡情怀。对于离乡背井的游子来说，想知道的家乡事简直太多了，难道诗中主人公惦记着的只是窗前的梅花开了吗？显然不是，诗人只是“言在此，而意在彼”，正是所谓第二种“言外之意”。

为了更好地说明王维的简洁含蓄，我们可以与王绩的《在京思故园见乡人问》做一比较。同一题材的两种不同处理方法，一目了然：

旅泊多年岁，老去不知回。
忽逢门前客，道发故乡来。
敛眉俱握手，破涕共衔杯。
殷勤访朋旧，屈曲问童孩。
衰宗多弟侄，若个赏池台？
旧园今在否？新树也应栽。
柳行疏密布？茅斋宽窄裁？
经移何处竹？别种几株梅？
渠当无绝水，石计总生苔。
院果谁先熟，林花那后开？
羁心只欲问，为报不须猜。
行当驱下泽，去剪故园莱。

同样都是写乡思，王维只用了20个字，王绩却用了120个字。王绩运用工笔画的写法，问得周详全面，可以说是面面俱到；王维运用白描写法，削繁就简，简洁凝练，以一范多。诗歌不要说得太露太尽，留一点让人思索的余地为妙。

意境的“言外之意”尽管也可以用“含蓄性”与“暗示性”来概括，但如果反过来说，所有含蓄暗示的语言都具有意境的审美特质，这种观点就有待商榷了。如文学作品中性描写的暗示性语言，能否说是意境语言？《西厢记》第四本第一折《酬简》中，张生的一段唱词中就有“花心轻拆，露滴牡丹开”的情爱语言。作者王实甫用的是“明修栈道，暗渡陈仓”之法描写男女情爱，艺术手法极其高明，继承了《国风》的“乐而不淫，哀而不伤”的传统。金圣叹评价《西厢记》说，此书乃天地妙文，不是淫书。凡是看过《西厢记》的人大多都会同意他的这种说法。的确，性爱描写在文学作品中比比皆是，凡是用艺术手法再现高尚的爱情的性爱描写都可以归于艺术之列，显然不同于那些黄色的低级下流的煽情语言。

二、象外之象

言是时间性的抽象,象是空间性的具象,言外生意,象外生境,这就是“言外之意”与“象外之象”的根本区别。朱熹在《周易本义》中有“言之所传者浅,象之所示者深”的说法。刘禹锡的“境生于象外”指出了意境的基本规定性,司空图的“象外之象”发展了象外说,进一步确立了虚象的无限生发作用,“超以象外,得其环中”概括出了意境的“空白”与“空灵”的审美特点,架起了由“实”到“虚”,由“显”到“隐”,由“有”到“无”的桥梁,拓展了作品的审美空间。

首先,我们先分析“象外之象”的内涵。“象外之象”中的前一个“象”是作品中呈现出的具体、形象、生动的艺术形象,即实象,后一个“象”是读者通过想象而捕捉到的“无状之状,无物之象”,即虚象。后一象是建立在前一象的基础上而存在的,没有前者便没有后者;后一象又是判断前一象存在价值的重要标志,无后者,前者的象就无味。这说明“象”是沟通主观与客观、物质与精神之间的桥梁,是心物感应、情景交融的媒介。因此,意境的产生必须先有象,但又超越象,由象生成的境具有与象不同的新质。这里的关键在于如何塑造一个“近而不浮,远而不尽”的意象。对此,司空图提出“离形得似”与“以形写神”的造象原则,也就是“神似”的取象主张。司空曙的“雨中黄叶树,灯下白头人”要比韦应物的“窗里人将老,门前树已秋”具有意境。司空图与韦应物都用树叶枯黄来比喻人的衰老,但两人在取象与造境方面不同,自然境界就有高低。司空曙不说“秋”而说“黄叶”,不说“老”而说“白头”,具有含蓄暗示作用。黄叶树在前,白头人在后,产生比与兴的艺术效果。总之,司空曙的诗句能产生“象外之象”,意境深阔,让读者有充分的想象余地。

其次,我们看看象外之象在作品中是如何表现的。贾岛的《寻隐者不遇》意境深远,回味无穷:

> 松下问童子,言师采药去。
> 只在此山中,云深不知处。

全诗四句,共有“松”“童子”“药”“山”“云”五个意象。这些意象都是实象,也就是“象外之象”中的前一个“象”。这些象表面上好像与隐者没有关系,实际上都是写隐者,隐者的精神就蕴于这些意象之中。松树的高洁坚毅,童子的天然纯真,采药的爱人之心,深山的清幽深邃,白云的超脱飘逸,不都体现了隐者的精神风貌吗?虽然题目叫“寻隐者不遇”,但是一个隐者的形象已经浮现在读者的脑海中了:他的精神,他的情操,他心灵中的精神世界。这“神龙见首不见尾”的隐者形象就是“象外之象”中的后一个“象”，是虚象。正因为它是虚象，整首诗的意境才深远，留给读者无限的想象空间。

三、味外之旨

司空图的“味外之旨”究竟具有怎样的审美内涵，不同学者有不同的理解与阐释。因此，界定“味外之旨”的主要依据有三点：一是把它放在以味论诗的历史坐标系里与其他诗味说进行比较，以发现其独特的审美特点；二是依据司空图本人的论述来解读“味外之旨”的审美特征；三是合理吸收当代学者对“味外之旨”的研究成果，尽量客观地认识其理论内涵。

在司空图之前的各种诗味说中，陆机《文赋》中的“遗味”说，刘勰《文心雕龙》中的“余味”说，钟嵘《诗品》中的“滋味”说主要是从诗的情感、修辞、声韵、文采等方面来论述的，大体都可以归入“内味”之列。司空图“三外”说的推出标志着“味”由“味内”向“味外”发展，从而把“意境”的审美特征完整地揭示出来。宋元明清时期的诗味论主要是围绕意境来展开的，司空图的影响在苏轼、欧阳修、张戒、严羽、王渔洋、袁枚等人那里得到明显表现，他们把司空图的“味外味”细化了，但思想深度基本没有超出司空图之上。

司空图的“味外之旨”是在《与李生论诗书》一文中提出的，他对“味外之旨”的界定是“倘复以全美为工，即知味外之旨矣”。苏东坡极推崇司空图的“味外味”说，他在《书黄子思诗集后》中说：

> 唐末司空图，崎岖兵乱之间，而诗文高雅，犹有承平之遗风，其论诗曰：“梅止于酸，盐止于咸，饮食不可无盐梅，而其美常在咸酸之外。”盖自列其诗之有得于文字之表者二十四韵，恨当时不识其妙，予三复其言而悲之。信乎表圣之言，美常在咸酸之外，可以一唱三叹也。（《苏东坡集》后集卷九）

苏东坡赞扬司空图的诗文高雅，美在咸酸之外，并在其《东坡题跋》卷二中列举了司空图的《独望》诗的“绿树连村暗，黄花入麦稀”两句，认为写得最好，有味外味。司空图本人也把这首诗视为得意之作。苏东坡之后的后世学人经常引用司空图的“美常在咸酸之外”的诗味论。清代吴陈琰在为王士祯《蚕尾续集》所作的序中指出：“司空表圣论诗云：‘梅止于酸，盐止于咸，饮食不可无盐梅，而其美常在咸酸之外。’余尝深旨其言。酸咸之外者何？味外味也。味外味者何？神韵也。”这里吴陈琰显然把“味外味”等同于“神韵”了，或者说用“味外味”来解释“神韵”的美学内涵。关于这个问题，下文再做分析。

现在回到司空图的"味外之旨"。理解这个术语的关键是"全美"，其美学内涵指向作品的整体之美。"全美"凸显了意境美的一个核心特点，它不是指那些有字无句，有句无篇的局部美，而是整体的境界之全美。这样局部的美感"味"与整体的美感"境"就有了明显的区别。意味可以表现在语音、字词、句子、修辞、风格等层面，而意境则表现在整体的语篇上，独立的字词句不能说有意境。从作品表现出的审美层次来看，意境是比意味高一级的美学范畴，前者比后者境界高，有味的作品未必有境，但有境的作品必定有味。单个的意象也许有味，但意象的有机组合与叠加才能产生整体的意境。比如有些作品用韵好而有味，有些作品某一句状景很传神而有味，有些作品文采好而有味，还有些作品修辞手法好而有味，但这些只有"咸酸之味"而没有"咸酸之外"的"味"，所以都没有达到"全美为工"的整体美要求，称不上优秀的作品。

根据周甲辰的解释，司空图的"味"与"旨"，虽然源于"味"，但绝不等于"味"，两者既有区别，又有联系。他从四个方面比较区分了"味"与"旨"的内涵：

> (1)"味"是表层的、直接的，"旨"是深层的、间接的；(2)"味"主要是就局部、部分而言的，"旨"则是就整体而言的；(3)"味"是具象的，偏重于实，"旨"是抽象的，偏重于虚；(4)"味"是作品初级的审美层次，"味外之旨"则是作品高级的审美层次。(周甲辰，2007:83)

根据以上分析，这"味外之旨"在美学内涵上就不同于"味"了，它具有深层、整体、空灵等特点，是文学作品的高级审美层次。

总之，味外之旨的审美内涵既包括作品本身整体美，也含有读者品味时所产生的咸酸之外的味。若作品本身达不到全美，读者当然也很难品味到味外美。翻译若想达到"全美"的境界，译者首先需要有语篇意识，其次需要有整体意象观，问题的关键不在于单个意象的精雕细琢，而在于"格式塔意象"的理解与再现。

四、韵外之致

在界定意境的美学内涵时，我们首先从"味"与"韵"的不同入手把"味外之旨"与"韵外之致"区分开来，目的是说明意境内涵的不同审美层次，然后再分析"韵外之致"的美学内涵。

从字源的角度分析，"味"的意思是滋味，诉诸人的味觉；"韵"的本义指和谐的声音，诉诸人的听觉。从语用的角度考察，"味"与"韵"在漫长的使用过程中，意义发生变化与转换，产生了引申义与比喻义。"味"从生理之味到精神之味再到艺术之味，是一个不断生发、发展和丰富的过程，在众多理论家的共同努力下，“味”的理论内涵越来越丰富，与艺术的联系也越来越紧密。“韵”的字义在使用过程中也呈现出从本义向引申义与比喻义的演变状况。“韵”一开始是作为和谐的音乐声音使用的，后来发展到指语言的韵律与节奏，也指有韵的诗赋词曲等韵文。“韵”不仅从音乐引申到语言和文学，而且还用于指人与物。指人时，意思是有风度、高雅、标致。“韵”还有“气韵”与“神韵”的意思，如谢赫论画就有“气韵生动”的说法，他的“气韵”实际上就是有神韵之意。总之，“味”与“韵”确实是两个不同的概念，不仅本义不同，其引申义与比喻义也不同，应加以区别。宋以前言“味”者多，包括“滋味”；宋以后则言“韵”者多，包括“神韵”。薛富兴（2000：189）认为，“唐司空图‘味外之旨’与‘韵外之致’并提，预示了由味到韵的转化。”司空图在《与李生论诗书》一文中说：“近而不浮，远而不尽，然后可以言韵外之致也。”宋代范温首创以“韵”论诗文，说“韵者，美之极”，又说“有余意之谓韵”。范温特以文章言“韵”之美学要义：

> 行于简易闲淡之中，而有深远无穷之味，观于世俗，若出寻常。至于识者遇之，则暗然心服，油然神会。测之而益深，究之而益来，其是之谓矣。其次一长有余，亦足以为韵；故巧丽者发于平淡，奇伟有余者行之于简易，如此之类是也。（《潜溪诗眼·论韵》）

距范温年代不远的张戒，在其诗论专著《岁寒堂诗话》中，以“意”“味”“韵”“气”四大观念范畴品评诗人和诗论。明代陆时雍的《诗镜总论》是一部以“韵”论诗的著作，推出专言“韵”之美学阐释：

> 诗之可以兴人者，以其情也，以其言之韵也。夫献笑而悦，献涕而悲者，情也；闻金鼓而壮，闻丝竹而幽者，声之韵也。是故情欲其真，而韵欲其长也，二言足以尽诗道矣。乃韵生于声，声出于格，故标格欲其高也；韵出于风，风感为事，故风味欲其美也。有韵必有色，故色欲其韶也；韵动而气行，故气欲其清也。此四者，诗之至要也。

陆时雍把“韵美”的四要素概括为：格高、风美、色韶、气清。说“格高”，指的是情之真，而且悠然婉转；说“风美”，意思是韵有流动之美，生气远出；说“色韶”，意谓诗的色泽神韵就像花蕊那样，具有大自然的色相韵律；说“气清”，意指诗人的气概精神，纯而不杂，妙于神行。明代的王士祯标举“清远”而出“神韵”，与司空图的“近而不浮，远而不尽”的意旨契合。

钱锺书对"韵"的阐释是20世纪"韵"研究的重要成果。他首先考证"神韵"概念最早是谢赫用于论画,然后指出首拈"韵"来通论书画诗文者是北宋的宋温。他旁征博引,对各家"神韵"说均有评论,最后博采众长,提出自己对"神韵"的界定(见《管锥篇》(第四册)):

> 画之写景物,不尚工细,诗之道情事,不贵详尽,皆须留有余地,耐人玩味,俾由其所写之景物而冥观未写之景物,据其所道之情事而默会未道之情事。取之象外,得于言表,"韵"之谓也。曰"取之象外",曰"略于形色",曰"隐",曰"含蓄",曰"景外之景",曰"余音异味",说竖说横,百虑一致。(钱锺书,2007b:2118)

钱锺书对神韵的界定非常清楚,"取之象外,得于言表",言简意赅,抓住了神韵的本质特点。根据对神韵的界定,我们可以看出神韵的审美特点其实就是意境某些审美内涵。所以,还是王国维说得对:"言气质,言神韵,不如言境界。"王国维的"境界"实际上就是指"意境"。

关于"韵外之致"中的"韵",目前文学界有两种解释:一种认为指诗的语言,"韵外之致"就是诗的言外之意;另一种认为这里的"韵"乃是指气韵、风韵、神韵,是诗歌整体表现出来的艺术风貌。陶礼天(2005:183)认为,后一种解释较前为胜,更符合司空图的愿意。以上两种观点的分歧主要在于对"韵"的解释上,笔者同意这里的"韵"指气韵、风韵、神韵。

根据"韵"的美学特征,它既属于一种味,也具备意境的某些特征。在由"味"向"境"过渡的过程中,司空图"韵味"的提出逐渐把意境的内涵变得更含蓄、更空灵、更虚化了。司空图用"蓝田日暖,良玉生烟"来形容意境的可望而不可即,严羽用"水中花,镜中月"来描述意境的不可凑泊,范温用"如闻撞钟,余音复来"来说明意境的有余意。王士禛的"神韵"提倡清虚淡远的意境,指蕴藉无限的不可言说之境。由此可见,"韵外之致"比"味外之旨"在表达意境的内涵上意蕴更深一层。

综上所述,界定文学翻译的范畴主要依据于中国传统的文艺美学、翻译研究、西方译论与文论三大理论资源。中国传统的文艺美学是文学翻译范畴的主要理论来源,要想正确把握韵味、神韵、意境与境界的审美内涵,就必须深入考察这些范畴在中国文艺美学中的发展与演变,并合理借鉴翻译界学者的研究成果。西方译论与文论在意义问题的研究上比较深入,其研究思路与方法有很多值得借鉴之处。因此,本章内容是在整合众家理论资源基础上的研究成果。

第四章　文学翻译三种境界的形成

上一章分析了文学作品的三个层次与构成要素，认为文学作品是由意义、意味、意境三个层次构成的有机整体。文学作品的三个层次分别对应于文学翻译的三种境界，译意就是翻译意义，译味就是翻译意味，译境就是翻译意境。译意与译味是金岳霖提出的，我们继承了这种划分。在此基础上，我们增加了译境说，把文学翻译从译味发展到译境，从而形成了文学翻译的三种境界。译意、译味、译境体现了一分为三的翻译观，反映了文学翻译的层次性和超越性思想。

第一节　从二分法到三分法

金岳霖把翻译分为译意和译味两种类型，采取的是二分法，有很大的局限性。二分法一方面造成了译意与译味的二元对立，割裂了二者内在的联系，另一方面把意境收编在意味名目之下，遮蔽了译境自身存在的价值。三分法体现了文学作品的三个层次，形成了文学翻译的三种境界，可以用来评价文学翻译的可译性大小、文学性强弱以及翻译水平高低，从而为文学翻译提供了更加广阔的研究视域。

一、二分法的局限

虽然二分法有其可取之处，但它的缺点也是很明显的。第一章的第四节分析了知识论的逻辑分析法，指出了金岳霖的“二分法”对于文学翻译的局限性。这里接着往下讲，继续探讨二分法的不足之处。

历史学家汤因比分析了二元结构的局限性：“它们打破了现实整体性，从而歪曲地呈现现实，它们既有揭示作用，也有阻碍作用。……事实总是表明，它们割裂了某种不可分割的东西，漏掉了某种重要的东西。”（汤因比，2000:423）二元结构是理解现实的工具，其本身并没有错，错的是人的二元对立思维模式，用排中律把二元结构看成彼此不相容的二元切分，割裂了二者之间的联系。二元对立思想在翻译研究领域中表现也很突出，庞秀成(2010:80)指出：

> 翻译研究中也形成了一种强大的意识形态压力，成为合理合法的统治，比如译论中乱用排中律，结果取消了中介和过渡，否定对立面的同一、关联和转化的可能。二分逻辑虽为认识翻译拓展了关系空间，但也容易导致排他性，致使翻译理论长期存在非此即彼的争辩，其不足愈加昭彰。

庞秀成探讨了"一分为二"这一思维定式的弊端，并旁征博引地论证了翻译理论中存在着大量的二分对立倾向，指出中国固有的理论传统被简化遮蔽的后果。中西译论中都存在着排他性的二元逻辑，从"直译"与"意译"的对立，到"形式"与"内容"的争论，从"归化"与"异化"的对峙，到"译意"与"译味"的切分，无不体现了这种二元对立的思维模式。

"一分为二"的说法在学术界引起了很多争论，主要原因在于其概念与所指模糊，既可指世界观，又可指价值观与方法论，有时也指做事情的方法。例如，在评价一个人时，人们常说"我们要一分为二地看待他的功与过"。这句中的"一分为二"指的是人的优缺点。为了避免"一分为二"的各种歧义与误解，我们不用这个术语，而选择"二分法"取而代之。关于这两个术语之间的差异，有学者专门做了区别：

> "一分为二"与"二分法"完全不同。"二分法"作为逻辑上划分的特殊方法，虽然表现为一分为二，却不叫作"一分为二"。"一分为二"则是哲学上的矛盾观，而不是划分或分类的方法。矛盾的观点，即一分为二的观点。矛盾的"一分为二"也不是指矛盾双方，而是指矛盾各方的矛盾关系，即既对立又统一，既对立又统一的事物才构成矛盾。(蒋冬梅，2003:43)

这段话把"一分为二"与"二分法"的不同讲得很清楚。前者是指哲学上的矛盾观，具体指矛盾分析方法；后者是指分类方法，具体指逻辑上的划分方法。本节小标题中的"二分法"指的是文学翻译的分类方法，与哲学上的矛盾观没有关系，下文的"三分法"也一样。

金岳霖擅长采用"二分法"，他在"知识论"与"元学"之间、"语言的工具性”与“语言的人文性”、“思”与“想”之间、“意念上的意义”与“情感上的寄托”、“译意”与“译味”之间做了严格区分，结果导致了一系列二元对立命题，致使他的翻译思想出现了自身无法克服的矛盾，大大影响了其学术价值。关于译意和译味的二元对立，第一章的第二节已经分析过，这里不再赘述。

除此之外，金岳霖的“二分法”还有哪些缺陷呢？首先，二分法容易导致文学与非文学的对立与冲突；其次，二分法容易导致可译与不可译的对立；再次，二分法遮蔽了译境独立存在的价值。

首先，译意和译味的二元划分容易导致文学与非文学的对立与冲突。金岳霖把译意与译味看成是翻译的两种类型，它们之间是选择关系，重意的作品译意，重味的作品译味。后人以此为依据往往把译意与译味看作是区分文学翻译与非文学翻译的标准。其实，这是一种误解。文学作品也有译意的成分，非文学作品也有译味的成分，文学和非文学并没有一个截然分明的分界线。因此，译意与译味不能成为区分文学与非文学的标准。

其次，译意和译味的二元划分容易导致可译与不可译的对立。根据金岳霖的观点，译意是容易的，但文学翻译并不在意；译味是几乎不可能的，但对文学翻译非常重要。这种观点等于说，文学翻译是不可能的，文学是不可译的。从实际情况来看，可译性和不可译性是一个连续体，任何翻译都是一个可译程度问题。意念上的意义是可译的，但仅仅限于思议的内容，情感上的寄托是很难翻译的，但也不是完全不能译，可译性与不可译性只是一个程度问题。在可译性问题上，译意与译味存在着很大的中间地带，这中间地带就为可译性和不可译性之间的相互转化提供了可能性。

再次，二分法遮蔽了译境独立存在的价值，很多人只知道译味，不知道译境的存在。在金岳霖的译意与译味二元划分中，译意对于文学翻译不重要，可以忽略不计，文学翻译只剩下了译味。然而，译味并不能构成文学翻译的全部，优秀的文学作品还有意境。虽然金岳霖也提到了意境，但并没有给意境应有的位置，被意味遮蔽在阴影之下。意味和意境虽有联系，但二者是有区别的。具体说来，“味”范畴出现的时间要比“意境”早，但要从作品表现出的审美层次来看，境要比味的境界高，有味的作品未必有境，但有境的作品必定有味，从“味”发展到“境”是历史的必然。意境理论对诗味说予以了充实，并使之得到进一步的发展。到明清时期，以“意境”论诗逐渐代替了以“味”论诗，这的确有它内在的必然性。因此，强调译味的重要性，也不应该以牺牲译境为代价，译境也应该像译味一样享有独立存在的价值。

最后，二分法割裂了概念与意象的联系。译意依据的概念或意念，译味依据的是意象或想象。译意与译味的对立意味着概念与意象的对立。在这个问题上,不仅仅金岳霖,以前的某些哲学家也曾割裂了二者之间的联系。克罗齐的“直觉就是表现”说割裂了直觉与逻辑、概念与意象的联系,正如他指出的那样:

> 知识有两种形式:不是直觉的,就是逻辑的;不是从想象得来的,就是从理智得来的;不是关于个体的,就是关于共相的;不是关于诸个别事物的,就是关于它们中间关系的。总之,知识所产生的不是意象,就是概念。(克罗齐,1983:7)

针对这一认识上的偏差,意大利著名学者沃尔佩提出尖锐的批评。他认为,如果从逻辑经验上看,意象与概念并非互斥,而是共存,如果不从理智内涵上把握,所能感知到的将是一派胡言乱语或一个模糊不清的意象。沃尔佩(1990:7)说:

> 可以坦率地说,任何人,连马克思主义者也包括在内,如果侈谈什么对艺术的认识仿佛只是通过“意象”或“直觉”,而与概念没有直接和有机的联系,那么,这只会将他导向神秘主义与更糟的教条主义。

只有当意象和那些与其完全相应的词语表里如一之时,它们才获得自身的文采与生动性。也就是说,当意象得以表现时,或者在本质上传达什么时,它们才会显得光彩照人、栩栩如生。维特根斯坦的《逻辑哲学论》的主要贡献在于明确了“可说的”与“不可说的”之间的划界,但他只承认能用概念命题表达清楚的自然科学领域,而把伦理、美学以及形而上学等“不可说的”领域看作神秘之物,只能保持沉默,不可言说,从而走向神秘主义。

由此可见,概念与意象虽有着很大的区别,但他们并不存在着不可逾越的鸿沟,两者之间是相互依赖与超越的关系。概念思维不可能离开意象思维而单独存在,否则就会走向神秘主义和不可知论。

二、三分法的优势

王鹏令、坚毅、傅杰青、朱宝信、庞朴、庞秀成等学者都倡导“一分为三”论。大家普遍认为,“一分为三”更全面、更深刻、更根本,不但可以摆脱“一分为二”的困境,而且具有深厚的中国哲学基础,《道德经》中就有“三生万物”的说法。“三”是“多”的起点和代表,提出一分为三,也承认一分为多。为了避免“一分为三”可能带来的误解与歧义,我们仍然使用“三分法”这个术语来阐释文学翻译的译意、译味与译境。三分法区分了文学作品的三个层次，三分法提出了文学翻译的三种境界，三分法建立了三种境界之间的内在联系。

首先，三分法区分了文学作品的三个层次。在第三章，我们把文学作品分成意义、意味、意境三个层次，并详细分析了其构成要素。三分法突破了传统的内容与形式的二分法的限制，用层次结构取代了二元对立。文学作品的这三个层次要比英伽登的"四个层次说"以及韦勒克的"八个层次说"更具合理性和可操作性。这三个层次基本囊括了英伽登的"四个层次"的所有内容，甚至包括他的"形而上质层"。国内有学者把英伽登的文本层次理论与意境理论进行比较，主张"言对应于字音和意义单位，境象对应于图式化层面和被呈现的客体，境外之意对应于形而上品质。"（张法，2005：107）还有学者考察了英伽登的"形而上质层"，认为"在意境的框架内谈'形而上学性质'可能最合英伽登的本义"。（张云鹏、胡艺珊，2007：176）这些中西打通的研究说明意义、意味、意境三个层次的划分与英伽登的文本层次理论殊途同归。意义、意味、意境这三个范畴出现频率高、搭配能力强、历史传承久、美学内涵深，构成了文学翻译的核心范畴，体现了文学翻译的文学性所在，因而具有重大的研究价值。文学作品的三个层次不是彼此孤立的，而是一个有机整体，代表了文学性的三个程度。意义、意味与意境是文学作品中所具有的特征，他们共同构成了译者翻译过程中的审美对象。意义、意味与意境按照一定的层级排列，文学性越来越强，体现了文学翻译的不同境界。

其次，三分法提出了文学翻译的三种境界。文学作品的三个层次对应文学翻译的三种境界。一般说来，译意翻译的是意义，译味翻译的是意味，译境翻译的是意境。但在实际翻译操作时情况并不这么简单。在文学翻译中，原文的三个层次在转换过程中并不完全与译文对等。也就是说，原文的意味有可能被翻译成意义，原文的意境也有可能被翻译成意味，甚至意义。正因为如此，文学翻译才会有不同的层次与等级，表现为不同的境界。我们在第二章的第一节讲过境界的三重属性，即主体性、层次性以及超越性。其中，主体性和超越性是翻译境界的核心属性，是提升文学翻译水平最关键的因素。境界是判断翻译文学文学性程度的文学性标准。从境界的高低来看，译意的境界低，译味的境界居中，译境的境界最高。虽然译意的境界低，但它是文学翻译的基础，没有译意，译味与译境也就失去了存在的依托。境界理论确立了译意的基础地位，但层次较低，不是文学翻译的追求目标，需要译味和译境超越。文学翻译正是因为有了从译意到译味一直到译境的层层超越才能成为优秀的翻译文学。

再次，三分法建立了三种境界之间的内在联系。三分法摆脱了二分法的二元对立，译意、译味与译境之间通过中介环节建立了彼此之间的内在联系。中介概念是黑格尔哲学、马恩列斯哲学里的一个重要概念，是建立联系的中间环节。作为辨证思维的概念，一切都在中间环节融合，通过中介，连成一体，通过转化而建立联系。

> 一切差异都在中间阶段融合，一切对立的东西都经过中间环节而互相过渡。辨证法不知道绝对分明的和固定不变的界限，不知道什么无条件的普遍有效的"非此即彼"，它使固定的形而上学的差异互相过渡，除了"非此即彼"，又在适当的地方承认"亦此亦彼"，并且在对立的东西之间起中介作用。（劳承万，1986：19）

中介理论打破了形而上学的二元对立，借助间接联系、中间环节建立了事物之间的联系，这对于探讨译意、译味与译境的联系具有重要的指导意义。我们认为，译意、译味、译境之间并没有不可逾越的鸿沟，它们之间可以通过中间阶段融合，经过中间环节而互相过渡。作品意图是联结译意与译味的中介，意向性是沟通意念上的意义和情感上的寄托的纽带。韵味处于意味与意境的中间地带，成为联系两者的中介，它一端连着意味，另一端连着意境，构成了意味与意境两个范畴的外延交叉重叠的部分。

三、三种境界的关系

我们在肯定金岳霖的"译意"和"译味"划分的前提下，首先突破了他的局限性，然后在此基础上进一步增加"译境"说，从而把译味发展到译境，形成文学翻译的三种境界。译意、译味与译境之间不是彼此独立的三种翻译类型，而是相互联系的三个翻译层次。三者之间不是非此即彼的选择关系，而是亦此亦彼的层级超越关系。三个层次既有区别，又有联系，前一层次是后一层次的基础，后一层次又是对前者的超越和发展。

从境界高低的角度来看，译意、译味与译境就像从低到高依次上升的楼梯，具有层级性、等级性与超越性。在境界的层级性方面，译意的层次低，译味处于中间，译境的层次最高。在境界的等级性方面，只能译意者，属于下品；能兼及译意与译味者，属于中品；三者兼顾，突出意境者，属于上品。在境界的超越性方面，好的翻译总是以译意为基础，从译味与译境层面超越，追求文学翻译的审美境界。

从可译性大小的角度来看，译意、译味与译境依次排列为一个正金字塔形，位于最基础的译意层可译性最大，位于角顶的译境层可译性最小，位于中间的译味层起居间作用，成为连接两头的纽带和桥梁。在译意层面上，一切翻译都是可能的，一种语言能表达的在另一种语言中也能表达，但译意所传递的是语词与文本的基本意思与语义信息，虽然译了，但仍是言不尽意的。译味的声文、形文与情文可以通过模仿或功能对等在译文中得以体现，其语言文采与文体风格也具有一定的可识别标记，如果译者的文学艺术修养高的话，译文读起来仍能达到与原作相似的意味。译境比较困难，属于翻译的理想，需要出神入化才能有境。意境的言外之意、象外之象、味外之旨与韵外之致，如羚羊挂角，无迹可求，又如蓝田日暖，良玉生烟。普通译者只好望洋兴叹，高明译者也只能达到言外与象外，至于味外与韵外，只可神遇，不可强求。

从文学性强弱的角度来看，译意的文学性最低，译境的文学性最强，译味居中，三者之间形成一个连续体，文学性从低到高排列。其中，译味是文学翻译追求的主要目标，译境则是文学翻译的理想目标。我们说译意的文学性最低，是因为译意排除了语言文字上的情感寄托，文学若没有了情感，那就等于人没有了灵魂与精神，如同行尸走肉。尽管思议内容与语义信息也很重要，但毕竟不是文学翻译的文学性所在。有意味的作品才具有一定程度的文学性，因为有意味的作品往往以其音韵节奏而感耳，以其修辞文采而入目，以其情感寄托而动心，以其风格文体而悦神。意境具有含蓄无垠、虚实相生、意深味厚的审美特征，它以其丰富的联想意义、含蓄的隐喻意义、深远的象征意义、崇高的形上意义而位居文学经典的地位。所以，能译境的作品当然是文学翻译的至高境界，文学性也最高。

第二节　译意与译味的关系

译意与译味不是彼此独立的两种类型，而是翻译的两个层次。意念上的意义与情感寄托，既有区别，又有联系，概念与意象的关系也是如此。因此，文学翻译中的译意与译味不是非此即彼的二元对立关系，而是你中有我、我中有你的辩证统一。本节内容通过翻译实例首先分析了译意与译味的区别与联系，然后寻求从译意向译味超越的具体途径与方法。

一、译意与译味的区别

金岳霖在《知识论》中的论述已经让我们清晰地看到了译意与译味的区

别。译意是把字句的意念上的意义,用不同种的语言文字表示出来,译味是把句子所有的各种情感上的意味,用不同的语言文字表示出来。译意注重的是概念、意念或命题,侧重于抽象的、普遍的"理",译味注重的是意象、情感或想象,侧重于具体的、特殊的"象"。译意与译味的区别归根结底是科学与文学、理性与感性、理智与情感、概念与意象、可译与不可译之间的区别。

译意注重的是概念、意思或命题,基本上与情感寄托或意象没有关系,主要针对的是那些信息型文本,如科技文本、商务文本、法律文本,等等。为了更直观地说明译意的这个特点,下边选择了《中国图书出版报告》(第三版)中的一段文字来分析:

从品种上看,2008 年全国共出版图书 274 123 种,2009 年共出版图书 301 719 种。其中 2008 年新版图书 148 978 种,重版、重印图书 125 145 种,重版重印率为 45.65%;2009 年新版图书 168 296 种,重版、重印图书 133 423 种,重版重印率为 44.22%。从 2003—2009 年的统计看,课本重版重印率一直在 60%以上,而书籍重版重印率在 2005 年小幅下滑后,自 2006 年开始连续三年保持增长,2009 年有所回落。总体重版重印率从 2003 年开始基本保持缓慢增长的态势,在 2009 年有所走低。

In 2008, a total of 274,123 titles were published, including 148,978 new titles and 125,145 republished and reprinted ones, the latter accounting for 45.65% of the total. In 2009, 301,719 titles were published, including 168,296 new titles and 133,423 republished and reprinted titles, the latter accounting for 44.22%. The 2003—2009 figures showed that the republished and reprinted rate of textbooks stood above 60%, while that of general books slipped downward by a small margin in 2005 before it began to climb up in 2006. The following three successive years since 2006 saw the steady growth until the figure began to fall in 2009. The republished and reprinted rate on a whole maintained a slow growth.①

(Tr. Chen Daliang)

节选的这段图书出版报告属于典型的信息型文本,体现了语言客观性

① *China Book Publishing. The Official Industry Report* (Third Edition), Cengage Learning Asia Pte Ltd, 2012, p. 18.

的一面，语言符号是承载内容的工具，它通过概念、命题等方式表达清晰明确的思想。翻译这样的文本，我们只需要译意，无须译味。在这种情形下，意念上的意义与情感寄托确实不相干，译者不必考虑语言文字的情感寄托问题，只需把重点放在传达原文的语义信息、概念意思或命题上就可以了。

与译意相比，译味注重的是语言文字上的声音节奏、情感寄托、意象与想象，等等。这些审美要素在文学作品中表现得最为典型。从译意与译味的主要区别上来看，表情性文本以译味为主，信息性文本以译意为主。

The First Snow

The first snow came. How beautiful it was, falling so silently all day long, all night long, on the mountains, on the meadows, on the roofs of the living, on the graves of the dead! All white save the river, that marked its course by a winding black line across the landscape; and the leafless trees, that against the leaden sky now revealed more fully the wonderful beauty and intricacies of their branches. What silence, too, came with the snow, and what seclusion! Every sound was muffled; every noise changed to something soft and musical. No more tramping hoofs, no more rattling wheels! Only the chiming of the sleigh-bells, beating as swift and merrily as the hearts of children.

初 雪

初雪飘临。多么美啊！它整日整夜那么静静地飘着，落在山岭上，落在草地上，落在世人的屋顶上，落在死者的坟墓上！在一片白茫茫之中，只有河流在美丽的画面上划出一道弯弯曲曲的黑线；还有那叶儿落净的树木，映衬着铅灰色的天空，此刻更显得枝丫交错，姿态万千。初雪飘落时，是何等的宁谧，何等的幽静！一切声响都趋沉寂，一切噪音都化作柔和的音乐。再也听不见马蹄得得，再也听不见车轮辚辚！唯有雪橇的铃铛，奏出和谐的乐声，那明快欢乐的节拍犹如孩子们心房的搏动。①

这是美国作家朗费罗(Henry Longfellow)写的一篇情景交融的优美散文，有趣味，有情感，属于表情文本。这一点可以从文中的“How beautiful

① 见连淑能(编著)：《英汉翻译教程》，高等教育出版社，2006年，第180页。

it was”“the wonderful beauty”“What silence”“what seclusion!”“beating as swift and merrily as the hearts of children”等语言表达中得到具体体现。作者赋予初雪以浓郁的情感,使客观的物象与主观的情感有机地融为一体,表达了对初雪之美的热爱。翻译这样的表情文本当然注重译味,运用文学语言在译文中再现原文的情感寄托。译者范钜清在声音节奏、情感基调、色彩描绘、意象塑造等方面成功地传达了原作的意味,给读者以同样美的享受。

初雪飘临,让人兴奋;初雪之美,让人陶醉。除了朗费罗之外,John Boynton Priestley、Jonathan Nicholas、Gilean Douglas 等作家也曾经以“First Snow”为题目写过主题相似的优美散文,描绘了初雪给人带来的审美感受。

综上所述,译意和译味的划分有助于针对不同的文本类型采取不同的翻译方法,同时也为翻译批评提供了参照标准,也为进一步研究翻译的可译性和不可译性提供了理论基础。金岳霖提出的“译意”与“译味”的划分无疑对翻译研究具有重要的借鉴意义。

二、译意与译味的联系

我们虽然讲到了译意与译味的区别,但不能割裂二者之间的联系。在科技文本、法律文本等无情感寄托的信息型文本中,译意是主要的,与译味关系不大,但这并不等于说,译意与译味是文学与非文学的分界线。文学也需要译意,非文学也包含译味的成分。要深入了解这个问题,我们须探讨译意与译味的联系。

译意与译味能够完全分离的情形比较少见,即使是在注重信息的科技文本中,偶尔也会出现隐喻等负载有情感的意象。单就文学翻译而言,我们也不能说,文学只需要译味,不需要译意。文学虽注重情感、注重感性,但情感与感性的东西不可能离开意念与理性独立存在。

> 理本寓于象,哲学科学的探求止于理,有时也要依于象;文艺的探求止于象,但也永不能违理。在哲学科学中,理是从水提炼出来的盐,可以独立;在文艺中,理是盐所溶解的水,即水即盐,不能分开。(朱光潜,1996:263)

朱光潜这里借助“理”与“象”、“盐”与“水”之间的关系探讨了哲学科学与文艺之间的不可分离的联系。他指出,哲学科学虽然注重理性,但有时理性也需要以意象为依托;文艺虽然注重意象,但意象也不能与理性相悖。在哲学科学中,理性可以独立,但在文艺中,理性与感性像盐溶于水,彼此不可分开。

朱光潜的这段话运用到译意与译味的联系上很恰当。如果翻译完全理性的哲学科学作品,译意可以离开译味单独存在,但有些哲学科学作品,如中国哲学,译意就不能离开译味而单独存在。如果翻译文学作品的话,译味当然是主要的,但也离不开译意。

在文学翻译领域内,只需要译意而不需要译味的情况是不存在的,反之亦然。从体裁上看,诗歌翻译以译味为主,译意为辅;散文与小说既需要译意也需要译味。从表达方式上看,记叙和议论的内容注重译意,描写和抒情的内容注重译味。从作家或作品来看,擅长说理、偏重理性的作品,译意是主要的,但也不能忽视译味,如培根的"Of Truth""Of Death"等;擅长抒情、偏重感性的作品,译味是主要的,但也不能忽视译意,如朱自清的《荷塘月色》、《春》等。

即使是最注重译味的诗歌,也需要以译意为基础。众所周知,诗歌主要是靠具体的意象传情,反对以抽象的概念说理。尽管如此,概念与意象之间并不存在着不可逾越的鸿沟。黄忠廉(2008:64)认为:"概念和意象在一定条件下可以相互转换。意象寄附于概念,由概念引起。一个概念被激活,旋即可转为意象。"这说明,概念和意象之间有着内在的联系,并且在一定条件下可以相互转化。为了形象直观地阐述这个问题,我们选择一首诗的翻译为例了加以说明:

> 寒雨连江夜入吴,平明送客楚山孤。
> 洛阳亲友如相问,一片冰心在玉壶。
>
> (王昌龄《芙蓉楼送辛渐》)
>
> A cold rain mingled with the Eastern Stream at night;
> At dawn you leave the Southern hills lonely in haze.
> If my friends in the North should ask if I'm all right,
> My heart is free of stain as ice in crystal vase.①

王昌龄的这首七绝尤以最后两句出名。诗中的"冰玉壶"意象有出处,给读者留下无限丰富的想象,意境深远,回味无穷。陆机在《汉高祖功臣颂》

① 见许渊冲(译):《唐诗三百首》,高等教育出版社,2000年,第83页。

中有“心若怀冰”之说,以冰喻人心之纯洁高尚。六朝鲍照在《白头吟》中有“直如朱丝绳,清如玉壶冰”之句,以冰喻人的清白。姚崇在《冰壶诫》的序言说:“夫洞澈无瑕,澄空见底……故内怀冰清,外涵玉润,此君子冰壶之德也。”此处的“冰壶之德”显然喻指当官的清廉纯洁。自从姚崇以后,盛唐诗人如王维、崔颢、李白等都曾以冰壶自勉,推崇光明磊落、表里澄澈的高尚品格。

以上文化意象具体到翻译问题上,就出现了“冰玉壶”如何翻译的难题。汉语中的“玉壶”意象寄托了诗人高洁清白的思乡情怀,心就像一块晶莹透明的冰一样,不为世俗的邪恶所污染。其中,“冰玉壶”是寄托作者思想情感的意象,“冰清玉洁的高尚品格”是意象以外的概念意义和语义信息。在翻译时,译者是译意还是译味?如果舍弃意象而只译出概念意义,译文则严重失味;如果保留意象,则译文读者由于缺乏相关的语境以及文化背景,意象上的情感寄托读者无从感受。解决这一矛盾的办法就是设法建立概念与意象之间的联系和关联,让读者思而得之,在语境关联的推理中回味意象的情感寄托。许渊冲在翻译“一片冰心在玉壶”一句时,明显带有概念和意象综合的痕迹,在概念和意象之间建立必要的语境关联。“My heart is free of stain as ice in crystal vase”既译出了原文的“冰玉壶”意象,又译出了原文意象背后的概念意义,二者之间的语义关联用“as”连接,成为连接意象与概念的桥梁。由此表明,概念和意象之间的内在联系说明了译意与译味的不可分离性。

根据以上论述,概念与意象有区别,但二者又有着必然的联系,思议与想象有差异,但又不可分离。译意是意念上的意义,而译味是情感上的寄托,二者纠缠在一起,要把它们分开,有时容易,有时的确很困难。译味不可能离开译意而单独存在,反之亦然。如果没有了译意作为基础和依托,译味就成为无源之水,无本之木。文学作品先要有“意”,而后才会有“味”。只有“意”的含蓄深厚,才会有“味”的浑厚隽永。

三、从译意到译味的超越

在文学翻译领域,译意与译味不是翻译的两种类型,而是翻译的两个层次。译意与译味不是非此即彼的二元选择关系,而是建立在译意基础上的层级超越关系。站在境界论的立场上,译意的境界低,译味的境界高,译者只有充分发挥主观能动性,创造性地超越译意,抵达译味,文学翻译才能成为翻译文学。

文学翻译确实是很难的,水平一般的译者翻译出来的只有基本意思,而缺少文学的意味，远远达不到文学翻译的要求。同一个原文，在不同水平的译者那里就表现出不同的翻译层次，翻译质量就呈现出高低深浅的不同境界。下边，我们节选一段散文的翻译，具体分析译意与译味的不同境界，并探讨从译意到译味的超越途径。

With September comes a sense of autumn. It creeps in on a misty dawn and vanishes in the hot afternoon. It tiptoes through the treetops, rouging a few leaves, then rides a tuft of thistledown across the valley and away. It sits on a hilltop and hoots like an October owl in the dusk. It plays tag with the wind. September is a changeling busy as a squirrel in a hickory tree, idle as a languid brook. It is summer's ripeness and richness fulfilled.

译文一：九月有了秋意。它在薄雾的凌晨出现，在炽热的午后消失，在树梢染红树叶，又随蓟花绒毛越过峡谷消失。它有时停留在山巅，像十月黄昏的猫头鹰，有时又随风飘荡。九月真是变化无常，像山核桃树上的松鼠，又像缓流的小溪。它占尽了夏日的丰饶和成熟。

译文二：九月，秋意隐隐。隐隐的秋意乘着蒙蒙朝雾而来，躲着炎炎烈日而去。它踮着脚尖在枝头树梢穿行，随意点染几片树叶，接着又隐身在大蓟丝绒之中，越过山谷，飘然离去。秋意时而追风逐韵，东躲西藏，时而栖息山巅，咕咕幽啼，像是十月夕阳残照中的猫头鹰。九月忙来如松鼠跳窜，闲来如溪流潺缓。夏日的成熟和丰饶在九月一览无余。①

节选部分是美国作家哈尔·博兰(Hal Borland)写的散文"Sweet September"的第二自然段。作者运用饱含情感的语言、拟人与比喻的修辞手法、动态的节奏，描写了九月的迷人、活泼、可爱、丰饶与成熟。文学语言的情感寄托可以从 creep、tiptoe、rouge、ride、sit、hoot、play、busy、idle 等拟人的词汇中体现出来。

通过对比译文一与译文二，我们可以看出差别。译文一比较忠实于原文的意思，在传达原文的意念上的意义方面是没有问题的，但欠缺的是没有传达出作者的情感寄托与语言文字背后的感情色彩，读起来平淡无味。译文一只是译意，忽略了译味，属于欠额翻译 (undertranslation)，需要超越。

如何超越呢？首先，译者要认识到信息语言与表情语言的差异，运用文

① 见冯国华、吴群：《英译汉别裁》，外文出版社，2001 年，第 8 页。

学语言在目标语中再现语言的表情功能；其次，译者还要把握散文的节奏感，运用叠词、拟人、比喻、四字格等艺术手法传达散文的韵味；再次，译者还要在深层次上体验散文的深层意蕴，传达那种言已尽而意无穷的意境之美。译文二在译意的基础上增添了文学色彩，再现了语言的表情功能，读起来富有节奏感，有韵味，具有艺术感染力，给读者留下深刻的印象。

超越不仅仅表现在语言类型上，而且表现在概念和意象上。文学作品中很多具体特殊的意象往往很难在另外一种语言中传达。在这种情况下，有些译者选择了译意，舍弃了译味，以概念取代了意象，致使译文的情感寄托与联想意义丧失。下面，我们以"玉"意象的翻译为例来具体说明超越的方法。

汉语中"玉"的联想意义与情感色彩和英语大相径庭，前者不仅形容女子的皮肤光滑、细腻、白皙，而且常指代美女；后者的贬义色彩很浓，既有"劣马""老马"之意，又有"荡妇"之联想意义。翻译这类负载有文化、历史、风俗与典故的意象时，译者确实遇到了真正的困难与挑战。若保留原文的意象，采取意象移植的译法，译文读者难以产生与原文读者类似的联想意义；若不保留意象，采取以概念替代意象的译法，情感就没有了依托，译文就失味。下面我们以杜甫的《月夜》与《佳人》为例看看译者是如何处理其中的"玉"意象的：

> 香雾云鬟湿，清辉玉臂寒。(《月夜》)
> Your balmy, cloudy curls the misty air bedews;
> Your fair, smooth arms are chilled in the silver hues.①
> (Tr. Wu Juntao)
> 夫婿轻薄儿，新人美如玉。(《佳人》)
> My husband is a light-hearted bonny,
> He then married another fair lady.②
> (Tr. Wu Juntao)

《月夜》中的"玉臂"被译成"fair, smooth arms"，《佳人》中的"美如玉"被译成"fair lady"；可以看出，"玉"意象缺失，属于译意。译者之所以舍弃

---

① 见许渊冲、陆佩弦、吴钧陶(编)：《唐诗三百首新译》，中国对外翻译出版公司/商务印书馆(香港)有限公司，1988年，第150页。

② 见吴钧陶(主编)：《汉英对照唐诗三百首》，湖南出版社，1997年，第321页。

意象，是因为汉语的“玉”与英语的“jade”存在巨大的文化反差，联想意义完全不对等。译者深知英汉语的文化差异，若译为“jade arms”，意象是保留了，但情感寄托却变味了，意象在翻译中扭曲变形了。鉴于这种情况，译者采取化形象为抽象的办法，翻译汉语中“玉”的概念意思。然而，“玉臂”在中国文化里的丰富的联想意义仅靠概念意义是言不尽意的，意象丢失，意味也随之流失。关于这一点，吴钧陶本人也意识到这个问题，他在谈到翻译的心路历程时说：

> 遗憾的是，中文“玉”字在这里不仅比喻其光洁平滑，而且还有“白”的含义。是不是在句子里再加一个 white 呢？可是“玉臂”两个字在译诗里已经占去了三个音步，再加便累赘，所以我把这层意思让读者去体会了，反正原文也没有如此明确地说出来。（吴钧陶，1991：9）

译者显然对自己的译法也不满意，但考虑到音步的限制，只好退而求其次。译者这种舍弃文化意象而采取译意的做法，本无可厚非，但文学翻译注重的是从译意到译味的超越，而不是舍味取意。那么，如何才能超越译意呢？怎样才能译出原诗的意象，且不让意味扭曲变形呢？

孙大雨（2007：169-205）的译法值得借鉴，他选择了“gem-hued arms”来传达“玉臂”意象，运用“fair like a gem”来表达“美如玉”意象，巧妙地避开了“jade”的贬义色彩，等效地再现了原文的情感寄托。穆诗雄（2004：232-233）在谈到诗歌的隐喻和典故翻译时也提到了“新人美如玉”的跨文化转换问题，认为“sweet as a lily or a rose”的译法自然合理，符合英语中用百合和玫瑰形容女子花容月貌的文化传统，无须译出“美”字，只需这两种“花”的形象就能使英语读者明白这里说的是容貌美的女子。

马红军提出用英语诗中的平行文本相互参照的方法，主张借用爱尔兰诗人托马斯·莫尔（Thomas Moore）诗中的“milky arms”来翻译“玉臂”。他认为“milky”一词兼有“白”“滑润”“柔”三层含义，似乎完全等同于汉语的“玉”字。更为难得的是，“milky”非常符合《月夜》这首诗的意境，绝不会引起误解。（马红军，1999：51）

笔者认为，“gem-hued arms”和“milky arms”两种译法都很好，前者更贴近源语文化，后者更贴近读者的接受，而且二者都是以意象译意象的功能对等译法，不会引起目标语读者的误解，可以说是超越译意抵达译味的成功例子。

第三节　从译味发展到译境

文学翻译所重者不仅仅在味,而且还在境。境是比味高一级的美学范畴,从译味上升到译境,并不是对译味说的否定,而是在肯定基础上的超越和发展。文学翻译只有译意与译味是不完整的,缺少了译境,文学翻译的文学性就会大大降低。本节内容在三分法的基础上进一步讨论译味与译境的区别与联系,并且提出从译味到译境的超越途径与方法,希望能把文学翻译提升到一个更高的审美境界。

一、为何提出译境

有了译意与译味,为何还要提出译境呢?除了本章第一节提出的理由之外,我们之所以积极倡导译境,还有以下两个主要原因:一、意境是中国特有的美学范畴,国外并不真正知道意境到底为何物。从中国学术走出去的角度看,提倡意境理论,提出译境有助于中国译论的对外交流与传播。二、在翻译实践上,原作有意境,译作翻不出来意境,意境在翻译中缺失。这么说来,无论是理论上还是实践上,译境都显得很有必要。

在理论上,意境是一个具有中国特色的诗学和美学范畴,西方没有意境理论,也找不到一个能与意境对等的美学范畴。关于这一点,宗白华、古风、毛荣贵、袁锦翔、毛翰等学者都发表过类似的见解。古风(2001:24)指出:"在西方文论和美学中,还找不到一个与'意境'相对译的范畴术语,这一点是学术界所公认的。"他从外国文论中选择了九个"类意境"范畴,与意境进行比较后得出结论说:"在外国文论中没有'意境'范畴,'意境'范畴为中国文论和美学所独有。"(古风,2001:382)意境作为中国独有的一个诗学和美学范畴,其审美内涵空灵、含蓄,一直让西方人难以理解与把握。比较文学与美学研究者往往把中国的"意境"理论与西方的"典型""象征"等同起来,这是一种误导,这样会遮蔽意境本身的美学意义和存在价值。毛荣贵(2005:276)认为:

> 意境是华夏美学的核心和基本范畴。在西方文论范畴大量充斥我国批评文本的情况下,"意境"之所以能够保持旺盛的生命力,完全是因为其独特性。它反映了我们民族在审美和艺术领域追求情景交融而偏重于情、心物契合而偏重于心、虚实统一而偏重于虚、再现与表现一体而偏重于表现这样一种美和艺术的审美取向。

意境理论具有悠久的历史，是独具中国话语风格和特色的文学与美学范畴，也逐渐成为翻译研究的关键词，对于文学翻译，尤其是诗歌翻译具有重要的指导意义，值得深入研究。就翻译研究而言，西方翻译理论中也没有一个能与之对应的术语，但是西方文艺美学中也能找到意境的影子，对意境研究不无借鉴意义。正如袁锦翔（1992：68）所说：

意境是中国传统美学的一个独特范畴。在西方文艺美学中，我们很难找到一个与之对等的审美范畴。西方翻译的论述通常是要求译出原文的 spirit（精神），nuance（细微差异），meaning between the lines（字里行间的寓意），idea behind the lines（言外之意），language beyond the keys（弦外之音），the soul's voice（心灵之声），等等。这些词语反映的意思虽然都接近意境，但不是确定的美学范畴，不可能与意境划上等号。

由此可见，精神、言外之意、弦外之音仅仅反映了意境的部分特征，远远没有说出意境意义的精髓和要害。此外有学者把意境的翻译等同于"语境翻译"也是有问题的，因为意境的意义虽离不开语境，但是用"语境意义"解释意境却歪曲了意境的根本内涵。

在实践上，意境是文学作品的审美特质，优秀的文学作品一般都有意境，尤其是中国的古典诗歌，唐诗最为典型。虽说西方的文学作品也有意象、隐喻、象征、含蓄、暗示等审美特征，但与中国的意境内涵毕竟有很大的不同。钱锺书在谈到中国古典诗与西洋诗的区别时说：

和西洋诗相形之下，中国旧诗大体上显得情感不奔放，说话不唠叨，嗓门儿不提得那么高，力气不使得那么狠，颜色不着得那么浓。在中国诗里算是"浪漫"的，和西洋诗相形之下，仍然是"古典"的；在中国诗里算是痛快的，比起西洋诗，仍然不失为含蓄的。我们以为词华够鲜艳了，看惯纷红骇绿的他们还欣赏它的素淡；我们以为"直恁响喉咙"了，听惯大声高唱的他们只觉得是低言软语。同样，从束缚在中国旧诗传统里的读者看来，西洋诗里空灵的终嫌着痕迹、费力气，淡远的终嫌有烟火气、荤腥味，简洁的终嫌不够惜墨如金。（钱锺书，2002a：16-17）

中西诗歌的区别确实如钱锺书所言，凡是比读过中西诗歌的读者大多会认同钱锺书的这种观点，只不过一般人说不出钱锺书这样的幽默风趣的语言。如果我们用中国的意境理论来评价西方诗歌的话,很多诗缺少意境的象外之象、味外之旨以及韵外之致,难以达到中国古典诗歌意境的深度。正因为如此,我们在讲解意境时选择的多是中国古典诗,以便让理论与实践相吻合。

中西诗歌在意境方面的差别直接影响了诗歌的翻译以及意境的传达。西方译者难以理解中国古诗意境的奥妙,自然在翻译中就很难译出有意境的作品。中国译者虽了解意境的内涵,但由于受押韵、节奏与音步等形式的束缚,往往顾此失彼,译文多数有意味,无意境。诗歌的意境经不起翻译,很多有意境的诗作经过翻译后,意境缺失。其中的原因有客观方面的,也有主观方面的。从客观上说,空灵、含蓄的意境与该语言的历史、文化、风俗等背景知识密切相关,具有很大的不可译性。从主观上说,意境对于译者与读者的要求特别高,译作有无意境,关键在于译者是否有翻译能力译出,读者是否有鉴赏能力体悟,意境的创造需要译者与读者共同参与才能完成。

理论上的认识不清必然导致实践上的盲目,文学翻译需要重视传达原作的意境,提高文学翻译的文学性与艺术性。鉴于理论与实践两方面的原因,提出意境理论,在原有的译意与译味的基础上,增加译境说,以此来丰富与发展中国特色的翻译理论。

二、译味与译境的区别

刘禹锡的"境生于象外"和司空图的"象外、味外、韵外"把意境的审美特征概括得十分精道,这为我们区分意味与意境提供了理论基础。言内与言外、象内与象外、味内与味外、韵内与韵外之间的中间地带成为意味与意境的分水岭。言内、象内、味内、韵内基本上属于意味,言外、象外、味外、韵外基本上属于意境。因此,译味与译境的区别就是言内与言外、象内与象外、味内与味外、韵内与韵外之间的区别,主要表现在构成要素上的一实一虚,翻译单位上的一大一小,翻译境界上的一高一低。

构成要素上的一实一虚

在构成要素上,译味翻译的是意味,意味由声音节奏、情感寄托、修辞文采以及文体风格构成,译境翻译的是意境,意境由言外之意、象外之象、味外之旨、韵外之致构成。意味与意境分别属于文学作品中的两个不同的结构层次,体现了不同的审美效果。有些作品可能只有意味,而没有意境,换言之,有意境的作品一定有意味,而有意味的作品不一定有意境。因此,有味的作品,就译味,有境的作品,则译境。从构成要素上分析,译味的各要素,如声韵、节奏、意象、修辞等,比较具体,可以直接诉诸人的五官,因而较实;

译境的各要素，如言外、象外、味外、韵外，则比较空灵，五官很难直接感悟到，因而较虚。正如古风(2001:382)所说的那样，"味"尚实，"韵"尚虚。总而言之，译味与译境的区别主要表现在意味与意境在构成要素以及审美特质方面的差异。意味与意境不同，相对应的译味与译境自然也就不同。其在构成要素上的区别表现为一实一虚，译味尚实，译境尚虚。

译味与译境在构成要素上的这种区别在具体文学作品中有很多表现。在声音方面，狄更斯(Charles Dickens)小说《大卫·科波菲尔》(*David Copperfield*)第二十二章有这么一段文字游戏非常有趣：

> I love my love with an E, because she's enticing; I hate her with an E, because she's engaged; I took her to the sign of the exquisite, and treated her with an elopement; her name's Emily, and she lives in the east.

这段文字中一连用了六个以"E"打头的英文单词，巧妙地表达了说话人的情感态度。从审美特质来看，这段话有意味，但不能说有意境。在意象方面，有些意象诗意象鲜明具体，读起来很有味，但由于这些意象较实，难以通达象外，因而没有意境。美国现代诗人桑德堡(Karl Sandburg)的意象诗《雾》就是这样一个典型的例子。

The fog comes	雾来了，
On little cat feet.	迈着猫步。
It sits looking	他坐着
Over harbor and city	俯视港口和城市
On silent haunches	默默地弓着腰
And then moves on.	然后又向前移动。①

这首诗运用具体有形的"猫"意象来比喻无形无生命的雾，以有形寓无形，以具体表抽象。诗中弥漫着静谧的情调，但这种静谧恰恰是通过动感得到表现的。诗的首句便给描述的对象注入动感，"雾来了"，淡淡一笔，动感油然而生，它的脚步像一只猫那样悄然无声，亦动亦静，以动显静，动静相

① 见何功杰(译注):《英语鼎诗选译》，苏州大学出版社，2011年，第298页。

宜,情趣盎然。尽管这首诗很有意味,但其意象的功能只是让被描写的事物形象具体,没有象外之象,因而难以达到中国古典诗歌那样的意境。

翻译单位上的一大一小

在翻译单位上,译味可以是一个单词、词组或句子,译境则必须是语篇,孤立的单词、词组或句子不能称为有意境。借用司空图的话来说,就是达到“全美”才有意境。在金岳霖的“译味说”中,译味之所指也是仅限于字、词、句子层面,没有涉及语篇。因此,译味与译境在翻译单位上的区别表现为一大一小,译味的翻译单位小,译境的翻译单位大。

有些在词组或句子中出现的头韵、双关、对偶、重复等修辞手法都有丰富的意味,也具有哲理性,但不能说有意境。下边,我们以头韵为例列举具体实例说明。头韵在英文里叫 alliteration,又称 initial rhyme 或 head rhyme,是指两个或两个以上单词的首音相同,如“saints and sinners”(圣人和罪人)、“might and main”(尽全力)等。头韵是诗歌、散文、报刊文章、广告文字中经常出现的一种修辞格,下边再列举几例加以说明:

Penny wise, pound foolish. 捡了芝麻,丢了西瓜。

Fair without, foul within. 金玉其外,败絮其中。

Speech is silver, silence is golden. 雄辩是银,沉默是金。

Money makes the mare go. 有钱能使鬼推磨。

Don't drink and drive. 请勿酒驾。

这几个英文例子因为含有头韵修辞格,读起来很有意味,而且具有深刻的哲理性,但不能称为有意境。这些习语或谚语用词简洁,对称,好读好记,富有音乐感,增强了语言的表达效果与感染力。英语头韵翻译到汉语中之后,其音韵效果基本消失,只有意义。译文不但没有意境,而且意味也减少。

译者在翻译单位转换的过程中可能把一个词转换成词组,一个词组转换成一个句子,反之亦然。这说明源文本的翻译单位与目标文本的翻译单位并不完全对应。如果译者只关注音素、词汇、句子等较小的翻译单位,而忽视句群、段落、语篇等较大翻译单位的话,译文难免会只见树木不见森林,结果影响整篇译文的翻译质量。

单就意象而言,翻译单位又可分为个体意象和整体意象,二者之间是部分与整体的关系。“个体意象以词句或短语为载体,整体意象以篇章为载体。整体意象接近于意境……意境和格式塔意象都是由个体意象整合而成……在诗歌中格式塔意象与意境基本等同。”(孟谨、冯斗,2005:91)根据格式塔意象心理学的原理，整体意象又叫格式塔意象，格式塔意象的构成与美学成分与意境基本等同。也就是说，译境就是在译文中重构原文的格式塔意象。

唐代温庭筠《商山早行》通过“鸡声”“茅店”“月”“人迹”“板桥”“霜”等六个个体意象，运用意象叠加的方法，构建了一个“商山早行”的整体意象，描绘出诗人晨起赶路的清冷图景，凸显了羁旅中凄清寂寞的意境。

翻译境界上的一高一低

在翻译境界上，译味的境界低，译境的境界高。境界的高低是相比较而言的，译味的境界比译境低，但比译意高，处于中间地位。境界的高低是针对译文的翻译水平、文学性、可译度等评价指标而言的。因此，译味与译境在翻译境界上的区别表现为一高一低。译味与译境的这种区别主要是由于翻译原因造成的。以诗歌翻译为例，有些译者过于追求声音节奏的美，尤其是追求押韵，忽视了深层意境的传达与再现，结果译文读起来像顺口溜或打油诗，言外之意、象外之象、味外之旨全无。

此外，译味与译境的区别这三方面区别虽然是理论上的提炼与总结，但却有丰富的翻译实例为基础，其区别也可以在具体的翻译实例中得到体现与证明。

三、译味与译境的联系

译味与译境之间没有一个截然分明的分界线，二者之间通过中间环节由一方向另一方过渡转化。在分析意味与意境的区别时，我们谈到了言内与言外、象内与象外、味内与味外、韵内与韵外之间的中间地带。这中间地带就是沟通意味和意境的桥梁，也是联系译味与译境的中介。既然意味与意境之间有中间地带，那么译味与译境之间就不是非此即彼的二元对立的关系，二者可以通过中间环节由一方向另一方过渡转化。

言内向言外的转化

首先，译味与译境之间的联系表现在言内之意向言外之意的转化。文本中明说出来的东西叫作言内之意，没有直接说出而暗示出来的东西叫作言外之意。这种言内之意好理解，言外之意需要读者的体悟或推理才能获得。现以温庭筠的《更漏子》为例加以说明：

玉炉香，红蜡泪，偏照画堂秋思。
眉翠薄，鬓云残，夜长衾枕寒。
梧桐树，三更雨，不道离情正苦。
一叶叶，一声声，空阶滴到明。

整首词上阕写景,下阕抒情,情景交融,写得极为精彩感人。这首词写的是女主人公在秋天的夜里,身居华美的画堂,玉炉飘香,红烛落泪。意中人久久不归,她秋闺独处,愁思满怀,孤独凄清,一夜无眠。"梧桐树""三更雨""空阶"等都是诗中具体描绘的实象,言内之意是写夜里雨点滴打在梧桐树叶子上的声音,言外之意是写人的彻夜无眠和相思血泪。作者实写的"梧桐树"和"三更雨"让读者想象到的是"秋思"之意。"空阶"的言内之意是"落空"的"空",空设一个台阶,言外之意是没有人来,屋中人闭门不出。此即"雨打梨花深闭门"的意思,极度的寂静。"滴到明"的言内之意是指雨从半夜下起,一直滴到天明,言外之意是说屋中人彻夜无眠。作者运用"叶叶""声声"的叠字手法将声音拉长,从而实现雨声由夜至晓的绵延。言外之意在于,秋雨绵绵,不像是滴在树叶上,而是一声声、一叶叶地敲打在人破碎的心上。

Incense from a jade censer
And a tearful vermillion candle
Evoked autumnal moods within the painted chamber.
Penciled eyebrows worn,
Cloud-like locks in disarray;
Long is the night, the covers and pillow cold.
Upon the wutong trees
Falls a midnight rain,
Indifferent to the persistent pains of separation.
Leaf upon leaf,
Drop upon drop.
On empty stairs it drips until the dawn.

(Tr. William R. Schultz)①

这里选择了威廉·舒尔茨(William R. Schultz)的译文来评析言内之意如何转化为言外之意。"红烛泪"译为"a tearful vermillion candle",既有言内之意,又蕴含言外之意,明说蜡烛流泪,暗指人流泪,语言符号超越了它的字面意义而通往言外。"梧桐树"有言外之意,已经成为一个负载有丰富文化内涵的意象,如李白的"秋色老梧桐"、晏几道的"卧听疏雨梧桐"、李清

① 见文殊(选注):《诗词英译选》,外语教学与研究出版社,1989 年,第 180 页。

照的“梧桐更兼细雨”，等等。英文中没有与之相对等的意象，译者用了音译“the wutong trees”，但其言外之意却很难为外国读者所理解。“Leaf upon leaf, /Drop upon drop”译得好，对仗工整，与原文的叠字对等，暗示绵绵秋雨滴打在人破碎的心上。“On empty stairs it drips until the dawn”一句有言外之意，暗示人彻夜无眠。

总之，这首词的言外之意可以归结为这样几个方面：一是“梧桐树”背后的“秋思”之意，二是“空阶”背后的“心里孤独空寂”之意，三是“三更雨”背后的“人彻夜无眠”之意。

象内向象外的转化

其次，译味与译境之间的联系表现在象内向象外的转化。根据“境生于象外”的说法，意境的生成关键在于从象内到象外的转化。具体到文学翻译中来，译文是否有意境，关键在于意象是否能够由“有”到“无”，由“实”生“虚”。有无相生，虚实转化，才有意境。意象本来是译味的一个构成要素，但也是产生意境的必要条件，因而意象成为连接译味与译境的中介。

李白的《黄鹤楼送孟浩然之广陵》是送别诗的名篇，此诗写得“飘逸灵动，情深而不滞，意永而不悲，辞美而不浮，韵远而不虚”（张海鸥，2010：39）。我们之所以选择这首诗作为个案分析，是因为诗歌前两句写景，后两句抒情，寓情于景，情景交融，意义含蓄，有象外之意。

故人西辞黄鹤楼，烟花三月下扬州。
孤帆远影碧空尽，唯见长江天际流。

这首诗充满了诗情画意，感情浓郁而不忧伤，其特点是景中含情，情中带景。诗的意境主要是通过“黄鹤楼”“烟花”“扬州”“孤帆”“碧空”“长江”等个体意象组合而成的格式塔意象创造出来的。这些意象都有丰富的文化内涵与情感寄托，是言外之情与象外之意的主要载体。表达象外之意的点睛之笔是最后两句，李白把朋友送上船，并没有转身回去，而是站在江边目送朋友远去，一直看到帆影逐渐模糊，消失在碧空的尽头，可见其目送时间之长，感情之深。李白对朋友的一片深情和对烟花之地的向往，诗中并没有明确说出，而是借助象外之象含蓄表达。

从翻译的角度看，判断译文是否有意境的关键在于译者是否能够创造一种景外之景和象外之象，让译文读者感悟到象外之意。李白的这首诗有很多人翻译，如翟理斯（Herbert A. Giles）、宾纳（Witter Bynner）、庞德、孙大雨、王守义与诺弗尔（John Knoepfle）、许渊冲、张炳星等。若从象外之意的角度评析这些译本，我们认为翟理斯、宾纳和许渊冲的译文翻译得较好，而庞德的译文则较差。下面,我们选择庞德和翟理斯翻译的两个不同版本进行对比分析,看译者是否能够架起象内到象外的桥梁。

Separation on the River Kiang
Ko-jin goes west from Ko-kaku-ro,
The smoke-flowers are blurred over the river.
His lone sail blots the far sky,
And now I see only the river,
The long Kiang, reaching heaven. ①

这个译文选自《华夏集》(*Cathay*),里边收录了庞德翻译的18首中国古典诗歌。尽管很多学者对庞德的译诗给予很高的评价,但我们也应该看到庞德有很多误译,难以译出中国古诗的意境之美。庞德不懂汉语,他根据费诺罗萨的笔记翻译,用日语的假名"Ko-jin""Ko-kaku-ro"来翻译"故人"和"黄鹤楼",显得不伦不类;"西辞"译为"goes west"弄错了方向,"烟花"译为"the smoke-flowers"属于误译,"长江"译为"the long Kiang"也不对。庞德的后两句译文读起来虽有诗意,但"blots the far sky"却破坏了诗的意境,难以让读者感受到象外之意。

相比之下,翟理斯的翻译注重象外之象的传达,尤其是后两句的译文能够通往象外,意义含蓄,因而有意境。译文中的"lessening sail"用词巧妙,实写友人的帆船远去,虚写诗人目送友人时间之长,"left me with the River"暗示诗人站在江边久久不愿离开。

GONE

At the Yellow Crane pagoda, where we
　　Stopped to bid adieu,
The mists and flowers of April seemed
　　To wish good speed to you.
At the Emerald Isle, your lessening sail had
　　Vanished from my eyes,
And left me with the River, rolling onward
　　To the sky. ②

---

① Ezra Pound, trans. *Cathay*. London: Elkin Mathews, 1915, p. 28.

② Herbert A. Giles. *Gems of Chinese Literature* (second edition). Aberdeen: Hon. LL. D., 1923, p. 83.

通过以上实例分析，我们可以看出有意象，未必就有意境，因为“境生于象外”。象外之象，景外之景，虽不容易翻译，但可以以实写虚，以有限表示无限，以在场暗示不在场，从而把译味发展到译境。

味内向味外的转化

译味与译境之间的联系表现在味内向味外的转化。味内位于文学作品的表层，意义较浅；味外位于文学作品的深层，意义较深。从味内向味外的转化，意味着译者不仅要译出表层的意义，而且要译出深层的意义。

唐代金昌绪有一首《春怨》载入《全唐诗》，为后人传诵。这首诗表面是写儿女情长，实则写征妇怨，控诉了战争给劳动人民带来的夫妻离散的痛苦之情。这首诗言少意多，有味外之旨，因而显得主题深刻，意境深远，读来余音满口，韵味无穷。

打起黄莺儿，莫教枝上啼。
啼时惊妾梦，不得到辽西。

首句写“打起黄莺”，次句写“打起”的原因是“莫教啼”，三句写“莫教啼”的目的是不使其“惊妾梦”，四句又写“妾梦”是到辽西边关会见丈夫的。如此层层递进，环环相扣，极尽屈折之妙。这首诗的诗眼是“春怨”，文心是“辽西”，二者是理解与把握全诗意境的点睛之笔。

关于这首五言绝句的翻译，有弗莱彻(W. J. B. Fletcher)、翟理斯、宾纳等多位译家的译文。其中，弗莱彻的译文受到刘重德和吕叔湘两位先生的好评，认为译作同原作一样押韵，有同原作平仄相当的节奏，原诗的意义也忠实地表达出来了。(见吕叔湘，1980：129)

A Lover's Dream
Oh, drive the golden orioles
From off our garden tree!
Their warbling broke the dream wherein
My lover smiled to me.①
(Tr. W. J. B. Fletcher)

如果从译味的层面评价弗莱彻的翻译，这个译文确实算是有味了，但只

① 见吕叔湘(编注)：《英译唐人绝句百首》，湖南人民出版社，1980年，第96页。

是一种味内味,算不上味外味。味内味指的是情人的梦中相会,味外味指的是战争给劳动人民带来无边无尽的疾苦与灾难。也就是说,弗莱彻的译文可以说有意味,但却没有意境。翟理斯和宾纳的译文也是如此,没有达到由味内向味外的转化。

由于中西诗歌传统的差异,西方译者很难理解与领悟中国古典诗歌的意境之奥妙,他们在译诗中难以达到味外之旨也就不感到奇怪了。比较有意思的是,西方诗歌中也能找到与《春怨》类似的诗,例如亚伯拉罕・考利(Abraham Cowley)所写的"The Swallow"就是这样一个例子,但在意义上不够含蓄,在意味上不够醇厚,在意境上不够深远,难以达到象外之象、味外之旨、韵外之致的艺术境界。

这样说来,是否意味着中国古典诗歌的意境就不能翻译了呢?如何才能实现味内向味外的转化呢?我们下边先看看许渊冲的译文然后再回答这个问题。

A Complaint in Spring
Drive orioles off the tree
For their songs awake me
From dreaming of my dear
Far off on the frontier![①]

许渊冲的译文与上边三个译文的最大区别在于"春怨"与"辽西"两个诗眼文心的翻译上。弗莱彻把题目译为"A Lover's Dream",让读者想到的是爱情诗;翟理斯把题目译为"At Dawn",让读者想到的只是时间概念,没有任何主题意义。许译本的最成功之处在于"辽西"意象的创造性表达,译为"frontier"可谓是画龙点睛,深化了主题,把意境由味内转化到味外。

综上所述,意境是比意象、意味、兴趣、情感更高一级的美学范畴,是文学作品文学性的高级表现形态。文学翻译不仅要译味,而且要译境,译味和译境之间不是二元对立关系,而是通过中介环节由一方向另一方过渡,译境是对译味的超越与发展。

---

① 见许渊冲(译):《汉英对照唐诗一百五十首》,陕西人民出版社,1984年,第115页。

第五章　文学翻译三种境界的合理定位

文学作品的三个层次对应着文学翻译的三种境界，三者之间不是非此即彼的选择关系，而是层级超越关系，构成一个有机的系统。其中，译意是基础，译味是关键，译境是理想。三个层次既有区别，又有联系，前一层次是后一层次的基础，后一层次又是对前者的超越和发展。三种境界形成以译意在底层，译味居中间，译境在塔顶的金字塔形状，体现了文学翻译的不同境界。

第一节　译意是基础

译意是文学翻译的基础，没有译意作为依托，一切翻译都是不可能的。如果没有了译意，译味与译境将成为无源之水、无本之木。否定译意的基础地位，就等于是从根本上取消了翻译。译意的基础地位要求翻译须传达语义内容，符合知识的客观性，尊重作品意图，以解决文学翻译的"信"的问题。然而，译意的基础地位也说明了它有很大的局限性，不是文学翻译追求的目标。

一、传达语义内容

在谈到译意的构成要素时，我们曾经分析了思议的内容与语篇信息，前者指的是词句层面，后者指的是语篇层面。这里，我们把两个要素合二为一，用语义内容（semantic sense）来涵盖词、句、篇三个层面。

在文学作品中，很多字词是有情感寄托的，如成语、典故、人名、地名等文化负载词。翻译这类承载有情感寄托的词汇，译者会遇到很大的麻烦，因为文化负载词不仅仅具有语义内容，而且负载着丰富的历史文化风俗等情感寄托。在这种情况下，如果采取译意法，译者一般只翻译语义内容，而舍弃其中的情感寄托。例如：

a carrot-and-stick policy　软硬兼施，恩威并用
Damon and Pythias　莫逆之交
crocodile tears　假慈悲
apple of discord　不和的种子，争吵的根源
Mickey Mouse course　好看不中用的课程
as gay as a lark　非常快活
a bull in a china shop　鲁莽笨拙、容易闯祸的人
Achilles' heel　致命弱点

诸如此类的例子不胜枚举，都属于译意的范畴，重在传达词语的语义信息，而舍弃或淡化词语的文化内涵与情感寄托。从可理解性的角度看，译意确实容易让受众理解，在文学性要求不高的交际场合，是一种可行的翻译方法。

译意最基本的要求就是要摆脱字面意思的束缚，防止机械死译，追求语义内容的对等而不是字面意思的对等。下边是两个翻译语义内容的例子：

(1)太太不忠实，偷人，丈夫做了乌龟，买彩票准中头奖，赌钱准赢。（《围城》）

If the wife is unfaithful and has an affair, the husband is sure to take first prize if he buys a lottery ticket, and he is sure to win if he gambles.①

(2)武松当下推金山倒玉柱，纳头便拜。（《水浒传》第二十三回）

And Wu Sung made a deep and respectful bow and with his head he knocked on the ground.②

例(1)中的“偷人”与“乌龟”是翻译的难点，若按照字面意思翻译，译文难以让英文读者理解与接受。译者凯利和茅国权摆脱了字梏，翻译了字面意思背后的语义内容。译文虽不精彩，但基本达意。例(2)中“推金山倒玉柱”是古代行礼的一种比喻性说法，形容壮汉身材高大。在翻译时，赛珍珠采取化具体为抽象的译法，只翻译其语义信息，而舍弃字面意思，这样做虽失味，但

① Jeanne Kelly & Nathan K. Mao, trans. *Fortress Besieged*. Beijing: Foreign Language Teaching and Research Press, 2003, p. 6.

② Pearl S. Buck, trans. *All Men Are Brothers*. New York: The John Day Company, 1933, p.393.

容易为英文读者理解。

在翻译诗歌的意境时，也有舍弃情感上的寄托而直接译意的例子。这种翻译方法可以称为“得意忘象”。例如许渊冲所译的“至今思项羽，不肯过江东”两句：

> Think of Xiang Yu who'd not survive
> His men whose blood for him was shed.

“不肯过江东”显然寄托着丰富的历史文化内涵，它所产生的联想意义有“无颜去见江东父老乡亲”等情感意义。许渊冲译成“who'd not survive”是因为西方读者不会对“江东”产生任何情感意义上的联想。用他自己的话解释就是：

> “不肯过江东”就是汉语所有，英语所无的表达方式，但是不肯苟且偷生却是汉语和英语所共有的思想内容。从两种语言的表达形式看来，这不能算是两种文字的统一，但从两种语言所表达的内容看来，英语的文字却基本上表达了汉语的内容，也就是说，两种文化基本上统一了。（许渊冲，2003:73-74）

译者抓住了“不肯苟且偷生”这一汉语和英语所共有的思想内容，采取译意的办法传达了原文的语义内容，这是译意在诗歌翻译中的一种表现。

在散文、小说、戏剧中，有很多叙述与记叙的成分，这些内容大多属于语义信息，情感寄托很少。翻译这些语义信息，译意也是必要的。

> 只说杨志出了大路，寻个庄家挑了担子，吩咐小喽罗自回山寨。杨志取路，不数日，来到东京。入得城来，寻个客店安歇下；庄客交还担儿，与了些银两，自回去了。杨志到店中放下行李，解了腰刀、朴刀，叫店小二将些碎银子买些酒肉吃了。（《水浒传》第十二回）
>
> Yang Zhi set out down the road. He found a peasant to carry his luggage, and told the bandit to go back. After a number of days, Yang Zhi arrived in the Eastern Capital. He took quarters in an inn, paid off the peasant, removed his weapons, and ordered food and drink.①

① Shi Nai'an: *Outlaws of the Marsh* (Volume I), trans. Sidney Shapiro. Beijing: Foreign Language Press, 1980, p. 187.

这段话属于小说文体中常见的叙述性文字，翻译以再现原作的语义信息为主。以第三人称杨志为叙事视角，采取主位推进的方式，一一道来。译文按照英文的表达习惯，适当增加原文省略的主语，简化了原文中的次要信息，以达到叙述简洁明了的目的。

通过以上实例，我们可以看出译意在所有语言之间都是可能的，因为译意所译的是语义内容或意念上的意义，与特殊的情感寄托没有关系，所表达的意义具有普遍性的可传达性，正如金岳霖（1983：811）所说：

> 普遍的意念无分于特殊的时空，当然也无分于不同的语言文字或引用不同语言文字的人。尽管所引用的语言文字不同而所思是一样的。不同的语言文字不影响到思议底内容。懂得两种语言文字的人，可以在该两种语言文字中，得到共同的意义。

金岳霖的意思是说，不同的语言文字之间在意念的意义方面具有普遍的可传达性，因此译意是容易的。不过，金岳霖这里所说的“意义”是狭义的，仅指思议的内容。尽管如此，金岳霖毕竟还是承认了不同语言之间具有可译性。这可译性的依据就是语义信息上的等价转换。

就翻译而言，再现原文的语义内容是翻译的最基本要求。如果译者连这也做不到，那所译出来的就不能称为翻译了。奈达所提出的“语义优先”的翻译原则就是建立在再现原文的信息基础上的。奈达认为，翻译就是翻译原文的意思，再现原文的语义内容在翻译中享有优先地位。

因此说，文学翻译虽然重在译味与译境，但译意的基础地位却不能动摇。文学作品先要有“意”，而后才会有“味”。只有“意”的含蓄深厚，才会有“味”的浑厚沉咏。世界上不同语言之间之所以能相互沟通和理解，就因为有译意的存在。

二、尊重作品意图

作品意图是文本意义的根本所在，是译者正确理解与表达的依据，扭曲误解了作品意图会直接影响意味与意境的传达，大大减低文学作品的美学效果。因此，在译意的层面上，译者要准确把握作品的意图，领悟作者的意向性，避免“以文害辞，以辞害志”，这是翻译的基本要求。

一般说来，散文的意图比较容易把握，诗歌的意图最隐晦。从翻译的角度分析，忠实作者意图的标准合理但不可行，因为作者意图是心理事实而不是物理事实，作者创作的动机与心理因素，译者无从知晓，但这并不意味着译者可以不顾作者意图而任意发挥。虽然作者意图是心理因素，但作者个人的人生经历与作品写作背景有迹可循，而且作者意图必然在作品中直接或间接地呈现出来。故译者应该忠实于作品意图，尽管作品意图不是唯一的，但只要译者按照“观文者披文以入情，沿波讨源，虽幽必显”的理解思路，正确理解了原作设定的意义，也就算尽到了译者的职责。下面我们以翟理斯和宾纳翻译的李商隐的《夜雨寄北》为例进行分析：

君问归期未有期，巴山夜雨涨秋池。
何当共剪西窗烛，却话巴山夜雨时。

SOUVENIRS

You ask when I'm coming: alas not just yet...
How the rain filled the pools on that night when we met!
Ah, when shall we ever snuff candles again,
And recall the glad hours of that evening of rain?①

译者翟理斯对原诗的理解不够确切。第二句是诗人对自己所在客居环境的描写，而译者把“夜雨涨秋池”看成是过去诗人和友人在一起的情景。第四句也译错了，诗人说自己将来遇见友人时共同追忆今天巴山夜雨的思念之情，而不是过去的那天晚上。此外，译诗中还丢掉了不少重要的意象，如“秋池”与“西窗”。翟理斯运用格律体翻译，未免因韵害意，失去了最重要的意，结果得不偿失。

A Note on a Rainy Night to a Friend in the North

Li Shangyin

You ask me when I am coming, I do not know.
I dream of your mountains and autumn pools brimming all
night with the rain.
Oh, when shall we be trimming wicks again, togther in your
western window?

① Herbert A. Giles. *Gems of Chinese Literature (Verse)*. Aberdeen: Hon. LL. D, 1923, p. 178.

When shall I be hearing your voice again, all night in the rain?[①]

(Tr. Witter Bynner)

宾纳的这个译文把原诗的第二、四两句都译错了。第二句中"巴山""夜雨"与"秋池"并非来自作者的梦境，而是写诗时周围真实的环境，诗人借景抒情，表达了羁旅之愁和不得归之苦。而宾纳把它们译成了梦境之物，属于误解。原诗第四句是追谈今夜情景的曲折深婉的写法，使诗人的情感以及诗的意境得到升华。宾纳将第四句译成了"在通宵下雨的时候聆听你的话语"，可以看出他没有透彻地理解原诗，就很难重现原诗的意境了。

李商隐的这首诗穿越时空，把现在与将来、现实与想象巧妙地交织起来，增加了意境的深邃感。要传达意境，首先应忠实于原作，即准确的理解原作的真正意思，掌握其精神与神韵，领悟言外之意，发掘深层结构，力求最大限度地再现原作的意义。

总之，尊重作品的意图是翻译的基本条件，不考虑作品意图以及文本的意向性，翻译就很可能走向脱离原文而随意解释与填充空白的相对主义与虚无主义。

三、译意的局限性

如果从文学作品的结构层次来说，译意是文学翻译的基础层次；如果从系统的整体性来说，译意又可以说是文学翻译审美境界系统中不可缺少的一个部分。也就是说，从结构层次与境界系统的角度分析，译意就不是一种翻译的局限性，因为承认译意的合理性并不以抛弃译味与译境为代价。我们这里说的局限性是指那种本来该译味与译境，结果却译意的欠额翻译，译文基本达意，但没有了意味与意境。译意概念化了原作的意象，淡化了原作的情感色彩，过滤了源语的文化内涵，降低了原作的文学性。

虽然译意在文学作品中有时不可避免，但是它不能表达人内心丰富的各种心理感受与情感寄托，这样看来，抽象的概念语言就显得言不尽意了，正如苏珊·朗格(1983:87)说的那样：

> 这样一种对情感生活的认识，是不可能用普通的语言表达出来的，之所以不可表达，原因并不在于所要表达的观念崇高之极、神圣之极或

---

① 见吕叔湘(编)：《中诗英译比录》，中华书局，2002年，第278页。

> 神秘之极，而是由于情感的存在形式与推理性语言所具有的形式在逻辑上互不对应，这种不对应性就使得任何一种精确无误的情感和情绪概念都不可能由文字语言的逻辑形式表现出来。

由此可见，语言文字的逻辑形式很难精确无误地表现任何一种情感和情绪。语言的逻辑形式主要表现为概念、意思、命题、判断与推理等抽象的理性思维活动，而情感的存在形式需要借助意象、形象、声音、节奏等表情语言才能表现出来。

译意的局限性可以在语言、思维与意义等方面反映出来。从语言方面说，译意的语言基本是抽象语言，具有概念化、语法化与解释化的特点。概念化是把原文中的具体、特殊的意象或形象性说法浅化，用译语中的概括性或一般性的上位词语替代，结果导致原文情感寄托的亏损。语法化是针对汉诗英译而言的，有些译者受西方逻辑思维的影响，追求英语表达的逻辑性与形合特点，改变了汉语诗歌的意象性语言以及绘画性语言的特点，结果影响了意境的传达。解释性或说明性语言在翻译中也普遍存在，一般情况下，文学翻译也需要一定程度的解释，但有些译者夸大了解释的作用，任意增补添加原文没有的内容，致使含蓄的意蕴明晰化，多重意义单一化。诗歌翻译要求的是诗性化语言，而不是解释性语言；诗歌译者要控制解释性或说明性语言的过度使用，否则会失去诗味和诗境，把诗歌译成了散文。

在思维方式上，译意重视逻辑思维，或叫理性思维，主要表现在抽象性、推理性、分析性等方面。抽象性是知识形成的必要条件，也是翻译的基础，但绝不是文学翻译追求的目标。推理性是运用概念、判断或推理的方式来看待文学翻译，以科学逻辑要求文学作品中的艺术夸张或形象性表达。分析性是西方常见的逻辑思维模式，其思维方式表现在诗歌翻译中就是把整体的意境层层剥离，肢解成零散的部分，这样就把原本需要直觉感悟的审美经验遮蔽了。

在意义层面上，译意能翻译出的主要是概念意义与语篇信息，至于文学作品的情感意义、联想意义、象征意义以及形上意义，译意就鞭长莫及了。概念意义只是两种语言转换的基础和依据，但它传达的意义是表层的，深层的意蕴则需要译味和译境才能传达出。

在文学性程度上，译意的文学性最低，因为概念意思和命题排除了各种情感寄托、各种文学意象、各类隐喻和象征性语言的含蓄性与多义性。诗歌之所以是诗歌,是因为诗中有诗味、神韵、意境等能表现诗的东西存在。离开了这些,诗歌就剩下了语义信息、基本事实等非诗的东西。

第二节 译味是关键

文学翻译虽然离不开译意,但是译意总是言不尽意的,降低了原作的文学性,需要译味进行超越。文学翻译的文学性大部分表现在意味和意境两个层面上。译味处于译意与译境之间,成为文学翻译最关键的一环。在第三章第三节,我们从声韵节奏、情感寄托、修辞文采以及文体风格四个方面的构成要素入手界定了译味的审美内涵,本节内容是在此基础上的推进与深化,重在从语音层面、情感层面、修辞层面、风格层面分析从原作到译作意味的传译情况,从而把译味的审美内涵落实到翻译的操作层面。有意味的作品往往以其音韵节奏而感耳,以其修辞文采而入目,以其情感寄托而动心,以其风格文体而悦神。

一、音乐效果

在诗歌语言里,韵律、节奏、意义是一个不可分割的整体,语言的意蕴不仅仅在其符号体现的意义上,还在于符号本身的声音上。人的情感有其内在的节奏,语言如果运用得巧妙,就可以传达人内心情感的高低起伏。因此,声音和韵律必须和意义一起作为艺术品整体中的因素来进行研究。声韵和节奏作为语言符号的重要要素,具有表情达意的双重功能,属于有意味的语音形式与情感形式,在文学翻译中不可忽视。在语音层面上谈文学翻译,我们重点关注的是声韵与节奏两个方面,其具体内涵前文已有论述,这里不再赘述。

由于英汉两种语言在声韵与节奏上的差异,原文中的音美效果只能在译文中找到功能对等的表现形式,而不可能与原文完全一样。王宝童曾比较过汉诗与英诗在节奏与声韵两方面的特点,他认为,"从总的来看,在英诗中节奏是第一位的,韵是第二位的。汉诗韵式之丰富较之英诗有过之而无不及。所以从总的来看,在汉诗中韵是第一位的,节奏是第二位的"(王宝童,1993:33)。这样看来,无论是汉诗还是英诗,都重视声韵与节奏,靠押韵和格律产生音乐感和音响美,中国旧体诗最强调的是脚韵,英诗则更注重音步,但都同样特别关心节奏。下面我们以威廉·布莱克(William Blake)的"The Tyger"的汉译为例看看声韵与节奏是怎样在两种语言之间转换的。

全诗共六节，每节四行，每行四音步，扬抑格与抑扬格并见，韵式采用aabbcc的随韵形式，再加上头韵和重复等格律形式，整首诗读起来具有很强的音乐性，产生打铁似的节奏美。诗人特别注重以其音韵渲染气氛，以节奏深化主题。

> Tyger! | Tyger! | Burning | bright
> In the | forests | of the | night,
> What im | mortal | hand or | eye
> Could frame | thy fear | ful sym | metry?
> …
> What the | hammer | ? what the | chain?
> In what | furnace | was thy | brain?
> What the | anvil | ?What dread | grasp
> Dare its | deadly | terrors | clasp?

这里节选的是诗的第一节与第四节，每行的四音步都已经用竖线标出，头韵、尾韵、音步、重复等格律形式体现得非常明显，因而具有代表性。但有一点需要说明的是，一般的四音步都是八个音节构成，而布莱克的这首诗的最后一个音步只有一个重读音节，属于破格。也就是说，每行由七个音节构成，最后一个音步缺一个轻音节，这在英语中叫作catalexis，下面请看具体的解释：

> Notice that the fourth foot in each line eliminates the conventional unstressed syllable (catalexis). However, this irregularity in the trochaic pattern does not harm the rhythm of the poem. In fact, it may actually enhance it, allowing each line to end with an accented syllable that seems to mimic the beat of the maker's hammer on the anvil.①
>
> (每一行的第四个音步省略了惯有的轻音节(欠音节)。但是，这种反常的扬抑格并没有损害诗的节奏。事实上，欠音节诗行反而强化了诗的节奏，每行以重读音节结尾，仿佛模仿制造者用铁锤敲打铁砧的声音。)

最后一个音步以重读音节结尾，与前三个音节形成强烈对比，给读者以

① 见 http://www.cummingsstudyguides.net/Guides2/Tiger.html

强烈的冲击感和节奏感。其节奏产生的乐音恰好符合铁匠抡锤奋力敲打铁砧的音响效果,形成了铁砧乐音。这种节奏一直回旋在诗中,与诗中铸造老虎的场面契合,完美地负载了锻造老虎这一内容。

关于这首诗的翻译,徐志摩、郭沫若和卞之琳三家译文比较有代表性,但在再现原作的音韵与节奏方面,卞译好于另外两种译文,江枫和杨德豫就是这么认为的。在比较了徐志摩、郭沫若和卞之琳三家译文之后,江枫认为,徐译和郭译尽管都注意到了韵脚,但在译文的音乐性方面比卞译终究略逊一筹:

> 译文以准确的韵脚安排再现了原作的韵式,而且,以两字顿或三字顿所构成的四音顿诗行复制了原作扬抑格和扬抑格四音步诗行跌宕有致、和谐流畅的节奏,从而出色地保留了原作的韵律美。(江枫,1991:131)

根据前文的分析,原作中的音乐美构成了这首诗的一个突出特征,也就是说,声韵与节奏在这首诗歌中被"前景化"了。所以,能否保留与再现原作的音乐性就成为检验译文质量的一个关键标准。下面是卞之琳的译文:

老虎!|老虎!|火一样|辉煌,
烧穿了|黑夜的|森林和|草莽,
什么样|非凡的|手和|眼睛
能塑造|你一身|惊人的|匀称?

什么样|铁链?|什么样|铁锤?
什么样|熔炉里|炼你的|脑髓?
什么样|铁砧?|什么样|猛劲
一下子|掐住了|骇人的|雷霆?①

我们在比较译文与原文之后发现,卞译采用"以顿代步"的译法,在实践中落实了他主张的以新诗格律体译外国格律诗的翻译理念,在译文中产生与原文类似的语音效果。首先,译文以四顿翻译原文的四音步,每一行都是

① 见杨德豫:《用什么形式翻译英语格律诗?》,《中国翻译》,1990年第3期,第3页。

两到三个音节构成一顿，避免了其他译文音节参差不齐的散文式译法，读起来铿锵有力，节奏感很强。对于这两节译文，杨德豫给予很高的评价：卞先生巧妙地运用汉语中的顿，其目的就是要尽可能相似地再现原诗的节奏和韵式，传达原诗的节奏美。主张把英语格律诗译成汉语白话格律诗的人很多，而卞先生是其中的主要代表和集大成者。这样的评价基本上是客观的，卞译本做到了形式与内容的有机统一，译诗借形以传神，用汉语的顿代替英语的音步，使译诗每行的顿数与原诗的音步相等。除了节奏感之外，卞译本在押韵上也具有和衷共鸣、首尾衔接的语音效果。这种形式恰与造虎过程相对应，使老虎这一主题意象坚不可摧、浑然天成。

二、情真意切

情感是译味的一个构成要素，没有情感的文学作品等于行尸走肉，情感对于译味的重要性已经毋容置疑。但问题的关键是：什么样的情感才能感人至深呢？这个答案早就蕴含在中国传统的诗学理论中了，庄子和王国维是两个典型代表。《庄子・渔父》中说：

> 真者，精诚之至也。不精不诚，不能动人。故强哭者虽悲不哀，强怒者虽严不威，强亲者虽笑不和。真悲无声而哀，真怒未发而威，真亲未笑而和。真在内者，神动于外，是所以贵“真”也。

上述一段话非常经典地诠释了“真”的内涵与实质。勉强啼哭的人虽然外表悲痛其实并不哀伤，勉强发怒的人虽然外表严厉其实并不威严，勉强亲热的人虽然笑容满面其实并不和善。真正的悲痛没有哭声而内心哀伤，真正的怒气外表不发作而内有威严，真正的亲热外表不笑而内心和善。自然的真性存在于内心，神情的表露流于外在，这就是看重真情本性的原因。虽然这讲的是人伦关系，但文学作品的情感表现具有同样的道理。一切好的文学作品都是发自肺腑之音，其情感无不自心坎而出，因而具有感人至深的艺术魅力。

王国维在《人间词话》中对艺术境界的论述也是经典之论。他认为“故能写真景物、真感情者谓之有境界，否则谓之无境界”。那也就是说，真景物与真感情是衡量作品是否有境界的一个主要标准。王国维对李煜的词评价之所以很高，就是因为这种赞赏源于李词的“真”上。在《人间词话》中，王国维用“赤子之心”“阅世愈浅，则性情愈真”“后主之词，真所谓以血书者也”等语句来评价李煜的词。感情真挚，毫无掩饰，毫不虚假，淋漓尽致地在词中写出了其肺腑之言、亡国之痛。所以,李煜的词具有眼界大、感慨深、性情真等特点。这些艺术特点都表明后主的词透出一个了“真”字,而这个“真”字归根到底是因为后主有一颗“赤子之心”。

李煜多才多艺,尤通音律,是唐五代词人中成就最高的一位。他的创作,以南唐亡国为界,分为前后两期。李后主亡国后所写的伤怀之词,情真意切,千百年来引起无数读者的共鸣,被王国维誉为“血书”之作,其中最能表现他亡国之痛、故国之思的,当数《虞美人》(春花秋月)一词。

春花秋月何时了?往事知多少。
小楼昨夜又东风,故国不堪回首月明中。
雕栏玉砌应犹在,只是朱颜改。
问君能有几多愁,恰似一江春水向东流。

这首《虞美人》是李煜的代表作,也是后主的绝命词。整首词通过今昔交错对比,表现了一个亡国之君无穷的哀怨。全词以明净、凝练、优美、清新的语言,运用比喻、象征、对比、设问等多种修辞手法,高度地概括和淋漓尽致地表达了词人的真情实感。难怪前人赞誉李煜的词是“血泪之歌”。

Spring flowers, autumn moon, when will they come to a close?
How many past events can anyone know?
Last night in my small tower, yet again, the east wind;
I cannot bear to look back to my lost country in bright moonlight.
Carved balustrades and jade stairs must still be there,
Only the red-cheeked faces have changed.
How much grief can one bear?
About as much as a river full of the waters of spring flowing east.①

关于这首词的翻译,目前大致有许渊冲、徐忠杰、杨宪益夫妇、孙康宜几种译本。前三家译文基本都押韵,而我们这里选择的是不押韵的孙译本。选择标准不在于音美与形美,关键在于译者是否能够译出原词的真情实感,

① Kang-i Sun Chang. *The Evolution of Chinese tz'u Poetry: From Late T'ang to Northern Sung*. Princeton University Press, 1944, p. 80.

是否能够传达出原作的艺术感染力。经过比较，笔者认为美国学者孙康宜的版本符合这个标准。原诗以问句开篇，译文也以问句提挈，借助激荡的音调、顿挫的旋律，把作者内心起伏的思绪、难平的悲愁和盘托出。最后两句直抒胸臆，以“一江春水向东流”的比喻煞尾，使这首词达到了如王国维《人间词话》所谓“以血书者”的化境。

有些抒情性散文虽没有突出鲜明的意象，但依然很感人。其感人的主要力量来自作者能描写真景物与真感情，创造一种情景交融的艺术境界。

I leaned on the parapet and watched the river. It was a different place in the winter. But one day the gulls would leave and return to the sea. One day the trees would soften back into green. One day the summer would transform this river into idyll it had been once. At least it would for others. For me the winter had come to stay. I stood back from the bridge parapet and turned my back on the river. I had given ten years of my life to this town. My son had been born here. But now the madness that had engulfed the world had been touched us here down by the river. Summer would come to this spot again, but I would not see it. I would always remember it as I saw it now. For I had matured several years in as many months. And Judy? Well, Judy was dead.

我伏在桥栏上，凝望着这条河，冬日里的这条河已经是别样的一番景象了。不过，严冬终会过去，夏日还会来临。海鸥仍会重返大海，树木还会枝青叶绿，风景还会依旧如画。可是，那是在别人的眼中。在我的心里，严冬却不会消融。

我转过身来，呆望着眼前的这个小镇。我和思在这里度过了十年的美好时光，儿子就是在这出生的。但是，吞噬世界的那场疯狂战争连这个小镇也没能幸免……

夏日还会来临，但来临的却再也不是往日的夏天了。在我的心中，这个小镇将永远都是严冬。短短的几个月，我苍老了很多很多——思呢？唉！思已不在人世了。[①]

① 见冯国华、吴群：《英译汉别裁》，外文出版社，2001 年，第 56-57 页。

节选的一段是迈克尔·巴特利特(Michael Bartlett)写的一篇抒情散文。文章饱含深情地描写了和妻子生活了十年的河滨小镇,字里行间蕴含着对爱妻的怀念。当妻子去世后,作者旧地重游,物是人非,追昔抚今,于是有了上面一段话。这段文字情景交融,感情醇厚,意味深长。

若想在译文中传达出原文的情感寄托,译者首先要从整体上把握好文章的思想情感,设身处地与作者一同感受当时的情景,体验景物描写对抒发情感的渲染与烘托作用。原文中的"It was a different place in the river""For me, the winter had come to stay""I had given ten years of life to this town""My son had been born here""but I would not see it""I would always remember it as I saw it now""For I had matured several years in as many months"等句子是理解作者思想情感的关键。此外,情态动词"would"、语气词"well"也较好地传递了作者的情感色彩,翻译时应引起注意。译文中"别样的一番景象了"暗示了物是人非,反衬了作者的凄楚和伤感。"matured"一词按照情感意义译为"苍老了许多",表达了作者对妻子的深切的思念之意与哀悼之情。原文的"but I would not see it",译为"但来临的却再也不是往日的夏天了",言外之意尽在其中。文章最后一句"唉!思已不在人世了",戛然而止,言已尽而意无穷,给译文读者留下无限丰富想象的余地。

如果译者停留于译意层面,追求文章的字面意思上的忠实与概念意义的准确,译文就失去情感寄托。"a different place"译为"面目全非"或"完全是另外一个地方"就没有味道。若把"matured"按照概念意义译为"成熟了几年",则大煞风景,使整篇文章的感情变了调。译意最大的问题是文字背后的感情寄托没有译出来。也就是说,译者缺乏对文章情感意义的深切感悟,感发的原动力不足,译文在表达方面自然就失了情味。

三、文采优美

翻译文学作品,语言的文采对于再现原作的意味具有十分重要的影响,正如孔子所说,"言而无文,行之不远"。严复引用儒家典文来支持他提出的"信达雅"三字翻译原则,并把这三个字看作是"文章正轨"和"译事楷模"。对于非文学翻译来说,译文能够"信"与"达"也就够了,但文学翻译对语言的要求特别高,有文采的佳句总能在读者心中留下审美的体验和永恒的诗意。

闵福德写过一篇谈论翻译功夫的文章,认为翻译是一门功夫,内功外功都要天天练。他也提到严复的"信达雅",说这"雅"是掌控语言的能力,不但

能掌握作品,还能找到自己需要的字词。在校对别人的译文时,他发现很多大家认为好的翻译家的译文缺乏生气:

> 我发现在中国古典诗词的翻译中,有很多由颇有声望的汉学家执笔,也多少被视为"好"的翻译,其实不行。这些字愣坐在书页上,就是没有生气。它们无法到达彼岸,要靠评论来撑持。(见刘靖之,2003:297)

诗歌翻译是高雅的艺术,真正好的翻译不是对原文形式的机械模仿,而是对原作精神的创造。闵福德说的这种现象很大程度上可以归因于译者的翻译功夫火候不够,在内功方面表现为译者的审美鉴赏力、艺术修养以及审美气质欠缺,在外功方面则表现为掌控语言的能力不行。但是,这并不等于说诗歌翻译只有"坏"与"更坏"之分,而没有翻译精品。韦利(Arthur Waley)是英国著名的汉学家和翻译家,他中英文有很深的造诣,是一位语言天才,他的很多翻译已经成为英语经典,被收录到英语世界权威性的文学作品选集中,享有很高的地位。下面是李煜《望江南》的下阕和韦利的译文,译得相当精彩:

> 多少恨,
> 昨夜梦魂中。
> 还似旧时游上苑,
> 车如流水马如龙。
> 花月正春风。

> To the Tune: Gazing to the South
> Immeasurable pain! (a)
> My dreaming soul last night was king again. (a)
> As in past days (b)
> I wandered through the Palace of Delight, (c)
> And in my dream (d)
> Down grassy garden-ways (b)
> Glided my chariot, smoother than a summer-stream; (d)
> There was moonlight, (c)
> The trees were blossoming, (e)

And a faint wind softened the air of night, (c)
For it was spring.① (e)

韦利的这个译文不仅反映了他深厚的语言功力,而且成功地再现了原诗的意味与神韵,受到很多译家的高度赞叹。韦利一贯主张以自由体翻译中国古典诗歌,为的是不因韵害意,从而保留再现原诗的意象与诗味。但这首词的译文不仅音律和谐优美,意象剔透玲珑,而且诗味与意境全出,是难得的诗歌翻译佳品。

谈及翻译的语言能力,香港散文名家董桥也有这方面的论述,他因为苏柳的一篇文章《你一定要读董桥》而誉满香港和海峡两岸。在翻译方面,他特别钦佩夏济安的翻译功夫,把夏的译文看作"翻译秘笈",爱不释手。他根据译者的语言文字功夫把译者分为"下等译匠"与"高等译手"两类:

> 下等译匠是"人在屋檐下,不得不低头",给原文压得扁扁的,只好忍气吞声;高等译手是"月上柳梢头,人约黄昏后",跟原文平起平坐,谈情说爱,毫无顾忌。译匠中英文太过寒伧,一旦登入文字堂奥,手脚都不听使唤,说话更结结巴巴;译手中英文富可敌国,进出衣香鬓影之间应对得体,十足外交官风度……(董桥,1996:422)

董桥的这段文字是一种散文的写法,不是严格的学术语言,理解时要把握文字下面的意义,不必拘泥于字面意思。除了对翻译的认识不同外,下等译匠与高等译手的主要区别在于译者掌控中英两种语言文字的功夫,译匠中英文太过寒伧,译手中英文富可敌国,其翻译境界自然是迥然不同的。

夏济安的语言文字功夫非常纯熟老道,译笔灵活飘逸,颇能传递原作的神韵,受到很多读者的喜爱。他的优美译笔在《美国名家散文选读》中得到鲜明的体现,表达了他在翻译方面的美学追求。下面我们选择他翻译的华盛顿・欧文(Washington Irving)的"Westminster Abbey"(《西敏大寺》)中开头的一段译文来鉴赏其译文的风采:

> On one of those sober and rather melancholy days in the latter

① 见朱徽:《中国诗歌在英语世界——英美译家汉诗翻译研究》,上海外语教育出版社,2009年,第124页。

part of autumn, when the shadows of morning and evening almost mingle together, and throw a gloom over the deline of the year, I passed several hours in rambling about Westminster Abbey. There was something congenial to the season in the mournful magnificence of the old pile; and, as I passed its threshold, it seemed like stepping back into the regions of antiquity, and losing myself among the shades of former ages.

时方晚秋，气象肃穆，略带忧郁，早晨的阴影和黄昏的阴影，几乎连接在一起，不可分别，岁云将暮，终日昏暗，我就在这么一天，到西敏大寺去散步了几个钟头。古寺巍巍，森森然似有鬼气，和阴沉沉的季候正好调和；我跨进大门，觉得自己好像已经置身远古世界，忘形于昔日的憧憧鬼影之中了。①

这段译文可以说译出了原作的境界，称得上译品中的佳作。译者理解原文的过程表现为审美移情的心境合一，译文较好地传达了原文情景交融的艺术效果，体现了他在翻译方面的美学造诣。“气象肃穆”“古寺巍巍”“置身远古”等时空交织的意境气氛在读者心目中留下的是无限丰富的联想、美的体验和永恒的诗意。

林以亮对夏济安的翻译评价也很高。他引用林语堂与莎弗莱(Savory)的话并结合具体的译文来评价夏的翻译，认为林语堂提的条件他做到了，莎弗莱所提出的要求，他也实现了。译者有同情心，这点是不成问题的；同时译者也有丰富的想象力，这点更无可置疑。下面是霍桑《古屋杂忆》中的一段原文以及夏济安的译文：

The glimmering shadows that lay half asleep between the door of the house and the public highway were a kind of spiritual medium, seen through which the edifice had not quite the aspect of belonging to the material world. Certainly it had little in common with those ordinary abodes which stand so imminent upon the road that every passer-by can thrust his head, as it were, into the domestic circle. From these

① 夏济安(译)：《美国名家散文选读》，复旦大学出版社，2000年，第90-91页。

quiet windows the figures of passing travelers looked too remote and dim to disturb the sense of privacy.

宅门和公路之间,都是隐约朦胧的树影,远远望去,似乎人鬼共世,这座旧宅也不是属于这个世界的了。通常贴近路旁的住宅房子,看上去总是亲切近人,行人路过,似乎觉得伸进头去即可看到家庭融洽之乐,这座宅子的气象,可大不相同。这里环境十分幽静,从窗子望出去,一片静穆,即使有人路过,也像是模模糊糊,隔了一个世界,不足以扰乱宅内的宁静。

根据林语堂与莎弗莱提出的翻译条件来评价这段译文,夏济安的译文可以说是对原文的文字和内容有透彻的理解,对本国文字有极高的操控能力,对原作有热烈的同情心,对翻译有足够的实战经验。这些都可以在夏济安的译文中得到鲜明的体现,下面是林以亮对夏译文的评价:

读者在读了原文之后,再回过头去读译文,就会立刻觉得原作的一股“圣洁之气”跃然于纸上。这再也不是普普通通的翻译,而是原作美感经验的再度创作。我们如果拿原作和译文再多读几遍,就会觉得译者和原作者达到了一种心灵上的契合,这种契合超越了空间和时间上的限制,打破了种族上和文化上的樊笼,在译者而言,得到的是一种创造上的满足;在读者而言,得到的则是一种新奇的美感经验。(见刘靖之,1981:107-108)

当然,也有学者对夏济安的译文提出批评,说是光追求语言文字的传神,却忽视了准确。翻译无定本,艺术无止境,任何一个译本只要认真细究起来都可能找到一些瑕疵,但瑕不掩瑜。只有一个志趣高雅同时又精通中英文两种语言的人才能在翻译过程中做到深刻理解原文,完美表达译文,从而在创造美的过程中达到随心所欲却又不违背翻译规则的艺术境界。

四、风格相似

在第三章的第三节,我们认为风格是译味的构成要素之一,并从主体与客体两方面界定了风格的内涵与所指。本节在此基础上进一步分析风格的翻译问题,提出风格相似的翻译观点。关于风格是否可译的问题,翻译界曾有激烈的争论,笔者认为与其在可译与不可译上争论,还不如沉下心来研究如何传译原作的风格来得更加实际。

客观地说，在意味层面上，风格是最难翻译的一个“烫手山芋”，译者很难达到译谁像谁的境界。著名的批评家阿诺德（Arnold）在“On Translating Homer”中曾对荷马的四个译者的翻译提出这样的批评：

> Homer is rapid in his movement, Homer is plain in his words and style, Homer is simple in his ideas, Homer is noble in his manner. Cowper renders him ill because he is slow in his movement and elaborate in his style; Pope renders him ill because he is artificial both in his style and in his words; Chapman renders him ill because he is fantastic in his ideas; Mr. Newman renders him ill because he is odd in his words and ignoble in his manner. All the four translators diverge from their original at other points besides those named; but it is at the points thus named that their divergence is greatest.①
>
> （荷马的节奏轻快，语言质朴，风格简练，思想易懂，文风高贵。考伯翻译得很差，因为他的节奏缓慢，风格繁缛；蒲柏翻译得很差，因为他的语言造作，风格矫揉；查普曼翻译得很差，因为他的思想充满了幻想；纽曼先生翻译得也很差，因为他的语言怪诞，文风卑俗。除了以上几点之外，这四位译者在其他方面也偏离原文，但这四点离原文最远。）

阿诺德批评考伯（Cowper）、蒲柏（Pope）、纽曼（Newman）与查普曼（Chapman）四位译者都没有忠实地再现原作风格，风格翻译之难，由此可见一斑。但是，阿诺德在批评四位译者的同时也预设了“风格可以识别”这层意义。首先，荷马的风格是清晰可辨的：其节奏敏捷轻快，其措辞简朴易懂，其思想明白清晰，其气质崇高庄重。其次，四位译者的风格也依稀可见：考伯的风格铺张渲染，蒲柏的风格矫揉造作，查普曼的风格荒诞枝蔓，纽曼的风格卑俗怪异。既然风格是可以辨认识别的，那就说明它具有一定程度的可译性。

高健以翻译英美散文而著名，他认为风格具有可译性，不但可以译出，而且可以译好，做到情词相称，不失原旨。在《英美散文六十家》中，他以自己从事英美散文的翻译实践为基础印证了风格的可译性。高健（1990：19-

① 转自杨建华（编著）：《西方译学理论辑要》，天津大学出版社，2009年，第169页。

20)在《浅谈风格的可译性及其他——翻译英美散文的一点体会》一文中拈出十八家散文例证，并分别为其文体风格定名，他们是：

> 培根的简古，布朗的委婉，密尔顿的雄浑，戴登的俊逸，笛福的矫健，斯威夫特的犀利，艾狄生的温文，蒲柏的警策，约翰逊的典重，兰姆的天真，海士列特的晓畅，欧文的华美，霍桑的沉丽，爱默生的恣肆，卡莱尔的郁郛，马考莱的坚致，纽曼的纯净，安诺德的透辟……

以上十八家只是部分代表，《英美散文六十家》一书中所列作家多达六七十位，而且大都是数一数二的文章大家。比较可贵的是，作者在谈到作家风格的不同特点时，重点选择八家，给出一段原文与译文，以资比较，很有说服力。

在风格文体方面，王佐良既有理论的论述，又有实践的佐证。他主张翻译应该“一切照原作，雅俗如之，深浅如之，口气如之，文体如之”(王佐良，1989：3)。王佐良的这种翻译思想可以在他本人的翻译实践中得到印证，他翻译的《培根论说文集》就是忠实地再现原作风格的典范，下面是《论读书》中节选的部分原文：

> Studies serve for delight, for ornament, and for ability. Their chief use for delight, is in privateness and retiring; for ornament, is in discourse; for ability, is in the judgement and disposition of business. For expert men can execute, and perhaps judge of particulars, one by one; but the general counsels, and the plots and marshalling of affairs, come best from those that are learned. To spend too much time in studies is sloth; to use them too much for ornament is affectation; to make judgement wholly by their rules is the humour of a scholar.

培根的这篇“Of Studies”因文笔精练、用词简古、结构整齐、警句迭出而著称。《论读书》写于17世纪早期。其语言属于早期现代英语，其措辞和句法与当代英语有所不同，例如discourse、marshalling、sloth、humour、nay、stond等文言词的使用。这些词汇和句法特征赋予原文一种古雅的色彩。原文的风格体现在词汇、句法、修辞、章法等语言的各个层次，具有措辞精练、句式简洁、节奏鲜明、论述清楚的文体特点。

该文有很多种译文，主要有王佐良、高健、曹明伦、水天同、水天明、廖运范、何新、王楫、东旭等十多个译本。在风格相似与语言典雅方面，王佐良的

译文可谓是位居榜首,下面是他的译文:

> 读书足以怡情,足以傅彩,足以长才。其怡情也,最见于独处幽居之时;其傅彩也,最见于高谈阔论之中;其长才也,最见于处世判事之际。练达之士虽能分别处理细事或一一判别枝节,然纵观统筹,全局策划,则舍好学深思者莫属。读书费时过多易惰,文采藻饰太盛则矫,全凭条文断事乃学究故态。

王佐良能准确地把握原文的用词倾向和文体风格,并能用精炼传神的译语语言再现原文的风貌。其译文风格基本实现了他本人提倡的风格翻译观。王译在词汇层面使用了大量的文言词再现了原作正式典雅的语言风格,在句法层面运用模仿原文的排比句式,对仗工整,铿锵有力,而且句子简洁流畅,文采斐然。总之,王译本在词汇、句法、修辞、语言正式度等层面都较好地再现了原作的风格,实现了风格相似与功能对等的翻译效果。

第三节　译境是理想

传达原作的意境,贵在语言的凝练传神,意象的虚实相生,意味的深厚隽永。意境通向言外、象外、味外与韵外,是读者想象与感悟到的言外之意、象外之象、味外之致与韵外之旨。这当然是很难的事情,因而说意境的传译是一门令人遗憾的艺术,许多有意境的作品经过翻译后仍大大逊色于原作,译境只能是文学翻译的理想。本节内容从言内与言外、象内与象外、味内与味外、韵内与韵外四个方面分析意境在译作中的再现情况。

一、言内与言外

这里的言内与言外针对的是意境的语言表达层面,重点探讨的是原作语言的言外之意如何在译文中表现的问题,其转换过程存在源语的"隐"与译语的"显"之间的矛盾。刘勰《文心雕龙·隐秀》篇云:"情在词外曰'隐',状溢目前曰'秀'。"他所讲的"隐"和"秀",其实就是隐蔽和显现的关系。诗意的妙处就在于从目前在场的东西中想象到词外的不在场的东西,令人感到语少意足,有无穷之味。词外之情、言外之意是想象的产物。词外之情、言外之意、弦外之音才是最高的审美境界。但是当意境被翻译成另外一种语言后,意境在原文中赖以存活的历史文化语境在译文读者那里不复存在,他们面对的是陌生的语境,原作中的含蓄暗示性让译作读者百思不得其解。译者当然知道语境的变化给翻译带来的困难,所以,他们在翻译有意境的作品时总是想法在译文中通过加注、解释、增加背景、替换、补充人称代词、浅化、简化、显化等翻译手段把原作意境由"隐"变"显",结果译文的意境很难达到"含不尽之意见于言外"的境界。

杜牧的七言诗《清明》是一首脍炙人口、家喻户晓的名篇。这首诗写得清丽自然,毫无雕琢造作之感。音节和谐圆满,意象鲜明生动,意境含蓄,韵味深长。它之所以流传久远,历久弥新,为历代读者而喜爱,决不是偶然的。杜牧《清明》选取了典型的节日与特异的气候,深刻表达了生者对死者特有的哀悼思念之情,反映了人们共同的祭祀习俗与文化心理,所以很容易打动人心,引起人们情感的强烈共鸣。此乃《清明》诗深受人们喜爱的主要原因之一。

清明时节雨纷纷,路上行人欲断魂。
借问酒家何处有,牧童遥指杏花村。

关于这首诗的翻译,黄国文收集了六种译文(许渊冲、杨宪益、吴钧陶、蔡廷干、孙大雨、王昌盛),从经验功能的及物性角度分析了不同译文的过程类型,又从逻辑功能的角度分析了六种译文在小句与小句之间的逻辑关系的异同。作者运用功能语言学的研究成果解读诗歌,增加了一些科学性因素,解决了这首诗翻译中的语言问题,但是在诗歌的主题与言外之意的再现方面,仍有可以探讨的空间。因此,笔者选择了许渊冲与杨宪益的译本作为对象,重点就意境语言的含蓄性问题进行比较。

The Day of Mourning for the Dead

The day of mourning for the dead it's raining hard,
My heart is broken on my way to the graveyard.
Where can I find a wine-shop to drown my sad hours?
A cowherd points to a cot amid apricot flowers.

许渊冲的这个译文解释说明的内容太多:"清明"用"the day of mourning for the dead"解释,"欲断魂"用"broken on my way to the graveyard"说明,"借问酒家"用"find a wine-shop to drown my sad hours"补足了所暗示的内容。这样,原诗的隐含意义完全明晰化了,译文是通俗易懂了,但诗歌最重要的意境没有了。为了传达原文内容所有、形式所无的东西，译者破坏了原诗含蓄的风格。

The Mourning Day

A drizzling rain falls like tears on the Mourning Day;
The mourner's heart is going to break on his way.
Where can a wine shop be found to drown his sad hours?
A cowherd points to a cot amid apricot flowers. ①

许渊冲的这个译文要比前一个好：一是把“雨纷纷”译为“a drizzling rain”要比“rain hard”准确；二是“路上行人”并非一定指“我”，用第三人称“the mourner's heart”要比用第一人称“I”客观，第三句用被动语态比主动的“我”能减少主体的介入。在再现原诗的诗眼文心上，许渊冲的这个译文应该是准确的，把题目“清明”译为“The Mourning Day”，反映了清明这一天祭扫坟墓，哀悼亡灵的文化内涵，但在译法上采用归化的策略，丢失了清明节的文化内涵。原诗中的“行人”并不等于“游人”，不是那些踏青逛景的人，许译对“行人”的理解与表达是到位的。许译受到批评的主要在后两句，译文中增加“drown his sad hours”，这样就把诗歌的意在言外的含蓄性破坏掉了，诗意因而变浅。

绝句在写法要遵循“起承转合”的规律。首句的“起”交代了诗的时间与环境，第二句的“承”描写了行人的悲伤情绪，前两句可以说是情境交融。第三句的“转”，笔法灵活，寓意深厚。关于这两句的妙处，我们不妨引用一段文字说明：“从手法上看，它空灵而善变；从意脉上看，它似断而实连，完全符合元代杨载《诗法家数》中提出的‘绝句之法要婉曲回环，删芜就简，句绝而意不绝’的总体要求。”（李金坤，2009：69）

杜牧的最后两句极其含蓄简练，具有“含不尽之意，见于言外”的意境。其诗言内虽没说一个“悲”字，而满怀愁绪却见于言外。如果说首二句是从实景实情来直接抒发诗人悲痛愁苦之情的话，那么，后二句则是以空灵蕴藉之笔婉转表现诗人难以排遣的悲愁情怀。诗只写到“遥指杏花村”就戛然而止，再不多费一句话。剩下的留给读者去想象，这正是中国古典诗歌的妙处所在。

杨宪益与戴乃迭的译本与许渊冲的大异其趣，可供对比。首先，两译本

① 见许渊冲（译注）：《唐诗三百首》，中国对外翻译出版公司，2007年，第45页。

在诗的主题思想上理解不同;其次,在翻译策略上也不一样。我们先看看杨宪益和戴乃迭的译文,然后再具体分析其差异:

In the Rainy Season of Spring

It drizzles endlessly during the rainy season in spring,
Travelers along the road look gloomy and miserable.
Where I ask a shepherd boy where I can find a tavern,
He points at a distant hamlet nestling amidst apricot blossoms.①

从整体上看,杨译本的主题思想非常模糊含混,题目译为"In the Rainy Season of Spring",所指意义比较宽泛,译文读者很难与清明扫墓祭奠亲人联系起来,原文的文化内涵就丧失了。"行人"在阿成的今译中为"失去了亲友的人",可在杨宪益的英译中为"travelers",很容易让读者联想到这首诗写的是春天出外游春踏青的主题。这样,第三句的转笔虽然含蓄,但已经失去了所指,借酒浇愁,也就没有了寄托哀思的情感意义。

经过比较,我们认为,许译本对诗的主旨把握方面好于杨译,在翻译策略方面,许译运用的是归化、浅化、增补、显化等手法,过多地迁就读者。这样做的结果是译作明显失去了原作中意在言外、情在词外的含蓄暗示性,因而缩小了意境的审美空间。杨译在翻译策略上除题目浅化外,整体译文没有任意添枝加叶的痕迹。尽管最后两句保留了原诗的隐,但由于诗的主旨不清,译文的隐就显得晦涩,读者很难体会到什么意境。

二、象内与象外

这里针对的是诗歌的意象问题,指的是由实象到虚象的衍生,也就是刘禹锡提出的"境生于象外"与司空图所说的"象外之象"在翻译中的具体运用。除了本身的鲜明生动、传达情感的功能外,意象的重要性还表现在它通向"象外",是产生意境必不可少的中间环节。因为意象具有虚实相生的特征,富有联想与想象意义,能创造出"状难写之景如在眼前,含不尽之意见于言外"的深远意境。没有意象,就没有意境。从这个层面说,意象成为译味与译境之间沟通的重要桥梁与中介。意象翻译的成功与否直接影响了译味与译境的美学效果。象外之象,已非单个确定的艺术形象,而是一个更为广阔的精神空间。意境的意与象两个方面都由确定走向不确定,由有

① 见杨宪益、戴乃迭(译):《唐诗》,外文出版社,2001年,第266页。

限走向无限，构成一个时间流动、蕴涵无限的精神世界，这正是“境生于象外”的含义。

在论述“象外之象”部分时，我们曾以贾岛的《寻隐者不遇》为例说明了“境生于象外”的含义。这里，我们准备从这首诗的翻译入手解析意象虚实相生的审美特点，并考察译者是否在译文中成功地创造一个没有出场的隐者形象。

松下问童子，言师采药去。
只在此山中，云深不知处。

贾岛的这首小诗独出机抒，匠心独运，采用问答体的形式，藏问于答，通过青松、童子、仙药、白云、深山五个具体的实象，烘云托月地写出了一位超凡脱俗、隐形遁世、逍遥自在的隐者形象。虽然题目说没有见到隐者，但隐者的形象通过五个鲜明的意象在读者脑海中浮现出来，如见其人，如临其境。

关于这首诗的翻译，黄国文(2006)收集了八种译文，从“言语过程”与“投射”两方面入手，重点就语言分析与语篇分析中的话轮确定进行探讨。这里，笔者准备从“象外之象”的不同视角分析译者是如何通过意象的刻画产生象外之境的。判断译文质量的标准就是看译文是否能够成功地通过实象的描写让读者想象到一位不在场的隐者形象。

根据黄国文的研究结果，这八种译文在问答体方面都是“一问一答”，在叙述视角方面都用第一人称叙述所发生的事情，这是他们的相同点。八种译文的一个明显的不同点在于叙述接受者，即受话人。在宾纳的译文、许渊冲的两种译文、王大濂的译文中，叙述接受者是隐者，诗人是叙述者，童子是叙述中提到的第三者。而在另外四种译文中，叙述者是诗人，但叙述接受者不明确。

黄国文的研究的确能给人很多启发，但对于诗歌翻译来说，语言分析与语篇分析只是意境的表层现象，最为重要的是要在语言分析的基础上解读译本的深层意境，并在此基础上对不同译文的优劣做出评价。当然，这样要求黄国文先生是不公平的，因为他在书的前言部分已经明确交代了研究重点与研究目标。读了他的这本书，我们发现他的预期目标实现了，因此，我们不能苛求前人，也没有必要苛求前人的研究面面俱到。鉴于这种必要的交代，笔者想在黄先生研究的基础上再往前推进一步，即借助叙述接受者的不同，并结合问答体的形式以及选词问题对不同的译作进行质量评价，看看这三个方面对诗歌意境的影响。下面我们以宾纳与许渊冲的第二种译文为

例来解析把隐者当作叙述接受者对意境的传达问题:

A Note Left for an Absent Recluse

When I questioned your pupil, under a pine tree,
"My teacher," he answered, "went for herbs,
But toward which corner of the mountain,
How can I tell, through all these clouds?"

(Tr. W. Bynner)

For an Absent Recluse

I ask your lad 'neath a pine-tree.
"My master's gone for herbs," says he.
You hide amid the mountains proud,
I know not where deep in the cloud.①

(许渊冲译)

从译文的标题看,宾纳译为"A Note Left for an Absent Recluse",许渊冲1984年的译文是"A Note Left for an Absent Recluse",2000年的译文是"For an Absent Recluse"。从人称代词的增补分析,宾纳、许渊冲的译文在"童子"前都增补了第二人称物主代词"your",这说明两家译文都把隐者看成了受话人,即叙述接受者。从两个译文的题目与人称代词的增补情况可以看出译者的理解与思维,两位译者都采用留便条的形式来翻译原诗的"寻隐者不遇"。意思是说:我来拜访您,您的童子说您上山采药去了,云山雾罩,根本不可能找到您,所以我感到很失望,临走前给您留一个便条。

便条体的译文在文体风格、人称代词、叙事场景、主题思想等方面都偏离了原文,改变了意境生成的条件。隐者以第二人称"your"或"you"的形式出现在译文中既改变了原诗的"意",也改变了原诗的"境",结果从根本上破坏了原诗的意境。在"意"方面,原诗抒发了对隐者的仰慕与赞美之情,而译文表达的却是因没有见到隐者而产生的失望沮丧之意。在"境"方面,原诗的场景发生在"松树下"与"此山中",而译诗却成了追忆过去的记录,事件发生的当下性不复存在。在叙述人称方面,原诗中的隐者本来是不在场的,而译诗中的隐者却以受述者的身份占据叙述的中心。在虚实方面,原诗表面写实,实际重虚,而译诗表面写虚,实际重实。

① 见许渊冲(译注):《唐诗三百首》,高等教育出版社,2000年,第479页。

诗歌语言不是写实的逻辑语言，题目表面上虽说拜访隐者却没有见到，可诗中的松、童子、药、山、云五个意象已经把隐者的形象描绘出来了。写这些意象就是为了间接地写隐者，隐者的精神就隐含在这些意象中。这就是诗歌语言的“言在此而意在彼”“象外之象”“景外之景”。翻译时要想让隐者的形象浮现出来，最关键的是要译好的诗中的五个意象，让读者能够由实象联想到背后的虚象。考察前边提到的八种译文，我们认为华兹生(Burton Watson)的译文在人称代词添加、叙述视点、答问体与意象重建四个方面处理得最好：

Looking for a Recluse but Failing to Find Him

By Jia Dao

Under the pines I questioned the boy.
“My master's off gathering herbs.
All I know is he's here on the mountain—
Clouds are so deep, I don't know where ...”①

(Tr. Burton Watson)

中国古典诗歌中省略或隐藏人称代词的现象相当普遍，贾岛的这首诗就是一个典型的例子。全诗四句，涉及三个人物、四个动词，但诗中却没有一个人称代词。鉴于英汉两种语言在人称、时态、主语、单复数等形式上的巨大差异，译诗增补人称代词在所难免。增补填补缺省的人称代词会影响到作者、隐含作者、叙述者、受述者、参与者、读者等叙事人称之间的关系，正如布斯(1987:175)说的那样：“任何阅读体验中都具有作者、叙述者、其他人物、读者四者之间含蓄的对话。”由此看来，古诗英译中人称代词的增补是一个相当重要的问题，“作为语言差异的关键因素，叙事主体是否用代词符码呈现于译文必然关系到诗歌美学价值的损益问题”(庞秀成，2009:87)。针对这首诗的具体特点来说，译者要做的不是避免使用人称代词，而是怎样将人称代词填充化才能不影响意境的传达。

在人称代词的增补方面，华兹生的英译在“问童子”前添加了第一人称代词“I”，代表“隐含作者”，以与真正的作者区别开来；在“师”前添加了“my”，表明这句话是童子的直接引语；在“在”前添加了第三人称代词“he”，

① 见文殊(选注)：《诗词英译选》，外语教学与研究出版社，1989，第167页。

指代童子的师父;在"不知"前添加了"I",代表童子。虽然译文中出现了三个"I",但所指并不混乱,读者从问答结构中很容易看出这是隐含作者与童子之间的对话。根据华兹生的人称代词的增补情况,我们可以判断译文运用的是问答体,而非便条体或转述体。这三者的区别很重要,因为不同的体直接影响意境的传达。问答体的译文把叙述者与童子的对话用直接引语传达出来,让读者参与到诗中描述的事件中来,引导读者随着叙述者的观察视点一起体验寻访隐者的全过程。

在叙述视点方面,译者以第一人称"I"作为叙述者(也就是前边说的隐含作者),代表慕名而来的拜访者,以此拉近与读者的距离,仿佛读者随叙述者一起去拜访隐者。译诗中出现的参与者就是"童子",他充当了另一个叙述者,起到了烘云托月的作用。"隐者"没有以第二人称"you"的身份出现,而是通过"我"与"童子"的三问三答的对话间接呈现,这样才能创造出虚实相生、含蓄无垠的意境。隐含作者与童子之间的直接对话具有演出的戏剧性效果,把一个若隐若现的隐者形象含蓄地呈现在读者面前。整首诗具有直接的对话性,而不是叙述者一个人的独白。

译者注意到了原诗中的"松下"与"此山中"两个环境成分。译文用"Under the pines"以及"here on the mountain—"成功地再现了事件演出的场景,把时空融为一体,给读者以亲临其境、如在眼前的直观感受。此外,译文中的标点符号也能对意境的传达起到路标的指示作用。一个破折号与前边的"here"与"mountain"连用,引导读者顺着童子的手指方向往山上望去,很自然地就过渡到下句"Clouds are so deep, I don't know where …"望的结果是山上云雾缭绕,隐者的形象就像神龙若隐若现,又像白云逍遥自在,又像神仙羽化登仙。省略号暗示了隐者形象的含蓄无垠。

从意象的重建方面分析,译者用带有定冠词的复数形式"the pines"特指"松"的高洁精神,具有象征意义。在"童子"的几种译法中,"pupil"与"teacher"相对应,形成"teacher—pupil"的师生之间的学习关系;"master"与"disciple"相对应,形成"master—disciple"师徒之间的宗教衣钵关系;而"boy"与"lad"则较宽泛,与"teacher"和"master"无直接的对应关系。从诗中隐者的地位来看,他与童子之间应该是"master"与"disciple"的传道求仙的衣钵继承关系。因此,我们主张把"童子"译为"disciple",以烘托出"hermit"的隐形遁世与超尘拔俗。"山"的意象选择"mountains"为好,不宜译为"hills",否则就不能传达出隐者形象的高山仰止与神秘莫测,再者,小小的"hills"又怎么可能"云深不知处"呢?最后,诗中的"云"用复数形式"clouds"译较好,这样能与原文的"云深"相呼应,同时又能与山结合在一起，描绘出一幅有松、有云、有山的山水画，而隐者的形象就隐藏在画面的空白处。

三、味内与味外

味内与味外是从读者的角度来说的，侧重于译作在读者中激发的审美感受。意境代表了诗歌的深层意蕴，决非机械的表层语言形式对应就能在译文中表现出来的，从这个意义上说，意境的翻译重在传递原诗的“味外味”。清代袁枚说：“司空表圣论诗，贵得味外味。余谓今之作者，味内味尚不可得，况味外味乎？”袁枚所说的“味外味”实际相当于司空图的“味外之旨”，是不容易获得的。在同一种语言内表达意味尚且如此困难，若要让诗味跨越两种语言文化的障碍而不受损，那就难上加难了。

元稹的五言绝句《行宫》语少意足，味外有味，具有深邃的意境、隽永的诗味。清沈德潜说：“说玄宗，不说玄宗长短，佳绝。只四语，已抵一篇《长恨歌》矣。”短短的二十个字的背后隐藏着宫女无尽的哀怨之情，寄托了作者深沉的盛衰之感：

寥落古行宫，宫花寂寞红。
白头宫女在，闲坐说玄宗。

翻译这首诗的难点在于后两句中蕴含的言外之味，尤其是“玄宗”背后的无限遐想与情感寄托。春往秋来，红颜消尽，白发满头，这其中的味外味很难在目标语读者中产生共鸣。这首诗翻译成英文后，其说不尽的味外之旨在目的语读者那里就大打折扣，原文语言的尺幅千里，在译文语言中可能只有百里，甚至十里。

At an Old Palace
Deserted now the Imperial bowers
Save by some few poor lonely flowers…
One white-haired dame,
An Emperor's flame,
Sits down and tells of bygone hours. ①
(Herbert. A. Giles)

① 见吕叔湘(编注)：《英译唐人绝句百首》，湖南人民出版社，1980年，第74页。

The Ancient palace

The Ancient Palace lies in desolation spread,
The very garden flowers in solitude grow red.
Only some withered dames with whitened hair remain,
Who sit there idly talking of mystic monarchs dead.

(W. J. B. Fletcher)

The Summer Palace

In the faded old imperial palaces,
Peonies are red, but no one comes to see them…
The ladies-in-waiting have grown white-haired,
Debating the pomps of Emperor Hsuan-tsung. ①

(Witter Bynner)

以上三个译文均出自大家之手，不能说他们的翻译水平低，但是其译文的效果却逊色于原作。这里边既有主观的原因也有客观的原因：客观原因是带有丰富历史文化典故的诗歌意境具有很大程度的不可译性，如本诗中的"闲坐说玄宗"一句；主观原因是译者没有弄清楚原作背后的味外之味，致使选词上扭曲了原文的意境。

从客观原因上分析，原文中的"行宫""宫女""玄宗"三个关键词能在汉语读者中激活一系列历史事件：洛阳行宫、上阳白发人、有不得见者三十六年、安史之乱……而对于那些缺乏中国文化历史知识的外国读者来说，"闲坐说玄宗"背后的味外之味就可能荡然无存，"玄宗"只是个语音符号，而无文化内涵，因而也就不可能给他们留下无限想象的空间。翟理斯与弗莱彻意识到了这个问题，所以两人采取浅化的翻译办法，以"Emperor"和"monarchs"替换玄宗。经过泛化与浅化之后，"玄宗"所承载的一系列历史事件就没有了文化依托，译文语言的意味就变得浅显无所指了。宾纳在译文中保留了原文中的文化意象，译作"Hsuan-tsung"，似乎文化意象没有损失，但这种译法对读者的要求很高，只有那些了解唐玄宗的外国读者才能领悟到这首诗的妙境。

即使没有上边的客观原因，这三个译文也不能称为有意境的佳译，因为译者对原作意境的理解有误，结果在选词造句谋篇方面导致主观上的翻译失误，影响了意境的传达。首先，三位译者用"old palace""ancient palace"

① 见吕叔湘（编）：《中诗英译比录》，中华书局，2002年，第277页。

“summer palace”都未能传达出中国古代皇帝的“行宫”内涵，用“dames”来译“宫女”也扭曲了原文的意义。根据《美国传统词典》的解释，词条“dame”的意义为：Used formerly as a courtesy title for a woman in authority or a mistress of a household. *Chiefly British*. A woman holding a nonhereditary title conferred by a sovereign in recognition of personal merit or service to the country. The wife or widow of a knight. Used as the title for such a woman. 英文的意义与原文中宫女的含义相差甚远，元稹诗中描写的“宫女”远没有英语中的“dame”这么尊贵，她们被禁闭在冷落古行宫之中，坐看自己青春消逝，红颜变老，长达四十年都没有见过皇帝一面。宾纳对“闲坐说玄宗”的深刻内涵理解不够准确，因为“Debating the pomps of Emperor Hsuan-tsung”只侧重于玄宗皇帝铺张浮华的一面，而原文中的隐含的宫女凄凉的身世、哀怨的情怀、盛衰的感慨都在译文中迷失了。

从整体上看，三个译文中，弗莱彻的当属最好。译文不但工于韵律，而且精于选词，意义贴近原文，因而在某种程度上传达出了原作的意境。总而言之，成功的诗歌翻译理应在译文中保留再现原作中的味外之味，这当然是一种比较理想的状态。在实际情况下，译者有时为了照顾读者的接受，诗味很难达到“酸咸之外”。有时历史文化典故中的味外味根本就译不出来，这与译者的翻译能力、读者的接受能力、原作的意境特点等诸多因素有很大关系。

四、韵内与韵外

韵内与韵外指的是译文的效果能否达到回味无穷、余音绕梁的清远境界。“韵外之致”是译者追求的极致，它的审美特点有些类似严羽说的“羚羊挂角，无迹可求”，其意境空灵幽远，在可解与不可解之间。下面我们以刘禹锡的《乌衣巷》的翻译为例来说明译者能否让译文具有“韵外之致”的美学效果。之所以选择这首诗作为个案，是因为作者刘禹锡属于盛唐诗人，符合严羽“妙悟”说的审美标准：

朱雀桥边野草花，乌衣巷口夕阳斜。
旧时王谢堂前燕，飞入寻常百姓家。

刘禹锡的这首咏史怀古七言绝句千古流传，据说白居易看过之后，“掉头苦吟，叹赏良久”，可见其味深境阔，耐人寻味。诗中提到的“朱雀桥”“乌衣巷”“王谢堂”都有历史典故，让人联想到东晋繁盛时期乌衣巷居住着的望门贵族,即开国元勋大将军兼宰相王导与后任丞相谢安家族。通过今昔的对比,作者用寥寥数语描写了历史的沧海桑田、兴衰变化,读后余音袅袅,回味无穷。

这首诗的艺术特点是寓情于景,虚实相生。前两句主要写了两样事物:闲花野草和夕阳残照;后两句写了燕子归来,屋易其主。咏怀古迹却通篇无一字抒情,无一句议论。诗人只选取了野草、斜阳和飞燕三种平凡无奇的景物,在描绘中巧妙地融注并寄托了自己对历史事件的见解,对盛衰兴亡的感慨,寓情于景,含蓄深沉。作者呈献给读者两幅画面:实写了眼前凄凉荒芜的景象,虚写了诗人想象中六朝繁华的古都。虚实相生,对照鲜明。在对比中寄托了诗人的慨叹:权贵们炙手可热的富贵与权势都是过眼烟云,不会久长。从而表达出诗人对唐王朝腐败统治的不满和辛辣的嘲讽。

翻译这样一首具有历史文化情感寄托的诗歌是有很大难度的。如何让译文读者领悟到作者的"韵外之致"成为判断译文是否成功的一个关键。笔者收集了九个译文,研究发现能达到与原文相类似意境的译文并不多,这一方面与意境翻译的局限性有关系,另一方面也与译者的处理方法、翻译意识、语言表现等有关系。

首先,有些译文虽然保留了原诗的文化意象,但却用汉语拼音表示,而且没有任何注释。从读者接受的效果看,译文用汉语拼音而无注释与说明性文字,读者会感到一头雾水,不知所云。王守义与诺弗尔的译文就属于这一类:

Wuyi lane

Liu Yuxi

the weeds are in flower
beside the Zhuque Bridge
the evening sun drops low
at the entrance of Wuyi lane
aristocrats Wang and Xie
lived here in Jin Dynasty
swallows nested in their houses
now ordinary people live with the birds. ①

① 见王守义、诺弗尔(译):《唐宋诗词英译》,黑龙江人民出版社,1989年,第39页。

题目命名为“乌衣巷”是有指称意义的，代指东晋时期的达官贵族们当时穿的衣服的颜色，所以用拼音则不能表示其暗示意义。“Wuyi lane”，“Zhuque Bridge”，“Wang and Xie”都没有注解，也没有在文内暗示，译文读者很难体会其意味。诗中的前两句写景并非单纯为了写景。“野草花”与“夕阳斜”景中带情，“野草”暗指荒芜与凄凉，“夕阳”喻指残照与衰败，与李白的“吴宫花草埋幽径，晋代衣冠成古丘”意思大致相同，含蓄地告诉读者历史的盛衰兴亡与沧桑巨变。译文中的“the weeds are in flower”或“in bloom”等译法让读者想到的是繁花似锦、兴旺发达，这与原文的荒芜凄凉南辕北辙，违背了诗歌的主旨。

与上边两种译法不同的是，另一类译文保留了原文中的文化意象，并通过文外加注的形式交代了历史背景。孙大雨、文殊、裘小龙的译文就属于这一类。现以文殊的做法为例加以说明。文殊在脚注一中这样解释“Black-Dress Lane: A lane where powferful families lived during the Eastern Jin Dynasty. It was called Black-Dress Lane because of the black dress worn by the garrison that had once been stationed at the place by the Wu rulers during the Three Kingdoms Period.”译者把“朱雀桥”译“Zhuque Bridge”，在脚注二中注解为“A bridge adjacent to Black-Dress Lane”。“王谢堂”在正文中译为“Wang's and Xie's”，然后脚注为“Referring to the residences of powerful politicians of the Eastern Jin Dynasty like Wang Dao（王导）and Xie An（谢安）”。（见文殊，1995：107-108）

加注虽然繁琐一些，但为了传达诗歌的深层意蕴，译者也只有采取保留文化意象的方法才能让译诗句中有余味，篇中有余意。裘小龙的译文加注了“乌衣巷”的背景，而把“王谢堂”浅化成“the mansions of the noble families”，这样做仍不失原文之味，因“mansions”表现了住宅的豪华，“noble families”显示了身份的高贵，恰好与下文的“houses of ordinary people”形成今昔的对比，仍给人一种历史的沧桑感。下面是裘小龙的译文：

Black Attire Lane

Liu Yuxi

Wild flowers and weeds overgrown
by the Bridge of Scarlet Sparrow,
the sun sinks on the entrance
to the Black Attire Lane.
The swallows, visitors

to the mansions of those noble families
in the bygone days, are flying
into the houses of ordinary people.①

Footnote: The lane was located in the city of present-day Nanjing. It had been an area inhabited by noblemen of Jin Dynasty, all dressed fashionably in black at the time, but the area was inhabited by ordinary people when the poet made his visit.

裘小龙的译本提供了更多的历史文化背景,赋予读者以具体的时间与空间线索,来增加译文的丰富意蕴。乌衣巷位于现在南京市东南,是东晋显赫贵族居住的地方。到了诗人刘禹锡的时代,东晋王朝已覆亡了四百来年,其间经历了数个朝代的更迭,当年的名公贵族早已灰飞烟灭。乌衣巷的衰落可以通过译文中的"Wild flowers and weeds overgrown"与"the sun sinks"解读到;今昔的盛衰对比可以通过译文中的"the mansions of those noble families"以及"the houses of ordinary people"感悟到。

通过以上四个方面的分析,我们认为诗歌的意境具有可译的成分,但是有很大的局限性,尤其是带有历史文化意象的诗歌翻译更是如此。承认意境翻译的局限性,并不等于说意境不能翻译。诗歌的意境有不同的类型,译者的翻译能力有高低,读者的接受水平有差异。因此,意境的翻译既是可能的,又是有限的。其实,任何翻译都是一个"可译度"的问题,问题的关键在于如何超越不可译。

① 见裘小龙(英译):《唐宋诗词100首》,华东师范大学出版社,2005年。

第六章　文学翻译境界的语言功能及其特点

从本章开始，我们准备用三章内容分别从语言功能、思维模式与意义层次三个方面探讨文学翻译在译意、译味和译境上的不同表现与特点。从语言的生成性来看，译意生成的主要是抽象语言、信息语言以及常规语言，具有抽象化、规范化、解释化等特点；译味生成的主要是形象语言，具有音乐美、情感美、图画美等特点；译境生成的主要是意象语言，具有隐喻性、象征性、互文性等特点。译意语言、译味语言、译境语言共同构成文学翻译语言的三个层级结构。其中，译意语言位于基础层次，译味语言是文学翻译语言中的核心语言，译境语言是语言中的语言，是文学翻译语言的高级形态。

第一节　文学翻译的语言功能概说

翻译语言不同于原文语言，也有别于用目标语写成的原创语言。翻译语言具有杂合的性质（hybridity），借用 Frawley 的术语说就是 third code（第三语码）。（Mark Shuttleworth & Moira Cowie，2005：234）文学翻译语言则更复杂，杂合的特征则更明显。原文是意象语言，译者很可能翻成形象语言，甚至抽象语言。因此，文学翻译的语言具有杂语性、层次性和多功能性。

一、译意的语言

从语言动态生成的角度看，译意意味着原文的形象语言转化为译文的抽象语言，原文的情感语言转化为译文的信息语言，原文的反常语言转化为译文的常规语言。这些特点显然对于文学翻译来说并不是优点，会遮蔽文学作品的文学性，但却在实际的文学翻译中客观存在着，因而值得关注。

抽象语言（abstract language）是翻译过程中生成的译文语言，是译者运用概括、抽象、浅化、简化等方法译出的一种翻译语言，具体包括概念语言、命题语言等表现形式。概念语言的形式是词语或词组,命题语言的形式是句子。抽象语言传递的是概念、命题等基本语义内容,排除了文学语言中的各种情感寄托,与情感语言不同。

朗格在《艺术问题》中指出,人们谈到语言时总是把它分成概念的(抽象的)和情感的两种,前者传播知识,后者唤起情感。

> 人们认识到,语言的抽象性用法是一种恰当的和正统的用法,由此而产生的是种种富有含义的陈述和种种名符其实的命题;而后一种用法却纯粹是为了自我表现而产生,它所能做到的仅仅是把讲话者的情感传达给别的人,以引起别人的同情或反感。(苏珊·朗格,1983:136)

抽象语言总是与概念、命题相关,其功能主要在于传播知识。情感语言总是与意象、想象相关,其功能主要在于唤起情感,引起反应。卡西尔提出从语言的结构上来分析语言,他指出:"需要解释的并不是人类言语的单纯的事实而是它的结构。对这种结构的分析才能揭示情感语言与命题语言之间的根本区别。这两种类型的语言并不是同一层次的。"(卡西尔,2004:161)他把人类语言分为情感语言和命题语言,认为这两者之间的区别是人类世界与动物世界的真正分界线,同时指出只有对结构的分析才能揭示两种语言之间的根本区别。

卡西尔的语言观曾影响了高友工等诗学研究者,在《唐诗的句法、用字与意象》一文中,高友工和梅祖麟两位学者借用了卡西尔的"理性思维"与"神话思维"的有关论述来讲解"命题语言"(propositional language)与"意象语言"(imagistic language)的区别。命题语言是一种概念思维(conceptual thinking),意象语言是神话思维(mythical thinking)。卡西尔认为语言和神话是同源的,而神话与诗歌又有密切的联系。概括而言,命题语言和意象语言的区别主要表现在以下几个方面:discontinuous versus continuous, objective versus egocentric, sensory awareness versus intellectual understanding, absolute space-time versus relative space-time。(Kao Yu-Kung & Mei Tsu-Lin, 1971:129) 关于意象语言,我们在下边还会详细分析,这里只介绍命题语言的特点。根据高、梅两位学者的分析,杜甫的"自古存老马,不必取长途"就是命题语言,具有连续性、句法统一、相对时空、理性反应、诗人充当主语等特征,读者获得的是认识和理解。

信息语言(informative language)是译者把文学语言的表情功能转化成信息功能而译出的一种翻译语言。虽然文学翻译也需要传达原文的信息,但语言的信息功能对于文学来说是次要的，文学语言最主要的是其表情功能。语言学家和翻译学家布勒、雅可布逊、韩礼德、莱斯、纽马克（Newmark）等人都注重区分语言的不同功能，这成为德国功能主义翻译理论的基础。根据语言功能和文本类型理论，信息语言显然不同于表情语言。信息语言注重知识和信息，语言的逻辑性强，翻译侧重内容。表情语言注重情感和形象，语言的审美性强，翻译侧重形式。具体到翻译转换的过程中，原文的各种语言功能未必能与译文的语言功能相对应。当译者把文学语言的表情功能转化成信息功能时，译文语言就失去了意味。文学翻译注重的不是文本的信息，而是其情感和形象。因此，译者识别不同的语言功能以及语言类型，对于提高文学翻译的水平具有极其重要的意义。

常规语言（conventional language）是指译者消除了源语中的“陌生化”或“反常化”语言而译出的一种中规中矩、符合逻辑语法规范的翻译语言。文学语言是对常规语言的变形和偏离，具有“陌生化”和“前景化”的特点。这几个关键词代表了俄国形式主义文论的主要观点。什克洛夫斯基（1989：6）在《作为手法的艺术》一文中提出了“反常化”这一术语：

> 艺术的目的是使你对事物的感觉如同你所见的视象那样，而不是如同你所认知的那样，艺术的手法是事物的“反常化”手法，是复杂化形式的手法，它增加了感受的难度和时延，既然艺术中的领悟过程是以自身为目的的，它就理应延长；艺术是一种体验事物之创造的方式，而被创造物在艺术中已无足轻重。

在这段话里什克洛夫斯基谈到了艺术的目的、艺术的手法以及艺术的定义等问题，并提出了“反常化”这一关键词。“反常化”是相对于“自动化”而言的。它经英文转译后，通常译为“陌生化”。什克洛夫斯基提出“反常化”的主要目的是要让人从自动化的束缚中解脱出来，创造新奇的语言表达方式，唤起读者对事物的审美感受，产生一种陌生化的审美效果。

文学语言的“反常化”或“陌生化”有多种表现方式：语词配合的变异性、语义的背反与缠绕、断裂的语言技法、意象的蒙太奇组合，等等。（李荣启，2005：50-55）这些“反常化”的表现方式是文学的文学性之所在，理应在翻译转换过程中保留，或创造性地在目标语中再现。王东风、孙艺风、孙会军、陈琳、金兵等学者都主张文学翻译要识别原文的陌生化手法，充分发挥译者主体性，创造性地在译语中保留或再现。

然而，在实际翻译中，文学的“反常化”语言并不能如我们所希望的那样在译语中保留或再现。由于受理性思维或逻辑思维的影响,译者往往把奇异搭配转换成常规搭配,把反常句法转换成正常句法,把断裂的碎片语言转换成符合语法规范的形合语言,把意象的蒙太奇组合用分析性语言衔接起来,以便使译文语言通顺、自然、流畅,符合逻辑和语法的规范。

英语是一种高度逻辑化和语法化的形合语言,逻辑和语法构成了其语言的本质特征。人们只有运用合乎逻辑的、符合语法的语言才能更好地认识这个世界,并且认为也只有那种理性思维和逻辑语言才能把文学的本质和规律揭示出来。

> 长时期以来,逻辑和语法被视为语言的本质,逻辑学、语法学和修辞学都为语言的逻辑化、规范化使用从不同的方向做出努力,都意在促进思维与言语的"明晰"。这种以"逻各斯","以'逻辑'和'语法'的形式"解释语言本质,以"明晰"作为言语风格的最高理想的语言观,就是我们所说的"逻辑语言观"的主要含义。(赵奎英,2009:37)

这段引文简明地概括了西方从古代到近代的传统逻辑语言观的主要特点,即用逻辑、语法与明晰来解释语言的本质。这种逻辑语言观一直到"语言学转向"初期还没有真正改变,由此可见西方传统中根深蒂固的"逻各斯中心主义"的巨大影响。在这种逻辑语言观的影响下,文学翻译也染上了"逻各斯中心主义"的色彩,把符合逻辑和语法规范看作是检验翻译质量的标准。

综上所述,译意的语言主要表现为抽象语言、信息语言以及常规语言,起到的是"知"的功能,而非"感"的功能。一般说来,文学语言是形象的、鲜明的、具体的、生动的,但在转换过程中,原文的意象很可能被概念取代,原文的修辞句很可能被命题句取代,原文的情感语言很可能被抽象语言取代,原文的诗歌语言很可能被散文语言取代,等等。其中的原因是多方面的,包括可译性问题、译者的水平问题、译者的翻译观问题、译文的可理解性问题,等等。

二、译味的语言

刘勰的《文心雕龙》体大思精,内容完备,涵盖了文学的本质论、文体论、创作论和批评论四个部分。书中阐述的文质、体性、风骨、养气、情采、神思、声律、意象、滋味、隐秀等内容为文学翻译提供了丰富的理论资源,成为翻译美学的重要研究领域。我们在研读《情采》篇时,发现刘勰的"三文"说与文学翻译的“译味”说有着内在的联系，可以借助声文、形文与情文的有关理论探讨文学翻译的声味、形味与情味，以此来丰富译味的审美内涵，并为探讨译味的语言增添一种理论视角。

中国古代的“五味”“五音”与“五色”学说经过《老子》与《淮南子》的推进与发展，到《文心雕龙》时逐渐走向成熟。刘勰提出了著名的“声文”“形文”“情文”之说：“故立文之道，其理有三：一曰形文，五色是也；二曰声文，五音是也；三曰情文，五性是也。五色杂而成黼黻，五音比而成韶夏，五性发而为辞章，神理之数也。”

形文对应于五色，声文对应于五音，情文对应于五性，分别代表了文学创作的绘声、描形、传情三个方面。五色错杂调配就成为斑斓的花纹，五音相配合就产生了乐曲，五情抒发出来就成为优美的文章。这是一种神妙的自然规律。

声文可以理解为刘勰论艺术音乐美的体现，《文心雕龙》很重视研究诗文创作的声音与音乐美之间的关系。《神思》篇有“吟咏之间，吐纳珠玉之声”，“循声律以定墨”之说；《声律》篇有“外听之易，弦以手定；内听之难，声与心纷”之论。这“内听”与“外听”的说法相当有见地，对于深入认识音乐美的特征有很大的帮助。诗的音乐美不仅有待于人们的“外听”，还有待于人们的“内听”。换句话说，诗的音乐美不仅依靠人的第一信号系统去感知，更有待于第二信号系统去领会。这样，通过语言听觉分析所把握到的听觉性形象是应该纳入诗的音乐美的范畴的。这种声音的抑扬顿挫所形成的高低起伏、错落有致的美感，正是中国古代诗文特有的音韵美。刘勰对于声文的另外一个重大贡献就是提出了“和韵”之说：“是以声画妍媸，寄在吟咏；滋味流于下句，气力穷于和韵。异音相从谓之和，同声相应谓之韵。”（《文心雕龙・声律》）

不同的音调配合恰当就是和谐，同一声音前后应和就是有韵。要想做到声律的和韵，就要注意语音声调的飞沉平仄，字词音响的双声叠韵。一句中全是沉抑的仄声字，读起来声响就像中断了一样；同样，一句中全是飞扬的平声字，读起来声调就像飞扬出去不能回来一样。双声字隔开了就会产生不和，叠韵字分开了就会别扭。

形文也是刘勰的《文心雕龙・情采》篇中明确提出的概念，旨在借绘画的媒质为喻，指称文学中富于色彩描绘的形象性，强调诗文的绘画之美。覃召文对诗歌的审美构成问题做过研究，他依据刘勰的“形文”论来讲解诗歌的图画美：“形文即诗的图画美。它不仅包括了诗的文字外观的美（即闻一多说的“建筑美”），更应该包括了诗歌通过绘形绘色所显示出的视觉性形象

的美(即闻一多说的“绘画美”)。”(覃召文,1990:138)

我们基本赞同覃召文对形文的这种界定,即形文就是指诗歌的图画美。这种观点一方面符合刘勰的本意,意义上对应于“五色”,突出了诗歌绘声绘色的视觉形象美,另一方面也包括了诗歌语言文字的外观形式美。这一点正好与闻一多在《诗的格律》中提出的诗歌具有“音乐美”“绘画美”与“建筑美”相呼应。

诗歌语言的图画美反映了诗画异名同质的辩证关系,这在中外诗画论中都可以找到很多印证。中国文论有“诗是无形画,画是有形诗”之说,西方也有“诗为有声之画,画为无声之诗”之论。这些都说明了诗歌与绘画是姊妹艺术,具有相同的一面,诗画一律的特点给依画译诗提供了理论基础,值得深入探讨。

刘勰在《情采》篇中论及“情文”的特点与评价标准,把文章分为“为情而造文”与“为文而造情”两类,肯定前者,反对后者,见解很深刻:

> 昔《诗》人篇什,为情而造文;辞人赋颂,为文而造情。何以明其然?盖《风》、《雅》之兴,志思蓄愤,而吟咏情性,以讽其上,此为情而造文也;诸子之徒,心非郁陶,苟驰夸驰,鬻声钓世,此为文而造情也。故为情者要约而写真,为文者淫丽而烦滥。

这段话意思是说,《诗经》的作者是为了抒发内心的感情而写作的,代表了“为情而造文”的优良传统;辞赋家则是为了写作而造作感情,代表了“为文而造情”的不良倾向。前者是“吟咏情性,以讽其上”,因而感情真实,文辞精练。后者是无病呻吟,夸耀辞采,因此,感情虚伪而辞采浮华。刘勰在重点批判了后世重文轻质的倾向之后,进一步提出了“述志为本”的文学主张。

刘勰认为一篇文章的“情”与“采”是辩证统一的,即“采附情”与“情待采”。作为思想内容的“情”决定作为表现形式的“采”,也就是说,内容决定形式,形式反作用于内容。刘勰认为文章的思想内容居于主要地位,是“立文之本源”。

综上所述,声文是借音乐的媒质为喻,指称文学创作中的音乐美;形文是借绘画的媒质为喻,指称文学中富于色彩描绘的形象美;情文则是指文学创作中的情感美。我们认为,刘勰的“三文”之说非常简明扼要地概括出了译味在语言层面的三大特征,即音乐美、形象美与情感美。

译味的“三美”是通过形象语言与情感语言表现出来的。形象美可以通过形象语言表达,包括语言节奏、语言色彩、语言形象等。情感美可以通过情感语言表达,包括声韵节奏、情感寄托等。声韵和节奏作为语言符号的重要要素,具有表情达意的双重功能,属于有意味的语音形式与情感形式,在文学翻译中不可忽视。总之,形象语言和情感语言互为表里,具有绘声、描形、传情等多方面的语言功能,共同传达了译味语言的音乐美、形象美与情感美。

三、译境的语言

如果说诗歌的意境是“水中月”与“镜中花”的话,那么,表现意境的语言便是这“水”与“镜”。问题的关键在于译者能否在译语中找到这“映月的水”与“照花的镜”。什么样的语言才能产生水月镜花的意境呢?又到哪里去寻找这样的水和月呢?答案就在“意象语言”这个关键词上面。

什么是意象语言(imagistic language)呢?高友工(1988:184)指出:“意象语言是不连贯的、客观的,它直接诉诸感官,并且含有绝对的时空内容。”意象是构成意境的基本单位,可以说没有意象,也就没有意境。正是因为意象是构成意境的核心要素,它才成为诗歌语言的灵魂。这一点钱锺书(1979:12)说得很好:“诗也者,有象之言,依象以成言;舍象忘言,是无诗矣,变象易言,是别为一诗甚且非诗矣。”

钱锺书一语道破了诗歌的最根本特征,即诗是有象之言。诗歌若没有意象,那就等于取消了诗的存在,若是把象改为言,那就意味着改变了一诗的面貌,甚至可以说没有了诗。由此可见意象在诗歌中的本体地位。既然意象是构成意境的灵魂和核心,那么意象语言又具体指什么呢?包括哪些内容呢?

根据“境生于象外”的生成特点,我们基本可以说,隐喻性、象征性的意象化语言是意境语言的主要特征之一。这句话显然涉及意象、隐喻、象征之间的关系界定。陈植锷(1990:140-141)在谈到意象分类时从表现功能上把意象分为比喻型意象、象征型意象与描述型意象三类。默里(J. M. Murry)认为,“明喻”和“隐喻”都属于修辞学的“形式分类”的范畴,因此,建议“意象”这一术语包括二者。(转引自韦勒克、沃伦,2005:213)汪正龙(2002:104)也指出,“意象、隐喻、象征并不是并列的,隐喻与象征毋宁说都是文学意象存在的不同方式。”根据以上所述,我们可以认为,意象语言是指以隐喻与象征为主要表现方式的诗化语言,意象、隐喻、象征之间存在一种包孕关系,即意象属于上位范畴,隐喻与象征是意象在功能分类标准下产生的下位范畴,代表了意象的两种主要存在形式。

韦勒克与沃伦在合著的《文学理论》里提出建立诗歌意象的类型学,谈及意象的各种分类，他们为解决“诗歌的核心构造”问题而特设“意象，隐喻，象征，神话”一章，指出意象、隐喻、象征、神话“代表了两条线的汇聚”：

> 其中一条是诉诸感官的个别性的方式，或者说诉诸感官的和审美的连续体，它把诗歌与音乐和绘画联系起来，再把诗歌与哲学和科学区分开；另一条线是“间接的”话语，即所谓“比喻”，二者都是文学所以与科学话语截然不同的区别性特征。（韦勒克、沃伦，2005：210-211）

根据韦勒克与沃伦的论述，意象、隐喻、象征与神话四个术语之间存在重复交叉关系，但它们的所指都属于同一个范畴，代表了两条线的汇聚，构成了文学语言的核心所在。在谈到象征、意象与隐喻之间的关系时，韦勒克指出：“‘象征’具有重复与持续的意义。一个‘意象’可以被一次转换成一个隐喻，但如果它作为呈现与再现不断重复，那就变成了一个象征，甚至是一个象征（或者神话）系统的一部分。”（韦勒克、沃伦，2005：214-215）

这里，韦勒克和沃伦认为，意象可以作为一种隐喻存在，也可以作为一种象征存在，形成隐喻性意象或象征性意象。象征性意象的一个主要区别性特征就是它具有重复与持续的意义。陈植锷（1990：141）也曾在象征与隐喻之间做过区别：

> 一个比喻型意象，只在某个特定的语言环境中成为某一事物的特称，而象征型意象，其所指称的意义则在同一个作者或者不同作者的许多作品中都被不断地重复着，成为引出某种现成思路的固定语汇。

可以看出，韦勒克与陈植锷的两种观点都突出了象征的重复性特点。此外，象征与比喻的区别还表现在，比喻的“本体”和“喻体”距离较近，而象征的“本体”和“喻体”距离较远；比喻往往是具体的，而象征往往是抽象的。

隐喻与意象两者之间既有紧密的联系，也有明显的区别，具体有什么区别呢？从外延来看，意象的外延要大于隐喻，隐喻可以是意象，但意象不一定是隐喻。从内涵来看，意象是情与景的融合，隐喻是本体与喻体的相似。从意义上讲，意象本身是不需要转化的，而隐喻必然存在着意义的转化。具体说来，隐喻与意象存在以下区别：

> 意象的意义产生于意象的自身及表现，其自身的意义要通过各种方式的表现才能体现出来。隐喻则不同，隐喻本身从来不具有自在性，

> 它是在另外一个或一类事物的暗示之下产生出意义。因此，相对来说，意象所展示的“图式”往往是明晰的，同时也较为单一。与之不同的是，隐喻展示的“图式”往往是双重的，意义也更加丰富的多，形成隐喻的意义之间一定存在着意义的转化。因此，从意义上讲，意象本身是不需要转化，而隐喻必然存在着意义的转化，这一点形成了与意象最为明显的区别。（朱全国，2007：188）

意象具有一定的独立性和无限丰富性。从意象出发，通过隐喻的方式对意象进行组织，就使意象指向人的具体的感受与经验。而要实现意象意义从自身向外的发展，单凭意象的一己之力是无法实现的，只有通过意象与象征，抑或意象自身的其他方式的组合，才能实现意义向意象自身以外的发展，而在这个过程中，就必然涉及意义的转换。

意象语言除了包括隐喻与象征之外，我们认为意象之所以是意象，就因为它承载着丰富的历史文化内涵，归根结底是一种文化意象。文化意象代表着一种历史传承与文化积淀，这就意味着意象必然联系着以前的诗学文本，必然是对前文本的吸收和转化。这样意象就具有了互文性的特征了。

“互文性”在英语里叫作“intertextuality”，也译为“文本间性”，是指任一文本与其他文本间的相互影响与吸收转化的关系。克里斯蒂娃首先提出这一概念，认为任一文本的构成是对其他文本的吸收和转化，文本之间相互参照，彼此联结，形成一个蕴含丰富的开放网络，以此构成文本的过去、现在及将来的意旨，实践着语言符号在文本间的化合过程。在布鲁姆那里，互文性不过是两个个体诗人之间的影响关系，用陈永国（2003：77）的话概括起来就是：

> 一首诗只能是互文诗（inter-poem），而对一首诗的阅读，也只能是一种“互读”（inter-reading）。因此布鲁姆认为，不存在独立的文本，而只有文本之间的关系，这就是说只有互文本。

布鲁姆的互文性观点消解了文本之间的边界，每一个文本都向所有其他文本开放。在各种文本中，笔者认为诗歌语言的互文性关系最典型、最具有代表性。在这一点上，布鲁姆所说的“对一首诗的阅读是一种互文性解读”的观点对于正确理解诗歌的主旨思想还是很有帮助的。也就是说，要想理解一首诗歌的内涵，读者往往需要首先理解诗歌中作者以引用、模仿、用典、改写、吸收与转化等互文方式存在的前文本，从而激活读者前理解的互文记忆。

根据欧美学者的互文性理论和文学作品的实际情况，程锡麟(1996:77)把互文性在文学作品中的体现大致归纳为如下几种情况：

> (1)引用语。即直接引用前文本，引号就是明白无误的标志。(2)典故和原型。指在文本中出自圣经、神话、童话、民间传说、历史故事、宗教故事及经典作品等之中的典故和原型。(3)拼贴(collage)。指把前文本加以改造，甚至扭曲，再拼合融入新的文本之中。(4)嘲讽的模仿(Parody)。(5)“无法追溯来源的代码”。这是巴尔特等人的观点，它指无处不在的文化传统的影响，而不是某一具体文本的借用。

根据以上互文性界定，中国古典诗歌中有大量互文现象存在，意象的互文指涉，典故的引用与模仿，用词的吸收与转化，无不蕴涵着深厚的历史文化积淀。宋人黄庭坚说：“老杜作诗，退之作文，无一字无来处。盖后人读书少，故谓韩、杜自作此语耳。古之能为文章者，真能陶冶万物，虽取古人之陈言入于翰墨，如灵丹一粒，点铁成金也。”诗歌翻译中的大量互文存在可以说是诗歌语言含蓄、意境深邃的一个原因。

分析到这里，我们可以做一个简单的总结。意境的语言具有隐喻性、象征性和互文性三大特征，属于语言中的语言，是诗歌最深层、最本质、最能代表诗性语言的部分。意境语言具有想象性、含蓄性、暗示性、联想性、互文性等审美特征。需要补充说明的一点，意象语言是通往意境的重要途径，但不是唯一的。有些有意境的文学作品不一定都要借助意象才能形成，也不一定都要借助隐喻、象征、暗示的作用。

第二节　译意语言的三化

文学语言是对普通语言的创造性使用，陌生化、反常化、前景化等是文学语言的艺术性和文学性所在，如译者忽视了这些文学性的表达方式，而用规范化的逻辑语法形式翻译，无异于给葡萄酒兑水，淡而无味也。根据我们描写研究大量译作的结果分析，文学翻译中的确存在抽象语言的表现形式，不少译者表现出明显的逻辑语言观倾向，具体表现在译文语言抽象化、规范化、概念化、语法化以及解释化等多个方面。我们之所以用“化”字，乃是取两种语言之间的“转化”之意，而非源语或译语的单语表现形式。

一、抽象化

抽象化(abstraction)是各种翻译教程中经常提到的一种翻译技巧，目的在于把源语中某些具体、形象、特殊的表达形式用抽象、普遍、一般的译语传递出来。在文学翻译的层面上，抽象化过滤了源语所蕴含的情感色彩，浅化了原文中形象性语言，取消了原文中内涵丰富的文化历史典故，从实质上说属于纽马克所提的“欠额翻译”(undertranslation)，严格说来与原作在意义上并不对等，但却在译文中普遍存在着。“欠额翻译”从客观方面说反映了翻译本身的局限性和不可译性，从主观方面说则是译者翻译能力的局限性或译者为了迁就读者所致。关于迁就读者这一点，我们可以引用纽马克(Newmark，2001a：80)的一段话加以说明：

> A translator with his eye on his readership is likely to under-translate, to use more general words in the interests of clarity, simplicity and sometimes brevity, which makes him “omit” to translate words altogether. (A translator has to account for every SL word, not to translate it.) Under-translation is justified if an informative text is deficient in clarity. It is not justified if it is unnecessary and is a mere retreat from a literal translation. You must not write down to your reader.
>
> (注重读者很可能会出现欠额翻译，译者为了清楚、简洁及易懂往往使用更加概括性的词语，结果让他完全忽略翻译词语的意义(译者要对源语的每一个词语负责任，而不是只翻译)。如果一篇信息型文本的内容不清晰，运用欠额翻译还是合理的，但如果只是为了回避直译，欠额翻译就是不合理的，而且是没有必要的。你不要低估了你的读者。)①

保留原作的文化特征与译文的可理解性是一对矛盾：若译者贴作者太紧，译文读者就很可能看不懂；若译者贴读者太近，译文就很可能浅化与淡化原作的文化色彩，这样就对不起作者。如何解决两者之间的矛盾，这是一个值得深入探讨的问题。

(1)人家是醋罐子，她是醋缸，醋瓮！(《红楼梦》第六十五回)

If other women are jealous, she’s a hundred times so.

(Tr. Yang Xianyi & Gladys Yang)

① 译文如无特别说明，均为本书作者所加。

(2)John can be relied on. He eats no fish and plays the game.

约翰既忠诚，又守规矩.

这两个例子的译文都经过了抽象化处理，译者牺牲了原文的形象语言以及文化意象，只翻译出了原文的语义内容，采取的是译意方法。例(1)中的“醋罐子”“醋缸”“醋瓮”属于形象语言，译者考虑到形象背后的文化内涵在译语文化中的缺失，采取了译意的方式传达了形象背后的意义。例(2)中的“eats no fish”译成“忠诚”，是译意，但其所蕴含的丰富的宗教文化意义在译文中丢失了。

诗歌翻译重在通过意象的传译传达情感寄托。文化意象是情感寄托的主要载体，承载着十分丰富的历史文化内涵，属于有意味的语言形式。然而，这种意味的语言形式直接翻译到另外一种异域文化中却很难为目标语读者理解。在这种情况下，有些译者采取简化、浅化、概括化等方式译意，结果导致情感寄托流失。下面，我们选择一首带有文化意象的唐诗来看看译者是如何翻译的。

何满子

故国三千里，深宫二十年。

一声何满子，双泪落君前。

这首出自唐朝张祜的《宫词》二首之一。诗中的“故国”指宫女的故乡，“何满子”在这里指曲名。据传唐玄宗开元年中有一位歌手名叫何满子，是唐朝中期著名的歌唱家，名满唐都长安。后因犯罪被杀，临刑时高声凄唱一曲，观众无不落泪，白居易因此有诗：“世传满子是人名，临就刑时曲始成。一曲四词歌八叠，从头便是断肠声。”他最后唱的一曲，后人即以为词牌，名称即为《何满子》，一直在宫中流行。这诗反映了宫女远离故乡，在宫中耗尽几十年青春的痛苦心情。

由此可见，翻译好这首诗的关键在于如何处理文化意象“何满子”。考察现有的几种译法，有些采用汉语拼音“He Manzi”来译，如徐忠杰、罗志野等；有些采用抽象化方法译为“this song”，如宾纳；有些采用功能对等的方法译为“swan song”，如许渊冲。这里，我们选择宾纳和许渊冲的两个译本进行对比分析。

A lady of the palace these twenty years,

She has lived here a thousand miles from her home—

Yet ask her for this song and, with the first few words of it,
See how she tries to hold back her tears.①

吕叔湘(1980:123)认为,“这首诗译得与原文有出入,一是意义,二是音节。同样表示一歌此曲悲从中来之意,但一以沉痛胜,一以蕴藉胜,取径不同。读起来,音节也不同,双泪落君前是快拍子,‘See how…’就慢多了。”除了吕叔湘所说的之外,这个译文在文化意象“何满子”的翻译上也有问题。宾纳把“何满子”简化为“this song”,原诗所蕴含的丰富的文化意义丧失殆尽。

Home-sick a thousand miles away,
  Shut in the palace twenty years.
Singing the dying swan's sweet lay,
  Oh! How can she hold back her tears.②

许渊冲的这个译文既避免了机械的音译法,考虑到了读者的可接受性,同时也避免了过于概括的浅化法,照顾到了原文的情感寄托,可谓是对以上两种译文的超越。英语中有一个习语叫“swan song”,意思是“绝唱”“临死的哀歌”。这与原诗意象“何满子”有异曲同工之妙,可以达到与原作功能对等的表情效果,在读者心目中引发类似的情感反应。

二、语法化

逻辑和语法代表了西方逻辑语言观的主要特点。英语是一种非常讲究逻辑和语法关系的理性语言,性、格、数、体等语法成分在句子中一目了然,句子的主谓搭配、修饰与限定成分、空间关系也泾渭分明。汉语的意合特点造就了语言表达的形象生动性,但其语言结构往往经不住语法分析。从逻辑学上看,很多在汉语中很传神的说法就不符合英语的语法规范,如吃父母、吃食堂等。此外,从语法结构上分析,汉语不属于屈折语言,本身没有性、格、数、时态等词形变化,而且汉语句子中常常会省略人称代词、介词、时间状语,甚至是动词,这些语法特征在英语中就很少见。美国汉学家刘若愚(James J. Y. Liu)、叶维廉(Wai-lim Yip)、英国汉学家及翻译家葛瑞汉(A. C. Graham)、法国华裔作家程抱一(François Cheng)等学者早就注意到了汉语的这些特点,并发表了许多颇有见解性的诗学观点。叶维廉(2006:114-115)在《中国

① 见吕叔湘(编注):《英译唐人绝句百首》,湖南人民出版社,1980年,第75页。
② 见许渊冲:《翻译的艺术》(增订本),五洲传播出版社,2006年,第84页。

诗学》(增订版)中论及中国语法的灵活自由性的美学特点时这样说:

> 语法的灵活让字与字之间建立了一种自由的关系,读者在字与字之间保持着一种"若即若离"的解读活动,在"指义"与"不指义"的中间地带,造成一种类似"指义前"物象自现的状态。

汉语语法的这种灵活自由性尤其在古典诗歌中表现得更为明显,这对于诗歌来说是得天独厚的优势,有助于创造情景交融、心物感应、含蓄清远、天人合一的意境效果。但是,汉语"积字成句,积句成章"的意合特点在翻译成英语时遭到了西方重逻辑与语法的逻各斯语言规范的改写与扭曲,译者运用语法化的规范英语来翻译汉诗中"蒙太奇"式的直接呈现的传意方式,结果破坏了原诗特殊形式所表现出的特殊审美体验。下面我们以孟浩然的《宿建德江》两种译文为例来分析语法化的翻译方法:

移舟泊烟渚,日暮客愁新。
野旷天低树,江清月近人。

I steer *my* boat to anchor
　　by the mist-clad river
And (*mourn*) *the* drying day *that brings me*
　　nearer to my fate.
Across the woodland wild I *see*
　　the sky (*lean on*) the trees.
While close to hand the *mirror* moon
　　floats on the shining streams
(Giles, 1898)

Our boat *by the* mist-covered islet we tied.
The sorrows *of absence the* sunset *brings* back,
(*Low breasting the foliage the sky loomed black.*)
The river *is* bright *with the* moon at our side.
(Fletcher, 1919)

这是叶维廉在《语法与表现:中国古典诗与英美现代诗美学的汇通》一文中列举的一个例子。斜体字代表译者加入诗中的连接元素,括号以内的句子代表译者自加的解说。通过与原文比较，我们可以发现两个译文在人称代词、冠词、词性、时态、句法关系等方面都变得逻辑化与语法化了。叶维廉认为，译文中增加了人称代词I，就限定为一人的参与，而超脱了人称代词，便使词情诗境普及化，既可由诗人参与，亦可由你我参与，由于没有主位的限指，便提供了一个境或情，任读者移入直接参与感受。在弗莱彻的译文中，"移舟"被视为一种过去的经验，而在中国诗人的意识里，要表达的经验是恒常的，不应把它狭限于某一特定的时空里。在翻译"野旷天低树"一句时，译者由于英语词性的限制，限止了原诗的多面延展性，直接破坏了原诗的美感活动的程序和印象。在分析了几种译文的问题后，叶维廉(2007:442-445)这样总结道：

> 西方的机械式的时间的分类是过度知性所构成的因果律的产品，常以直线追寻的发展为骨干。西方对存在现象概念化，没有把存在现象显出，而是将它隐蔽。这种概念化的行为使我们远离了现象中物象和事件的具体的感染力，不能使我们直接接触它们。

针对英语的语法化遮蔽汉诗美感的局限性，叶维廉提出了中国古典诗与英美现代诗美学的汇通的观点，通过调整西方语言的语法规范，来保存中国诗的美感体验性。庞德开创的英美现代诗的出现打破了汉诗英译的语法化现象，以意象并置或叠加的直接呈现的方式拯救了中国诗的生命力。庞德从翻译中国诗中获得了创造英美现代诗的灵感，同时也影响了中国古典诗歌英译的语言，这一点可以从英国汉学家及翻译家葛瑞汉在《中国诗的翻译》一文中说的一段话反映出来：

> 保留中文复义性的一种可能的解决办法是把译文写成一种文学洋泾浜英语(literary pidgin English)。《圣经》的英译本是一切英译文中最成功的作品，它故意把英文写得像闪族语，在句子开头用"And ..."，而不把希伯来语的小品词省去；为什么在译中文作品时不采取类似的办法呢？这种办法之所以特别值得一试，还因为二十年代的现代派诗歌很反感逻辑的连接词，认为这类词妨碍诗人达到一种表现纯粹的感觉的语言，于是逐渐倾向于一种中文式英语(Sino-English)。(见张隆溪，1982:228-229)

葛瑞汉同意在翻译中国诗的时候，可以借鉴《圣经》的英译本的成功经验，打破英语的语法规范，采用中文式英语，即一种表现纯粹的感觉语言，来保留中文的复义性。

三、解释化

在翻译界，我们经常听到的一句话就是“翻译即解释”。这种说法当然来自于解释学，伽达默尔有段话可以证明它的出处：

> Thus every translation is at the same time an interpretation. We can even say that it is the completion of the interpretation that the translator has made of the words given him. (Gadamer, 1999:346)
>
> （因此，一切翻译都是一种解释，我们甚至可以说，翻译始终是解释的过程，是翻译者对先给予他的语词所进行的解释过程。）

伽达默尔把一切翻译都归结为解释，认为翻译始终是解释的过程，是翻译者对先给予他的语词所进行的解释过程。对于伽达默尔来说，理解与解释是同一回事，而所有的理解与解释又是通过语言为媒介才得以实现的：

> … understanding and interpretation are ultimately the same thing. … language is the universal medium in which understanding itself is realized. The mode of realization of understanding is interpretation … All understanding is interpretation, and all interpretation takes place in the medium of a language which would allow the object to come into words and yet is at the same time the interpreter's own language. (Gadamer, 1999:350)
>
> （理解和解释归根到底是同一回事。……语言是理解本身得以进行的普通媒介。理解的进行方式就是解释。一切理解都是解释，而一切解释都是通过语言的媒介而进行的，这种语言媒介既要把对象表述出来，同时又是解释者自己的语言。）

伽达默尔对翻译问题的看法与其本体论语言观密切联系在一起，语言不是指称工具，而是一种存在，一种世界经验，理解语言的过程就是进入生活的过程 。由于理解的历史性与视域融合的存在，他认为翻译是特定语境中的理解活动，翻译永远是一种有限的历史的表达，译文和原文总存在距离，译者所能做的只能是解释：

No one can doubt that we are dealing here with interpretation, and not simply with reproduction. A new light falls on the text from the other language and for the reader of it. The requirement that a translation should be faithful cannot remove the fundamental gulf between the two languages. (Gadamer, 1999: 347)

(没有人怀疑,翻译所涉及的是解释,而不只是重现。对于读者来说,照耀在本文上的乃是从另一种语言而来的新的光。对翻译所提出的"信"的要求不可能消除语言所具有的根本区别。)

综合伽达默尔以上的几段引文,我们大致可以判断出他对翻译的看法:不同的语言之间是不可译的,一切翻译都是解释,完全忠实的翻译根本不存在。

我们应该如何评价伽达默尔的这种翻译观呢?笔者认为翻译中的确有很多解释,但并非一切翻译都是解释,只有那些原文中不可译的成分才需要解释。换句话说,只有晦涩不明和不可理解的东西才需要解释。在这一点上,笔者基本同意纽马克(Newmark, 2001b: 142)提出的"interpretative translation"的观点:

The most exciting kind of translation is where it is consciously interpretation, hermeneutics, exegesis. Where the text is obscure, and so remote in time and space and learning that the language goes beyond metaphor to symbolism, the translator has to interpret substantially, unless he is to leave the task to his readers.

(最有趣的一种翻译就是有意识地添加解释、阐释或注释。由于时间空间的遥远,语言充满隐喻和象征,文本变得晦涩难懂,这时译者就应该充分解释,否则读者就很难理解。)

从引文中可以看出,纽马克认为解释性翻译是有限度的,针对的是那些晦涩模糊的文本,由于时间空间距离的遥远,读者不能理解的东西,译者就要进行充分的解释、注解或阐释。

一般地说,解释基于理解,理解基于语言,而解释性的语言起到的是"知"的功能,而非"感"的功能。文学翻译运用解释性翻译是为了解决不可译的权宜之计,而不是译者追求的目标。因此,文学翻译应尽可能减少解释性语言,尽管它在很多情况下不可避免。下面我们以庞德翻译的《玉阶怨》为例来比较一下解释性语言与诗性语言的区别:

The Jewel Stairs' Grievance

The jeweled steps are already quite white with dew,
It is so late that the dew soaks my gauze stockings,
And I let down the crystal curtain
And watch the moon through the clear autumn.①

脚注如下:

Jewel stairs, therefore a palace. Grievance, therefore there is something to complain of. Gauze stockings, therefore a court lady, not a servant who complains. Clear autumn, therefore he has no excuse on account of weather. Also she has come early, for the dew has not merely whitened the stairs, but has soaked her stockings. The poem is especially prized because she utters no direct reproach.

庞德所译的这首《玉阶怨》保留了原诗的含蓄无垠、意在言外的意境特点,但他用注解的方式解释了原诗蕴涵的言外之意、词外之情。前者属于诗性语言,译者有意运用含蓄暗示性的意象化语言把诗的意境直接呈现在读者面前,让读者思而得之。后者的注解部分属于解释性语言,译者运用说明性的语言直接告诉读者诗中隐含的意义。读者从诗中自己感悟到的叫审美体验,别人告诉他的叫知识学习。

解释性语言主要包括背景介绍、注释(脚注或尾注)、文内阐释、文外加注等表现形式。对于文学翻译来说,虽然解释很必要,但过多的解释性语言则可能导致"翻译过度"(over-translation),从而破坏原作的意境。在李煜的《浪淘沙》的八种译文中,有一种译文把原词中的"流水落花春去也,天上人间"一句翻译为:

Flowing water never returns to its sources.
My country's and mine is a hopeless, lost cause.
Fallen flowers cannot go back to their stock;
Chips off the mass revert not to the block.
One's spring and youth has passed never to return.
One's destiny is not of Heaven's concern.②

原句11个字,而译者徐忠杰却将其扩充成5句49个英语单词,译文中增加

① 见祝朝伟:《构建与反思》,上海译文出版社,2005年,第369页。
② 见许渊冲:《翻译的艺术》,五洲传播出版社,2006年,第191页。

了很多原文没有的解释说明性文字，把翻译当成了天马行空式的任意发挥，这种翻译就属于上边说的“翻译过度”。

文学作品，尤其是诗歌，其意义往往是不确定的，文中有很多空白、不定点，需要读者在阅读中具体化。在这种情况下，不同的读者就可能会有不同的理解，解释也相应地具有多样性。如果这样的话，翻译还有标准吗？吕俊（2005：238）针对这个问题提出了三个标准：（1）不违背知识的客观性；（2）理解的合理性与解释的普遍有效性；（3）符合原文文本的定向性。吕俊的新标准采取的是最低限定标准式，虽然对于文学翻译来说是远远不够的，但对于评价译意的质量却很适合。

抽象语言在文学翻译，尤其在汉诗英译中表现得更为明显。抽象语言本身缺乏表现性，属于说明性、解释性的工具语言，起概括说明与提示作用。在意义层面上，抽象语言所表达的是概念、命题或信息内容，正因为这样，译意语言传递的是信息功能，起到的是“知”的功能，而非“感”的功能。译意语言的这些特点显然对于文学翻译来说都是缺点，会遮蔽文学作品的文学性。但是，这是否意味着文学翻译不需要译意语言呢？答案是否定的。首先，翻译要跨越两种语言与文化的障碍才能获得新生，原文中有些形象性语言如果不经过抽象化处理在译文中就找不到合适的语言来传达，原文中某些特定文化典故如果在译文中不经过说明与解释，译文读者就无从理解，汉语中的意合语言如果不转换成英语的形合语言，译文就可能不堪卒读。总而言之，译意语言一方面遮蔽文学性，另一方面又在两种语言的转换中起桥梁与中介的作用。

第三节　译味语言的三美

鉴于“五味”“五音”与“五色”的相互联系，我们借鉴刘勰的“三文”说把译味的语言划分为音乐美、形象美与情感美三个方面。本节内容重点从文学翻译的角度，选择有代表性的例子分析译味语言的传达与再现的问题。在翻译实践方面，文学翻译的音乐美讲究声文中的声律和韵、节奏和谐、音步整齐、抑扬顿挫等方面；形象美体现在形文的意象鲜明、形象生动、结构优美、诗中有画等方面；情感美表现在情文的情感真实、为情造文、辞为情发、情采相成等方面。

一、音乐美

声文主要突出文学的音乐美感层面，声文作为诗的音乐美不仅仍见于音节，还应该体现在诗歌通过描绘声音所显现出的听觉性形象上。诗与乐具有统一性,二者是一体的。声音是语言的物质外壳,语言随着声调的变化、感情的起伏,产生一种美的韵律和节奏,给人以音乐的美感。关于这一点,不少学者都强调了语言的音乐美在文学翻译中的重要性。刘士聪(2007:4)说:"凡文学作品,不论是小说、散文或诗词,写在纸上是文字,读出来就是声音。"如果原文的音乐美是其典型特征,译文也应功能对等地保留再现这种音美,以减少因音美的损失而影响意义的传达。下面我们选择英国浪漫派诗人柯勒律治(Samuel Taylor Coleridge)创作的两行诗的翻译说明诗歌的音乐美是否可以在译文中再现:

The fair breeze blew, the white foam flew,
The furrow followed free.

这段诗句很著名,出自柯勒律治的一首著名的叙事诗"The Rime of the Ancient Mariner"(译为《老水手之歌》或《古舟子吟》)。关于柯勒律治创作这节诗的过程还有一段有趣的细节。据梁实秋(2005:299)在《老水手之歌》"译后记"中的记载,柯勒律治宁肯牺牲真理也不愿牺牲英语头韵的音乐美:

> 原文第一百零四行是很有名的一行,最初是 The furrow follow'd free,后来在一八一七年出版的 *Sibylline Leaves* 里又改为 The furrow stream'd off free,因为他后来根据自己在船上考察的经验,发现"船迹"(wake)不是跟着船跑而是离船而去,可是科律芝舍不得原句之充分的双声的美,宁可牺牲真理而不肯牺牲音乐,于一八二八年又改回原来的样子。不管他怎样改来改去,句中的双声成分俱在,用中文实在难以表达。我译成"船迹在水面滚滚而去"一点也不精彩,只是顶多把原意没有弄错罢了。

看样子,这一诗节的音乐美不仅读者喜欢,连作者也舍不得改。的确,该诗节文体上的显著特点是其非凡的音乐效果。在短短的十二个单词中就有八个单词押了头韵(fair, foam, flew, furrow, followed, free; breeze, blew),有三个单词押阳韵(blew, flew, free)。诗的音乐美作用于人不仅依靠人的第一信号系统去感知,更有待于第二信号系统去领会。这样,通过语言听觉分析所把握到的听觉性形象是应该纳入诗的音乐美的范畴的。

译味层面的音乐美可能成为一种音乐象征,是为了传情达意服务的,具有审美功能,正如张南峰(2004:98)说的那样:"其中的/f,l,r/这几个辅音所传达的大海的音韵和动感，比词的语义内容要生动得多。这就是说，审美功能承载了资讯功能。”

这个例子也说明语言的审美功能、信息功能、表情功能等之间不是彼此分裂的，而是相辅相成的。正因为这样，文学语言的音乐美在翻译中不是可有可无的东西，译者要尽量在译文中再现。吕俊、侯向群(1996:15)曾经指出：

> 诗是一种以音乐性为构成模式的具象性文字的有序组合。……诗歌的音律是传达诗人情感的一种符号形式，是传达语言的表达意义的中介。因此，诗歌翻译不应该失去原文的音乐美。

诗歌是具有音律的纯文学，译文失去了音韵与节奏的音乐美就很可能改变诗歌的性质，但诗歌的音乐美又是不容易翻译出来的，这自不待言。下面我们比较几种译文，看看原文的音乐美是否可以翻译：

> 微风吹拂，白浪翻卷。①

这个译文没有翻出原文的音乐效果，译文失去的不仅仅是头韵，连尾韵也没有了。此外，在译意层面，译文漏译了“The furrow followed free”一句。诗歌的音乐效果没出来，直接影响了审美功能与信息功能的传达。下面我们看看周煦良的译文能否体现原文的音乐美：

> 好风不断吹，浪花不绝飞，舟行到处留痕。②

可以看出，周煦良的这个译文运用的是诗的语言，没有失去原文的音乐美。译文多用汉语的五言来译英语的四音步，而用六言来译三音步。在押韵方面，他没有译出英语的头韵，但有尾韵，也算是一种补偿，译文还是有很好的音乐效果。

> 清风徐徐吹，白浪翩翩飞，水花任意随船尾。③

这个译文比周译又有所超越，不仅保留了尾韵，而且还运用汉语的双声

① 毛华奋：《汉语古诗英译比读与研究》，上海社会科学院出版社，2007年，第22页。
② 周煦良：《谈谈译诗的几个问题》，《外国语》，1980年第2期，第28页。
③ 毛荣贵：《翻译美学》，上海交通大学出版社，2005年，第45页。

和叠韵，以求得与英语的头韵（alliteration）功能相似，读起来朗朗上口、铿锵有力，大大增强节奏感与韵律美，从而取得更好的艺术效果。

上边这个例子说明了英语诗歌的头韵可以用汉语的双生叠韵翻译，基本做到了等效的艺术魅力。诗歌的音乐美除了声韵之外，还有节奏感。诗歌的节奏是一种高度人工化与规则化的艺术，是通过轻重音节构成的音步或汉语平仄交错构成的音组有规律的重复出现形成的。

节奏是体现诗歌气势与骨力等的关键要素，也是使译文有味的途径之一。文学翻译忽略了节奏，就会导致行文松散、句式失衡、语气不连贯等问题。捕捉原文的节奏美，使译文生动传神，是译者孜孜以求的境界。因而不可忽视译文与原文在节奏方面的对应效果。节奏能否跨越语言的障碍在译文中再现呢？夏力力（1996：21）认为："节奏是传达情绪的最有效、而且最有力的媒介，受约于情感。每一种情绪都有它的特殊节奏。人类的基本情绪大致相同，它们所引起的生理变化与节奏也有一个共同模型。"

从理论上讲，节奏是可以翻译的，因为人类的基本情绪大致相同，它们所引起的生理变化与节奏也有一个共同模型。在具体的翻译实践中，许多翻译家也都从切身的翻译经历中认为节奏是可以移植的。下面我们通过戈宝权翻译的《海燕》来分析一下散文诗的音乐美。

> Livid lightening flares in storm-clouds o'er the vast expanse of ocean, and the flaming darts are captured and extinguished by the waters, while the serpentine reflections writhe, expiring, in the deep.
>
> The storm! The storm will soon be breaking!
>
> Still the valiant Stormy Petrel proudly wheels among the lightning, o'er the roaring, raging ocean, and his cry resounds exultant, like a prophecy of triumph—
>
> Let it break in all its fury! ①

节选的这部分英文是戈尔恰科夫的英文译本"The Song of Stormy Petrel"的最后四节。加切奇拉泽（1987：112）在《文艺翻译与文学交流》中分析这个英译本时指出：

> 他的译文充分体现了《海燕》俄文本中固定的诗格、声韵扬抑格，

① 见高尔基：《海燕之歌及其他》，余岚译，商务印书馆，1979年，第2-3页。

英语译文中所采用的扬抑格四音步格式和原文一致。从音节上讲，基本上是按照八个音节为一意群单位来进行的。

英语译文的这种节奏形式在汉语译文中也能找到对应的形式，戈宝权的汉语译文朗读起来节奏明快欢畅，体现了作者对未来充满了乐观和必胜的信念，营造了不畏强暴、奋发向上的意境。这说明节奏是可以表达的，也是可以翻译的：

一堆堆乌云，像青色的火焰，在无底的大海上燃烧。大海抓住闪电的箭光，把它们熄灭在自己的深渊里。这些闪电的影子，活像一条条火蛇，在大海里蜿蜒游动，一晃就消失了。

——暴风雨！暴风雨就要来啦！

这是勇敢的海燕，在怒吼的大海上，在闪电中间，高傲的飞翔；这是胜利的预言家在叫喊：

——让暴风雨来得更猛烈些吧！①

戈宝权的这个译本是众多译本中流传最广、影响最大、最为读者所喜爱的一个版本，被选进中学语文教材里，当作范本供学生学习。《海燕》是戈宝权锤炼词句的集中代表，反映了译者对审美精益求精的艺术追求。

二、形象美

中国古典诗歌的一个突出特点就是“诗中有画”，让读者产生栩栩如生的视觉形象美，而这一特点却常常被翻译家们所忽略。在古诗英译这个问题上，如何保留诗歌的绘画美与视觉美是一个值得深入研究的实际问题。在国内外诗词翻译大家中，叶维廉、庞德、宾纳等人的汉诗英译具有绘画美。

很多人认为中国古诗不能翻译，而庞德的观点却恰恰相反。庞德(Pound,1954:25)在“How to Read”中说：“*Phanopoeia* can, on the other hand, be translated almost, or wholly, intact.”这里的 *Phanopoeia* 相当于刘勰的“形文”，是指那些直接诉诸视觉与想象的意象诗，而中国古诗就属于这一类。显然，庞德认为由视觉意象构成的形文诗几乎可以毫发无损地翻译到另一种语言中去。庞德(Pound,1954:7)在《回顾》(A Retrospect)一文再次表达了这一观点：“That part of your poetry which strikes upon the imaginative eye

① 见郭著章：《翻译名家研究》，湖北教育出版社，1999年，第406页。

of the reader will lose nothing by translation into a foreign tongue."(诗歌中最吸引读者眼球的部分翻译成另外一种语言不会丢失任何东西。)庞德的这些观点不容忽视,因为他是一位天才的诗人,有着常人所不具备的诗歌鉴赏能力与语言天赋。他在翻译李白的《古风五十九首》之十四时,中间有两句描写浩瀚的大漠的诗句:"登高望戎虏,荒城空大漠。"其译文如下:

I climb the towers and towers
to watch out the barbarous land:
Desolate castle, the sky, the wide desert.①

这三行诗在结构安排与意象呈现方面比较独特,让当时的英美人感到惊奇!一般人在批评庞德的翻译时,只引用最后一句,这样容易断章取义,很难全面认识庞德的翻译观念。其实,庞德在汉诗英译时所采用的创译法是他诗学观的一部分,他是想通过翻译实现创造英美现代诗的目的。在形式上,译诗分三行排列,有意跨行,创造一种登高远望的视觉层次感与立体感,运用陌生化的形式传达深层的审美意义;在意象上,译诗运用意象并置的方式来直接呈现视觉形象,在实践中履行了他提出的意象派三原则。叶维廉认为,庞德之所以这样使用,是因为他"想将荒城(desolate castle)这样一个点投射在广袤的大漠(the wide desert)和一望无际的天空(the sky)这两个呈圆形并向四面不断伸展的面上,为北国大漠的荒凉寂寥增添立体的维度,同时与自然现实相互映照,达到深化荒凉与寂寥之艺术表达的目的"(转引自祝朝伟,2005:182)。

庞德的翻译观与诗学观对叶维廉影响很大,后者研究过庞德,并从古诗的翻译中汲取灵感来创作现代诗。叶维廉对翟理斯、弗莱彻、宾纳等人解说式的翻译不满意,他想通过翻译来纠正英美人对中国诗的误解。在翻译策略上,叶维廉反对把诗译成散文,主张采用意象直接呈现的电影蒙太奇手法,追求一种近乎水银灯活动的视觉性,达到意象演出的绘画性效果。下面我们看看他是怎样翻译孟浩然的《宿建德江》中的"野旷天低树"一句诗的:

Open wilderness.
Sky.
Low trees.②

① Ezra Pound, trans. *Cathay*. London: Elkin Mathews, 1915, p. 16.

② Wai-lim Yip. *Chinese Poetry*. Duke University Press, 1997, p. 7.

这是一种不顾英语句法，而试图捕捉原诗的语言特色的译法，目的是“在一种互立并存的空间关系之下，形成一种气氛，一种环境，一种只唤起某种感受但并不将之说明的境界，任读者移入、出现，作一瞬间的停驻，然后融入境中，并参与完成这强烈感受的一瞬之美感经验”(温儒敏、李细尧，1987：5)。三个诉诸视觉的意象分三行排列构成近乎绘画性的空间张力，在未定关系中保持自由的观物感应活动。译文的观物顺序就像电影镜头那样，首先是一望无垠的旷野，接着是视野中的天空，然后移近低树。读者在观物感应中被唤起了羁旅之愁绪。

谈到诗歌的图画美，唐朝山水画诗人王维是杰出的一个代表，他不但精通音律，而且是绘画大师。“诗中有画，画中有诗”是苏东坡对王维诗画艺术特点与审美效果的形象概括，说明了王维的山水诗具有绘画的形象逼真的特点，体现了苏轼对王维诗画艺术的推崇与肯定。下面我们选择王维的《使至塞上》中最著名的两句来分析原文的诗情画意是怎样在译文中再现的：

大漠孤烟直，长河落日圆。

这两句诗以传神的笔墨刻画了诗人看到的塞外奇特壮丽的风光，画面开阔，意境雄浑，难怪王国维在《人间词话》中说“此等境界可谓千古壮语”。边疆沙漠，浩瀚无边，所以用了“大漠”的“大”字。边塞荒凉，没有什么奇观异景，烽火台燃起的那一股浓烟就显得格外醒目，因此称作“孤烟”。沙漠上没有山峦树木，那横贯其间的黄河，就非用一个“长”字不能表达诗人的感觉。落日，用一个“圆”字，给人以亲切温暖而又苍茫的感觉。

《红楼梦》第四十八回里曹雪芹借香菱之口高度评价了王维这两句诗高超的艺术境界：

诗的好处，有口里说不出来的意思，想去却是逼真的。有似乎无理的，想去竟是有理有情的……我看他《塞上》一首，那一联云：“大漠孤烟直，长河落日圆。”想来烟如何直？日自然是圆的：这“直”字似无理，“圆”字似太俗。合上书一想，倒象是见了这景的。若说再找两个字换这两个，竟再找不出两个字来。①

王维这两句诗之所以成为千古名句，是因为作者把大自然的形象概括得真

① 曹雪芹：《红楼梦》，岳麓书社，1994年，第366页。

实、自然、确切、鲜明,平凡中显奇伟,无理中见真理,并且语言简洁而又巧妙,把诗画融为一体,二者相辅相成,相得益彰,达到诗中有画、画中有诗的艺术境界。其意境口里说不出,但可以想象并体会到图画性语言的艺术魅力。

关于这首诗的翻译,在几个唐诗英译的选本里都没有选入,这里我们选择叶维廉的译文以及张廷琛与魏博思(Bruce Wilson)合译的版本进行对比分析,看哪个译本能更好地描绘出原诗的图画美:

(1) Vast desert: a lone smoke, straight.
Long river: the setting sun, round.①
(Tr. Wai-lim Yip)

(2) Straight is the lonely line of smoke above the desert vast,
And round, the sun that sets upon the long river.②
(张廷琛、魏博思译)

这两个译文在选词上有很大的区别,其主要差别在于语序的排列上。语序与画面布局有密切关系,能够影响甚至决定译文语言能否在译文读者中形成一幅形象逼真的视觉画面。诗歌是时间艺术,语言只能在时间里相继发生的一连串动作;绘画是空间艺术,颜色线条只能描绘出一片景物在空间里的广延性,莱辛在《拉奥孔》中早就讲过,这是两者的主要区别。但是,二者的联系也是很明显的,诗歌语言可以借助意象的直接呈现打破线性语言的局限性,创造出立体的空间画面,实现绘画一样的视觉效果。

译文(1)的画面布局有层次感,仿佛画家的眼睛观察景物所得的画面,带有浓郁的诗情画意,体现了诗中有画的特色。图画须要有一个观察点,诗人只有到达边塞后在浩瀚无垠的大漠上,才能看到远处纵的烟、横的河、圆的日。原诗中"大漠""孤烟""长河"以及"落日"首先是客观世界中具体的物象,具有空间性。叶维廉运用绘画式的意象语言,让几个物象并列组合成一幅画面,打破了线性语言的时间性,创造了立体的空间结构,因而产生图画的视觉性效果。

译文(2)运用的是逻辑化的线性语言,而不是视觉化的图画语言。在语序的排列上以抽象的两个形容词"straight"与"round"开头,然后运用动词

---

① Wai-lim Yip. *Diffusion of Distances: Dialogues Between Chinese and Western Poetics*. California: University of California Press, 1993, p. 112.

② 张廷琛、魏博思(选译):《唐诗一百首》,中国对外翻译出版公司,2007年,第45页。

以及英语的语法化形合手段,使得句子结构更加逻辑化,因而只有语言符号的线性排列,没有意象语言的组合构成的立体空间感,在读者头脑中根本形不成图画美。此外,“line of smoke”的用词也不够到位,大大缩小了原诗的审美境界。原诗中的“孤烟”不是一般家庭烟囱里冒出的袅袅炊烟,而是浩瀚无垠的大漠上的烽烟,所以“column of smoke”远比“line of smoke”的境界壮观,显得更加雄浑寥廓。烽烟为何是直的呢?黄河为何是长的呢?“大漠”“长河”四字,力重万钧,雄浑硕博。正因为“漠”之大,才见“河”之长;正由于“河”之长,方显“漠”之大,两者互为表里,相辅相成。正因为沙漠广阔无垠,所以视线所及的烽烟使人觉得笔直。但是诗人实际上不是为写烽烟而写烽烟,而是通过“孤烟直”,以衬托说明“漠”之大。

叶维廉在《中国诗学》中谈到中国古典诗歌的传释活动时举过这个例子,认为这两句是“视觉性极强烈的意象,而且近似电影镜头水银灯的活动”:“大漠”(横阔开展的镜头)“孤烟”(集中在无垠中一点一线)“直”(雕塑意味)。(叶维廉,2006:22-23)他还指出,如果在“大漠”和“孤烟”之间加一个“的”字,便把绘画性和水银灯的活动化为平淡无奇单线的叙述与描写。为了保留汉诗的这种绘画性的审美特性,译文在句法上打破了英语的形合特点,化线性的时间为立体的空间结构,采用意象直接呈现的蒙太奇手法,因而产生图画的视觉性效果。译文的画面布局有层次感,仿佛画家的眼睛观察景物所得的画面,带有浓郁的诗情画意,体现了诗中有画的特色。

除了绘画美之外,形象美的另一个特点就是它的建筑美。叶维廉运用结构对等的方式,将不相邻的语言成分通过选择原则结合起来,建立起语义对等关系。译诗语言,简洁而又巧妙,把诗画融为一体,二者相辅相成,相得益彰,达到诗中有画、画中有诗的艺术境界。其意境口里说不出,但可以想象和体会到图画性语言的艺术魅力。

三、情感美

诗歌不仅具有音乐美,而且还有情感美,二者是彼此联系、相辅相成的。在文学翻译中,情感美可以通过情境交融的描写、意象的塑造、口吻语气的模仿来表现。

情感是文学作品的灵魂,体现了文学感人至深的艺术力量。王国维在《人间词话》中说:“大家之作,其言情也必沁人心脾,其写景也必豁人耳目。其辞脱口而出,无矫揉装束之态。以其所见者真,所知者深也。”

情感美的标志首先是情境交融,物我一体,即景中含情,情中带景,其次是具有真情实感，所见者真，所知者深。下面以莎士比亚的《仲夏夜之梦》(*A Midsummer Night's Dream*)中的一段话来看看语言的情感美特点：

O Helen, goddess, nymph, perfect, divine!
To what, my love, shall I compare thine eyne?
Crystal is muddy. O, how ripe in show
Thy lips, those kissing cherries, tempting grow!
That pure congealed white, high Taurus' snow,
Fanned with the eastern wind, turns to a crow,
When thou hold'st up thy hand: O, let me kiss
This princess of pure white, this seal of bliss!

啊，海伦！完美的女神！圣洁的仙子！我要用什么来比并你的秀眼呢，我的爱人？水晶是太昏暗了。啊，你的嘴唇，那吻人的樱桃，瞧上去是多么成熟，多么诱人！你一举起你那洁白的妙手，被东风吹着的陶洛斯高山上的积雪，就显得像乌鸦那么黝黑了。让我吻一吻那纯白的女王，这幸福的象征吧！①

莎翁是语言大师，他的戏剧语言几乎都可以作为诗去读。在语音层面，节选的一段中的每句大多是五步抑扬格组成，每两行换一韵，读起来声音悦耳，节奏明快。在修辞层面，作者运用了比喻、类比的修辞手法把剧中人物内心热烈的情感形象化了，感情浓郁，动人心魄。译文出自朱生豪的手笔，在语音与修辞两个层面比较成功地再现了原文的情感美。

除了情景交融能传情外，最具有情感寄托的莫过于意象了。明代胡应麟的"古诗之妙，专求意象"与钱锺书"诗也者，有象之言"的观点都突出强调了意象的重要地位。因此说，文学意象在译味中占据本体地位。翻译若能译出鲜明生动的"意象"来，并给读者产生一种"近而不浮，远而不尽"的感受，也就是有味了。可以说，文学意象是味的灵魂所在，没有了意象，文学会失去一大半味。现以杨柳意象为例看看意象是怎样传递情感意义的：

昔我往矣，杨柳依依。今我来思，雨雪霏霏。(《诗经·采薇》)

---

① 〔英〕莎士比亚：《仲夏夜之梦》，朱生豪译，中国国际广播出版社，2001年，第93页。

Version A: Long ago we set out
When willows were rich and green.
Now we come back
Through thickly falling snow.
(Tr. Burton Watson)

Version B: When I left here,
Willows shed tear.
I come back now,
Snow bends the bough. ①
(许渊冲译)

自《诗经》始，杨柳这一意象开始与离别联系起来，成为含有离情别意的意象，象征着离别、送行、相思、想念、怀旧等思想感情。意象就其构成来说，表现为情与景的交融。可以说，情景交融是意象的基本特征，换言之，意象就是景中含情，情中带景。

依据意象的基本特点来考察以上两种翻译，我们认为华兹生的翻译侧重于景，许渊冲的翻译侧重于情。两人都没有做到意象翻译的情景交融。根据中文的解释，"依依"是描摹春天柳枝轻拂的样子，笔者冒昧提出"Willows were caressing"来译"杨柳依依"，从而达到情景交融的艺术效果。

一般说来，可以诉诸人的五官的可感性意象的可译性较大，其他的非文化类的比喻意象也有很大程度的可译性。即使是那些涉及文化历史的意象，在语境或译语读者的配合下也可以通过文化习得与审美移情而得到理解。有人指出，当把莎士比亚十四行诗中的"Shall I compare thee to a summer's day"译成汉语时，应该用"春日"来替换原文中的"a summer's day"，因为中国的夏天并不温柔可爱。其实，这种归化的译法既歪曲了原语文化又误导了译语读者，阻碍了文化传播。纽马克主张，读者是有想象力的，他们可以从这首诗的内容中获得鲜明的印象，认识到英格兰的夏天是美好的，所以不会误会，反而可以加深他们对英国文化的理解。②

情感美的第三个方面就是模仿原作的语气与口吻。语气，有时也称为"口吻"，英语的解释是"tone"，指说话人流露出的感情色彩、幽默、仿拟、委婉陈述、男女不同的口气等。在这里，我们节选李白的《长干行》作为例子看

① 见穆诗雄：《跨文化传播——中国古典诗歌英译论》，中国科学技术大学出版社，2004 年，第 180 页。

② 具体参见 Peter Newmark. *Approaches to Translation*. Oxford: Pergamon Press, 1981, p. 50.

看译者是怎样模仿女性的口吻的:

十四为君妇,羞颜未尝开。低头向暗壁,千唤不一回……
八月蝴蝶黄,双飞西园草。感此伤妾心,坐愁红颜老。
——李白《长干行》

At fourteen I married My Lord you.
I never laughed, being bashful.
Lowering my head, I looked at the wall
Called to, a thousand times, I never looked back.
...
The paired butterflies are already yellow with August
Over the grass in the West garden;
They hurt me. I grow older...
(Tr. Ezra Pound)

《长干行》乃豪气干云之李白模仿十几岁的少妇口气而写的,中文就很传神地用了天真而哀怨的语调。庞德的翻译除了在语言上令人耳目一新外,诗中所采用的语调非常传神。庞德多用短的分词片语,把片语或前或后地使用,不但有口语的顿挫和简明,而且表现了少女起伏的情绪。一句"I married My Lord you",令少女娇媚依依的姿态呼之欲出。正因为庞德之译诗如此清新自然,如此"陌生化"(defamiliarize)了传统的"戏剧性独白"(dramatic monologue)文体,因而庞德译的李白《长干行》已成为英美文学之经典获得了经典的地位。(钟玲,2003:45-47)

综上所述,译味语言的音乐美、形象美与情感美三者相辅相成,相得益彰。语言描写的音乐性和形象性若能与情感性相融合或相对衬,成为情意性的生命载体或者说生命寓所,那么形象性、音乐性与情意性三位,即形、音、意就会综合为相辅相成的艺术有机统一整体。

第四节 译境语言的三性

表现意境的语言不同于一般的情感语言,尽管意境传达的也是一种情感体验。诗歌意境的语言具有含蓄空灵、联想丰富、尺幅千里、意在言外等性质，讲究的是言少意多，以一当十，以有限表示无限，寓全于不全之中，寓有于无之中，通过具有无限包孕性的意象，来突破现实语言的樊篱。无论意境是多么的“不落言荃”，但文学翻译中意境的传达最终还是要依靠语言，只不过这语言不是普通的语言，而是意象语言。意象是诗歌的灵魂与生命力所在，没有意象，就等于没有了诗，由此可见意象在诗歌中的重要地位。尽管意象语言有多种表现形式，但最具有代表性的构成要素莫过于隐喻、象征、互文三种诗性化的言说方式了。

一、隐喻性

隐喻是诗歌语言的典型性特征，如果去掉了隐喻，诗就失去了鲜活的血肉之躯，而变成了僵死的木乃伊。隐喻性语言可以把抽象的心理情感具体化、形象化，达到状难写之景如在眼前的艺术效果，让读者如见其人，如临其境。深层隐喻的意蕴往往含而不露，言在此而意在彼，言有尽而意无穷。因此，诗歌隐喻的翻译已经引起了许多学者的关注，成为一个热门的研究课题。

在中国古典诗歌中，带有隐喻性语言的诗俯拾皆是，相当普遍。我们这里选择李白的《送友人》为代表来解析意象语言的隐喻性：

> 青山横北郭，白水绕东城。此地一为别，孤蓬万里征。
> 浮云游子意，落日故人情。挥手自兹去，萧萧班马鸣。

李白的这首诗译本很多，评论也不少。吕叔湘编著的《中诗英译比录》中收录了翟理斯、庞德、弗莱彻、洛威尔（Amy Lowel）、小畑薰良（S. Obata）和宾纳等六家译文。在此基础上，穆诗雄的《跨文化传播——中国古典诗歌英译论》又增加了史蒂芬·卡尔森（Stephen Carlson）、裘克安、许渊冲以及屠笛和屠岸的四种译文，共收录了十种译文。毛华奋的《汉语古诗英译比读与研究》中收录了十五种译文，包括七家外国译者的译文和八家国内译者的译文。就译者而言，外国译者除了吕叔湘提到的六人之外，还有华兹生，国内译者除了裘克安与许渊冲之外，还有孙大雨、刘军平、张炳星、唐自东等。就诗体而论，韵体五种，散体十种。在这首诗的翻译批评之中，影响比较大的有裘克安发表的《李白的〈送友人〉一诗的英译研究》以及高健的《再评李白〈送友人〉的几种英译——兼谈评论译诗的标准问题》两篇文章。姜治文、文军把这两篇评论文章收到了《翻译批评论》一书中。

为什么一首诗会有这么多种不同的译本？如果只用“诗无达诂”与“译无定本”来回答这个问题，答案未免过于草率简单，给人以隔靴搔痒的感觉，掩盖了翻译批评中的质量评估问题,不利于翻译批评的发展。

笔者认为,不同的译者对同一首诗可以有不同的理解,但并非每一种理解都是合理的;同样,不同的译者可以对同一首诗有不同的表达,但并非每一种表达都是有效的。针对《送友人》的不同译本而言,很少有批评者从诗歌意象的隐喻性视角来评析不同的译本。李白的这首诗运用了"青山、白水、孤蓬、浮云、落日、马鸣"等意象语言,描绘了一幅由青山白水、浮云落日、游子班马交织而成的清丽画卷。其中,青山、孤蓬、浮云、落日、马鸣五个意象具有隐喻意义,所以我们从以上列举的十几家译文中重点抽取出来分别统计如下:

意象 译者	青山	孤蓬	浮云	落日	班马
庞德	blue mountains	dead grass	floating cloud	sunset	our horses
翟理斯	blue hills	white sail	wandering thought	my sun	whinnying steed
弗莱彻	green hills	lone sail	floating clouds	sinking sun	your horse
洛威尔	clear green hills	lonely water-plants	floating clouds	day is parting	the horse
小畑薰良	blue mountains	unrooted water-grass	floating clouds	the sunset	our houses
宾纳	blue line of mountains	loosened water-plant	a floating cloud	in the sunset	my horse
华兹生	green hills	weed tumbles	drifting clouds	setting sun	our hesitant horses
裘克安	green hills	the tumble-weed	a floating cloud	the setting sun	our horses
许渊冲	green mountains	lonely thistle-down	floating cloud	parting day	your horse
刘军平	a green hill	solitary flea-bane	the floating clouds	the late setting sun	the horses

这个表格是笔者依据毛华奋(2007:122-127)书中提供的十五种译文进行挑选并编制而成,想了解全部译文的读者可以进一步阅读相关文献。通过对比以上十家译文,我们可以看出译者的不同理解,其中也有不少的误解。"青山"指青翠葱郁的山脉,汉语文化中有"青山不老,绿水长流"之隐喻意义,暗示着诗人与朋友的友情像青山一样万古常在。译文大致有"blue mountains/hills"和"green mountains/hills"两类:前者多为外国译者所译,

带有西方的感情色彩;后者多为中国译者所为,意欲传达的是中国的文化意义。"孤蓬"指蓬草被风吹散,飞转无定,诗歌中常用来比喻游子。庞德译为"dead grass",宾纳译为"loosened water-plant",翟理斯译为"one white sail",弗莱彻译为"your lone sail",洛威尔译为"the lonely water-plants",均存在不同程度的误译。"浮云"指空中漂浮不定的云朵,除了华兹生译为"drifting clouds"之外,其余译者都译为"floating cloud(s)"。"落日"指红彤彤的夕阳缓缓而下,隐喻诗人对友人依依不舍的心情。宾纳、庞德和小畑薰良译为"(the) sunset",翟理斯译为"my sun had set indeed",弗莱彻译为"Yon setting sun…",洛威尔译为"Day is departing…",许渊冲译为"Like parting day…"。诗中的"班马"也具有特别的意象内涵,指"分别的马",像人一样,马在分别时也依依不舍,情意绵绵。译文主要有"your horse""my horse""our horses"几种,相比之下,最后一种译法更能表达分别的依依不舍之意。

王明树、文旭(2009:62-64)从辖域与背景的视角,解读了《送友人》的十种译文中的意象,认为"青山""白水""孤蓬""浮云""落日""马鸣"可分别译为"green mountains/hills""white water""the loneweed/thistledown""floating cloud""the setting sun""both/our horses neigh"。

在白居易的《长恨歌》中,杨贵妃身居蓬莱宫中,日长月久,深感寂寞。当听到唐玄宗李隆基派遣的使节到来时,不禁潸然泪下。在诗人笔下,作者只用两行诗句就把杨贵妃泪流满面、梨花带雨的楚楚动人的形象展现在读者眼前:

玉容寂寞泪阑干,梨花一枝春带雨。

"梨花一枝春带雨"一句,以梨花比容貌,以雨比眼泪,新奇而又自然。它不仅表现了杨贵妃的容貌的娇美胜似梨花,而且表现了她泪珠的晶莹有如春雨。二者融化成一个完整的形象,动人地表现了杨贵妃愁容的万种风情。

关于这两句诗的翻译,我们选了四种译文,每个译文代表一种不同的译法。从意象的翻译来看,"玉容"有"jade-white""lovely""white face"等不同的选择;"梨花"有"pear blossom"与"plum blossom"两种,后者显然属于误译。不过,我们这里讨论的重点是"玉容""梨花""春雨"三个意象的关联性问题。

Her jade-white face criss-crossed with tears in lonely world
Like a spray of pear blossoms in spring rain impearled.[①]

(许渊冲译)

Her lovely face looked wist and sad
    And tears were in her eyes.
She seemed a sweet plum blossom
    Where spring rain pearling lies.

(Tr. Fletcher)

And the tear-drops drifting down her sad white face
Were like a rain in spring on the blossom of the pear.[②]

(Tr. Bynner)

Her face went pale, her eyes were blinded by tears;
A sprig of plum blossom, wet with spring rain.[③]

(丁祖馨等译)

从意象的关联性方面分析,这四家译文各有特色。许译运用明喻的修辞手法把“玉容”(jade-white face)比作“梨花”(pear blossom),中间用 like 建立本体与喻体之间的联系;弗莱彻运用隐喻手法,把人比作梨花,译为“She seemed a sweet plum blossom”;宾纳侧重以雨比眼泪,译成“the tear-drops were like a rain in spring”,本体是眼泪,喻体是春雨;丁译不同于上边三家译文,在译法上与庞德的“In a Station of the Metro”(《地铁车站》)的写法很相似,属于意象叠加的方法,直接呈现意象,不用无助于表现意象的连接词。

二、象征性

在象征与意象之间的关系上,我们依据学者的观点把象征看作是意象的一种表现形式。但象征不是普通的意象,它由象征体与象征义构成,其象征体寄寓着超出词语本义的深层意蕴,同时这种深层意蕴既不是直接的形象,也不是确指的意象。鉴于象征意象的这种特点,我们在翻译时,一方面既要尽量保留原诗的象征体,另一方面又要超越其表层形式,获得象征的深层意蕴。

---

① 见许渊冲、陆佩弦、吴钧陶(编):《唐诗三百首新译》,中国对外翻译出版公司/商务印书馆(香港)有限公司,1988 年,第 290 页。

② 见吕叔湘(编):《中诗英译比录》,中华书局,2002 年,第 234-254 页。

③ 见丁祖馨、拉菲尔(编译):《中国诗歌精华:从〈诗经〉到当代》,辽宁大学出版社,1986 年,第 66 页。

在中国古典诗词中，善用象征的诗人有很多，其中李商隐是比较具有代表性的一位。李商隐一生仕途坎坷，爱情不幸，这给他的诗歌蒙上许多悲伤朦胧的色彩。在写法上，诗人善用委婉曲折的笔调，运用比喻、象征、典故、神话等意象化语言表达幽深的情思、梦幻般的意境。下面这首《无题》诗就是流传最广的写情名诗：

相见时难别亦难，东风无力百花残。
春蚕到死丝方尽，蜡炬成灰泪始干。
晓镜但愁云鬓改，夜吟应觉月光寒。
蓬山此去无多路，青鸟殷勤为探看。

我们之所以选择这首诗作为探讨的对象，是因为该诗综合运用了隐喻、象征、典故、双关谐音等纯诗语言写出了人间的千古至情，描绘出优美的锦绣诗篇。其中，“百花残”是象征，“春蚕”“蜡炬”是比喻与象征的有机融合，“蓬山”与“青鸟”为典故，“丝”与“思”为语音双关。

美国学者与翻译家刘若愚对李商隐有深入的研究，翻译过他的很多诗歌。他在分析这首诗时说：“这首诗全然系由意象、象征和典故组成。它呈现出一幅连贯的画面，表露出绝望的痛苦。”（刘若愚，1990：177）

原诗就分析到这里，下面来解析该诗的译文情况。依据原诗的特点，我们重点讨论诗中含有意象、隐喻、象征和典故的诗句的翻译情况，运用多种译本相互参照的方法，以便反映译者不同的处理方式，最终归纳出比较合理的翻译策略。这首诗的译者主要有 Innes Herdan、刘若愚、许渊冲、张炳星、唐一鹤、裘小龙、曾炳衡、张庭琛与魏博思、丁祖馨与拉菲尔（Burton Raffel）。下边我们从中选取五种代表性的译作，就诗中涉及的象征与隐喻分别展开讨论。

相见时难别亦难，东风无力百花残。

译文：

(1) It’s difficult for us to meet and hard to part,
The east wind is too weak to revive flowers dead. ①

（许渊冲译）

① 见许渊冲：《中诗英韵探胜——从〈诗经〉到〈西厢记〉》，北京大学出版社，1992 年，第 312-313 页。

(2) Hard it is for us to meet and hard to go away;
Powerless lingers the eastern wind as all the flowers decay.①

(刘若愚译)

(3) So hard for us to meet,
Harder to leave.
The spring breeze is feeble.
And the flowers are withering away.②

(丁祖馨与拉菲尔译)

(4) Hard on them to meet; harder to part: such is Love.
All flowers wither away without warmth enough.③

(徐忠杰译)

(5) Meeting chance is hard to get and parting time's hard to bear;
The east wind languid, faded flowers appear everywhere.④

(曾炳衡译)

"相见时难别亦难"一句概括了丰富深刻的人生体验，直抒人生感慨。"东风无力百花残"一句与前句似接非接，描绘出一幅春风无力、百花凋残的暮春图景。刘学锴(1998:49)认为这是一种与写实融合的更加有神无迹的象征，是无题诗最出色的象征。

> 它既像是交待双方别离的时节正值暮春，是写实；但同时又像是刻意为这场难堪的别离设置一个黯然销魂的带有象征意味的背景与氛围。它像是象征青春、爱情的消逝，又像是象征别离双方既难堪又无奈的心绪；甚至不妨认为它象征着一个春尽花残的大时代环境。

由此可见，这两句是情中带景，景中含情，象征与写实融合在了一起。在所列的五种译本中，许译、刘译与曾译保留了原诗中的"东风"意象，丁译用"spring breeze"改写了原来的意象，徐译省略未译。在"百花残"的象征意象翻译方面，五家译文都没有省略不译，只是在选词上有差别。

---

① 见朱徽：《中国诗歌在英语世界：英美译家汉诗翻译研究》，上海外语教育出版社，2009年，第221页。

② 见丁祖馨、拉菲尔(编译)：《中国诗歌精华：从〈诗经〉到当代》，辽宁大学出版社，1986年，第83页。

③ 见徐忠杰(译)：《唐诗二百首英译》，北京语言学院出版社，1990年，第343页。

④ 见吴钧陶(主编)：《汉英对照唐诗三百首》，湖南出版社，1997年，第677页。

春蚕到死丝方尽，蜡炬成灰泪始干。

译文：

(1) Spring silkworm till its death spins silk from love-sick heart,
And candles but when burnt up have no tears to shed.
(许渊冲译)

(2) The spring silkworm will only end his thread when death befalls;
The candle will drip with tears until it turns to ashes grey.
(刘若愚译)

(3) Just as the silkworm spins silk
Until it dies
So the candle cannot dry its tears
Until the last drop is shed.
And so with me.
I will love you
To my last day.
(丁祖馨与拉菲尔译)

(4) A silk-worm exhausts its silk-threads before it die;
A candle gutters on, till its tear-drops run dry.
(徐忠杰译)

(5) Silkworm's threads, like men's longing thought, end only when death comes;
Candles shed tears like men till they burn to their bottoms.
(曾炳衡译)

在这一联诗中，李商隐巧妙地把比喻与象征结合起来，再加上与写实手法的有机融合，使诗的象征变得更加有神无迹，浑然天成。关于比喻与象征相结合的特点，刘学锴(1998:48)分析得更为细致：

象征与比喻结合，如"春蚕"一联中的春蚕、蜡炬，都是喻意显明的比喻，但绵绵不绝、至死方尽的蚕丝，又是悠长不绝、至死不渝的相思之情的象征，在无望情况下仍然执着追求精神的象征；燃成灰烬才停止流溢的蜡泪，又是绵绵不绝的别恨与痛苦的象征，殉情精神的象征。由于与比喻融为一体，不但使象征含意毫不晦涩，而且使读者浑然不觉。

这里，“春蚕”与“蜡炬”是象征体，其象征意义是抽象的理，分别代表至死不渝的相思之情和绵绵不绝的殉情精神。翻译象征意象，尽量不要舍弃象征体，而直接翻译其抽象的象征意义，因为这样就改变了诗的语言，蜕变成说明性的文字。也就是说，象征一方面是靠其形式暗示隐含意义的，另一方面，它又超越形式。象征意象的这一特点如何跨越两种语言的障碍在译文中再现呢？是单纯译形，还是只取其意义？或者还有其他方法？我们看看上边的五家译文便见分晓。

这五家译文按照翻译策略可以分为两类：一是保留象征的隐含意义，译者不添加解释性文字，(1)、(2)和(4)基本属于这一类；二是用 as 或 like 在象征体与隐含意义之间建立联系，译者添加了解释性文字，(3)和(5)属于这个类别。

从译文的效果来看，许渊冲的译文最好，符合他本人提出的“三美论”标准。在音美方面，许译巧妙地运用英语的头韵“spins silk from love-sick”把原诗的谐音双关“丝”与“思”再现出来，不但意合，而且音似，可以说是形神兼备。丁祖馨与拉菲尔的译本添加了许多原诗没有的文字，解释说明的成分太多，失去了诗的凝练性且不说，而且还把象征语言的含蓄性说得过于直白。“春蚕”与“蜡烛”两个象征不同于文化的意象，即使没有历史文化背景，也能为目标语读者理解。春蚕吐丝，死后方尽，蜡烛流泪，泪干身灭，这样鲜明生动的意象可以跨越任何语言的界限而具有很大程度的可译性，因此译者不可添加太多的“私货”进去。

蓬山此去无多路，青鸟殷勤为探看。

译文：

(1) To the three fairy hills it is not a long way,
Would the bluebirds oft fly to see you on the height!

(许渊冲译)

(2) The fairy mountain P'eng lies at no great distance;
May a Blue Bird fly to her and my tender cares convey.

(刘若愚译)

(3) But oh, you live so near, so near,
And a letter would be so dear, so dear.

(丁祖馨与拉菲尔译)

(4) The place, where she lives, is not a far cry.
May, between him and her, the blackbird ply!
(徐忠杰译)

(5) From here to Mount Penglai it is not a long way to go;
Let Bluebird be my messenger to tell you all my woe.
(曾炳衡译)

这首诗的最后一联包含两个典故,即“蓬山”和“青鸟”。前者指的是蓬莱山,神话传统中海外的三神山之一。后者是传说中为西王母当信使的神鸟。两句合起来意思是,她居住的地方如在蓬莱仙山,好在路途也没有多远,我盼着有一个殷勤的使者,为我们传递彼此的相思。

考察上边的五种译法,刘若愚和曾炳衡的两种译文保留了原诗的典故,但具体译法仍有不同。刘译在“蓬山”前边增加了“fairy”,旨在填补目标语读者所缺少的文化背景知识,但并没有挑明其隐含意义,读者仍能感觉到这个“fairy mountain P'eng”的背后承载着某种隐喻或象征意义。曾译把“蓬山”译为“Mount Penglai”,翻译的是其指称意义,但译者没有注释,其意义就晦涩难懂,后一行的“Let Bluebird be my messenger”处理得要比“蓬山”好,读者可以把“Bluebird”与“messenger”联系起来,建立了典故的语义关联。许渊冲的译文采取浅化的译法,把专有名词转化为普通名词,但其意象的性质仍在,意味损失不大。译文(3)是对原文的改写,意象损失殆尽,回译过去与原诗面目全非。丁祖馨、拉菲尔与徐忠杰的译法都难以使原诗的美学价值得到较全面的再现,因而失味。

意境的审美特点决定了它的语言必然具有含蓄凝练、尺幅千里的性质。有诗意的语言总是超越“在场”而指向“不在场”。诗意或艺术品的审美意义所隐蔽于其中的不可穷尽性和不在场性,乃是我们的想象得以驰骋的空间和余地。一首诗或一件艺术作品所留给我们的这种想象空间越大,它们的意味也就越长,其审美价值也越高。

三、互文性

诗歌语言的互文性给跨语言的翻译带来了很大的困难,译者一方面要识别源文本中隐含的各种互文指涉,另一方面还要在目标语中找到适合读者接受的语言再现这种互文现象,让读者展开互文性联想,以实现跨文化的互文沟通。但翻译的实际情况并非如此简单,译者在互文问题的处理上必然面临着一系列艰难的抉择。秦文华(2006:116)在谈到互文现象给翻译带来的困难时说：

> 译者即便是识别并理解了互文性，也会面临难以抉择的状况。是说出原作的未尽之意，将原文的复杂互文明朗化、简单化呢？还是泛泛而谈或加注说明？更为复杂的是，碰到这些问题即便做出了抉择，又如何具体处理，也就是说如何生产译文呢？此外，是重视原文语境的互文性呢？还是重视译文语境的互文性呢？换句话说，是传达原文的互文色彩呢？还是采取让读者更容易产生互文联想的语句来翻译呢？这些都是仁者见仁、智者见智的问题。

虽然这些都是仁者见仁、智者见智的问题，但译者总要考虑到原文的文学性、读者的接受性与翻译语境的转换性等具体操作层面上的问题。当互文现象跨越两种语言文化的障碍时，互文翻译就呈现出更为复杂的共时互文与历时互文纵横交织的关系。为了更具体形象地说明这一问题，我们以辛弃疾的《京口北固亭怀古》的两个译文为例进行分析：

永遇乐

京口北固亭怀古

千古江山，英雄无觅孙仲谋处。舞榭歌台，风流总被雨打风吹去。斜阳草树，寻常巷陌，人道寄奴曾住。想当年，金戈铁马，气吞万里如虎。

元嘉草草，封狼居胥，赢得仓皇北顾。四十三年，望中犹记，烽火扬州路。可堪回首，佛狸祠下，一片神鸦社鼓。凭谁问，廉颇老矣，尚能饭否？

这首词在语言上最突出的特征就是大量运用典故，包括孙权的典故、刘裕的典故、刘义隆的典故、霍去病的典故、廉颇的典故。每一个典故背后都有一个互文本，蕴藏着十分丰富的历史文化内容，每一个典故背后都寄托着作者没有说出的言外之意与词外之情。因此说这些典故都可以称为文化意象，具有互文的性质，正如舒奇志（2007：58）所说的那样：

> 文化意象并非是孤立的语言符号，互文性理论关于任一文本的构成是对其他文本的吸收和转化的观点，启示出文化意象的构成与文化意象语言符号内部和外部的文化所指彼此联结，表征出文化意象的过去、现在、甚至是将来的意旨，实践着文化意象在语言和文化间的化合过程，这就是文化意象的互文本质。

这些典故运用自然、贴切，融叙事、写景、议论为一体，作者发挥典故辞约意丰之所长，借助精心选择的人物典故，以俭省的笔墨表达了丰富的思想内涵。同时，典故的运用使作品语言含蓄，言有尽而意无穷，给读者留下广阔的品味、思考的空间。

诗歌用典体现了语言互文性的一面，这意味着理解该文本就要联系它与前文本的相互借鉴、引用、吸收与转化的互文关系。互文性语言让诗歌的意义变得含蓄而深奥。面对互相交织的互文现象，译者是如何抉择的呢？

Yong Yu Le

Thinking of the Past at Beigu Pavilion in Jingkou

Xin Qiji

In this ancient land
What trace remains of Wu's brave king Sun Quan?
Towers and pavilions where girls danced and sang,
Your glory is swept away by wind and rain;
The slanting sunlight falls on grass and trees,
Small lanes, the quarters of the humble folk;
Yet here, they say, Liu Yu lived.
I think of the days gone by
When with gilded spear and iron-clad steed he charged
Like a tiger to swallow up vast territories.

In the days of Yuanjia
Hasty preparations were made
To march to the Langjuxu Mountains,
But the men of Song were routed from the north.
Now forty-three years have passed,
And looking north I remember
The beacon fires that blazed the way toYangzhou;
Bitter memories these
Of sacred crows among the holy drums
In the Tartar emperor's temple.
Who will ask old Lian Po

If he still enjoys his food?①

(杨宪益、戴乃迭译)

杨宪益夫妇的这个译文是从野莽主编的“古诗苑汉英译丛”中的《宋词》一书中选下来的。这套古诗译丛的一个最大特点就是每首诗词都有语内翻译、语际翻译和注释三个部分。令人感到不解的是,辛弃疾的这首《永遇乐》的语内译者聂鑫森加了九个注释,而杨氏夫妇的语际翻译竟连一个注释也没有。针对中国读者的古诗今译尚且有许多注释,为何针对外国读者的古诗英译却一个注释没有呢?

就词中的五个典故而言,杨译本基本采取直译的方法,用汉语拼音保留了原文的人名与地名,除了“Sun Quan”之外,对其他的典故既没有浅化淡化,也没有文内阐释或文外加注。原文的“寄奴”译为“Liu Yu”,“元嘉”译为“Yuanjia”,“封狼居胥”译为“the Langjuxu Mountains”,“廉颇”译为“Lian Po”。在原诗中,这些人名与地名不是简单的语言符号,而是具有丰富文化内涵的文化意象。但是译者把这些文化意象用汉语拼音表示,对于外国读者来说等于是零翻译,他们根本不可能体会到拼音背后的历史文化内涵,只会造成理解上的障碍。

Tune:“JOY OF ETERNAL UNION”

THINKING OF ANCIENT HEROES IN THE TOWER
ON THE NORTHERN HILL AT JINGKOU

The land is boundless as of yore,
　　But nowhere can be found
A hero like the king defending southern shore.
　　The singing hall, the dancing ground,
All gallant deeds now sent away
　　By driving wind and blinding rain!
The slanting sun sheds its departing ray
　　O'er tree-shaded and grassy lane
Where lived the Cowherd King retaking the lost land.
　　In bygone years,
　　Leading armed cavaliers,

① 见杨宪益、戴乃迭等(译):《宋词》,外文出版社,2001年,第263-264页。

With golden spear in hand,
　　Tigerlike, he had slain
The foe on the thousand-mile Central Plain.

His son launched in haste a northern campaign;
Defeated at Mount Wolf, he shed his tears in vain.
I still remember three and forty years ago
The thriving town destroyed in flames by the foe.
　　How can I bear
To see the chief aggressor's shrine
Worshipped 'mid crows and drumbeats as divine?
　　Who would still care
　　If an old general
Is strong enough to take back the lost capital?①

（许渊冲译）

许渊冲的译法比较灵活，对互文现象采取浅化、转换、淡化、意译、补偿、加注等方式，充分考虑到了译文读者的理解与接受。首先，译者在翻译题目时就通过注释把作者的年龄、身份、地点提供给读者，以便与结尾的"廉颇老矣"形成照应。对于孙权与刘裕两个典故，译本运用文内阐释与文外加注相结合的方法补偿了读者理解所需要的互文语境。在处理元嘉与廉颇两个典故时，译者采取浅化办法，不译人名，而取其指称意义，尽管意味略微有所损失，但不影响整体意境的传达。

翻译文化意象的互文现象是很困难的，语境的缺失往往使互文的链接中断，内互文性与外互文性、共时互文性与历时互文性的矛盾与冲突又进一步增加了传译的难度。典故是文本的记忆，追溯其生发、演变的历程和意义的流动与转换，当然一方面离不开译者，另一方面还依赖读者的回忆与发掘。因此，译者既要考虑把文化意象的内互文性转换为外互文性，又要考虑到译语读者的理解和接受，这其中的问题是不言而喻的。

① 见许渊冲(译):《汉英对照宋词三百首》,湖南出版社,1996 年,第 441-443 页。

第七章　文学翻译境界的思维模式及其特点

语言是思维的直接现实，语言与思维相互依赖，密不可分。虽然思维是内在的心智活动，但它却主导影响着译者的选词造句、布局谋篇等外在的语言表达形式。正因为如此，我们把思维模式的转换单独列为一章进行探讨，重点从译意思维、译味思维与译境思维的不同特点入手，结合翻译的实例解析三种思维类型在文学翻译中的表现。

第一节　翻译思维模式划分的依据

与翻译语言相似，翻译思维也具有动态生成性，既包括原语思维，也包括译语思维，而且还包括从原语到译语的转换思维。关于思维类型问题，目前学界存在不同的分类标准。有学者根据思维的元素把思维类型分为动作思维、意象思维与概念思维。其中除动作思维仍沿用惯称外，以“意象思维”取代习用的“形象思维”，以“概念思维”取代习用的“抽象思维”更为确切。（见李祖扬、汪天文，2007：93）从思维元素的角度划分思维类型更准确地抓住了思维的区别性特征，避免了某些误解、歧义与混乱。依据思维元素的分类标准，译意属于概念思维，因为它依据的是概念、意念与命题；译味属于意象思维，因为它依据的是情感与意象；译境属于原象思维，因为它依据的是想象与境象。

一、概念思维概说

概念是思维的基本单位，比概念大的思维单位是命题。概念与概念之间的关联就能构成命题，命题与命题之间的关联就构成判断，在判断的基础上，人们又可以进一步做出推理。因此，概念思维是最根本的一种思维类型。在翻译界，对概念思维的研究并不多见，我们先从金岳霖谈起，然后评述许钧、刘宓庆、屠国元、张光明、龚光明等学者的研究成果。金岳霖把“思”

与“想”区分开来，并根据所思与所想内容与对象的不同把译意与译味区分开来。所思的内容是意念或概念，所思的对象是抽象的、普遍的东西；所想的内容是意象，所想的对象是具体的、个体的、特殊的东西。我们认为这一区分非常重要，这为研究译意与译味的区别与联系提供了重要的理论基础。

根据以上分析，译意的根据是同一的意念或概念意思或命题，译味依据的是想象、情感与意象。由此推断，译意与译味的区别归根结底是概念和意象的区别。具体说来，译意在思维类型上表现为概念思维，以概念与命题为思维元素，具有抽象性、逻辑性与分析性的特点；译味在思维方式上表现为意象思维，以意象作为主要的思维单位，具有形象性、直观性以及移情性的特点。

许钧对翻译思维有深入的研究，他在《论翻译的层次》一文中提出了翻译的三个基本层次，即思维层次、语义层次和审美层次，并就这三个层次的相互关系进行深度挖掘，广度开拓，提出了很多富有启发性的观点。许钧(1994:82)就概念思维提出了以下看法：

> 翻译固然是一种转换，但这种定性是表面的，转换的基础得深挖一层，可以从思维概念系统中去寻找。这也就意味着在翻译的过程中，译者可以依照一定的思维规律，运用概念思维形式来实现概念的等价转换。翻译思维自然离不开概念，翻译活动最根本的依据在于概念。

许钧的这段话一方面肯定了概念思维在翻译中的重要性，另一方面也指出了概念的等价转化构成了翻译活动的基础与依据。也就是说，概念的等价转换是以概念思维为前提条件的，不同语言之间之所以能够沟通和交流，就因为概念存在基本的一致性。可以说，没有概念思维，就没有翻译。

在翻译研究领域，除了许钧外，其他学者如刘宓庆、屠国元、张光明、龚光明等都研究过翻译思维，从不同角度探讨过概念思维的问题。这些研究主要集中在翻译过程中的概念等价转换、概念的内涵与外延、概念之间的关系、句段篇的逻辑关系的理解与表达等翻译操作层面问题，目的是如何通过概念思维，运用概念、判断、推理等形式获得语言在词、句、段、篇中的概念意义，从而使读者得到正确而连贯的意思和信息。由此可见，概念思维构成了翻译活动的依据与基础，重在解决翻译表层意义向深层意义的转换问题。翻译中所涉及的科学性、可译性与意义的确定性等问题，都与概念思维密切相关。

以上论述构成了研究的基础，但具体到每一个研究对象与研究视角的时候，概念思维就会有各自特殊的表现形式。科技型文本主要以概念思维为主，概念等价转换、概念的内涵与外延、概念之间的关系、句段篇的逻辑关系等问题就成为翻译过程中关注的重点。对于文学翻译来说，概念思维既重要又不重要，换言之，文学翻译一方面需要概念思维，另一方面又不在于概念思维。概念思维的这种既是又不是的二律背反地位值得深入研究。下面我们从抽象性、推理性与分析性三个方面探讨概念思维在文学翻译中的特点。

二、意象思维界说

正如概念是抽象思维的基本元素一样，意象是形象思维的基本元素。在本章的引言部分，李祖扬就术语的命名问题主张用概念思维取代抽象思维，用意象思维取代形象思维，笔者同意这种观点，因为运用思维的基本单位来命名更贴近术语的本质规定性。况且，意象思维的说法在其他学者那里也频繁出现。

"意象"一词在英语中叫作"image"，在西方的理论语境里，这个词本来是一个心理学术语，后来引用到文学批评领域，意指一种心理图象。意象的这种心理学性质说明了它与思维的密切关系。20世纪初，意象派的崛起标志着意象在诗歌中的本体地位，庞德（Pound，1968：4）给意象下的定义是：An "image" is that which presents an intellectual and emotional complex in an instant of time.（一个意象是在瞬间呈现出的一个理性和情感的复合体。）相比较而言，刘易斯对"poetic image"的界定更全面、更严谨：

> The poetic image is a more or less sensuous picture in words, to some degree metaphorical, with an undernote of some human emotion in its context, but also charged with and releasing into the reader a special poetic emotion or passion which—no, it won't do, the thing has got out of hand.（Day Lewis, 1984:22）

在刘易斯看来，诗歌的意象基本是用语言表达出的感性图画，这种语言在某种程度上是隐喻性的，带有语境下情感色彩与暗示意义。诗歌的意象不仅充满丰富的情感，而且还能向读者释放一种特殊的诗情画意。

在国内，意象思维是古代中国把握客观世界的最主要方式，强调对感性经验的直接把握。《周易》中的"观物取象"与"立象以尽意"是对意象思维特征的最精练的概括。陈良运(1995:51)指出,《周易》中卦象的创造标志着先人们的思维方式由形象思维转向意象思维。刘勰在《文心雕龙》中提出的"独照之匠,窥意象而运斤"是指艺术表达之前的心中之象、胸中之竹,因而是意象思维的一种方式。唐朝司空图在《诗品·缜密》中提出的"意象欲出,造化已奇"说的也是内心之象。可以说,中国传统的思维方式是围绕着"象"为核心而展开的,在这一方面,有学者把象思维看作"中国哲学与文化之根"是很有道理的(见王树人,2007:21)。什么是意象思维呢?蒙培元(1993:189)认为意象思维是"把感性形象与抽象意义结合起来的符号性思维,既不同于感性的知觉表象,又不同于理性的抽象概念,它是通过具体形象表现抽象意义"。

尽管金岳霖没有用过"意象思维"这个术语,但他认为想象的内容是意象,意象是类似个体的、特殊的、具体的,并且有情感的寄托。这里有一个问题需要提醒读者注意:金岳霖在《知识论》中讲到意象时,用的是"意像"而不是"意象",这两个意象有区别吗?金岳霖的"意像"是否适用于文学作品的"意象"呢?

金岳霖的《知识论》写于抗日战争期间,书中有些用词不同于当代,如"底"与"的"、"意像"与"意象"的用词问题。金岳霖在《知识论》中两个字基本是互用的,有时写作"像",有时写作"象"。彭发胜(2011:229)指出:"实际上,在金的著作中'意像'与'意象'混用的。"

关于金岳霖的"意像"的所指问题,可以引用他本人的话来回答:"意像是就整体说,或部分说,或关系说,都是类似具体的,类似个体的,类似特殊的。"(金岳霖,1983:313)这里金岳霖连用了三个"类似",是什么意思呢?"类似"就是"好像是",但毕竟不是实物。关于"类似"的意思,金在后文也有解释:"其实类似特殊,类似具体,类似个体,一方面表示意像类似日常生活所谓实物而不是实物,另一方面表示意像不是普遍的、抽象的。"金岳霖的意象显然不同于休谟的"idea",最显明的差异在于"金所使用的'象'与'意味'之间的关联:它源于意味,依照意味的类型而划分"(贡华南,2008:263)。谈到翻译问题时,金岳霖指出情感是寄托在意象上,可分为哲意、诗意的与普通的三种。这样看来,金岳霖的意象内涵与我们所讲的翻译的意象是一致的。译味翻译的是情感寄托,情感来自于意象,意象是想象的内容,所以译味属于意象思维,其依据是想象、意象与情感。

综上所述,译味以意象为思维单位,意象思维构成了译味过程中的思维方式。鉴于意象思维的图象性与情感性,因而它能传递原文的情感意义,其思维方式具有形象性、直观性、移情性的特点。下面我们分三个方面展开论述,看看意象思维在文学翻译的过程中是如何表现的。

三、原象思维描述

“原象思维”是王树人在《回归原创之思》中提出的一个概念。什么是“原象”?所谓“原象”就是合天人、通物我的宇宙整体之象。王树人(2004:6)指出:

> 象思维之象亦可称为精神之象。这种“原象”或“精神之象”,在《周易》中就是卦象,在道家那里就是“无象之象”的道象,在禅宗那里就是回归“心性”的开悟之象。借用海德格尔“缘在”(Dsein)之义以及“缘构发生”(Ereignis)之义来说明这种象思维之“象”,那么,这种“象”都非如西方形而上学的“实体”,而是非现成的、非实体的。所谓非现成、非实体,就是指这种“象”之“有”乃是“有生于无”,从而是原发创生之象,“生生不已”之象。

根据王树人的界定,我们知道原象思维之“象”就其本真状态而言指的是“大象无形”之“象”,也称为“道象”,而非一般的形象、表象或意象。原象思维具有非现成性、非实体性、原发创生性等特点。原象表面看是一种“无”,但“无”中可以生“有”,是原创原生之源。原象思维运用内省、体悟或整体直观等方式,选择特定的物象作为比喻去说明或论证心物之间和天人之间以及相关领域中的深层秩序的思维方式。

由此看来,王树人提出的“原象思维”概念就把概念思维与意象思维区别开来,同时也为意味与意境在思维方式上的划分提供了理论支持。王氏认为,象思维具有动态性,其中蕴含的流动与转化,经过具象、意象诸可感知之象,进而跃升至“大象无形”或“无物之象”。值得注意的是,这里提到的“可感知之象”与“无物之象”明显不同,前者以表象、实象的形式通过直觉思维直接呈现,而后者以道象、虚象的形式通过妙悟体观呈现。除了要明确两者的区别,我们还要看到两者的联系。那就是,对“原象”的把握,只能在一步步“悬置”可感知之象时才能体悟到。反过来说,可感知之象也是“原象”的表现,既是显示又是遮蔽“原象”的表现。

原象思维的这些特征与意境的思维方式有着本源的联系。意境最早可以追溯到老子的“大音希声,大象无形”以及庄子的“象罔”。兴起于魏晋时期的佛学思想在很大程度上促进了意境理论的形成。到唐朝时候，“意境”作为美学范畴正式出现，王昌龄在《诗格》里明确提出“物境”“情境”“意境”的说法，分别指以写物、写情或写意为主要内容的三种不同类型的诗境，但应该指出的是，王昌龄所谓的“意境”与我们现在所指的“意境”具有不同的内涵。刘禹锡提出的“境生于象外”指出了意境概念的基本规定性。晚唐诗人司空图提出的“三外”（象外、韵外、味外）之境论进一步发展了意境理论，使意境理论逐渐走向成熟。刘成纪（2007：109）对意境生成的历史成因的概括更为简练：

> 一般而言，中国美学的意境理论肇始于道家，成熟于禅宗。道家的本无之论和禅宗的空观是意境诞生的哲学前提，而意境的生成则直接依赖道禅的空、无本体向“一体之心”的内化。

意境的审美特征与道家的“无”、禅宗的“空”有直接的联系，而刘禹锡的“境生于象外”则是对意境本质的最简明概括。因此，若从思维方式来考察意境的特点，原象思维正符合意境的诗性思维方式，较好地反映了意境的在思维领域的存在方式。

第二节　概念思维的特点

即使在文学翻译中，概念思维也是相当重要的，其作用是保证文学艺术的真实性，不真的作品当然就失去了美。概念思维具有抽象性、逻辑性、分析性等特点。当然，概念思维的这些特点只是描述性的、功能性的界说，并没有穷尽概念思维的所有特征。

一、抽象性

当谈论文学作品时，我们经常提倡形象性与具象性，很少有人推崇抽象性。但若论及文学翻译的时候，抽象性的问题就不可避免。在概念思维层面上分析，文学翻译的理解过程就是透过原文的表层形象解读其深层的概念意义，这概念意思是两种语言可以互译的基础。从表层的形象转换到深层的概念过程实际上就是抽象化过程。就文学翻译而言，抽象的对象是具象，抽象的结果是概念与意思。这样说有些理论化，我们最好看一些具体的例子：

(1)**鲁迅的骨头是最硬的。**他没有丝毫的奴颜和媚骨,这是殖民地半殖民地人民最可宝贵的性格。

Lu Hsun was a man of unyielding integrity, free from all sycophancy or obsequiousness; this quality is invaluable among colonial and semi-colonial peoples.[①]

(2)你在家时,**谁敢来放个屁?**(《水浒传》第二十四回)

When you were at home, who dared to come and insult me?[②]

(Tr. J. H. Jackson)

这两个例句中的黑体部分,若按照字面意思翻译,对于目的语读者没有意义,所以译者采取抽象化思维的方式,在译文中保留了抽象后的概念意思,或意念上的意义,以实现传递基本信息的翻译目的。例(1)中,"鲁迅的骨头是最硬的"使用形象性的说法,表达一个人的人格刚正不阿,不趋炎附势。翻译时舍弃其形象,传达了原文的基本内容,保证了译文的可读性。例(2)中的"谁敢来放个屁",赛珍珠按照字面意义译为"who dared to come near and pass his wind",歪曲了原文的思想感情,连基本的译意也没有做到。杰克逊的译文摆脱了原文字面形式的语言束缚,抓住了表层意义下的深层意义,较好地传递了原文的概念意义。

文学翻译中的抽象化可能会导致原文情感寄托的丢失,原文和译文在情感意义上就不可能对等。这样看来,抽象性给文学翻译带来的不是福音,而是意义的部分流失,那么,这是否意味着文学翻译要避免概念思维呢?如果不是,那概念思维中的抽象性特点对于文学翻译有什么意义呢?在回答这两个问题之前,让我们先引用金岳霖论述抽象的重要性的一段话:

抽象的成分实在是知识底必要条件。没有抽象的成分,不但语言不可能,传达不可能,意念不可能,知识也不可能。只有官能而无抽象能力,不但共同知识不可能,即亲知也不可能。(金岳霖,1983:236-237)

金岳霖在短短的一段话中连用了六个"不可能"来强调抽象对知识的重要性。金是哲学家,他在用哲学语言说话,虽有些不太好懂,但道理却很深刻,说得也很到位。其核心观点是说,没有抽象就不可能有知识。其中,"语

① 见陈宏薇、李亚丹(主编):《新编汉英翻译教程》,上海外语教育出版社,2004年,第127页。

② 见奚永吉:《文学翻译比较美学》,湖北教育出版社,2000年,第88页。

言不可能，传达不可能，意念不可能”对于翻译很有启发性。金岳霖在谈翻译时就说过，译意翻译的就是意念上的意义。这意念上的意义与抽象密不可分。文学翻译若没有了概念思维，两种语言文化之间连最基本的理解都不可能，传达不可能，意念上的意义也不可能。概念思维虽抽象，但抽象后的意念上的意义，或称为概念意义，可以独立于各种语言文字，即不同的语言文字之间可以互译，就是因为有共同的概念意义存在，舍此，就没有翻译的可能性。所以，许钧说的“翻译活动最根本的依据在于概念”是真理。

二、逻辑性

一般认为，概念是与词汇相对应的思维形态，判断是与句子词汇相对应的思维形态，推理是与语段或篇章相对应的高级思维形态。无论是概念、判断还是推理，都涉及文学翻译中的逻辑性，主要是解决文学翻译的“真”的问题。也就是说，译文要经得住推敲，不能前后矛盾，破绽百出，违背基本的行文逻辑与上下文的连贯。现以林纾翻译的《三千年艳尸记》为例来分析：

> 然狮之后爪已及鳄鱼之颈，如人之脱手套，力拔而出之。少顷，狮首俯鳄鱼之身作异声，而鳄鱼亦侧其齿，尚陷入狮股，狮腹为鳄所咬亦几裂。如是战斗，为余生平所未睹者。

这段译文是钱锺书在《林纾的翻译》一文中所举的例子，用以说明林纾的翻译能起到“媒”的作用，看了林的译文，引导读者去读原作。钱锺书这么说并非是褒奖林纾的翻译，而是因林的译文没有把鳄鱼与狮子之间惊心动魄的搏斗过程与结果交代清楚，结果给读者留下很多疑点：

> 狮子抓住鳄鱼的脖子，决不会整个爪子像陷进烂泥似的，为什么“如人之脱手套”？鳄鱼的牙齿既然“陷入狮股”，物理和生理上都不可能去“咬狮腹”。我无论如何想不明白，家里的大人也解答不来。（钱锺书，2002：81）

钱锺书的这段话说明，读者在阅读文学作品时不自觉地就会对译文做出判断与推理。逻辑推理的结果发现，林纾的译文有漏洞，没有交代明白。钱锺书对林纾译文的这种批评方式就包含了逻辑推理的成分在内。林纾的译文经不住推敲，违背了常理，糊涂了事，蒙骗读者，这样的译文即使语言再精彩，也不能说是好译文。不真的译文当然也算不上美，优秀的译作理应是真善美的统一。

但是，文学翻译所遵循的主要是情感逻辑，文学作品中的“真”并不是逻辑学上的“真假命题”。前者是可能的存在，后者是现实的存在；前者符合艺术逻辑，后者符合科学逻辑。欣赏文学作品，尤其是诗歌，不能用科学逻辑的理性分析方法解读文本，现举杜牧的《江南春》作为例子来说明：

> 千里莺啼绿映红，水村山郭酒旗风。
> 南朝四百八十寺，多少楼台烟雨中。

多好的一首诗！寥寥数语，把江南的锦绣春色描绘得栩栩如生，仿佛近在面前。全诗清新秀丽，春意融融，有山有水，有花有鸟，有近景有远景，读来心旷神怡，回味无穷。可是明代的杨慎在《升庵诗话》中却用纯逻辑分析的方法质疑这首诗的真实性：“千里莺啼，谁人听得？千里绿映红，谁人见得？若作十里，则莺啼绿红之景，村郭、楼台、僧寺、酒旗，皆在其中矣。”杨慎的这种解诗法就是混淆了艺术的真实与科学的真实之间的区别，把艺术逻辑与科学逻辑混为一谈。若按照杨慎的逻辑去解诗，就等于取消了诗歌的想象，更何况即使改为十里，也不一定为人的听力与视力所及。

谈到这个问题，笔者想起了《红楼梦》第七回中描写焦大的一段话，又找到了杨宪益与霍克思的译文，觉得很有意思，也正适合这里谈论的艺术真实问题，不妨摘录如下：

> 不是焦大一个人，你们就做官儿享荣华受富贵？你祖宗九死一生挣下这家业，到如今了，不报我的恩，反和我充起主子来了。不和我说别的还可，若再说别的，咱们红刀子进去白刀子出来！

> 杨译：Shut up, and I'll overlook it. Say one word more, and I'll bury a white blade in you and pull it out red![1]
>
> 霍译：You'd better watch out. Because if you don't, you're going to get a shiny white knife inside you, and it's going to come out red![2]

---

① Cao Xueqin. *A Dream of Red Mansions* (volume I), trans. Yang Xianyi and Gladys Yang. Beijing: Foreign Languages Press, 1994. p. 151.

② Cao Xueqin. *The Story of the Stone* (volume one), trans. David Hawkes. London: Penguin Books Ltd., 1973. p. 182.

为节省篇幅，笔者没有把选段的完整译文摘录下来，而是提供了与我们谈论的问题密切相关的最后几句话。细心的读者会发现，原文中焦大说的是“红刀子进去，白刀子出来”，而杨、霍两人的译文都不约而同地改成“白刀子进去，红刀子出来”。为什么译者要这么改呢？冯庆华(2006:325-326)认为：“两位译者或许误以为‘红’‘白’二字是曹雪芹的笔误，或许是考虑到译文读者不会接受句子飞白这种汉语所特有的修辞格，无法理解其修辞效果，又或许……”冯庆华依据自己的猜测来解释译者改写原文的原因，似乎也很有道理。但我们认为若从译者的思维方式角度解读这一翻译现象似乎更有说服力。如果从语言类型上分析，“白刀子进去，红刀子出来”属于逻辑思维，具有科学性，没有任何感情色彩；“红刀子进去，白刀子出来”虽不符合科学逻辑，但符合情感逻辑，具有滑稽、增趣的表情效果，译者如果将错就错，故意仿效，译文就把焦大的醉态以及酒后的狂言乱语形象传神地再现出来，让作品中的人物说出一些违背逻辑的话来，以符合人物的身份或达到某种特殊的语境效果。这说明两位译者都注重语言表达的逻辑性，而忽视了艺术逻辑偏离常规后所产生的特殊意味。

综上所述，文学的推理与逻辑学的推理既有相同之处，又有明显的不同之处，不能混为一谈。其相似点在于，文学翻译的思维过程要运用概念、判断与推理的逻辑思维形式正确理解原文的脉络关系，原文是清晰的，译文也应该是清晰的，不能像林纾那样蒙骗读者，糊涂了事。其不同之处是，艺术与科学遵循的是两套不同的逻辑，不能用科学的逻辑要求文学的逻辑。

三、分析性

概念思维的第三个特点就是分析性。分析性是一种理性思维方式，其目的在于消除模糊性、含混性的概念与问题，从而使思维明晰化、精确化。分析性的思维过程在译者的脑海中不可见，但我们可以从译文的语言看出分析性思维的表现形式，从这个角度看，思维与语言的确是互为里表、密不可分的。美籍华裔学者高友工(1988:192)在谈到隐喻语言与分析语言的区别时这样说：

> 分析性语言运用语法来表达句中各种成分之间的多种关系，诸如空间关系、时间关系、类属关系、隐含关系等等。这是一种有自我意识的、推理性的语言，与理性思维有着明显的相似性。

从高友工的这段话中我们知道，分析性语言是一种推理性语言，与理性思维有着明显的相似性,其思维方式外化为语言层面时就表现为语法化分析。若就中译英而言,分析性的思维特点表现为把汉语的意合语言转换成英语的形合语言,这个转换过程就是分析性的思维方式。分析性的思维方式在汉英翻译中有多种表现形式,如人称代词的确认与增补、汉语句式的英语逻辑化、汉语话题句与英语主语句的转换、空间与方位关系的明晰化,等等。

中国古典诗歌高度意合化的传意方式表现在语言上就是表达的非逻辑性、思维方式的非分析性、意义类型的非言传性,具有"呈于象,感于目,会于心"的审美艺术效果。可是,汉语古典诗歌的译文在用逻辑分析思维的方式,并经过定时、定位、定向的语法化语言明晰之后会对原诗造成什么样的破坏呢?关注这个问题的国外汉学家主要有美籍华裔学者叶维廉、法国学者程抱一、美国学者刘禾、美国学者刘若愚等,国内学者有黄国文、庞秀成等。这里,我们只选择人称代词问题进行分析,希望能以点带面,一叶知秋。

花非花,雾非雾。夜半来,天明去。
来如春梦几多时,去似朝云无觅处。

白居易的这首26字的短诗与其他通俗易懂的诗篇迥然不同,诗的意义扑朔迷离,意境朦胧。对于译者来说,翻译这样空灵缥缈的作品无疑是一个巨大的挑战。从构成这首诗的单个意象来说,有花,有雾,有夜半,有天明,有春梦,有朝云。作者究竟想说什么,单独地看,很难知道其情感寄托。若从整体的格式塔意象来看,作者想写的又不是单纯的"花",也不是纯粹的"雾",其性情特点像花似雾,来无影,去无踪。

In bloom, she's not a flower;
  Hazy, she's not a haze.
She comes out at midnight hour;
She goes with starry rays.
She comes like vernal dreams that cannot stay;
She goes like morning clouds that melt away.

(许渊冲译)

原诗通篇没有一个人称代词,增加了这首诗的朦胧含蓄性,而英诗却很难做到全篇无一个主语。鉴于英汉语的这种差异,译文若想保留诗歌的含蓄模糊美,译者要尽量减少人称代词的使用。可是许渊冲的译文用了六个

“she”，影响了诗歌意境的不确定性与多义性。

> Tune:“Flower Unlike Flower”
> A flower, and yet not a flower
> Of mist, and yet not of mist
> At midnight she comes
> And at daybreak, leaves.
> She comes like a spring dream, for how long?
> She goes like morning dew, without a trace. ①
> (Tr. Eugene Eoyang)

欧阳桢的这个译文在整体的意象上处理得较好，译者在翻前两句时尽量避免人称代词的出现，采取层层推进的方法，以便把读者引入一个似梦如幻的情境。在人称代词的处理上，欧阳的译本只在必要的情况下才出现“she”，全诗使用三次。

汉语中省略人称代词的现象在文学作品随处可见，可以说非常普遍，但翻译成英语时，如何处理人称代词就成为一个很值得研究的问题，尤其是在诗歌翻译中更是如此。庞秀成在吸收借鉴前人研究成果的基础上，专门就这一问题进行研究，认为将主体“我”实现代词符码是破坏原诗审美价值的主要原因：

> 用明晰化的方法对文本叙事主体进行语义逻辑分析虽得到了表面完整，但以此组织译文在艺术上反而是残缺的。只要经过语义逻辑分析，译者就会强烈地感到中国古诗意象世界的完整性、丰富性和充盈性与表面的破碎性、跳跃性、简洁性之间的反差。这是因为“虚”抗拒语义逻辑分析。尽管“空白”理论依靠现代完形心理学和现代语言学的分析技术，用于文本分析有一定解释力和实证性，但是它同时消解原文本的含蓄性、模糊性、多义性、不确定性以及物我合一的交流动态，因此值得中国诗歌译学警惕。(庞秀成，2009：89)

庞秀成主张，为了保持原诗的含蓄性，应抑制将隐含的主语符码化为代词或

---

① 见 Liu Wu-chi. *An Introduction to Chinese literature*. Bloomington and London: Indiana University Press, 1966, p. 211.

将叙事主体与客体的关系用句法、逻辑手段明晰化的欲望。最后,文章探讨了运用被动语态增加含蓄性、转换视点隐含叙事主体等翻译手段来实现隐含翻译的可能性。

从中国古诗英译的现实情况看,译者的分析性思维模式对译文的介入痕迹是很明显的,有些诗歌翻译批评者不满于传统的印象式评价方式,采用语言学的语言分析方法给诗歌批评提供了一个新的视角,但语言分析不能取代审美鉴赏,也不能触及意境的深层意蕴:

> 语言分析永远不能代替文学欣赏能力。语言分析应该加深我们对于作品的理解和欣赏。如果只是通过分析把一大堆语言现象罗列出来,那末这种分析就没有什么意义。许多文体学家已经注意到早期文体学中的这一问题,在他们的著作中努力将文体分析与理解和欣赏结合起来。(王佐良、丁往道,1987:509)

笔者认为,语言分析永远不能代替文学欣赏能力的观点非常有洞见,这尤其适用于探讨文学翻译。有些语言学的翻译研究者擅长语言分析,而忽视了将语言分析与文学鉴赏能力结合起来。

第三节　意象思维的特点

概念思维是翻译存在的必要条件,但不是文学翻译追求的目标。意象思维是文学翻译中的常态思维模式,强调对审美对象的直观把握,其思维方式具有形象性、直观性、移情性等特点。本节内容首先界定意象思维的概念,然后结合翻译实例分三个方面解析意象思维的特点。

一、形象性

根据以上分析,意象思维的思维单位是意象,而意象又是具体的、个体的、特殊的,因而意象思维的一个明显特点就是形象性。形象性与前边一节的抽象性相对应,可以超越抽象性的意念化与概念化,从而使译文更生动、更感人、更具有意味。

> "形象"是指一切"实物"在人脑中形成的图像、映象。它既包括通常意义上的表象又包括在表象基础上抽象概括形成的较高层次的图

像。一般说来，事物的表象是客体与人脑相互作用后在人脑中形成并留下的"整体"图式，它与被反映的客体具有一一对应的映射关系。（周建设，2006：19）

在谈到意象思维的形象性特点时，我们所说的"形象"指的是实物在人脑中形成的表象与图像，属于心理层面的东西，因而也可以叫作"心象"。心理学界往往把英文的 image 译为"表象"，就是指在知觉基础上形成的感性形象，可以在脑海中重现与记忆。形象思维对于文学翻译非常重要，可以让译文达到以形写神、形神兼备的艺术效果。下面我们以《明湖居听书》为例分析形象思维的具体表现：

王小玉便启朱唇……声音初不甚大，只觉入耳有说不出来的妙境：五脏六腑里，像熨斗熨过，无一处不伏贴；三万六千个毛孔，像吃了人参果，无一个毛孔不畅快。唱了十数句之后，渐渐的越唱越高，忽然拔了一个尖儿，像一线钢丝抛入天际，……那知他于那极高的地方，尚能回环转折；几啭之后，又高一层，接连有三四叠，节节高起。恍如由傲来峰西面攀登泰山的景象：……那王小玉唱到极高的三四叠后，陡然一落，又极力驰其千回百折的精神，如一条飞蛇在黄山三十六峰半中腰里盘旋穿插，顷刻之间，周匝数遍。从此以后，愈唱愈低，愈低愈细，那声音渐渐的就听不见了。……约有两三分钟之久，仿佛有一点声音从地底下发出。……像放那东洋烟火，一个弹子上天，随化作千百道五色火光，纵横散乱。这一声飞起，即有无限声音俱来并发。……有如花坞春晓，好鸟乱鸣。

这段文字选自刘鹗的《老残游记》的第二回，描写白妞说鼓书的高超技艺，语言可谓出神入化。作者运用比喻、夸张、通感等艺术手法，借助视觉、色彩、实体等可感的具象形式，将抽象无形、飘忽不定的声音之美转换成语言文字的视觉、触觉、味觉等具体可感的实体形象。原文的这种形象之美是否可以在英文中得到再现呢？下面我们看看杨宪益的译文：

Little Jade then parted her lips and sang a few lines: the sound was low but indescribably sweet. All the organs of the body seemed smoothed as if by an iron, each into its proper place, while the whole body felt as if after drinking nectar, and there was not a pore that was not relaxed. … she gradually sang higher and higher, until suddenly she soared to a very high pitch as if a steel rope had been flung into the sky, … But even at that high pitch her voice could still circle and revolve, and after several trills it rose to an even higher note and ascended the scale for three or four notes more. It was like climbing Taishan Mountain from the Aolai cliff on the west side: … When Little Jade reached the highest pitch her voice suddenly dropped and, winding skillfully with all its art, seemed like a flying snake weaving its way down through the many ridges of the mountain and circling round and round in a very short space. Her voice dropped lower and lower until it gradually became inaudible, … in two or three minutes there seemed to be a small voice coming slowly out from beneath the ground to flare up again like foreign fire-crackers or like a rocket soaring up and multiplying into a thousand trails of coloured light before scattering down again. … like many birds singing at dawn amid spring flowers…①

从内容上看,原文中有的译文中也有,从效果上看,译文语言基本做到了与原文语言等效的表达能力,这也说明英汉两种语言具有同等的表现力。原文中的各种比喻在译文中基本完好无损地得以表达,尽管个别的形象用了功能对等的替换法,但这并不影响形象的传达。原文中“像熨斗熨过”的比喻,是用触觉描写声音之美,译文用“All the organs of the body seemed smoothed as if by an iron, each into its proper place”描述了人类共同的认知体验,具有普遍的可传达性。原文中“像吃了人参果”的比喻,是用味觉描写抽象的声音之美,译文用“the whole body felt as if after drinking nectar”描写,可以说与原文等效。原文中的“人参果”典出《西游记》,西方读者感到陌生,原封不动地移植过去,不会产生与原文一样的表达效果,所以译者用“nectar”替换,名称虽异,但效果相同,都描述人相同的味觉体验。原文中“攀登泰山”“放烟火”等视觉形象在译文中也形象地得到再现:“flare up againlike foreign fire-crackers or like a rocket soaring up and multiplying into a thousand trails of coloured light before scattering down again.”由此

① 见《中国文学:古代小说卷》,外语教学与研究出版社/中国文学出版社,1998年,第419-420页。

可见，英文同汉语一样可以运用比喻、通感等手法，把抽象难摹的歌乐，描绘成触之有体、咂之有味、视之见形、听之有声的具象实体，使人如临其境、如闻其声。如果译文把这些比喻、通感句去掉，文脉虽通，但对歌声的表现力就逊色多了。

形象思维是译味区别于译意的显著特征之一。形象性的语言能给人以具体、生动、丰满、鲜活的印象，使读者体会到了如闻其声、如见其人、如临其境的艺术效果。

二、直觉性

“审美直觉”在中西文论与美学领域都是一个极其重要的关键词。直觉思维，在古代称为“体”或“玄览”，是古代中国人把握客观世界的最主要方式。老子的“玄览”就是直觉思维的一种方式。直觉思维超出了经验和思维的认识，超越了现实的主体和客体的对立，使二者在某种神秘的境界中合而为一。

在西方，审美直觉的发展有两条线索：一条是从康德、叔本华走向尼采、柏格森的生命哲学化的直觉主义；另一条线索是指源于康德，走向克罗齐的形式主义“直觉－表现”说。克罗齐(1983:164)在《美学原理》中认为：

> 艺术美的本质就在于直觉。所谓直觉，就是见到一个事物，心中只领会那事物的形象或意象，不假思索，不生分别，不审意义，不立名言，这是知的最初阶段的活动。直觉是在概念形成之前的思维阶段，因此，美感绝对排除逻辑思维，排除道德的、实践的行为，美感是刹那间直觉的顿悟，霎时间他享受到审美的快感或美的东西所产生的快感。

克罗齐的“直觉即表现说”突出刹那间直觉的顿悟，排除逻辑思维。朱光潜是克罗齐美学思想的继承者与发展者，他说：“美感的经验就是直觉的经验，直觉的对象是形象，所以美感的经验可以说是形象的直觉。”(朱光潜，2005:4)在美学活动中，直觉一般作为整体出现，在某一时刻，人身处其中的一切直觉感受都作为一个整体的意象当下被感受到。

根据克罗齐与朱光潜的说法，直觉的对象是意象或形象，而意象又是心理的东西。那么线性的语言是如何在读者面前呈现出视觉形象的呢？阿恩海姆提出“视觉意象”这个术语，认为把视觉与思维联系起来的唯一桥梁是“意象”。同时他还指出，思维需要意象，意象中又包含思维，包含意象的视觉艺术乃是视觉思维的故土。(阿恩海姆，1987:372)

分析到这里为止，可以看出学者们的观点基本趋于统一：直觉是刹那间的顿悟，直觉的对象是意象，意象包含着思维。依据这样的观点，我们来谈论文学翻译的直觉思维问题。这里选择意象派的代表庞德作为个案。下面我们引用庞德（1968：4）在《回顾》一文中提出的论点：

> An "image" is that which presents an intellectual and emotional complex in an instant of time. I use the term "complex" rather in the technical sense employed by the newer psycologists, such as Hart, though we might not agree absolutely in our application.
>
> It is the presentation of such a "complex" instaneously which gives that sense of sudden liberation; that sense of freedom from time limits and space limits; that sense of sudden growth, which we experience in the presence of the greatest works of art.
>
> （意象就是在瞬间呈现出的一种理性和感情的复合体。我用"复合体"这个术语，是从心理学家哈特等人所用的那种技术意义上来说的，虽然我们在应用方面可能不完全相同。
>
> 正是这种"复合体"的突然呈现给人一种突然解放的感觉，一种不受时空限制的自由感觉，一种我们在面对最伟大的艺术品时经受的突然长大了的感觉。）

在这段引文中，庞德把意象定义为"在瞬间呈现出的一个理性和感情的复合体。"即运用想象、比喻所构成的各种具体鲜明的可以感知的诗歌形象。"复合体"（complex）是心理学家哈特（Hart）使用的专业术语。庞德认为诗歌要直接表现主观事物，删除无助于表现的词句，要把诗人的感触和情绪全部隐藏在意象后面，不加任何解释、说教和评论，通过意象把它们暗示出来。审美直觉的这种特点在有些作品中表现得很明显，我们以庞德的"In a Station of the Metro"（《在地铁车站》）为例加以说明：

In a Station of the Metro

Ezra Pound

The apparition ofthese faces in the crowd;
Petals on a wet, black bough.

该诗虽然只有短短的两行，却是意象主义诗歌中最为著名的一首，最能反映庞德的意象派诗学主张。原诗既没有动词，也没有人称，只是两个独立短语，中间还用分号隔开，但包含着两个视觉意象的叠加：人群中隐约的面孔与黑树干上的花瓣。第一行描述诗人的具体经验：黑压压的人群中，突然幻影般地闪现出几个美丽的面孔。第二行进行隐喻，看见人群中清新美丽的面孔，犹如看到湿漉漉的花瓣。在情感力量方面，人群与湿漉漉的枝条，都令人感到冷漠压抑，而美丽的面孔与花瓣，又使人感到耳目一新，有了爽朗轻快的感觉。这种意象叠加的跳跃思维模式形成的冲击力就是直觉性审美。

关于这首诗的翻译，目前有杜运燮、赵毅衡、飞白、江枫、裘小龙等十几个译本，我们这里选择杜运燮的译本作为分析的对象，因为这个译文被袁可嘉、刘象愚、黄晋凯等人收录到他们所选编的外国现代著名诗选中，可见其影响之大。我们把讨论的重点放在译者对语言选择与意象叠加两方面的处理策略上。

在一个地铁车站

庞德

人群中这些面孔幽灵一般显现；
湿漉漉的黑色枝条上的许多花瓣。①

（杜运燮译）

庞德的意象诗是感觉印象的复合表现，语义朦胧，读者由于不同的生活体验，会产生不同的理解，从而赋予译文不同的情感体验。译文把原诗中的apparition译为“幽灵”，显然给译诗附加上了一层冷漠的情感色彩。地铁中这些涌动的、嘈杂的面孔，像幽灵一般显现，唤起的是读者恍惚、忧伤、匆匆的心理反应。在意象的叠加上，面孔与花瓣这两个图象，一个流动而忧伤，一个静止而鲜明，一个黯淡，一个美丽。把它们放在一起，彼此互相衬托，互相强调，互相补充，便产生感觉复合的效果，恰与诗人对意象的解释相契。

根据以上例句的分析，我们知道直觉要求人们从感官角度直接领会艺术作品中那些以视觉意象的形式存在的审美价值。在这个层面上，接受主体不是用理性的、分析的、逻辑的眼光来分析作品，而是尽量去感同身受，去沟通体验作品，这时的作品是一个未经分解的整体。

三、移情性

西方“移情说”的代表人物是立普斯（Lippis），国内朱光潜发展了这一理论。里普斯认为，“移情”是由人固有的主观心理“外射”功能造成的，“移

① 见刘象愚（选编）：《现代主义文学作品选》，高等教育出版社，2002年，第77页。

情”的实质是创造出与物自身不同的“物我同一”的审美欣赏对象。朱光潜(2005b:31)认为,“移情作用必须物我同一,不但由我及物,而且也由物及我,是双方面的。”我们非常赞同朱光潜的这种说法,移情的双向性就克服了主客两分的二元对立说,与中国美学中的心物感应、物我同一的审美境界就有了对接的可能。

在文学艺术中,移情作用是非常普遍的,无论是文学鉴赏、文艺创作,还是文学翻译都需要移情作用。单就文学翻译来说,移情性不仅表现在译者与作者之间的感情共鸣,而且还表现在译者主体对原文的审美鉴赏与凝神观照。在此基础上,译者再把从原文中获得的情感意趣投射到译文中去,让译文的读者在鉴赏时获得类似原文的审美体验。

就译者与作者之间的移情来说,凡是带有真情实感的译者一般都能与作者融为一体,合二为一,达到主客交融之境,就像庄子观鱼能知鱼之乐,也像庄周梦蝶分不清是译者还是作者,还像与可画竹,见竹不见人,其身与竹化。正因为这样,郭沫若说:

> 译雪莱的诗,是要使我成为雪莱,是要使雪莱成为我自己。……我爱雪莱,我能感听得他的心声,我能和他共鸣,我和他结婚了。——我和他合而为一了。他的诗便如像我自己的诗。我译他的诗,便如像我自己在创作的一样。(转引自罗新璋、陈应年,2009:405)

这些例子都说明,好翻译都需要译者对原作注入深厚的感情,“观山则情满于山,观海则意溢于海”。具有审美意识的译者能缩短译者与作者的时间与空间距离,把阅读活动看作是读者与作者之间的一种相互理解和交往活动,从而深刻地揭示了审美经验的主体间性本质,也就是普莱所说的,阅读过程中的审美移情把读者与作品之间的主客体关系转化为读者与作者之间的主体间关系。“随着阅读活动的展开,作品的物质性消失了,转化成了我们意识中的一种精神实体。”(苏宏斌,2005:305)

审美移情是一种心理现象,译者如何才能在翻译实践中做到由我及物与由物及我的物我同一呢?下面我们选择杜甫的《春望》一诗为例说明诗歌翻译中的审美移情:

> 国破山河在,城春草木深。感时花溅泪,恨别鸟惊心。
> 烽火连三月,家书抵万金。白头搔更短,浑欲不胜簪。

此诗作于安史叛军攻下长安后。前四句写春城败象,饱含感叹,后四句写心念亲人情况，充溢离情。全诗沉着蕴藉，真挚自然。《唐宋诗词常用名句300》中对于这首诗的"感时花溅泪，恨别鸟惊心"一联是这么解释的：

> 感慨时局，看见花儿也流泪，怅恨离别，听到鸟鸣也惊心。也有另一种解释，以花鸟拟人，感时伤别花也溅泪，鸟亦惊心。两说不同，但精神可通。前者是触景生情，后者则是移情于物。（吴开晋、耿建华，2003：29）

人看见花而流泪，是触景生情，由物及人；感时伤别花也溅泪，鸟亦惊心，是移情于物，由人及物。明明是诗人自己因感伤时事而落泪，因与家人离别而惊心，却说成是"感时花溅泪，恨别鸟惊心"。花鸟本是无情之物，诗人"以我观物，故物皆著我之色彩"（王国维《人间词话》），移情于物，使花鸟同心，忧则同忧，悲则同悲，这便是美学中所说的"移情作用"。

从收集到的几种英译文来说，移情作用在译本中有两种表现：一是移情于物，花也溅泪，鸟亦惊心；一是触景生情，由物及人，即诗人看见花而流泪，听到鸟叫而胆裂心碎。根据审美移情的这两种情况，我们把译文分成两组：

Even flowers seem to shed tears
For the sadness of our time,
The very birds
Grieve at the sight of people
Parting from their beloved.①

（杨宪益、戴乃迭译）

Grieved o'er the years, flowers are moved to tears;
Homes cut apart, birds cry with broken heart.②

（许渊冲译）

Feeling the times, blossoms draw tears;
hating separation, birds alarm the heart.③

（华兹生译）

杨宪益、许渊冲与华兹生的这三个译文都属于第一种移情作用，即移情

① 见杨宪益、戴乃迭（译）：《唐诗》，外文出版社，2001年，第155页。
② 见许渊冲：《中诗英韵探胜——从〈诗经〉到〈西厢记〉》，北京大学出版社，1992年，第232页。
③ 见华兹生（英译）：《杜甫诗选》，湖南人民出版社，2009年，第67页。

于物。译者赋予无生命的花草以人的情感,使 flowers/blossoms 与 shed tears/draw tears 进行搭配,译文具有拟人化的情感色彩。此外,许渊冲与华兹生的译本还运用了分词结构"grieved o'er the years""feeling the times""hating separation",让事物着上人的感情色彩,创造了主客消融、物我两忘的意境。

Seeing flowers come, a flood
Of sadness overwhelms me; cut off
As I am, songs of birds stir
My heart;①

(Tr. Rewi Alley)

Blossoms invite my tears as in wild times they bloom;
The flitting birds stir my heart as I am parted from home.②

(Tr. Wu Juntao)

Current affairs are entailing distress and fears.
The sight of flowers is enough to bring up my tears.
My family and I have been long apart,
Chirrups and twitters of birds affect my heart.③

(Tr. Xu Zhongjie)

艾黎(Rewi Alley)、吴钧陶和徐忠杰的译文属于第二种移情作用,即触景生情,由物及人。诗人自己因感伤时事而落泪,因与家人离别而惊心。艾黎与徐忠杰都采用跨行的形式,多以四音步来保持与原诗大致相似的节奏感,吴译和徐译压了尾韵,以追求译文的声美。

因此,翻译文学作品的过程就是译者审美移情的鉴赏过程,译者把自己的情感移植到作品中去,创造了主客消融,物我两忘的意境。正是这种神奇的精神力量可以使译者超越一切世俗的功利之心,把文学翻译升华到真正的审美境界。

---

① 见路易·艾黎(译):《杜甫诗选》,外文出版社,2001 年,第 71 页。

② 见许渊冲、陆佩弦、吴钧陶(编):《唐诗三百首新译》,中国对外翻译出版公司/商务印书馆(香港)有限公司,1988 年,第 151 页。

③ 见徐忠杰(译):《唐诗二百首英译》,北京语言学院出版社,1990 年,第 132-133 页。

第四节 原象思维的特点

正如前边所说，原象思维是一种非对象化、非实体的悟性思维方式，它追求的不是在场的“存在者”而是不在场的“存在”。我们这么说显然蕴涵着海德格尔的存在论思想，借助他的“存在”理论来超越概念思维与主客对立的对象化思维模式。原象思维或叫道象思维是一种“大音希声，大象无形”的高级思维形态，意味着从“实”到“虚”，从“有”到“无”，从“在场”到“不在场”的超越。其思维方式具有想象性、整体性、跳跃性等特点。假如意象思维的功能是“状难写之景如在眼前”的话，那么原象思维的作用就是“含不尽之意见于言外”了。

一、想象性

想象是心理学的研究对象，是一种以意象、隐喻与象征为主要对象的形象思维活动。中国古典文论也有很多论述想象的精辟见解。陆机的《文赋》中用“精骛八极，心游万仞。观古今于须臾，抚四海于一瞬”来描写文学创作的想象情形。刘勰《文心雕龙·神思》篇专门探讨了创作构思问题，其中也谈到了想象的特点，指出想象可以不受时间与空间的限制：

> 古人云：“形在江海之上，心存魏阙之下。”神思之谓也。文之思也，其神远矣。故寂然凝虑，思接千载；悄焉动容，视通万里；吟咏之间，吐纳珠玉之声，眉睫之前，卷舒风云之色。

这一段话是说，想象是不受时空限制的精神现象，它既可以在同一空间驰骋于古往今来之境，也可以在同一时间纵横于辽阔之苍茫宇宙，体现了想象的自由奔放性特征。依赖于想象，诗歌具备了其他文学样式不能比拟的意象跳跃性以及时空一体性的特征。由于诗歌高度概括生活这一特征，决定了它不能详细描绘事物的全貌，只能抓住某一突出的、本质的一点，跨越时空的障碍，使其有了内在有机联系。诗歌凭借想象，在结构、内容、时间、空间诸方面有了较大幅度的跳跃性，句与句、段与段之间，经常有跳跃交错的环节，让读者借助想象去补充空白，创造无限。两行诗之间可以跳过几十年、几百年乃至上万年，两行诗之间还可以跨越数万里。诗行间有生活的沉浮、感情的跌宕、情节的突变等，这些均需依靠想象予以联结。

四十年来家国，三千里地山河。（李煜《破阵子》）
This forty-year span; my home and country;
A thousand miles wide, the mountains and rivers. ①
(Tr. Kang-i Sun Chang)

"四十年来家国"是说南唐王朝享国的时间，"三千里地山河"是说南唐疆界辽阔的空间。时空的并列整合，构成了全词不堪回首的凄凉基调。词的上阕回忆贵为帝王的繁华盛世，下阕写的是身为阶下囚的辛酸血泪。开篇的这两句可谓是境界开阔，感慨万千，其中所蕴含的复杂情感就浓缩在时空交织的意境之中。美国学者孙康宜（Kang-i Sun Chang, 1980:68）是这么评价这两句的：

The recurrent image of a wide compass of space and time stands out as one of the most effective features of his poetic style. To the poet himself the sweeping expanse of his lost kingdom symbolizes the limitless extent of the universe itself, and the short history of his dynasty becomes a universal symbol of time past. Time flows from that sweet past to the present, and then rushes onward to the unknown future.

（无限广阔的时空意象在诗词中反复出现，这是一个突出的诗学特征，表达效果也最为显著。对于诗人来说，他丧失的大好河山象征了宇宙本身的无限，短暂的王朝成为过去时光的永恒标记。时光从过去流到现在，然后奔向不确定的未来。）

王国维在《人间词话》中说："词至李后主而眼界始大，感慨遂深。"此言不差。李词把时间和空间一体化，过去、现在和将来的同时在场使诗歌的意境开阔深远，从而塑造了崇高壮美的艺术效果。李煜把个人的情感体验上升到对国破家亡的碎心之痛之中，具有穿越历史时空的艺术魅力。李煜后期词不仅以沉痛的心情抒写自己的悲慨，更可贵的是，他往往能够透过一己之悲慨，进而上升到对人类共有情感本质的探索，从而使其所抒发的情感具有深广的涵盖性和包容性。

对于想象的研究，康德是集大成者。康德在《纯粹理性批判》中认为，

① Kang-i Sun Chang. *The Evolution of Chinese Tz'u Poetry: From Late Tang to Northern Song*. Princeton: Princeton Unicersity Press, 1980, p. 68.

“想象是在直观中表象出一个本身并不出场的对象的能力”。（转引自张世英，1999：102）。这种意义下的想象是把不同的东西综合为一个整体的能力，具体地说，是把出场的东西和未出场的东西综合为一个整体的综合能力。想象空间之所以可能，在于超越在场的东西，在于时间的三个环节——过去、现在、未来——各自都有超出自身而潜在地进入另一环节的特性。

由于语言表现为一个时间过程，人的思维也是内在于时间中，时间、语言与思维总是纠缠在一起，具有内在的统一性。中国古代的时间和宇宙意识空间化了，中国的语言文字、思维方式也同样具有“非线性”的空间化特征。由此也可看出，中国古代的时间具有一种时空化合创造出来的生命感和心理体验性，是一种意象化、诗化的时间。为了具体说明这个问题，我们不妨以王昌龄的《出塞》为例加以分析：

秦时明月汉时关，万里长征人未还。
但使龙城飞将在，不教胡马度阴山。

王昌龄的这首诗被看作是唐诗中的精品，历代评论家都给予了非常高的评价，几乎一般的唐诗选本，都会选入这首诗。首句“秦时明月汉时关”以极富沧桑变化的笔触，用互文的手法，以秦、汉两代来浓缩整个历史时段，凝练概括出“秦时明月汉时关”一句，表明自古至今明月始终映照关城，而边疆战事一直没有休止。王昌龄的这首《出塞》超越了时间空间的限制，成为了一种永恒的启迪、永恒的美。短短二十八字的一首七绝，能塑造如此广阔的艺术空间，承载起一个民族的痛苦与忧患、希望与企盼，堪称前无古人后无来者。

Over the Border

The moon has gone back to the time of Qin, the wall to the time of Han.
And the road our troops are traveling goes back three hundred Miles,
Oh, for the winged General at the Dragon City—
That never a Tartar horseman might cross the Ying Mountains.①

(Tr. Witter Bynner)

① 见吕叔湘（编注）：《英译唐人绝句百首》，湖南人民出版社，1980年，第21页。

从宾纳的译文来看,译者没有译出原诗第一句中的互文现象,结果边疆战事自古到今一直没有休止的隐含意义就没有传递出来。相比较而言,翁显良的散体译文倒把互文呈现出来:

The moon rises over this fort on the pass, just as in the days of Qin and Han.①

翁译用一般现在时的"rises"来译明月照边关,暗示了边患战争,秦朝有之,汉朝有之,唐朝有之,历朝历代都有。古有之,今有之,将来仍然会有。这样,通过秦、汉两个最具代表性的朝代,读者很自然地就会将眼前的边患同秦朝、汉朝,以及历朝历代防虏备边的历史联系起来。让人不由自主地联想起中华民族为抵御外族入侵已经进行过的和将来肯定仍会发生的连绵不断、可歌可泣的一系列战争。作者在诗中表现的对边患的忧虑与思考,也就上升到了历史的高度,跳出了一时一地的窠臼,代表了千百年来中华民族共同的忧虑与思考。还是秦汉时的明月,边关也还是秦汉时的边关。平凡的"秦""汉"两字,就将中华民族千百年来抵御外族入侵的历史,浓缩于"秦时明月汉时关"短短一句话中,让人叹为观止。"万里长征人未还"的悲剧也就不只是指唐朝,"但使龙城飞将在,不教胡马度阴山",也就成为中华民族世世代代的共同心声。

关于第二句的"万里长征人未还",宾纳没有准确理解原诗的意思,致使误译。其实,这里的"人"是横跨古今的,作为征人,自秦汉时出征,直到吟成此句的唐代尚未回还。在诗中世世代代因战争而不能还乡的人凝聚成了一个意象,一个复数的"人"。"这人超越了已逝年代单个人的灰飞烟灭,将巨大的征战之苦与思乡之悲拉长千年,延伸万里。"(赵雪沛,2004:151)

自秦汉到唐代,代代相沿,不知有多少人埋骨沙场或有家难归。如此悠长广远的时空意识,已使此诗由边塞诗林中拔地而起,卓然自立。下面我们再看看许渊冲的译文:

The age-old moon still shines o'er the ancient Great Wall,
But our frontier guardsmen have not come back at all.

---

① 见穆诗雄:《跨文化传播——中国古典诗歌英译论》,中国科学技术大学出版社,2004年,第269页。

Were the winged general of Dragon City here,

The Tartar steeds would not dare to cross the frontier.①

许渊冲的译文没有把秦汉以来绵延的历史时间跨度译出来，但“The age-old moon still shines”仍然包含着边疆战事一直没有休止的意义。第二句译文突出了“人未还”的意思，但“万里长征”又流失了。最后两句运用虚拟语气表达了作者渴望边疆稳定、国泰民安的强烈愿望。

二、整体性

相对于意象来说，意境的范围比较大，它所面对的是一个完整的艺术化境，通常指整首诗或篇章，而意象则是构成意境的元素，两者在层次和结构上存在一大一小以及部分与整体的关系。关于意象与意境的这种关系，不少学者都有论述，这里我们选择陈植锷(1990：39)的观点加以具体说明：

> 意象说着眼于修辞和炼句，所谓意象，表现在诗歌中即是一个个语词，它是诗歌艺术的基本单位。意境说侧重于全篇的构思和立意。所谓意境，即指全首诗歌所创造的艺术形象。具体到一首诗歌的创作来说，意象的叠加产生了意境，意境等于诗中意象的总和。

意象是构成诗歌意境的基本单位，单个意象不能创造意境，只有意象组合或意象并置叠加才能形成整体的意境。这种整体意象观在美国符号美学家苏珊·朗格(1983：129)那里也有所反映：

> 艺术品作为一个整体来说，就是情感的意象。对于这种意象，我们可以称之为艺术符号。这种艺术符号是一种单一的有机结构体，其中的每一个成份都不能离开这个结构体而独立存在，所以单个的成份就不能单独地去表现某种情感。

在朗格看来，艺术作品是一个整体，单个的意象是为整体意象服务的。他主张严格区分“艺术符号”(art symbol)与“艺术中的符号”(symbols in art)，前者指的是整体意象，后者则是局部意象或单个意象。整体意象与单个意

---

① 见许渊冲、陆佩弦、吴钧陶(编)：《唐诗三百首新译》，中国对外翻译出版公司/商务印书馆(香港)有限公司，1988年，第50页。

象的关系就是,单个意象不能离开整体意象而单独地存在,整体意象要依靠单个意象来表现。

这种整体意象,用心理学术语说就是“格式塔意象”。一个格式塔就是一个心理经验上的整体,这个整体不是部分的机械相加。整体与部分的关系:一是整体大于部分相加之和;二是整体决定部分要素的性质和意义,只有在整体中,局部才能显示其意义,这一意义又是整体所决定和赋予的,局部离开整体,就会失去意义或者无法把握。整体是来自各部分又超越各部分的新的结构体,它具有局部意义之外的整体信息。

这种融合了文学、心理学和哲学思想的格式塔整体性原理对文学翻译有很强的指导作用。姜秋霞把“格式塔意象”引进文学翻译中,并提出了文学翻译审美过程中的格式塔意象转换模式。她认为:

> 文学文本是一个具有格式塔质的艺术整体,局部成分的对应,即Holmes提及的序列层面转换将导致支离破碎的形式对应而无法取得整体艺术的对等。译者只有通过中介作用,对原文进行整体认知,形成一个格式塔意象,再用译文语言重建译语文本,才能取得语言信息与艺术要素的整体转换。(姜秋霞、权晓辉,2000:28)

文本作为整体是由各个语言成分综合而成的有机统一体,对文本整体的把握能够更有效地深化对各个语言成分的认识和理解。在理解原文时我们通常采用一种自下而上(bottom-up)的方法即通过对各个词语的理解组合成对全文整体的理解,而忽略了自上而下(top-down)方法的运用,即在综合了部分特征的整体中认识各组成部分的意义。

向春提出的“意境全息说”也有助于从另一个侧面认识意境的整体性特征,作者认为,艺术作品的意境具有全息性。什么是全息性呢?

> 全息就是指某一系统中,部分包含整体在时间或空间以及空间存在时的整个情况的全部信息;从主体客体的角度定义,全息就是由物质的存在形式和运动形式所产生的全部信息。包含了被反映者的全部信息称为全息。(向春,2007:116)

意境的全息性既是空间上的全息、时间上的全息,又是心理感受的全息,因而是整体思维、立体思维,立体显现对象所有方向上的信息,因而意境全息是多种感官共同参与的综合体。

意境的整体性思维强调译文与原文整体意义的对应和读者整体的认知感受，避免单方面对某个词语、句子或翻译单位对等关系的详细分析与比照，而忽视对文本整体结构布局和艺术效果的全息性关照。因而意境的整体性原理特别有助于文学翻译中整体和各个语言成分的连贯统一。

三、妙悟性

从老庄开始，中国哲学传统反复强调意义的不可言说性，这可以从老子的“道可道，非常道；名可名，非常名”以及庄子的“道不可言，言而非也”中得到反映。哲学上“道”的不可言说性在诗学与美学上表现为意境的不可言传性，主要有皎然的“但见情性，不睹文字”，司空图的“不着一字，尽得风流”，严羽的“羚羊挂角，无迹可求”，叶燮的“含蓄无垠，思致微渺”，等等。所有这些主张都认为，意境是“不可说的”(unspeakable)神秘领域。那么，什么是“不可以说的”呢？宋一苇(2004:226)在《艺术或美的思与言何以可能》一文中指出：

> “不可言说的”是指只有通过超验体验、存在本身来呈现或绽出的非对象性的价值判断。不可以言说的东西是超验的、体验的、直觉的、价值的、存在的、非对象性的意义呈现，因而是一种非对象性、非客观化的思与言。

意境的形而上意义不能言传，只能体验，借助非对象化的思来呈现，所以中国的诗学提出“体道”“玄览”“虚静”“妙悟”等形上理论。这些非名言的思维方式实际上是内省与反思的理解方式。中国诗学与美学的这种思维方式说明，意境的形而上意蕴只能妙悟。

从盛唐诗人王维开始，以禅境表现诗境，把禅家不立文字、教外别传的思想融入文学艺术创作之中，这等于是在佛道会通思想文化背景中，对中国古典文艺创作讲究“不着一字，尽得风流”的促进。南宋严羽以“妙悟”论诗，更进一步促使追求言外之意的创作方法得以繁荣发展，最终构成了中国古典文艺传统中的重要审美特征——讲究创造含蓄深远的艺术意境。严羽在其《沧浪诗话》中讲：“大抵禅道惟在妙悟，诗道亦在妙悟。且孟襄阳学力下韩退之远甚，而其诗独出退之之上者，一味妙悟而已。惟悟乃为当行，乃为本色。”

在严羽看来，对于诗歌创作，“妙悟”比才力更为重要，孟浩然的学力虽然比不上韩愈，但他懂得诗歌在于“妙悟”，所以诗歌的成就高于韩愈。严羽把"悟"作为学诗、作诗的根本途径和方法,是为了反对当时诗坛的以文字为诗,以才学为诗的做法。

禅诗的意境大多符合严羽说的"羚羊挂角,无迹可求"的妙悟境界。诗人要表达的思想感情均隐含在字里行间,需要读者思而得之,属于深层意境。翻译禅诗之所以能保留原诗的深层意境是因为禅诗轻语言重体验,轻表达,重妙悟,如同严羽的"不涉理路,不落言筌"。尽管禅诗的言外之意很深奥,但其语言很浅显易懂,不以文字才华为诗,因此很少有堆砌典故的浮华文风,所以比较能译得过去。

(1)行到水穷处,坐看云起时。(王维《终南别业》)

Sauntering along till the end of the brook,
I take a rest and watch the clouds appear.①
(Tr. Sun Liang)

(2)人闲桂花落,夜静春山空。(王维《鸟鸣涧》)

Man at leisure, cassia flowers fall.
The night still, spring mountain empty.②
(Tr. Pauline Yu)

以上所选两例皆出自唐朝诗人王维之手。王维的这两首句句都入禅境,诗人的淡泊安然,随遇而安,任运自然,无往不适,在诗中表现得含蓄清远。诗中所蕴含的禅理妙趣自在体验中,其哲理内涵见于言外。翻译这样的禅诗,译者不需要运用华丽的词藻,只须直观感悟到原作之妙境,形象直观地传达这种语言外的人生体验。

但是,禅诗虽不重文字,但也有难译的一面,那就是"空"字的翻译极不易把握。"空"是佛家的修养的最高境界,代表了一种大彻大悟的至境。"空"在禅诗中出现的频率特别高,可见其对表达佛家的真谛是多么重要。

(3)山光悦鸟性,潭影空人心。(常建《题破山寺后禅院》)

The birds are gladdened by the mountain light;

① 见许渊冲,陆佩弦,吴钧陶(编):《唐诗三百首新译》,中国对外翻译出版公司/商务印书馆(香港)有限公司,第55页。

② Pauline Yu. *The Poetry of Wang Wei*: New Translation and Commentary. Bloomington: Indiana University Press, 1980, p. 200.

Shaded pools bring my heart to peaceful climes.①

(Tr. Loh Bei-yei)

由于篇幅的限制，这里只选取了诗中最富有禅机妙趣的两句分析翻译的要点。这首诗整体意境深厚，耐人寻味，给读者以精神上的审美享受，从而提高人的精神境界。节选两句寓意深刻，意思是见到有象的潭水的清净，想到无象的人心的清虚。

① 见许渊冲，陆佩弦，吴钧陶(编)：《唐诗三百首新译》，中国对外翻译出版公司/商务印书馆(香港)有限公司，第260页。

第八章　文学翻译境界的意义层次及其特点

从翻译的定义来看，翻译就是翻译意义。意义既是翻译的出发点，也是翻译的最终归宿，而且是译者与研究者关注与讨论的核心问题。考虑到意义的不确定性、复杂性等问题，我们根据译意、译味、译境的审美要素、语言特点以及思维类型，并合理借鉴理查兹、利奇、皮尔士、克鲁斯(Cruse)、奈达、贝尔(Bell)、韩礼德、金岳霖、许钧、刘宓庆、王东风等国内外学者有关意义的研究成果来探讨文学翻译的意义划分问题。在翻译中，意义与语言、思维一样，具有动态生成性。意义一方面客观存在于文学作品中，另一方面又与作者、译者和读者等主观因素密切相关。翻译的意义在作者、文本、译者、读者之间的主体间性的互动中建构生成。

第一节　文学翻译的意义划分概说

英语中“meaning”的意义是相当复杂的，几乎无所不包，the meaning of meaning 是说不尽的。鉴于意义问题的错综复杂性，本章内容把译意、译味、译境看作构成整体作品意义的三个层面，而不是彼此分裂的意义类型。这样，每个个体的意义只有在系统或结构内才能找到自己的规定性，其意义才能彰显出来。

一、译意的意义

在第三章第二节，我们谈到了译意层的构成要素，它包括思议的内容、语篇信息和作品意图三个组成部分。从意义的类型角度分析，译意的分类与这三个要素密切相关，具体表现为概念意义、命题意义、语篇信息、作品意图等几种形式。

概念意义

从构成要素来看，思议的内容包括意念、概念或命题，从意义类型看，思议的内容指的是意念意义、概念意义或命题意义。意念意义与概念意义基本相同，表达的是字词层面的意义，命题意义表达的是句子层面的意义。朱湘军(2012：248)认为：

……从语义学的角度来概括金先生的思议的内容意义(即意念意义、概念意义、命题意义)，就是指称意义(referential meaning)。它指语言符号和它描述或叙述的主观世界在实体和事件之间的关系。在绝大多数情况下，它是语言符号的基本内容及其传递的主要信息。在翻译研究中，它还指词组、句、语段的语义信息或语义内容。

这段话中提到了意念意义、概念意义、命题意义、指称意义四种意义类型，表达的都是语言符号的基本内容与信息，与情感意义基本没有关系。其中，概念意义与指称意义基本相同，但与命题意义不在同一层次上。关于概念意义与指称意义的关系，我们这里引用柯平(1991：23)的一段话来解释：

指称意义是语言符号所代表的事物的基本特征的抽象概括，它的核心内容是区别性特征(distinctive features)。在大部分情况下，指称意义是语言符号的基本内容和它所传递的主要信息，所以也被称为"概念意义"或"认知意义"。

由于指称意义是语言符号的基本内容，它与词语的概念有内在的联系，从这个意义上说，概念意义或认知意义与指称意义就基本统一起来了。指称意义在英语中叫 referential meaning，奈达(Nida，2004：57-58)在谈到这个术语的意义时说："In the case of referential meaning, these relationships are the observed co-occurrences between the symbols and items in the cultural context (the things to which the words refer)."(语词的指称意义是文化语境下的符号与所指物之间的共现关系。)由此可见，指称意义是不脱离语境的，因而不同于字面意义。翻译不能翻译字面意义，而应该以概念意义或指称意义为基础。

"意念意义"是金岳霖提出的术语，"概念意义"(conceptual meaning)是利奇提出的术语，利奇的概念意义也叫认知意义(cognitive meaning)，"指称意义"(referential meaning)是奈达使用的术语。正如上边所论述的那样，这四个术语意义基本相同。为了避免术语的混乱，这里我们统一使用"概念意义"这个术语。这样做一方面可以与后面要谈到的命题意义以及语篇信息一起构成词、句、篇三个层面的意义体系,另一方面也能与译味层面的情感意义、修辞意义、风格意义以及译境层面的言外之意、象外之意、形上之意等不同的意义层次区分开来,形成三级意义结构。

到此为止,我们对概念意义的界定与描述基本完成,总结起来就是,概念意义主要指语言符号在词语层面的思议内容与语义信息,它不具有情感寄托。概念意义构成了各种语言之间可以翻译的基础,是不同语言之间可以相互理解的理论根据。

命题意义

一般说来,概念意义仅仅限于词语层面。但是,翻译不能只翻译字词层面的意义,还要翻译句子和语篇层面的意义。句子层面的意义,我们用"命题意义"(propositional meaning)来表示。这个术语来源于克鲁斯,贝克(Baker,2000:13)借用了克鲁斯的意义分类法,把"propositional meaning"界定为:

> Propositional meaning of a word or an utterance arises from the relation between it and what it refers to or describes in a real or imaginary world, as conceived by the speakers of the particular language to which the word or utterance belongs. It is this type of meaning which provides the basis on which we can judge an utterance as true or false.

一个句子的命题意义有正误之分,这一点与表情意义不同。在翻译中,我们可以借助命题意义来判断句子的理解与表达是否准确。贝尔在谈到"sentence meaning"的时候,分析了"utterance""sentence"和"proposition"的区别,他是这样界定"proposition"的意义的:

> The proposition is even more abstract than the sentence. It is the unit of meaning which constitutes the subject-matter of a sentence (and, once realized in actual use, that of the utterance as well). It has been defined as that part of the meaning of the utterance of a declarative sentence which describes some state of affairs and, hence, in uttering a declarative sentence, a speaker is asserting a proposition. (Bell, 2001:107)

从抽象程度来看,命题最抽象,其次是句子,再次是话语,"三者之间存在一种类型-实例(type-token)关系，这样我们可以把最抽象的(命题)设想一个理想的潜在类型，这个类型有诸多实例或者体现形式：一系列的句子共享同一命题内容。”(贝尔，2005：139)从外延关系来看，命题包括句子和话语，句子又包括话语。也就是说，命题与句子和话语是上下义之间的关系。

语篇信息

大于概念意义与命题意义以上的语义单位是语篇信息(textual information)，或者也可以叫作语义意义(semantic sense)。这个术语是贝尔在界定 text 的定义时提出的：

> Text: the formal product of selections of options from the THEME systems of the grammar; a unit which carries the *semantic sense* of the *proposition* (the propositional content and locutionary force of the speech act) through *sentences* which are linked by means of *cohesion*. (Bell, 2001:163)

这段引文中有一个关键词 semantic sense (语义意义)，它是语篇信息的主要载体，表达的是命题内容和言内之力。贝尔的“语义意义”在内涵上与“语篇信息”基本相当，与交际价值(communicative value)有所不同。在分析译意的构成要素时，我们分析过这两个术语的基本内涵与所指。在本节，我们进一步讨论它们与意义之间的关系。

关于信息(information)与意义(meaning)的关系，法国学者阿尔比在《翻译的“忠实”概念》中，发展了释意派理论对意义的认识，澄清了七个与翻译有着密切关系的概念。其中，阿尔比分析了信息与意义之间的区别：“不同的文学体裁，如诗和散文可以用来表达相同的信息，但是它们所牵连进的意义决不相同。”(参见许钧，2003：171) 意义是一个上位概念，它是信息、风格、内涵等因素共同作用下的一种综合。信息只是意义的一个下位概念，是意义的一个组成部分，传达的是文本的基本意思和客观内容，信息缺少文学性和美学价值。因此，信息与意义之间的区别在文学中表现得最为典型。

综上所述，译意在意义类型上可以分为概念意义、命题意义、语义信息三类，分别代表了词语、句子、语篇三个层面的意义。这三种意义有一个共同特点，那就是都没有情感寄托，与译味和译境层面的意义大不相同。

二、译味的意义

在意义层面上，译意与译味同样表现出很大的差异性。根据译味的构成要素，声韵节奏虽然与意义有关系，但只是一种意义潜势或叫意义的踪迹，不能单独称为一种意义类型。情感寄托表现在意义上，显然属于情感意义，声音节奏上面寄托的情感也归到情感意义之下。修辞文采对应修辞意义，风格文体对应文体意义。

情感意义

首先，我们来界定文学翻译的情感意义。金岳霖的“译味”说的核心是情感上的寄托，在利奇和奈达的意义分类中都有“情感意义”，贝克区分了命题意义(propositional meaning)与表情意义(expressive meaning)。这些学者的观点是我们界定情感意义的理论基础与依据。

金岳霖提出的情感寄托既不同于意念上的意义，也不是概念意义，而是情感意义。在谈到情感寄托的时候，金岳霖区分了哲意的、诗意的和普通的三种情感寄托。哲意的情感寄托是一种原动力或推动力，有这种情感的人，他们总难免不有形于外的行为或动作，因而影响到生活的各个方面。诗意的情感寄托同时是字词上的情感蕴藏，字词上的情感蕴藏其实就是字词的意义。诗意的情感寄托不必有力行问题，不是立德立言立功的推动力量，因而与哲意的情感寄托不同。普通的情感寄托是指风俗习惯上的情感，与生活方式、节令等有关。

利奇(1987:21-22)认为，情感意义(affective meaning)是用来表达说话者的感情或态度的。这种意义不是一种独立的意义，它要通过“概念意义”“内涵意义”或“风格意义”，或借助“语调”“音色”或“感叹词”等手段才能表现出来。其实，利奇的情感意义(affective meaning)与含蓄意义(connotative meaning)在内涵与外延上存在语义交叉，二者都属于联想意义，很难截然分开。

奈达是如何界定情感意义的呢？Emotive meaning are extralinguistic, somatic, and behavioral.(Nida, 2004:70)根据奈达的描述，情感意义是一种语言外的意义，与身体、行为、反应与感觉相关，有点类似于金岳霖所说的“原动力”。语言是有能量的，能激发人的身体反应，促使人产生行动。

贝克(Baker,2000:13)在《换言之：翻译教程》(*In Other Words: A Coursebook on Translation*)一书中借用克鲁斯的分类法，区分了四种意义类型：According to Cruse, we can distinguish four types of meaning in words and utterances (utterences being stretches of written or spoken text): propositional meaning, expressive meaning, presupposed meaning, and evoked meaning. 在分析表情意义时，贝克特别强调了它与命题意义的不同：表情意义指的是说话人的情感或态度，不是其所指意义，不能以真假来判断表情意义，两个

单词或话语可以具有相同的命题意义，但其表情意义不同。

综合以上几位学者的观点，我们可以进一步丰富与发展译味的情感意义。情感意义就是依附在字词句上边的情感寄托、感情色彩、情趣意味以及态度语气等审美要素。情感意义是译味的重要组成部分，在文学翻译具有极其重要的地位。

修辞意义

在西方的翻译理论中，奈达根据社会符号学理论把意义区分为"修辞意义、语法意义、词汇意义"，这三大类意义又各分为"所指意义和联想意义"两个层次。奈达认为，修辞形式的意义常包括若干个不同成分，如异常语序、排比形式、新颖表达、韵律特征和重复手段等。（谭载喜，1999：91）除此以外，奈达的修辞意义还包括常态变异、矛盾修饰法、双关语、移就、反语、比喻、夸张等修辞手段。奈达的研究有助于我们认识各种修辞手法对于传达文学意味的重要作用。

奈达从语义类别的角度所做出的语法意义、词汇意义、修辞意义的三类划分具有重要的意义，充实了语言单位的价值系统，为语言使用者选择语言材料提供了更为广阔的条件。奈达对意义类型的划分与俄国学者科任娜的观点基本一致，说明这种划分方法的合理性：

> 修辞意义就是补充纯粹词汇意义、指物意义或语法意义的一些附加特征，这些特征是经常存在的，到一定条件下便表现出来，是语言单位语义结构的组成部分。一个词汇单位的词汇意义和修辞意义不是相等的。（科任娜，1982：35）

根据这段引文，可知修辞意义与词汇意义是不同的，这一点与奈达的观点相同。其中提到的"指物意义"指的是概念内涵。另外，必须强调指出，修辞意义是语言单位语义结构的组成部分，不同的语言单位，其修辞意义的表现方式也不一样，有些能直接显露在外面，有些则依靠具体语境才能显示出来，因此说修辞意义是受语境制约的。

目前我们还很难找到一个大家都认可的修辞意义的定义，但在广泛涉猎各种文献资料以后，我们发现王德春的界定比较清晰，容易理解，也符合修辞意义的基本内涵：

> 修辞意义是语言单位附加的感情评价意义，它表明语言单位所属的感情、风格、色彩，并由此反映出对语言单位自身和客体的评价。

……具有修辞意义的语言成为言语交际中的重要表达手段。语言表达手段受修辞意义的制约而表现出表情色彩、语体色彩、联想色彩等修辞色彩。（王德春、陈晨，2001：221）

王德春把修辞意义界定为语言单位附加的感情评价意义，并表现出表情色彩、语体色彩与联想色彩等修辞色彩。表情色彩意思是指人们对人或物的褒义贬义等方面的情感与态度，有什么样的感情就有什么样的态度。语体色彩是指语言使用的正式度，有口头语与书面语的区别。联想色彩是词汇意义之外的附加意义，是读者根据自己的经历感受的情感色彩，凡具有联想意义的语言单位都具有联想色彩。

综合以上有关修辞意义的论述，我们可以看出修辞意义赋予语言以表情色彩、语体色彩、联想色彩，需要读者透过字里行间细细体会才能捕捉到其具体所指。

风格意义

“风格意义”在英语中叫作“stylistic meaning”，但翻译成汉语时则会有“文体意义”与“风格意义”两种说法。为统一起见，在讨论译味的意义类型时，我们倾向于用“风格意义”。

刘宓庆指出，长期以来，人们对翻译中涉及风格的诸多问题缺乏应有的重视。主要问题在于大家对文体的社会功能认识不足，对“风格”一词在理解上过于狭隘。他认为风格意义的研究主要包括以下几个方面：

翻译理论应较全面地利用符号学等论证手段探讨风格意义的转换问题。除了包括对风格手段的研究以外，还应探讨文体的社会功能、文风时尚（翻译文风的历时性与共时性）、个人风格以及关于“翻译味”等等重大的翻译风格论课题。（刘宓庆，1999：46）

刘宓庆用的是“风格意义”，所对应的英文是“stylistic meaning”，其所指与“文体意义”没有实质上的差异。这段引文指出了风格意义的研究应该包括风格手段、文体的社会功能、个人风格以及翻译味等方面。他从翻译的实质与要求出发把意义分为概念意义（conceptive meaning）、语境意义（contextual meaning）、形式意义（formal meaning）、风格意义（stylistic meaning）、形象意义（figurative meaning）和文化意义（cultural meaning）等意义类型。刘宓庆的意义类型划分尽管有意义交叉重叠部分，但对于划分译意与译味的意义类型有启发与借鉴作用。

维姆萨特(W. K. Wimsatt,1941)提出了“风格即意义”(style as meaning)的理论,他把 style 定义为“对意义的最后和最细致的阐述”(the last and most detailed elaboration of meaning),始终坚持风格与意义的同一性。(It is hardly necessary to adduce proof that the doctrine of identity of style and meaning is today firmly established. The doctrine is, I take it, one from which a modern theorist can hardly escape, or hardly wishes to.)(转引自许力生,2006:5)

利奇(Leech)在初版的《语义学》(*Semantics*)中把话语的意义划分为七种类型,其中一种就是 stylistic meaning,他认为,由于使用场合的不同,语言的实际运用可以分为几个不同的层次,也正是由于使用场合或层次的不同,词语在交际中会表达出不同的风格意义。王东风曾研究过利奇的七种意义,并运用到具体的翻译实践中去。他把 stylistic meaning 译为“文体意义”,并做出以下界定:

> 文体意义(stylistic meaning)是一种能够表达语言运用的社会环境的联想意义,其形成主要与方言(dialect)、时间(time)、使用域(province)、等级(status)、语气(modality)、个性(singularity)等因素有关。语言交际是一定社会环境下的产物。在不同的社会环境中,语言的使用会出现不同的变体(variant),形成不同的文体特征,具有不同的交际价值。(王东风,2005:73-74)

王东风对文体意义的各种构成要素界定得比较清楚,并提出翻译时应充分考虑原文的各种文体因素,在目标语中选取具有同等交际价值的表达方式。

三、译境的意义

由于意境是独具中国特色的一个美学范畴,所以西方理论根本没有一个能与意境对等的术语,因而我们在界定意境的意义时,也不能直接搬用西方现成的意义划分,只能根据意境的美学特征创造新的术语,重新进行界定。本着这样一种精神,我们综合各家学者的研究成果,借鉴西方的相关理论,把意境的意义划分为言外之意、象外之意以及形上之意三种。

言外之意

在意境的范畴之内,言外之意有其独特的审美内涵与意义指向,不是所有的含蓄义与间接义都可以称为意境。否则,意境就可能被泛化,与情境意义、语境意义等同起来,结果失去自身的意义。因此,意境的言外之意不同于格莱斯提出的“合作原则”的会话含意,不可把二者等同对待。此外,从意境的意义形成方式来看,言外之意与象外之意分别属于两种不同的意义类型。

准确理解意境的言外之意,我们需要从中国的诗学与美学传统中寻求解释,而不是直接照搬西方的术语与概念。如果我们将格莱斯的“会话含意”与意境的“言外之意”完全等同起来,那就不妥当了。意境的言外之意包含着不可言说的微言大义和无法形容的心理感受,是依靠直觉感悟才能体验到的意义,而不是通过语境与推理理解到的意义。意境的言外之意是诗歌表现出来的一种深层意味或情趣,“言外之意”就是诗歌自身所生发出来的可意会而不可言传的情趣,它体现出来的正是诗歌特有的文学性和艺术性。意境的言外之意是一种空白意义,并不依赖于具体的语境而产生,它是由言语本身直接创造出来并生成于读者的具体化之中。

言外之意与象外之意都属于意境的意义,为何还要区分开,作为两种意义呢?首先,“言”和“象”不同,“言”是时间性的抽象,“象”是空间性的具象,但“言”和“象”都可以表达“意”。其次,我们之所以把言外之意与象外之意看作是两种不同的意义类型,是因为意境意义的产生不一定全靠意象,有些诗没有意象也能形成意境。例如,“生年不满百,常怀千岁忧”“前不见古人,后不见来者”,等等。象外之意表达的是意象承载的情感寄托,当然也包括隐喻意义、象征意义,但这并不意味着意境的形成必须借助意象的比喻、象征、暗示作用。有很多诗歌,没有隐喻与象征也能形成优美的意境。

> 只要熟悉中国诗歌的人都知道,意境的形成不一定要靠比喻、象征和暗示。诸如:“池塘生春草”、“明月照积雪”、“野旷天低树,江清月近人”、“大漠孤烟直,长河落日圆”……以上这些最见意境的诗句都不是靠比喻、象征和暗示形成的。把英美意象派所讲的意象硬搬过来套在中国传统诗歌的意境上,总显得不那么合身。(袁行霈,2009:48)

由于意境的形成不一定要靠比喻、象征和暗示,我们在界定意境的意义类型时没有把隐喻意义和象征意义单独列出,而是放在象外之意中探讨。这样,隐喻意义和象征意义只是作为象外之意的一部分意义而存在,以此来避免分类的绝对性和武断性。

象外之意

刘禹锡的“境生于象外”说出了意境最根本的审美特征。象外之意是意境的深层意蕴,它的意义源于意象,又超越意象,是由实象生成的虚象意义。

"象外之意"之中的"象"可能是隐喻或象征，也可能文化意象，或其他意象类型。无论是哪一种意象，有一点是肯定的，那就是这些意象必须通往象外，否则就无法形成意境。与言外之意相比，象外之意更加空灵、更加含蓄，意境更加深远，是一种纯诗的境界，它具有寓理于象、以部分寓全体、以有限寓无限等审美特征。

象外之意有很多表现方式，我们这里选择其中的象征意义作为个案分析。象征(symbol)本是个外来词汇，怎么会与意境联系在一起呢？回答这个先要从周作人说起。周作人是现代以来较早把"象征"等同于"兴"的人，他认为象征是诗的最新的写法，但也是最旧的，在中国早已有之，只不过换种说法而已。闻一多认为，"象"与"兴"实际都是隐。沿着这一思路，把象征与兴联系起来的人还有梁宗岱、朱光潜等学者。现以朱光潜为代表具体分析意境与象征的关系：

> 诗的特殊功能就在以部分暗示全体，以片断情境唤起整个情境的意象和情趣。诗的好坏也就看它能否实现这个特殊功能。以极经济的语言唤起极丰富的意象和情趣就是"含蓄"，"意在言外"和"情溢乎词"。严格地说，凡是艺术的表现(连诗在内)都是"象征"(symbolism)，凡是艺术的象征都不是代替或翻译而是暗示(suggestion)，凡是艺术的暗示都是以有限寓无限。(朱光潜，2005a：64)

朱光潜所说的"以部分暗示全体"和"以有限寓无限"很容易使人想起布莱克在一首诗里所描绘的"一颗沙里看出一个世界，一朵野花里一个天堂，把无限放在你的手掌上，永恒在一刹那里收藏"以及瓦雷里的"全宇宙在我的枝头飘摇"等境界。从某种意义上说，这种境界就是象征诗学所追求的一种至高的境界。梁宗岱则在"兴"的基础上总结出"象征"的两个基本特性：一是情与景、意与象的融洽无间；二是含蓄或无垠，它暗示给我们的意义和兴味丰富而隽永。(见贺昌盛，2007：139)梁宗岱的"融洽或无间"就是他所追求的"纯诗"的境界。梁宗岱基本上是把"象征"作为艺术和人生的最高境界来看待的，"象征之境"在此已差不多相当于王国维的"意境"说的代名词了。

真正在意境研究中有所突破的是宗白华。他把意境与虚实和象征联系起来。宗白华(2006：58)在《中国艺术意境之诞生》一文中说：

> 意境就是以宇宙人生的具体为对象，赏玩它的色相、秩序、节奏、和

> 谐，借以窥见自我的最深心灵的反映，化实景为虚境，创形象以为象征，使人类最高的心灵具体化、肉身化，这就是“艺术境界”。

宗白华把意境划分为“从直观感相的模写，活跃生命的传达，到最高灵境的启示”三个层次。在讲清楚象征与意境之间的内在联系后，我们再来看象征与意义的关联文体。黑格尔、伽达默尔、利科等哲学大家都从不同的视角对象征的意义问题发表过相当精辟的见解。黑格尔(1981:10)在《美学》中说：

> 象征一般是直接呈现于感性观照的一种现成的外在事物，对这种外在事物并不直接就它本身来看，而是就它所暗示的一种较广泛较普遍的意义来看。因此，我们在象征里应该分出两个因素，第一是意义，其次是这意义的表现。

根据黑格尔的解释，象征可分为意义的表现与意义两个要素，前者是象征的表现形式，后者是形式背后的深层意蕴。换句话说，象征是指在文本表层词语中寄寓着超出词语本义的深层意蕴，同时这种深层意蕴既不是直接的形象，也不是确指的意象，而是形式与内容之间的偏离与陌生化。在象征里面，文学意象的主要作用并不是鲜明地、直接地形象传达，而是通过意象和意象结构的暗示，使其具有更加丰富的假定含蕴和不确定意指，从而导出象征的内蕴。

象征的意义以及意义的表现之间的这种偏离也可用伽达默尔(1999:100)所谓“形式与本质的不对称性”来解释：

> 就象征是通过其意义而超越其感性而言，形式和本质的不相称性对于象征来说就是本质性的。象征所特有的那种形式和本质之间的摇摆、不可决定性的特征正是来自于这种不相称性。显然，这种不相称性愈是强烈，象征就愈难以捉摸而充满意义，反之，这种不相称性愈是微弱，意义穿透形式就愈多。

由于形式和本质、表现与内容方面的不一致，象征的意义就具有含混性、多元性、模糊性、不确定性、不透明性等特点。

利科对象征的意义也做过深入的研究，在谈到象征意义与字面意义的时候，他认为象征的意义结构是基础层面的字面意义和超越其上的深层意义两个层面所构成的一个整体：“通过第一层字面的意义，我们领略超越于其上的深义：象征意义通过字面意义而得以建立，而在领略隐含意义的基础上，我们同化于被象征物之中。”（利科，2004：38-39）

利科是在意义的超越性层面来谈论象征的，一方面象征意义是建立在字面意义基础上的，另一方面象征意义又超越字面意义，是表层意义与深层意义的统一。字面意义与深层意义就构成意义的基本结构。

形上之意

英伽登在划分文学作品的层次结构时，曾经提出一个“形而上质层”，张云鹏与张法两位学者认为英伽登的“形而上质层”与意境的内涵有相通之处，国内学者叶朗认为意境是最具形而上意味的一种类型。鉴于这种情况，我们在意境的意义类型里单独划分出一种形上之意，来指称那些具有崇高性质的文学作品的意义。

国内学者张法（2005：107）曾把英伽登的文本层次理论与意境理论做比较，认为境象对应于图式化层面和被呈现的客体，境外之意对应于形而上品质。张云鹏、胡艺珊（2007：176）认为，在意境的框架内谈“形而上学性质”可能最合英伽登的本义。正是有了这种崇高的高峰体验，意境从“有”走向了“无”，从“实”走向了“虚”，从有限走向了无限。

从意义层次的视角解读诗意的特殊性就要涉及意境形而上层面的意义。有学者曾从意义论的取向研究过“意象”与“意境”的概念内涵，并指出：

> 按传统文论的理解，诗意的特殊性显然不能仅仅从隐喻、象征、修辞即意义层次结构的复杂性上去理解，诗意的特殊性不仅仅是在于它较之一般的语言意义层次的构成更复杂而已，虽然这是把握诗言意义至关重要的一个方面。（吴兴明，2009：104）

这里提到的“诗意的特殊性”问题值得注意。吴兴明认为，只从隐喻、象征、修辞等意义层次或张力的角度去把握意境意义的特殊性是远远不够的。诗意的特殊性也不仅仅是“复意”“重旨”和“言外之意”，更重要的是要达到笼盖整体、轰然明澈的意义境界之呈现。可以更明确地说，意义境界论至晚唐司空图已明显地提升为形上意义论。什么是意境的形上意义论呢？

> 诗意的形上境界则是味之极致者，它是味的最高级境界或诗味之为诗味者。就区别于各种具体的韵、味、意而言，它与庄子的形上的“意”一致：都是指意义的原生性，指意义之为意义的意义性。（吴兴明，2009：104）

吴兴明对意境的形上意义说得比较含糊,难以确指,难以描述,有点类似于司空图的“味外之旨,韵外之致”,又近乎严羽的“莹彻玲珑,不可凑泊”。这不能怪作者没有说明白,意境的形上意义本来就难以用语言表达,它的意义存在于言外、象外、味外与韵外,只能靠读者在审美体验中感悟到,可以神会,却难以言传。

叶朗在《中国美学史大纲》中把朱光潜、宗白华沿袭“情景交融”的旧说归于“意象”论,而将宗白华意境创造三层次说压缩为两层次说,使“意境”的形上意义得以更加明晰地表达。他认为:

> 所谓“意境”,就是超越具体的、有限的物象、事件、场景,进入无限的时间和空间,即所谓“胸罗宇宙,思接千古”,从而对整个人生、历史、宇宙获得一种哲理性的感受和领悟。一方面超越有限的“象”(“取之象外”、“象外之象”),另一方面“意”也就从对于某个具体事物、场景的感受上升为对于整个人生的感受。这种带有哲理性的人生感、历史感、宇宙感,就是“意境”的意蕴。因此,我们可以说,“意境”是“意象”中最富有形而上意味的一种类型。(叶朗,1985:192)

根据叶朗的观点,意境除了有意象的一般规定性(情景交融)之外,还有自己的特殊的规定性,即象外之象所蕴含的人生感、历史感、宇宙感的意蕴,这就是本文所说的意境的形而上意义的根据。正是意境的这种深层意义构成了中国生命美学的核心,也是中国生命意识和美学精神的象征。从艺术创作来说,创造意境不仅是作家、艺术家实现艺术价值的目标,也是审美主体确立自我价值,提升人生境界的目标。把个体人生的有限融入宇宙大化的无限之中,去体悟人的生命存在和精神自由。正是在人生最高境界的层面上,意境的艺术命题才在本质上是审美的和富有艺术精神的。

需要说明的一点,我们对意义类型的划分是理论上的,考虑得相对全面。但是,在实际的翻译中,每部文学作品不一定同时具备这些意义。

第二节　译意的意义层次转换

在本章第一节中,我们根据译意的构成要素以及相关意义理论,界定了译意的意义类型。我们说过,译意的意义可能表现为概念意义、命题意义、语篇信息、作品意图等几种意义类型。这种界定是从作品的构成要素视角得出的，是客观存在于文学作品中的作品构成样态。如果从意义的动态生成论的角度出发，译意的意义就会把译者的介入以及意义在两种文本中的转换等翻译因素考虑进来，所以译意就会有不同的存在方式。在合理借鉴语言学、文学、符号学、翻译学的意义理论的基础上，并结合翻译过程中译者介入的实际情况，我们在本节中重点谈论概念意义、语篇信息、作品意图三种意义在翻译中的转换与再生情况。

一、概念意义

根据前边的论述，我们知道了概念意义与指称意义、认知意义之间的关系。这里，我们重点从概念意义的层面分析具体翻译中的表现与转换情况。概念意义是词语的基本意义，它一方面反映了客观对象的本质特征，另一方面又反映了人们对客观事物对象的理性认识。正因为如此，概念意义是对语词的抽象概括，表达的是语词的思议内容与语义信息，没有感情色彩，因而与词汇的联想意义不同。

没有感情色彩的概念意义当然不是文学翻译追求的目标，但在实际翻译转换过程中却存在着，而且是准确理解与正确表达的基础与依据。为了具体说明概念意义在文学翻译中的基础性和必要性，我们来看贾平凹《浮躁》(2004)中的两个例句：

(1)骂小水是扫帚星，是破鞋，克死了福运，生了鸿鹏这个杂种。(第252页)

He called her a shooting star, a floozy who'd caused Fuyun's death before giving birth to his little bastard.①

(2)雷大空一边看一边低声说："金狗，我这下真把你服了，要是在梁山泊，你就是宋江，我只是李逵，要是在戏里，你就是元帅，我只是先锋！"(第397页)

"Golden Dog," he whispered during the performance, "I'll never doubt you again. If this were a bandit stronghold, you'd be the bandit chief and I'd be your henchman. And if it were an opera, you'd be the generalissimo and I'd be your advance scout."②

这两个例句原文出自贾平凹的《浮躁》，译文是葛浩文(Goldblatt)的译笔。

---

① 见 Howard Goldblatt, trans. *Turbulance*. Louisiana State University Press, 1991. p. 445.

② 同上书，p. 283.

原文中的下划线部分“扫帚星”“破鞋”“梁山泊”“宋江”“李逵”都是负载有特定中国文化内涵的意象符号,具有形象性与含蓄性的审美功能,这是从语境意义来说的。但如果从语言哲学的指称论来说,这些词语又指向某些具体的物或人。因此说这些词语同时具有两种意义:字面意义与文化意义。翻译到底传达哪种意义为好呢?翻译能否把这些文化意象完全移植到译文中呢?作为译者的葛浩文在理解原文与传达译文的过程中翻译的是什么意义呢?

在例(1)中,“扫帚星”被译为“a shooting star”,虽保留了形象,但概念意义理解错误。“破鞋”译为“a floozy”,舍弃了形象,实现了概念意义上的等价转换,在译意层面上基本与原文对等。从指称意义来说,“扫帚星”所指的对象是“彗星”(comet),而不是“a shooting star”(流星)。此句语境下的“扫帚星”表达的已经不是概念意义了,而是依附概念上的文化意义,即给别人带来灾难或厄运的女人。在英文中可以用“a Jonah”或“jinx”来翻译。可见,葛浩文的译文“a shooting star”既没有译出原文的指称意义,也没有译出文化意义。其实,当源语的形象意义在目标语中没有对应的说法时,翻译概念意义也是迫不得已的一种选择。

在例(2)中,原文中的意象“梁山泊”“宋江”“李逵”在译文中都不见了,取而代之的分别是“a bandit stronghold”“the bandit chief”“your henchman”等概念意义。这就是说,原文的意象在翻译转换过程中被抽象化为概念了。经过抽象化的意义是原文中的概念意义,实现的是换码过程中的概念等价转换。从语义信息和基本内容上看,原文和译文是基本对等的,但原文中的意象经过抽象化后,其文化内涵或多或少地就损失了。如果把“John can be relied on. He eats no fish and plays the game.”翻译成“约翰既忠诚,又守规矩”,译文就是翻译了原文的概念意义,至于“eats no fish”(不吃鱼)背后的文化意义,概念意义是表达不出来的。

翻译要想实现在概念意义、内涵意义、情感意义、风格意义、修辞意义、象外之意等方面的全部对等是不可能的,但是要达到概念意义上的对等是不难的。由于意念和概念都是抽象的、普遍的,在一种语言里能表达的意思在另一种语言里也能找到对应的说法。这说明人类的所思都是普遍的,普遍的意念无分于特殊的时空,当然也无分于不同的语言文字。金岳霖的这种观点显然是正确的,也是深刻的。

在各种意义中,概念意义是翻译的基础与依据,其可译性也最大。尽管如此,在实际翻译中,正确理解原语的概念意思也不是件容易的事情,仍有不少译文由于没能正确理解而出现误译现象。我们以翟理斯与庞德两人翻译的《青青河畔草》为例说明原文概念意义理解上的偏差问题。

> 昔为倡家女，今为荡子妇。荡子行不归，空床独难守。
>
> （《古诗十九首》其二）
>
> A singing-girl in early life,
> And now a careless roue's wife…
> Ah, if he does not mind his own,
> He'll find some day the bird has flown!
>
> (Tr. Herbert A. Giles)
>
> And she was a courtesan in the old days,
> And she has married a sot,
> Who now goes drunkenly out
> And leaves her too much alone.①
>
> (Tr. Ezra Pound)

《青青河畔草》有八种译文之多，笔者这里只节选了翟理斯与庞德两人的译文为代表。两位译者都是翻译大家，译文颇有精彩之句，但由于没有准确理解原文的"荡子"的概念意思，结果扭曲了原语的概念内涵。原作中"荡子"的意思是"流浪漂泊在外的人"，此处指少妇的丈夫。翟理斯译为"roué"，来自于法语，意思是"行为放荡的人"，相当于"a dissolute person"。庞德译为"a sot"，意思是"酒鬼"，相当于"a chronic drinker"。很明显，翟理斯与庞德两位译者都曲解了原意，这是在译意层面上的"隔"。由此可见，局部字词理解上的失误也能影响整体意境的传达。

概念意义排除了意象、比喻、象征、神话和典故等诗兴化语言的情感依托以及言外之意，对于文学翻译而言，这是言不尽意的，需要向情感意义、修辞意义、言外之意等更具文学性的意义类型超越。

二、语篇信息

我们在讲到概念意义的时候把其外延界定为词句层面的意义单位，而大于句子的意义单位则用语篇信息来表示。根据前边的讲述，我们知道语篇信息的构成要素有主位结构、信息结构和衔接系统三个部分。这里，我们在三个构成要素的基础上分析语篇信息在文学翻译中的表现情况。所选的

---

① 见吕叔湘(编)：《中诗英译比录》，中华书局，2002年，第56-59页。

例子是李白的《长干行》,译文选自吕叔湘的《中诗英译比录》,译者分别为 W. A. P. Martin、W. J. B. Fletcher、Ezra Ound、C. Gaunt、Amy Lowell、S. Obata、Witter Bynner,讨论的对象是看译者如何在译文中组织安排原诗的主位结构、信息结构和衔接系统的。

长干行

妾发初复额,折花门前剧。郎骑竹马来,饶床弄青梅。
同居长干里,两小无嫌猜。十四为君妇,羞颜未尝开。
低头向暗壁,千唤不一回。十五始展眉,愿同尘与灰。
常存抱柱信,岂上望夫台。十六君远行,瞿塘滟滪堆。
五月不可触,猿声天上哀。门前迟行迹,一一生绿苔。
苔深不能扫,落叶秋风早。八月蝴蝶黄,双飞西园草。
感此伤妾心,坐愁红颜老。早晚下三巴,预将书报家。
相迎不道远,直至长风沙。

《长干行》是一首商妇爱情叙事诗,全诗使用第一人称的口吻,娓娓动听地叙述了自己与丈夫青梅竹马的童年,羞涩幸福的新婚,离家远行的相思。全诗形象明丽活泼,感情细腻,笔调婉转,格调清新,结构严谨,是诗歌艺术中的上乘之作。

在语篇信息方面,李白以年龄记叙和季节更替的手法,巧妙地把全诗组织成一个有机的艺术整体。在主位结构上,前三行采取平行式的主位推进模式,每一行各自有各自的主位与述位;第四行开始,以"十四"为主题,下辖四个小句,其主位采取同一主位往前推进模式;第六行开始,以"十五"为主题,下辖四个小句,其主位也采取同一主位往前推进模式;第八行开始,以"十六"为主题,下辖五行,共十个小句,其主位采取直线延续推进模式,即前一小句的述位是后面一句的主位;最后三行,以"妾"为主位,下辖六个小句,采取同一主位往前推进模式。在信息结构上,主题句为已知信息,后面为未知信息,已知信息与主位有时是重合的,因而也叫作话题。在衔接系统上,汉语是意合语言,全诗除两句有主语外,大多数诗句都是零位主语;诗中除了"妾发""妾心"和"君妇"三处外,再也没有任何照应代词和替代手段;全诗都是句与句的直接结合,没有任何关联词。

在解析完原诗的语篇信息的三个组成部分后,我们再来分析译文是怎样布局谋篇、组织信息、前后勾连,以实现英语的语篇功能的。为了讨论的方便，我们依据内容与形式把整首诗分为三个部分：第一部分，青梅竹马的童年，前三行，共六个小句；第二部分，羞涩幸福的新婚，第四至七行，共四行八个小句；第三部分，离家远行的相思，第八行至最后，共八行，十六个小句。

妾发初复额，折花门前剧。
郎骑竹马来，绕床弄青梅。
同居长干里，两小无嫌猜。

When the hair of your Unworthy One first began to
　　cover her forehead,
She picked flowers and played in front of the door.
Then you, my Lover, came riding a bamboo horse.
We ran round and round the bed, and tossed about the
　　sweetmeats of green plums.
We both lived in the village of Chang Kan.
We were both very young, and knew neither jealousy
　　nor suspicion. ①

洛威尔的这段译文叙述人称上有些混乱："your Unworthy One""her forehead""She""you""my Lover""We"破坏了信息结构的流畅以及主位结构的合理推进。在汉语中，叙述者自称为"妾"，尊称自己的丈夫为"郎""君"。洛威尔不明白这一指称文化，把"妾"译为"your Unworthy One"，后面的人称照应方面既有第二人称"you"，也有第三人称"her"，既然用了第三人称，怎么会出现"We"？相比之下，庞德的译文在人称的照应与主位推进模式上要好得多：

While my hair was still cut straight across my forehead
I played about the front gate, pulling flowers.
You came by on bamboo stilts, playing horse,
You walked about my seat, playing with blue plums.
And we went on living in the village of Chokan:
Two small people, without dislike or suspicion. ②

① 见吕叔湘(编)：《中诗英译比录》，中华书局，2002 年，第 153 页。
② 同上书，第 150 页。

在庞德的译诗中，叙述者用了第一人称“I”来译原文的“妾”，叙述对象用了第二人称“you”，显得亲切自然，仿佛对方就在眼前。译诗六行，每两行采用同一主位依次往前推进，符合原诗的主位结构模式，

$T_1 \rightarrow R_1$ (T_1 = While my hair; R_1 = still cut straight…)

$T_2 \rightarrow R_2$ (T_2 = You; R_2 = came by on bamboo stilts, playing horse)

$T_3 \rightarrow R_3$ (T_3 = And we; R_3 = went on living…)

原诗每行的第二个小句，其主位与前句相同，因而译文采取分词短语或介词短语的形式避免主语的重复。

十四为君妇，羞颜未尝开。
低头向暗壁，千唤不一回。
十五始展眉，愿同尘与灰。
常存抱柱信，岂上望夫台。

At fourteen I became your wife,
So bashful that I dared not smile,
And I lowered my head toward a dark corner
And would not turn to your thousand calls;
But at fifteen I straightened my brows and laughed,
Learning that no dust could ever seal our love,
That even unto death I would await you by my post
And would never lose heart in the tower of silent watching. ①

这是宾纳的译文，其主位结构采取同一主位往前推进模式，其衔接系统通过 that、and、but 等连接成分达到语义连贯的目的。

综上所述，诗歌的主位结构、信息结构和衔接系统构成了语篇信息的主要内容，有助于译者把握诗歌的整体的结构与布局，从而更好地为传达意境服务。

三、作品意图

作品意图是文学意义的一种存在方式，是作者、文本与读者之间的一种关系性存在，是翻译过程中译者要追寻的对象。

---

① 见吕叔湘（编）：《中诗英译比录》，中华书局，2002 年，第 157 页。

关于意义与意图的关系，不少学者都有这方面的论述。理查兹把"intention"解释为"speaker's aim, *conscious* or *unconscious*"(Richards,1950:181-182)。美国斯坦福大学比较文学博士黄承元(2008;130)指出："如果要理解文本的意义，需要被重建的正是作者的'意图'。"汪正龙把文学意义划分为作者赋意、文本传意、读者释意三个方面，这样就避免了传统意义观的片面性。在谈到作者意图时，汪正龙(2002:52)指出："作者无疑通过意图给作品附加了意义，这个意义有时是外在的、通过语言符号所呈现的客体内容所表达的表层意义，有时是隐蔽的、需要读者做出进一步推测的深层寓意。"

汪正龙把意图看作一种关系性存在，是符合意义的实际存在状态的，没有排斥作者意图的客观存在，认为作者意图限定了文学意义的大致走向，决定了文学内容的历史性成分。

司显柱(2007:107)从系统功能语言学的角度分析了意义与意图的关系，他指出：

> 意义与意图是统一的，翻译所要处理的意义既包括狭隘的意义，也包括广义的意图。这里的"狭隘的意义"即是通常的所指义或者说命题意义；而意图，是指文字、话语背后的涵义，在我们看来，也就是语篇、话语所要体现的功能。

按照系统功能语言学对意义的认识与分类，这里的所指意义或命题意义主要对应于概念意义，而意图，即话语背后的含义，有别于概念意义，是话语所体现的功能。

确立了意义与作者意图的关系后，我们就可以进一步探讨译者是如何在译文中再现作者意图的问题了。译者不同于普通读者，他们不能天马行空、漫无边际地任意诠释原文，而应该遵循翻译的伦理道德标准，尽量地忠实原作者，代表原作者说话。这一点杨恒达(2002:99)说得很到位：

> 译者是以作者的身份说话，他在翻译中的误读和曲解在一般情况下都会被读者看作是作者的本意。那么，既然译者是以作者的身份说话，他在翻译中就有一个否定自身，进入文本作者主体的过程。在这个问题上，译者的伟大之处在于甘愿把自己看作文本作者的传声筒，他既是认识主体，又要否定自己，尽量让作者借他的语言来说话。

在翻译中要求译者忠实作者本意并非意味着原作只有唯一的一种译法，而是提倡译者要尊重原作的意向性，尽量避免误解与曲解，更不能以“诗无达诂”为由，任意阐释原文，导致诠释过度。我们认为，由于理解的时间性和理解者的偏见，一定程度的误读的确存在，但如果因此而无视作者与文本本意存在的真理，将一切误读合法化而加以鼓励，任凭读者（或译者）对文本天马行空地恣意阐释的话，那将会走向另一个极端，从而使理解失去合理性，使解释缺乏普遍的有效性。所以，艾柯（1997：28）说：

> 在最近几十年文学研究的发展进程中，诠释者的权利被强调得有点过火。某些当代批评理论声称：对本文唯一可信的解读是“误读”（misreading）；本文唯一的存在方式是它在读者中所激起的系列反应；本文正如托多罗夫在引述别人的观点时所说，只是一次“野餐”会：作者带去语词，而由读者带去意义。

艾柯的这种担心与忧虑在《诠释与过度诠释》（*Interpretation and Overinterpretation*）一书中得到充分的反映，作者提出“作品意图”来反驳站不住脚的各种随意诠释。艾柯认为，确认作者意图实际上就是确认一种语义策略，旨在产生一个标准读者，以对应于标准作者，他用文本内部连贯性原则与原初意义生成系统来判断任何诠释的合理性。

艾柯所说的过度诠释现象在文学翻译，尤其是诗歌翻译中表现得非常明显。吕叔湘在《中诗英译比录》的“序”中从诠解讹误、补充主语、改变原诗之观点、诗体翻译的流弊、硬性直译、变通逾限之流弊、连贯与跨行等七个方面分析了西方人翻译中国古诗的各种毛病，翻译的质量问题由此可见一斑。单就诗体译诗的流弊一项而言，吕叔湘说：

> 前两种病，中外恶诗所同有，初无间于创作与翻译。第三种病，则以诗体译诗尤易犯之，虽高手如 Giles 亦所难免。Fletcher 尤甚于 Giles；Budd，Martin 诸人更甚于 Fletcher，有依稀仿佛，面目全非者，其例难以列举。

这里所说的“前两种病”指的是“趁韵”与“颠倒词语以求协律”，而“第三种病”则指的是“增删及更易原诗意义”。吕先生指出，增删及更易原诗意义，面目全非者，其例不可胜数。为了说明改变作品意图而引起诗歌意义更易者，我们这里选择翟理斯翻译的《自君之出矣》为例说明译者由于对作品意图的误读导致意境变味情况。

自君之出矣，不复理残机。
思君如满月，夜夜减清辉。

Since my lord left—ah me, unhappy hour!—
The half-spun web hangs idly in my bower;
My heart is like the full moon, full of pains,
Save that 'tis always full and never wanes.①

诗人用皎皎明月象征思妇情操的纯洁无邪、忠贞专一。她日夜思念，容颜都憔悴了，宛如那团团圆月，在逐渐减其清辉，逐渐变成了缺月。“夜夜减清辉”，写得既含蓄婉转，又真挚动人。比喻美妙贴切，想象新颖独特，具有很强的艺术感染力。李浩(2000:90)在《唐诗的美学阐释》一书中对“思君如满月”句的比喻表现的含义是这样解释的：“满月减辉，状其色衰；圆月缺亏，拟其体瘦；盈亏递变日月催年。”著名汉学家翟理斯在翻译时，把原文的意义理解成“我心中的痛苦像满月那样，终岁无盈亏”。这样原文的意义在译文中发生了改变。有学者指出，这样译虽然形象有所改变，但也传达了原诗中思妇的思念与执着。(见张保红，2003:149)根据阐释学的原理，“作者未必然，读者未必不然”，对于同一个原文，读者当然可以有不同的解读方式，这本无可厚非，但是对于翻译来说，理解原文深浅的不同，译义的境界就会有高低厚薄的不同。翟理斯对原文的误读，直接影响了译文的味的传达，换句话说，翟理斯所理解的意不如原诗的意深，因而他的译文的味就比原诗浅淡。从这个角度分析，意的深浅直接影响到译文味的厚薄。

从这一方面说，译者能否准确把握作品意图既会影响到译意，同时也伤及译味，所以说作品意图就成为连接译意与译味的桥梁与纽带。

第三节　译味的意义层次转换

以“味”论翻译，可以说属于中国独具特色的文学翻译范畴，在国外没有。如果我们从意义理论的角度解析译味的内涵，就能架起中西译论进行对话的桥梁。根据第一节的论述，我们依据译味审美内涵的四个方面，结合

① 见吕叔湘(编注)：《英译唐人绝句百首》，湖南人民出版社，1980年，第4页。

西方意义理论的有关论述,把译味的意义划分为情感意义、修辞意义、文体意义三种类型,并相应地界定了各自的意义所指。本节内容重点结合翻译实例探讨这三种意义在文学翻译中的表现情况。

一、情感意义

根据金岳霖的观点,情感寄托可以分为三类:诗意的情感寄托、哲意的情感寄托以及普通的情感寄托。对于文学来说,情感寄托不仅仅是诗意的,散文、戏剧与小说的语言中都有丰富的情感寄托。金岳霖认为,译语读者一般得不到原语的情感寄托。这种情况的确存在,尤其是那些承载有丰富历史文化的意象,其情感寄托确实给翻译增加了难度。面对翻译实践问题,再争论情感寄托是否具有可译性已经没有意义了,问题的关键是如何克服不可译,化不可译为可译,或者说,尽最大可能地减少意味的流失或扭曲变形。

关于诗意的情感意义的翻译,我们认为含有历史文化寄托的情感意义比较难译,尤其是金岳霖所说的"类似特殊的意象"更难翻译。特殊的意象创造了特殊的意境,没有这方面的经验与体会,其意境是得不到的。我们选择孟郊的《古别离》来分析诗歌的情感意义是否可以传达,情感寄托是否能为目标语读者所体会。

欲别牵郎衣,"郎今到何处?
不恨归来迟,莫向临邛去!"

这首诗言少意多,隽永深厚,耐人寻味,寥寥数语把女主人公内心的真情、担忧、矛盾等复杂的心情委婉屈折地表达出来。诗中运用了一个典故"莫向临邛去",使情感意义变得含蓄深沉。临邛,即今四川省邛崃县,也就是汉代司马相如与卓文君私奔相会之处。因此,最后两句诗的情感意义最为复杂,也最为真切。情人别离,女方一般都希望自己的情郎早日归来,与己团聚,怎么会说出有悖常理的"不恨归来迟"呢?其中必有隐情,《唐诗鉴赏辞典》(上海辞书出版社,2004)里有一段评论颇能说明这个问题:

这里的"临邛"不必专指,而是用以借喻男子觅得新欢之处,到了这样的地方,对于她来说,岂不更为可恨,更为可怕吗?可见"不恨归来迟",是以"归来迟"与"临邛去"比较而言。不是根本上对"归迟"而不怨,是"两害相权取其轻"之谓。这句诗不是反语,也不是矫情,而是真

情，是隐忍着痛苦的真情，是愿以两地相思的痛苦赢得彼此永远相爱的真情。（第 729 页）

翻译这首诗不容易，因为原诗写得不但缠绵含蓄，情意悠长，而且典故的运用加大了翻译的难度。如何用英语表达女主人公内向忧郁、矛盾、委婉、含蓄的复杂心情是翻译的关键。我们认为弗莱彻（Fletcher，1926：175）的翻译成功地做到了这一点，译文运用明白晓畅的语言，委婉屈折的语气，把诗中的情感意义表现得淋漓尽致，读来津津有味。

LEAVE ME NOT

You wish to go—and yet your robe I hold.
Where are you going—tell me, dear, —today?
Your late returning does not anger me,
But that another steal your heart away.

译者的高明之处有两点：一是典故处理得恰到好处，既不晦涩，又贴近原意；二是委婉屈折的语气与口吻表现得好，情感意义含蓄丰富。诗中的典故正是金岳霖所说的“特殊的意象”，直译既不能传达其意义，也不能传达其意味。译者巧妙地化解了这一文化意象的难点，把特殊的意象转化成具有普遍性的意义，让读者容易理解。此外，诗歌翻译是注重形式的艺术，译者巧妙地运用破折号把女主人公的委婉屈折的语气与口吻描绘得栩栩如生。应该承认，金岳霖所说的负载有历史文化内涵的意象是很难翻译的。说不容易翻译，倒不是说译者译不出来，而是读者很难感受到与原文一样的情感意义。

如果说孟郊的《古别离》中的情感意义比较含蓄的话，叶芝的《当你老了》中的情感意义则比较直白。中西诗歌在表达风格上虽有差异，但都真挚感人，情深意切。叶芝的这首诗是基于个人亲身的感情经历，有感而发。诗人一直爱恋一位美丽动人、气质高雅的女演员，他的几次求婚均遭到对方的拒绝。诗人把思念与痛苦转化为诗情，为自己心仪但最终没结成连理的女人写下了这首千古绝唱。

When you are old

How many loved your moments of glad grace,
And loved your beauty with love false or true,
But one man loved the pilgrim soul in you,

And loved the sorrows of your changing face;

多少人爱你青春欢畅的时辰,
爱慕你的美丽,假意或真心,
只有一个人爱你那朝圣者的灵魂,
爱你衰老了的脸上痛苦的皱纹;①
(袁可嘉译)

全诗总共三节,每节韵律整齐,节奏和谐。诗人以第二人称口吻,仿佛和自己的爱人娓娓道来,向她低声细语,诉说衷肠,表达了自己内心深处的爱恋之情。节选的是第二节,也是最动人的一节。不论她是年轻貌美,还是人老珠黄,他都深深爱恋着她,这是何等忠贞不渝的爱情!

由于中西历史、文化、风俗、习惯等方面的差异,同一个词语概念意义相同,但联想意义与情感意义不同,这是由于英汉两种语言文化的差异造成的。有人指出,当把莎士比亚十四行诗中的"Shall I compare thee to a summer's day"译成汉语时,应该用"春日"来替换原文中的"a summer's day",因为中国的夏天并不温柔可爱。其实,这种归化的译法既歪曲了原语文化又误导了译语读者,阻碍了文化传播。纽马克主张,读者是有想象力的,他们可以从这首诗的内容中获得鲜明的印象,认识到英格兰的夏天是美好的,所以不会误会,反而可以加深他们对英国文化的理解。② 当今社会,很多读者的英文水平很高,受过良好的高等教育,对于英美文化也有很深的了解。在这种背景下,读者是能够感受到译文的异国情调与文化风味的,尤其是有上下文语境的情况下更是如此。

前边分析过,语言的情感寄托可以产生一种原动力,汇聚一种能量,引起读者的反应,激发读者的行动。雪莱的《西风颂》就是这方面的一个典型例子,它的翻译具有很强的感染力和号召力,可谓千古流传,经久不衰。西风已经成为革命力量的象征,以秋风扫落叶之势,将旧势力摧毁。西风是嘹亮的号角,给高山平原注满生命的色彩和芬芳,西风是天使,将希望的种子播种,在世界广泛传播。下面,我们选择该诗的最后几行来看看语言的原动力,诗歌的感召力。

Scatter, as from an unextinguished hearth

① 见郭嘉(编译):《英美诗歌精品赏析》,南开大学出版社,2009年,第266-267页。

② Peter Newmark. *Approaches to Translation*. Oxford: Pergamon Press, 1981, p. 50. Jin Di & Eugene A. Nida. *On Trnaslation*. City University of Hong Kong Press, 2006, p. 276.

Ashes and sparks, my words among mankind!
Be through my lips to unawakened earth

The trumpet of a prophecy! O, Wind,
If Winter comes, can Spring be far behind?

就像从未灭的余烬飏出炉灰和火星，
把我的话语传遍天地间万户千家，
通过我的嘴唇，向沉睡未醒的人境，

让预言的号角奏鸣！哦，风啊，
如果冬天来了，春天还会远吗？①
（江枫译）

西风是力量的精灵，它唤起雷雨，掀起波涛，所行处摧枯拉朽。雪莱的《西风颂》发表后不久，意大利和希腊两个国家也先后爆发了轰轰烈烈的武装起义，诗歌的原动力和感召力可见一斑。节选的这几行诗表达了诗人请求西风助他神威，把他的诗句传播四方，唤醒沉睡的大地，唤醒浑噩的人们。

二、修辞意义

修辞文采是文学作品文学性的一个重要表现形式，它是一种有意味的形式，集形式和内容于一体，在文学翻译中不可忽视。根据前边的分析，我们知道修辞意义包括所指意义和联想意义，具有感情色彩、语体色彩和联想色彩。此外，中西方在修辞手法与修辞意义方面也呈现出一定的差异性，这在一定程度上增加了修辞意义传达的难度。因此，修辞意义既有一定的可译性，如比喻、重复、排比等，又有一定的不可译性，如头韵、双关、回文等。这里选择一些具有代表性的修辞手法，分析修辞背后的意义，并评析修辞意义在翻译中的转换以及翻译效果。

在奈达的修辞意义中，他提到了矛盾修饰法，下边我们以这种修辞格为例说明如何理解翻译其修辞意义。矛盾修饰法（Oxymoron）是英、汉语言中一种常见的修辞格，该修辞格将两个意思相反、互相矛盾的词用在一起，通过词语表象上的矛盾搭配，揭示人物内心或事物之间既矛盾对立又协调

① 雪莱：《雪莱诗选》，江枫译，外语教学与研究出版社，2011 年，第 174-175 页。

统一的关系。

莎士比亚是擅长使用矛盾修饰法的语言大师,在《罗密欧与朱丽叶》中就多处这样的修辞手法,成为经典,被广泛引用。罗密欧和朱丽叶一见钟情,互相爱慕。然而,家族的世仇却像一道无形的鸿沟隔开了这对恋人。罗密欧在忍无可忍的情况下,杀死了朱丽叶的表哥,自己也由此被放逐他乡。朱丽叶在获悉这一消息后,内心十分痛苦矛盾:一个是她最亲爱的表哥,一个是她热恋着的夫君,她此时此刻能说些什么呢?她这样指责罗密欧:

> Beautiful tyrant, fiend angelical,
> Dove-feathered raven, wolvish-ravening lamb!
> Despised substance of divinest show,
> Just opposite to what thou justly seemst,
> A damned saint, an honourable villain!

> 美丽的暴君!天使般的魔鬼!披着白鸽羽毛的乌鸦!豺狼一样残忍的羔羊!圣洁的外表包覆着丑恶的实质!你的内心刚巧和你的形状相反,一个万恶的圣人,一个庄严的奸徒!①

莎士比亚把相互矛盾、意义相反的词语搭配在一起,表面看意义不符合逻辑与常理,但实质上创造了陌生化的艺术效果,表达了朱丽叶爱恨交加的复杂而矛盾的心情。朱生豪运用直译法,在译文中保留了矛盾修饰语,但语言有些生硬,搭配不太自然,修辞意义有些晦涩,如"丑恶的实质""你的内心刚巧和你的形状相反""庄严的奸徒"等译法欠妥当。

相比之下,曹禺的译法灵活,把相互矛盾的两个词分开来译,化对立为统一,化冲突为和谐,从而使修辞意义变得富有哲理性。

> 美丽的暴君!是天使也是魔鬼!乌鸦披着鸽子的羽毛!看着是羊,心里是豺狼!最神圣的皮表藏着可鄙的内容!你装得像,心里却是两样!是个横行的圣人,堂皇的恶棍!②

曹禺的译文中,"是天使也是魔鬼!乌鸦披着鸽子的羽毛!看着是羊,心里

① 莎士比亚:《罗密欧与朱丽叶》,朱生豪译,中国国际广播出版社,2001年,第136-137页。

② 见奚永吉:《莎士比亚翻译比较美学》,上海外语教育出版社,2006年,第1182-1183页。

是豺狼！最神圣的皮表藏着可鄙的内容！”几句译得比朱生豪的高明，但“皮表”用词不当，不如改为“外表”。最后几句的翻译也不够理想，不如改为“你的内心恰好与你的外表相反，一个该死的圣人，一个可敬的恶棍”。

正因为这样，在文学翻译中再现原作的修辞意义并非一件容易的事情，对语言文字的修辞色彩不敏感的译者往往译不出文中的弦外之响与感情色彩。下面我们选择白居易的《琵琶行》作为个案分析修辞意义在翻译中的再现情况。下面节选的是《琵琶行》中较著名的一部分：

> 大弦嘈嘈如急雨，小弦切切如私语。嘈嘈切切错杂弹，大珠小珠落玉盘。间关莺语花底滑，幽咽泉流水下滩。水泉冷涩弦凝绝，凝绝不通声暂歇。别有忧愁暗恨生，此时无声胜有声。银瓶乍破水浆迸，铁骑突出刀枪鸣。曲终收拨当心画，四弦一声如裂帛。东船西舫悄无言，唯见江心秋月白。

这一段引文运用富有音乐性的语言，绘声绘色地描写了琵琶音乐的感性形式美。作者运用一系列生动形象的比喻，把抽象的音乐形象变成了真实可感的视觉与听觉形象。它使听者时而悲戚，时而舒缓，时而心旷神怡，时而又惊心动魄。尤其重要的是，音乐的清浊、轻重、缓急、滑涩、强弱、抑扬、疏密、有声与无声都是琵琶女身世的娓娓诉说，反映了人内心情感节奏的跌宕起伏，一波三折，一唱三叹。

关于《琵琶行》的译本，吕叔湘在《中诗英译比录》里收集了 C. Gaunt、L. Cranmer-Byng、Herbert A. Giles、Witter Bynner 四家国外译家的译本。国内的译本主要有杨宪益与戴乃迭、许渊冲、张庭琛与魏博思、丁祖馨与拉菲尔、徐忠杰、唐一鹤、张炳星等。经过比较原作与译作，我们发现许渊冲的译本在再现原诗的修辞意义方面优于其他版本。

> The thick strings loudly thrummed like the pattering rain;
> The fine strings softly tinkled in a murmuring strain.
> When mingling loud and soft notes were together played,
> You heard large and small pearls cascade on plate of jade,
> Now you heard orioles warble in flowery land,
> Then a sobbing stream run along a beach of sand.
> But the stream seemed so cold as to tighten the string;
> From tightened strings no more sound could be heard to sing.

Still we heard hidden grief and vague regret concealed;
Then music expressed far less than silence revealed.
Suddenly we heard water burst a silver jar,
And the clash of spears and sabers come from afar.
She made a central sweep when the music was ending;
The four strings made one sound, as of silk one was rending.
Silence reigned left and right of the boat, east and west;
We saw but autumn moon white in the river's breast.[①]

首先，我们来看看译者是如何处理原诗的修辞手法的。许译大致采用三种方法来翻译诗中的比喻：一是用明喻来译，中间以"like"或"as"把本体与喻体连接起来，如"The thick strings loudly thrummed like the pattering rain"和"The four strings made one sound, as of silk one was rending"两句的译文就是如此；二是用暗喻来译，译文中只出现喻体，不出现"like"或"as"等连接标记，如"But the stream seemed so cold as to tighten the string"一句的译文；三是转换视角，以听者为主位，用"we heard"与"you heard"等方式来译，如"You heard large and small pearls cascade on plate of jade"和"Suddenly we heard water burst a silver jar"两句的翻译。

其次，我们再来分析诗中的修辞手法所传递的意义是怎样在译文中得到表现的。音乐语言不是空洞无物的一堆音响符号，而是被赋予了灵魂与生命的表情语言。《琵琶行》中的情，一端联结着声，一端联结着事，音乐的曲调代表着琵琶女的身世述说与情感基调，使读者在想象中亲聆琵琶的美妙乐音和旋律的发展变化。声、情、事三者水乳交融，因而能感人至深。许渊冲在翻译音乐语言的修辞形式的同时，也注意到了形式背后所传达的修辞意义。

译文的前五行通过"the pattering rain""a murmuring strain""large and small pearls"等比喻摹写了音乐节奏的高低起伏、抑扬顿挫、急促欢快，译者一句"Now you heard orioles warble in flowery land"传达了琵琶女色艺超群、春风得意的人生乐章。清脆圆润、轻快欢畅的乐曲表达的是琵琶女无忧无虑的美好生活。译文的第6至10行曲调突变，音乐变得抑郁冷涩、幽咽凝绝。这一点可以从"a sobbing stream""so cold""no more sound could be heard""hidden grief and vague regret"等语言中反映出来。许译

① 见谢真元(主编)，许渊冲、马红军(译)：《一生必读唐诗三百首鉴赏》，中国对外翻译出版公司，2006年，第647页。

中增补的这些情感性语言无疑传递了琵琶女“弟走从军阿姨死，暮去朝来颜色故，老大嫁作商人妇”的沦落身世，体现的是琵琶女内心情感的“幽愁暗恨”，并期待着变化的到来。最后六行译文摹写的是悲愤抗争的曲调，译文运用“Suddenly we heard water burst a silver jar”与“And the clash of spears and sabers come from afar”两句表达了琵琶女对命运的不平之鸣与愤懑之情。高亢激昂的旋律正是她对世人重色轻才和丈夫重利寡情的愤怒控诉。

由此可见，修辞的作用并不仅仅是为了装饰门面，而具有传达意义的功能。然而，修辞意义可以表达作品的意味，但是它并不能解决艺术构思与意境的创造。意境的意义超越了语言的修饰层面，进入到更深一层的人生体验和形而上意蕴。

三、风格意义

维姆萨特、利奇、刘宓庆、王东风等学者都谈过风格意义。表面上风格本身并不能称为意义，实质上风格是外在的语言形式与内在的思想内容的综合体现，形式是传达意义的，而且形式和内容总是作为一个整体被理解、表达与接受，因而特定的语言形式必然表现出特定的意义。

翻译风格意义，首先要准确识别作品中的反常化、陌生化的语言表达形式，然后理解特定语言形式背后的深层意义，采取风格对等的方法呈现给目标语读者，从而再现与众不同的思想个性和艺术特点。刘宓庆（1999：219）在谈到风格意义的翻译时这样说：

> 语际转换中风格意义转换之最基本的也是首要的任务是发掘原语的全部风格意义，即：为使译文风格适应于原文风格，做到风格表现上的对应，译者必须首先能体察原语的风格意义，能识别原语的风格标记。

刘宓庆认为风格意义是可译的，译者首要的任务是体会原语的风格意义，识别原语的风格标记，鉴别原语的风格表现手段。他从音系标记、语域标记句法标记、词语标记、章法标记、修辞标记六个类属性标记分析了风格的符号化形式标记。

为了具体说明风格意义的可译性，我们选择了兰姆的《伊利亚随笔》中的《穷亲戚》作为个案来分析风格意义的转换情况。个性是随笔的灵魂，作家的个性通过自己的风格表现出来。兰姆的随笔个性鲜明，风格独特，在英国散文大家中极具有代表性和典型性，《穷亲戚》就是其中的一个典型代表。

这篇散文读来幽默风趣、哀婉凄切,用来研究风格意义的翻译颇具有代表性。

> A poor relation—is the most irrelevant thing in nature,—a piece of impertinent correspondency,—an odious approximation,—a haunting conscience,—a preposterous shadow, lengthening in the noon-tide of our prosperity,—an unwelcome remembrancer,—a perpetually recurring mortification,—a drain on your purse,—a more intolerable dun upon your pride,—a drawback upon success,—a rebuke to your rising,—a stain in your blood,—a blot on your scutcheon,—a rent in your garment,—a death's head at your banquet,—Agathocles' pot,—a Mordecai in your gate,—a Lazarus at your door,—a lion in your path,—a frog in your chamber,—a fly in your ointment,—a mote in your eye,—a triumph to your enemy,—an apology to your friends,—the one thing not needful,—the hail in harvest,—the ounce of sour in a pound of sweet.①

这是文章开头的第一段,一滴水能反映太阳的阳光,只看这一段开场白,我们就可以读出兰姆独特鲜明的个性化风格:简短的句式、曲折的表达、生动的描述、深刻的含义、亦庄亦谐、文白杂糅、引经据典、幽默诙谐。兰姆的幽默是一种含泪的微笑,他不幸的人生遭遇造就了他特别的性格,形成了他独特的风格。

关于兰姆随笔的翻译,我们认为刘炳善对兰姆的风格研究透彻,体会深刻,翻译准确。他用了三年的时间翻译了《伊利亚随笔》和《伊利亚续笔》,后来又翻译出版了《伊利亚随笔选》,成为国内较有影响的兰姆翻译专家。他还专门把自己的翻译经验写成一本书《译事随笔》,书中详细谈到了兰姆的风格以及翻译策略的选择问题:

> 兰姆在他的随笔中(与他的书信不同)采用了一种很特殊的、文白杂糅、迂回曲折的文体,把他的"文心"包藏起来。这是一种很难对付的语言风格。译者必须先把这一层语言外壳"嚼碎",尝出文章中的略带苦涩的香味儿,并且看出在这种文风中躲藏着一个脆弱的灵魂。(刘炳善,2009:196)

① 见兰姆:《兰姆经典散文选》,刘炳善译,湖南文艺出版社,2000年,第208页。

刘炳善既谈到了兰姆的风格，也谈到了风格的识别与翻译方法，这是译者潜心研究作者风格的经验之谈，有重要的参考价值。读过刘炳善的《译事随笔》，我们非常钦佩译者的字斟句酌的敬业精神、认真负责的译事态度、译笔高超的翻译水平。读读《穷亲戚》的原文，我们觉得兰姆的这篇文章尤其难以翻译，再看看刘炳善的译文，我们觉得他的译笔可以与原文媲美，风格相似，文辞相当，意义对等，口吻和语气与原文保持一致。

> 穷亲戚——是一种浑不似的人物，这是一种叫人厌烦的交往——一种令人反感的亲近——一种使人良心不安的因素——这是当你事业兴旺如日中天之时，偏偏向你袭来的一片莫名其妙的暗影——这是一种不受欢迎的提醒——一种不断重现的羞辱——一种度用的糜费——一种对你尊严的无法忍受的压力——这是一种成功之中的缺憾——一种发迹之时的障碍——一种血缘里的污染——一种荣耀中的瑕疵——这是在你长袍上的一道裂痕——在你欢宴中突然出现的一具骷髅——这是摆在阿加索克里斯面前的一只陶罐——这是坐在朝门当中的末底改——这是躺在你门前讨饭的癞子——这是一头狮子，恰恰蹲在你的路口上——这是一只蛤蟆，在你的卧室里跳来跳去——这是在你的眼睛里掺入的一粒尘埃——在你的圣油里落下的一只苍蝇——这使得你的仇敌们为之得意——为此，你却要向朋友们加以辩解——这是一种可怜无补之事——收获季节偏来一阵冰雹——一磅蜜糖之内却加 两酸醋。①

兰姆的这篇散文不能用“流畅”或“如行云流水”来形容其风格，我们不妨借用形式主义文论中的术语说，这是一种“陌生化”或“反常化”的写作风格。语言表达的异常搭配、反常句式、曲折的语气和口吻、独特的修辞手法、典故成语的运用等，都给翻译增加了难度。

在文学的四种文类(genre)中，文体意义的各种构成要素在小说与戏剧翻译中表现得较典型，如鲁迅的小说《孔乙己》中主人公所使用的各种语言变体，莎剧《哈姆雷特》中主人公独白的各种语言风格，就是两个代表性的例子。林同济(2007：171)在《〈丹麦王子哈姆雷的悲剧〉·例言》中谈及语言风格时说：

> 主人公哈姆雷的语言，在其内在自有的一贯风格中，还呈现出因时因地而不同的多样化：有正常时的语言，装疯时的语言；有极崇高的

---

① 见兰姆：《兰姆经典散文选》，刘炳善译，湖南文艺出版社，2000年，第209、211页。

> 哲者语言以至极鄙俗的粗汉语言。随着每一情境的迁移，他的语言色调亦产生剧变。俄而沉痛、激昂，俄而抑郁、邃远，俄而亲挚，俄而矜持；泼辣，粗暴，隐晦，澄澈……几乎应有尽有，而使用的文体亦复不一而足。

我们认同风格与文体能够传达意义的说法，尤其是文学翻译。文学语言是注重形式的，形式是传达意义的，所有的语言选择都与文体的构成有关。因此，探讨文学作品文体意义的转换问题就显得非常必要。

在鲁迅小说《孔乙己》中，作者为了描绘人物的性格而有意使用了不同的语言变体，把孔乙己寻章摘句、卖弄文墨的穷酸读书人的形象跃然纸上。翻译时再现文学语言的这一独特文体特征对于文体意义的传达具有重要意义。

> 孔乙己便涨红了脸，额上的青筋条条绽出，争辩道，"窃书不能算偷……窃书！……读书人的事，能算偷么？"接连便是难懂的话，什么"君子固穷"，什么"者乎"之类，引得众人哄笑起来：店内外充满了快活的空气。
>
> Kong's face flushed red and the veins stood out on his temples as he began to defend himself. "The *purloining of volumes*, good sir, cannot be counted as theft. The *purloining of volumes is*, after all, something that falls well within the purview of scholarly life. How can it be considered mere theft?" Tacked onto that was a whole string of words that were difficult to understand, things like *The gentleman doth stand firm in his poverty*, and *verily* this and *forsooth* that. Everyone roared with laughter. The space within the shop and the space surrounding the shop swelled with joy.①

这段译文是威廉·莱尔(William A. Lyell)所翻，斜体部分是译者有意标出的，目的是让读者注意孔乙己半文不白、之乎者也的语言变体。原文中的"窃"与"偷"意思其实一样，只是语式不同，但孔乙己运用正式的"窃"字为自己辩解，这样的语言非常形象地描绘出他的迂腐穷酸。译者选用了英文

① William A. Lyell, trans. *Diary of a Madman and Other Stories*. Honolulu: University of Hawaii Press, 1990, p. 44.

中非常正式的 purloin 与原文的“窃”相对应，可以说是文体对等。下边“君子固穷”的话出自《论语》，译者对其出处也加了注释“Quoted from *The Analects of Confucius* 15.1.3”，并用古英语的 doth 来译“固”，用“*verily* this and *forsooth* that”来译“者乎”，以追求文体对等。

综上所述，我们可以根据分析的材料并结合西方的意义类型来界定“味”的意义了。从某种程度上说，“味”也是意义的一种，但它显然不同于“译意”中的“意”。也就是说，“味”的内涵超越了概念意义、语义信息、作品意图，而达到了情感意义、修辞意义、风格意义的层面。

第四节　译境的意义层次转换

前文交代过，译境中的“境”具体指意境，指存在于文学作品中的审美特质。文学和美学界大多把意境说得很玄妙，主要有皎然说的“但见情性，不睹文字”，严羽所说的“羚羊挂角，无迹可见”，司空图说的“象外之象，韵外之致，味外之旨”，梅臣尧说的“壮难写之景如在眼前，含不尽之意见外言外”，叶燮所说的“含蓄无垠，思致微渺”，王国维说的“言外之味，弦外之响”，等等。这些说法往往很玄妙，让人难以把握。

一、言外之意

在第三章的第四节中，我们介绍了意境的构成要素之一言外之意，并以例子分析了含蓄与寄托两种言外之意在诗歌中的具体表现。在第四章第三节，我们接着往下讲，以翻译实例分析了言内与言外的不同表现，指出有些翻译很难从言内达到言外。本节在以上研究的基础上从意义的角度进一步探讨言外之意传译的可能性，提出言外之意的翻译办法。

根据钱锺书的观点，第一种言外之意是含蓄意义。含蓄意义是文学作品没有说出来的意义，它所表达的不是在场的意义，而是不在场的、由读者的想象而获得的言外之意。换句话说，含蓄的言外之意是由“有”联想到“无”的空白意义，是由“在场”联想到“不在场”的暗示意义。

Intended for Sir Isaac Newton in Westminster Abbey

Alexander Pope

Nature and Nature's Laws hid in Night.
Godsaid, Let Newton be! and All was Light.

牛顿墓志铭

自然和自然的法则隐藏于暗夜,
上帝叫牛顿降世,就照亮了一切。①

蒲柏的这首诗虽短,只有两行,但很有名。诗人以其一贯睿智、简洁的笔法,高度歌颂了科学巨人牛顿的伟大成就。这首诗的意义含蓄,因为有两处用典:一处是牛顿定律,另一处典故出自《旧约·创世记》。如果读者不了解这两个典故,这首诗的言外之意就无从理解。

首先,Westminster Abbey 指的是“西敏寺”,位于英国伦敦,是著名人物下葬之地。诗的题目译为“牛顿墓志铭”可谓言简意赅。在《旧约·创世记》的第一章中讲道:“In the beginning God created the heaven and the earth. And the earth was without form, and void; and darkness was upon the face of the deep. And the Spirit of God moved upon the face of the waters. And God said, let there be light; and there was light.”读者有了这个背景知识,自然就激活了诗的言外之意:牛顿发现了自然法则,就像上帝创造了光明一样伟大。但诗人并没有把这层言外之意直接表达出来,而是巧妙地运用典故含蓄地表达,因而有意境。

前边在讲到意境的言外之意时,我们以李白的《玉阶怨》为例分析了言外之意的所指,但没有谈及翻译。这里,我们在此基础上解析言外之意在跨语际翻译过程中的再现情况,看译文是否具有含蓄意义。

玉阶生白露,夜久侵罗袜。
却下水晶帘,玲珑望秋月。
(李白《玉阶怨》)

The jeweled steps are already quite white with dew,
It is so late that the dew soaks my gauze stockings,
And I let down the crystal curtain
And watch the moon through the clear autumn. ②
(Tr. Ezra Pound)

李白的诗深得中国古典诗歌含蓄美的韵致,四句无一句写“怨”字,但意

① 见王佐良:《英国诗选》,上海译文出版社,1988 年,第 164 页。
② 见祝朝伟:《构建与反思》,上海译文出版社,2005 年,第 369 页。

中含其怨。其语境的暗示功能和张力效应，能够给读者留下丰富的想象余地，读来意味深长，吟咏不尽。诗中“生”字用得妙，说明白露是逐渐长出来，暗示等的时间长久之意。露水不是草木，本来不会生。但是用一个“生”字，就是增加的意思，表现了夜晚由于气温下降，露水越来越多，逐渐把袜子都浸湿了。诗中所描写的在场的东西有“玉阶”“白露”“罗袜”“水晶帘”“秋月”，形成一种整体白色基调。在场的意象组合所形成的语境空间给想象留下丰富的余地，让读者感受到在场的背后有一个没出场的男人。

庞德的译文译得比较“隐”，给读者留下了丰富的言外之意，含蓄性与暗示性无边，意境深远。尽管题目是“玉阶怨”，但正文中却没有一个字明确点破，其意境的深层内涵全靠读者去想象。

译文在选词方面也有值得改进之处。原文的“生”字很传神，而译者却用静态的“are already quite white with dew”来译，大大影响了意境的传达，若用“On marble steps white dew grows”则译出了露水从无到有一直到浸湿罗袜的动态生发意义。“望秋月”中的“望”很传神，暗示女主人公回到室内之后仍然没有睡意，而是透过窗帘继续望月，含蓄地传达出了主人公望穿秋水、望眼欲穿的绵绵不尽的幽思之情。若把“watch”句改译为“gaze upon the clear autumn moon”，效果会更好。

关于言外之意中的寄托，我们选择王维的《杂诗》来分析。就这首诗的译本而言，有些唐诗英译本中没有收录此首诗，版本并不多。经检索，比较有代表性的有许渊冲、郭著章、宾纳、弗莱彻的四种版本。通过研究比较，笔者认为宾纳与弗莱彻的译本在传达意境的言外之意方面略胜一筹，因为这两个译本把思乡人的神态语气描绘得惟妙惟肖，具有欲言又止、欲吐复吞、言在此而意在彼的含蓄性艺术效果：

WHERE I WAS BORN

Oh, sir, from the place of my youth are you come,
The things of our village for sure you must know.
Still peeps the sun through my gauze window at home?
The early plum blossom, oh, yet does it blow?①

(Tr. Fletcher)

Lines

You who have come from my old country,

① 见吕叔湘(编):《中诗英译比录》,中华书局,2002年,第11页。

Tell me what has happened there!
Was the plum, when you passed my silken window,
Opening its first cold blossom?①
(Tr. Witter Bynner)

一个身在异国他乡的人,若是见到从家乡来的人,那种亲切之情和渴望知道自己亲人情况的急切心情溢于言表。因此,判断译文的标准重在看译者是否把思乡人的欲言又止、欲吐复吞、言在此而意在彼的艺术效果再现出来。弗莱彻的译本以口吻语气胜出,通过"Oh, sir""for sure""still""oh, yet"等语气词的运用,译者让说话人的曲折婉转的思乡深情见于言外;通过最后两句疑问句的连用,译者以一当十,以少范多,把思乡人的千言万语浓缩在"The early plum blossom, oh, yet does it blow?"这一问句中,至于主人公到底问了多少家乡的人和事,诗是写不尽道不完的。试想:主人公连"窗前的梅花是否开放了"这样的小事都问了,其对家乡的关切之情不是见于言外吗?

面对以语言符号构筑的文学形象和意境,读者会充分发挥自己的主观能动性,调动起丰富的想象、联想能力,融入深邃的情绪情感体验,借助敏锐的感悟能力和一定的理性分析能力,理解体验作品的内容和意义。

二、象外之意

在本章第一节中,我们在界定译境的意义类型时,分析了象外之意的具体所指。"象外之意"之中的"象"可能是隐喻或象征,也可能文化意象,或其他意象类型。在很多文学作品中,意象多以隐喻或象征形式出现,象外之意往往就是隐喻或象征背后的意义,是文学作品的深层意蕴,在翻译中不容易理解与传达。这里,我们选择两首含有象征意象的诗歌作为个案,具体分析象外之意是如何在翻译中再现的。

在英国文学史上,丁尼生(Tennyson)被授予"桂冠诗人"称号,他是一位意象大师,善于创造各种寓意深刻的意象,其象外之意使作品的意境深远,给读者留下无限丰富的想象空间,《鹰》就是其中具有代表性的一首。这是丁尼生为哀悼他的好友哈勒姆而写的。丁尼生和哈勒姆的友谊长达16年,哈勒姆不幸英年早逝,去世时年仅22岁。丁尼生与哈勒姆之间的亲戚加朋友的亲密无间的关系,使得他对哈勒姆的突然离世深感切肤之痛。于

① 见文殊(选注):《诗词英译选》,外语教学与研究出版社,1989年,第66页。

是，他写下这首“强者的颂歌”来悼念他。了解这个创作背景对于把握诗的主题具有重要意义。

The Eagle	鹰
He clasps the crag with crooked hands;	扭曲的利爪紧扣巉岩，
Close to the sun in lonely lands,	独立危崖，与日比肩，
Ringed with the azure world, he stands.	蔚蓝一片寰宇间。
The wrinkled sea beneath him crawls;	脚下苍海微皱面，
He watches from his mountain walls,	远眺傲立崖颠，
And like a thunderbolt he falls.	霎时落，直如雷霆下九天！①
	（张传彪译）

意象既是诗人表情达意的艺术方式，又是读者破译诗的情感的密码。在这首诗中，丁尼生运用各种意象创造了一幅色彩鲜明、形象生动、气势磅礴的画面，传神地刻画鹰的神态自若和雷霆万钧的慑人气魄。诗人准确地把握住了客观物象与自身主观情感的契合点，调用各种意象手段，构成彼此相互联系的意象群，塑造了雄鹰超凡脱俗、气势凛然的王者形象。

> 诗中“意象合弦”的主旋律就是作者借助鹰之“象”来表达悼念亡友之“意”。而这个主旋律的呈现，则是通过听觉意象、象征意象、动觉意象，比喻意象及抽象意象等诸种意象的“和弦”。拟人比喻意象既是雄鹰的不染凡尘、趣高于世，又是诗人痛失亲友后的孤苦与无助。直喻意象派生出视觉意象和听觉意象，电闪雷鸣既是雄鹰速度与力度撞击出的生命之火，又是人生追求理想，为理想而战的生命之火。（孙华祥，1998：34）

听觉意象表现在意象的语音层面，爆破辅音 /k/ 反复使用了七次，其拟声效果在刺激人的听觉，产生语义的象征性联想。动觉意象表现在“clasp”“stand”“watch”“fall”等动词的使用上，展示出诗歌语言的动态美，歌颂了雄鹰展翅高飞、搏击长空的俊美形象。比喻意象表现为“like a thunderbolt”，与动觉意象“fall”联用，把雄鹰搏击长空、电闪雷鸣般俯冲之势形

---

① 见金春笙：《论译诗神似——管窥丁尼生〈鹰〉的两篇译文》，《天津外国语学院学报》，2006年第6期，第18页。

象直观地表现出来。

关于这首诗的翻译，目前看到的有黄杲炘、张传彪、刘守兰、郭嘉等人的译文。我们认为翻译这首诗的关键在于其意象的再创造，看译者是否能够在译文中创造出与原文相似的王者形象，是否能够表达出与原文相似的象征意义。为了能够做到这一点，译者需要通过语言的表层意义领悟诗的深层意蕴，再通过创造雄鹰意象来实现诗歌翻译的"以形传神"。

张传彪的译文较好地把握住了原诗迅猛的节奏、恢宏的气势、鲜明的意象，并在诗形、诗味、诗魂三方面再现了一个苍劲、孤傲、雄健、伤感的雄鹰意象。诗中的"鹰"显然不是普通的动物，而是寄托了作者浓厚情感的意象，是好友哈勒姆的象征。挚友哈勒姆的突然逝去就如同晴天霹雳让人始料不及，就如同雄鹰从危崖上迅雷般降落，让读者体验到的是一种悲壮之美，凝聚着丁尼生对挚友的深深哀悼。"张译的成功不在于徒有诗形，而在于其笔下译作的节奏是诗，韵味是诗，意境也是诗，尽显诗才本色。"（金春笙，2006：21）诗歌翻译不仅要关注诗的表层形式，更要关注诗的形式背后传达的深层神韵，形神兼备才是诗歌翻译的至高境界。

像《鹰》这样的象征意象在英诗中相当普遍，我们选择了一首以点带面，用以说明英诗也有象外之意。意境理论是中国译论的典型代表，其中的象外之意自然在中国诗歌中更具有普遍性。下面，我们再选择杜甫的七绝《江南逢李龟年》作为个案，探讨象征意义在中诗英译中的再现情况。杜甫的这首诗含有丰富的象征意义，其诗眼落在"落花时节又逢君"一句上，其中所蕴含的多重意义见于言外。

岐王宅里寻常见，崔九堂前几度闻。
正是江南好风景，落花时节又逢君。

这首诗被誉为杜甫绝句中最有情韵，最富含蕴的一篇。李龟年是开元时期著名的歌唱家。杜甫初逢李龟年，正值"开元盛世"。四十年后的一个春天，杜甫在风景如画的江南与阔别多年的老朋友李龟年重逢。这时遭受了八年安史之乱的唐王朝已从繁荣昌盛走向衰落。杜甫辗转漂泊到潭州，境况极为凄凉。李龟年也流落江南，形容憔悴。一位老歌唱家和一位老诗人在漂泊颠沛中重逢，沧海桑田，感慨万千，心中一时悲喜交加，写下了这首极具情韵的七言绝句，抒发了对时光流逝、人生坎坷、社会动荡、国家盛衰的深痛感触。关于这首诗的象征意义，我们引用一段话来说明：

> “落花时节”既是对眼前实景的描绘，又象征着二人漂泊沦落的生涯。“又逢君”的“又”字，标志着过去同现在的强烈对比，其中寓含着无限的凄楚伤痛之感。全诗从表面看，只写重逢时对过去的回忆，并未直接表露任何思想情绪，但细味方见真情。寓感时伤世之情于言外。含蕴极深，容量极大，正所谓“世运之治乱，华年之盛衰，彼此之凄凉流落，俱在其中”。(林瀛、曲宗瑜，1989:282)

这首诗表面意思很简单，但仔细品味方见真情。诗人所蕴含的多层意义，需要很多的背景知识方能感悟得出，如杜甫本人的人生经历、李龟年前后身份的对比、岐王和崔九的社会地位、今昔时间的距离引起的社会动荡，等等。

诗中的“落花”意象，内涵极其丰富，具有四层含义：一是时间意象，实写他们相逢的季节；二是比喻意象，喻指李龟年暮年飘零的凄楚境况；三是隐喻意象，杜甫的自我写照；四是象征意象，暗示唐朝的衰败和风雨飘摇的时局。一个意象，包含了数层含义，而且一层深似一层，意境深厚，韵味无穷。

关于这首诗的译本情况，我们挑选了四种译本，分为两组。第一组是翁显良与艾黎的译文，第二组是吴钧陶与华兹生的译文，大致代表了两类不同的翻译倾向。

Chance Meeting

Du Fu

> Time was when princely houses favoured your music and often requested my attendance. Now, wandering amid such scenic beauty on these southern shores, we chance to meet again, when the flowers are already falling.①

翁显良在翻译观上主张突出本色，以散体译诗歌，不在乎章法音韵，而重在意象。可是，这首诗的译法却违背了他的宗旨，译文简化了意象，原诗中的“李龟年”“岐王”“崔九”等文化意象都不见了，译者运用浅化的方法以减少读者理解的障碍。当然，浅化的方法在翻译中也很常见，但这是以破坏译文的意境为代价的。诗歌的象征意义只有通过个别寓一般，有限寓无限，具体寓抽象等手法才能传达出深层意蕴。意象流失，也就意味着传达象征

① 见翁显良(译):《古诗英译》，北京出版社，1985年，第31页。

意义的载体消失,因而译文就很难译出原文的象征意义。

MEETING LI GUINIAN
IN JIANGNAN

Often you went to the palace
Of Prince Qi, and then you
Sang again and again for Cui Di;
Jiangnan scenery is now at
Its best; as blossom falls,
So do we meet again!①

艾黎的译本可以与翁译形成鲜明的对比,走上了另一个极端。译文保留了"Li Guinian""Jiangnan""Prince Qi""Cui Di"等意象,几乎全用汉语拼音,译文读者很难体会到其中的情感意义,在没有注释的情况下,"blossom falls"的象征意义就更遥不可及了。

Coming Across Li Guinian in Jiangnan

I saw you now and then in Prince Qi's house,
And heard your songs in Courtier Cui's grand rooms.
When sights are fine in the Land ofthe South,
I meet you again in a shower of blooms.②

吴钧陶的译文保留了原诗的意象,但增补了表示社会身份的词,如Courtier Cui's grand rooms,暗示了"崔九"是皇帝的宠臣,以反衬李龟年昔日的声名赫赫。第三句"江南好风景",乃是以乐景写哀,反倍增其哀伤的程度。

I always used to see you at Prince Qi's mansion,
Heard you how many times at Lord Cui's home?
Now when the scenery is finest here south of the Yangzi,

① 见路易·艾黎(译):《杜甫诗选》,外文出版社,2001年,第351页。
② 吴钧陶(译):《杜甫诗英译一百五十首》,陕西人民出版社,1985年。

That we should meet once more just as blossoms are falling! ①

这是华兹生的译文，在译法上与吴钧陶相似，都增补了表示社会身份的词，但在具体选词上还是有些差异。在今昔对比上，译者用“used to”与“now”形成对比，再兼以动词的时态变化，反映了四十年的沧桑巨变。在传达原诗的情感色彩上，译者借用问句、感叹号以及情态动词“should”等传达华年之盛衰、彼此之凄凉流落等象征意义。

所以，检验一个象征创造是否成功，是否充满审美力量，不仅要看其中有无小事物与大事物的对应统一，具体物象与抽象情思的共参与共鸣，也不仅要考虑其中有无对于象征意蕴的开拓，主要的还是要看这一创造，有无诱发读者去探求超越形象本身的意蕴的功能。

三、形上意义

诗歌意境讲到这种地步可谓是越来越深奥，越来越神秘。虽然神秘，但却不是虚无，而是客观存在于优秀的诗歌作品中，等待心有灵犀的知音读者去发现与体验。就翻译而言，这种形上意义能否跨越语言的界限在另一种陌生的文化语境中得以传达与理解？这是个很有意思而又困难的翻译问题。在分析形上意义的翻译问题时，我们选择了陈子昂的《登幽州台歌》：

前不见古人，后不见来者。
念天地之悠悠，独怆然而涕下。

前两句俯仰古今，写时间的绵长；后两句登台眺望，写空间的辽阔和诗人的孤寂苦闷。读这首诗，我们会深刻地感受到一种怀才不遇、壮志未酬的悲壮情怀。诗人跨越历史时间的时空，超越具体的有限的物象、事件、场景，上升到整个人生感、历史感、宇宙感的深切领悟，表达了一位胸怀大志，却因报国无门而感到孤独悲伤的诗人形象。陈子昂的《登幽州台歌》，可以说是个人的，也可以说是宇宙的。敏感的心灵在登临之际，以生命的短暂面对千古的悠久，以个人的渺小面对造物的无穷，在时空双重的压力下，不免怅然若失，怆然泪下。余光中（2003：14）这样评价：“个人的思维越过社会的拘束，纵而交于无止的时间，横而接近无限的空间，个人的没入了宇宙的，乃有此苍茫神奇之绝唱。”

① 见华兹生（英译）：《杜甫诗选》，湖南人民出版社，2009年，第345页。

陈子昂的这首诗之所以成为千古绝唱,是因为其具有强烈的空间美、动态美和传神美,思想境界高,意境深远辽阔,作品中蕴含的人生感、历史感和宇宙感意识使其具有一种震撼人心的形而上意义。它拨动了人性深处的一根弦,触动了内在的现实,净化读者的灵魂,内心产生一种崇高的高峰体验,激发人从小我向大我的宇宙意识超越。

经检索,陈子昂的这首诗主要有华兹生、柳无忌(Wu-chi Liu)、翟理斯、许渊冲、翁显良、张廷深与魏博思等译本。我们这里选择译本的标准不在于音美,也不在于形美,而是意美,尤其是翻译者能否译出原诗的形上意义。根据这个标准,我们认为华兹生的译文胜出:

Song on Climbing Youzhou Terrace

by Chen Zi'ang

Behind me I do not see the ancient men,
before me I do not see the ones to come.
Thinking of the endlessness of heaven and earth,
alone in despair, my tears fall down.①

(Tr. Burton Watson)

原诗蕴含着人生感、历史感和宇宙感的形上意义,华兹生的这个译文能在译文读者中产生类似的形上意义体验吗?

首先,诗歌的形上意蕴要跨越历史的时空,要把时间观念与空间意识融为一体。在时间观念上,原诗给人的感觉是作者面对古人,背向未来。把已经发生的事情看成在前面,而把待发生的事看成在后面。这样,汉语中的前后既是时间概念,又是空间概念。在翻译成英文时,华兹生把"前"翻为"Behind me",把"后"译为"Before me",前后对称,跨越历史的时空,把时间空间化了,也把空间时间化了。许渊冲把"前"译为"the past",把"后"译为"future years",仅具有时间概念,而没有空间意象图式。柳无忌的译文用"before my time"依然不具备时空一体的意境空间。此外,原诗中的"念天地之悠悠",给人一种时空连绵无尽的直感,含有时间的漫长与空间的辽阔双层意义。华兹生把"悠悠"译为"endlessness",音节拉长,类似于原文的时空无尽之效果。

---

① 见文殊(选注):《诗词英译选》,外语教学与研究出版社,1989年,第55-56页。

其次，诗歌的形上意蕴要具体的有限的物象、事件、场景，上升到整个人生感、历史感、宇宙感的深切领悟。题目中的“登台”，虽是具体的物象，但其内涵超越了物象，具有文化意象的功能，在翻译时也不可忽视。华兹生译为“Climbing Youzhou Terrace”可以说是保留了其文化意象。诗中的“古人”暗指类似燕昭王那样的贤明之君，但又不专指燕昭王，译文用“the ancient men”，把个别上升到普遍。诗中的“独怆然而涕下”具有浓郁的情感意义，包含着深沉的人生感慨和博大的历史情怀。华兹生把“独”译为“alone”，把“怆然”译为“in despair”，基本上与原文功能对等。有些译文没有把“怆然”翻译出来，淡化了诗人怀才不遇、壮志难酬、知音难觅的郁愤与孤独。

这样，笔者综合国内外学者对意境意义的研究成果，认为意境属于普通语言不可表达的神秘领域，其意义只能靠诗性语言来言说，具有多义性、暗示性、想象性、隐喻性、象征性等特点。从作者方面看，意境充分利用语言和意义之间的空间感、距离感，利用语言的模糊性、歧义性、隐喻性、象征性、暗示性和意象性，以少胜多，以一当十，以有限表示无限，通过具有无限包孕性的意象，来突破现实语言的樊篱。从读者的角度看，通过言来领会意，需要以情感体验为基础，因为作者在遣词写作时，是反复揣度，写出自己的体验的，鉴赏者就应该透过文字，以心印心，便会达到超越语言的樊篱而领会作品之意的效果。

第九章　翻译境界的层级超越

在实际翻译中，译者由于语言、思维、意义、艺术修养、翻译理念等因素的限制，其译文往往很难抵达翻译的最高境界，结果导致本来有味的作品失味，本来有意境的作品失境。解决的办法就是运用境界理论的超越性特征，实现从译意到译味，再到译境的层级超越。具体说来，就是从语言层面、思维方式、意义维度三个方面分析其超越机制及抵达途径。在具体写法上，我们选择了柳宗元的《江雪》的十个译文为个案来解析语言层面的超越机制，选择了马致远的《秋思》的九家译文探讨思维层面的超越机制，选择了李商隐的《锦瑟》的十家译文为例分析意义层面的超越机制。

第一节　语言层面的超越

由于语言有不同的类型、风格与效果，不同的语言当然就会产生迥异的表现力。可以说，诗歌译文质量的好坏最关键的一环就是语言的锤炼与选择。在译意层面上，语言的选择关注的是词语的准确性、句法的语法性、内容的解释性。在译味层面上，语言的选择关注的是意象的形象鲜明，情景的融合统一，修辞的韵味悠长，风格的贴切得体。在译境层面上，语言的选择关注的是选词的凝练含蓄，意象的虚实相生，内容的尺幅千里。

一、《江雪》的原文与译文

千山鸟飞绝，万径人踪灭。孤舟蓑笠翁，独钓寒江雪。

这首五言绝句是柳宗元谪居永州时的政治抒情诗，语言简练，气韵生动，意境深邃，故明朝胡应麟称之为“骨力豪上，句格天成”。苏轼在评价柳宗元的诗风时说“外枯而中膏，似淡而实美”（《东坡题跋》卷二），这首《江雪》可以说是这种风格的集中体现。

柳宗元的《江雪》是用诗的语言描写了一幅寒江独钓图，就像电影的蒙太奇镜头一样，画面由远及近，先是千山，然后慢慢摇近，出现孤舟，再推进，出现孤舟中的渔翁，最后镜头对准“独钓”的形象，形成了一个大特写。诗中的画面状溢目前，历历可见，可谓“秀”也。关于柳宗元的这种取景方法不少学者都有介绍，这里我们引用美国华盛顿大学的教授杨牧(1993:57)的一段话加以说明：

> 柳宗元取景的角度是反三角形的形状，由大向小；先是庞然广阔的千山，逐渐缩小为万径，然后我们看到一条孤舟，孤舟上一名披蓑戴笠的渔翁，更上了，最后是一条钓丝细微地几乎不可辨识地垂向落雪的江水。

柳宗元《江雪》诗的空间意识和绘画的空间意识是相同的，宋朝著名画家在《江雪》所表达的意境的基础上，将诗画完美和谐融和起来，创作了《寒江独钓图》，充分显示了诗歌和绘画的相通相融之处，体现了诗中有画，画中有诗的艺术境界。

但是这首诗的妙处却不在于显现在场的景物描写，而是可见的画面背后的空白意义。诗人实写的是一个渔翁在一个大雪纷飞、天寒地冻、千山万径呈现白皑皑一片银白色世界的背景中寒江独钓的雪景，但这一景象的出现是由于第三、四句的点化修饰作用而使原来的实写发生了变化，在修辞手法上就是“化实为虚”，进而产生了“象外之象”。这样三、四句所描写的“渔翁寒江独钓”在一、二句所写雪景的衬托下产生了言外之意：显示出渔翁的清高孤傲、隐逸脱俗的性格和精神境界。“读者不仅可以想象作者柳宗元本人谪居异地，不畏雨横风狂而泰然自若的情景，还可以想象到其他一些不以身之察、受物之汶汶的高风亮节，如此等等，所有这些都是诗人的言外之意，词外之情，虽未出场，却很现实，虽未可见，却经由画面而显现。”(张世英，1997:118)

关于这首诗的译本，黄国文(2003:1-6)列举了十一种，从静态与动态的表现以及形式与意义的关系问题两方面做了语言分析。曹山柯(2004:70-74)从中英语言差异性角度进一步分析了黄国文提到的这十一种译文。他通过比较中英语言在诗歌上所表现出来的形式、风格和文化层面的差异，认为“由这种形式、风格和文化层面传达出来的原汉语古诗文本意义和英译的汉语古诗文本意义也一定各有不同”。他的结论是，“不同个性的语言代表了那个民族的特殊文化和风格，是根本不可能用任何其他语言去交流的”。

其实,《江雪》的译文远远超过十一种,除了黄国文列出的之外,其他还有叶维廉、黄龙、赵甄陶、张廷琛、唐一鹤、文殊、徐忠杰、刘克璋、裘小龙、张炳星等十多种译本。短短二十字的五言绝句竟有二十多种译文,可见原诗的艺术魅力之大!当然,这些译文的质量参差不齐、良莠有别,本节准备从语言的层面对这些译文进行质量评估,试图验证境界的超越性思想。

二、从译意语言到译味语言超越

正如前面所述,译意语言表现为抽象化、语法化与解释性三个特点。文学翻译也需要译意语言,但要控制使用,尤其是诗歌的翻译。对于《江雪》这首图画诗来说,译意语言中的语法结构就破坏了原诗的空间结构与意象化语言的视觉形象:

Snowing on the River

Liu Zongyuan

There isn't a single bird
  In the multitudes of mountain flying.
There isn't a single man's foot-print
  On thousands of mountain paths existing.
There is only a solitary boat with an old man
  An alpine rush and a bamboo conical hat he is wearing,
Fishing alone on the cold river
  In the snowing.①

柳宗元的原文4行20字,唐一鹤的译文8行53个单词。译者首先在语言风格方面就远离原文,其次译文的语言类型属于逻辑语言,语法化与解释性色彩很浓,违背了原文绘画式的直观呈现的电影蒙太奇式的传意方式。译文的语言运用了三个表示存在过程的"there be + NP + V-ing"句式,跨行排列,最后一个存在句语法结构繁杂,竟跨了三行,显得臃肿累赘,原诗的简洁凝练在译文中荡然无存,原诗的图画语言在译文中也消失殆尽。

Snow on the River

no sign of birds in the mountain ranges

① 唐一鹤(译注):《英译唐诗三百首》,天津人民出版社,2005年,第189页。

no footprints of men on a thousand trails
there is only one boat on the water
with an old man in a straw rain cape
who stands on deck and fishes by himself
where the snow falls on the cold river①

王守义与诺弗尔的这个译文没有标点符号，句首也没有大小写区分。前两句译文没有用句子，而是名词性词组；后一句译文是一个带有一个介词短语、两个定语从句的复杂存在句，前后的语言风格很不协调统一。原诗最后两句是整首诗的关键所在，镜头本应该对准独钓者的渔翁形象，形成了一个大特写，但最后一句译文却很失败，译文读者不但直观不到渔翁形象，反而要花时间运用逻辑思维分析方法解析英语的语法结构。此外，译文凭空增加了原文没有的"who stands on deck"，独钓者是否站在甲板上，只能代表译者的一厢情愿，译诗任意添加原文没有的东西，容易导致诠释过度。

Fishing in Snow

From hill to hill no bird in flight;
From path to path no man in sight.
A straw-cloak'd man in a boat, lo!
Fishing on river clad in snow. ②

这是许渊冲在1988年出版的《唐诗三百首新译》中的译文。与前两个译本相比，许译在打破逻辑语法的局限性、保留原诗的简练的语言风格、再现原作的绘画性方面都前进了一大步。前两句翻译得好，每行八个音节，四个音步，对仗工整，韵律和谐优美。译者运用空间性的图画语言"From hill to hill"以及"From path to path"，就像电影蒙太奇镜头的推移一样，很直观地把千山万径的广阔空间展现在读者面前，具有绘画一样的视觉效果。后两句尽管也运用名词化的形式增加画面的静态感，行末也押韵，但画面由远及近，由大到小的视觉效果有些凌乱，且第三行的"lo"有因韵害义的毛病，影响了诗的意境传达。

① 见王守义、诺弗尔（译）：《唐宋诗词英译》，黑龙江人民出版社，1989年，第45页。

② 见许渊冲、陆佩弦、吴钧陶（编）：《照唐诗三百首新译》，中国对外翻译出版公司/商务印书馆（香港）有限公司，1988年，第305页。

许渊冲是一位勇于超越自己也超越别人的翻译家,他不断修改自己以前的译文,也不断地吸收转化别人译文的优点,并在此基础上追求更高的翻译境界,这种翻译竞赛思想值得肯定与学习。对于《江雪》的翻译,许渊冲在推出1988年的版本之后,又分别在1992年、2000年以及2003年三次改进自己的译文,精神可嘉。综合起来看,改动比较大的地方主要体现在后两行,下面是三个不同的修改本:①

From hill to hill no bird in flight,
From path to path no man in sight.
A straw-cloak'd man afloat, behold!
Is fishing snow on river cold.
(《中诗英韵探胜——从〈诗经〉到〈西厢记〉》,1992年)

From hill to hill no bird in flight;
From path to path no man in sight.
A lonely fisherman afloat
Is fishing snow in lonely boat.
(《汉英对照唐诗三百首》,2000年)

From hill to hill no bird in flight,
From path to path no man in sight.
A lonely fisherman afloat
Is fishing snow on lonely boat.
(《汉英双讲中国古诗100首》,2003年)

这三个版本与1988年版本相比,第一行末的标点符号经历了由分号改为逗号,再由分号改为逗号的循环,第三四行尾的标点符号由原来的感叹号改为跨行,无标点,这样从形式上把诗歌分成两个层次,增强了画面由远及近、由大到小的层次感。第三四行尾的韵脚经历"lo-cold""behold-cold""afloat-boat"的变化。可能是考虑到诗行的音节问题,原来"straw-cloak'd"在后来的两个新译本中不见了,介词"in"改成"on","fishing on river"改为"is fishing snow",最后的一处改动对于传递原作的意境具有特别重要

① 见张智中:《许渊冲与翻译艺术》,湖北教育出版社,2005年,第357、372页。

的意义。

陈宏薇在《新编汉英翻译教程》中通过比较许渊冲与 Snyder 的两个译本，认为许译在再现原作的信息功能、表情功能与美感功能三方面都优于 Snyder 的译本：

> 许渊冲先生的译文用名词词组译第一、二句，形式对仗，语义准确，两个"no"译出了原诗的静态意义，"Is fishing snow in lonely boat"是译诗的点睛之笔，动词 fish 的现在进行时态给江雪的景色增添了生气，激活了整个画面。（陈宏薇、李亚丹，2004：265）

在信息功能方面，许译漏掉了"蓑衣"与"斗笠"；在表情功能方面，许译重复使用"lonely"。对此，《翻译教程》认为，"蓑衣"与"斗笠"在此处不是那么重要，许译重复使用"lonely"凸显了原文的表情功能。

我们对引文中的评价没有异议，但对于漏译"蓑笠"以及重复使用"lonely"的说法有不同看法。柳宗元诗中的"蓑笠翁"不是普通的词汇，而是凝聚着历史文化内涵的文化意象，张志和《渔歌子》中描写的"青箬笠，绿蓑衣，斜风细雨不须归"就是一个典型代表，让人联想到的是隐者恬适淡泊、超然物外的生活。此外，"蓑笠翁"意象与后边的"钓雪"意象组合在一起，就赋予诗歌以特殊的意境，产生意在言外、情在词外的空白意义，深化了诗歌的主题。关于许译重复使用"lonely"的问题，我们认为这种重复只会强化渔翁的孤独感，而弱化了渔翁的清高孤傲、隐逸脱俗的性格和精神境界，致使诗歌的意义变浅，诗味变淡，意境变薄，译文很难达到形而上的生命体验境界。正因为以上原因，许渊冲的译文在音美与形美方面做得不错，但在意境的形而上意蕴方面仍需要超越。

三、从译味语言到译境语言超越

译味语言与译境语言有交叉重叠的部分存在，但为了分析译味与译境的区别，这种区分还是必要的。有些语言读起来很有味，但仍然缺少意境语言的人生感、历史感、宇宙感的形而上生命哲学的深刻意蕴。正是在这个意义上我们说译境的意境语言应具有尺幅千里、言近喻远、含蓄无垠、超越无限等特征，符合"呈于象，感于目，会于心"的直觉感悟式的美感经验。

根据意境语言的这些特点，我们在《江雪》的二十几种译文中发现，宾纳与叶维廉的译文较符合这种感悟型审美方式。这两个译文都具有诗中有画，画中有诗的意境，译者利用未定位、未定关系的意合语法，使读者可以直观到诗歌中描写的画面,无需通过解释和说明,便呈现出诗中蕴含的张力与空白。

> A hundred mountains and no bird,
> A thousand paths without a footprint;
> A little boat, a bamboo cloak,
> An old man fishing in the cold river-snow.①
>
> (Tr. Bynner)

该译文没有一个动词,语言以名词性短语为语义单位,组成了一个个具有空间位置推移的视觉意象。译文的结构手法与原诗相似,画面由远及近,先是 mountains,镜头缩小看见 paths,接着镜头慢慢推近出现 a little boat,再推近,看见 a bamboo cloak,最后镜头对准 an old man,创造了一幅形象鲜明的寒江独钓图。这一点,吕叔湘(1980:61)曾做过以下评价:

> 这首原诗就是一幅画,但译诗的图画的性质更重。缘故,原诗还用了三个动词—绝,灭,钓,译诗里头却一个正式的动词也没有,fishing 的作用是作形容词。大凡一句里头只有名词和形容词,没有动词,静的性质就特别浓厚,就更和图画相近。要是在 fishing 前加一个 is,就要减色不少。

绘画式的语言打破了英语语法的逻辑结构,尽量减少使用动词、不必要的连接词、复杂的长句,而代之以名词性短语、意象组合与意象叠加等直接呈现的排列方式,绝不运用无助于直接呈现的虚词,制造意象并置产生的空间效果。这种图画式译法能够留下很多空白与不定点,从而创造虚实相生的深远意境。

叶维廉对中国古典诗歌的绘画式、电影式的传意方式深有研究,其美学思想集中体现在《中国诗学》以及 *Diffusion of Distances: Dialogues Between Chinese and Western Poetics* 中:

> 中国诗的传意活动,着重视觉意象和事件的演出,让它们从自然并置并发的涌现作说明,让它们之间的空间对位与张力反映种种情景与

① 吕叔湘(编注):《英译唐人绝句百首》,湖南人民出版社,1980 年,第 61 页。

状态，尽量去避免通过“我”，通过说明性的策略去分解、串联、剖析原是物物关系未定、浑然不分的自然现象，也就是道家的“任物自然”。（叶威廉，2006：116）

叶维廉对中国诗学的深刻洞见，对于翻译中国古典诗歌具有重要的指导意义。很多译者总喜欢运用西方逻辑分析的方法，运用说明解释性的语言剖析与分解浑然一体的诗歌意境，用线性的时间性语言遮蔽了原诗的空间性意象语言，导致意境的丧失。叶维廉提出的让“视觉意象和事件的演出”的主张不失为一种再现意境的翻译方法，他不仅在理论上推崇意象叠加的艺术魅力，而且在翻译上也是这种理论的具体实践者：

A thousand mountains—no bird's flight.
A million paths—no man's trace.
Single boat. Bamboo-leaved cape. An old man
Fishing by himself: ice-river Snow.①

若是从译文语言的语法规范上看，叶维廉的译文是不流畅的，甚至可以说是 Chinglish。但是，叶维廉运用的是一种绘画式、电影蒙太奇式的意象语言，其译法蕴含着深厚的道家“任物自然”的美学思想，即译者尽量避免说明性的解释策略去分解、剖析原是浑然一体的自然现象，而是让意象直接呈现，实现道家所谓的“见物即真”“道不离物”的物道和谐境界。

第二节　思维层面的超越

思维的转换问题在翻译过程是相当复杂的，看不见，摸不着，但却实际存在着，并深深地影响着译者的抉择。同一个原作，译者由于思维模式的差异，结果会译出迥然不同的译文来。本节内容以马致远《天净沙·秋思》的九种译文为个案，探讨翻译中的思维转换与超越问题。从译文的情况来看，目前笔者收集到了九种译文，国内译者有许渊冲、翁显良、赵甄陶、裘小龙、丁祖馨（与拉菲尔合译），国外译者有施文林（Wayne Schlepp）、叶维廉、刘

① Wai-lim Yip. *Diffusion of Distances: Dialogues Between Chinese and Western Poetics*. Berkeley and Los Angeles: University of California Press, Ltd., 1993, pp. 112-113.

若愚、Sherwin S. S. Fu 等。由于篇幅的限制，笔者这里没有提供所有的译文，只是根据需要，选择部分代表性译作，重点探讨译者在概念思维、意象思维以及原象思维层面的超越问题。

一、《天净沙·秋思》的原文解析

元朝马致远的《天净沙·秋思》是一首脍炙人口的散曲，实乃千古绝唱。这首小令在描写景物、表达情思、创造意境等方面达到了炉火纯青、叹为观止的境界。元代周德清誉之为"秋思之祖"(《中原音韵》)，明代王世贞则评之为"景中雅语"(《曲藻》)，近代王国维说它"纯是天籁，寥寥数语，深得唐人绝句妙境"(《人间词语》)。全曲寥寥数语描绘出一个在日落黄昏西风古道上的落魄天涯的游子形象。它是那个时代前途茫茫、归宿无定的一代知识分子的凄苦心境的写照，以其情深意切，意境深远打动了一代又一代读者的心弦。为何短短的一首小令竟有如此之大的艺术魅力呢？我们还是看看作者是怎么写的吧：

> 枯藤老树昏鸦，小桥流水人家，古道西风瘦马。
> 夕阳西下，断肠人在天涯。
>
> （马致远《天净沙·秋思》）

这首小令总共有五句二十八个字，由十一个意象组成。前三句由九个名词意象铺排而成，真是一词一景，一字一情，中间没有虚词连接，也没有一个谓语动词，可谓是惜墨如金。但是，它犹如电影中"蒙太奇"的神奇剪辑、组合，产生多种妙不可言的效应。而次句又与首句、尾句在感情色调上构成鲜明对比，在艺术表现上相辅相成，使情节寓意进入较高的审美层次。

这首散曲最大的特点就是它的表现形式。它是由一连串独立的意象构成的意象群，彼此之间没有任何语言形式将其勾连在一起，这即使是在重意合的汉语诗歌中也不多见。

> 孤立的语言形式，跳跃式的意象思维，好像任何一个事物与另一个事物之间都是彼此分离、各自独处的，没有任何一种东西把它们粘连在一起，甚至当各个意象输入到你的脑海中的时候，也只能刺激起你脑海中的各个孤立的点的兴奋感，连接不成一种兴奋区。孤独的感觉是与这种独特的语言形式密切相连的。（王富仁，2003：379-380）

各个独立意象的独立性，避免了大量动词的出现，使整体的画面更像一幅几个事物形象各自分离的静物画。这对于游子内心的寂寞有明显的暗示作用。正是从这个角度，我们说诗歌的形式是表达意义的。

后人在阐释这首散曲的时候，在如何理解“小桥流水人家”一句上产生了很多困惑与争议。有人说这句话描写的是家的温馨与欢乐，与整篇的悲凉孤独的主题不相称，因而是败笔。也有人认为这句是以乐景写哀景，用别人家的欢乐来反衬主人公的悲伤。诗无达诂，读者依据自己的审美体验对诗歌做出各种不同的解释正符合阐释学的原理，同时也体现了诗歌本身巨大的艺术魅力。

二、从概念思维到意象思维

介绍完原文的特点后，现在我们就可以从译文方面分析概念思维与意象思维的转换与超越问题了。原文作者在意味层面上运用了典型的意象思维模式，具有形象性、直观性、移情性等特点。原文的这些思维特点在译文中是如何表现的呢？考察《秋思》的九种译文，我们发现在翁显良的译文中概念思维的痕迹比较明显，其他译者多用意象思维模式。在分析其思维方式之前，我们先看看翁的译文：

Autumn

Crows hovering over rugged old trees wreathed with rotten vine-the day is about done. Yonder is a tiny bridge over a sparkling stream, and on the far bank, a pretty little village. But the traveler has to go on down this ancient road, the west wind moaning, his bony horse groaning, trudging towards the sinking sun, farther and farther away from home.①

对照原文，读者马上可以发现翁显良把诗体译成了散体，而且译者的语言也带有概念思维的特点。原文与译文形式上的巨大差异可以从思维方式上得到解释，并从语言以及译文的体式两方面反映出来。

语言是思维的反映，是思想的直接现实，考察译文的语言特点就可以间接了解译者的思维模式。从整体上看，翁译本把原文的意象语言全部转化成逻辑语言，意象与意象之间的关系靠语法关系结合而成，空间位置、从属关系非常明确清楚。译文第一句的两个分词短语“hovering over”，

① 翁显良(译)：《古诗英译》，北京出版社，1985年，第101页。

“wreathed with”把原文的三个孤立意象连接起来了,回译过去就是“乌鸦在老树上方盘旋,枯藤缠绕着老树”,这样“枯藤”“老树”“昏鸦”便有了一种相依为命的感觉,孤独无所依的心灵感受就淡薄了。第二句译文中的“yonder”“over”“on the far bank”三个方位词就锁定了“小桥”“流水”“人家”的空间位置,把原本跳跃性的思维逻辑化了,反映在语言上,就是把原文的模糊语言填实了。原文中的“小桥流水人家”并没有说断肠人看到的实景,也有可能是想象的虚景。语法化的结果大大缩小了原文的审美空间,也就把意境的含蓄多义的意蕴性由“隐”变“显”了。从这六个意象的翻译可以反映出译者概念思维的痕迹。逻辑关系越清楚的语言,它的情感寄托就越少。

用散文翻译这首元曲,失大于得,得不偿失。原文是用意象语言的蒙太奇手法剪辑组合而成,有意使用孤立的语言形式,渲染描绘人物孤独无依靠的内心世界。诗歌语言的这种特殊形式是诗意不可分割的一个组成部分,改变了形式,必然就改变了意诗味。翁译把原文孤立的意象语言变得语法化、逻辑化了:“Crows”“old trees”“rotten vine”“a tiny bridge”“a sparkling stream”“a pretty little village”六个意象全部改写成逻辑关系非常清楚的句子,彼此之间的衔接与连贯相当自然。“Crows”与“old trees”之间用“hovering over”连接,“old trees”与“rotten vine”之间用“wreathed with”连接,“a tiny bridge”与“a sparkling stream”之间用“over”连接,“a sparkling stream”与“a pretty little village”之间用“on the far bank”连接。如果不是从中国古典诗歌语言的特性分析,这的确是好散文。从英语语法规范的角度看,这样的译文语言非常自然地道,但从诗歌的意境分析,这样逻辑化的线性语言破坏了诗歌意境的审美空间,因为逻辑化语言在读者脑海中很难形成一幅幅鲜明清晰的画面,译文也就缺少了读者具体化所需要的空白与不定点,因而译文没有传达出原文的意境。

总之,翁译把诗歌译成散文就等于把原文“呈于象,感于目,会于心”的绘画式的诗歌线性化、抽象化了。解释性的逻辑语言取代了原文的表现性的直观语言。翁译的语言也能让读者知道其中的意味,那是译者用解释性语言告诉读者的,而不是让读者自己感受到的。解释性的译意语言是让读者“知道”,而表现性的直观语言是让读者“体悟到”,弄清这两者的区别很重要。

如果说翁译本带有明显的概念思维的痕迹,那么什么样的译文才属于意象思维的产物呢?我们最好还是先看看著名美籍华裔学者叶维廉的译文:

Tune: Sky-pure Sand

Dried vines, an old tree, evening crows;

A small bridge, flowing water, men's homes:
An ancient road, west winds, a lean horse;
Sun slants west:
The heart-torn man at sky's end.[①]
(Tr. Wai-lim Yip)

叶维廉的译文由一连串的名词意象组成，避免了散文中不可缺少的动词、连词以及虚词等抽象性语言的介入，没有标明九个物象之间的空间位置，读者脑海中可以直接浮现出一幅幅鲜明的画面：Dried vines, an old tree, evening crows…像电影的蒙太奇一样，一个一个镜头的景物直观地呈现在读者面前。这种独特的意象语言组合的语言形式是意象思维在译文中的表现，其思维模式比较契合中国古典诗歌的妙悟审美体验，有效地避免了逻辑语言的分析性介入，使诗歌中的意味直观地呈现在读者面前。叶维廉对中国古典诗歌有深入的研究与独到的见解，对于这首小令，他是这样评价的：

> 在读者(观者)的想象空间中，有待空间位置实际的安排，或者应该说，有待读者想象的“眼睛”重新“排演”。如果我们仔细地“分析”(记着，这是后发的，先“感”后“思”)，可以分为近景慢慢地推向远景至天涯。但这样，正好证明中国诗，在许多重要的关键时，不是诉诸“抽思”的解读，而是诉诸我们全面的感受。在这个例子里，就是绘画式、电影式的传意方式。(叶维廉，2006：26)

叶维廉对这首散曲的解读深得中国古典诗歌的精髓，他的译文也是这种诗学观的反映。首先，叶译注意到了原文的跳跃式思维的意象组合形式，他的译文运用绘画式、电影式的传意方式呈现给译文读者。意象思维的优点是形象、直观，给译文留下足够的空白与不定点，能激发读者丰富的想象。在处理“小桥流水人家”一句时，叶译没有像翁译那样用线性语言确定彼此之间的方位，而是运用直观呈现的方法：A small bridge, flowing water, men's homes。至于这中间的“小桥”“流水”“人家”是现实之景还是想象之景，译者并不把它填实，空白与不定点留给读者自己去想象，这是译诗比较

---

① Wai-lim Yip. *Diffusion of Distances: Dialogues Between Chinese and Western Poetics*. Berkeley and Los Angeles: University of California Press, Ltd., 1993, p. 44.

高明的做法。译"人家"这一意象时,译文选择"home"而不用"house",说明译者把家注入了情感色彩,突出漂泊者的心理感受,这也符合意象思维的特点。

三、从意象思维到原象思维

意象思维是通向意境的必然通道,没有意象思维就很难产生意境,这其中的道理可以从"境生于象外"中悟出。虽然意象思维是必经的通道,但这并不等于说有了意象思维就一定能抵达意境的审美境界。这中间还需要一个从意象思维到原象思维的飞跃。

在谈到意境的审美内涵时,我们用"全美"来描述它;在谈到意境的思维特点时,我们用"想象性""整体性"以及"妙悟性"来界定它。单就《秋思》一文的翻译而言,原象思维在译文中表现在哪里呢?译者又如何完成从意象思维到原象思维的超越呢?在下结论之前,还是让我们先看两个译文吧:

Autumn Thoughts

Withered vines, olden tree, evening crows;
Tiny bridge, flowing brook, hamlet homes;
Ancient road, wind from west, bony horse;
The sun is setting,
Broken man, far from home, roams and roams.

(赵甄陶译)

赵甄陶的这个译文受到顾延龄的高度评价,他选取了翁显良、赵甄陶、丁祖馨(与拉菲尔合译)、施文林、叶维廉、Sherwin S. S. Fu 六家译文进行剖析,结果认为赵甄陶属于上乘,理由有二:(一)赵译在音美、意美、形美三方面与原诗最接近;(二)赵译行文简练,最符合原文的风格,既有英诗的节奏,又压了韵。(顾延龄,1993:14)

如果从三美与风格方面评价,顾文对赵译本的剖析是比较客观的。的确,赵甄陶的诗行采用扬抑扬格,读起来很有节奏感。另外。赵译在形式上也体现了意象思维的模式,与原文功能对等,意美方面也很好。前三行诗的绘画式语言把原文的九个意象表现得形象生动,直观的视觉效果明显。整体上看可以说是很成功的译文。相比较而言,三美论的创造者许渊冲的译文在形美与意美方面都不如赵译,试比较如下:

TUNE:"CLEAR SKY OVER THE SAND"AUTUMN

O'er old trees wreathed with rotten vines fly evening crows;
Neath tiny bridge beside a cot a clear stream flows;
On ancient road in westbreeze a lean horse goes.
Westward declines the sun;
Far, far from home is the heart broken one.

许译没有尊重原文的意象组合的电影式的传意方式，全部改译成动词句。在思维方式上，逻辑性语言的人为介入非常明显，破坏了原文的形美。在意美方面，"rotten vines""west breeze"用词不符合原文的意象意义："rotten"给人腐烂的感觉，不如"withered"更能传达断肠人的悲凉情怀；"breeze"给人以温暖如春的舒适感受，不符合原文的西风萧索的凄凉悲苦之情。

黄国文（2006：94-96）从形式对等角度比较了翁译、丁译以及施文林的三个译本，结论是施文林的译文比其他两种译文更忠实于原文，更能传递原曲的意境，留给读者更大的想象空间，读者有更多解读语篇意义的余地。下面是施文林的译文：

Dry vine, old tree, crows at dusk,
Low bridge, stream running, cottages,
Ancient road, west wind, lean nag,
The sun westering
And one with breaking heart at the sky's edge.

黄宪芳选取了翁译、赵译、丁译以及施文林的四个译本，就选词、句式与解读空间方面探讨了在诗体要素上的文化内涵传递。在谈到施文林的译文时，黄宪芳的评价如下：

> Schlepp译本则超越了常规的诗体框架，全诗就一个诗部，通篇没有一个动词，由十二个由前置或后置形容词修饰的名词铺就，构成一幅静态组画，浑然一体，一气呵成，好似航拍镜头从近景拉到远景，从枯藤老树拉到天边的夕阳，最后锁定在天涯断肠人的特写镜头上。这种句式不仅营造了一种整体感、连贯感和层次感，而且在形式上也非常贴近原文，较为理想地将功能对等寓于审美对等之中。（黄宪芳，2004：77）

在我们收集到的九个译文中,通篇没有一个动词,由前置或后置形容词修饰的名词铺就意象组合译法有三人,分别是施文林、Sherwin S. S. Fu、裘小龙。上边引文中黄宪芳的一段评论也同样适用于Sherwin与裘小龙。下面分别是Sherwin S. S. Fu与裘小龙的译文:

Withered vines, old trees, crows at dusk;
A small bridge, flowing water, a few houses;
An ancient road, a lean horse in the west wind.
The evening sun sinking in the west—
A heartbroken traveler still at world's end. ①

(Tr. Sherwin S. S. Fu)

Autumn Thoughts

Withered vines, old trees, crows at dusk;
A small bridge over the flowing water, a few houses,
An ancient path, the west wind, a lean horse.
And the sun setting...
A heartbroken traveler at the end of the world.

(裘小龙译)

据笔者的不完全统计,在《天净沙·秋思》的九种译文当中,运用绘画式语言,蒙太奇手法的译者有叶维廉、赵甄陶、裘小龙、施文林、Sherwin S. S. Fu等。这些译文用绘画式语言和蒙太奇手法组合成一幅由近景到远景,一直锁定到断肠人的特写镜头静态组画。这也在一定程度上说明了多数译者具有相类似的认知心理模式,所谓"人同此心,心同此理"之意也。

但是,这是否意味着凡是运用绘画式语言,蒙太奇手法的译文都是翻译精品呢?当然不能这么说。写到这里,我们必须提到原象思维与意境的全美问题了,正是基于这两点我们才能判断以上译文是否能进入翻译精品的行列。原象思维的提出主要是为了解决意境的翻译思维问题。这意味着,有意象思维只是通往意境的必经之路,但未必一定抵达意境的至高境界。意境的翻译要求"全美为工",为此,需要译者运用格式塔的整体思维方法,

① Liu Wu-chi & Irving Yucheng Lo. *Sunflower Splendor: Three Thousand Years of Chinese Poetry*. New York: Anchor Press, 1975, p. 420.

超越在场，发挥想象，深化主题。具体到翻译实践中该如何落实呢？

首先是全美问题。运用绘画式语言和蒙太奇手法的五位译者中，并非全部都能达到全美的要求，一个关键词出现败笔，就可能整篇俱损。有的把"天涯"译成"the end of the world"或"world's end"（世界末日），结果闹出了笑话。有的把"断肠人"译"traveler"，结果主题变淡。有的把"秋思"仅仅理解为思念故乡，好几个译文都用"far far from home"，不是告诉读者，断肠人是思念家乡吗？结果意境变浅。因为意境表达的是形而上的生命哲学的深切感悟，思念家乡算什么形而上意蕴呢？总之，诗都有句眼文心，译诗要炼字炼句，一着不慎，满盘皆输。

其次是原象思维问题。前边说过，原象思维具有想象性、整体性、妙悟性三个特点。毫无疑问，诗中有画的译文能给读者留下丰富的想象空间，运用蒙太奇手法的五个译文可以说都具有想象性。在思维的整体性方面，需要译者处理好乐景与哀景之间的张力所形成的整体格式塔意象，只有极少数译文能做到这一点。在妙悟性方面，需要译者在直观感受到诗歌的意境之后，再进一步反思意境所表达的"味外之致"与"韵外之旨"，不能停留在思念家乡的表层意义上。原文中的"秋思""断肠人"与"古道"是深化意境的诗眼文心。从这里入手，可以秘响旁通，曲径通幽，挖掘出原文隐含着的深刻内涵。以前读过一篇题为"元代游士的生命之歌"的文章，作者站在历史文化的高度剖析了《天净沙·秋思》的深层意蕴，从而升华了诗的意境。

> 其实，细观作品，我们会发现它艺术上的努力是为了烘托最后才出现的主体——断肠人，故作品所要着力传递的乃是"断肠人"独特的人生境遇以及内心感受。如果将作品放入到中国古代文化传统中，放入它所产生的独特时代中去作考察，我们便会发现，此处的"断肠人"并非泛指，而是有着特定指向。（柏红秀，2009:31）

笔者赞同柏红秀把作品放入它所产生的独特时代中去作考察的观点，只有这样，我们才能结合文本挖掘出语言文字背后的言外之意、弦外之响。作品中的"断肠人"不是泛指普通的远离家乡的游客，此处的"古道"就不仅仅是对其所走道路的形容，而是具有了特别的文化意味，表明其所选择的实现人生理想的乃是传统的游士之路。

分析到这里，我们就明白了"断肠人"的身份了，即是指云游四方，谋求发展的游士。在中国古代文化中，游士是有别于农、工、商的士子阶层。他们为了实现远大的人生理想，毅然远离温暖的家园，踏上了这条象征着"科举取士”的“古道”，但美满的理想与残酷的现实是矛盾的。成千上万的游士含辛茹苦，羁旅天涯，年年失望年年考，“断肠人在天涯”将内心积压很久的悲苦之情淋漓地宣泄出来。

综合以上分析，只有叶维廉与施文林的译文最符合我们的审美标准，能够超越意象思维达到原象思维的境界，再其次是赵甄陶的译文。这三家译文能够捕捉原文诗眼文心背后的意境，在想象性、整体性与妙悟性方面能给读者留下解读与回味的巨大空间，而且在语言上没有大的败笔，尽管在个别的用词方面还有商榷提高的余地，但整体上是好的。

第三节　意义层面的超越

翻译就是翻译意义，这话不错。但意义具有不同的类型，存在不同的层次，译者究竟翻译哪种意义为好呢？怎样从意义的维度评价不同的译文呢？本节选择李商隐《锦瑟》的十家译文作为意义的研究对象，结合译意、译味与译境在意义类型上的划分方法，重点分析概念意义、作者意图、情感意义、言外之意、象征意义、形上意义等不同层面的意义是怎样在译文中得到体现与超越的。我们之所以选择《锦瑟》为个案来考察意义层面的超越，是因为该诗的意蕴具有多层面性与多指向性，它比一般作品似乎包容了更多方面的意义潜势。因而说这首诗包括的内涵最为丰富，意象最为朦胧，意义最为多元，几乎涵盖了三类九层面的意义，所以最具有代表性。

一、《锦瑟》的原文与译文

《锦瑟》是李商隐的代表作，爱诗的无不津津乐道，然而它又是中国古典诗歌中最难解读的一篇朦胧诗，自古以来，人们意见纷纭，莫衷一是，正所谓“一篇《锦瑟》解人难”。

锦瑟无端五十弦，一弦一柱思华年。
庄生晓梦迷蝴蝶，望帝春心托杜鹃。
沧海月明珠有泪，蓝田日暖玉生烟。
此情可待成追忆，只是当时已惘然。

这首诗构思缜密、语言凝练、用典精工、意象瑰丽，颇能体现作者独特的艺术风格，整首诗的意境显得扑朔迷离，如梦似幻，含蓄而空灵。其主旨如

羚羊挂角,良玉生烟,令人神往又难以把握,正如清人叶燮在《原诗》中说的那样:

> 诗之至处,妙在含蓄无垠,思致微渺,其寄托在可言不可言之间,其指归在可解不可解之会,言在此而意在彼,泯端倪而离形象,绝议论而穷思维,引人于冥漠恍惚之境所以为至也。

叶燮对诗之至境的描述用以评价《锦瑟》的意境再合适不过了,诗中所描写的就是这样一种幽渺的理、含蓄的情、迷惘的事、虚幻的境。它本身表达的就是一种复杂精微的人生经验和人生感受,一种主观化的人生感悟和心灵化的人生体验。它本身就具有某种意义的复杂性、意象的象征性、语言的互文性、诗境的模糊性。再加上诗人通过特有的象征、隐喻等技巧的运用,最终使诗境变得更加朦胧,主题也变得更加丰富多样。《锦瑟》诗的争议在此,魅力也在此。

这首诗用典频繁,语言绮丽华美,风格含蓄委婉,作者用了"素女鼓瑟""庄生梦蝶""望帝托鹃""明珠有泪""良玉生烟"五个典故。关于这首诗的主旨,历来就有很多争议,主要有"悼亡说""自伤身世说""自伤身世兼悼亡说""恋情说""咏瑟说""听瑟曲说""伤唐室残破说""游历名区说""内禅说""编集自序说"等十几种说法。在各种不同的说法中,支持"自伤身世说"或"悼亡说"观点的占多数。

关于《锦瑟》的译本,目前我们收集了十家译本,包括刘若愚、杨宪益、许渊冲、葛瑞汉、宾纳、唐安石(John Turner)、张廷琛与魏博思、Shui Chien-tung & Keith Bosley、裘小龙、刘国善等译者。客观地说,《锦瑟》是一首相当难翻译的诗,无论是原文的理解,还是译文的表达,对译者都构成巨大的挑战。单从理解作者意图来看,不同译家对这首诗有不同的理解方式,不同的理解当然就会产生不同的译文。译者只要持之有据,言之有理,多种不同的译本自有其存在的道理,不必追究谁对谁错。所以,单从作者意图方面,我们无法对不同的译本做出质量评价。这样说是否意味着十几家译文可以平分秋色、不分高下呢?在回答这个问题之前,我们先看一段引文:

> Beaugrande (1978) suggests that a common failing in translators of poetry is the urge to resolve polyvalence, a crucial feature of poetic discourse, and to impose a particular reading of the text. Yet since an

important feature of poetic discourse is to allow a multiplicity of responses among SL readers, it follows that the translator's task should be to preseave, as far as possible, the range of possible responses; in other words, not to reduce the dynamic role of the reader . (Basil Hatim & Ian Mason, 2001:11)

这是哈蒂姆(Hatim)与梅森(Mason)在《语篇与译者》(*Discourse and the Translator*)一书中谈及意义潜势时说的一段话。引文中也包括了Beaugrande的观点，说明他们的看法是一致的。其主要观点可以概述如下：一、多值现象是诗歌话语的一个至为重要的特征，诗歌译者常有的失误就是急于消除这种多义性；二、译者对原诗语篇的解读充其量只是众多可能性中的一种，译者往往把自己的解读强加于目标语读者；三、译者的任务应该尽可能保留原诗的多义性，允许读者有多种反应。

根据以上论述，我们认为评价《锦瑟》的不同译本应该从保留原诗意义的多元性与意境的含蓄性入手，结合意义的不同类型，然后看哪些译文包含的意义最为丰富深远。因为只有意多，味才能浓，境才能深。若译者只关注概念意义，那译文的情感寄托就少；若译者只把原诗理解成爱情诗，那么译文的象征意义与形上意蕴就阙如；若译者能保留原诗的多义性与含蓄性，译文的意境就含蓄无垠。

二、从概念意义到情感意义

概念意义是翻译的基础，但概念意义是从具体的、特殊的语词中抽象概括出来的宽泛意义。一般说来，概念意义的情感寄托最少，过滤了词语的感情色彩、历史典故、风俗文化等意象内涵。就《锦瑟》的译本来看，有些译者考虑到原诗中四个典故的复杂模糊性，采取淡化典故的译法，翻其背后的概念意义，以降低翻译的难度。这种译法对于解决某些不可译成分具有可取性，但其结果是以牺牲原诗的情感寄托、象征意义或形上意义为代价的。

The Patterned Lute

Mere chance that the patterned lute has fifty strings.
String and fret, one by one, recall the blossoming years.
Chuang-tzu dreams at sunrise that a butterfly lost its way,

> Wang-ti bequeathed his spring passion to the nightjar.
> The moon is full on the vast sea, a tear on the pearl.
> On Blue Mountain the sun warms, a smoke issues from
> 　　the jade.
> Did it wait, this mood, to mature with hindsight?
> In a trance from the beginning, then as now.
>
> (Tr. Graham)

这是英国汉学家葛瑞汉的译文,郎万天与高伟认为他的译文几乎不是诗,而是分行的散文。如果不说这是在译个别单词的话,至少只可称作追求概念义对等,原诗的朦胧感几乎荡然无存。

> ……注重追求概念意义的传达,但由于对原诗理解得不透彻,且过分注重概念意义的表达,因而使能引发的联想意义反而少了,并使得原诗的朦胧感荡然无存,既谈不上形美,也见不到什么意美。(郎万天、高伟,1999:97)

郎、高二人通过对许渊冲与葛瑞汉的两种英译文进行比较分析,其批评标准是语义、音韵、节奏以及对仗等方面。从语义方面说,葛瑞汉的译文只追求概念意义的对等,不如许译;从音美与形美方面说,葛瑞汉的译文放弃了许多对音韵、节奏、对仗的翻译,也不如许译。

我们认为以上评论有值得商榷之处。批评者把葛瑞汉的译本批得一无是处,有失公允,把音美、意美与形美作为标准来评价《锦瑟》的翻译也欠妥当。在语义方面,若说葛瑞汉的译本浅化了诗的典故,失去了原诗的联想意义,朦胧感荡然无存,那么许渊冲的译文不也是用浅化的方法,失去的不同样也是原诗的联想意义与朦胧感吗?此外,对于《锦瑟》这首诗来说,翻译最为重要的是传递它的意美,而音美与形美是第二位的。关于这一点,葛瑞汉本人有清醒的认识,他主张中国古诗英译应该保留与再现原诗中的意象。在《中国诗的翻译》一文中,葛瑞汉这样写道:

> 要做到形象的忠实就不能不完全抛开原诗的格律形式,这些形式有的像十四行诗格律一样严格而复杂。几乎所有的中国诗都押韵,大多数古典形式每行字数相等,因此可以理解,有的译者仍然宁愿追求抑扬格和尾韵而随意处理原诗的辞意。提出诗的精髓在于意象这种理论

后,才有可能为了内容而牺牲严格的形式,而要准确传达原诗的意象,也就必须采用与一般格律形式很不一样的一种绝对的韵律。(转引自张隆溪,1982:221)

鉴于这种考虑,我们判断《锦瑟》的译本所采用的标准应以意美为主,不关注译者在音美与形美方面的形式追求。葛瑞汉的译文概念意义多,联想意义少也是一个事实。其问题并不完全在于舍弃意象而抽象为概念,而是概念意义表达不清,导致译文晦涩难懂。晦涩难懂与多义含蓄是两码事,前者让读者不知所云,后者给读者以丰富的想象。

从题目"锦瑟"的翻译看,葛瑞汉译为"The Patterned Lute",在概念意义上就不够准确。"锦"字译为"patterned"也可,表示"绘文如锦"之意,但"lute"类似于中国的琵琶,不如用"zither"好。刘若愚、杨宪益、许渊冲、唐安石、张廷琛、裘小龙等人都译为"zither"。

李商隐在《锦瑟》中化用"庄生晓梦迷蝴蝶"这个典故固然有其象征意义,不同的人也许会有不同的阐释意义。但是就典故的概念意义而言,其指称应该是固定的,具有普遍性和认知性。我们先看看林语堂(2009:83)对此典故的翻译:

Once upon a time, I, Chuang Chou, dreamt that I was a butterfly, fluttering hither and thither, to all intents and purposes a butterfly. I was conscious only of my happiness as a butterfly, unaware that I was Chou. Soon I awaked, and there I was, veritably myself again. Now I do not know whether I was then a man dreaming that I was a butterfly, or whether I am now a butterfly, dreaming that I am a man. Between a man and a butterfly, there is necessarily a distinction. The transition is called "the transformation of material things."

根据这个典故的原文与译文,我们大致可以知道该典故的概念意义应该是"庄子梦醒时不知自己是庄子还是蝴蝶",借用林语堂的英文解释就是"I do not know whether I was then a man dreaming that I was a butterfly, or whether I am now a butterfly dreaming that I was a man."葛瑞汉的译文没有尊重典故的指称意义,而是译为"Chuang-tzu dreams at sunrise that a butterfly lost its way",译者这么处理明显加进了自己的理解与阐释,单方面认为蝴蝶迷路了或不见了踪影。许渊冲把这句用典译为"Dim morning dream to be a butterfly",也没有把握住其概念意义,只传递了原文的一部分信息。

The sad zither

Why should the zither sad have fifty strings?
Each string, each strain evokes but vanished springs:
Dim morning dream to be a butterfly;
Amorous heart poured out in cuckoo's cry.
In moonlit pearls see tears in mermaid's eyes;
From sunburnt emerald let vapor rise!
Such feeling cannot be recalled again;
It seemed long-lost e'en when it was felt then. ①

许渊冲的这个译本在音美与形美方面胜出,音韵和谐,节奏铿锵。每诗行保持十个音节,抑扬格节奏,较好地体现了英语格律诗的形式。在理解作者意图方面,许译把题目译为"The sad zither",增加了原诗没有的"sad",人为地先确定了整首诗的感情基调,无形中"前景化"了诗的感情意义,很容易让读者理解成一首爱情诗。这一点读者也可以从诗中"sad zither""dim morning""amorous heart""cuckoo's cry""tears in mermaid's eyes"以及"such feeling"等意象的翻译中看出。在典故的处理方面,许译采取浅化的译法,简化了原诗的文化意象,"庄生""望帝"与"蓝田"三个意象在译文中消失了,这无疑会减少意义的多元性,缩小原诗的审美空间,浅化原诗的意境。当然,我们可以理解译者这么做的良苦用心是为了读者的理解,但为了保持原诗的文化内涵,为了传递诗歌意义的多元价值,浅化与简化的译法毕竟导致意义流失过多,译文虽容易理解,然而诗味却被冲淡了。

三、从象征意义到形上意义

根据上边的分析,我们可以看出概念意义表达不清会导致译文晦涩难懂、乱上添乱,但概念意义越清楚,诗的情感寄托就越少。这两者看似矛盾,其实是辩证地统一。概念意义可以不依赖意象就能传达出,情感意义也可

① 见许渊冲:《中诗英韵探胜——从〈诗经〉到〈西厢记〉》,北京大学出版社,1992 年,第 308 页。

以通过情景交融或部分意象传递出，但对于象征意义与形上意义等深层意蕴的表达，概念与普通意象就显得鞭长莫及、望洋兴叹了。

很多学者的研究结果证明，李商隐的《锦瑟》是一首象征诗，中间的四个典故的运用增加了诗歌的象征色彩。王富仁认为李商隐在该诗的颔联与颈联中叙述的不是他要追忆的具体事实，而是构造的一种象征性结构。在具体分析这个象征性结构的基础上，作者把中间的四句典故按其抽象的意义概括出了四个词语：

幻梦　寄托　失意　无为

其中的“幻梦”是对“庄生晓梦迷蝴蝶”的抽象概括，“寄托”是对“望帝春心托杜鹃”的抽象概括，“失意”是对“沧海月明珠有泪”的抽象概括，“无为”是对“蓝田日暖玉生烟”的抽象概括。很多人生现象都可以纳入这样的象征结构来解释。它可以是人的四种精神素质，也可以是人的四种行为方式，也能代表人生的四个阶段，亦能表示艺术的四种境界，等等。这里的幻梦、寄托、失意、无为是递进的层次关系，后者是以前者为基础的。最后，王富仁（2003：316）总结说：

> 由于这些象征性符号的抽象性，也就产生了它们的多义性，亦即联想的丰富性，读者接受过程中体验的多面性。不难看出，自伤身世说、悼亡说、音乐境界说、自述诗歌创作说等，都是由它的象征的多义性产生的。

根据以上论述，我们明白一个道理：诗歌的多义性往往是靠象征性符号产生的，译者若想保留诗歌的多元意义就不要简化原诗的象征意象，而是保留其象征符号，因为象征的意义是依赖形式来表现的，尽管形式与意义之间存在着一定的张力与陌生化。

看到这里，读者也许就明白了为何译诗采取浅化或剔除文化意象的做法很难翻出诗歌的象征或形上意蕴。就《锦瑟》的几种译文而言，许渊冲与唐安石的译本就运用了浅化的手法，几乎看不到原诗的四种象征性结构了，所以译文就消解了诗歌的多义性，因而缺乏象征或形上意蕴。正因为这样，译文的意图就单一，读者很容易识别。祝朝伟与张柏然（2002：55-61）认为，许渊冲的译文代表的是悼亡说，唐安石于 1976 年翻译的《锦瑟》是“自伤生平说”的最好例证。在翻译界，“赞成苏东坡的‘适、怨、清、和’说的英译当属 Shui Chien-tung 与 Keith Bosley 所翻译的《锦瑟》”。原文读者鉴赏原诗时，很难准确判断作者的真实意图，而译文读者阅读译诗时，却能够判断出译者的意图，其中的原因就不言自明了。

如何才能译出诗中的象征意义呢？在论述意境的象征意义时，我们曾经引用过黑格尔、利科与伽达默尔有关象征意义的研究成果，其理论上的洞见可以指导具体的翻译实践。下面我们以杨宪益夫妇与刘若愚翻译的《锦瑟》为例说明译者是如何在译文中保留传达原诗的象征意义与形而上意蕴的。

The Gorgeous Zither

For no reason the gorgeous zither has fifty strings,
Each string, each fret, recalls a youthful year.
Master Zhuang woke from a dream puzzled by a butterfly, *
Emperor Wang reposed his amorous heart to the cuckoo. **
The moon shines on the sea, pearls look like tears,
The sun is warm at Lantian, *** the jade emits mist.
This feeling might have become a memory to recall,
But, even then, it was already suggestive of sorrows.①

注释：

* According to a fabled story, Zhuang Zi (c. 369-286 BC), a famous philosopher of the Warring States Period, dreamt of being a butterfly and when he woke up, he was so confused that he could not tell whether it was him that had dreamt of being a butterfly or it was a butterfly that was then dreaming of being him.

** A legendary king who had an affair with his prime minister's wife and after his death his spirit changed into the cuckoo.

*** A hill famous for its jade in present-day Lantian County, Shaanxi Province.

杨宪益、戴乃迭夫妇的这个译本显然不同于以上的两个，译者没有淡化原诗的四个象征性符号，而是采用直译加注的方法保留其象征形式，以并通过形式再现其背后的深层意蕴。在翻译“庄生晓梦迷蝴蝶”一句典故时，译者运用“Master Zhuang woke from a dream puzzled by a butterfly”来译，保留了原文的形式要素，但又不是机械的字面对应。翻译的关键在于一个

① 杨宪益、戴乃迭（译）：《唐诗》，外文出版社，2001年，第279页。

“迷”字上，译者既要保留其字面意义，又要超越字面意义。杨宪益选择了英文的“puzzled by a butterfly”的译法可以说再现了表层意义，其深层意义是通过注释才体现出来的。因此，表层意义与深层意义的统一是借助于译文后面的注释完成的。若没有这个注解，目标语读者就会对译文中的“puzzle”感到 puzzled；有了这个注解，这个典故形式所代表的象征意义就传递了出来。读者可以从这个译文中体验到现实与理想之间的恍惚迷离、缥缈不定的人生梦幻感。

杨宪益的这个保留四个象征结构的译法使诗歌的主旨具有多层意蕴，符合诗歌“隐”的审美追求。尽管注释不是译诗的理想方法，但为了保留原文的文化内涵以及深层意境，加注仍不失为行之有效的翻译策略。

The Richly Painted Zither

The richly painted zither, for no reason, has fifty strings;
Each string, each bridge, recalls a burgeoning year.
Master Chuang, dreaming at dawn, was confused with a butterfly[1];
Emperor Wang consigned his amorous heart in spring to the cuckoo.[2]
By the vast sea, the moon brightens pearls'tears;
At Indigo Field, the sun warms jade that engenders smoke.[3]
This feeling might have become a memory to be cherished,
But for that, even then, it already seemed an illusion.①

(Tr. James J. Y. Liu)

注释：

1 The philosopher Chuang Tzu dreamt of being a butterfly, and on waking could not tell whether itwas he that dreamt of being a butterfly or vice versa.

2 According to legend, Emperor Wang had a love affair with his prime minister's wife and died of shame. After his death he was metamorphosed into the cuckoo.

3 For possible allusions involved in these two lines and a detailed discussion of the whole poem, see James J. Y. Liu, *The Poetry of Li Shang-yin*, Chicago: University of Chicago Press, 1969, pp. 44-57.

---

① Wu-chi Liu & Irving Yucheng Lo. *Sunflower Splendor: Three Thousand Years of Chinese Poetry*. New York: Anchor Press, 1975, p. 240.

刘若愚的这个译本比较忠实于原文，在翻译《锦瑟》时不但以诗译诗，还在诗后加了注释，对诗中典故的出处与内涵做了解释。朱徽（2009：221）在《中国诗歌在英语世界——英美译家汉诗翻译研究》一书中也收录了刘若愚翻译的这首诗，并做出高度评价：

> 有论者认为在李商隐诗的多种英译中，刘译是较好一种。从此诗的英译中可以看出译者对李诗中象征与复义的分析与理解。在译诗形式上，没有套用英诗格律体或自由体形式，也没有用韵，避免了“因韵害义”的弊端；译文的八行对应原诗的八行，试图用抑扬格（iambus）和较多的英语单音节词来再现原诗的节奏和重音，力图在内容和形式两个方面使不懂中文的英美读者能够理解和接受李商隐的诗作。

刘若愚是中国古典文学的专家，在这方面著作等身。他认为意象、比喻、象征与典故是中国古典诗歌中的常见手法。如果典故用得恰到好处，就不仅能替代普通名词或抽象的形容词，而且能增强诗歌的总体意义和总体效果。

通过比较杨宪益夫妇与刘若愚的译本，我们发现两者有不少相似之处。首先，两者都尽量保留原诗的意象与典故，并采取注释的辅助手段再现原作的文化内涵与深层意蕴；其次，两者在译文语言的选择上也有很多相似之处。这说明即使像《锦瑟》这么朦胧含蓄的诗，不同的人在认识上也有“人同此心，心同此理”的地方。

在诗歌的形而上意义层面，《锦瑟》中的四个典故合起来构成一个统一的意象群，表达了作者对人生和生命的形上感悟意义。无论是庄生梦蝶、望帝托鹃还是明珠有泪、良玉生烟，这些典故所传递的意象都带有不可指实的朦胧性与模糊性，但它们之间的层级性排列，具有递进的逻辑关系，彼此在意义方面联系在一起。这些意象组合赋予典故以丰富的情感内涵，内容几乎全面地涉及了生命的诸多困惑，表现了颇为深刻的生命哲学意蕴。这种思想已完全超越了一己的悲哀，而表现了更为广泛深刻的对于宇宙生命的普遍关怀。

一切意象都如此美不胜收，而在这美好的体验中又深含着一种人生的空幻感、失落感。不难看出，李商隐的《锦瑟》所言的不就是内心精神境界的生命感悟吗？意义丰富充实却又优美动人，但又缥缈虚幻、悲凉感伤！这正是李商隐诗歌的意境美。

第十章　翻译境界的理论体系

译意、译味与译境构成了文学翻译的三种翻译境界，把文学翻译提升到了审美的高度，体现了境界的超越性思想，主张文学翻译要译出文学性来。这三者之间形成一个具有层级关系的有机系统，并受更高一级范畴境界的统领，形成文学翻译的不同审美境界。下面我们从范畴体系、文学性程度与超越机制三个方面讨论翻译境界的理论体系。

第一节　范畴体系

范畴构成了理论体系的骨架，它在理论体系的建构中起着重要作用。可以说，衡量一个理论体系是否建立起来的一个重要标准，就是看其各个范畴之间是否具备内在的逻辑联系，并形成一以贯之的术语体系。文学翻译的三种境界涉及的核心范畴主要有译意、译味、译境与境界。其中，境界是上位范畴，其他三个是下位范畴，他们之间既相互联系，又互相区别，形成上下包容、平级超越的范畴体系。在范畴关系上，三种境界呈树型图分布，最上端是元范畴境界，下辖三个次级范畴译意、译味与译境，三者之间是横向的并列关系。位于二级结点的三个次级范畴又可以继续分下去直到分解到最后的文学元素为止。

一、元范畴

境界是一个元范畴，凌驾于其他范畴之上，是一个具有最高涵括力的范畴，它对其他大大小小的范畴具有统摄功能。因为境界的意义比较宽泛，既是一个哲学范畴，又是一个美学范畴，既可以指人的精神世界与修养的不同层次，又可以指艺术作品的审美特征。这样说来，境界既可用于艺术领域，也可用于非艺术领域，前者属于艺术境界，后者属于人生境界。

什么是元范畴呢？汪涌豪(2007:486)指出："这种凌驾于上位种范畴之上，具有最高涵括力和统摄力的范畴就是元范畴"。汪涌豪旁征博引，论证了意境、意象、韵味、虚无等不能算作元范畴，下面我们引用他的一段话详细说明这一问题：

> "意境"、"风骨"、"韵味"、"意象"、"虚无"和"朴"等其实并不能算作元范畴。今从"天人合一"这一传统哲学与文化的最基本特征考察，则它们或者意在指称文学作品特有的艺术风貌或审美征象，其所发动和取得，多仰赖主客体的高度融合，但由这主客体的高度融合到作品风格征象的生成中间，尚有一大段距离需要有更根本性的内在要素予以连接。且它们实际的逻辑重点大多落在结果上，而非起点上，更非根本点上。(汪涌豪，2007:515)

在汪涌豪提到的几个范畴中，与文学翻译联系比较紧密的有"意境""韵味""意象""虚无"四个范畴。就其概念的涵括力而言，意境的统摄力最强，可以包括其他三个范畴。意境与境界相比，境界大于意境，境界包含了意境。王纪人认为，"境界"是中国文论在美学上的元范畴，而且可以包容其他许多较小范畴的大范畴。更重要的是，它可以进行现代性的转换：

> 相比而言，与意境相提并论、带有互文性的"境界"这一范畴，其涵盖面和在今天的适用性都是更大的，是统率其他美学范畴的元范畴。从词义学上来考察，境界或意境都与道家哲学有关。……境界包含了意境，且在哲学含义上，与老、庄的思想发生了某种关联。(王纪人，2001:44)

意境与境界有联系，但又有明显的区别。境界可以指艺术作品，也可指人的艺术与道德修养的层级，可言及作品之外，甚至文学之外。而意境只能用于艺术作品，是表现在文学作品中的审美特质。总结起来，意境与境界的区别主要有以下两个方面：第一，从范畴的构成方式看，意境可分为"意"和"境"，作品或以意胜，或以境胜，或意与境交融；境界是一种心境，不可分，是一种心灵的存在方式。第二，从概念的内涵与外延看，境界是上位范畴，意境是下位范畴，境界大于意境，境界包容意境。境界可以指艺术作品，也可指人的艺术修养的层级；意境是表现在文学作品中的审美特质，它是物质化了的心理活动和由之调节的艺术活动的结果。其实，境界的元范畴地位早在王国维的时候就已经确立了。王国维是境界说的集大成者,对后人影响极大,他在《人间词话》中说:“言气质,言神韵,不如言境界。有境界,本也。气质、神韵,末也。有境界而二者随之矣。”

王国维把“境界”推崇为比“气质”与“神韵”更高的美学范畴,并赋予它十分丰富的内涵。境界既可以指人修养造诣的不同阶段,又可以指艺术作品的审美形态,也指作品描写的一种景物。

根据以上论述,境界是一个居于上位的元范畴,统摄下位范畴意、味、境,并形成三个依次超越的层级结构,各结构元素在系统和层次结构中获得自己的意义规定性。作为一个具有较高涵括力的元范畴,境界对其他大大小小的范畴具有统摄功能,意义、意味、韵味、神韵、意境都是境界的下位范畴,反映出文学翻译的不同审美层次与精神风貌。当上位范畴境界表示译者主体的人格和艺术修养层次和精神世界的觉解程度意义时,下位范畴译意、译味、译境就形成文学翻译质量评价体系的三个级别;当上位范畴境界用作表示作品的文学性特质的审美范畴时,下位范畴译意、译味、译境就形成文学性程度强弱的审美标准。

二、次级范畴

境界作为最高的上位范畴,下辖三个次级范畴译意、译味与译境,分别代表了文学翻译的三种境界,体现了文学作品的层次论存在方式。三者之间的审美内涵呈阶梯状分布,意义逐层加深,前者是后者的基础,后者是对前者的超越,建立起了一个“译意是基础,译味是关键,译境是理想”的三级审美境界体系。

从审美内涵来说,意味是比意义高一级的美学范畴,意境又比意味的境界高。其中,意境的内涵最为丰富,意义最为深厚,境界最为高远。相比而言,意味侧重于局部美,而意境侧重整体美,独立的字词句可以说有意味,但不能说有意境,意象组合或格式塔意象才能形成意境。由此可见,意境的美学内涵指向作品的“全美”。这样,局部的美感意味与整体的美感意境就有了明显的区别。意境要比意味的境界高,有意味的作品未必有意境,但有意境的作品必定有意味。由此可见,意境是比意象、韵味、神韵、兴趣、情感更高一级的美学范畴,在文学作品中具有本体的地位,是文学作品文学性的高级表现形态。

从三个次范畴的关系来看,译意、译味与译境不是非此即彼的选择关系,而是亦此亦彼的层级关系,既各自独立,又相互交叉,彼此之间依靠中介环节由一方向另一方过渡。译意与译味之间通过中介环节“作品意图”过渡，译味与译境之间通过中介环节“韵味”与“神韵”沟通。三个次范畴建立了内在的关联性，彼此通过中间环节一方可以向另一方过渡，形成了范畴体系。

从三个次范畴的定位来看，译意是基础，译味是关键，译境是理想，构成了文学翻译的三级审美境界体系，分别在语言、思维与意义三个维度相互联系并逐层超越。这种定位是建立在译意、译味与译境的可译性基础上做出的合理判断，也符合文学翻译的实际情况。从可译性的角度考察，译意、译味与译境依次排列为一个正金字塔形，位于最基础的译意层可译性最大，位于角顶的译境层可译性最小，位于中间的译味层起居间作用，成为连接两头的纽带和桥梁。

从文学性的角度来看，三个次范畴代表的是文学作品的文学性所在，按照文学性的强弱依次排列。其中，译意的文学性最低，译味的文学性居中，译境的文学性最强，是文学翻译的至高境界，也是译者追求的翻译理想。按照文学性的强弱，我们可以说三个范畴之间的关系就像一个倒立的金字塔，最上头的译境文学性最强，最下头的译意文学性最弱。具有悖论意味的是，文学性最强的译境，可译性最小；文学性最小的译意，可译性最大。

三、三级范畴

从译意、译味与译境在文本层次的构成要素来看，译意之“意”又可下分为思议内容、语篇信息、作品意图三个组成要素；译味之“味”也可下分为声韵节奏、情感寄托、修辞文采、风格文体四个方面；译境之“境”亦可下分为言外、象外、味外与韵外等构成要素。

译意中的思议内容包括概念、意念、意思与命题四个要素。其中，概念和意念主要指字词层面，意思与命题主要涉及句子层面，不涉及篇章层面。译意的篇章层面主要靠语篇信息表达，语篇信息是比思议内容大一级的表意单位，与思议内容有联系，但又有所不同。作品意图是译意的重要组成部分，是意义与意味的桥梁与纽带，也是译意与译味的中介环节。从翻译单位的角度看，译意的三个组成要素之间依次按照从小到大的顺序排列，表现为从字词句到句群篇章的螺旋式上升，构成了理解与阐释的循环。总之，本书所说的译意之“意”指的是思议内容、语篇信息、作品意图三个构成要素。前两个要素意义较为稳定，作品意图具有变化性，它随着读者的具体化可能会有不同的阐释，也正是这一要素成为连接意味层的纽带。

译味的组成要素包括声韵节奏、情感寄托、修辞文采、风格文体四个方面。这四个方面又可再细分为音味、情味、形味、风味等文学的基本构成元素。其中,音味体现了文学作品音乐美的一面,情味体现了文学作品情感美的一面,形味体现了文学作品绘画美的一面,风味体现文学作品文体美的一面。译味的四个方面并不是彼此割裂孤立的,它们分别代表了文学作品的声音层、意象层、修辞层以及风格层,是文学作品构成系统的必要组成部分。音味层面的音韵与节奏不是单纯的语音形式,而是一种语音象征,是为了表达情感意义服务的。意象是有意味的语言,是情感寄托的主要载体。同样的道理,修辞文采也不是为了装饰门面,哗众取宠,而是为表达情感,再现风格服务的。风格文体是音味、情味与形味的综合体现,代表了作家个性化的话语方式,反映了作者的气质、个性、修养等方面,是文学作品有韵味的一个重要组成部分。

我们发现从"味"到"境"的发展过程中经过了一个中介环节"韵"。"韵"的一端连着"味",另一端连着"境",构成了"味"与"境"两个范畴的外延交叉重叠部分。"韵"作为"味"与"境"的中介环节,并不一定遵循时间的发展逻辑,而是遵循概念逻辑。其间,就其概念形态而言,宋以前言"味"者多,包括"滋味",宋之后则言"韵"者多,包括"神韵",到王国维时,意境取代了神韵,成为比意味与神韵高一级的美学范畴。根据"韵"的美学特征,它既属于一种味,也具备意境的某些特征。在由味向境过渡的过程中,审美趣味逐渐由实向虚转化,从而推动意境说逐渐走向成熟。

译境的组成要素包括言外之意、象外之象、味外之旨、韵外之致四个方面,这四个三级范畴在概念内涵上一层比一层深,彼此之间是递进关系。虽然意境很空灵缥缈,但文学总得靠语言来表现,因此言外之意是产生意境的基础与前提条件。从意境产生的机制看,意境产生于象外,也就是说,象外之象把读者由实象引向虚象,由实境引向虚境,最终形成一个整体的时空交织的艺术境界。因此,象外之象是作品有意境的关键所在,是意境的根本性特征。味外之旨体现了作品与读者之间的互动与对话,是作品的象外之象在读者的审美鉴赏之中产生的体验与感悟,是对象外之象的超越。因此,味外之旨是作品有意境的核心层面。韵外之致比味外之旨更为虚幻缥缈,是作品的空白与不定点经过读者的无限想象之后产生的后味,是意境的至高境界。

这些三级范畴中起关键作用的是概念、意象与境象,他们之间既有区别又有联系。概念依据抽象,意象依赖形象,境象依靠想象,他们之间通过"象"贯穿其中,连为一体。意象经过抽象可以得到概念意思,概念意义加形象可以产生意象。从意象到境象,意味着从实到虚,从在场到不在场的超越,连接他们的纽带就是想象。

总之，这些范畴既有分级，又有界定，彼此互有联系，每一范畴之含义取决于该范畴在整体范畴体系中的层级和功能以及该范畴与整个范畴体系之间的关系。可以说，这些范畴之间具有系统性、层次性、动态性和开放性特征，对文学翻译具有普遍的解释力，因而说形成了范畴体系。

第二节　文学性体系

在文学翻译的各种观点中，有人提出译意，有人主张译味，有人强调韵味，有人推崇神韵，有人标举境界，有人钟情意境，等等，不一而足。文学翻译究竟译哪一个才可以称作好的翻译作品，这是个颇难回答的问题。其实，单独地谈论任何一个都有其局限性：译意强调了语言的信息性，忽视了语言的审美性；译味强调了文学的情感性，但是有味的作品未必有意境；译境强调了作品的神韵，但并非所有的作品都有意境，因此，译境也不是文学翻译要追求的唯一目标。由此可见，单独强调译意、译味或译境都是片面的，解决这个难题最好从作品的文学性入手。文学翻译的对象是文学作品，其最后归宿必然要成为翻译文学，因而文学翻译不可避免地要涉及译作的文学性问题。

一、文学性的构成要素

文学翻译也研究文学性，其目的并不是要预设出一个文学翻译的本质来，而是探究出文学翻译的构成要素与译作评价标准。这是一个描述分类解释的方法，而不是通过下定义达到一种固定本质的方法。鉴于这种考虑，我们认为文学性不是抽象的固定不变的本质，而具体表现为一系列具体可感的文学性要素。什么是文学翻译的文学性要素呢？

学术界对于这个问题有不同的看法，笔者运用描述分类的方法归纳总结起来有以下几种说法，即意义、意思、信息、意图、精神、味、风格、韵味、神韵、意境、境界。这十一个关键词基本代表了文学翻译的本质特征，具有广泛的代表性。其中，意思、信息与意图可以归到“意”的层级之下；滋味、风格、韵味可以划到“味”的层级之下；神韵、精神、意境与境界可以合到“境”的层次之下。这样，文学作品的文学性就可以划分为意义、意味与意境三个组成部分，他们共同构成了译者翻译过程中的审美对象。

这样，意义、意味与意境就成为文学翻译文学性的三大核心要素，体现了文学的主要审美特质，客观地存在于作品中，是文学之所以成为文学的构成要素。这三大要素又可以分成文学性的构成要素与生成要素两类。前者指静态地存在于作品中的实在要素,后者指读者阅读过程中填充具体化的要素。

译意的文学性主要包括思议内容、语篇信息与作品意图三个要素,分别对应英文的 sense,information,intention。前两个是国外翻译家常用的术语,后一个在中外翻译家那里均有不同程度的体现。西方译论在谈到意义时多用“information”或“message”,如雅各布森、奈达、弗米尔(Vermeer)等学者。在译意层面,我们用“information”而不是“message”,目的是侧重文本的语义信息。这样可以与情感寄托上的 flavor 区分开来。意图(intention)又可分为作者意图、作品意图和读者意图三部分。作者意图的心理成分多一些,是文学性的潜在要素,因为它具有不稳定性。作品意图则是文学作品中相对确定和稳定的部分,也是对于读者来说易于确认和把握的部分,是内化在文学作品中的纯意向性客体。读者意图是读者积极地参与到阅读中的一种动态生成物。由于译者在理解原文时是带着自己的“前理解”进入阅读过程中,且原文本身就是一种图式化结构,包含了许多“不定点”和“空白”,有待译者在阅读过程中予以填充和具体化。所以译者理解到的意义肯定超出了作品意图,超出的意义是译者对原文图式化结构填补和具体化的结果。这样,译者在他的译文中就增添了原文所没有明确的读者意图。

译味的文学性主要包括滋味、风格、韵味三个要素,是文学性的关键部分。它既指静态地存在于作品中的实体要素,也指读者阅读过程中具体化的审美要素。因此,译味一方面是作品自身所具有的审美特质,另一方面也是读者对作品进行的审美鉴赏活动。在译味的三个要素中,滋味与韵味又有什么不同呢?陈伯海认为:

> “滋味”属于诗歌的意象美,那么,“韵味”便属于其意境美;“滋味”相当于“以形写神”,“韵味”便相当于“离形得似”;“滋味”的品鉴有赖于感知和感受的结合(从形象感知进入情意感受),“韵味”的领略则立足于感受对感知的超越,经过形象而又穿越形象以跻于象外境界。(陈伯海,2005:3-4)

比较而言, 滋味美在意象,韵味美在意境;滋味以感受与体验为其思维方式,韵味以想象妙悟为其思维方式。因此,滋味与韵味用于诗歌审美批评表示的是不同层面的审美特征,滋味较实,韵味较虚。诗歌具备某一方面的审美特征便可能有味,如司空图所说的酸、咸等味。而韵则不然,韵所指的审美层次比味要高。

关于风格要素，我们认为风格的产生离不开创作主体的天才、情感、精神、气质、心灵个性等心理因素，但是风味并不完全存在于主体的心理结构中，而是内化在文学作品中，也就是说，风格是主客相互交融统一的结果。

译境的文学性主要包括神韵、精神、意境三个要素。其中，意境的文学性最强，涵盖力最广，可以包括其他两个元素。意境有哪些构成要素呢？刘九洲(1987:40)认为，“在诗与画乃至其他艺术作品中，意境的构成要素主要包括两方面：即情(或意)和景”。蒲震元(1994:28)认为，“客观的方面(景和境)与主观的方面(情和意)是意境的构成因素，但只是必要的条件。而意境之所以成为意境，还要看主客观因素之统一中能否形成特定的审美机制和显现特定的审美形态。也就是说，‘落笔便定’的特定形象与‘触则无穷’的象外象或象外意(它们纷呈迭出或相互生发，造成原形象的生动性与连续性)相加(说得更恰切些是‘宛转相关’)，方能构成完整的意境”。李泽厚(2002:32)则认为，“‘意境’，有如‘典型’一样，如加以剖析，就包含着两个方面：生活形象的客观反映方面和艺术家情感理想的主观创造方面。‘境’和‘意’本身又是两对范畴的统一：‘境’是‘形’与‘神’的统一，‘意’是‘情’与‘理’的统一。在情、理、形、神的互相渗透、互相制约的关系中或可窥破‘意境’形成的秘密”。古风(2001:56-57)根据王昌龄的“三境论”把意境的审美特征分为三个层面：一为“意象”层，二为“象外”层，三为“语境”层。“总之，‘意象’层、‘象外’层和‘语境’层三者合一。”

综合以上几位学者的观点，我们认为，刘九洲的“情”和“景”两要素实际上只是意象的构成要素，情景交融仅仅是意境的表层结构。相比较而言，蒲震元突出了意境的虚境方面，即“象外象”层面。李泽厚的意境观是一种主客体统一说，他用西方的典型说来比附中国的意境说，显然遮蔽了意境的独特内涵。古风的语境层的划分明显有缺陷，因为意象层和象外层同样需要语境，因此语境并不能单独从前两个层次的划分中独立出来，自然就不能和前两个层次并列，单独成为意境的第三个审美层次。根据以上分析，我们认为，意境的构成要素由意象层、境象层、格式塔层以及形而上质层组成。

综上所述，意、味、境构成了文学翻译的三大要素，它们共同构成文学翻译的文学性。首先，意义、意味与意境是文学作品中所具有的特征，他们共同构成了译者翻译过程中的审美对象；其次，意义、意味与意境按照一定的层级排列，文学性越来越强，体现了文学翻译的不同境界；再次，境界是判断翻译文学文学性程度的文学性标准。文学翻译正是有了从译意到译味一直到译境的层层超越，才能成为优秀的翻译文学。

二、文学性程度

既然文学翻译的最后归宿必然要成为翻译文学,那么译文中就应该具备文学性。文学性有强弱之区分,翻译作品也有好坏之分野,因而译文的文学性就应该有程度之差异。

《文学评论》上有一篇论述文学性程度的文章《中国当代文艺理论研究的三个缺失》。作者吴炫(2007:54-58)认为"文学是什么"遮蔽了"文学性程度",主张从"'非文学'到'文学'再到'好文学','文学性'应该是一个'程度'概念,因为我们说一部作品'文学性强',多半是说这是一部'好作品'。关注'文学性'问题,不仅仅是解决'文学特性',而且还应该解决'好文学的特性',并搞清楚其间的'张力关系'"。

吴文的主要贡献是提出了"文学性程度"的概念,但是作者没有解决"文学性程度"的划分问题以及文学性的评价标准问题。我们合理借鉴了"文学性程度"的说法,把文学翻译的文学性划分为意义、意味和意境三个层次,每一层次又涵盖不同的等级。这些不同的层次与等级反映出文学作品的文学性程度,由此构成了文学作品质量高低的评价标准。

文学性程度是一个连续体,表现在译意、译味与译境三个层面,每一层面又包含语言、思维与意义三个维度。由于翻译本身就是一个突出重点的活动,翻译过程就是译者做出选择的过程。因此,译者在语言、思维与意义上的不同选择就使译文具有不同的文学性程度。

首先,我们先分析译意的文学性程度。在思维维度上,译意运用概念思维为工具,以概念、推理、判断等逻辑分析的形式来理解与表达文学现象。概念思维遵循的是理性逻辑,具有抽象性、逻辑性与分析性等特点。受概念思维影响下的文学翻译作品往往忽视原文陌生化与前景化的文体形式,改变原文形象夸张的情感逻辑为理性逻辑。在语言维度上,译意运用的抽象语言、信息语言或常规语言,以意念、意思、信息等形式出现,具有概括性与解释性的特点。在译意语言的操控下,译文往往浅化、淡化、省略原文的形象性说法,结果致使译文像水煮过的杨梅,淡而无味。在意义维度上,译意体现的是概念意义、语义信息等文内意义。概念意义越清楚,情感寄托就可能越少,联想意义也就随之减少,甚至到没有。假如把原作中含有丰富历史文化的典故用概念意义译出来,译文的含蓄性与感情色彩就变得贫乏。

其次,我们再讨论译味的文学性程度。在思维维度上,译味运用的是意象思维,以形象、意象、修辞等感性的形式出现,具有形象性、直觉性与移情性特点。运用意象思维翻译出来的文学作品往往能够创造性再现原作的音乐美、情感美、形象美以及文体美。在语言维度上，译味的语言超越了逻辑语法的理性规范，大胆地使用生动的意象、形象的修辞、优美的文采、陌生化的手段塑造人物，描写景物，创造意味。在意义维度上，译味能摆脱概念意义的束缚，尽量翻译原作的情感意义、修辞意义、文体意义等，以增加译文的趣味。

最后，我们再谈谈译境的文学性程度。在语言维度上，译境运用的是诗性语言，以隐喻、象征、典故、神话等形式出现，具有含蓄性、意象性与互文性等特点。意境的语言之所以文学性程度高，是因为它言少意多，承载着十分丰富的历史文化内涵，给读者无穷的联想意义与启示意义。在思维维度上，译境体现的是原象思维，具有想象性、整体性以及妙悟性等特点。凡是能达到原象思维的译作，其境界往往能抵达言外、象外、味外，读者如同咀嚼橄榄，后味无穷。在意义维度上，译境传达的是言外之意、象外之意与形上之意。这三种意义超越了译味层面的三种意义，是意境中最深层的意蕴。

三、文学性评价标准

译意的文学性最低，居下品；译味的文学性处于中间，居中品；译境的文学性最强，居上品，是文学翻译的至高境界，也是译者追求的翻译理想。在文学翻译的过程中，译者所翻译的意义、意味与意境也会因译者艺术修养程度的高低不同在译作中表现出强弱厚薄之分，形成一个层级结构。

张利群(2007:66)认为，“批评的文学评价标准首先就应是文学性标准，也就是必须揭示文学作品之所以为文学的原因，以此衡量这一作品是否具有文学性价值”。既然文学性有强弱深浅薄厚之分，那么鉴别这种文学性程度就必须要有一个客观的评判标准。王国维的《人间词话》第一条中说：“词以境界为最上。有境界则自成高格，自有名句。”王静安开宗明义，把“境界”标举为诗词的评价标准。境界有高低、深浅、厚薄、大小之分，因此可以作为判断翻译文学性的评价性指标。

境界作为一种评价标准，集鉴赏、批评与创作于一体。作为鉴赏标准，是因为境界具有直觉感悟性特点；作为批评标准，是因为境界具有觉解层级性特点；作为创作标准，是因为境界具有情感表现性特点。《人间词话》是评价境界的著作，那么，“隔”与“不隔”，实际上是在言境界的“隔”与“不隔”。此说对后来的美学影响甚大，冯友兰将之列为王国维美学的两大贡献之一。王国维虽然遵循中国古代文论的惯例，对“隔”与“不隔”没做多少正面阐释，大都是举例，需要读者自己领会，但他也做了两句关键性的揭示：所谓“不隔”，便是“语语都在目前”，所谓“隔”，便是“如雾里看花，终隔一层”。学术界对这两个命题的探讨已经很多，但观点并不一致。钱锺书的“不隔说”对翻译最为重要：

> “不隔”是一种状态，一种透明洞澈的状态——“纯洁的空明”，譬之于光天化日；在这种状态之中，作者所写的事物和境界得以无遮隐地暴露在读者面前。作者的艺术的高下，全看他有无本领来拨云雾而见青天，造就这个状态。所以，“不隔”并不是把深沉的事物写到浅显易解；原来浅显易解的写来依然浅显，原来深沉的写到让读者看出它的深沉，甚至于原来糊涂的也能写得让读者看清楚它的糊涂 。（钱锺书，2002c：114）

钱锺书所提出的这种“不隔”的标准融合了王国维与阿诺德两人的思想，并在此基础上有所推进。郑海凌（2000：139-146）首先分析了翻译中五种“隔膜”现象，即心理上的“隔”、语言上的“隔”、文化上的“隔”、文体风格上的“隔”、艺术传达上的“隔”，然后又说，译者追求译作的“不隔”，是就审美效果而言的。译者化“隔”为“透”，最终达到“和谐”，是一种艺术创造过程。

根据以上论述，我们认为判断译意、译味与译境文学性高低的标准可以从语言、思维与意义三个方面展开，看看译者有无本领拨云雾而见晴天，造就一种透明洞澈的状态。

第三节　符号体系

从语言符号学的角度看翻译，我们会有很多新认识、新视角以及新观点。语言是一种表达意义的符号系统。按照索绪尔的符号观，能指是音响，所指是概念，语言符号是能指和所指的统一体。如果我们把符号学理论运用到翻译中，能指是语言的表达形式，所指就是语言符号的内容，意义就是能指和所指的统一体。文学翻译的三种境界所涉及的符号类型分别属于语象符号、意象符号和境象符号三种，构成了三个层级的符号系统。

一、语象符号

“语象”（verbal icon）这一术语最早是新批评派提出，用于指诗歌本文中提示和唤起具体心理表象的文字符号，以区别于“物象”和“意象”。由于“image”词义混乱给文学批评造成极大困难，新批评派就决定采用另一个词“icon”，赵毅衡（1986：135-136）在《新批评》一书中把“icon”译为“语象”。新批评的“语象”理论排出了意象的心理主义色彩，从符号学角度解读文学作品在语言结构层面上被表达出来的语言图像。国内学者蒋寅继承了新批评的“语象”范畴，主张把“语象”“物象”“意象”三个概念区分开来。

> 那些“物象”概念所不能包容的抽象名词，比如颜色、声响以及动词等，它们不也伴有心理表象么，该如何称呼？像王安石“春风又绿江南岸”的“绿”，贾岛“僧敲月下门”的“敲”，都不属于物，无法用“物象”来指称，但它们确实能唤起一种心理表象，这些词我们该如何指称它们呢？在此我想引进一个当代批评家使用的新概念——“语象”，用来指称“物象”以外的“象”。（蒋寅，2009：21）

我们在考察译意的语言特征过程中也曾产生过类似蒋寅的疑问：译意的语言显然是抽象的，不是意象，但却能表达意义，从符号学的角度分析，用什么来指称这种有别于意象的抽象符号呢？看到新批评的“语象”概念以及蒋寅的有关论述后，我们认为，译意属于语象符号，以区别于意象。就三者之间的关系而言，语象是抽象的语词符号，物象是没有心理投射的自然景物，意象是载有情感寄托的表情符号，换言之，意象是融入了主观情意的客观物象，或者是借助客观物象表现出来的主观情意。

根据以上界定，语象虽不是具体的物象，也不是表情的意象，但却是语言的基本要素，是构成本文的构成单位。单个的语象也许抽象无味，但如果放在具体的句子或篇章里，语象可以起到传意、表情、甚至造境的艺术效果。

二、意象符号

国内也有不少学者把意象看作艺术符号形式，其见解颇给人以启发。吴晟（2004：13）在《中国意象诗探索》一书将意象视为符号形式，认为意象可指创作构思中的心象，又可指文本中物态化的符号形式。国内学者夏之放也从符号学的角度把文学作品划分为文学语言和审美意象两个级别的符号系统，从而把语言符号和意象符号区分开来。他指出：

> 从符号学的观点来看，文学作品包涵着两套符号系统。文学语言是外在的第一级的符号系统，它的“能指”（符号形式）是语言的声音形式及其书写符号，它的“所指”（符号内容）则是语言的表义性、表象性、表情性等多项内容所组成的审美意象系统。这一审美意象层面又作为第二级的符号系统，它的“能指”（符号形式）就是意象本身，它的所指则

是一种更为深层的、难以言传的“意味”。(夏之放,1993:213)

夏之放在这里提出的两级符号系统值得注意,第一级的符号系统指的是文学语言,第二级的符号系统指的是审美意象。审美意象系统又由能指与所指构成。那么,意象能指与所指构成又是什么呢?张福荣(2006:140)指出:

> 艺术语言符号意象的能指是“象”,即“意的象”,它不同于一般的“象”,它是对一般的“象”经过主体的变形重组后的艺术成果;所指是“意”,即“象的意”,它也不是一般的“意”,它是艺术语言符号的意蕴。这与贝尔所说的“有意味的形式”异曲同工。“意的象”是意味的形式,“象的意”即形式的意味。

根据引文可以知道,能指与所指之间已非两个独立的符号构件,二者看似若即若离,实则保持着永恒的艺术张力,正是这种永恒的艺术张力使得艺术语言的意象这一符号在形式与意味之间难解难分。

以上学者的研究成果都肯定了意象作为艺术符号的一种有意味的形式显然不同于普通语言的概念符号形式。艺术符号虽也指涉外在事物,但它的意义在于体验,在于表现。它具有一种创造能力,文艺创作是一种符号的有序排列和理性整合,艺术文本是意象系列的语符化。这种区分对于我们研究文学翻译的符号系统无疑具有重大指导意义。

综上所述,第一级符号系统往往是语象符号,其能指与所指是对应的,表达的是符号的表层意义。第二级符号系统是意象符号,有其独特的能指和所指,意象符号的能指与所指之间就不存在严格的一一对应关系。两者之间经常会发生意义的偏离,它是曲折的、间接的、甚至是疏离的,形成一种有张力的陌生化效果。正因为语言的这种创造性使用,文学的意象才能传递丰富的情感意义。

三、境象符号

从符号学的视角来解读意境,可以说是一种符号美学的研究思路,也许会给扑朔迷离的意境带来别有洞天的效果。蒋寅(2002:73)曾把意境定义为“作者在作品中创造的表现抒情主体的情感、以情景交融的意象结构方式构成的符号系统”,以此来说明意境的本质属性及存在方式。根据蒋文的上下文,我们可以说他所谓的“符号系统”是由语象、物象、意象建构起的具有呼唤性的本文结构。与蒋寅相似的是，古风也把意境看作符号系统，只不过在他的系统里多出一个“境象”。

什么是境象呢？“境象”这一术语，出自王昌龄的《诗格》：“了然境象，故得形似”。皎然在《诗议》中也说：“夫境象非一，虚实难明。”此后，在中国古代美学中，境象便成为一个常用术语，尤其是清人使用得最多。如翁方纲《石洲诗话》云：盛唐诸公，全在境象超诣。刘九洲（1987：69）认为，所谓“境象”，主要指“境中之象”，即“意境”中的意象。古风（2001：205）指出，“境象”也是一种“象”，即“境之象”，理解“境象”的关键在于刘禹锡所说的“境生于象外”。所以说，境象的特点显然指向象外、味外、韵外、景外。象外虽虚，但并非什么也没有，借用老子的话说就是“大音希声，大象无形”。陈望衡（2003：248）在《境外谈美》中也这样说：

> 象从何来？中国哲学有两种说法：一是观物取象，二是游心造境。观物取的象侧重于物象；游心造的境也是象，只是它侧重于心象。这两种方法是缺一不可的，但是，也可以有比例、轻重之别。这种比例、轻重之别又造成了象的两个层次：一是意象，二是境象。境象也是意象，但境象与意象相比，最大的区别，则是心灵的成分更重。梁启超说：“境者，心造也。”正是因为心造的，它更空灵，更丰富，更模糊，趋向无限，因而更近于道。

这样说来，境象比意象更高一层，前者代表的是虚，后者代表的是实；前者是无，后者是有；前者不在场，后者在场；前者是无限，后者是有限。如果要区别层次，则象的较低层次为意象，较高层次是境象。

在解释清楚了境象的渊源与审美内涵之后，我们接着从符号学的角度分析境象的语言特征，以便增加意境翻译在语言层面的可操作性。根据前边的讲述，境象也是意象，只不过心灵的成分更重，更空灵，更模糊。既然境象是虚空的，那么怎样用语言符号呈现出来呢？

这里我们还需要在意象的二级符号系统的基础上增加一个三级符号系统。意象是实象，境象是虚象，但虚象是由实象生发出来的，也就是说，境象是由意象召唤出来的。所以，三级符号系统是由单个意象符号组合或叠加而生发出的整体意象结构，是由一系列意象符号的能指链建构而成。意象是融入了主观情意的客观物象，境象具有意象的基本素质，但又有超越的一面，境象是由意象映射出来的象外之象。

综上所述，译意属于语象符号，它并不传达某种超出了它自身的意义。

译味属于意象符号，是情感载体的艺术符号。译境属于境象符号，语言具有简洁凝练、以一当十、以少胜多、含蓄无垠等特点。

第四节　超越机制

数千年的文学翻译史证明，译者并没有因为文学难译而放弃对美的追求。相反，优秀的文学翻译家总是运用自己的聪明才智，创造性地超越不可译因素，为人类文明的传播留下了宝贵的财富。超越性是境界理论的核心特征，文学翻译的三种境界表现为从译意向译境的层层超越上。下面我们从语言功能、思维模式、意义类型三个方面探讨了译意、译味与译境之间的超越机制。

一、语言层面

翻译首先从理解原作开始，译者面对的是一个由语言符号构成的文本世界，译者循着语言去把握领悟文学意象，借助于“象”这个中介抵达原作本的意义，这样一个由“言”经过中间的“象”最后到文本的“意”的过程就是翻译理解原作的过程。而译者把理解的意义用另外一种语言表达的过程就是写作的过程，具体说来，翻译的写作是从译者所理解到的意义开始的，由于不同语言之间不存在完全对等现象，译者必须得原作之精神而忘掉原作的语言的表层形式，然后在目的语中找到合适的意象，最后再落实到语言。这样看来，无论是理解过程还是表达过程，翻译都离不开语言这个媒介。而语言又是一种表达意义的符号系统。

文学翻译重在语言的修养与提炼，古人常说的“言之无文，行而不远”用在文学翻译上很恰当。具体表现在语言层面的超越问题上，我们认为译意的语言传递的是信息功能，表现为一定的概念或命题，具有抽象性特点；译味的语言传递的是表情功能，表现为一定的意象或修辞手法，具有形象性特点；译境的语言传递的是诗学功能，表现为隐喻、象征、典故等诗性化的言说方式，具有形而上的特点。信息语言、表情语言和诗性语言共同构成文学语言的三个层级结构，体现了从基础层次向高级形态逐级超越的审美追求。

首先，信息语言位于基础层次。译者一般借助于信息语言传达原文的基本意思，但不能停留于此，而应该选择那些具有表现力的形象性语言。这些形象性语言有些表现在意象，有些表现为比喻、拟人等修辞性表达方式。一般说来，超越信息语言的关键是译者尽量少用上位范畴词汇，多用下位词，多用意象词，少用概念词，多用具体词汇，少用概括性词汇，多用描写性词汇，少用抽象性词汇。

其次，情感语言是文学语言中的核心语言，是译味的主要语言。概念和命题一般不具有情感意义和感情色彩。要想译出原文的情感寄托，译者尽量选择意象，因为意象不仅仅是语言符号，它背后承载着很多联想意义与文化内涵，能够激活读者的互文记忆，其传递的意义显然远远超出了信息语言。除了意象外，修辞性语言也具有情感意义与隐含意义。有些作品虽然没有多少意象、隐喻或象征，但是读起来很有滋味。这类语言具有“言为心声”的特点，描写的是真景物和真感情。若是作者拥有一颗赤子之心，有感而发，语从心出，就能写出具有情感的语言来。

再次，意象语言是语言中的语言，是文学语言的高级形态。意象语言主要是针对诗歌而言的，因为诗歌语言中意象的密度与频率都比其他几种文类高，因而最具有代表性。意象语言的表现方式多以隐喻、象征、典故、神话以及互文为主体。意象语言若运用得恰到好处可以增添诗歌意境的深度与境界的广度，可以使诗歌的意义更丰富、更含蓄，因而更有诗味。译境层面上的意象是一种象征或由实象引发的虚象，因而追求的是“象外之象”。司空图所说“超以象外，得其环中”，就是要超越诗中描绘的具体形象，凭借艺术的“空白”和“不确定性”引发的想象。表达意境的语言，并不仅仅是某种信息的载体。在此意义上，诗的语言又是伽达默尔所说的象征，象征既代表自己，与此同时又指向某种超越于自己的东西。逻辑线性语言往往不能解决空间结构的跨越。与人的五官相联系的语言具有很强的表现性，这不仅仅因为他们是具象的，更因为它们与人的内心情感、情绪、精神状态的结构有着直接的对应关系。

文学翻译的语言表达是翻译的最后落脚点，它是文学翻译的直接现实和最后的归宿。为了摆脱“言不尽意”的困境，文学翻译所追求的就是从译意的信息语言向译味的表情语言和译境的诗性语言超越。不可否认，表情语言和诗性语言未必一定要用意象、隐喻和象征，但是文学语言之所以是文学语言，关键在于作者对语言的创造性使用与各种陌生化手法，从而创造一种言在此而意在彼，言有尽而意无穷的审美效果。诗意或艺术品的审美意义所隐蔽于其中的不可穷尽性和不在场性，乃是我们的想象得以驰骋的空间和余地。一首诗或一件艺术作品所留给我们的这种想象空间越大，它们的意味也就越长，其审美价值也越高。

二、意义层面

从意义上看，译意传达的是原作的作品意图、语义信息与概念意义等信息内容;译味传达的是原作的情感意义、修辞意义、风格意义等审美内涵;译境传达的是原作的言外之意、象外之意、形上之意等深层意蕴。

准确把握概念意义可以有助于正确理解原文,但翻译概念意义就会浅化原诗的意境。保留原诗多层意义的秘诀就是尽量保留原诗的意象、隐喻、象征或典故。但是,这些意象语言又不可能毫无变化地直接搬到译文中,这需要译者创造性的劳动,使其意义能在目标语中再现。在文学翻译中,经常会出现一个意象符号的能指有多个所指意义,这就是意象的多义性。多义性在新批评的诗学理论中被称为"含混"或"复义"。语言的多义效应是诗歌语言的重要特征,也是诗歌的一种强有力的表现手段。意象符号的多义现象可以使意义更加深刻,意深,则味长。

翻译在本质上就是翻译意义,而意义又表现为不同的层次与类型,因而译者翻译出来的意义就有境界高低以及意义深浅之区别。意义的深浅直接会影响到味和境的厚薄,只有意深了,味才能长,境才能高。从意义层面上看文学翻译,文学翻译的至高境界就是要从表层意义向深层意义的超越,也就是说,从概念意义向内涵意义、情感意义、风格意义、隐喻意义、象征意义超越。对于文学翻译而言,得意忘言只是翻译的最低标准,以形传神才是翻译的至高境界,意义越深,境界就越高。从得意忘言到以形传神体现的是从形式到内容再到形式之间的超越。要想在翻译实践中实现审美超越,译者需要深刻领域中国诗学的"超以象外,得其环中"的深刻意蕴。

虽然译意、译味与译境的意义有不同的表现形式,可以区分为不同的层次和类型,但它们之间不是互相孤立的个体存在,相反,它们共同组成了意义的一个连续体,彼此融为一体。当然,在实际的文学作品中,一部作品不可能同时具有概念意义、语篇信息、作品意图、情感意义、修辞意义、风格意义、言外之意、象外之意、形上之意这样九种意义类型。有些文学作品包含的意义层次多,可以达到言外意义、象征意义与形上意义层面,有些作品可能在情感意义、修辞意义与风格意义方面取胜,另外一些作品可能只有概念意义和语篇信息。我们之所以尽可能全面地涵盖意义的各种类型与层面,是出于理论研究的需要,考虑到各种可能性,这与实践并不矛盾。

虽然从理论上意义可以划分为不同的层次结构,但在实际翻译实践中,意义是以整体的形式存在于文学作品的层次结构中,因而意义具有整体性、层次性和相关性三大特征。整体是由部分组成,但它不是部分的简单相加,即整体大于它的各部分的总和。

三、思维层面

思维模式上看,译意属于概念思维,因为它依据的是概念与命题;译味属于意象思维，因为它依据的是情感与意象；译境属于原象思维，因为它依据的是想象与原象。概念思维具有抽象性、逻辑性、精确性、分析性等特点。意象思维是古代中国把握客观世界的最主要方式，强调对感性经验的直接把握。其思维方式具有形象性、直观性、模糊性等特点。原象思维是一种“大音希声，大象无形”的思维形态，意味着从实到虚的超越。其思维方式具有想象性、整体性、跳跃性、妙悟性等特点。在思维模式的超越机制上，文学翻译要运用现象学还原的方法，首先悬置逻辑思维，一步步向意象思维回归，最后达到“大音希声、大象无形”的原象思维境界。

在译意层面上，概念思维仍是一种主客两分的认识论模式，所获得的是文学作品的语义信息，文学作品没有成为译者的审美对象。只有译者运用直觉思维的方法，把概念思维悬置起来，放在括号里，文学翻译才真正进入译味层面。那么什么叫“悬置”和“加括号”呢？中国的“玄览”“虚静”“心斋”“坐忘”等审美思想与西方的现象学还原有相通之处。徐复观（1987：68-69）认为：“现象学的归入括弧，中止判断，实近于庄子的忘知。……现象学的剩余，是比经验地意识更深入一层的超越地意识，亦即是纯粹意识，实有近于庄子对知解之心而言的心斋之心。心斋之心，是由忘知而呈现，所以是虚，是静；现象学的纯粹意识，是由归入括弧，中止判断而呈现，所以也应当是虚，是静。……庄子忘知后是纯知觉的活动，在现象学的还原中，也是纯知觉的活动。”概念思维被悬置起来，放在括号里后，文学翻译就进入真正审美的境界，文学作品才真正成为审美对象。现象学还原的方法打破了逻辑思维与直觉思维、言尽意与言不尽意、概念与意象、可译与不可译、科学与艺术等命题的长期对立，对于解决翻译中的二元对立命题有相当的解释力。

语言是思维的工具与载体，是思想的直接现实，翻译与思维的关系密不可分。两种语言的差异从深层次来说可以归结为两种思维方式的差异。研究翻译思维的规律与方法可以解决双语转换过程中的理解与表达问题，有效地解释语言文化差异给翻译带来的影响。

从译意到译境的层级超越重在解决文学翻译的不可译难题，目的是给译文读者留下无限丰富的想象空间，使译文达到与原作相似的情景交融、虚实相生、余味曲包、含蓄无垠的审美效果。在文学翻译的审美境界中，三个层次既有区别又有联系，前一层次是后一层次的基础，后一层次又是对前者的超越和发展。审美境界从层级性视角解决了文学翻译范畴的体系问题，从文学性维度回答了翻译文学作品的评价标准问题，从超越性方面解决了三种境界的超越机制问题。

结　语

第十章从范畴体系、文学性体系、符号体系以及超越机制四个方面构建了翻译境界的理论体系。在结语部分，我们首先区分了翻译理论研究者与翻译实践者的不同，提出了翻译实践层面的三境归一的思想，然后总结了本书的主要内容，最后提炼了作者的主要观点，以便读者对全书有一个整体把握。

一、三境归一

尽管本书在写法上注重理论联系实际，但并不否认翻译理论研究者与翻译实践者在操作过程中的区别。理论研究者注重条分缕析的逻辑分析，研究过程是分步骤、分层次完成的，这就像医学研究者解剖尸体，也如同生物学研究者切开树木或水果，关注生物体的横截面。翻译实践者注重直觉感悟的整体把握，翻译过程是一次性完成的，强行切分就如同把人锯为几段，把树木拦腰截断，文学作品也就失去了生命力。理论研究者可以先提出理论假说，预设可能发生的各种情况，以便使理论具有普遍的解释力。翻译实践者在翻译过程中可能会选择某种理论为指导，但不会预设可能发生的各种情况，不带有或然性，翻译文本是个案，不具有普遍的适用性。

在理论研究层面上，译意、译味与译境是可以分开讨论的，也可以条分缕析地进行逻辑分析与层级切分。在翻译实践层面上，译意、译味与译境是很难截然分开的，也不能分步骤、分层次操作。因此，本书在理论上把文学翻译划分为译意、译味与译境三种境界，但在实践上三者之间是"三位一体"的整体，彼此不可分离，三境最终要归一。

在理论研究层面上，一部文学作品可以划分为意义、意味与意境三个层次，每个层次还可以进一步划分为不同的构成要素。同样的道理，译意、译味与译境也可以从理论上划分为不同的语言类型、思维类型以及意义类型。这些层次和类型的划分是全面的，涵盖了文学作品中可能出现的各种情况。但是，在实践层面上，一部文学作品很可能没有意境，只有意义和意味两个层次，而且在构成要素、语言类型、思维类型以及意义类型上也不一定像理论上划分得这么全面。这都是正常现象，我们不能以此为理由否定理论的存在价值和解释力。

二、全书内容提要

除了绪论和结语之外，本书共分十章内容，从第一章的金岳霖问题开始，到第十章的翻译境界的理论体系结束，是一部系统研究金岳霖的翻译思想的学术专著。为了方便读者整体把握本书的内容，我们这里把全书内容进行简要概括。

本书从金岳霖研究现状入手，发现了金岳霖问题，探究了问题形成的原因，并提出了解决问题的思路与办法。为了解决文学不可译的难题，本书提出文学翻译从知识论转向境界论，从工具性语言观转向人文性语言观，依据"立象以尽意"的思想摆脱概念或命题的局限性，以建立译意与译味的和谐共处关系。本书依据新批评、结构主义、现象学等理论，把文学作品划分为意义、意味与意境三个层次，界定了各自的内涵，并描写了三个层次的构成要素。在继承了金岳霖的"译意"与"译味"的基础上，本书增加了"译境"，形成了文学翻译的三种境界，分别对应文学作品的三个层次，并依据可译性大小和文学性强弱对三种境界进行合理定位：译意是基础，译味是关键，译境是理想。本书结合具体翻译实例，研究了译意与译味、译味与译境之间的区别与联系，提出了层级超越的办法与途径。根据可译性、文学性以及境界的高低，本书对文学翻译的三种境界进行合理定位，接着用三章内容分别论述了文学翻译的三种境界在语言功能、思维模式、意义层次方面的不同特点及其在翻译中的具体表现。在此基础上，本书选择典型性译例，分别从语言、思维、意义三个维度分别探讨了文学翻译的层级超越机制。最后，本书从范畴体系、文学性体系、符号体系等方面论述了翻译境界的理论体系。译意、译味与译境之间不是非此即彼的选择关系，而是亦此亦彼的层级超越关系，并受上一级范畴"境界"统领，形成了文学翻译的不同境界，体现了不同的翻译水平。三种境界之间既有区别，又有联系，前一层次是后一层次的基础，后一层次又是对前者的超越和发展。

三、作者主要观点

研究内容不同于主要观点。作为一部学术专著，作者在本书中就金岳霖的翻译思想、文学的可译性、文学作品的层次与构成要素、文学翻译的境界、翻译境界的理论体系等问题表达了自己的一些观点。这些观点散见于各章节之中，现在汇总提炼要点如下：

(1) 金岳霖在《知识论》中谈论语言和翻译的目的不是为了解决文学翻译的困难,而是为了论证语言是保留储存知识的工具及知识的客观性。他的研究目的影响决定了他的立场、态度和方法。知识论的立场决定了他注重译意而不注重译味,知识论的态度影响了他的工具论语言观和文学不可译翻译观,知识论的逻辑分析法导致了译意与译味的二元对立。知识论研究者和翻译研究者在研究目的、立场、态度与方法上表现出很大的差异性,翻译研究者应该对此保持警惕,避免不加批判地盲目接受。

(2)对于文学翻译的困难,金岳霖只是提出了问题,但没有解决问题,需要后人超越与发展。解决文学的不可译难题不可能在知识论的领域内找到答案,只有跳出知识论的逻辑思维领域,借助中国哲学美学的境界论来超越概念和命题的局限性,从知识论转向境界论,利用境界翻译的超越思想才能打破二者之间的对立与冲突,从而完成从知识论的二元对立到境界论的层级超越,最终实现译意与译味的和谐共存。

(3)境界具有三重属性,即主体性、层次性和超越性。第一,境界总是与人的存在紧密相连的,境界必定是人的心灵境界,因而表现出主体性;第二,境界因人的觉解程度的高低而表现出层次性,有什么样的觉解就有什么样的境界;第三,境界是动态的,表现为由低级境界向高级境界的升华,因而具有超越性。

(4)境界是一个衡量翻译主体的艺术修养水平和评价译作质量品位的审美范畴。就主体而言,境界指的是译者对翻译的觉解程度和态度,以及人生修养所能达到的精神层次;就客体而言,境界指的是译作中所蕴含的诸如意味、神韵、意境等美学特征。境界是一个动态范畴,不同的译者有不同的修养和觉解,因而,翻译出来的作品有就呈现出不同的境界。同样的道理,同一个译者在不同的时期对翻译的修养和觉解层次也可能不一样,译作的境界也就随之而改变。这说明境界也有持久与短暂之分。

(5)文学翻译的目的不在于增加客观的知识,而在于提高人的心灵境界,体现审美价值。境界论对翻译的态度是:凡是能翻译的,就艺术地表达;凡是不能翻译的,就创造性地表达。境界论的翻译观认为:译意是基础,译味才是关键,两者有冲突时保意补味。境界论注重在译意基础上译味,利用境界的超越性思想突破不可译的限度,追求翻译的审美境界。心灵的境界越高,译出的作品就越好,有境界的翻译才有高格,才有名句。

(6)金岳霖把译意与译味看作两种类型,本书把译意与译味看作两个层次。金岳霖运用逻辑分析法割裂了意念上的意义与情感上的寄托之间的联系,结果导致译意与译味二元对立。译味不可能离开译意而单独存在,反之亦然。如果没有了译意作为基础和依托，译味就成为无源之水、无本之木。译意与译味不能成为区分文学翻译与非文学翻译的标准，即使是文学翻译也要译意，没有译意这个基础，一切翻译都是不可能的。

(7)文学作品由意义、意味与意境三个层次构成，每个层次又可细分为不同的文学性要素。文学性要素包括构成要素与生成要素两类，前者静态地存在于文学作品中，后者动态地生成于读者具体化的阅读过程中。文学作品的三个层次和文学性要素不是一个个孤立的个体，而是一个有机的整体，存在于文学作品的结构或系统中。文学作品的层次结构论思想为界定意义、意味与意境的内涵和构成要素提供了重要的理论基础，每个个体只有在系统或结构内才能找到自己的规定性，其意义才能彰显出来。

(8)文学作品的三个层次分别对应文学翻译的三种境界。译意就是翻译意义，译味就是翻译意味，译境就是翻译意境。译意、译味与译境之间不是彼此独立的三种翻译类型，而是相互联系的三个翻译层次。其中，译意是基础，译味是关键，译境是理想。三种境界的提出可以用来评价文学翻译的可译性大小、文学性强弱以及翻译水平高低，从而为文学翻译批评提供了参照。

(9)本书主张把文学翻译从译味提升到译境，追求文学翻译的至高境界。文学翻译缺少译境是不完整的，译境的文学性高，是文学翻译追求的理想与目标。译味与译境既有区别，也有联系。其区别在于构成要素上的一虚一实，翻译单位上的一大一小，翻译境界上的一高一低。其联系通过言内与言外、象内与象外、味内与味外、韵内与韵外的中间地带由一方向另一方过渡与发展。

(10)文学翻译当然是很难的，但文学翻译最可贵的就是化不可译为可译，通过建构语境、创造新的表达方法、提高艺术修养等手段，超越一切不可译因素，把文学翻译从译意向译味与译境提升。超越性是一种进取精神、一种创造意识、一种思维方式。超越性是境界的本质属性，也是境界论最有价值的地方。本书从语言功能、思维模式、意义类型三个方面探讨了译意、译味与译境之间的超越机制。

(11)本书初步构建了文学翻译三种境界的理论体系。在范畴体系方面，三种境界呈树型图分布，最上端是元范畴境界，下辖三个次级范畴译意、译味与译境，三者之间是横向的并列关系。位于二级结点的三个次级范畴又可以继续分下去直到分解到最后的文学元素为止。从境界高低的角度来看，译意、译味与译境就像从低到高依次上升的楼梯，具有层级性、等级性与超越性。从可译性大小的角度来看，译意、译味与译境依次排列为一个正金字塔形,位于最基础的译意层可译性最大,位于角顶的译境层可译性最小,位于中间的译味层起居间作用,成为连接两头的纽带和桥梁。从文学性强弱的角度来看,译意的文学性最低,译境的文学性最强,译味居中,文学性从低到高排列。

(12)文学翻译的三种境界理论从层级性视角解决了文学翻译范畴的体系问题,从文学性维度回答了翻译文学作品的评价标准问题,从超越性方面解决了三种境界的超越机制问题。为了理论研究的方便,本书在语言功能、思维模式、意义层次等方面把译意、译味、译境区分开来,但在翻译实践中,三者是三位一体的关系,彼此很难截然分开。因此,从翻译实践的角度看,三境最终要归一。

以上观点代表了本书的主要创新之处,但这些观点又是开放的,读者可以提出不同的看法。学术研究是没有止境的,本书只能说初步完成了译意、译味与译境的三级境界的理论体系,细节问题还需要进一步的推理和论证。理论体系的建立和完善是一个相当艰难和漫长的过程,追求完美是每一位学者所渴求的目标,但完美似乎永远在过程中,没有一个可以抵达的终点。

参考文献

英文部分

[1]Baker, Mona. *In Other Words: A Coursebook on Translation.* Beijing: Foreign Language Teaching & Research Press, 2000.

[2]Barnstone, Willis. *The Poetics of Translation: History, Theory, Practice.* New Haven and London: Yale University Press, 1993.

[3]Bassnett, Susan. *Comparative Literature: A Critical Introduction.* Oxford: Blackwell, 1993.

[4]Bassnett, Susan. *Translating Literature.* London: D. S. Brewer, 1997.

[5]Bell, Roger. *Translation and Translating: Theory and Practice* Beijing: Foreign Language Teaching and Research Press, 2001.

[6]Berman, Antoine. *The Experience of the Foreign: Culture and Translation in Romantic Germany.* Albany: State University of New York Press, 1984.

[7]Buck, Pearl S. *All Men Are Brothers.* New York: The John Day Company, 1933.

[8]Cao Xueqin. *A Dream of Red Mansions* (Volume Ⅲ), trans. Yang Xianyi & Gladys Yang. Beijing: Foreign Language Press, 1994.

[9]Chang, Kang-i Sun. *The Evolution of Chinese Tz'u Poetry: From Late Tang to Northern Song.* Princeton: Princeton University Press, 1980.

[10]Chen Daliang et al. trans. *China Book Publishing: The Official Industry Report* (Third Edition) Singapore: Cengage Learning Asia Pte Ltd., 2012.

[11]Chesterman, Andrew & Emma Wagner. *Can Theory Help Translators? A Dialogue Between the Ivory Tower and the Wordface.* Beijing: Foreign Language Teaching and Research Press, 2006.

[12]Cheung, Martha. *An Anthology of Chinese Discourse on Translation.* Manchester: St. Jerome Publishing, 2006.

[13]Eco, Umberto. *Interpretation and Overinterpretation.* Cambridge: Cambridge University Press, 1992.

[14]Eliot, T. S. *Literary Essays of Ezra Pound.* London: Redwood Burn Ltd., 1954.

[15]Empson, William. *Seven Types of Ambiguity.* Edinburgh: the University of Edinburgh, 1947.

[16]Eoyang, Eugene Chen. *The Transparent Eye: Reflections on Translation, Chinese Literature and Comparative Poetics*. Honolulu: University of Hawaii Press, 1993.

[17]Fletcher, W. J. B. *Gems of Chinese Verse*. Shanghai: The Commercial Press, Limited, 1926.

[18]Gadamer. *Truth and Method*, trans. Garpett Barden & John Cumming. Beijing: China Social Sciences Publishing House, 1999.

[19]Gentzler, Edwin. *Contemporary Translation Theories*. London: Routledge, 1993.

[20]Giles, Herbert A. *Gems of Chinese Literature* (second edition). Aberdeen: Hon. LL. D., 1923.

[21]Goldblatt, Howard, trans. *Turbulance*. Louisiana: Louisiana State University Press, 1991.

[22]Gutt, Ernst-August. *Translation and Relevance: Cognitive and Context*. Manchester: St. Jerome Publishing, 2000.

[23]Harvey, Keith. "Compensation". *Routledge Encyclopedia of Translation Studies*. Mona Baker (ed.) Shanghai: Shanghai Foreign Language Education Press, 2004.

[24]Cao Xueqin. *The Story of the Stone* (Volume 1), trans. David Hawkes. London: Penguin Books, Ltd., 1973.

[25]Cao Xueqin. *The Story of the Stone* (Volume 3), trans. David Hawkes. London: Penguin Books, Ltd., 1980.

[26]Hatim, Basil & Ian Mason. *Discourse and the Translator*. Shanghai: Shanghai Foreign Language Education Press, 2001.

[27]Hightower, James R. & Florence Chia-ying Yeh. *Studies in Chinese Poetry*. Cambridge: Harvard University Asia Center, 1998.

[28]Huang Hongquan. *Anthology of Song-Dynasty Ci-poetry*. Beijing: Poeople's Liberation Army Publishing House, 1988.

[29]Ingarden, Roman. *The Literary Work of Art: An Investigation on the Borderlines of Ontology, Logic, and Theory of Literature*. Evanston: Northwestern University Press, 1973.

[30]Jin Di & Eugene A. Nida. *On Translation*. Hong Kong: City University of Hong Kong Press, 2006.

[31]Jakobson, Roman. "On Linguistic Aspects of Translation". *Selections of Western Translation Theories*. Beijing: Foreign Language Teaching and Research Press, 1999.

[32]Kao Yu-Kung & Mei Tsu-Lin. "Syntax, Diction and Imagery in T'ang Poetry". *Harvard Journal of Asiatic Studies*, Vol. 31, 1971.

[33]Qian Zhongshu. *Fortress Besieged*, trans. Jeanne Kelly & Nathan K. Mao. Beijing: Foreign Language Teaching and Research Press, 2003.

[34]Larson, Mildred L. *Meaning-based Translation: A Guide to Cross-language Equivalence* (2nd edition). Boston: University Press of America, 1998.

[35] Leech, G. N. *A Linguistic Guide to English Poetry*. Beijing: Foreign Language

Teaching and Research Press, 2001.

[36]Leech, G. N. & Michael H. Short. *Style in Fiction: A Linguistic Introduction to English Fictional Prose*. Beijing: Foreign Language Teaching and Research Press, 2001.

[37]Lefevere, Andre. *Translating Poetry: Seven Strategies and a Blueprint*. Amsterdam: Van Gorcum, 1975.

[38]Lewis, Day. *The Poetic Image*. New York: Oxford University Press, 1984.

[39]Lin Yutang. *The Importance of Understanding*. Beijing: Foreign Language Teaching and Research Press, 2009.

[40]Liu, James. *The Art of Chinese Poetry*. Chicago: University of Chicago Press, 1962.

[41]Liu, James. *Chinese Theories of Literature*. Chicago: University of Chicago Press, 1975.

[42] Liu, James. *The Poetry of Li Shangyin*. Chicago: University of Chicago Press, 1969.

[43]Liu Wu-chi. *An Introduction to Chinese literature*. Bloomington and London: Indiana University Press, 1966.

[44]Liu Wu-chi & Irving Yucheng Lo, eds. *Sunflower Splendor: Three Thousand Years of Chinese Poetry*. New York: Anchor Books, 1975.

[45]Lovell, Julia, trans. *The Real Story of Ah-Q and Other Tales of China*. London: Penguin Books Ltd., 2009.

[46]Lyell, William A. *Diary of a Madman and Other Stories*. Honolulu: University of Hawaii Press, 1990.

[47]Michael, Alexander. *The Poetic Achievement of Ezra Pound*. London and Boston: Faber& Faber, 1979.

[48]Minford, John and Joseph S. M. Lau. *Classical Chinese Literature: An Anthology of Translations. (Volume I: From Antiquity to the Tang Dynasty)*. New York and Hong Kong: Columbia University Press and The Chinese University of Hong Kong, 2000.

[49] Munday, Jeremy. *Introducing Translation Studies: Theories and Applications*. London and New York: Routledge, 2001.

[50]Newmark, Peter. *Approaches to Translation*. Oxford: Pergamon Press, 1981.

[51]Newmark, Peter. *A Textbook of Translation*. Shanghai: Shanghai Foreign Language Education Press, 2001a.

[52]Newmark, Peter. *Approaches to Translation*. Shanghai: Shanghai Foreign Language Education Press, 2001b.

[53]Nida, Eugene A. *Translating Meaning*. San Dimas, California: English Language Institute, 1982.

[54] Nida, Eugene A. *Toward a Science of Translating*. Shanghai: Shanghai Foreign Language Education Press, 2004.

[55]Owen, Stephen. *Traditional Chinese Poetry and Poetics: Omen of the World*. Madi-

son: University of Wisconsin Press, 1985.

[56]Parks, Tim. *Translating Style*. London and Washington: Cassell Wellington House, 1996.

[57]Perrine, Laurence. *Sound and Sense: An Introduction to Poetry*. New York: Harcourt Brace Jovanovich, 1977.

[58]Pollard, David. *Translation and Creation: Readings of Western Literature in Early Modern China*. Amsterdam/Philadelphia: John Benjamin Publishing Company, 1998.

[59]Pollard, David E. *A Chinese Look at Literature: The Literary Values of Chou Tso-jen in Relation to the Tradition*. Berkeley and Los Angeles: University of California Press, 1973.

[60]Pollard, David E. *The Chinese Essay*. London: C. Hurst & Co. Ltd., 2000.

[61]Pound, Ezra. *ABC of Reading*. London & Boston: Faber and Faber, 1951.

[62]Pound, Ezra. "How to Read", *Literary Essays of Ezra Pound*, ed. T. S. Eliot. London: Redwood Burn Ltd., 1954.

[63]Pound, Ezra. *Literary Essays of Ezra Pound*, ed. T. S. Eliot. New York: New Directions, 1968.

[64]Raffel, Burton. *The Art of Translating Prose*. Pennsylvania: The Pennsylvania State University Press, 1994.

[65]Richards, I. A. *Practical Criticism: A Study of Literary Judgment*. New York and London: Routledge& Kegan Paul Ltd., 1950.

[66]Richards, I. A. & C. K. Ogden. *The Meaning of Meaning*. London: Harcourt Brace Jovanovich Publishers, 1923.

[67]Rickett, Adele. *Wang Kuo-wei's Jen-Chien Tz'u-hua: A Study in Chinese Literary Criticism*. Hongkong University Press, 1977.

[68]Saussy, Haun. *The Problem of A Chinese Aesthetics*. California: Stanford University Press, 1993.

[69]Samovar, L. A. *Communication Between Cultures*. Beijing: Foreign Language Teaching and Research Press, 2001.

[70]Savory, Theodore. *The Art of Translation*. London: Cape, 1957.

[71]Shi Nai'an & Luo Guanzhong. *Outlaws of the Marsh*, trans. Shapiro Sidney. Beijing: Foreign Language Press, 1993.

[72]Trosborg, Anna, ed. *Text Typology and Translation*. Philadelphia: John Benjamins Publishing Company, 1997.

[73]Tse Yiu-man. *Classical Chinese Poetry and Poetics: A Comparative Study in Terminology by Way of Chinese Wisdom*. Guangzhou: Jinan University Press, 2006.

[74]Ullmann, Stephen. *Semantics: An Introduction to the Science of Meaning*. Oxford: Basil Blackwell, 1962.

[75]Venuti, Lawrence, ed. *The Translation Studies Reader*. London: Routledge, 2000.

[76]Wong, Siu-kit. *Early Chinese Literary Criticism*. Hongkong: Joint Publishing Com-

pany, 1983.

[77]Watson, Burton. *The Columbia Book of Chinese Poetry: From Early Times to the Thirteenth Century*. New York: Columbia University Press, 1986.

[78]Yeh, Michelle. *Modern Chinese Poetry: Theory and Practice since* 1917. New Haven and London: Yale University Press, 1991.

[79]Yip, Wai-lim. *Diffusion of Distances: Dialogues Between Chinese and Western Poetics*. Berkeley: University of California Press, 1993.

[80]Yip, Wai-lim. *Chinese Poetry: An Anthology of Major Modes and Genres*. Durham: Duke University Press, 1997.

[81]Yu, Pauline. *The Poetry of Wang Wei: New Translation and Commentary*. Bloomington: Indiana University Press, 1980.

[82]Yu, Pauline. *The Reading of Imagery in the Chinese Poetic Translation*. Princeton: Princeton University Press, 1987.

中文部分

[1]〔德〕阿恩海姆:《视觉思维》,滕守尧译,北京,光明日报出版社,1986 年。

[2]〔意〕埃科(Umberto Eco):《符号学与语言哲学》,王天清译,天津,百花文艺出版社,2006 年。

[3]〔意〕艾柯(Umberto Eco)等:《诠释与过度诠释》,王宇根译,北京,三联书店,1997 年。

[4]〔英〕艾略特:《T. S. 艾略特诗选》,查良铮等译,紫芹选编,成都,四川文艺出版社,1988 年。

[5]柏红秀:《元代游士的生命之歌——〈天净沙·秋思〉的文化解读》,《名作欣赏》,2009 年第 4 期。

[6]〔英〕贝尔(Roger T. Bell):《翻译与翻译过程:理论与实践》,秦洪武译,北京,外语教学与研究出版社,2005 年。

[7]〔美〕布斯:《小说修辞学》,华明等译,北京,北京大学出版社,1987 年。

[8]蔡新乐:《文学翻译的艺术哲学》,开封,河南大学出版社,2001 年。

[9]蔡新乐:《让诗意进入翻译理论研究——从海德格尔的"非对象性的思"看钱钟书的"不隔"说》,《中南大学学报》(社会科学版),2005 年第 5 期。

[10]蔡新乐:《相关的相关:德里达"'相关的'翻译"思想及其他》,北京,中国社会科学出版社,2007 年。

[11]曹山柯:《从中英语言差异性看〈江雪〉的十一种翻译》,《外语教学》,2004 年第 5 期。

[12]曹顺庆:《比较文学论》,成都,四川教育出版社,2002 年。

[13]陈伯海:《"味"与"趣"——试论诗性生命的审美质性》,《东方论坛》,2005 年第 5 期。

[14]陈伯海:《释"意境"——中国诗学的生命境界论》,《社会科学战线》,2006 年第 3 期。

[15]陈福康:《中国译学理论史稿》(修订本),上海,上海外语教育出版社,2000 年。

[16]陈宏薇、李亚丹(主编):《新编汉英翻译教程》,上海,上海外语教育出版社,2004 年。

[17]陈良运:《论〈周易〉的文学思维》,《周易研究》,1995 年第 1 期。

[18]陈良运:《中国诗学批评史》,南昌,江西人民出版社,1995 年。

[19]陈良运:《跨世纪论学文存》,上海,上海远东出版社,2003 年。

[20]陈望衡:《20 世纪中国美学本体论问题》,武汉,湖北教育出版社,2000 年。
[21]陈望衡:《当代美学原理》,北京,人民出版社,2003 年。
[22]陈望衡:《境外谈美》,石家庄,花山文艺出版社,2003 年。
[23]陈晓龙:《知识与智慧:金岳霖哲学研究》,北京,高等教育出版社,1997 年。
[24]陈应鸾:《诗味论》,成都,巴蜀书社,1996 年。
[25]陈永国:《互文性》,《外国文学》,2003 年第 1 期。
[26]陈植锷:《诗歌意象论:微观诗史初探》,北京,中国社会科学出版社,1990 年。
[27]〔法〕程抱一:《中国诗画语言研究》,涂卫群译,南京,江苏人民出版社,2006 年。
[28]程锡麟:《互文性理论概述》,《外国文学》,1996 年第 1 期。
[29]崔永禄(主编):《文学翻译佳作对比赏析》,天津,南开大学出版社,2001 年。
[30]董　桥:《董桥文录》,陈子善编,成都,四川文艺出版社,1996 年。
[31]段　炼:《当代西方汉学研究与“境”的概念——兼论张炎词论的“清空”之境》,《中国文学研究》,2007 年第 3 期。
[32]樊美筠:《中国传统美学的当代阐释》,北京,北京大学出版社,2006 年。
[33]范玉吉:《审美趣味的变迁》,北京,北京大学出版社,2006 年。
[34]方　珊:《形式主义文论》,济南,山东教育出版社,1999 年。
[35]冯国华、吴　群:《英译汉别裁》,北京,外文出版社,2001 年。
[36]冯　契:《智慧说三篇(导论)》,《冯契文集》(第一卷),上海,华东师范大学出版社,1996 年。
[37]冯庆华:《红译艺坛——〈红楼梦〉翻译艺术研究》,上海,上海外语教育出版社,2006 年。
[38]冯友兰:《觉解人生》,陈卫平选编,杭州,浙江人民出版社,1996 年。
[39]冯友兰:《三松堂全集》(第六卷),郑州,河南人民出版社,2001 年。
[40]冯友兰:《冯友兰选集》,陈来编,长春,吉林人民出版社,2005 年。
[41]冯友兰:《中国哲学史新编》(下),北京,人民出版社,2007 年。
[42]佛　雏:《王国维诗学研究》,北京,北京大学出版社,1999 年。
[43]傅　敏:《傅雷谈翻译》,北京,当代世界出版社,2005 年。
[44]〔苏〕高尔基:《海燕之歌及其他》,余岚译,北京,商务印书馆,1979 年。
[45]高　健(编译):《英美散文六十家》,太原,山西人民出版社,1983 年。
[46]高　健:《浅谈风格的可译性及其他——翻译英文散文的一点体会》,《中国翻译》,1985 年第 1 期,第 19-20 页。
[47]高　健(译注):《英文散文一百篇》,北京,中国对外翻译出版公司,2001 年。
[48]高金岭:《朱光潜西方美学翻译思想研究》,济南,山东大学出版社,2008 年。
[49]高友工:《唐诗的意蕴、隐喻和典故》,《中外比较文学译文集》,周发祥编,北京,中国文联出版公司,1988 年。
[50]高友工:《中国抒情美学》,《北美中国古典文学研究名家十年文选》,乐黛云、陈珏编选,南京,江苏人民出版社,1996 年。
[51]高友工:《中国叙事文学传统中的抒情意境》,《中外比较文学的里程碑》,李达三、罗钢主编,北京,人民文学出版社,1997 年。
[52]〔法〕格雷马斯:《论意义:符号学论文集》(上),吴泓缈译,天津,百花文艺出版社,

2004 年。
[53]龚光明:《翻译思维学》,上海,上海社会科学院出版社,2005 年。
[54]贡华南:《知识与存在:对中国近现代知识论的存在论考察》,上海,学林出版社,2004 年。
[55]贡华南:《味与味道》,上海,上海人民出版社,2008 年。
[56]辜正坤:《中西诗比较鉴赏与翻译理论》,北京,清华大学出版社,2003 年。
[57]古　风:《意境探微》,南昌,百花洲文艺出版社,2001 年。
[58]顾延龄:《马致远〈天净沙〉英译赏析》,《外国语》,1993 年第 2 期。
[59]顾正阳:《古诗词曲英译理论探索》,上海,上海交通大学出版社,2004 年。
[60]顾正阳:《古诗词曲英译美学研究》,上海,上海大学出版社,2006 年。
[61]顾祖钊:《艺术至境论》,天津,百花文艺出版社,1999 年。
[62]郭　嘉(编译):《英美诗歌精品赏析》,天津,南开大学出版社,2009 年。
[63]郭建中:《当代美国翻译理论》,武汉,湖北教育出版社,2000 年。
[64]郭沫若:《〈雪莱诗选〉小序》,《诗词翻译的艺术》,《中国翻译》编辑部编,北京,中国对外翻译出版公司,1987 年。
[65]郭著章(主编):《翻译名家研究》,湖北,湖北教育出版社,1999 年。
[66]〔德〕海德格尔:《林中路》(修订本),孙周兴译,上海,上海译文出版社,2004 年。
[67]〔德〕海德格尔:《在通向语言的途中》,孙周兴译,北京,商务印书馆,2004 年。
[68]韩洪举:《林译小说研究——兼论林纾自撰小说与传奇》,北京,中国社会科学出版社,2005 年。
[69]韩经太:《中国诗学与传统文化精神》,成都,四川人民出版社,1989 年。
[70]韩经太:《诗学美论与诗词美境》,北京,北京语言文化大学出版社,1999 年。
[71]韩林德:《境生象外》,北京,三联书店,1995 年。
[72]何　清:《庞德的意象论与中国传统美学的意象说》,《美学》,2002 年第 12 期。
[73]贺昌盛:《象征:符号与隐喻——汉语象征诗学的基本型构》,南京,南京大学出版社,2007 年。
[74]〔德〕黑格尔:《美学》(第 2 卷),朱光潜译,北京,商务印书馆,1981 年。
[75]胡经之:《文艺美学》,北京,北京大学出版社,1999 年。
[76]胡经之、李　健:《中国古典文艺学》,北京,光明日报出版社,2006 年。
[77]胡伟希:《金岳霖哲学思想》,武汉,湖北人民出版社,1997 年。
[78]胡雪冈:《意象范畴的流变》,南昌,百花洲文艺出版社,2001 年。
[79]黄承元:《作者意图理论再探》,《甘肃社会科学》,2008 年第 5 期。
[80]黄杲炘:《英诗汉译学》,上海,上海外语教育出版社,2007 年。
[81]黄国文:《静态与动态在翻译中的表现——柳宗元的〈江雪〉英译文分析》,《外语与翻译》,2003 年第 1 期。
[82]黄国文:《翻译研究的语言学探索:古诗词英译本的语言学分析》,上海,上海外语教育出版社,2006 年。
[83]黄晋凯等主编:《象征主义意象派》,北京,中国人民大学出版社,1998 年。
[84]黄　龙:《翻译艺术教程》,南京,南京大学出版社,1988 年。
[85]黄宪芳:《再论古诗英译中的文化内涵——从〈天净沙·秋思〉英译文本的诗体要素

看文化内涵的传递》,《外语教学》,2004 年第 2 期。
[86]黄药眠、童庆炳(主编):《中西比较诗学体系》,北京,人民文学出版社,1991 年。
[87]黄雨石:《英汉文学翻译探索》,西安,陕西人民出版社,1988 年。
[88]黄忠廉:《小句中枢全译说》,武汉,华中师范大学出版社,2008 年。
[89]季广茂:《隐喻视野中的诗性传统》,北京,高等教育出版社,1998 年。
[90]季　进:《钱锺书与现代西学》,上海,上海三联书店,2002 年。
[91]季中扬:《论文学性与文学传统》,《辽宁师范大学学报(社会科学版)》,2007 年第 4 期。
[92]〔苏〕加切奇拉泽:《文艺翻译与文学交流》,蔡毅等译,北京,中国对外翻译出版公司,1987 年。
[93]〔德〕伽达默尔:《真理与方法》,洪汉鼎译,上海,上海译文出版社,1999 年。
[94]贾平凹:《浮躁》,沈阳,春风文艺出版社,2004 年。
[95]江　枫:《浅谈卞之琳的译诗艺术》,《外国文学研究》,1991 年第 2 期。
[96]姜东赋、刘顺利(选注):《王国维文选》,天津,百花文艺出版社,2006 年。
[97]姜秋霞:《文学翻译过程与格式塔意象模式》,《中国翻译》,2000 年第 1 期。
[98]姜秋霞:《文学翻译中的审美过程:格式塔意象再造》,北京,商务印书馆,2002 年。
[99]蒋冬梅:《二分法与一分为二、一分为三——质疑〈"正当二分法"与"不当二分法"〉及三分法》,《江西社会科学》,2003 年第 5 期。
[100]蒋　凡、郁　沅(主编):《中国古代文论教程》,北京,中华书局,2005 年。
[101]蒋均涛:《审美诗论》,成都:巴蜀书社,2003 年。
[102]蒋　林:《梁启超"豪杰译"研究》,上海,上海译文出版社,2009 年。
[103]蒋　寅:《语象·物象·意象·意境》,《文学评论》,2002 年第 3 期。
[104]蒋　寅:《古典诗学的现代诠释》,北京,中华书局,2009 年。
[105]金春笙:《论译诗神似——管窥丁尼生〈鹰〉的两篇译文》,《天津外国语学院学报》,2006 年第 6 期。
[106]金　隄:《等效翻译探索》,北京,中国对外翻译出版公司,1997 年。
[107]金岳霖:《知识论》,北京,商务印书馆,1983 年。
[108]金岳霖:《金岳霖学术论文选》,金岳霖学术基金会学术委员会编,北京,中国社会科学出版社,1990 年。
[109]金岳霖:《金岳霖文集》(第 3 卷),兰州,甘肃人民出版社,1995 年。
[110]金岳霖:《金岳霖集》,北京,中国社会科学出版社,2000 年。
[111]金岳霖:《论道》,北京,中国人民大学出版社,2007 年。
[112]〔德〕卡西尔:《人论》,上海,上海译文出版社,2004 年。
[113]〔德〕康德:《判断力批判》,邓晓芒译,北京,人民出版社,2002 年。
[114]柯　飞:《〈金岳霖论翻译〉读后》,《外语教学与研究》,1987 年第 1 期。
[115]柯　飞:《关于翻译的哲学思考》,《外语教学与研究》,1996 年第 4 期。
[116]柯　平:《英汉与汉英翻译教程》,北京,北京大学出版社,1993 年。
[117]〔苏〕科任娜:《俄语功能修辞学》,白春仁译,北京,外语教学与研究出版社,1982 年。
[118]〔意〕克罗齐:《美学原理 美学纲要》,朱光潜译,北京,人民文学出版社,1983 年。
[119]孔祥丽等(译注):《〈文心雕龙〉译注》,北京,中国社会科学出版社,2004 年。

[120]〔美〕兰色姆:《新批评》,王腊保、张哲译,南京:江苏教育出版社,2006 年。
[121]蓝华增:《意境论》,昆明:云南人民出版社,1996 年。
[122]〔美〕朗格:《艺术问题》,北京,中国社会科学出版社,1983 年。
[123]郎万天、高 伟:《从〈锦瑟〉的两种英译文看中诗英译的标准》,《四川外语学院学报》,1999 年第 4 期。
[124]劳承万:《审美中介论》,上海,上海文艺出版社,1986 年。
[125]李传伟:《翻译的最高境界是得意忘言》,《湘潭大学社会科学学报》,1999 年第 1 期。
[126]李 浩:《唐诗的美学阐释》,合肥,安徽大学出版社,2000 年。
[127]李金坤:《哀悼诗中的千古绝唱——杜牧〈清明〉赏论》,《名作欣赏》,2009 年第 7 期。
[128]李荣启:《文学语言学》,北京,人民出版社,2005 年。
[129]李文田:《诗的意境》,太原:希望出版社,1989 年。
[130]李泽厚:《李泽厚美学旧作集》,天津:天津社会科学院出版社,2002 年。
[131]李祖扬、汪天文:《思维类型辨析》,《南开学报(哲学社会科学版)》,2007 年第 1 期。
[132]〔法〕利科:《活的隐喻》,汪堂家译,上海,上海译文出版社,2004 年。
[133]〔英〕利奇:《语义学》,李瑞华、杨自俭等译,上海,上海教育出版社,1987 年。
[134]连淑能:《英汉翻译教程》,北京,高等教育出版社,2006 年。
[135]梁实秋:《雅舍谈书》,陈子善编,济南:山东画报出版社,2005 年。
[136]梁宗岱:《诗与真续编》,北京,中央编译出版社,2006 年。
[137]林同济:《〈丹麦王子哈姆雷的悲剧〉·例言》,《中西诗歌翻译百年论集》,海岸选编,上海,上海外语教育出版社,2007 年。
[138]林兴宅:《象征论文艺学导论》,北京,人民文学出版社,1993 年。
[139]林 瀛、曲宗瑜:《新编简明古典文学辞典》,北京,对外贸易教育出版社,1989 年。
[140]林语堂:《论译诗》,《翻译论集》,刘靖之主编,香港,三联书店,1981 年。
[141]林语堂:《古文小品译英》,北京,外语教学与研究出版社,2009 年。
[142]刘邦凡:《外物与翻译——论金岳霖的语言翻译观》,《语言与翻译》,1999 年第 3 期。
[143]刘邦凡、杨炳钧:《论〈知识论〉的英文用语及其翻译哲学思想》,《云南师范大学学报》,1998 年第 6 期。
[144]刘炳善:《译事随笔》,开封,河南大学出版社,2009 年。
[145]刘成纪:《重谈中国美学意境之诞生》,《美学》,2006 年第 12 期。
[146]刘东超:《生命的层级——冯友兰人生境界说的研究》,成都,巴蜀书社,2002 年。
[147]刘介民:《中国比较诗学》,广州,广东高等教育出版社,2004 年。
[148]刘靖之(主编):《翻译论集》,香港,三联书店香港分店,1981 年。
[149]刘靖之(主编):《翻译新焦点》,香港,商务印书馆(香港)有限公司,2003 年。
[150]刘九洲:《艺术意境概论》,武昌,华中师范大学出版社,1987 年。
[151]刘李伟:《"意境"范畴的形而上意味》,《美学》,2003 年第 9 期。
[152]刘宓庆:《当代翻译理论》,北京,中国对外翻译出版公司,1999 年。
[153]刘宓庆:《翻译与语言哲学》,北京,中国对外翻译出版公司,2001 年。
[154]刘宓庆:《翻译美学导论》(修订本),北京,中国对外翻译出版公司,2005 年。
[155]刘宓庆:《中西翻译思想比较研究》,北京,中国对外翻译出版公司,2005 年。
[156]刘培育:《金岳霖思想研究》,北京,中国社会科学出版社,2004 年。

[157]〔美〕刘若愚:《中国文学理论》,杜国清译,南京,译林出版社,2005 年。
[158]刘圣鹏:《叶维廉比较诗学研究》,济南,齐鲁书社,2006 年。
[159]刘士聪:《领悟文章的韵味》,《中国翻译》,2000 年第 5 期。
[160]刘士聪(编):《汉英英汉美文翻译与欣赏》,南京,译林出版社,2002 年。
[161]刘守兰:《英美名诗解读》,上海,上海外语教育出版社,2003 年。
[162]刘象愚:《现代主义文学作品选》,北京,高等教育出版社,2002 年。
[163]刘学锴:《李商隐诗歌研究》,合肥,安徽大学出版社,1998 年。
[164]卢炳群:《英汉辞格比较与唐诗英译散论》,青岛,青岛出版社,2003 年。
[165]吕　俊:《英汉翻译教程》,上海,上海外语教育出版社,2001 年。
[166]吕　俊:《翻译学——一个建构主义的视角》,上海,上海外语教育出版社,2005 年。
[167]吕　俊、侯向群:《音美,诗歌翻译中不应失去的》,《外语研究》,1996 年第 2 期。
[168]罗新璋(编):《翻译论集》,北京,商务印书馆,1984 年。
[169]罗新璋:《钱锺书的译艺谈》,《中国翻译》,1990 年第 6 期。
[170]罗新璋、陈应年(编):《翻译论集》(修订本),北京,商务印书馆,2009 年。
[171]罗选民:《文学翻译与文学批评》,北京,人民文学出版社,2005 年。
[172]马红军:《翻译批评散论》,北京,中国对外翻译出版公司,1999 年。
[173]马红军:《从文学翻译到翻译文学》,上海,上海译文出版社,2006 年。
[174]毛华奋:《汉语古诗英译比读与研究》,上海,上海社会科学院出版社,2007 年。
[175]毛荣贵:《翻译美学》,上海,上海交通大学出版社,2005 年。
[176]蒙培元:《中国哲学主体思维》,北京,人民出版社,1993 年。
[177]蒙培元:《心灵超越与境界》,北京,人民出版社,1998 年。
[178]孟　瑾、冯　斗:《古诗格式塔意象和意境的传递》,《外语学刊》,2005 年第 4 期。
[179]〔德〕莫里茨:《艺术的意味》,艾彦译,北京,华夏出版社,1998 年。
[180]莫砺锋(编):《神女之探寻——英美学者论中国古典诗歌》,上海,上海古籍出版社,1992 年。
[181]穆诗雄:《跨文化传播——中国古典诗歌英译论》,合肥,中国科学技术大学出版社,2004 年。
[182]宁新昌:《本体与境界——论新儒学的精神》,西安:陕西人民出版社,1999 年。
[183]宁新昌:《境界形而上学及其限制:由先秦儒学谈起》,济南,齐鲁书社,2004 年。
[184]潘运告:《美的神游:从老子到王国维》,长沙,湖南美术出版社,2004 年。
[185]庞秀成:《翻译的文化视角与辩证思维》,长春,吉林大学出版社,2008 年。
[186]庞秀成:《中国古典诗歌翻译叙事主体符码化的理论和实践问题》,《外国语》,2009 年第 3 期。
[187]庞秀成:《翻译理论"一分为三"的视域》,《外国语》,2010 年第 3 期。
[188]彭发胜:《翻译与中国现代学术话语的形成》,杭州,浙江大学出版社,2011 年。
[189]彭　锋:《美学的意蕴》,北京,中国人民大学出版社,1999 年。
[190]彭　锋:《引进与变异:西方美学在中国》,北京,首都师范大学出版社,2006 年。
[191]彭利元:《翻译语境化论稿》,长沙,湖南人民出版社,2008 年。
[192]彭宣维:《英汉语篇综合对比》,上海,上海外语教育出版社,2000 年。
[193]皮亚杰:《结构主义》,北京,商务印书馆,1984 年。

[194]蒲震元:《中国艺术意境论》,北京,北京大学出版社,2000年。
[195]蒲震元:《听绿:美学的沉思——蒲震元自选集》,北京,北京广播学院出版社,2004年。
[196]钱锺书:《管锥编》(第一册),北京,三联书店,2007a。
[197]钱锺书:《管锥编》(第三册),北京,中华书局,1979年。
[198]钱锺书:《管锥编》(第四册),北京,三联书店,2007b。
[199]钱锺书:《谈艺录》,上海,三联书店,1983年。
[200]钱锺书:《译事三难》,《翻译论集》,罗新璋主编,北京,商务印书馆,1984年。
[201]钱锺书:《谈艺录》(补订本),北京,中华书局,1996年。
[202]钱锺书:《七缀集》,北京,三联书店,2002a。
[203]钱锺书:《钱锺书论学文选》(第一卷),舒展选编,广州,花城出版社,2002b。
[204]钱锺书:《写在人生边上·人生边上的边上·石语》,北京,三联书店,2002c。
[205]秦文华:《翻译研究的互文性视角》,上海,上海译文出版社,2006年。
[206]邱紫华:《印度古典美学》,武汉:华中师范大学出版社,2006年。
[207]仇蓓玲:《美的变迁——论莎士比亚戏剧文本中意象的汉译》,上海,上海译文出版社,2006年。
[208]汝　信、王德胜(主编):《中国美学》,北京,商务印书馆,2004年。
[209]〔英〕瑞恰慈:《文学批评原理》,杨自伍译,南昌,百花洲文艺出版社,1992年。
[210]〔英〕沙特尔沃思(Mark Shuttleworth)、考伊(Moira Cowie):《翻译研究词典》,谭载喜主译,北京,外语教学与研究出版社,2005年。
[211]申雨平(编):《西方翻译理论精选》,北京,外语教学与研究出版社,1999年。
[212]〔俄〕什克洛夫斯基等:《俄国形式主义文论选》,方珊等译,北京,三联书店,1989年。
[213]舒奇志:《文化意象的互文性与文化意象翻译》,《外语与外语教学》,2007年第8期。
[214]司显柱:《功能语言学与翻译研究——翻译质量评估模式建构》,北京大学出版社,2007年。
[215]宋柏年:《中国古典文学在国外》,北京,北京语言学院出版社,1994年。
[216]宋国栋:《论美学"空"范畴的产生、内涵及意义》,《中国文学研究》,2007年第1期。
[217]宋一苇:《艺术或美的思与言何以可能》,《中国美学》,汝信主编,北京,商务印书馆,2004年。
[218]苏　恒:《文学与意境》,成都:成都电讯工程学院出版社,1988年。
[219]苏宏斌:《现象学美学导论》,北京,商务印书馆,2005年。
[220]孙华祥:《论丁尼生的诗〈鹰〉中的意象创造》,《外国文学研究》,1998年第2期。
[221]孙艺风:《视角阐释文化——文学翻译与翻译理论》,北京,清华大学出版社,2004年。
[222]孙迎春:《文学翻译意境问题刍议》,《山东外语教学》,2000年第3期。
[223]孙迎春:《"意境"译法探索》,《中国翻译》,2002年第5期。
[224]覃召文:《中国诗歌美学概论》,广州:花城出版社,1990年。
[225]谭载喜(编译):《新编奈达论翻译》,北京,中国对外翻译出版公司,1999年。
[226]〔英〕汤因比:《历史研究》,刘北成、郭小凌译,上海,上海人民出版社,2000年。
[227]陶礼天:《艺味说》,南昌:百花洲文艺出版社,2005年。

[228]童庆炳:《严羽诗论诸说》,《北京师范大学学报(社会科学版)》,1997 年第 2 期。
[229]童庆炳(主编):《中国古代文论的现代意义》,北京,北京师范大学出版社,2001 年。
[230]童庆炳:《新编文学理论》,北京,中国人民大学出版社,2011 年。
[231]〔法〕瓦莱里:《瓦莱里散文选》,唐祖论译,天津:百花文艺出版社,2005 年。
[232]汪耀进:《意象批评》,成都:四川文艺出版社,1989 年。
[233]汪涌豪:《范畴论》,上海,复旦大学出版社,1999 年。
[234]汪涌豪:《中国文学批评范畴及体系》,上海,复旦大学出版社,2007 年。
[235]汪正龙:《文学意义研究》,南京:南京大学出版社,2002 年。
[236]汪正龙:《文学理论研究导引》,南京:南京大学出版社,2006 年。
[237]王宝童:《试论英汉诗歌的节奏及其翻译》,《外国语》,1993 年第 6 期。
[238]王秉钦:《20 世纪中国翻译思想史》,天津:南开大学出版社,2004 年。
[239]王德春、陈　晨:《现代修辞学》,上海,上海外语教育出版社,2001 年。
[240]王东风:《再谈意义与翻译》,《中国外语》,2005 年第 1 期。
[241]王富仁:《古老的回声:阅读中国古代文学经典》,成都;四川人民出版社,2003 年。
[242]王国维:《人间词话·乙稿序》,《王国维文集》(第 1 卷),北京,中国文史出版社,1997 年。
[243]王国维:《论近年之学术界》,《王国维文集》(第 3 卷),北京,中国文史出版社,1997 年。
[244]王国维:《论新学语之输入》,《王国维文集》(第 3 卷),北京,中国文史出版社,1997 年。
[245]王国维:《王国维经典文存》,上海,上海大学出版社,2003 年。
[246]王宏印:《〈诗品〉注译与司空图诗学研究》,北京,北京图书馆出版社,2002 年。
[247]王宏印:《中国传统译论经典诠释——从道安到傅雷》,武汉:湖北教育出版社,2003 年。
[248]王宏印:《文学翻译批评论稿》,上海,上海外语教育出版社,2006 年。
[249]王纪人:《中国文论的三原点和元结构》,《文艺理论研究》,2001 年第 6 期。
[250]王建疆:《澹然无极——老庄人生境界的审美生成》,北京,人民出版社,2006 年。
[251]王　军:《艾兹拉·庞德与中国诗》,《外语学刊》,1988 年第 1 期。
[252]王明树、文　旭:《"主观化对等"在翻译中的应用——以李白诗歌〈送友人〉英译为例》,《外语与外语教学》,2009 年第 8 期。
[253]王守元等(主编):《文体学研究在中国的进展》,上海,上海外语教育出版社,2004 年。
[254]王树人:《中国象思维与西方概念思维之比较》,《学术研究》,2004 年第 4 期。
[255]王树人:《回归原创之思:"象思维"视野下的中国智慧》,南京,江苏人民出版社,2005 年。
[256]王树人:《中国哲学与文化之根——"象"与"象思维"引论》,《河北学刊》,2007 年第 5 期。
[257]王汶成:《文学语言中介论》,济南:山东大学出版社,2002 年。
[258]王小舒:《神韵诗学》,济南:山东人民出版社,2006 年。
[259]王以铸:《论神韵》,《翻译通讯》,1951 年第 3 期。
[260]王岳川:《现象学与解释学文论》,济南,山东教育出版社,1999 年。

[261]王佐良(主编):《英国诗选》,上海,上海译文出版社,1988 年。
[262]王佐良:《翻译:思考与试笔》,北京,外语教学与研究出版社,1989 年。
[263]王佐良:《论新开端:文学与翻译研究集》,北京,外语教学与研究出版社,1991 年。
[264]王佐良、丁往道:《英语文体学引论》,北京,外语教学与研究出版社,1987 年。
[265]〔美〕韦勒克、沃伦:《文学理论》,刘象愚等译,南京,江苏教育出版社,2005 年。
[266]〔英〕维特根斯坦:《逻辑哲学论》,王平复译,北京,九州出版社,2007 年。
[267]魏汝尧、高金岭:《译味与译意——文学翻译与科技翻译的主要区别》,《上海科技翻译》,2004 年第 4 期。
[268]翁显良:《意态由来画不成?——文学翻译丛谈》,北京,中国对外翻译出版公司,1983 年。
[269]〔意〕沃尔佩:《趣味批判》,王柯平、田时纲译,北京,光明日报出版社,1990 年。
[270]吴调公:《神韵论》,北京,人民文学出版社,1991 年。
[271]吴钧陶:《编辑谈译诗兼谈杜甫诗英译及其他》,《中国翻译》,1991 年第 2 期。
[272]吴开晋、耿建华:《唐宋诗词常用名句 300》,济南,山东文艺出版社,2003 年。
[273]吴瑞霞:《"滋味"与"味外味"辨析》,《湖北师范学院学报(哲社版)》,2000 年第 1 期。
[274]吴　晟:《中国意象诗探索》,广州:中山大学出版社,2004 年。
[275]吴晓红:《文学鉴赏与文学批评的基本特性辨析》,《江汉大学学报》,2001 年第 5 期。
[276]吴兴明:《"意象"与"意境":中国古代诗论的意义论的取向》,《文艺理论》,2009 年第 8 期。
[277]吴　炫:《中国当代文艺理论研究的三个缺失》,《文学评论》,2007 年第 1 期。
[278]奚永吉:《文学翻译比较美学》,武汉,湖北教育出版社,2000 年。
[279]奚永吉:《莎士比亚翻译比较美学》,上海,上海外语教育出版社,2006 年。
[280]夏力力:《文学翻译与节奏美学》,《中国翻译》,1996 年第 6 期。
[281]夏昭炎:《意境概论:中国文艺美学范畴研究》,北京,北京广播学院出版社,2003 年。
[282]夏之放:《文学意象论》,汕头:汕头大学出版社,1993 年。
[283]夏中义:《王国维:世纪苦魂》,北京,北京大学出版社,2006 年。
[284]向　春:《意境全息说》,《深圳大学学报(人文社科版)》,2007 年第 2 期。
[285]向卫国:《"境界"新论——并议王国维之审美价值观及其二律背反》,《美学》,2002 年第 10 期。
[286]萧涤非等(编纂):《唐诗鉴赏辞典》,上海,上海辞书出版社,2004 年。
[287]谢真元(主编),许渊冲、马红军(译):《一生必读唐诗三百首鉴赏》,北京,中国对外翻译出版公司,2006 年。
[288]徐　岱:《批评美学:艺术诠释的范式与逻辑》,上海,学林出版社,2003 年。
[289]徐复观:《中国艺术精神》,沈阳:春风文艺出版社,1987 年。
[290]徐复观:《中国学术精神》,上海,华东师范大学出版社,2003 年。
[291]许国璋:《许国璋论语言》,北京,外语教学与研究出版社,1991 年。
[292]许建平:《试论金岳霖在译学领域的建树》,《清华大学学报》,2003 年第 3 期。
[293]许建平、王鹏举:《译字、译意与译味》,《四川外语学院学报》,2002 年第 2 期。
[294]许　钧:《论翻译的层次》,《中国翻译》,1987 年第 5 期。
[295]许　钧:《翻译思考录》,武汉,湖北教育出版社,1998 年。

[296]许　钧:《当代法国翻译理论》,武汉,湖北教育出版社,2001 年。
[297]许　钧:《翻译论》,武汉,湖北教育出版社,2003 年。
[298]许力生:《文体风格的现代透视》,杭州,浙江大学出版社,2006 年。
[299]许渊冲:《文学翻译:1+1=3》,《外国语》,1990 年第 1 期,第 6 页。
[300]许渊冲:《中诗英韵探胜——从〈诗经〉到〈西厢记〉》,北京,北京大学出版社,1992 年。
[301]许渊冲:《文学与翻译》,北京,北京大学出版社,2003 年。
[302]许渊冲:《翻译的艺术》(增订本),北京,五洲传播出版社,2006 年。
[303]薛富兴:《"味":意境欣赏论》,《云南社会科学》,1999 年第 5 期。
[304]薛富兴:《东方神韵:意境论》,北京,人民出版社,2000 年。
[305]严云受、刘锋杰:《文学象征论》,合肥,安徽教育出版社,1995 年。
[306]杨德豫:《用什么形式翻译英语格律诗?》,《中国翻译》,1990 年第 3 期。
[307]杨恒达:《作为交往行为的翻译》,《翻译的理论建构与文化透视》,谢天振主编,上海,外语教育出版社,2002 年。
[308]杨建华(编著):《西方译学理论辑要》,天津,天津大学出版社,2009 年。
[309]杨匡汉:《中国新诗学》,北京,人民出版社,2005 年。
[310]杨　牧:《唐诗欣赏举例》,《名作欣赏》,1993 年第 2 期。
[311]杨文虎:《文学:从元素到观念》,上海,学林出版社,2003 年。
[312]杨自俭、刘学云(编):《翻译新论(1983-1992)》,武汉,湖北教育出版社,2003 年。
[313]叶嘉莹:《王国维及其文学批评》,广州,广东人民出版社,1982 年。
[314]叶嘉莹:《南宋名家词选讲》,北京,北京大学出版社,2007 年。
[315]叶嘉莹:《好诗共欣赏——叶嘉莹说陶渊明杜甫李商隐三家诗》,北京,中华书局,2007 年。
[316]叶　朗:《中国美学史大纲》,上海,上海人民出版社,1985 年。
[317]叶　朗:《说意境》,《文艺研究》,1998 年第 1 期。
[318]叶　朗:《意象》(第一期),北京,北京大学出版社,2006 年。
[319]叶维廉:《中国诗学》,北京,人民文学出版社,2006 年。
[320]叶维廉:《语法与表现:中国古典诗与英美现代诗美学的汇通》,《中西诗歌翻译百年论集》,海岸选编,上海,上海外语教育出版社,2007 年。
[321]〔波〕英伽登:《对文学的艺术作品的认识》,陈燕谷、晓未译,北京,中国文联出版公司,1988 年。
[322]〔波〕英伽登:《论文学作品》,张振辉译,郑州,河南大学出版社,2008 年。
[323]余光中:《余光中谈诗歌》,南昌:江西高校出版社,2003 年。
[324]余　虹:《中国文论与西方诗学》,北京,三联书店,1999 年。
[325]〔美〕宇文所安:《中国文论:英译与评论》,王柏华、陶庆梅译,上海,上海社会科学院,2002 年。
[326]〔美〕宇文所安:《迷楼:诗与欲望的迷宫》,程章灿译,北京,三联书店,2003 年。
[327]禹克坤:《中国诗歌的审美境界》,北京,中国广播电视出版社,1992 年。
[328]郁龙余:《中国印度诗学比较》,北京,昆仑出版社,2006 年。
[329]郁　沅:《心物感应与情景交融》,南昌,百花洲文艺出版社,2006 年。

[330]袁彩云:《经验·理性·语言——金岳霖知识论研究》,北京,人民出版社,2007年。
[331]袁锦翔:《关于文学翻译和意境的札记》,《外语教学与研究》,1992年第1期。
[332]袁行霈:《中国古典诗歌的意象》,《文学遗产》,1983年第4期。
[333]袁行霈:《中国诗歌艺术研究》(第3版),北京,北京大学出版社,2009年。
[334]袁行霈等:《中国诗学通论》,合肥,安徽教育出版社,1994年。
[335]曾文雄:《语用学翻译研究》,武汉,武汉大学出版社,2007年。
[336]张保红:《论诗味的翻译》,《外语教学》,2004年第6期。
[337]张保红:《汉英诗歌翻译与比较研究》,武汉,中国地质大学出版社,2003年。
[338]张柏然、许　钧(主编):《面向21世纪的译学研究》,北京,商务印书馆,2002年。
[339]张　法:《走向全球化时代的文艺理论》,合肥,安徽教育出版社,2005年。
[340]张　法:《中国美学史》,成都,四川人民出版社,2006年。
[341]张福荣:《意象:艺术语言的基本符号》,《上海大学学报》(社会科学版),2006年第5期。
[342]张光明:《英汉互译思维概论》,北京,外语教学与研究出版社,2001年。
[343]张光明:《英汉修辞思维比较与翻译》,北京,军事谊文出版社,2002年。
[344]张海鸥:《唐诗宋词经典导读》,广州,中山大学出版社,2010年。
[345]张节末:《禅宗美学》,北京,北京大学出版社,2006年。
[346]张　今:《文学翻译原理》,开封,河南大学出版社,1987年。
[347]张利群:《辨味批评论》,桂林,广西师范大学出版社,2000年。
[348]张利群:《论文学评价标准的三元构成与建构条件》,《文学评论》,2007年第1期。
[349]张隆溪(选编):《比较文学译文集》,北京,北京大学出版社,1982年。
[350]张隆溪:《道与逻各斯》,南京,江苏教育出版社,2006年。
[351]张　敏:《克罗齐美学论稿》,北京,中国社会科学出版社,2002年。
[352]张南峰:《中西译学批评》,北京,清华大学出版社,2004年。
[353]张　沛:《隐喻的生命》,北京,北京大学出版社,2004年。
[354]张少康:《中国文学理论批评史》(上),北京,北京大学出版社,2005年。
[355]张世英:《思维与想象——兼谈中国古典诗》,《北京大学学报(哲社版)》,1997年第5期。
[356]张世英:《进入澄明之境:哲学的新方向》,北京,商务印书馆,1999年。
[357]张世英:《两种哲学,两种语言观》,《北京大学学报(哲学社会科学版)》,2000年第4期。
[358]张世英:《哲学导论》,北京,北京大学出版社,2003年。
[359]张世英:《境界与文化》,《学术月刊》,2007年第3期。
[360]张思洁:《中国传统译论范畴及其体系》,上海,上海译文出版社,2006年。
[361]张云鹏、胡艺珊:《现象学方法与美学:从胡塞尔到杜夫海纳》,杭州,浙江大学出版社,2007年。
[362]张智中:《许渊冲与翻译艺术》,武汉,湖北教育出版社,2005年。
[363]赵长江:《霍译红楼梦回目人名翻译研究》,石家庄,河北教育出版社,2007年。
[364]赵奎英:《中西语言诗学基本问题比较研究》,北京,中国社会科学出版社,2009年。
[365]赵小兵:《文学翻译:意义重构》,北京,人民出版社,2011年。

[366]赵新林:《Image与“象”:中西诗学象论溯源》,北京,中国社会科学出版社,2005年。
[367]赵雪沛等:《文学作品赏析:中国古典诗歌》,哈尔滨,哈尔滨工程大学出版社,2004年。
[368]赵一凡等(主编):《西方文论关键词》,北京,外语教学与研究出版社,2006年。
[369]赵毅衡:《远游的诗神——中国古典诗歌对美国新诗运动的影响》,成都,四川人民出版社,1985年。
[370]赵毅衡:《新批评:一种独特的形式主义文论》,北京,中国社会科学出版社,1986年。
[371]赵毅衡(编选):《新批评文集》,天津,百花文艺出版社,2001年。
[372]郑海凌:《风格翻译浅说》,《中国翻译》,1989年第3期。
[373]郑海凌:《文学翻译的本质特征》,《中国翻译》,1998年第2期。
[374]郑海凌:《文学翻译学》,郑州,文心出版社,2000年。
[375]郑雅丽:《英汉修辞互译导引》,广州,暨南大学出版社,2004年。
[376]郑延国:《哲学家眼中的翻译——金岳霖、贺麟译观探微》,《解放军外国语学院学报》,2001年第4期。
[377]钟　玲:《美国诗与中国梦:美国现代诗里的中国文化模式》,桂林,广西师范大学出版社,2003年。
[378]周甲辰:《传统文艺鉴赏理论的现代观照》,长沙,湖南大学出版社,2007年。
[379]周建设:《语义、逻辑与语言哲学》,北京,学苑出版社,2006年。
[380]周煦良:《谈谈翻译诗的几个问题》,《外国语》,1980年第2期,第23-32页。
[381]周裕锴:《中国古代阐释学研究》,上海,上海人民出版社,2003年。
[382]周振甫:《周振甫讲古代诗词》,南京,江苏教育出版社,2005年。
[383]周振甫、冀　勤:《钱钟书〈谈艺录〉读本》,上海,上海教育出版社,1992年。
[384]朱纯深:《翻译探微:语言文本诗学》,南京,译林出版社,2008年。
[385]朱光潜:《朱光潜全集(第四卷)》,合肥:安徽教育出版社,1996年。
[386]朱光潜:《诗论》,上海,上海古籍出版社,2005a。
[387]朱光潜:《文艺心理学》,上海,复旦大学出版社,2005b。
[388]朱光潜:《无言之美》,桂林,广西师范大学出版社,2005c。
[389]朱光潜:《谈文学》,合肥,安徽教育出版社,2006年。
[390]朱　徽:《中国诗歌在英语世界:英美译家汉诗翻译研究》,上海,上海外语教育出版社,2009年。
[391]朱　徽:《中英诗艺比较研究》,成都,四川大学出版社,2010年。
[392]朱良志:《中国美学十五讲》,北京,北京大学出版社,2006年。
[393]朱全国:《隐喻与意象》,《求索》,2007年第10期。
[394]朱湘军:《翻译研究之哲学启示录》,上海,上海交通大学出版社,2012年。
[395]朱志瑜:《中国传统翻译思想:神话说(前期)》,《中国翻译》,2001年第2期。
[396]祝朝伟:《构建与反思》,上海,上海译文出版社,2005年。
[397]祝朝伟、张柏然:《翻译与阐释的多元——从〈锦瑟〉的英译谈起》,《外国语》,2002年第5期。
[398]宗白华:《艺境》(第2版),北京,北京大学出版社,1997年。
[399]宗白华:《美学散步》,上海,上海人民出版社,2006年。

双语对照部分

[1]丁祖馨、拉菲尔(编译):《中国诗歌精华:从〈诗经〉到当代》,沈阳,辽宁大学出版社,1986 年。
[2]杜　甫:《杜甫诗选》,路易・艾黎(Rewi Alley)译,北京,外文出版社,2001 年。
[3]杜　甫:《杜甫诗选》(*The Selected Poems of Du Fu*),华兹生译,长沙,湖南人民出版社,2009 年。
[4]郭著章、傅惠生(编):《汉英对照千家诗》,武昌,武汉大学出版社,1992 年。
[5]何功杰(译著):《英语鼎诗选译》,苏州,苏州大学出版社,2011 年。
[6]〔英〕兰姆:《兰姆经典散文选》,刘炳善译,长沙,湖南文艺出版社,2000 年。
[7]刘军平(选译):《新译唐诗英韵百首》,北京,中华书局,2002 年。
[8]吕叔湘(编):《中诗英译比录》,北京,中华书局,2002 年。
[9]吕叔湘(编注):《英译唐人绝句百首》,长沙,湖南人民出版社,1980 年。
[10]罗经国(译):《古文观止精选》(汉英对照),北京,外语教学与研究出版社,2005 年。
[11]乔　萍、瞿淑蓉(编著):《散文佳作 108 篇》,南京,译林出版社,2001 年。
[12]裘小龙(英译):《唐宋诗词 100 首》,上海,华东师范大学出版社,2005 年。
[13]任治稷、余　正(编译):《从诗到诗:中国古诗词英译》,北京,外语教学与研究出版社,2006 年。
[14]〔英〕莎士比亚:《罗密欧与朱丽叶》,朱生豪译,北京,中国国际广播出版社,2001 年。
[15]〔英〕莎士比亚:《仲夏夜之梦》,朱生豪译,北京,中国国际广播出版社,2001 年。
[16]孙大雨(译):《英译唐诗选》,上海,上海外语教育出版社,2007 年。
[17]唐一鹤(译注):《英译唐诗三百首》,天津,天津人民出版社,2005 年。
[18]汪榕培(译):《英译陶诗》,北京,外语教学与研究出版社,1999 年。
[19]王守义、诺弗尔(译):《唐宋诗词英译》,哈尔滨,黑龙江人民出版社,1989 年。
[20]文　殊(选注):《诗词英译选》,北京,外语教学与研究出版社,1989 年。
[21]文　殊等(译):《唐宋绝句名篇英译》,北京,外语教学与研究出版社,1995 年。
[22]翁显良(译):《古诗英译》,北京,北京出版社,1985 年。
[23]吴钧陶(译):《杜甫诗英译一百五十首》,西安,陕西人民出版社,1985 年。
[24]吴钧陶(主编):《汉英对照唐诗三百首》,长沙,湖南出版社,1997 年。
[25]夏济安(译):《美国名家散文选读》,上海,复旦大学出版社,2000 年。
[26]徐忠杰(译):《唐诗二百首英译》,北京,北京语言学院出版社,1990 年。
[27]许渊冲(译):《汉英对照宋词三百首》,长沙,湖南出版社,1996 年。
[28]许渊冲(译):《中国古诗词六百首:中英对照》,北京,新世界出版社,1994 年。
[29]许渊冲(译):《唐宋词一百五十首》,北京,北京大学出版社,1990 年。
[30]许渊冲(译):《唐诗三百首》,北京,高等教育出版社,2000 年。
[31]许渊冲(译注):《唐诗三百首》,中国对外翻译出版公司,2007 年。
[32]许渊冲、陆佩弦、吴钧陶(编):《唐诗三百首新译》,北京,中国对外翻译出版公司/香港,商务印书馆(香港)有限公司,1988 年。
[33]〔英〕雪莱:《雪莱诗选:英汉对照》,江枫译,北京,外语教学与研究出版社,2011 年。
[34]杨宪益、戴乃迭(译):《唐诗》,北京,外文出版社,2001 年。

[35]杨宪益、戴乃迭等(译):《宋词》,北京,外文出版社,2001 年。
[36]张炳星(选译):《英译中国古典诗词名篇》,北京,中华书局,2010 年。
[37]张庭琛、魏博思(选译):《唐诗一百首》,北京,中国对外翻译出版公司,1994 年。
[38]中国文学出版社(编):《中国文学:古代小说卷》,北京,外语教学与研究出版社,1998 年。

后 记

金岳霖写《知识论》，花的时间最长，用的精力最多。同样，我研究金岳霖的《知识论》花的时间也最长，用的精力也最多。在研究《知识论》基础上写成的这本专著可谓久经磨难，千呼万唤始出来。从开始构思到最后出版，这本书整整花费了十年工夫。古人说“十年磨一剑”，此话用在本书上一点都不夸张。

2005 年，我考上了南开大学的博士研究生，师从王宏印教授，学习中国传统译论及文学翻译批评。博士论文重点研究金岳霖的翻译思想，也涉及中国传统译论的哲学基础及文学翻译的境界论问题。2008 年毕业后，我觉得博士论文的内容可以分开写成两本书，内容各自独立，自成体系。第一本书集中研究金岳霖的翻译思想，第二本书以境界哲学为基础，重在构建中国传统译论的伦理境界与审美境界理论体系。这是一个宏伟计划，两部书稿同时写，首先完成的是金岳霖翻译思想这本书，在原来的基础上又花费了两年的时间。

2010 年，我用这部书稿申报了国家社科基金后期资助项目，并获得立项。有了项目的支持，出版问题就往后推迟了。同年，我进入南京大学博士后流动站，跟随许钧教授做博士后研究，旨在完成第二本书的研究计划。2011 年，我被任命为英语学院科研副院长，繁重的行政工作与教学任务使我无暇继续课题研究，两年的时间在忙碌中一晃而过，转眼就到了 2013 年。新年伊始，我感到了科研的压力，项目还没有结项，书稿还没有出版，博士后报告还没有完成。在这种背景下，我发扬“白加黑，五加二”的精神，加班加点成了新常态，几项工作齐头并进。2014 年，项目顺利结项，书稿被分配到商务印书馆出版。从书稿交到出版社到最后出版，这中间又经历了选题申报、一稿、二稿、三稿等编辑审校阶段，共用时两年左右。

2016 年，这本书终于要与读者见面了，我感到由衷地高兴。回想起写书的心路历程，我感触很多，有才思敏捷时的喜悦之情，有思路停滞时的痛苦煎熬，有师友指点时的豁然开朗，有学术交流时的灵光闪现，诸如此类，难以尽数。付梓之际，我没有忘记那些曾经帮助过我的人，我要向他们表达深深的谢意。

南开大学是我博士阶段的母校，这里的一切终生难忘。母校的培养难忘，师恩难忘，同学友情难忘。尽管本书与博士论文已经不可同日而语了，但主要思想还是读博期间形成的。我衷心感谢南开大学的王宏印教授、刘士聪教授、崔永禄教授、苗菊教授、吕世生教授，他们在翻译理论与实践方面的渊博知识以及深厚积淀让我获益很多，对我启发很大，为这本书的形成奠定了坚实基础。我还要感谢张克定教授、孙迎春教授、李运兴教授、林克难教授在评阅论文和答辩过程中提出的宝贵意见。博士毕业之后，我的导师王宏印教授一直关心这本书的进展，早在 2010 年就给本书写好了序言，他的睿智和博学让这本书增色很多。今年书稿付梓之际，王老师远在美国，尽管万里遥远，导师还是拨冗修改了序言，师生之情就是浩瀚的太平洋也难以阻隔。

南京大学是我做博士后研究的地方，这里大师云集，学术积淀深厚，博士后论坛搞得有声有色，对我的学术发展影响很大。我衷心感谢南京大学的许钧教授、张柏然教授、杨金才教授 、柯平教授、陈新仁教授、刘云虹教授，他们从不同的视角对本书提出了许多宝贵的意见。我的博士后导师许钧教授在百忙之中给本书作序，对书中的突破创新之处给予充分的肯定，这对我是莫大的鼓励。许老师一直关心和支持我的学术研究，对我有知遇之恩，我要以许老师为标杆和榜样，力争在学术道路上走得更远。我还要感谢在这里结识的博士后朋友们，在与他们的交流中，我获益很多。

我衷心感谢国家社科基金后期资助项目的匿名评审专家们，他们对我研究成果的充分肯定和高度评价增添了我的理论自信和学术自信，他们提出的修改意见让这本书在质量上有了很大提高。

我衷心感谢天津外国语大学的领导和老师对我科研的关心与支持，感谢图书馆提供的图书资料，尤其要感谢信息咨询部的姜梅老师和江亮老师，她们提供的文献传递对本书帮助很大。

我衷心感谢商务印书馆的领导和编辑，他们的求真务实与严谨负责确保了图书编辑与出版的高质量和高品位。许晓娟女士是本书的责任编辑，她为本书的出版付出了大量的心血，这本书因她的精心呵护而变得更美丽。

我还要感谢我的家人，妻子承担了全部家务，孩子学习很自觉，让我能够全身心地投入到科研工作中。我事业的每一个成功都有他们一半的功劳。

王艺潼帮我校对了部分书稿，并核对了参考文献，我对她表示谢意。我的研究生李永平、韩明伟在出版前帮我校对了书稿，我对她们表示感谢。我要感谢的人还有很多，这里很难一一说尽。谨以此书献给所有关心支持我的人！

十年时间出版一本书，耗时确实太长。若以这样的速度，一辈子恐怕也写不了几本书。金岳霖一生就写了三本书，他在学术上的执著追求与精益求精对我影响很大。

本书的写作过程漫长而艰辛，课题难度之大远远超出我的估计。金岳霖的《知识论》不好懂，意义、意味、意境、境界也不容易研究，正如司空图所感慨的那样："象外之象，景外之景，岂容易可谈哉！"在写作过程中，我常会遇到"山穷水尽"的境地，有时半天写不出一个字来。学术的艰辛，由此可见一斑。

这本书我已经尽力了，但由于能力有限，现在的研究成果肯定存在缺点与不足，恳请读者批评指正。

陈大亮

2015 年 7 月 1 日